澄湖三叠

珍珠湾

蒋坤元 著

苏州新闻出版集团
古吴轩出版社

图书在版编目（CIP）数据

澄湖三叠．珍珠湾 / 蒋坤元著．－－苏州：古吴轩出版社，2023.9
ISBN 978-7-5546-1751-9

Ⅰ．①澄… Ⅱ．①蒋… Ⅲ．①中篇小说－中国－当代 Ⅳ．①I247.5

中国版本图书馆CIP数据核字（2021）第102585号

策　　划：	徐小良
责任编辑：	李爱华
见习编辑：	李　楠
封面设计：	陈明婷
装帧设计：	吴　静
责任校对：	周　娇
责任照排：	吴　静

书　　名：	澄湖三叠　珍珠湾
著　　者：	蒋坤元
出版发行：	苏州新闻出版集团
	古吴轩出版社
	地址：苏州市八达街118号苏州新闻大厦30F
	电话：0512-65233679　邮编：215123
出 版 人：	王乐飞
印　　刷：	苏州日报印刷中心有限公司
开　　本：	889mm×1194mm　1/32
印　　张：	21
字　　数：	509千字
版　　次：	2023年9月第1版
印　　次：	2023年9月第1次印刷
书　　号：	ISBN 978-7-5546-1751-9
定　　价：	99.00元（全三册）

如有印装质量问题，请与印刷厂联系．0512-65640825

先说范蠡与西施。越国于公元前473年打败吴国,实现了复仇的目的。范蠡立有大功,被封为上将军,但是他却急流勇退,毅然离开越国,带着恋人西施泛舟江湖。《吴地记》记载:"西施亡吴国后,复归范蠡,同泛五湖而去。"

澄湖畔的珍珠湾村庄,传说就是当年范蠡与西施隐居之地。那时范蠡教乡人养鱼,"鱼簖"就是他和西施发明的,当地渔民一直沿用至今。而今天这个故事发生在20世纪80年代,改革春风吹到了澄湖地区。

他,王大林,珍珠湾村庄的农民。

他,个子一米七五,算村庄里长得比较高的人,但身体瘦弱;不过饭量很大。他初中毕业后便回到村庄,跟着父亲老王养蚌。当然,这河蚌是生产队的,老王养蚌只是挣工分,王大林跟着父亲养蚌,也是挣工分。

王大林的母亲,身体不太好,胃动过手术,所以不能干重的农活,就在家里洗衣做饭,在自家自留地上做一些轻松的农活。

王大林父子俩夜里就住在湖边一个草棚里。

那天早晨,老王起床后第一件事还是到湖边看看。他望了湖面一眼,突然感觉湖面有点异样,原来很有秩序地漂浮着的塑料块,被拉得七零八落,有的塑料块已经漂到了对岸。老王第一感觉:湖里的河蚌被盗窃了!

老王朝草棚大叫:"大林!快来,快来呀!"

他的叫声很大,又急促。

王大林仍在睡觉,迷迷糊糊之中听见有人在大叫,就坐起身子,在床铺上竖起了耳朵。

"不好,父亲肯定掉湖里了。"王大林想。他没穿衣服、鞋,赤脚奔跑了出去。

他看到父亲站在湖边,心里就没那么紧张了。

他奔跑到父亲身旁。

老王说:"你看,河蚌被偷了。"

王大林说:"谁来偷的?"

老王说:"我去确认下。如果这些河蚌被偷,那我们怎么向队长交代呢?这可是我们两年多的心血啊!"说完,他跳到一只小木船上。王大林也跳到了那只船上。

老王拿起一根撑船的竿子,将小木船向湖心撑去。

王大林说:"我下湖去。"

老王阻止他,说:"早晨,水冷的。不用下湖的。你稳住船,俯身拉起挂蚌的绳子,看上面有没有河蚌。"

王大林整个身子趴在船头上,双手伸进湖里。他拉住了湖里的绳子,然后慢慢地站立起来。他将绳子拉出水面,本来绳子上挂满河蚌的,现在绳子上一只河蚌也没有。

老王一声长叹:"唉,这下完了,真的完了!"

不过,老王心里还有一丝侥幸,他对王大林说:"再看看其他绳子。"

他撑起竿子将船移了过去,王大林又俯身船头,伸出双手拉湖里的绳子……一根又一根绳子起水了,还是一只河蚌也没有。这回老王真的是一屁股瘫在船舱里了。

王大林也是坐在船头直叹气。

老王说:"你去把队长叫来,这个事情瞒不住的。"

王大林说:"那我怎样对他说?"

"你就说河蚌全被偷了。"

"那你把船靠岸。"

老王撑起竿子将船撑到岸边,王大林纵身一跳便到了岸上,飞快地向村庄跑去。他来到了队长家里。队长姓唐,五十多岁,他刚想上茅房,在门口遇见了王大林。

唐队长说:"你上气不接下气,出了什么事情?"

王大林说:"湖里的蚌都没有了。"

唐队长"啊"地叫了一声,脸色泛白,说:"你是说湖里的蚌被偷了?"

"是的,一湖的蚌都没有了。"

"唉,那你父亲可闯大祸了。你等会儿,我先去一下茅房。"说完,他拉着裤子跑向屋后。

王大林就在门口等他。五六分钟后,唐队长从屋后走了出来,他一边走着,一边拎着裤子,对王大林说:"走,我去看看。"

这时,唐队长的妻子追了出来,叫道:"你早饭还没有吃哩。"

唐队长说:"一湖的蚌都没了,我一粒米都不想吃。"

他妻子说:"吃一碗粥的时间都没有吗?"

唐队长头也不回地走了。

路上,唐队长问道:"你们父子俩夜里睡觉吗?"

王大林说:"父亲睡觉晚点,我老早就睡觉了。"

"一湖蚌被偷掉,难道一点声音也没有听到吗?"

"如果听到,这一湖蚌就不会被偷掉了。"

他俩来到了湖边。

老王仍在船上。

唐队长说:"老王,你能确定这一湖的蚌都被偷掉了吗?"

老王指着西面的湖,说:"刚才我看了那边,那边的绳子上还有河蚌。东湖里的河蚌都被偷走了,西湖里的河蚌应该还留下一部分。"

唐队长说:"你把船撑过来。"

老王便拿着竿子将船撑到了岸边。

唐队长说:"这个现场要保护好,所以不要在湖里撑船了。"

老王说:"那我刚才一直在湖里撑船呀。"

唐队长说:"不去管它,我先去报告大队,看大队怎么处理吧。"

他临走的时候,又丢下一句狠话:"老王,你等着卖老婆吧,这一湖蚌肯定要你赔的!"

唐队长的话让老王沮丧到极点,他一屁股坐在地上,不断地唉声叹气。王大林走到他身边,说:"阿爸,你不要听唐队长的话。这些河蚌如果要赔的话,第一个赔的应该是他。"

老王抬起头望着他,说:"怎么会让唐队长赔呢?"

王大林说:"他让我们养河蚌,所以看管河蚌不全是我们的

珍珠湾◇◇◇

事。他是生产队队长,应该负主要责任。"

老王如梦初醒,说:"对的,如果生产队要我们赔这些河蚌,我们不赔,让队长赔;关于看管河蚌这份责任,他并没有对我们讲清楚。"

王大林说:"口说无凭纸来牵,我们没与生产队签订看蚌协议,所以我们不应该赔偿这些河蚌的损失。"

老王站立起来,说:"你这一番话,让我想明白了。"

王大林说:"最好是警察把盗贼抓到。"

老王说:"抓到盗贼,我要打断他们的腿!"

王大林说:"如果是他们偷河蚌的时候,我们可以用扁担打他们的。但他们被警察捉牢了,我们就不可以打他们了;如果打他们,那我们就是违法了。"

老王说:"我说的是一句气话。"

唐队长急急忙忙往大队书记家里去。因为这时候还不到上班时间,大队书记一般还在家里,不会这么早去大队部的。

大队书记姓周,四十岁出头,是名退伍军人。

此刻,他一个人在河埠刷牙。

周书记手拿毛巾,走到家门口看到唐队长,打招呼道:"你这么早有什么事情吗?"

"我们生产队养在南荡湖的一片河蚌被偷掉了。"唐队长说。

"你们没有人看管吗?"周书记问。

"有一对父子住在草棚里看管的。"唐队长说。

"那就奇怪了。盗贼来偷河蚌不会一点声音也没有,那么住在草棚里的人怎么会一点声音也没有听到呢?"周书记说着,手里不停地捏着一块花毛巾。

停了会儿他又说:"让我喝一碗粥,再跟你去看看。"

唐队长说:"那好,我在门外等你。"

"你这么早,吃饭了吗?"

唐队长老实说:"我老早出门的,还没有吃饭,不过也不觉着饿。"

周书记说:"在我家一起喝一碗粥吧。"

"不用的,我老婆给我准备好粥的。"唐队长说。他不习惯在别人家吃饭,心里总是有一种过意不去的感觉。

喝过粥后,周书记和唐队长走得飞快,来到了湖边。这时候,大林娘拎了早饭也来到了湖边。她并不知道河蚌被偷了。她看见唐队长和周书记在这里,很诧异。她对唐队长说:"你和周书记来这里做啥?"

唐队长说:"一湖的河蚌都被偷走了,你还不知道吗?"

大林娘听队长这么一说,脸色发白,竟然昏厥过去,倒在地上。而此时,老王父子俩还在船上。唐队长对船上的父子俩叫道:"老王,你家属昏倒了。"

老王连忙将船撑到湖岸边。

老王抱起大林娘叫道:"你醒醒啊!你醒醒啊!"

王大林也叫道:"妈,你醒醒啊!这河蚌不关我们事的呀!"

见此,周书记对老王说:"你背着她吧,马上去医院抢救。"

这时候,大林娘眼睛稍微睁开些了,她发出了轻微的声音:"这河蚌能找回吗?"

王大林在她耳边说:"妈,这河蚌我们不会赔的。"

看到大林娘已经苏醒,唐队长对王大林说:"怎么不会赔?这些河蚌养育了两年,今年十月就可以破蚌采珍珠了,可现在被偷走,那损失可大了。这可是我们生产队全部的家当啊!"

见此,周书记对唐队长说:"现在不是讨论要不要赔偿的时候,先看要不要把她送医院吧。"

老王说:"我家属有昏厥的老毛病,应该没有什么事的。"

周书记俯身问大林娘:"现在你感觉怎么样?要不要送你去医院呢?"

大林娘挣扎了一下,说:"不去医院,现在我没事了。"又说:"周书记,大林和他爸辛辛苦苦,为了这些河蚌长年累月吃住在这里,没有功劳也有苦劳吧。"

周书记对她说:"现在你不要多想。这个事情怎么处理,之后会有结论的,现在说什么也是没用的。"

大林娘说:"嗯,相信大队领导。"

周书记对她说:"你到草棚里休息一下吧。"

大林娘又"嗯"了一声。

然后,周书记对唐队长说:"我这就去大队部,让张营长去找警察,最好把这个案子破了,那样就能减少经济损失了。"

唐队长说:"那好,我就在这里等他们。"

周书记嘱咐唐队长:"现在不是责怪人的时候,而是我们寻找线索,把盗贼揪出来的时候。"说完,他走了。

现在,就等张营长带警察来了。

大林娘坐了起来,她指着旁边一只篮子对王大林说:"篮子里是早饭,你和你爸吃点吧。"

王大林说:"我不饿。"

老王打开篮子对王大林说:"你不饿也要吃一点东西,今天午饭不知道什么时候吃呢。"

大队张营长领着警察来了。一共来了两位警察,一位是老民警老徐,还有一位是年轻民警小郑。

老徐问:"是什么时间发现河蚌被盗的?"

老王说:"天刚蒙蒙亮。"

"大约几时?"

"差不多五时出头一点。"

小郑对老徐说:"老徐,这样吧,我们到草棚里做份笔录。"

老徐说:"可以。"

于是,张营长招呼老王父子说:"你们把草棚打扫一下,准备到草棚里做笔录。"

老王说:"草棚里很是杂乱,就在外面吧。"

老徐说:"要写字,要做笔录的。"

老王说:"那我搬一张小桌子出来,你不就可以写字了吗?"

老徐说:"这样也可以的。"

于是,老王从草棚里搬出了一张小桌子。老徐从随身携带的一只黑皮包里拿出一个本子,放在桌子上,对老王说:"草棚里有小凳子吗?有的话搬几只小凳子出来。"

草棚里有两只小凳子,老王将它们搬到了外面。

老徐对唐队长说:"你们生产队有多少人?每个人都要做笔录。"

唐队长问道:"七八十岁的老人和几岁的小孩子也要做笔录吗?"

老徐说:"那个年纪的老人老得路都走不动了,让他们做笔录要被人笑歪嘴巴的吧。"

唐队长说:"那什么时候开始做笔录?"

老徐说:"现在就开始吧。你把男社员、女社员都叫过来,我们在这里一一做笔录。"

唐队长说:"可他们都在田里干活呀。"

老徐说:"人是活的,让他们一个个到这里来,不会耽误他们很久的。"

唐队长说:"我建议女社员就不要做笔录了吧。"

老徐说:"宁可错杀一千,不可放过一个。这些河蚌,你能保证不是女社员们偷的吗?如果你能拍胸脯保证,那我可以答应你不用叫女社员做笔录了。"

唐队长只好对王大林说:"你去田里叫人吧。"

王大林说:"把他们全部叫到这里来吗?"

老徐说:"刚才我对唐队长说的话,你好像没有听着吧?"

王大林说:"我是没有听到。"

唐队长对王大林说:"你快去叫吧,叫他们一个一个轮流过来……"

老徐和小郑做了一下分工：做笔录由老徐负责，小郑则负责维护现场秩序。第一个做笔录的人是老王。

老徐问："你贵姓。"

老王答："我贵姓王。"

老徐笑了一下，心想：这个人真是个"老实头"，问他一声"贵姓"，他还真以为自己"贵姓"呐。这个人真是有点意思。

"今年多大年纪？"

"四十九岁。"

"种地吗？"

"以前种地，现在养蚌。"

"昨日晚上，你去哪儿了呢？"

"昨日我睡觉蛮早的。我一直在草棚里睡觉，其他地方都没去。这里离村庄那么远，也没有什么地方可以去呀。"

"夜里没有听到一点响声吗？"

"如果听到就好了，河蚌就不会被偷走了。"

老徐拿出一沓白纸和一盒印泥。印泥不是红色的，是黑色的。他对老王说："你用右手，在白纸上留一个手印，笔录就做好了。"

老王在那张白纸上留下了一个手印，他看着右手掌黑黑的，对老徐说："老徐，我有一个疑问，不知道可不可以说。"

老徐说："可以说的。"

老王说："是我报案的，你让我按手印好像有点不对。"

老徐说："整个生产队，做了笔录的人都要按手印的，除非你是吃奶的孩子。"

"但这个盗贼不一定是我们生产队的人呀。"

"先从你们生产队查起，这不可以吗？"

老王说："我估计是别的地方的人来偷的。"

老徐说："我这样做笔录不会有什么问题。你有问题的话等我做好全部社员的笔录再提吧。你可以了。"然后，他对小郑叫道："下一个！"

小郑对唐队长说："就你吧。"

唐队长说："我是队长，难道你们还不相信我吗？"

小郑说："这个没有办法，整个生产队的人都要做笔录，都要按手印的。别说你是队长，即使大队书记也逃不脱的。"

唐队长说："好吧。"

于是，他坐在了老徐的对面。

老徐说："唐队长，这是破案手续。你是生产队队长，所以这个笔录你应该带好头，而不应该找茬。"

唐队长说："我并不是找茬，只是觉得这样做笔录，不一定能找出盗贼。"

老徐说："能不能找出盗贼，暂时还不能说，但'太湖萝卜吃一段汆一段'，这句老话你应该知道的吧？好了，与你扯远了，现在开始做笔录了。我问你，你是哪里人？"

唐队长险些笑出声来："我是珍珠湾人，第七生产队队长。"

这时有人在叫唐队长。唐队长回了一句："你叫什么！你没看见我在做笔录吗？"又对老徐说："你这样做笔录，我感觉自己好像是一个犯人了。"

老徐说:"破案之前,人人都是怀疑对象。"

唐队长说:"你应该把我排除。我作为队长,不可能偷生产队的河蚌。"

老徐嘿嘿一笑说:"有个成语叫'监守自盗',你知道吗?"

唐队长说:"父母只让我读了两年书,我哪知道这个成语。"

老徐说:"你不知道,那我告诉你,监守自盗就是自己偷自己看管的东西。"

唐队长说:"这是河蚌,养在河里,我偷了放哪里?如果我想偷,等破蚌采了珍珠,偷珍珠才好呢。"

老徐说:"看来,即使你没偷河蚌,等破蚌后你也可能会偷珍珠,你说对不对?"

唐队长这可急了,争辩道:"我刚才说的那句话,你可不能记下来,万一以后生产队破蚌了,真的少了珍珠,我可担当不起啊!我说的都是玩笑话,你千万不可当真。"

老徐说:"我不会把你说笑的话记录下来的,这个请你放心。"

生产队的男社员、女社员都在田里干活。

王大林来叫他们一个个去做笔录。

几个姑娘招手让他过去。

他红着脸走过去了,因为他看见自己的心上人明珍也在人群里。

姑娘甲说:"大林,我们几个姐妹一块儿去好吗?"

王大林说："不好。只能一个一个去，就是回来一个再去一个。"

姑娘乙说："我们一个人去的话，万一路上遇见坏人，那可怎么办？"

没等王大林回答，已经有姑娘说了："那就喊救命。"

"对，那就喊救命。"好几位姑娘附和道。

姑娘甲说："你看在明珍的分上就让我们一块儿去吧。"

王大林说："不行。不是我不让你们一块儿去，而是你们一块儿去了以后，唐队长会骂我。他也会骂你们的！你们都是漂亮面孔，何必被他骂得不像人？"

姑娘乙说："大林，你说我们这几个姑娘谁最漂亮？"

姑娘丙说："这还用说吗？当然是明珍姑娘最漂亮。"

她们把明珍推到了王大林面前。

王大林连连后退。要不然，明珍就被她们推到王大林的怀里了。这群姑娘说说笑笑的，朝气蓬勃，充满着青春的力量。

王大林忽然觉得生活还是充满着阳光，充满着爱恋，充满着希望的。这群姑娘像一群小麻雀，可热闹了。

"你们不要闹。"王大林对她们说。

"等你俩结婚，我们可要在你们的新房里大闹天宫。"有姑娘大声地说。

"你们当中谁先跟我走？"王大林说。

"让你心上人明珍先去。"有姑娘说。

她们又把明珍往前面推。

王大林对明珍说："那你跟我走！"

明珍说:"你们先去,我后面再去吧。"她往后面退了几步。这群姑娘又把她往前推,又引起了一阵哄笑。

王大林对她招了招手,说:"那你跟我走吧!"

明珍还是犹豫不决。

王大林又说了一遍:"那你跟我走吧!"

明珍这才跟他走了。后面传来一阵嬉笑声。

王大林只顾低头走路,明珍紧紧地跟在他的后面。走到半途时,明珍追上他,说:"这次河蚌被盗,他们都说生产队会让你家赔偿,这是真的吗?"

王大林说:"唐队长是这么说的,但我对他说:我家不可能赔偿;如果要赔偿,你队长才是第一个要赔偿的。"

"那唐队长怎么说?"

"他没说什么,因为他没有理由让我家来赔偿。你想,如果国家的银行被盗,会让看守银行的人赔偿钱款吗?"

"但这次我们生产队损失可大了。"

"是啊,如果能找到这伙盗贼,那就好了。"

"能找到谁偷的河蚌吗?"

"我也不知道。"

"我现在很为你担心。"

"你不用担心。即使要我家赔偿,我家也还有两间平房可以赔偿出去。"

"那你家里人住哪里呢？"

"可以住在那个草棚里。"

"那你结婚的房子在哪里？"

"我有双手，我会挣钱的，然后盖更宽敞的房子。"

"我就喜欢你这个样子。"

"那你愿意嫁给我吗？"

"你也太心急了吧！我们还没有吃定亲饭呢，吃过定亲饭才可以谈婚论嫁啊！"

走着走着，就走到了湖边，走到了草棚。唐队长听说过王大林和明珍在谈恋爱的事，现在看见他俩一块儿走过来，更加确定他俩谈恋爱了。所以他见到明珍第一句话就是："明珍，你和王大林谈对象，什么时候吃你俩的喜酒呀？"

明珍脸红了，她低头不说话。

王大林对唐队长说："你要我赔偿河蚌，我家房子都赔掉了，你说有哪一位姑娘还愿意嫁给我呢？"

明珍在做笔录。王大林跑到草棚里取了一块肥皂，他把那块肥皂捏在手里。他在等待明珍做笔录结束，然后他要把这块肥皂递给她，让她洗手。因为在笔录上按完手印后，手掌上会留下黑黑的油墨。

明珍举着手走来了。只见她的手掌黑黑的。

王大林说："我有肥皂。"

明珍说："我说用大拇指按一下手印吧，他不同意，偏要用手掌。"

王大林把肥皂递给她，说："那边水沟里有水，可以洗手的。"

明珍说:"你哪来的肥皂?"

王大林说:"草棚里取的。"

"其他人有肥皂洗手吗?"

"没有。"

"那你把这块肥皂给我,我给几位小姐妹洗手好吗?"

"可以的。"

理所当然,这块肥皂可以给明珍的。王大林想,如果父亲问这块肥皂哪里去了,自己就说那么多人来这里做笔录,没注意这块肥皂的去向,估计父亲也不会过多地追问。

明珍蹲在水沟边,发现即使用了肥皂,也难以将掌心里的油墨完全洗掉,她皱起了眉头。见此,王大林从水沟里抓了一把泥土递给明珍,说:"你用这个泥土再搓搓手。"

明珍用泥土使劲搓手,再在水沟里洗手,掌心里的油墨变淡了,但还是没有完全洗净。她说:"洗不掉了,反正在掌心里,就这样吧。"

她把肥皂还给王大林。

王大林说:"你不是说这肥皂要给几位小姐妹洗手的吗?"

明珍说:"肥皂洗手与泥土搓手效果差别不大,我让她们直接用泥土搓手吧。"

王大林说:"先用肥皂洗手,然后再用泥土搓手,这样效果好些。你还是把肥皂给她们吧。"

明珍便接过了肥皂。

她说:"我第一次感觉你做事蛮细心的呀。"

王大林说:"你在我心里就是一个细心又温柔的姑娘。"

明珍愣了一下,问怎么细心又温柔。王大林说:"冬天种蚌时,我看见过你种蚌。会种蚌的女孩和会做布鞋的女孩都是细心又温柔的呀。"

明珍说:"可是现在生产队的河蚌都被偷了,我真的感觉挺沮丧的呀。"

王大林说:"我们走吧,边走边说,我还要去叫人做笔录。"

于是,两人一前一后在田埂上走着。

王大林说:"明珍,我想问你一件事可以吗?"

明珍说:"你随便问,可不要像刚才那个做笔录的警察一样表情严肃呵!"

王大林好想拉着她的手,一起在田埂上飞奔,但四周田里都有干活的人,他还没勇气牵她的手;她也没勇气伸出玉手。那么,王大林想问明珍什么问题呢?

王大林鼓足勇气问道:"明珍,听说有媒人给你介绍对象,有这回事吗?"

明珍说:"你听谁说的?"

"我妈说的。"

"你妈怎么说的?"

"我妈说,明珍姑娘要找对象了,媒人上门去了。"

"你妈还说什么?"

"我妈还说,明珍姑娘是生产队最好的姑娘,谁找到她做媳妇,谁就幸福!"

"你妈真的是这么说的吗?"

"我妈真的是这么说的,这是她的原话,我一个字也没改。可你还没有回答我,有没有媒人上门给你介绍对象?"王大林紧张地追问着。

明珍对他说:"是有两个媒人上我家的,结果被我妈赶走了。"

"你妈为啥要赶走她们呀?"

"她们说把我介绍给大队书记的大儿子,可我妈知道他与一位姑娘谈过对象,还把那姑娘肚皮搞大了。所以我妈听她们介绍那个人时,就火了。她说:'我闺女还是黄花闺女,即使他们家再有钱,我们也不嫁那种二婚的。'"其实,说人家"二婚"不够准确,应该说他是不正派的人吧。

"你妈好明智啊!"

"我爸也很好的。"

"你爸好在哪里呢?"

"我爸对我说,让我眼睛看看准,不要找花花公子,要找热爱劳动、不怕吃苦的小伙子。"

"你爸真的也很好!"

王大林好想和她在这条田埂上一直走下去,可是明珍马上要下田劳动去了。王大林对明珍说:"我有许多话想对你说,我们找个时间约会吧。"

明珍说:"那你到我家来找我吗?"

王大林说:"我有点怕你爸妈。"

"他们又不是老虎,不会吃掉你的。"

"那这样吧,我叫小芳来叫你,你说好吗?"小芳是明珍很要好的小姐妹。

"这个主意好!"

两个人迅速约定了约会的方式。

明珍到了田里,又回到了姑娘们中间。田里响起了一阵清脆的笑声,那种欢快和明媚的笑声传得很远,很远……

从田里又走出了一位姑娘,她就是小芳。

王大林对她说了与明珍约会的事,她爽快地答应做他俩的"传话筒"。

老徐和小郑忙碌了两天才结束笔录工作。老徐刚想收工,走来一位穿军装的年轻人。老徐问唐队长:"他是退伍兵吧?"

唐队长说:"是的,刚退伍回来十多天。"

"那是你们生产队的人吗?"

"是啊,是我们生产队的人。"

"那他也要做笔录的。"

"他是退伍兵,这点要相信他!"

"我当然相信他,但整个生产队的男社员、女社员都做了笔录,他也是生产队的人,可不能例外。"

"好吧,那就让他做笔录。"

唐队长对他说:"你不来这里就没事了。你来了被他们看见了,现在他们也要你做笔录,你配合一下他们吧。"

退伍兵说:"没问题,我是退伍军人,找出盗贼也是我的责任。"

于是,退伍兵坐在了老徐的对面。

老徐问:"你叫什么名字?"

退伍兵说:"姓田,名不忘。"

"'不忘'这两个字怎么写?"

"'不忘',就是'不会忘记'。"

"这名字有意思,谁起的呀?"

"当然是我父母亲起的,大概意思就是不忘旧社会受的苦难,因为我的祖辈都是给地主、富农做长工的,极其贫穷。"

"看来,你是根正苗红。"

"应该可以这么说吧。"

"你什么时候回来的呀?"

"应该是这个月十一号吧,退伍回来十多天了。"

"退伍回来这些日子一直在做什么呢?"

"没做什么,在家里等待乡里分配工作。"

"工作有着落吗?"

"还没有。"

"我觉得你个人素质不错,可以自己申请,来我们派出所做民警,我们正在招兵买马。"

"我愿意,但我不知道怎么申请。"

"我给你推荐一下!"

"谢谢你!"

这个笔录完全是聊家常啊。相对来讲,退伍兵政治觉悟还是有的,不可能刚退伍回来就做这种偷鸡摸狗的事。但若不找他做笔录,其他社员或许会有看法。

唐队长问老徐:"笔录做完了能够破案吗?"

老徐说:"我们回去后会分析案情,同时会对手印进行验证,争取能够尽快抓获盗贼。"

唐队长说："或许盗贼不是我们生产队的呢？"

老徐说："先从你们生产队里开始查吧。如果你发现新情况，及时告知我！"

唐队长说："不把这个盗贼找出来，到年终分红的时候，我们生产队分红的钱都不知道在哪里呢！所以，必须找到他们，必须找回河蚌！"

一波未平一波又起，河蚌被盗的事还没有了结，珍珠湾村庄又出了一件大事。

这天早晨五时许，唐队长的妻子提着一桶猪食喂猪，她推开猪棚门时，被眼前的一幕惊呆了。只见羊圈里一只湖羊倒在血泊之中，湖羊的脖子还在淌血，其状惨不忍睹。

她跑回家里，叫道："羊死了，羊死了！"

唐队长问："羊怎么了？"

"羊死了，脖子上都是血。"

"怎么会呢？"

"你快去看啊！"

唐队长连忙跑到猪棚，他也被眼前的惨状惊呆了。

"羊是不是被木栅栏刺死的呀？"他的妻子说。

"好像不是的。"唐队长说，"让我到羊圈里看看。"说完，他便打开了栅栏。他翻看羊的颈部，对妻子说："这只羊脖子上刀口很深，是有人来杀羊的。"

"啊，杀羊？是哪个杀千刀造孽啊！"

"肯定是有人来杀羊的。"

唐队长走出羊圈，对妻子说："我们到外面去。你关好猪棚门，保护好现场，我去大队里报案。"

他的妻子说："吓死人了，我和你一块儿去报案。"

唐队长说："你在家看好猪棚门，不要让别人进去，我很快回来。"

他的妻子说："那你快去快回！"

唐队长到灶头间喝了一碗水缸里的冷水，便迈开脚步向大队部赶去。他脑海里盘旋着一个问题：杀羊动刀子，这是一桩血案，谁对自己如此仇恨呢？

他实在想不出自己有什么仇人。虽说自己做生产队队长多年，也可能得罪了一些社员，但不至于如此仇恨，要动刀子杀羊啊！

这时，唐队长家门口聚集的人越来越多了。有人发现，唐队长家门口的地上有很多稻谷，那稻谷一直延伸到生产队晒场。有人到晒场一看，晒场上的稻谷又被盗窃了——稻谷堆上有一个深坑，不用说这些稻谷肯定被偷了。

唐队长从大队部报案回来了。

有人告诉他，生产队晒场的稻谷被盗窃了，而且稻谷从晒场到唐队长家一路上都有。唐队长望着一路的稻谷，想：这个杀羊案件并不孤立，一定是有人嫁祸于我啊！

这时，唐队长看见王大林也在人群中，便对他说："大林，你帮我去大队部一趟，找张营长，对他说，生产队晒场稻谷也被盗了,快点来人吧!"

王大林说:"好,我马上去大队部!"

王大林向大队部飞奔而去,在经过一座小桥时,他与张营长相遇了。与张营长同行的还有两位警察,这两位警察是新面孔,王大林并不认得他们。

王大林对张营长说:"唐队长要我到大队部找你报案。"

张营长说:"我晓得的,有人跟我说了。我这不是和两位警察要去现场了吗?"

王大林说:"杀羊是一个案子,现在还有一个案子——我们生产队晒的稻谷被盗了。"

张营长说:"稻谷被盗,我也是刚晓得。"

王大林说:"那我用不着去大队部了。"

张营长说:"你先带我们去唐队长家,看看杀羊现场,再带我们去看看晒场现场。"

王大林说:"我带你们去唐队长家,他会带你们去晒场的,我还有自己的事情。"他想起了河蚌被盗案,心如乱麻,不知道河蚌那个案子能不能破。如果找不到盗贼,那么河蚌的损失生产队到底会不会要求他家赔偿呢?

唐队长家门口围着很多人。

张营长对唐队长说:"出工时间到了,让这些人出工,不要在这里围观。"

唐队长眼睛直直地看着围观的人群，说："你们给我出工去，不要在这里围观。"

围观的群众都走开了。

唐队长打开猪棚门。

警察甲问："有人进过这个猪棚吗？"

唐队长说："没有。"

警察乙说："没有人进过猪棚，那怎么发现湖羊被杀呢？"

唐队长说："我和家属进过猪棚的。"

警察甲问："你们有没有接触过这只湖羊？"

唐队长这个平日里发号施令的男人，此刻像个小媳妇，说话声音也放低了。他说："我摸过湖羊的脖子，看看它的伤口是怎么回事。"

警察甲说："以后碰到这种情况，你们千万不要用手去触碰，应该保护现场，也别让其他人触碰。"

唐队长连连点头，说："要是再遇见这种事情，那倒八辈子霉了。"

警察乙问："这猪棚里有电灯吗？"

唐队长说："没拉电线，但我有手电筒。"

警察乙说："那你把手电筒拿来。"

两位警察在猪棚里打着手电筒，在羊身和栅栏、门上都取了指纹。之后，警察甲对唐队长说："现在你们可以把这只死湖羊拖到外面去了。"

那只死湖羊被拖到了外面，地上便留下了一行血印。

警察甲说："这只湖羊是被利器杀死的，这个没有疑问。"

警察乙问唐队长:"你做队长,生产队里有冤家吗?"

唐队长说:"被我骂过的社员是有不少,但要说冤家倒是找不出来的……"

警察乙说:"你好好想想,想到可疑对象可以对我们说,这样可以缩小侦查范围,尽快把这个杀羊凶手找出来。"

唐队长说:"一时还想不出来谁会是冤家。"

"如果你想不出来谁是冤家,那只好让整个生产队的社员按手印了。"警察甲说。

"你说是整个生产队要按手印吗?"唐队长问。

"是的,那只能如此。"警察甲说。

"我们整个生产队社员刚做过笔录,按过手印。"唐队长说。

"哦?"

"我们生产队养在河里的河蚌被偷掉了,你们派出所老徐,还有一个小警察小郑到我们生产队做了笔录,我们都按了手印。"唐队长说。

"这件事情我们不太清楚。但既然老徐采过指纹,那我回去就找他要。"警察甲停了下,又说,"这只湖羊绝对是被人杀死的,而且杀羊时,这只湖羊发出的声音应该很大。"

唐队长说:"我和妻子都没有听到。"

张营长来了一句:"你们夫妻肯定是睡得像死猪一样。"

唐队长说:"不是死猪,是死羊。"

他的话引得大家哈哈大笑。

看着地上那只湖羊,唐队长问:"这只湖羊你们带走吗?"

张营长笑着对他说:"他们不会带走湖羊的。如果你不想要,我可以带走它的。"

唐队长愣了一下,忽然反应过来了,这只湖羊是他的,归他自己处理。他说:"那这样吧,今天傍晚请你们来吃羊汤。"

张营长开玩笑说:"傍晚我就不来喝羊汤了,你给我一只羊腿带走就可以了。"

唐队长望着他:"那我给你准备好一只羊腿啊!"

张营长笑了一声,对唐队长说:"羊腿你自己留着吃吧,我们到生产队晒场去看稻谷。"

唐队长是一个豪爽的人。他想,这只湖羊既然已经被杀了,羊肉一家人是吃不完的,不如当天就搞一次"吃黄糊"。所谓"吃黄糊",就是生产队全体人员聚会,一起饱餐一顿。

他对一位仍在看热闹的男社员说:"你叫阿三过来,把这只湖羊拖到养猪场。"阿三是猪倌,会杀猪。唐队长叫他把这只湖羊去毛和破肚。

唐队长与张营长、两位警察一起向生产队晒场走去。

唐队长指着路上星星点点的稻谷说:"你们看,今天有人发现这条路上有很多散落的稻谷。"

警察甲说:"这是谁丢的?"

唐队长说:"不知道。"

警察乙对唐队长说:"我们先去看晒场,要是确定晒场稻谷被偷的话,就要去你家里看一下。"

唐队长说:"看我家干什么?"

警察乙说:"看你家有没有稻谷。"

唐队长说:"我家没有一粒稻谷,只有大米。"

警察乙说:"如果你家有稻谷,那晒场稻谷被偷,你就是怀疑对象。"

唐队长说:"我是生产队队长,不可能偷自己队里的稻谷。"

警察乙说:"那这一路上的稻谷,你解释一下是什么原因。"

唐队长说:"我不清楚。"

警察乙说:"这有两种可能。一种是你是作案者,你把稻谷背回家,或许袋子漏,就把稻谷漏在地上了;还有一种是有人陷害你,他故意将稻谷撒在这条路上。"

警察甲补充说:"现在看来,杀羊和晒场稻谷被盗应该是一个案件。"

唐队长有点不高兴了,他说:"你们这么说,我无法接受。难道说这只湖羊是我自己杀的吗?还有晒场那些稻谷是我偷的吗?你们真的是睁着眼睛说瞎话。"

警察乙说:"你误会了,我们没有说你杀羊和偷盗稻谷,只是针对这两件事情做一个推测。反正,这个案子我想是可以破的,猪棚里的指纹都采集到了,现在到晒场采集稻谷堆旁的指纹。"

张营长对唐队长说:"现在你不要与他们争,让他们找证据,把真正的杀羊和偷窃稻谷的人找出来。"

唐队长点了点头,说:"生产队河蚌被偷,现在我家的湖羊被杀,生产队晒场的稻谷又被盗,我心里有一种说不出的愤怒与委屈。"

张营长安慰道:"过几天,这些事情就会水落石出的!"

晒场上,副队长钱招树和几个社员正在看守。

张营长问:"哪个谷堆被盗了?"

钱招树指着西边一个谷堆说:"就是那个。"

张营长看着那个谷堆,谷堆上面被稻柴盖着,就问:"为什么上面要盖稻柴呢?"

钱招树说:"这里有野猪。"

张营长说:"你们在这里,野猪会来吗?"

钱招树:"有人的地方,野猪应该不会来。"

张营长说:"那谷堆上的稻柴是谁让盖的?"

钱招树说:"是我。"

张营长生气地说:"你不懂保护现场吗?你这样盖了稻柴就把整个盗窃现场破坏了。"

警察甲说:"把谷堆上的稻柴搬走。"

钱招树连忙对旁边几位社员说:"把谷堆上的稻柴搬到边上。"

搬走了谷堆上的稻柴,谷子就显露出来了。一眼看过去,谷堆上有一个深坑。钱招树说:"前天傍晚收工的时候,这个谷堆还没有这个坑的,显然这些稻谷被人偷了。"

"你不是说有野猪出没吗?会不会是野猪踩的坑呢?"警察

乙说。

"绝对不是，野猪踩的肯定有猪爪印。"钱招树说。

唐队长说："很显然，这是有人想陷害我。他偷了这些稻谷，一路抛撒，让别人以为是我偷了生产队的稻谷。这个人就是想害死我！"

张营长说："有这个可能。"

唐队长说："一定要把这个盗贼揪出来。"

警察甲说："揪出这个盗贼不难，我估计杀羊和偷稻谷的系同一个人。"

张营长说："何以见得？"

警察甲说："等这两个案子破了，你就明白了。"

警察甲没有直接回答张营长的问题，而是卖了一个关子。或许，这也只是他的一个猜想吧。

唐队长急切地问："这两个案子能破吗？"

两位警察和张营长商量了一会儿，他们想召开生产队全体社员大会，发动社员找出更多的破案线索。

唐队长说："好，马上叫全体社员到这个晒场集合。"

这时，钱招树却反对了，他说："大家都在田里干活，现在开会不是时候。"

他不愿意去通知社员们开会。

唐队长对钱招树说："什么不是时候？你去叫大家马上到这里来开会。你有什么思想问题可以直接交流。"

钱招树说："哪有思想问题，我是实话实说。现在叫他们来开会，就把一天的农活耽误掉了。"

钱招树无可奈何地去叫社员们到晒场开会。他对在田里干活的男社员、女社员叫道:"各位各位,大家不要干活了,都到生产队晒场开社员大会喽!"

他叫喊了几遍。

社员们纷纷从田里向晒场走去。

钱招树的妻子妙红也走过来了。

她对钱招树轻声地说:"到晒场开会,是不是稻谷那个事呢?"

钱招树说:"是的。现在警察在晒场,是警察要开这个社员大会。"

妙红说:"他们没有盘问你什么吧?"

钱招树说:"这里人多,你不要多说话。"

妙红说:"你嘴巴要闭紧,有些话打死也不能说。"

钱招树说:"你也不要乱说。"

妙红低着头向晒场走去。有个中年妇女追上她说:"妙红,今天夜里唐队长家'吃黄糊',你喜欢吃羊肉吗?"

妙红说:"羊肉有膻气,我不喜欢吃的。"

那妇女说:"湖羊吃草的,比猪还干净,猪还要吃人吃剩的食物。"

妙红说:"你喜欢,那你多吃一碗羊汤。"

那妇女说:"唐队长家那只湖羊不知道是谁杀的。不过对我们来讲,真的该感谢那个杀羊人;如果他不杀羊,我们就没有这个羊肉吃了。"

妙红无语，低头走路。

那个妇女说："那个杀羊人胆子真的大的，夜里猪棚里灯火也没有，他一个人竟敢去杀羊的。"

妙红说："谁告诉你一个人呀？"

那个妇女说："我猜的。"

妙红说："我猜是男人做的，女人一般都没有这个胆子。"

一会儿她们就来到了晒场，唐队长和钱招树，还有队上的会计都在统计人数。警察甲问："大家都到了没有？"

唐队长说："还有七个人没有到。"

警察甲说："快点去催催，开好会我们还要回去核对指纹。"

过了一会儿，唐队长对张营长和两位警察说："全队社员都到了，会议可以开始了。"

张营长问两位警察："你们谁讲话？"

警察甲说："我来讲讲吧。"

张营长说："少一只喇叭，只好讲时喉咙响点了。"

警察甲说："你这话倒是提醒了我，那让社员们围着我吧，这样我讲话他们都能够听见。"

大家觉得这是个好主意。于是，张营长喊话道："各位社员，各位社员，大家围拢过来，靠得近一点，不然没有喇叭，站在后头的人会听不见讲话的。"

晒场上人群中突然一阵骚动，原来真的有只野猪窜了过来。那些女社员吓得脸色都变了，有些男社员用砖头去砸野猪，野猪很快便逃之夭夭了。

唐队长站在一捆稻柴上,说:"各位社员,大家静一静。今天召集大家开个社员大会,乡里的警察要跟大家说几句话。下面请警察同志讲话。"

警察甲站上了这捆稻柴。他说:"前几天,你们生产队河蚌被盗,这个案子我的同事在办。今天,你们生产队又发生了两个案子,一个是唐队长家的一只湖羊被人杀死了,还有一个是晒场这边的稻谷被偷了。今天的这两个案子是一定会破的,或许凶手和偷盗稻谷的人就在你们当中。"

人群中又是一阵骚动,大家你看我,我看你,不知道谁是坏人。

警察甲又说:"今天这两个案子比河蚌被盗的案子简单多了,因为作案人员基本可以确定就在本生产队内,今天就可以破案,就可以将犯罪分子捉拿归案。所以,我劝作案人员主动坦白;如果不主动坦白,哪怕拖到今天夜里也要将犯罪分子抓起来。"

钱招树听了警察甲的话两腿发软。

过了会儿钱招树走到妙红身边,拉了她一把说:"你出来,我有话对你说。"

两个人走到柴垛夹弄里,钱招树说:"我对你说,你偏不听,现在出大事了吧!如果现在不主动交代,今天晚上他们要来捉你了,你看怎么办!"

妙红倒是不慌张,说:"你说话声音轻点。"

钱招树说:"你就向警察坦白吧,不然被他们查到,我和你真的要吃官司的。"

妙红说:"你我咬紧牙关,就是死不承认,他们能拿我怎样?"

——应该知道杀羊和偷晒场稻谷的元凶是谁了吧?

不是别人,正是钱招树夫妻。

原来那只湖羊就是妙红杀的,借此引得看热闹的村民发现唐队长家门口的稻谷。

晒场稻谷并没有失窃多少。偷盗稻谷则是钱招树所为,他在稻谷堆上挖了半袋子稻谷,然后一路抛撒,一直将稻谷抛撒到唐队长家门口,以造成唐队长偷盗稻谷的假象。

钱招树想坦白自首,但妙红不让。他急得脸一会儿红,一会儿白,一会儿紫,神色也显得慌慌张张了。

妙红说:"天塌下来由我顶着。"

唐队长和钱招树,一个是正队长,一个是副队长,应该说他俩原来是"哥俩好"的。

相对来讲,唐队长比钱招树权力大些,活也轻松些,因为正队长不必和社员一块儿劳动,而副队长经常要与社员们同吃、同住、同劳动。

那日,妙红对钱招树说:"你做队长就好了。"

钱招树说:"唐队长年纪比我还轻,不可能把队长的位子让给我的。"

"想办法把他拉下马来。"

"有什么办法呢?"

"我想让月妹勾引他,然后捉奸。"

"那可不好,你让月妹以后怎样做人?"

"假若你做了队长,不会乱搞关系吧?"

"我不会的。"

过了些日子,妙红对钱招树说:"我想出了一个好办法,可以将唐队长拉下马来。"

钱招树说:"你有何高招?"

妙红说:"明天你去准备一把杀猪刀。"

"啊,你要杀猪刀不会是杀人吧?"

"哪会杀人!杀人偿命,这事做不得。"

"那你要杀猪刀做啥呢?"

"唐队长家有一只湖羊,夜里我让他家那只湖羊吃一刀。"

"啊,你敢杀羊?"钱招树吃惊不小。

"为了让你做队长,我豁出去了。"妙红拍了一下大腿说。

第二天,钱招树正好摇船去乡生产资料部买化肥,他便只身去了铁匠铺。铁匠说:"杀猪刀要预定的,你要当场拿是拿不到的。"

钱招树说:"我一个月也就到街上一趟,预定的话一个月太长了。"

"你买杀猪刀派啥用场呢?"

钱招树说:"前不久,打着一只大野猪,但没有杀猪刀,可苦了我了。所以我想备一把杀猪刀,以后打死野猪,有了杀猪刀剥皮就方便多了。"

铁匠跑到里屋,从床铺底下抽出一把杀猪刀,对他说:"这把杀猪刀跟着我很多年了,你要就卖给你!"

傍晚,唐队长家里里外外像打翻了一只网船那样热闹。整个生产队的男女老少都聚集在唐队长家"吃黄糊"——吃羊肉,喝羊汤。

钱招树和妙红夫妻俩没去"吃黄糊"。

唐队长亲自去请钱招树吃羊肉。钱招树当即答应,他说:"即使你不叫我吃羊肉,我厚着脸皮也要去的。"

妙红却不让钱招树"吃黄糊"。

她看唐队长走了,就说:"你没听警察开社员大会说,今天夜里把杀羊的作案人员捉拿归案吗?"

钱招树说:"警察也就随便说说的。那个河蚌被盗的案子好多天了,一点消息也没有。"

妙红说:"我们还是去外面躲躲,说不定警察真的会找上门。"

这回钱招树拿出大无畏气概来了,他说:"如果事情被他们查出来,你就把杀羊和盗窃稻谷的事情都说到我头上好了,你自己一定不要承认。"

妙红说:"不好,那样你的罪名便大了。"

钱招树说:"我不想让你坐牢。我咬紧牙关,不会交代的。"

这对夫妻便跑到妙红娘家过夜去了。

可是,世上的事情就是这样的:逃得了初一,逃不过十五。

第三天,五六位警察来了。当时钱招树和妙红正在田里劳动,他俩看见警察走过来,便抬腿向河边快速跑去。警察早有防备,迅速追上去将他俩团团围住。

警察说:"举起双手,不要动!"

这对夫妻便束手就擒了。

整个生产队的社员都不敢相信这是真的。

唐队长也不敢相信这是真的。

钱招树和妙红的两个女儿跪在唐队长面前,求唐队长救救她们的父亲母亲。唐队长说:"你们的父亲母亲触犯法律,应该受到法律制裁。"

她们说:"只要你不去乡里告我们的父亲母亲,他们应该可以不吃官司。"

唐队长说:"我的意思也是处罚一下他们算了,并不希望他们吃官司。"

大队周书记也找到唐队长,说:"都是乡里乡亲的,抬头不见低头见。钱招树夫妻做了违法的事,应当受到处罚。不过他们也是一时冲动,本质上还是蛮好的农民,所以你就饶他们这一回吧。"

唐队长说:"可以的。我只有一个要求,就是这个副队长不能让钱招树做了。"

周书记说:"出了这样的事情,还让他做副队长,那可是不行的,这是原则问题。"

过了十几天,钱招树夫妻回到了村庄里。

珍珠湾村庄杀羊和盗窃晒场稻谷的案子破了,可是河蚌被盗案却还是一点消息也没有,阴霾仍然笼罩在珍珠湾村庄的上空……

日子过去有两个月了，可珍珠湾村庄河蚌盗窃案仍然没有一点眉目。本来指望冬天破蚌后采珍珠，将珍珠出售，然后整个生产队分红的，可河蚌没了，珍珠也没了。

那么，分红怎么办呢？

唐队长找到大队周书记，看他怎么说。周书记说："年终分红不能没有，不分红社员们怎么过年？"

唐队长说："生产队账上没钱。我只有十根手指，也不够分。"

周书记说："你十根手指要是十根金条便够了，可惜你的手指没人要。"

唐队长说："那我向大队借钱分红，等以后生产队有钱了，再还给大队。"

"大队也没有钱。当然，'穷穷穷，还有三两铜'。你们生产队的困难户需要用钱，大队可以考虑先分一点钱给他们，以解燃眉之急，让他们太太平平过年。"周书记说，"你们生产队有哪些困难户，你叫会计列出一张表格，然后报给我。"

唐队长说："困难户只有四五家，我现在就可以报给你。"

周书记找出纸和笔，说："你说，我来记。"

唐队长掰着手指说："王老土，生了一场大病，开了刀，现在还不能干重活，这是第一个困难户。第二个困难户，王根龙，残疾人，一年到头吃药，日子不太好过。第三个困难户……"

他对困难户了如指掌。

周书记说:"像王老十这样的特殊困难户,大队叫以向乡里民政部门申请经济补助。"

唐队长说:"书记你是个好人,愿意向困难户伸出帮助的手。"

周书记说:"你不要这样夸我,我不吃你这一套。作为一个书记,我心里总是希望大队里的社员都过上好日子。"

这时,唐队长忽然想到了什么,他站立起来说:"周书记,我有个想法想向你汇报一下。"

周书记说:"你坐在这里半天了,有想法怎么到现在才说。"

唐队长摸一下脸,说:"大概昨晚没睡醒,脑子一直有点迷迷糊糊的,现在你讲起让社员都过上好日子,我才想起来。"

周书记也站立起来,对他说:"你坐下来讲。"

于是,两个人又坐下来。

唐队长说:"那个河蚌被盗案到现在都没有一点消息,我估计是外头人干的。如果是本生产队社员偷的,早露出马脚来了,但我没有发现这个迹象。"

周书记倒是有点急不可耐了,说:"我不是想听你分析河蚌被盗案,而是想听听你的那个想法,你快讲!"

唐队长的想法,就是把那一片生产队的水面承包出去。但乡里还没有这样的先例,鱼塘、河泊等水面都归集体所有。

周书记听了,问他的想法来自哪里。

唐队长说:"是河蚌被盗让我有了这个想法。"

他解释说:"如果这一片水面承包给老王个人,或许就不会有这样的河蚌被盗案发生。"

周书记说:"为什么?"

唐队长说:"因为这是他个人的,夜里他一定不会睡觉;即使睡觉也会和大林轮流看守。你想,河里这些河蚌价值不小,全家性命都在河蚌上,他能够掉以轻心吗?"

周书记说:"你讲得有道理,但目前乡里不允许私人承包水面的啊。"顿了一会儿,他又说:"目前乡里没有这样的政策。"

唐队长说:"世上总有第一个吃螃蟹的人,水面承包也就是这样一只螃蟹,我愿意做第一个吃螃蟹的生产队队长。"他也顿了一会儿,接着说:"反正我们生产队的这一片水面比较偏僻,乡里干部一般不会来这种偏远地方。要不大队就把这一片水面承包给私人?"

从心里讲,周书记支持唐队长的想法,但这样的想法明显与乡政府政策背道而驰。如果把这一片水面承包给私人,有人向乡里告发,那后果不堪设想,自己头上这一顶乌纱帽被摘除也是很有可能的。

所以,周书记说:"原则上是不允许将生产队的水面承包给私人的。"

唐队长下定决心要做第一个吃螃蟹的人,他对周书记说:"如果这一片水面仍然由集体养蚌育珠的话,河蚌被盗案很有可能再次发生。"

周书记说:"这样吧,你们生产队自己做主吧,不要来请示我了,当我不知道。如果上级查下来,所有责任你们自己承担。"

唐队长就等他这句话,便回道:"我对外面讲是生产队放养的。"

周书记说:"那么,有人愿意承包这片水面吗?"

唐队长说:"肯定会有很多人愿意承包这一块水面的。现在看管这一片水面的老王父子应该是最合适的对象。"

周书记说:"你把水面承包给老王父子,生产队其他社员要是知道了会不会闹起来呢?"

唐队长说:"我已经想好应付的办法了。"

这些日子以来,老王一直忧心忡忡,河蚌被盗案就像一块沉重的石头压在他的心上。如果生产队要他赔偿河蚌被盗的损失,他可承受不了。

这天,唐队长像往常一样来到了草棚,老王正躺在床铺上睡觉。

"老王,大白天你怎么睡觉?"唐队长站在草棚门口说。

"除了睡觉,我哪有事情可做呢?"老王一边说,一边从床上坐了起来。

唐队长并没有走进草棚,他闻到草棚里一股鱼腥味。

老王走了出来。

唐队长说:"你无事可做,要不要让你做一点事呢?"

老王说:"你是想让我种'高产'吗?"种"高产",就是种蔬菜。

唐队长说:"我想交代的事情可比种'高产'重要得多。"

"那是什么呢?"

"如果这一片水面生产队想让私人承包,你觉得这个事情可行吗?"

"只要上面政策允许,当然可以的。"

"你愿意承包吗?"

"当然,我愿意,可得让我'近水什么'的……"

"你是想说'近水楼台先得月'吧。"唐队长补充说。

老王说:"你说对了,我就是想说这句话,但脑袋里一时想不起来,还是唐队长你有水平。"

"那打开天窗说亮话吧。今天我去找了周书记,与他商量,现在要将这片水面承包给私人。但这个消息不能对外面说,因为乡里目前还没有这样的政策。考虑到我们生产队河蚌被盗,损失惨重,所以我们才想这样做,把损失挽回来。"唐队长说。

"周书记是一个有眼光的好书记。"

"我没找其他人,直接找你了。如果你愿意承包这一片水面,那我就把它承包给你,你养蚌或者养鱼都可以。"

"唐队长,谢谢你,我愿意。"老王说。

唐队长说:"那我们还得签订一份协议。"

老王说:"我识字不多,让大林与你签协议吧。"

唐队长说:"我识字也不多,不知道这个协议怎么写,我也想请大林起草,然后你和我在上面签名画押就行。"

老王说:"那我现在就去找大林。"

唐队长说:"好的,我现在就回去。你找到他后就一起到我家里来,然后我们一起把这个协议签了。"

王大林早晨出门时,并没有说去哪里,所以老王也不知道到

哪里可以找到他。其他的社员都在田里干活，王大林与老王因为是养蚌的，所以不用在田里干活。

老王在村庄里转了一圈，没有找到王大林。

村庄西边一个机房水泵哗哗地在出水，老王想去那里洗手。他来到机房，看见河边有一只机挂船，上面有两个人。他感觉其中一个像王大林，便走了过去。

真是"踏破铁鞋无觅处，得来全不费工夫"。船上的两个人，一个是大队里的机修工阿明，另一个就是王大林。

老王跳到了机挂船上。

"阿爸，你来做啥？"王大林说。

"我来找你。你在船上做啥？"老王说。

"我跟阿明哥学修机器。"王大林说。

老王真是满心欢喜，本以为儿子到外面玩去了，没想到他没有去玩，而是在学修机器。如果要承包水面，肯定要有一只机挂船，大林学修机器，自然是再好不过了。

老王对阿明说："谢谢你教大林修机器。"

阿明说："大林自己想学。现在机头坏了，他基本上可以排除故障了。"

老王很吃惊，问王大林："你学修机器多长时间了？"

王大林说："断断续续有个把月了。"

老王说："年轻人，应该多动脑子，多掌握一门技术，以后实现现代化，更需要有文化和有技术的人。"说完，他伸手拉了拉王大林，说："你跟我到岸上去，我有话要对你说。"

王大林心想：父亲要我到岸上去，这件事情肯定不能让别人知道。他便马上跟随老王走到了岸上。

老王说:"唐队长找我,说让我把养蚌的这一片水面承包下来,而且说是大队周书记都同意了。现在我们要去唐队长家签订一份协议,所以我到处找你。"

王大林说:"那我对阿明哥讲一声,马上跟你去。"

老王说:"这个水面承包给我们的事,你不要讲,唐队长关照的,这事不能让生产队其他社员知道。"

王大林说:"我晓得哉。"他又跳上了船,对阿明说:"阿明哥,唐队长在找我,等办好事情,我再来找你。"

阿明说:"今天你不要来了,这个机器马上就要修好了,我等会儿要开船去街上买东西。"

老王父子俩急匆匆地来到了唐队长家。老王明白,唐队长是信任自己的,河蚌被盗案他没有追着不放,没有让自己赔偿,所以他心里还是很感激唐队长的。

唐队长给父子俩各倒了一碗热水,说:"家里没有茶叶,喝白开水吧。"

老王说:"你做队长的还不及我,我家里有两样东西不断档的,一样是老酒,一样就是茶叶。"

唐队长问王大林:"你喝酒吗?"

王大林说:"不喝酒的。"

唐队长说:"这上面你不像你父亲了,你父亲是酒鬼。"

老王哈哈一笑说:"酒在肚里,事在心里,我喝酒与做生活①两不误啊。"

唐队长也笑道:"我听说你年轻时,有一次喝醉酒了,和另一个小青年把村庄里的两块桥板都翻到河里去了,不知道有没有这么一回事。"

老王说:"有的,有的。"

他又大笑一声,说:"喝醉酒后真的不像人。那次,我与阿乱头每人喝了三斤黄酒,走过那座小桥,阿乱头说他搬得动桥板的,结果他没有搬动。不知道我俩哪根神经搭错了,就这样把桥上两块桥板都翻到了河里。结果大队书记知道了,叫我俩去河里捞桥板。当时已经是初冬,冻得我俩险些在河里爬不上岸。"

王大林笑了,他是第一次听父亲说年轻时候的糗事。

唐队长对王大林:"你父亲年轻时候喝酒还算好的,五队有个人酒喝多了,把鱼池缺口的木板全部拔掉,结果一个鱼池的鱼全部逃到外河里,损失巨大。"

老王说:"这事我也知道,那个人把家里三间房子卖了还不够赔。"

这时候,生产队张会计来了。

于是,唐队长说:"那就言归正题,我们开始谈承包协议吧。"又对张会计说:"这个协议是你起草,还是让大林起草呢?"

张会计说:"我可没有起草过协议,还是让大林起草吧。"

王大林说:"我没有纸和笔。"

---

① 做生活:方言,即干活。

唐队长说:"纸和笔都有。"说完,他跑到房间里,不一会儿拿着纸和笔出来了。他对王大林说:"那就你来起草协议吧。我看,这个协议能简单就简单些,不要写得太复杂。"

王大林拿起笔说:"协议应该怎么写?"

唐队长说:"我不会写,说还是会的。现在我说一下协议的内容,你就照我说的话写,这样你应该会写了吧?"

王大林说:"那你说,我来写。"

王大林根据唐队长的口述,写成了一份水面承包协议。协议内容是:

现经双方协商达成协议如下:本生产队将珍珠湾水面38亩租给王建根,用于河蚌养殖,每年上交生产队水面费3000元。租期自签订日起五年止,到时本生产队无条件收回此水面,如王建根需续租水面则双方另行协商。每年租金必须年底前付清,如租户违约,本生产队有权收回水面,一切后果与损失由租户承担。

协议中出现的"王建根"即老王。

那时的协议非常简单,不像现在的协议写得面面俱到。

唐队长拿过那协议,说:"我来念一遍,大家听好,有没有哪里需要修改补充的。"

于是,他将协议读了一遍。

唐队长读完协议又问:"大家觉得这个协议行吗?如果大家都没有意见,那今天我们就把这份协议签了。"

老王说:"协议里说每年租金年底前付清,可能比较困难,是否可以将'年底前'改成'春节前'?还有,协议里好像只有处罚我们租户违约的规定，你们集体违约的话却没有注明，这可不公平，我看也要注明一下你们违约怎么受罚。"

唐队长对老王说："你说的'年底前'改成'春节前'，这个没问题，马上可以改正。但你说的关于集体违约的处罚，我可以对你讲，集体是不会违约的，难道集体会欺负你一个养殖人吗？"

张会计也说："协议么，关键还是要靠人执行的，刚才唐队长都说了生产队是不会欺负你们养殖人的。"

老王说："我担心，现在是唐队长担任队长，他知道这个协议签订的详细情况，但万一到时不是他做队长了，后面的生产队队长变卦，我们又如何是好呢？"

唐队长思考了一会儿，说："你说的话也对，生产队还是有人对我这个队长的位置虎视眈眈的，或许五年后我真的不在这个位置了，到时我说的话也没人理了。那么好吧，趁现在我有一点权力，就添上一句话：倘若本生产队违约，那之后每年的租金就不用上交了。老王，协议这样一改，你可满意？"

张会计说："大家都是一个生产队的人，抬头不见低头见，有话好说，有话好说。"

根据唐队长的意思，王大林将协议修改了。唐队长说："现在，协议改好了，就由大林站起来读一遍吧。"

王大林说："还是唐队长读吧。"

说完，他退到了墙角。

唐队长拿起协议便读了起来。读毕，他说："这修改过的协议还可以吧？如果还有不足的地方，请大家批评指正。"

老王说："我没有意见！"

唐队长又问王大林："你对这份协议有什么看法？"

王大林说："我也没有意见。"

唐队长说："那我们签字吧。"他拿过协议说："我先签字。"

唐队长签好后把协议交给老王，说："下面轮到你签字了。"

老王说："我的字早还给私塾先生了，还是让我儿子签字吧。"

唐队长对老王说："可以的。"

王大林签字时，突然想起这个协议应该有两份，一份留给自己，还有一份留给生产队。他对唐队长说："这个协议最后应该加上一句'本协议一式两份，双方各执一份'。"

唐队长说："加那东西起什么作用？"

王大林说："现在只有一份协议，那这一份协议谁保管呢？"

唐队长说："当然是签字双方保管。"

王大林说："只有一份又怎么双方保管呢？"

唐队长这才搞明白"一式两份，双方各执一份"的意思。他对王大林说："那你再抄写一份协议，不过要抄写得一模一样。"

马上，王大林又很认真地抄写了一份协议。然后，唐队长和老王都在协议上签了名字——老王不识字，由王大林签的。

老王捧着协议，心里乐开了花。

唐队长说："这份协议，能不被其他人知道就最好，一样米养百样人，人心都是不一样的。主要还是政策上，乡里没有私人承包水面的政策，我们是摸着石头过河，但愿这份协议能够让我们生产队和你们承包户双方都获益。"

老王说："生产队河蚌被盗，这个案子至今还没有破获，这事总是压在我心头。现在生产队给了我这样一个机会，我一定会珍

珍珠湾◇◇◇

惜，把河蚌养殖好。"

王大林说："我的想法是不仅要把河蚌养殖好，还要把我们珍珠湾建设成珍珠养殖基地，让我们珍珠湾走向全国。"

唐队长听了他的话，精神为之一振，说："不仅走向全国，还要走向世界！"

珍珠湾村庄河蚌被盗，虽说这个案子还没破，但老王父子不仅没有赔偿，还承包下了这一片水面，真是因祸得福。

原来的河蚌都是生产队到外地去买的，花了不少钱。王大林对父亲说："买河蚌包在我身上。"

老王说："我们没钱，可以少买一些河蚌。"

王大林说："阳澄湖里河蚌很多。"

"你是说到阳澄湖里去摸野生河蚌吗？"

"摸河蚌的话一天也摸不了多少。"

"那你想怎么办呢？"

"我想买一只机挂船，叫几个青壮年到阳澄湖里耙蚌。"

听到耙蚌，老王来了精神，他说："我曾经和村庄里几个劳力到阳澄湖里挖黑泥，也能挖到河蚌的。但买一只机挂船要好几百块钱呢。"

王大林说："我知道渔业大队有旧机挂船卖的，我想先买一只旧的机挂船，这样可以节省一点钱。"

老王说："旧机挂船容易发生故障，万一机挂船坏在阳澄湖里,那你怎么办？"

王大林说："那我自己动手修。"

老王说："那我也跟你一块儿去阳澄湖里耙蚌。"

王大林可不想让父亲去阳澄湖里耙蚌，毕竟南荡湖那么大一片水面没有人看守可不行。他对父亲说："你留下来看守，那一伙盗贼没被抓住，他们肯定还会来偷河蚌的。"

老王说："对了，你到街上铁匠铺去打一把鱼叉，备在草棚门口，如果盗贼再敢来偷河蚌，那我会毫不客气地在他的屁股上戳一鱼叉，看他往哪里逃。"

王大林说："阿爸，这把鱼叉你去买吧，我没有工夫去街上，我要去买旧机挂船。"

老王说："买旧机挂船也要不少钱的，你说需要多少钱。"

王大林说："多少钱现在还不知道，反正我谈好价格，会叫你一起去提船的。"

老王点头说："那你早点去把机挂船买回来。马上要开始种蚌了，我们的河蚌还在阳澄湖里睡大觉哩！"

王大林一个人赶去渔业大队。他想到了一位女同学，她的名字叫素素，他就是听素素讲渔业大队有旧机挂船卖的。但他并不知道素素的家在哪里。

于是，他改道去素素的村里，一路打听素素……

终于，王大林在一只渔船上找到了素素，她和父亲老倔头在倒虾笼。看见老同学来了，素素想上岸，但她父亲不让。她父亲说："这小伙子若是我未来女婿，我就马上将船靠岸。"

素素说："爸，他有女朋友，我不能插足他们的爱情吧。"

她父亲说:"不是你男朋友,那让他在岸上等等,还有三只虾笼让我倒好。"

素素的心已飞到岸上。

她父亲倒好了三只虾笼,并没有将船靠岸,而是将船向河对岸划。这下素素拉下脸对父亲说:"爸,你说倒好三只虾笼就让我上岸的,你说话怎么不算数呢?"

她父亲说:"你娘在河对岸的菜地上,不要去接她回来吗?"

素素说:"你不可以先将我送上岸再去对岸接娘吗?"

她父亲说:"素素,我看你对这个小伙子感情不一般,想让你冷静一下。"

素素说:"爸,我与他真是一般朋友。我告诉你,他来村里肯定是找我谈事情的。"

她忽然呜呜地哭了。

她父亲说:"怎么哭鼻子了,你早说他是来谈事情的,我早把船靠岸了。"

素素说:"我会'记仇'的——你今天刁难我,等你老了,我不打饭给你吃,我也要刁难你,你信不信?"

她父亲说:"本来我要把船靠岸让你上岸,现在我不让你上岸了,随便你吧。"

她父亲索性盘腿坐在船头不动了。

素素便走到船头拿起竹竿撑船。

她父亲假装闭眼打盹。

她将船撑到了岸边,便一跃跳到了岸上。

那一只渔船向下游漂去。

王大林指着船说:"你怎么没有把船缆绳系好呀?"

"有我父亲在船上,无论漂到哪里也没有关系的。"素素说,"让你久等了,因为我父亲不让我靠岸,我又不像小鸟一样会飞。"

王大林说:"我在岸上看见你好像一直在与你父亲吵嘴。"

素素说:"他说话不算数,讲好倒好三只虾笼让我上岸,可三只虾笼倒好了,他变卦了。他变卦比变天还快,让我忍受不了。"

说完父亲,素素才问:"你来找我做啥呀?"

王大林说:"上次听说你们渔业大队有旧机挂船卖,现在我家就想买一只旧机挂船,怎么样才能买到呢?"

素素想了想说:"我领你去看。"

一边走,素素一边说:"如果你早来二十多天,我家也有一只旧机挂船。"

王大林说:"那只船在哪里?"

素素说:"沉到湖里了。"

王大林说:"那船上的机头呢?"

素素说:"机头一块儿沉到湖里了。"

王大林说:"那沉船在哪里?"

素素说:"你想干啥?"

王大林说:"我想找到沉船,把它拖到岸上来。"

素素笑了。她指着他的鼻子说:"你真是个傻瓜。你把沉船拖上岸,可这沉船仍是人家的呀,你又不好拖回家去的。你是不是脑子动歪了?"

王大林也笑了,他说:"我以为船沉到湖里,就是不要了。"

素素说:"你不知道了吧,阳澄湖里到处是沉船,如果想把一只沉船拖到岸上,你知道要花费多少劳力吗?我看,打捞一只旧机挂船比买一只新机挂船花费的还要多。"

王大林说:"哦,我晓得了,打捞旧机挂船不值得,这话没错吧。"

素素说:"你这话是没错。"

素素领着王大林一路聊天,来到了她二叔家门口。

素素指着正在场上修补渔网的一位中年汉子说:"这是我二叔。"

二叔问素素:"这是你男朋友吗?"

素素喜欢和二叔开玩笑,说:"是的,他就是我的男朋友。"

二叔说:"你这个小妞眼光蛮好的,找的男朋友阿叔看得上眼,五官端正,身高一米七五有吧?"

素素说:"二叔你会相面吗?"

二叔说:"相面不会,但二叔见多识广,看得出一个人是好人还是坏人。"

素素说:"那二叔你是孙悟空,有火眼金睛啊!"

二叔说:"素素,什么时候喝你的喜酒呀?"

素素说:"我结婚让你喝十天十夜行了吧。"

二叔说:"喝十天十夜太多了,三天三夜差不多。"他停了停,又说:"你们来这里有什么事情吗?"

素素回答道:"喏,他想买旧机挂船,二叔你知道哪里有旧机挂船吗?"

二叔抬起头说:"机头坏了的船要不?"

王大林一时没有回答。

素素用手肘碰了他一下,说:"二叔问你机头坏了的船要不。"

王大林连忙回答道:"要,要要要!"

二叔站起身,说:"我家有一只旧机挂船,机头坏了好长时间了,要不我领你们到船棚里去看看?"

不等回答,二叔便领素素和王大林来到了船棚里。船棚里停放着六只机挂船,有大船,也有小船;有水泥船,也有小木船。二叔毕竟是渔民,在船上身手敏捷,他穿过几只船来到了一只机挂船上。

二叔说:"就是这只船。"

素素说:"二叔,我看这只机挂船不像旧船哇!"

二叔说:"这只船的机头已经坏了半年多,我叫人来修过却没有修好。"

素素轻声问王大林:"这只船你要不要?"

王大林轻声说:"要。"

素素便对二叔说:"二叔,你看这只船卖给我,你要多少钱呢?"

二叔说:"你要的话,二叔送给你!"

素素欣喜万分,说:"二叔,你说话可当真?"

二叔说:"二叔什么时候骗过你呢?"

王大林轻声对素素说:"不付钱,这船我不好意思要。"

素素说:"这旧船不值钱的,二叔送给我,我把它送给你……啊呀,将来你做珍珠发财了,不要忘记我就行了。"

王大林说:"多多少少要付一点钱的。"

素素说:"你有点傻。二叔送给我的,要不要付钱是我的事,你不要多讲,听我的。"她转身对二叔说:"二叔,你今天说把这只船送给我,不会过几天就把船要回去吧?"

二叔愣了一下说:"二叔又不是三岁小孩。再说这是旧船,如果再放一段时间,这船就得沉到湖里去,那还得花钱将船拖出去,是一件挺麻烦的事。"

素素小声对王大林说:"这船你怎么弄回去?"

王大林说:"我可以叫机挂船来拖。"

素素说:"那你现在就叫机挂船来拖。"

王大林说:"好。"

素素说:"你快去快回,我在这里等你!"

王大林说:"让我怎样感谢你呢?"

素素说:"你看着办吧。"

王大林便一口气跑回珍珠湾村庄,找到阿明——还好阿明在家的。于是,阿明摇响他的机挂船。刚想开船,王大林突然想起拖船需要麻绳,便对阿明说:"阿明哥,船上有麻绳吗?"

阿明说:"有的,在船头上。"

于是,这只机挂船快速向素素二叔家开去。王大林说:"船拖回来,还要麻烦你修理呢!"

阿明说:"没问题。今天我正巧有空,把旧机挂船拖回来就修理。不过,你要打下手啊!"

王大林说:"这又是一个我学习的好机会!"

王大林来来回回花了一个钟头,素素还等在那里,只是二叔不在那里了。

王大林说:"你二叔呢?"

素素说:"他干活去了。"

"那把这只机挂船拖走没问题吧？"

"没问题，你尽管拖走。"

阿明手脚很是利索，他用麻绳系在那只旧机挂船的船头，对王大林说："你就待在那只船上。"说完，他把他船上的一根篙子递给他，说："如果停船时，你就用篙子撑一下，不要让两只船相碰！"

王大林说："这个我懂！"

是的，农村娃谁不会撑船呢？

机挂船响了，马上要拖船走了。

王大林对素素说："等我有钱了，我请你去苏州城里吃一顿饭。"

素素说："就吃饭吗？"

王大林说："请你去苏州玄妙观吃风味小吃。"

素素说："那我等着你啊！"

王大林说："会有这一天的！"

就这样，王大林没花一分钱就弄回了一只旧机挂船。当然，不能说绝对没花一分钱。这只旧机挂船拖回来后，阿明立即开始大修，买配件也花了几十元钱。他俩当天就把这只机挂船修好了。

王大林开着机挂船回来，老王看见后非常欣喜，说："这只船，你花了好几百元钱吧？"

王大林说："就花了几十元修理费，其他没花一分钱。"

老王有点不相信。

于是，王大林把老同学素素如何鼎力相助的事告诉了父亲。

老王听了后对王大林说:"你欠人家一份情,最好是付他们一点钱。"

王大林说:"可我同学说了,不用花钱。"

老王说:"可以买点烟,或者酒。"

王大林采纳了父亲的建议,第二天买了两瓶白酒,找到了素素,将两瓶白酒交给她。素素将白酒送给了二叔,二叔拿到两瓶白酒,高兴得眉开眼笑。

王大林告诉素素,那只机挂船已经修好,不知道的人还以为是新船呢!素素说:"你说得有点夸张了吧。"

王大林说:"一点不夸张啊!"

素素说:"机头擦点油,看上去像新的一样是可能的,但那水泥船身是旧的,不可能像新船,你说是不是?"

王大林嘿嘿一笑说:"你是渔家姑娘,真是比岸上的姑娘聪明,有智慧。"

素素说:"哪天你开着机挂船来,我们去阳澄湖里玩!"

王大林说:"好的,到时候我开机挂船来接你,我们去芦苇荡捡野鸭蛋。"

现在王大林有了一只机挂船,这样他就可以到阳澄湖里耙河蚌了。

那么,谁去耙河蚌呢?

王大林当然要去。

还得另外叫几个人呀。

有一个人,他就是生产队原副队长钱招树。他因为之前的杀羊和盗窃稻谷事件,被撤销了副队长职务,自此情绪一直很低落。但他是罱河泥的一把好手,还会耙蚌。

要不要用他,老王父子俩还争吵过。

老王说:"钱招树会耙蚌,还做过副队长,你将船交给他,让他去阳澄湖里耙河蚌,我保证他会完成任务。"

王大林不这样认为。他说:"他把生产队晒场的稻谷抛撒在路上,陷害唐队长,这个人品行不端,不可以用这样的人。"

老王说:"平常他为人还是可以的,杀羊和盗窃稻谷都是一时冲动,相信他吃过一次亏,不会再做这种违法的事了。"

王大林说:"那好吧,给他这个机会,试用他一个月,如果他表现好就长期雇用他。"

最后,父子俩意见统一,让钱招树加入了去阳澄湖里耙河蚌的行列,但如果他表现不好,就将他辞退。

耙河蚌队伍还有两个成员,一个叫明龙,一个叫祥根。

你们猜,明龙是谁呢?

明龙就是明珍的哥哥。

早晨四时,机挂船就要出发。因为耙河蚌是力气活,所以早晨他们就吃米饭。机挂船上有一只行灶,要用来做饭吃的。早晨吃饭没有什么菜,就吃萝卜干,或者咸菜。中午的饭菜就不一样了,耙河蚌时铁耙会带上来很多水草,水草里鱼虾很多的,他们就做一锅杂鱼汤,满满一锅杂鱼汤最后被吃得一滴汤都不剩。

王大林负责开机挂船,做饭由钱招树兼负责。

有一天,明珍对明龙说:"哥,我跟你去阳澄湖里耙河蚌。"

明龙说:"这只船是大林的,我没有权力让你去。"他并不知道王大林在追求明珍。

明珍说:"只要哥你答应,他也会答应的。"

明龙说:"不可能的。大林这小子是个精明人,他不可能让你跟着的,因为你去了要管你吃饭。"

明珍说:"他可不是那样小气的人。"

无论明珍说什么,明龙都没答应她,不让她跟着去阳澄湖里耙河蚌。

明珍就去找王大林,对他说:"我想乘你的机挂船去阳澄湖里看看,可我哥哥死活不同意。"

王大林说:"这个机挂船也不大。而且你一整天都在船上被太阳烤,会变成黑妞的。我觉得你哥哥做得非常对!"

明珍跟着村里的一群青年妇女种过蚌,所以也可以称她为种蚌能手。王大林早已考虑让明珍负责种蚌这一项工作。

他把这个想法先告诉了父亲。

老王说:"你娘舅的女儿一直在外面种蚌,你怎么不找她呢?"

王大林说:"她是外队的,还是找本生产队的比较好。"

老王说:"你是不是看上明珍了呢?如果你看上她了,想让她做你女朋友,我就不反对;如果你不想找她做女朋友,那我就反对。"

王大林并不想在父亲面前承认明珍是他的女朋友,因为明珍也没有对她的父母亲说过这件事。虽说青年男女自由恋爱,但父母的意见还是要征求一下。

这就是王大林的恋爱观。

而在那个年代,或许父母的一句话就可以改变青年男女一生的爱情,一生的幸福。

王大林说:"阿爸,我现在还没有与她确定恋爱关系,所以我想请她种蚌,这样可以加深对她的了解,知道她的心地,知道她的为人,这可以吗?"

老王说:"我看你娘有啥看法吧。"

大林娘没等老王讲完话,就说:"大林爸,你年纪不大,怎么脑子糊涂了。儿子是叫姑娘来种蚌,又不是上门来相亲,你怎么可以这样对待儿子呢?"

老王说:"我也是为他好!"

大林娘说:"你为儿子好,就该听听他的话!"

现在种蚌季节到了,王大林已经从阳澄湖里耙到了很多河蚌,需要有人种蚌。老王勉强同意让明珍负责种蚌。

那天夜里,大林找到明珍,对她说:"我爸妈都同意让你负责种蚌,你愿意吗?"

明珍很激动,说:"我愿意!"

王大林说:"你哥哥也很好的,每天跟我去阳澄湖里耙河蚌,他很出力。"

明珍说:"我哥有的是力气,他做生活可以的,但社交能力不是太好!"

王大林说:"以后,我就让你哥哥负责去阳澄湖里耙河蚌。"

明珍说:"那挺好的!"

她想了想又说:"那你做什么呢?"

王大林挺了挺胸脯说:"你想,我们以后会收获很多的珍珠,我要想办法把这些珍珠卖出去,这可是一件非常重要的事情啊!"

明珍说:"你真是一个很有想法的人!"

老王父子俩首先在珍珠湾河边搭建了一个很大的活动房子,有四五百平方米吧。那这个活动房子派什么用场呢?原来,这是种蚌用的房子。

种蚌可是一种很烦琐的活儿。可以说珍珠湾是乡里种蚌女的摇篮,很多种蚌女都是从珍珠湾走出去的。

这个活动房子分三部分。一部分种蚌使用;一部分生活使用;还有一部分是住宿区,因为有些种蚌女不是本生产队的,她们需要住下来。

明珍家里有两张种蚌桌子,她要拿给王大林。明珍娘说:"这桌子叫木匠做了好几天,你不应该送给他们,至少要把木匠工钱拿回来。"

明珍说:"我借给他们总可以吧。"

明珍娘说:"你给他们种蚌,多少钱一天一定要讲好,不要到时蚌种好了,工钱却拿不到手。"

明珍说:"王大林不是这样的人。"

明珍到底是心里向着王大林的,她还动员生产队另外两位姐妹把几张种蚌桌借了出来。

种蚌也需要男工,用刀破蚌就是一种男工活。老王说:"破蚌这事我包了。"但他还要忙其他的事,所以种蚌女有时要等人破蚌。见此,明珍动员她的父亲来破蚌。

一开始明珍爸并不同意去破蚌。

他对明珍说:"你祖母生前信佛,她在河里摸到河蚌都要放生的,更不可吃蚌肉。"他的意思就是不做破蚌这样的事。

这天,明珍爸到种蚌现场,看见明珍在破蚌,他便问道:"你不是种蚌吗?怎么你在破蚌?"

明珍说:"一时找不到破蚌人,所以我就自告奋勇破蚌哉。"

明珍爸非常心疼女儿。他对明珍说:"你这样种蚌,两个月下来,你一双皮肤柔嫩的手要变成老太婆的手了。"

明珍说:"那没有办法,为了生活。"

明珍爸便拿起了一把小刀,蹲下身子开始破蚌。

明珍不解,说:"爸,你不是说祖母生前信佛,不可杀生的吗?"

明珍爸说:"我不杀生,但你在杀生。你杀生,等于我在杀生,你说对不对?"

明珍听了他的话,很感动,眼睛湿润了,她对父亲说:"破蚌看上去是杀生,但这是从河蚌肉里取出珍珠的种子,然后将这一颗种子种在另一只河蚌里,可以说这是河蚌的一次重生。"

老王来了,他老远就看到明珍爸在破蚌。老王快走到明珍爸跟前时,明知故问:"这是哪里来的刀手呀?"

明珍爸头也没抬,知道是老王。

明珍爸说:"北京来的。"

老王说:"'我爱北京天安门……',这首歌你会唱吗?"

明珍爸说:"我会唱'朝霞映在阳澄湖上……'"

两个人都哈哈大笑。

老王说:"什么风把你吹过来的?"

明珍爸说:"你现在是养蚌大户了,苦老百姓来看看你都不可以吗?"

老王说:"我哪是养蚌大户呀,欠债大户才名副其实。"

明珍爸说:"你这个不叫欠债,你这个叫投资。"

老王说:"那你借点钱给我,也投资一点给我呢。"

明珍爸说:"我是前吃后空,去年老太婆看病花了好多钱,现在外面还有好多债务,不知道这些欠债要何年何月还清呢。"

老王点点头,说:"哪家有一个病人,哪家人的生活就要乱了。所以一家人穷点无所谓,只要身体好就是赚着大笔钞票了。"

明珍爸说:"哎呀,几天不见,你变成文质彬彬的书生啦,讲话这样有文化水平的。"

老王说:"你瞎说。对了,你就不要走了,在这里破蚌吧。"

明珍爸放下小刀,伸展了一下说:"我破一会儿蚌就腰酸背疼了,如果一天到晚这样破蚌,恐怕我的老腰受不了。"

老王说:"我比你大一岁,我连续几天破蚌都不觉得累啊。"

明珍爸说:"你为自己做生活当然感觉不累的呀!"

不过明珍爸到底是一个善良的农民。明珍一席话,就让他决定加入老王父子养蚌的事业里来了。明珍说:"阿爸,哥哥跟大林到阳澄湖里耙蚌,我在种蚌,你来破蚌,我们一家人也在一起了啊!而且这里挣钱不比其他地方少,你就来吧。"

明珍爸说:"那我回去跟你娘商量一下。如果你娘没意见,明天我就过来破蚌;如果你娘不同意,那我就不来了。"

明珍说:"我知道我娘的,只要我说好,她就会说好的。"

晚上开夜班种蚌,一直做到晚上九时才歇工。当明珍拖着疲惫的身子回到家里时,家里的电灯还亮着,父母亲还没有睡觉,他们在等她回来。

"爸,妈,这么晚了,你们怎么还没有睡觉啊?"明珍问。

"我和你娘等你回来。你娘同意我去破蚌,现在你高兴了吧。"明珍爸说。

可是王大林开机挂船去阳澄湖里耙河蚌遇到了麻烦。那天下午三时,王大林开着机挂船返回时,突然被渔业大队的船拦住了。

"你们的船把我们的网拉坏了,你们不能走!"那船上有五个彪形大汉,个个五大三粗。

"我们一直在耙河蚌,哪里拉坏你们的渔网了呢?"王大林说。

"不用多讲,开上你们的船跟我们走。"

"到我们渔业大队去!不赔钱就扣留你们的船。"

他们气势汹汹。

有四个大汉跳到了王大林的船上。

他们把王大林拉到船舱里。

王大林挣扎着,说:"你们这是强盗行为,我要去告你们。"

他们说:"如果你再说我们是强盗,我们就把你按在阳澄湖里,把你淹死。"

钱招树开口了,对他们说:"你们欺负小年轻干什么!如果小年轻出事情了,我们大队也有一帮兄弟,不会放过你们的。"

"你想怎样?"有人对钱招树吼叫。

"如果你们敢对我这样,我就叫阳澄湖里的鱼死光!我刚从监狱里出来!"钱招树大声地吼着。

"你嘴巴硬,那你等着!"有人叫嚷着。

现在,那帮人开着这王大林的机挂船。

这只机挂船被开到了渔业大队的码头。

这时,又有一群渔民围了过来。

"这只船把我们的渔网都拉坏了,他们想溜走,被我们追上了。"

"他们态度还不好,所以这只船被当场没收,叫他们的人立即滚蛋。"

那帮家伙叫嚣着。

王大林说:"我们一直在耙河蚌,根本没有拉坏你们的渔网。你们这是栽赃,你们就是想没收我们的渔船。"

钱招树也与他们据理力争。但他的声音很快被一帮渔民的声音淹没了。

这时,王大林想起了一个人,这个人就是他的初中同学素素。

他决定找素素去。

他趁那帮人不注意就溜了,向素素家狂奔而去。

素素与她父亲在河边的一只小船上。

"素素,你上来!我的机挂船被渔业大队扣留了。"王大林在岸上叫道。

"被谁扣留了?"素素站立船头,好像没听清。

"你上来!我的机挂船回去时被你们大队一帮人扣留了……"王大林急得跺脚。

小船靠岸了,素素像小鸟一样飞到了岸上。

"船在哪里?"素素问。

"你们渔业大队码头。"王大林说。

"是我二叔那只机挂船吗?"

"就是的。"

"为啥要扣留你们的船呢?"

"他们说我们的船拉坏了他们的渔网。"

"有没有呢?"

"我们的船一直在阳澄湖里耙河蚌,压根儿就没有拉坏他们的渔网。"

"那我知道了,这只船我能要回来的。"

"你不是在开玩笑吧?"

"这个时候还开什么玩笑,走,我们去大队码头。"

素素和王大林来到了渔业大队码头。那里仍然围着许多人,而钱招树、明龙和祥根都坐在河埠上,望着阳澄湖,脸上都是忧愁和失望。

他们看见王大林回来了,便围拢了上去。

素素双手叉腰,站在一块石头上大声说:"是谁把我的船扣留的,有种的你给我站出来!"

没有人吱声。

素素说:"这船是我二叔的,是我借给人家的,你们有什么权力扣留我的船?今天你们不把我的船放了,那么你们家的船我一只一只让它们沉到阳澄湖里!人不犯我,我不犯人;人若犯我,我必犯人!"

这时,有位中年汉子走到素素面前,说:"素素呀,这是误会。既然是你的船,那没事了,现在就放他们走不就行了吗?"

素素一看是父亲的结拜兄弟老三,就对他说:"三叔,你们怎么做这种强盗一样的事呢?"

老三说:"你想想,那么大一口渔网坏了,要多少钱呐!我就想找一只船做替罪羊,也是凑巧,碰着他们了。"

素素说:"这个我不管,也管不了你们,我就要你们放我的船。"

老三说:"马上放,马上放。"转身他就对人群大喊:"你们听着,把机头摇柄还给他们,马上放船,让他们走!"

钱招树、明龙和祥根回到了船上。

老三又大声地说道:"大家记着,这只船是我小侄女素素的,以后不准再找这只船的麻烦!如果谁再找这只船的麻烦,我就对他不客气!"

有许多人还聚集在河埠上。

王大林说:"素素,今天这个事儿没有你出面,我们的机挂船就被他们扣留了,谢谢你!"

素素说:"你在阳澄湖里遇到什么麻烦,都可以来找我。若我搞不定,我可以去找大叔、二叔、三叔、四叔、五叔、六叔、七叔、八叔,还有九叔。这个阳澄湖里没有我搞不定的事情!"

素素还担心半途这只机挂船再被拦住,她跳上机挂船要护送他们。

"你跟我们走了,又怎么回来呢?"王大林对素素说。他不想再麻烦她送他们。

"就十几公里路,我可以跑回来。"素素轻描淡写。

"呀,那可不行!"王大林说,"这么累,你犯不着的。你对他们说了这番狠话,谅他们也不敢再拦我们的船了,你还是上岸去吧。"

"你不开船,我来开。"素素说。她身子一蹿就来到船艄。

她拿起机头手柄插入机头,用力摇了几下,机头就突突突地响了起来。

王大林走到船艄对素素说:"你真行,机挂船也会开啊!"

素素得意地说:"我在船上长大的,再说爸妈一直把我当男孩子的,所以船上的活儿,不管机器的活儿,还是捕鱼的活儿,我样样都会,一般的男孩子还比不上我呢。"

王大林说:"要么船开过一段路,你再上岸?"

素素说:"那也行。"

素素开着机挂船。

素素说:"这机头是新的吗?"

王大林说:"是老机头,只是换了好几个零件。"

素素说:"本来我想去学修机头的。因为机挂船会越来越多,那么发生故障的机头也会越来越多,所以学会修机头可以挣钱。但爸妈不让我学修机头。"

王大林问:"为啥不让你学?"

素素说:"爸妈说这修机头是男孩子学的,我学修机头以后会嫁不出去的。"

王大林说:"学修机头与嫁人有关系吗?"

素素说:"谁知道呢?爸妈说一个女孩子在阳澄湖里闯荡成何体统!万一遇到强盗,你说怎么办?"

王大林说:"你爸妈说得很有道理。"

素素说:"是呀,考虑到爸妈的感受,我就打消了学修机头的念头。"

明龙把眼睛睁得好大,他不时地看素素。

素素向王大林招一招手,说:"你过来。"

王大林走近了一步。

素素压低声音说:"那个穿蓝粗布衣的小伙子是你亲戚吗?"

王大林与明珍的恋爱关系还没有正式公开,更没有登记结婚,所以还不能说明龙是自己的阿舅。素素接着说:"我爸妈让我找船上人,可我不想找船上人谈恋爱,因为一年三百六十五天都在船上漂泊。我想找本地的青年人。"

王大林灵光一闪,说:"你看眼前的小伙子怎样?"

素素说:"他不会已经有女朋友了吧?"

王大林说:"我敢保证,他还没有女朋友。"

本来王大林想让素素上岸了,但他很想撮合明龙与素素,所以他就没再让素素上岸。王大林想,机挂船到了珍珠湾村庄,如果素素想回去,那就让明龙送送她吧。

默默无闻的珍珠湾村庄开始热闹起来了。

本来机挂船总是下午三时许回来的,但今天已经过了这个时间,机挂船怎么还没有回来呢?老王一直到河边张望,盼望装满河蚌的机挂船平安回来。

大林娘问:"机挂船会不会出事情?"

老王说:"不可能的。大林、明龙和祥根都会游泳,即使机挂船在阳澄湖里打翻也没事。"

大林娘说:"那个钱招树会游泳吗?"

老王说:"他绰号叫'黄鼠狼',没有他不会的事。"

大林娘说:"今天我右眼皮一直在跳,要等儿子的船回来我才放心。"

老王说:"本来我心里蛮放心的,被你一说,我心里倒是有点紧张了。"

这时,明珍走了过来,老王明白她一定是来问耙河蚌船什么时候回来。因为机挂船不回来,种蚌的蚌源便断了。

明珍说:"老王叔,耙河蚌船怎么到现在还没有回来呢?"

老王说:"会不会没有柴油,所以耽误回来了?"

明珍说:"机挂船一回来,你就得马上破蚌,不然夜里没有蚌可以种了。"

老王说:"让你爸不要回家,今天他也要开夜班破蚌。"

明珍说:"我来对他说。"

明珍便去找父亲,找来找去却找不到他。原来,他提前下班走了。

明珍生气了,一口气跑回家里,看见父亲正在家里听收音机。

"阿爸,你怎么不讲一声就走人呢?"明珍没好气地说。

"没有河蚌破了,我待在那里算啥?"明珍爸说。

"哥哥他们的耙蚌船不是要回来的吗?"明珍说。

"他们不回来,又不是我的问题。"明珍爸说。

"阿爸,现在我不与你讲道理。你现在就回去,耙蚌船一回来你就破蚌,夜里我们种蚌等你破的蚌呢。没有你破蚌,我们这些人无法开夜班种蚌啊。"明珍说。

"我身体有点不适。"明珍爸说。

"那我陪你找赤脚医生。"明珍说。她要拉父亲去看赤脚医生。

明珍爸说:"不用看赤脚医生,我只要睡一觉就好了。"

"阿爸,你不去破蚌,那等哥哥他们回来,我只好让哥哥他们破蚌了。"明珍丢下这句话就走了。

明珍爸最心疼儿子了。他想,自己不破蚌就让儿子破蚌,那可不行,他心疼儿子。所以,他想明白了,又悄悄地回去了。这时,机挂船也回来了。

明珍爸见到了明龙,说:"为啥今天这么晚回来?"

明龙说:"我们的船被渔业大队扣留了。"他指了指素素说:"多亏大林的这位女同学出手相帮,我们的船才能平安回来。"

素素要回去了。因为她与明龙不熟,所以她不要他送。王大林说:"天快黑了,你一个人回去,我有点不放心。"

素素说:"没事,很多时候我都是一个人在船上过的。"

王大林说:"船停在村庄里的吧?"

素素说:"有时是村庄里,有时是芦苇荡里。"

"芦苇荡?那离村庄远不远?"

"是很远的。"

"那你不怕吗?"

"有时候芦苇荡里还有其他船的,那就不怕。有时候就自己一只船在芦苇荡里,那真是很害怕的,特别是夜深人静的时候,水浪拍打着河岸,就像惊涛骇浪袭来。"

王大林说:"你的胆子真的很大啊,我不敢一个人住在船上。"

素素说:"小船停泊在芦苇荡里,夜里听到野鸭嘎嘎的叫声,我就不怕了,就知道'水鬼'不会出现的。"

王大林说:"真的有'水鬼'吗?"

素素说:"有啊。"

王大林很惊讶:"你见过吗?"

素素说:"我妈妈见过。那'水鬼'跑上岸追小孩子,大人看见了就将这只'水鬼'打死了。"

其实,所谓的"水鬼"是一只水獭。

王大林说:"你的胆子够大的!"

素素说:"那我走了。你们到阳澄湖里耙河蚌,倘若有人找你们麻烦,你们就来找我。"

王大林送她回去。素素说:"那好,你送我一段路,我们再讲一会儿话。"

王大林说:"要不然,我开机挂船送你回去吧。"

素素说:"不要。机挂船机头的声音太响了,我们讲话都听不清楚。"

王大林说:"对的,机挂船机头声音太响,还不如走路好,我们可以一边走,一边说。"

素素说:"我认得小路,我们走小路好吗?"

王大林说:"我怎么不知道有小路呀。"

素素说:"我知道的,因为我一直张黄鳝①,所以对小路很熟悉。"

"我真佩服你,小路你也熟悉。"王大林对素素说。

"走小路比走大路至少快十几分钟。"素素说。

"如果你不带我走,我一个人是不敢走小路的。"王大林说,"我感觉你们渔业大队的姑娘,就是比我们珍珠湾村庄的姑娘胆大和勇敢。"

"那也是被穷逼出来的。"

"你们有渔船,应该比我们村庄的农民富裕。"

"你们有自留地,还有生产队会分口粮;而我们渔民什么都没有,都要靠自己的双手去捕鱼捉虾。即使冰冻的冬季,我们渔民也要到阳澄湖里捕鱼。"素素说,"所以,我不想嫁渔民,我就想嫁种地的农民。"

王大林说:"其实你不知道,做农民很苦的,做'双抢'你受得了那个苦吗?"

素素说:"没问题,我是苦水里泡大的一个人。"

这条小路前面更狭窄了,几乎全被杂草遮挡。

王大林说:"这条小路走得通吗?"

素素说:"我可是走了无数次啊,一直往前走。"

她走到了前面。

---

① 张黄鳝:方言,指晚上用黄鳝笼子捉黄鳝。

王大林说:"前面都是杂草,我走前面。"

素素说:"我就想嫁一个像你这样体贴的人。"

王大林说:"刚才船上的明龙挺好的,你看怎么样?"

素素说:"你与他怎么说的?"

王大林说:"我对他说:'介绍你与素素认识,等会儿你就送她回渔业大队。'"

素素说:"那他肯定对我没感觉。如果对我有好感的话,他肯定抢着送我了,就轮不到你送我了。"

王大林说:"你说不要他送。他就是一个没见过什么世面的人,很可能他害羞,所以你不要想得复杂了。"

素素说:"你这样说,理由也成立。"

王大林说:"等我有空点,我请你们俩吃饭,看你们有没有缘分。"

素素说:"千里姻缘一线牵,这里我先说一声'谢谢你'!"

王大林说:"我真希望你嫁到我们珍珠湾村庄。"

素素说:"你为什么这样说呢?"

王大林说:"我感觉你嘴皮子功夫真好,你适合做营销。等我们的珍珠上岸了,你去外面卖珍珠一定能卖得出,而且能够卖出一个好价钱。"

"我的哥啊!"素素情不自禁抓住了他的手。

第二天早晨去阳澄湖里耙河蚌的时候,王大林对明龙说:

"你看上素素了吗？"

明龙说："她对你很好的！"

王大林说："我们是同学，再好也就是同学关系。"此时，王大林真想告诉他，"我的恋人就是你亲妹，就是明珍"。但现在不能说，因为还不是时候。不是说心急吃不了热粥吗？

明龙说："我比不上她。"

王大林说："渔业大队的姑娘都是这样泼辣的样子，要不你们先谈谈再说？如果谈得来，那就让她嫁到我们珍珠湾村庄来；如果你们谈不来，做好朋友也不错。"

明龙说："要真是与她谈，估计我爸妈都会反对。"

王大林说："你怎么知道他们会反对呢？"

明龙说："我爸以前想与渔业大队一个姑娘谈恋爱的，他们也是同学。但我祖父祖母不答应，说渔船上的姑娘私生活乱，不能娶渔船上的姑娘。后来我爸才娶了我妈。"

王大林笑着说："那都是老一辈的偏见。话说若你爸真娶了渔业大队那位姑娘，就没有你和明珍了。"

明龙说："是啊，没错。"

王大林已经与明龙明说了，愿意为他与素素牵线搭桥。

明龙好像是温水，不够热情如火。

过了两天，素素的船上来了一对父子，他们是外地人，摇船来的阳澄湖。这对父子是来提亲的，据说那位父亲是素素父亲的老朋友。在素素娘怀孕的时候，这两位父亲便指腹为婚了。

素素隐约知道这件事，她当然不认这门亲事，她不想嫁到外地去。

素素到底是被珍珠湾村庄吸引过去了。

知道他们的来意后,素素就上岸去了。那小伙子也想跟着上岸,素素对他说:"我要上厕所,你也要上厕所吗?"那小伙子尴尬地笑了,就没有跟她走。

素素上岸后直奔珍珠湾村庄。

这回是她一个人走那条小路。素素咬着嘴唇,一路狂奔,来到了珍珠湾村庄。可是,这时候耙蚌船还在阳澄湖里,还没有返回。

老王认识她,问道:"姑娘,大林快回来了,你坐在这里等会儿吧。"

素素说:"我今天来不是找大林的,我来找明龙。"

老王说:"你不是和大林是同学吗?"

素素说:"是啊,我和大林是同学,大林介绍我与明龙认识的。现在有一对外地父子来我家提亲,我不愿意嫁到外地去,就想到这里来躲躲。"

老王说:"是这样啊。做父母的不应该干涉子女的婚姻,我就是这样的态度。"

素素说:"你是一个明白人!"

船上来了客人,素素却不辞而别,这可把素素的父亲老倔头气坏了。他到岸上找了一圈,很窘迫地回到船上,对客人说:"不知道这死丫头去哪儿了……等她回来打断她的腿!"

"这可使不得,说她几句就行了。"

"说不好她了,整天喜欢与男孩子在一起玩,不知道她会玩出什么名堂。"老倔头说。

来人听老倔头这么说，也就明白了。

那对外地父子没在船上待多久，就离开了。

老倔头欲哭无泪，闷坐在船头，半天都没动。

素素在珍珠湾村庄和老王聊天的时候，明珍爸走过来了，他并不认得素素。老王告诉他，这是大林的初中同学，是渔业大队人。一听是渔业大队人，明珍爸的眼睛突然亮了，他问："你真是渔业大队人吗？"

素素说："对的，我就是渔业大队人。"

"你父亲叫什么名字？"

"老倔头。"

"啊，老倔头……"

"你认识我爸妈吗？"

明珍爸惊得舌头都打卷了："你……你妈叫顺子……"

素素也惊诧了："你认得我妈啊！"

老王听说过明珍爸最早找的对象是渔业大队的，因为父母亲的干涉，故这门亲事没成。此刻他搞明白了，眼前这位渔业大队的姑娘就是明珍爸昔日恋人的千金啊！

像做梦一样。

却并不是梦。

这时候，耙蚌船回来了。老王、明珍爸都到河边去搬河蚌。素素也跟在他们的后头，她穿着一件红衣裳特别显眼，王大林在船上一眼就看到了她。

没等船靠岸，王大林就一跃到了岸上。他来到了素素的面前，说："你今天怎么在这儿？"

素素说:"我有事经过这里。"

王大林说:"你今天穿的红衣裳很漂亮啊!"

素素说:"是吗?"

这时候,大家陆续到船上搬河蚌了,王大林说:"你等一下,我去搬河蚌。"

素素说:"我也来搬。"

王大林阻止她说:"一筐河蚌很重的。"

素素说:"我抬得动!"

正巧轮到她和明龙抬一个箩筐。

明龙说:"你抬得动吗?"

素素说:"我行的。"

就这样,他俩做了搭档,两个人抬着一筐河蚌从船上走到岸上。看上去,素素一点也不累。

王大林望着他俩,心想:这是多么好的一对啊!

一船河蚌抬上岸了,平常的日子里明龙就可以下班回家了,但今天他被王大林叫住,让他陪素素说说话儿。

老王把王大林拉到一边,说:"这位渔业大队来的姑娘,她的母亲与金生年轻时谈过对象。"金生,即明龙和明珍的父亲。

王大林很惊讶:"不会吧?"

"刚才金生与那位姑娘已经确认过了。"

"世界上怎么会有这么巧的事呢?我还想把素素介绍给明龙呐!"

老王摇摇头说:"这样的事你可不要做了,一潭浑水,你不要把自己也搞得难办了。"

王大林说:"这事真难办了。"

他抬头看到明龙和素素在不远处,他们说着话儿。

王大林走了过去。

这种时候,他不知道该怎样对他俩说。

倒是素素先开口了,她说:"明龙的爸爸居然认得我妈,我觉得世界真的太小了。"

听她这么说,王大林想,她应该还不知道明龙爸与她母亲谈过恋爱吧。

而明龙眼神怪怪地看着素素。

王大林对素素说:"我与明龙聊一会儿,你随便走走。"

说完,他就拉着明龙往河边走。两个人来到了机挂船上,船上很潮湿,他们只好在船头蹲着。

王大林说:"刚才听我爸说,你爸和素素的妈谈过恋爱……"

明龙瞪大眼睛,半天没说出话来。

王大林说:"你怎么啦?"

明龙这才说:"没事。"

王大林说:"素素是个挺好的姑娘,谁想到你爸和她妈有这样的故事呢。如果你俩谈恋爱,我估计素素的爸妈都不会同意,那到时候就尴尬了。"

"我没事,素素那边你去和她说吧。"顿了一会儿,明龙又说,"那我就回家了,你陪素素吧。"

王大林说:"那你总得与素素道个再见吧。"

明龙说:"不了,你就说我肚子痛看赤脚医生去了。"

王大林说:"你撒谎不打草稿啊!"

明龙从河边溜走了。

王大林则向素素走去。

"咦,明龙人呢?"素素问。

"他呀,突然肚子痛,找赤脚医生去了。"王大林说。王大林对素素说谎了,而素素信以为真。素素说:"反正没事,我们也去找赤脚医生。"

王大林说:"我们找赤脚医生干嘛?"

素素说:"找赤脚医生就是找明龙啊,他不是找赤脚医生去了吗?"

王大林和素素慢慢地走着。田埂旁油菜籽熟了,有的油菜伏倒在地。

素素摘了一棵油菜花,说:"这油菜籽可以吃吗?"

王大林说:"油菜籽收割后打菜油。"

素素说:"哦,我知道了,菜油就是油菜籽里挤出来的吧。"

王大林说:"对的,以前我们学校旁有个菜油坊,你想得起来吗?"

素素说:"你说了,我就想起来了,走过那里就能够闻到一股香味。"

王大林说:"我还去偷过菜饼呢。"

"菜饼可以吃吗?"

"不是人吃的,是喂鱼的。把菜饼当鱼的诱饵,撒在鱼潭里,大鱼小鱼游过来,就将这些鱼一网打尽。"王大林绘声绘色地说。

眼前的姑娘实在是太可爱了,王大林不愿意在她面前说穿明龙与她谈恋爱不适合;至少现在不能说,或许过些时间素素自然而然会知道的。

素素看见路旁有一朵小红花,问道:"这是什么花?"

说着,她就把这朵花摘了下来。

王大林接过这朵花看了看,摇头说:"我也不知道它叫什么花。"

素素嘻嘻一笑,说:"你不知道,我知道它叫什么花。"

"那你说是什么花呢?"

"野花。"

说完,她拿着那朵野花在田埂上奔跑起来,像一只欢快的小鹿。王大林紧紧地追随着她的脚步,追上了,说:"你比野花美。"

素素脸一沉,说:"你不可以说我是野花的。"

王大林问:"为什么?"

素素说:"路边的野花不要采,你说呢?"

"这是一首歌,我喜欢听的。"

"你想听吗?"

"想。"

"我唱给你听。"

素素就对着空旷的田野放声歌唱:"送你送到小村外,有句话儿要交代,虽然已经是百花开,路边的野花你不要采。记着我的情,记着我的爱,记着有我天天在等待,我在等着你回来,千万不要把我来忘怀……"

王大林伸手采了一朵小红花递给素素,说:"你比电视里的女歌星唱得还要好听。"

素素说:"我妈是渔歌大王。《路边的野花不要采》,这支歌我就是送给你的！"

这个渔家姑娘像一只百灵鸟似的在田埂上欢快地跳着,唱着。

王大林却有点心不在焉。

两个人正说着话,突然,一只黄鼠狼从他们面前穿行而过,王大林一瞬间有些晃神,而素素却是泰然自若。

"你害怕黄鼠狼？"素素说。

"有点儿。"王大林说。

"不用怕黄鼠狼,它可是捕捉老鼠的高手,一个晚上能捕捉六七只老鼠。"

"你怎么知道的？"

"我爸说的。"

"你爸又怎么知道的呢？"

"那是我爸的爸传给他的吧。"素素说着,笑着,"记得小时候,我爸经常捕捉黄鼠狼,把黄鼠狼的皮剥下来卖给药材店,黄鼠狼肉就红烧吃。"

"黄鼠狼肉能吃吗？"

"能吃,都是瘦肉。"

"你爱吃黄鼠狼肉吗？"

"唉,没有东西吃的时候,吃什么都好吃呀！"素素说。

"你爸好残忍啊！"王大林说。

"那时候穷,不吃也许会被饿死。现在条件好些了,我爸也不吃了。"素素说。

"我感觉,你们船上的渔民与我们珍珠湾村庄的农民的生活习惯有所不同。"王大林说。

素素说:"有什么不同?"

王大林说:"我们岸上的农民宁愿饿死也不会吃黄鼠狼肉。"

素素说:"可能是的吧,一方水土养活一方人。"

好不容易走到街上了,这时天也快黑了,王大林说:"我请你吃馄饨吧!"

素素说:"要不找到明龙,我们一块吃。"她心里仍然想见明龙。

王大林说:"今天不一定能找到他。我们现在去吃馄饨吧,时间晚了,馄饨店关门,我们就没得吃了。"

两个人走进了馄饨店。

那馄饨店老板娘是珍珠湾村庄嫁出去的女人,她认得王大林。王大林和素素一进店门,老板娘就对王大林说:"这位妹妹是你女朋友吗?"

王大林马上否认:"不是的,是我的初中同学,今天我们正巧遇见,所以来吃一碗馄饨。"

老板娘说:"这位妹妹真的漂亮,看上去聪明又能干。请问,妹妹你是哪里人呀?"

素素说:"我是渔家姑娘!"

老板娘收过钱后,对里面的伙计说:"两碗大馄饨,每碗多加两只。"

王大林有点心不在焉,素素说馄饨每碗多加了两只,这时他才反应过来,对老板娘连声说道:"谢谢,谢谢你!"

王大林和素素面对面坐着,他俩吃馄饨的时候,馄饨店里又来了一对青年男女。素素看见他俩忽地站立起来,挥手与他们打招呼,原来他俩与素素同是渔业大队人。

本来王大林打算吃过馄饨就送素素回渔业大队,来来回回需要两个多小时吧。现在这对青年男女出现了,那么素素可以与他们一块儿返回渔业大队了。

王大林说:"你去问一下他们要不要回渔业大队。"

素素说:"对的。如果他们要回渔业大队,那我与他们一块儿回去。"

素素走到他们桌子对面,问他们吃过馄饨是否回渔业大队。他们说,吃过馄饨后,在街上逛逛,然后就回渔业大队。于是,素素对他们说:"那我跟你们一块儿回去。"

他们问:"那个男的是你的男朋友吧?"

素素说:"不是,是我初中同学,我还没有男朋友呢。如果你们有合适的人,可以介绍给我啊!"

素素说完,又回到王大林身旁。

素素说:"他俩吃好馄饨,在街上逛逛就回去。我跟他们一块儿回去,所以你不用送我了,你可以直接回去。"

王大林说:"我陪你逛街……"

素素说:"你有事情,早点回去,不用陪我逛街了。"

王大林说:"以后我陪你逛街的机会会很少的……"

素素顿时眼睛里有什么亮了一下,说:"我又不会嫁到外地去的。我若嫁到你们珍珠湾村庄,我们不是经常能够见面吗?你不陪我逛街,那我可以陪你逛街啊。"

王大林听懂了。

素素的爱情就在珍珠湾村庄。

所以,王大林对自己说,一定要为素素的爱情出一份力。

那对恋人逛街时,走进了百货商店。

王大林说:"我们也进去看看吧,你带些东西回去。"

素素说:"我不缺什么。"

"那进去看看呗。"

"不买东西,有什么好看呢?"

"你为我的机挂船出了很多力,我想买一样东西送给你,你喜欢什么东西呢?"

"你呀,那事情早就过去了,我和你是老同学,何必对我这么客气呢?"

素素说什么也不想买东西。

王大林感觉她真是一位内心纯洁的渔家姑娘。他要把她的故事讲给明珍听,希望明珍为成全她哥明龙与素素的爱情出谋划策。

素素和那对恋人一块儿回家去了。

王大林没有在街上闲逛,他以最快的速度往南荡湖赶去。他想赶在明珍下夜班之前与她见上一面。

他在下夜班前五分钟赶到了。

明珍在清洗工作台,王大林走上前去,说:"你辛苦了!"

明珍说:"不辛苦,习惯就好!"

"你下班后直接回家吗?"

珍珠湾◇◇◇

"不回家,我去你家里吗?"

"好啊,我现在就带你去我家里。"

"那我还不被村庄里的人笑死,好像我是一个心急的嫁不出去的姑娘了。"

"不会的,他们只会羡慕我们的爱情。"

"我能配上你吗?"

"你不是种蚌女吗?"

"对啊,我是种蚌女啊。"

"这就对了,你已经把爱情种在我的心里了。"

明珍说:"好像你和渔业大队的女同学走得很近啊!"

王大林说:"这个这个……我可是为你哥哥在奔波哩。"

明珍说:"这个这个……你这么说话,说明你心虚吧。"

"下班后,我们为这个事聊聊可以吗?"

"我爸妈在等我回去,倘若我不回去,他们可要发急的。"

"那这样吧,你先回家对父母说一声,就说我们有种蚌的事情需要商量一下,让他们早点睡觉,不用担心。"

明珍想了想,说:"那好吧,我先回家对父母讲一声。"

这时,下夜班的时间到了。种蚌女们都起身离去了,活动房内顿时安静下来,王大林和明珍最后走了出来。王大林说:"我去对我爸讲一声,你在这里等一下啊!"

不一会儿王大林就回来了。

两人手拉着手走在田埂上。

王大林说:"你知道吗?我的渔业大队同学素素,她妈妈与你爸爸早就认识,她妈妈是你爸爸的初恋情人。"

明珍大吃一惊:"我爸爸还有这样的风流事?"

王大林说:"所以,现在遇到一桩棘手的事,素素和你哥哥谈恋爱就麻烦了,显然你爸爸妈妈和她爸爸妈妈……唉……"

明珍说:"如果她妈妈是我爸爸的初恋情人,她爸爸肯定有想法的,我不太看好我哥与她谈恋爱。"

王大林说:"可素素真是一位好姑娘,我看好她。"

"你看好她哪里?"

"我看好她会成为销售能人,以后我们产出的珍珠指望她卖哩!她就像一块珍贵的宝玉,会让我们珍珠湾闪闪发亮!"

这天晚上,王大林和明珍就在田埂上"荡马路"。明珍感觉有点累了,王大林说:"那找个地方坐一会儿吧。"

"都是烂泥地。"

"我知道有个干净地方。"

王大林对珍珠湾很熟悉,他说的干净地方就是排灌站的蓄水池那儿。于是,两个人来到了蓄水池旁。那蓄水池四周用石头围砌而成,虽说是夜里,仍能看出它硬朗的轮廓。

蓄水池,它就像一位威武的老人守护着珍珠湾村庄。

王大林指着蓄水池说:"这蓄水池四周都是石头,应该干净的,你可以坐。"

他自己先坐在了蓄水池的石头上。

明珍仍然不愿意坐。

王大林用手拍了拍石头,说:"石头干净的,你坐吧。"

明珍说:"我不坐,有蚂蚁的。"

"你瞎说,哪有蚂蚁?"

"你坐吧,我就站着吧。"

"你不是说走累了吗?"

"现在不累了。"

"要不你坐在我腿上吧。"王大林鼓足勇气说出了这句话,还没等明珍回答,他就一把拉住了她。

明珍就坐在他的腿上了。

他的两只手却不知道怎么放了。

明珍说:"这样你不累吗?"

王大林说:"不累,我感觉舒服,你呢?"

明珍说:"我感觉难为情。"

王大林说:"你想想以后你就是我的爱人……对了,以后你就是珍珠湾村庄珍珠的形象大使!"

"你说我是珍珠湾村庄珍珠的形象大使?"

"是啊,你想想,以后我们这个珍珠湾村庄每年都会产出很多珍珠,应该会有很多客商蜂拥而至,说不定还会有外国友人来呢。我想你就可以做我们珍珠湾村庄珍珠的形象大使。"

明珍说:"你不会是在做梦吧?"

王大林说:"为梦想而努力是美好的!"

明珍说:"可我不漂亮。"

王大林说:"我感觉你和小花一样漂亮。"

"小花是谁呀?我认识吗?"

"你应该认识她的。我说的小花就是电影《小花》里的小花啊!"

"哦,我知道了,就是那个'妹妹找哥泪花流'的小花吗?"

"是的。"

"我哪有她漂亮啊!"

"我感觉你比她还美。你会用自己灵巧的手种蚌,你用自己的劳动创造了珍珠的美。"

"我看你呀,可以去做诗人了!"

"我最爱读诗了。"

"那你给我来一首诗好吗?"

王大林说:"让我想一想。好,你听着:愿得一心人,白头不相离。这是汉代卓文君的《白头吟》中的一句。"

明珍说:"你还记得别的古代爱情诗吗?"

王大林说:"记得的,唐代李商隐诗:相见时难别亦难,东风无力百花残。春蚕到死丝方尽,蜡炬成灰泪始干。晓镜但愁云鬓改,夜吟应觉月光寒。蓬山此去无多路,青鸟殷勤为探看。"

明珍说:"你这么有才,我不敢与你谈恋爱了。"

王大林说:"我一个人在家就喜欢读书,喜欢背唐诗宋词。"

明珍说:"你推荐点书让我读呢。"

王大林说:"可以,我家里有很多书,你上我家随便你挑。"

明珍说:"现在我可不去你家。"

王大林说:"那你准备什么时候上我家呢?"

明珍说:"你明天向我求婚,我就明天上你家。"

王大林说:"那我现在向你求婚呢?"

明珍说:"你现在向我求婚,我现在就跟你去你家。"

王大林说:"这个路旁有野花的,只是白天我能采摘到野花,现在黑夜我采摘不到野花啊!"

明珍说:"我不要野花!"

王大林说:"那明天我再向你求婚吧。不过,你哥和素素的恋爱你可要多多关心。"

明珍说:"我倒是有个主意,就说素素是我要好的小姐妹,邀请她上我家里玩,先介绍她与我爸妈认识。不知道素素愿意不愿意。"

"这个主意好,可以试试。"王大林说。

"那素素什么时候来珍珠湾呢?"

"我们去阳澄湖里耙河蚌要经过渔业大队的,我可以去叫她。"

"那你看什么时间好呢?"

"这样吧,明天我们把河蚌返回时,我去带素素过来。"

"一言为定。"

两个人像小孩一样拉钩,齐声说:"拉钩上吊,一百年不许变。"

王大林趁势把她的手拉到自己的胸前。

明珍说:"你想干吗?"

"我想抱抱你!"

"刚才你说过的话忘记了吗?"

"我说什么了?"

"你说,等你向我求过婚……一转身,你怎么就忘了呢?你记性真不好!"

王大林一使劲就把她抱在怀里了,说:"我说的求婚后那个抱和现在的抱不是一样的抱。"

"怎么不一样呢?"

"求婚后那是狠狠地抱,现在是温柔地抱。"

明珍说:"你可以做辩论家!"

两个年轻人的嘴唇情不自禁就碰在一起了。

明珍说:"好了吧,明天你要早起去阳澄湖的呀。"

王大林说:"和你在一起,我一晚不睡也愿意!"

第二天下午三时许,素素跟着耙河蚌船来到了珍珠湾村庄。在机挂船上,王大林对素素说:"我与明珍讲好了,今天你跟着她,你就是她的小姐妹。"

素素说:"我们本来就是小姐妹。"

王大林说:"我提醒你一句,去明龙家少说点话。老话说得好,话多错多。"

素素说:"我知道了。"

王大林说:"那你与明龙去交流一下。"

机挂船靠岸后,大伙儿先将船上的河蚌搬上岸。王大林让明龙和素素做搭档,让他俩抬蚌。

明龙把重的一头放在他那边。

素素说:"不要这样,这样你肩膀上分量重了,我肩膀上分量轻了。"

明龙说:"没有多大分量的。"

素素说:"那你把桶放在扁担中央,行不行?"

明龙说:"行的。"

但他仍是把桶放在靠近自己的一侧。

素素并没生气,心里只觉得明龙很温柔。从这一件小事上,她感觉到,明龙应该是一个体贴的人,也是一个勤劳肯干的人。

很快,一船河蚌被抬到了岸上。

本来,种蚌开夜班要开到夜里九点,考虑到素素要跟着明珍去明珍家,所以王大林决定今晚不开夜班了。这样,明珍一家人可以在家吃一顿团圆晚饭了,平常的日子里一家人都要做工,很难相聚在一块儿吃晚饭。而明珍爸已经知道素素是初恋情人的女儿,他见到素素,心里五味杂陈,翻江倒海。他担心自己的妻子知道这件事会受不了,心里十分忧虑。

明珍爸回到家里,明珍娘问:"今天你怎么不加班呀?"

明珍爸说:"你儿子有良心,他替我破蚌了。"

"这孩子还是蛮'有亲头'①的。"

"老话讲,秧好稻好,娘好囡好。"

"这么说,你这个稻种也好啊。"说完,明珍娘笑了起来。

两个人都笑了。

这时,明珍爸还不知道素素今天要上门来。

再说这边,明珍已经收拾好工作台面,整理好现场了。她对素素说:"那你跟我走吧。今天你就住在我家,我们可以说说知心话。"

素素说:"我听你安排。"

这时,王大林走过来对素素说:"今天你就不要回去了。"

素素说:"是的,刚才明珍说过,叫我住在她家。"

---

① 有亲头:方言,指素质好。

王大林说:"祝你一切顺利!"

然后,他向明龙招招手,说:"你过来。"

明龙走了过来,王大林对他说:"今天素素是明珍的小姐妹,你明白了吗?"

明龙笑了一下说:"我明白的!"

明珍说:"差不多了,我们回家吧!"

"伯伯,伯母!"身后突然传来的声音把明珍爸、明珍娘吓了一跳。

明珍说:"这是我的小姐妹素素。"

明珍爸看了素素一眼就退到一边去了。他奇怪,这姑娘来做什么呢?

明珍娘对明珍说:"你有小姐妹来家里,怎么不对我说一声,你看家里乱的!你讲一声的话,我可以整理一下的。"

素素说:"伯母,你家屋子很整洁的。"

明珍说:"妈,今天是我小姐妹来,你不用整理屋子的,不干净也没有什么关系。若是我的嫂子上门,你倒是要把屋子整理得干净些。"

素素朝她笑了笑,没有说话。

明珍娘一边整理屋子,一边说:"是啊,不知道你哥什么时候领回你嫂子呢?"

明珍回头看了看,说:"哥也回来了,你今天也好问问他什么时候把我的嫂子领回来。"

明珍娘说:"我天天问他,你哥耳朵里都生出老茧来了。"

明珍凑近她说:"妈,我这个小姐妹长得标致吗?"

明珍娘说:"标致。"她的声音很响亮。

明珍小声地说:"妈,你说话声音不会轻点儿吗?"

"平常与你爸说话喉咙响惯了。"明珍娘说。

"妈,把我这个小姐妹说给我哥做女朋友,你允许吗?"

"你说什么?说得响点。"

"我是说,把我这个小姐妹说给我哥做女朋友可好?"明珍说。她的声音也抬高了。

明珍娘抬头看着素素说:"明珍,你不要拿你小姐妹开玩笑啊。这位小妹妹长得好标致,怕是你哥配不上她。"

明珍说:"妈,我哥身体壮,又爱劳动,有哪点不好呀?"

"不是说你哥不好,只是觉得你的小姐妹长得标致,你哥长得又矮又胖……所以……"明珍娘说。此刻,她说话都有点不流利了。

"妈,哪有做妈的说儿子丑的,我可觉得我哥是美男子!"明珍说。

"说起来,我也该抱孙子了,接着也要抱外孙了。"明珍娘说。

"妈,你抱谁的外孙?"

"你生的孩子就是我的外孙。"

"嘻嘻,我男朋友都没有,哪会有外孙?"

"你早晚会嫁人的,我和你爸早晚会抱外孙的。"

"你这么肯定吗?"

"不瞒你说,如果你哥找不到女朋友,就让你换亲。"

"妈呀,你真的这样想的吗?"

"我是讲万不得已的时候,就给你哥换亲。如果你哥找得着女朋友,我也不会让你换亲啊!"

母亲的一番话,让明珍的情绪有些低落。

明珍母女俩的对话被素素听着了,"换亲"两字触动了她的心思。她对明珍说:"你妈说要给你哥换亲,是不是呀?"

明珍笑了,说:"我妈开玩笑的,她说万一我哥找不到女朋友的话,就换亲。"

素素说:"谁与谁换亲?"

明珍说:"把你换给我哥呀。"

素素说:"呵,我明白了。"

明珍说:"你明白什么了?"

素素说:"你有哥哥,我有弟弟,我嫁给你哥哥,你嫁给我弟弟,是不是这样?"

明珍可受不了啦,说:"我嫁给你弟弟,你弟弟还是个十几岁的孩子呢!"

素素说:"可我不要你嫁给我弟弟。"

明珍说:"你为什么不要我嫁给你弟弟呢?"

素素说:"因为用不着这样换亲啊!"

明珍说:"现在,我搞明白了。我不嫁给你弟弟,你也愿意嫁给我哥哥,你说我说得对不对?"

素素说:"对的。"

明珍爸看到素素来了,便想去村庄的渔船买一条鱼,被明珍叫住,她说:"素素是渔船上人,每天吃鱼,所以不要做鱼吃了。"

明珍爸就没有去买鱼。

明珍娘就把自己饲养的一只小公鸡宰杀了。

不料,一问素素,她不吃鸡肉,明珍娘叹了一口气说:"唉,白忙了。"

明珍娘犯愁了,就问明珍:"船上妹妹喜欢吃什么菜呢?"

明珍就问素素:"素素,你喜欢吃什么菜?"

素素说:"咸菜。"

"啊,你喜欢吃咸菜!"明珍很惊讶。

素素说:"一到秋天,我们小船的棚上就到处挂满了青菜,我妈妈就自己做咸菜,每年都要做好几缸咸菜。"

明珍说:"那咸菜缸放在船上吗?"

素素说:"哪有,放在岸上,我爸在岸上搭了一个草棚。有一年,几缸咸菜都被别人偷走了,害得我妈气得生病了。因为我喜欢吃咸菜,所以咸菜缸没了,我妈特别难过。"

明珍说:"那时我不认识你,不然我就可以送你几缸咸菜。"

素素说:"那以后我用鱼换你家的咸菜。"

明珍说:"说得像换亲了。"

两个女孩大笑起来。

明珍娘听到她俩的笑声跑过来,说:"你俩有什么开心事呀?"

明珍说:"素素要用鱼换我家的咸菜吃。"

明珍娘说:"哪要你的鱼呢!咸菜又不是值钱的东西,你想吃咸菜,你就多带些咸菜回去。"

晚饭,素素在明珍家吃的。明龙也回家吃晚饭了。因为素素说喜欢吃咸菜,明珍娘就做了一道咸菜炒粉皮。

素素指着咸菜炒粉皮,说:"这个菜我第一次吃到,很好吃。"

明珍说:"这是咸菜炒粉皮。"

素素说:"粉皮是自己做的吗?"

明珍说:"村庄上人做的,他们家做豆腐,还做粉皮,还育黄豆芽。"

素素说:"我妈就经常做咸菜炒黄豆芽。"

明珍说:"咸菜炒黄豆芽我也吃过,不过我还是不喜欢吃咸菜。"

明龙看着她俩说:"我喜欢吃咸菜炒黄豆芽。"

明珍说:"哥,素素和你都喜欢吃咸菜炒黄豆芽,你们两人口味差不多啊!"

吃过晚饭后,明珍给父亲泡了一杯大麦茶,他坐在饭桌前喝茶。

明龙和素素出去拿粉皮,好让素素走时带回家,做咸菜炒粉皮吃。

明珍娘在洗碗。

明珍想帮母亲洗碗。

明珍娘不允许,说:"你一天到晚种蚌,手浸泡在水里,在家你就不要湿手了。"

明珍说:"妈,你快点洗好碗,我们一家人围在一起还有事情商量。"

明珍娘说:"你有事情与你爸商量就行了,我不做主的。"

明珍说:"妈,爸说在家你做主的,你怎么说是爸做主呢?"

这时，明珍爸开腔了："家里很多事情表面上我做主的，背后都是你妈做主的。如果不听你妈的话，她一哭二闹三上吊，弄得你七荤八素。"

明珍娘拿着一只碗走了过来，说："别听你爸瞎说，你爸说得我像一个泼妇哉。"

明珍爸说："别听你妈说的，她讲起道理来一套一套的，我讲不过她。"

明珍说："那我搞不明白了，你们两个人究竟谁当家做主呢？我可要找当家的说话。"

明珍爸沉默片刻，说："你想商量什么事情呢？"

明珍说："平常我们一家人难得聚在一块儿吃晚饭的，今天我、爸和哥都不开夜班，所以我带素素来我家玩。其实我要告诉爸妈，素素是我哥的女朋友，你们觉得素素这个人怎样？"

明珍爸连忙摆手说："这个事情还是找你妈说吧，她说了算。"

此时，明珍娘并不知道素素是明珍爸初恋情人的女儿，所以她很爽快地说："我觉得这姑娘吃饭简单，生活朴素，我们这种穷苦人家就应该找这样愿意吃苦的姑娘。"

这天夜里，素素和明珍睡在一张床上。这间屋子里有两张床，另一张床是明龙睡的。那年代，乡下并不富裕，所以兄妹两人还是睡在一个房间，中间用帘布之类隔开。

明珍说："今天委屈你了，让你与我挤一张小床。"

素素说："我习惯没床睡觉的。"

"啊，你睡觉在地上吗？"

"我睡在船上。"

"如果刮风下雨还睡在船上吗？"

"一年三百六十五天都睡在船上。"

"你真是以船为家。"

"所以，我看到你这个房间，感觉蛮宽敞的。"

而明龙在床上也睡不着。

明珍与素素说起悄悄话："平常的日子里，我哥一会儿就睡着了，今天他还在翻身，你知道这是为什么吗？"

素素也悄悄说："我哪知道？"

明珍说："我告诉你，是因为你的出现，因为你与他睡在同一个房间。"

素素说："你爱大林吗？"

明珍说："他有远大的理想，而且脚踏实地，真的比生产队其他男孩子优秀。"

素素说："他前途无量。"

明珍说："他说要把珍珠湾打造成中国最大的珍珠生产基地。"

素素说："所以，我不想再在船上捕鱼了，我想到珍珠湾村庄与你们一块儿发展。"

明珍说："你就嫁给我哥吧，他也是很优秀的男孩子，只知道埋头干活。以后你卖珍珠，我哥在家里干活，你们这也是完美的一对。"

素素说："不知道你爸妈能否接受我。"

明珍说："我妈说了，家里的事情我爸做主，所以我感觉没有问题。虽然我爸外表看上去蛮严肃的，但他非常爱我们子女，他会同意你和我哥谈恋爱的。"

素素说:"可我有点担心我爸。"

明珍说:"那就看你自己的表现了!"

两个人睡在一个床头,说话说到很晚,很晚……

说着说着,两个人就睡着了,一觉睡到第二天早晨五时,被闹钟叫醒。

明珍开始穿衣服。

素素说:"你这么早就起床啊!"

明珍说:"我要比别人早到一个钟头,给每个种蚌女准备好刀具、引针。这些预备工作不做好,她们来了就要等待,那样就浪费种蚌时间了。"

素素说:"那你挺辛苦。"她也开始穿衣服。

明珍说:"你可以再睡一会儿。"

素素说:"不了,我也想早点回去。"

明珍说:"你可以再睡一会儿。我哥也还在睡觉呢。"

素素说:"他几点起床?"

明珍说:"每天早晨六时三刻。"

这天早晨,那些种蚌女还没有来上班,唐队长却先来了。

老王正在船上挂蚌。他看见唐队长来了,便将船撑到岸边。

唐队长说:"你老早就在挂蚌啊!"

老王说:"昨日夜里做的蚌,但夜里挂蚌看不清楚,所以等今朝天亮才挂蚌。"

唐队长说:"大林人呢?他在睡懒觉吗?"

老王说:"他没在睡懒觉,天刚亮他就去阳澄湖里耙河蚌了。"

唐队长说:"小伙子不错的,我看好他。"

老王说:"他说要把珍珠湾打造成一个珍珠基地,他的目标大着呢!"

唐队长说:"我想起毛主席说的话:你们青年人朝气蓬勃,正在兴旺时期,好像早晨八九点钟的太阳,希望寄托在你们身上。"

唐队长要告诉老王一个好消息,他说:"那个我们河蚌被盗的案子破了。"

老王说:"哪里人来偷的?"

"是黄天潭村庄。那伙人到处盗窃河蚌,前几天盗窃河蚌时被当场抓获,他们自己交代偷过我们村庄的河蚌。"

"那可以向他们要回我们生产队的河蚌了。"

"他们偷的河蚌多,但据说很多河蚌死掉了,所以我们要回河蚌的可能性很小。"

"那我们不是白白损失了吗?"

"但我觉得坏事变成了好事。"

"不会吧。"

"如果不是那次河蚌被盗,大队也不会允许你承包这片水面吧。你说,是不是这个理?"

老王说:"是的,你这么说,我也得承认是坏事变成了好事。"

唐队长说:"这就是机会,人生这样的机会不多的!"

老王说:"现在刚起步,困难很多。但既然已经跨出第一步,就只好勇往直前。"

唐队长点点头,老王又说:"对了,等破蚌采珍珠后,会有很多的珍珠,我们想在这里搞一个珍珠交易点,搭建几间房子,希望你给予批准。"

唐队长说:"这个没问题,你让大林写一份建房申请给我,或者直接将申请给大队。不过这房子需要你们自己花钱建造,生产队可穷得要命,年底分红的钱还不知道在哪里呢。"

老王说:"好的,这个钱我们自己想办法解决。"

唐队长说:"既然要在这里建造珍珠基地,我看就不要再搭简易活动房了,应该将房子盖得高大气派一点。"

老王说:"我和大林也是这么想的。"

过了几天,大队通知书下来了,同意老王父子在珍珠湾村庄建造一幢楼房。这可是珍珠湾村庄的第一幢楼房。

从此,珍珠湾村庄将发生翻天覆地的变化。

这不是一般的农家楼房,而是珍珠交易楼,是王大林建造水乡珍珠交易市场的第一步。

但老王父子为钱发愁了。经测算,造这一幢楼房需要十八万元,还不包括装修与电力配套设施。要知道,为了养蚌,老王父子俩已经向亲戚朋友借了十几万元,能够借钱的都借了,现在再要借十八万元,这真是一个难题。

这天,王大林找到银行,想找银行贷款。

那银行里的一个主任姓张,是个老烟枪,他坐的屋子里烟雾弥漫。

王大林说:"我要造珍珠交易大楼,可以贷款吗?"

张主任说:"你要贷多少?有什么做抵押?"

王大林说:"十万元。我和父亲承包了一片水面,养殖了很多河蚌,这个可以抵押吗?"

"河蚌在河里,怎么抵押?"

"这可是种蚌,产珍珠的蚌,是非常珍贵的河蚌。"

"河蚌有金子珍贵吗?我对你说,你用金子抵押给我,我也不收。我告诉你什么东西可以拿到银行来抵押,一是房子,二是汽车,三是机器——你有工厂的话机器也是可以抵押的。"

"我没有工厂,没有机器,但我有房子。"

"房子可以抵押的,你房子有多大面积呢?"

"我家就三间平房。"

张主任不屑一顾地说:"那三间平房能算房子吗?其他银行要不要我不知道,反正我对你说,我们银行是不要你三间破平房做抵押的。"

王大林说:"其实,这三间房子是前几年才建造的,你不能说破平房。"

张主任说:"那你找其他银行抵押贷款吧。"

"你不给我贷款对吗?"王大林说。

"你这样说话不对。不是我不给你贷款,而是你自己没有抵押物。如果你有抵押物给我,那我可以贷款给你,抵押物价值多少就贷款给你多少。"

屋子里的烟雾越来越浓,王大林不会抽烟,而且张主任不松口,他待在那个办公室里难过死了。

王大林痛苦地蹲在了地上。

张主任拉他起来,低着头想了会儿,很是为难地说:"你没有抵押物，通过我们银行贷款是比较麻烦的。但天无绝人之路，等你这栋楼房造起来，你倒是可以把它抵押给我们。"

"那能贷到多少钱呢？"

张主任说："这要看你的楼房值多少钱，比如楼房值50万元，那我至少可以贷给你30万元，以此类推。"

"好！"王大林信心十足。

"对了，楼房要有房产证和土地证，才能找我们银行抵押啊！"

王大林叹了一口气，说："很明显，我们的楼房是拿不到房产证和土地证的，因为造房手续还不全。"他有自知之明，知道造房手续很烦。

张主任说："那没有办法，我不能贷款给你！"

王大林到底是没有在银行贷到款。

他刚走到门外，张主任追了出来，说："这样吧，现在我去看看你承包的水面。关于贷款，我可以给你想想办法。我感觉你这个人还是蛮诚实可靠的。"

惊讶顿时写在王大林脸上。

王大林来的时候骑着一辆自行车，张主任对他说："你把自行车放在我车上。"

张主任驾驶一辆皮卡，后面有货箱，可以装载一点货物。

王大林坐在车子里问道："张主任，学开车难吗？"

张主任反问："你文化程度呢？"

王大林说："初中毕业。"

张主任说："初中毕业，那你学开车没有问题。因为学开车分两个部分：一是理论考试，你是初中毕业，这个理论考试可以过关的；二是驾驶考试，需要理论考试通过才能进行驾驶考试，这个不难，练习了就能通过。"

王大林说："我也想学开车。"

张主任说："有了车子，做任何事情都方便。如果现在我没车子开了，我就会觉得寸步难行。"

王大林说："你这个车子多少钱？"

张主任说："几万元吧。这辆车子蛮适合你的，经济实惠。"

张主任突然发现前面路上有一块大石头，紧急刹车，那后车厢放着的自行车"哐当"一声……"怎么会有这么大的石头？如果我没发现，真的很危险。"张主任说。

王大林下车，将那块大石头翻到了路边。

张主任竖起拇指说："你的品德可以的！"

王大林领着张主任来到了简易活动房。只见简易活动房里有二三十位种蚌女在忙碌，而且这些种蚌女以年轻姑娘居多，其余则是三四十岁的妇女。

张主任说："我从外面看这个房子，以为是个养猪场，到里面一看才发觉别有洞天啊！"

王大林说："她们在种蚌，她们是最美的人！"

张主任说："你怎么找来的？"

王大林说："都是附近村庄的。本来有的人要外出种蚌的，听说我也在种蚌了，就不外出种蚌了。"

张主任说："她们做一天的报酬如何结算？"

王大林说："多劳多得，我们是根据她们每人种蚌只数付工钱的。"

"那她们一天能得多少钱？"

"有多有少，每个人都不一样。"

王大林不想说出她们的报酬，因为附近也有养蚌人，他们也在请人种蚌，所以种蚌人的报酬是一个商业秘密，不可言说。

王大林嘴上打了一个滚，这个问话就对付过去了。

走出简易活动房，王大林指着沿河的土地说："我想把珍珠交易楼建造在河边。"

张主任说："这里风水很好！"

王大林说："你会看风水？"

张主任说："我不是风水先生。你看，前面是一条河，风水上讲这就是源，'为有源头活水来'。"

王大林说："这是南宋诗人朱熹的诗，前面一句是：问渠那得清如许。"

张主任惊呆了，说："你真是学识丰富啊！"

王大林说："只是爱好诗词而已。"

张主任毕竟见多识广，他还真有想法。他说："既然你说要把珍珠湾村庄打造成珍珠交易市场，那么建造房子还必须有长远规划。我认识从事建筑设计的朋友，要不要请他们过来搞一个设计规划？"

王大林说："我只想自己先把这一幢楼房建造起来，毕竟请建筑院设计也要一大笔建筑设计费。所以，现在这个楼房还是我们自己设计吧。"

张主任说："等你这栋楼房造起来，你要贷款，我可以贷款给你一点的。"

王大林说:"可这栋楼房没有房产证和土地证,没有两证不是贷不到款吗?"

张主任大笑一声:"你把这栋楼房的产权申明一下,我就可以贷款给你——不是银行贷款给你,而是我私下找些人,把他们的闲钱组合在一块儿,然后我将这个钱借给你。"

王大林觉得他说的应该是大实话。他说:"你说话当真?"

张主任说:"我眼睛识人的,相信你能够做出一点事业来。"

张主任临走的时候,王大林在鸡圈里捉了两只草鸡给他。

张主任说:"无功不受禄,怎好意思拿你们的鸡呢!"

王大林说:"我记着你说的话,等我这栋楼房建造好了,我就找你贷款去。"

张主任拍拍衣服上的灰尘说:"贷款没问题,鸡就不要了。"

那皮卡车卷起一阵灰尘,疾驰而去。

王大林站在那里若有所思。最后他还是没从银行贷着款。

这时,老王走了过来,对他说:"这草鸡等你吃定亲饭时要派用场。"定亲饭,是当时男女青年确定恋爱的一种仪式,吃了这顿饭便确定彼此的恋爱关系了。

"我知道了。"

老王就没再说什么。

王大林又走到了种蚌现场。他本来是每天要开机挂船去阳澄湖里耙河蚌的,但现在事情多了,他分身乏术,就由明龙开机挂船去阳澄湖里耙河蚌了。王大林腾出手来做更重要的工作。

他将珍珠湾村庄打造成中国最大的珍珠交易市场的宏图已经悄悄地展开。

这时，明珍看见他了，就走了过来。

明珍说："之前素素住我家时，说有一位广东大老板近几天要来我们这里看看，他是与香港大老板做珍珠生意的。素素说，认识了那位大老板，我们的珍珠销售就容易了。"

"素素怎么会认识广东大老板的？"王大林问。

"这个她没说，我也没问。"明珍说。

"我相信素素的话。"王大林说，"这几天，我们的场所要整理干净，把没用的东西整理出去，要保持种蚌的案板干净。对了，最好让姑娘们换上新一点的衣服。"

明珍说："好的，下班前半小时，我让大家打扫卫生。"

王大林说："今晚下班后，你有空陪我在河边走走吗？"

明珍说："有啊。"

王大林说："那下班后，我在河边等你。"

明珍说："好的，不见不散。"

夜晚，王大林和明珍相会在小河边。

他俩忙于耙河蚌和种蚌，有些日子没有约会了。当然，他俩还是天天见面的，吃饭的时候也在一个桌子上，只是吃便饭。王大林想给她加个荤菜，明珍说不用的，和大伙儿吃一样的内心踏实。

这段日子，他们的爱情得到了双方家长的认可，他俩吃定亲饭的日子已经定了。

王大林说："目前你负责种蚌挺辛苦的。"

明珍说："还可以，大家都是种蚌老手，所以不算太累。如果是种蚌新手，那指导她们如何种蚌，真是很辛苦的。还有，种蚌新手会浪费河蚌，一浪费，好蚌就成了废蚌。"

明珍说起种蚌头头是道。

王大林说:"现在你辛苦点,等我们这里形成规模,就用不着你负责种蚌了。"

"那我做什么呢?"

"你做领导。"

"我领导谁呀?"

"你领导我就行。"

明珍捧腹大笑,说:"我以为你叫我领导养蚌呢!"

王大林说:"你这话也对的,到时你就负责养蚌的内部工作。我要负责销售珍珠这一块工作,争取让我们的珍珠卖出个好价钱,卖到世界各地。"

"你野心不小哇!"

"没有野心,便做不成大事啊!"

明珍说:"你爸告诉我,你想把两只草鸡送人,是不是?"

王大林承认了此事,也做了解释。

"你父亲说,草鸡是我俩吃定亲饭时派用场的。"

"我已经在父亲面前保证,都留着我俩吃定亲饭时用。"

"呵,你是个听话的好孩子啊!如果你还想送草鸡,我可以给你。"

"你哪里有草鸡呢?"

明珍故作神秘地说:"你猜?"

"你家里也有草鸡吧?"

"答案正确。"

王大林伸手抱住了明珍。

明珍想推开他。

王大林更使劲地抱住她。

她说:"哎呀,我种了一天河蚌,身上都是汗水味,我想早点回家洗澡哩!"

"你早晚是我的女人。等你生下小孩,我爸妈肯定高兴得不得了,他们早就想抱孙子了。你愿不愿意为我生一个儿子?"

"还不到时候。"

"你是说要等到我们结婚以后吗?"

"是的。眼下养蚌有那么多人需要管理,那么多事情需要处理,你肩膀上担子那么重,都要自己去面对。我会支持你的,我对你是一颗真诚的心。我希望我们齐心协力,把珍珠湾打造成江南最美丽的地方!"

王大林抱紧她说:"你是个稳重的女孩子,我爱你!"

明珍说:"我爱你!"

两个人亲吻起来……

王大林摸出手表,借着月光看了看,说:"哎呀,快半夜十二点钟了,我送你回家吧。"

明珍说:"我可能进不了家门了,我爸妈肯定睡觉了。"

"那怎么办呢?"王大林说,"要不你别回去了,就睡在草棚里吧。"

明珍说:"你爸不是也睡在草棚里吗?"

王大林说:"夜里他几乎不睡觉的,因为要守夜。"

明珍说:"那我睡在草棚里,你可不能动我。你答应我,我就住下。"

王大林说:"我答应你,我以自己的人格保证!"

这晚,王大林和明珍是分床睡觉的。前者睡他父亲的床,后者睡王大林的床。

王大林一觉醒来已是早晨五时。他起床走到河边一看,耙河蚌的机挂船仍在河边,钱招树、明龙,还有一位小伙子坐在船头上。

王大林走过去,站在岸头上问道:"祥根怎么还没来?"

明龙说:"不知道他呀!"

王大林说:"哥,你去他家看看他吧。"

明龙说:"好的,我马上去。祥根这个人真是的,不来也要说一声啊。"

过了十几分钟,明龙垂头丧气地回来了,他叹了一口气说:"唉,这小子还在睡觉。他说一夜没有睡,与女朋友分手了,女朋友带着一帮人在他家闹到天亮。"

钱招树说:"不会吧,我早晨经过他家门口,也没有看见有人在他家啊!"

明龙说:"反正他今天不去耙河蚌了。"

王大林恨不得冲到祥根家里,一把将他拖起床。

这时,明珍也醒了。

她坐在床上揉着眼睛,看到对面床上空无一人,知道王大林起床了。她想王大林可能是在河边洗脸吧。

于是,她也向河边走去。

她看到了她的哥哥。

明龙说:"明珍,昨晚爸妈等你到很晚,你住在哪里的呀?"

明珍说:"是我不好,我现在回家去。"她转身想走,忽然想起了什么,对明龙说:"哥,你们怎么到现在还没有开船啊?"

明龙说:"祥根一夜没睡,他去不动。"

明珍哭笑不得,说:"早知道不能去,要提前请假的哇。如果你们不去耙河蚌,那我们种蚌又要没有蚌了。"

听明珍这么说,明龙表态了,他对船上的人说:"我们不等祥根了,现在马上开船。"

他解开了机挂船的缆绳。

王大林对明珍说:"你哥真是好样的。"

明珍说:"你对他也不薄,把你的女同学介绍给他,做我的嫂子。"

机挂船开远了。

明珍对王大林说:"我现在回去一趟。你不回家吗?"

王大林说:"早晨我都不回家的。"

明珍说:"我明白了,你的早饭是你妈送过来的,是不是?"

王大林说:"你也别回去了,我妈会送糯米团子过来的,很好吃的。"

明珍说:"你妈又不知道我住在草棚里。"

王大林说:"我把我的那份给你吃,好吗?"

明珍说:"不好。我吃了,你就要饿肚皮,你要干不动活的呀!"

祥根的女友叫美英,她在街上做裁缝。

有一天夜里,祥根去她家玩,两个人在房间里抱抱又亲亲。

美英忽然从被子底下拿出一只避孕套。

祥根气得眼泪都快掉下来了,心想:你这个小妞肯定与别的男人做过这种事,不然家里怎么拿得出避孕套呢?

于是,他把她一把推开。

他穿好衣服走出了房间。

美英追出门外。

祥根对她说:"你不要脸,即使我做光棍,也不会要你了。你走你的阳关道,我走我的独木桥。"说完,他就走了。经过一座小桥时,他看到河里有一群鱼游过,生气地抓起一块砖头向鱼群砸去,结果真的被他砸到鱼了,一条鲢鱼肚皮朝天浮在水面。他脱了衣服下到河里,捞起了这条鲢鱼。

祥根回到家把鱼丢在一只水桶里,对他娘说:"我砸着一条大鲢鱼。"

祥根娘说:"我活了快五十年了,还第一次听说砸着鱼的。"

祥根娘可高兴了,拿了这条鱼到河埠去杀。

祥根娘拿着洗净的鱼回来时,家里来了七八个男女,还有祥根的女友美英。祥根娘对美英说:"妹妹,你们这么多人来我家里做啥呀?"

平常美英都唤祥根娘为阿姨,这回她并没有这么叫,她说:"叫你儿子出来,他太欺负人了。"

祥根娘说:"妹妹,你俩吵架了吗?"

美英说:"他要解除婚约,你们得赔我青春损失费。"

祥根娘说:"前两天你俩还好好的,怎么说翻脸就翻脸呢?"

美英说:"不是我翻脸,是你儿子先翻脸的。"

祥根娘说:"妹妹,你讲讲你们翻脸的起因呢?"

美英想了想说:"他要和我做那个,我不愿意,他就拍拍屁股走了!"

祥根娘说:"那是祥根不好,我来批评他。妹妹,你不用生气,叫你们这些亲戚都回去,我们自己家的事情关起门来解决,不要让外面人干涉。"

美英说:"不行。我也不愿意与他交往了,他这个人太可怕了。"停了一下她又说:"他在哪里?你叫他出来,不要做缩头乌龟。"

祥根娘说:"他应该在房间里。"

祥根娘推了一下房门,推不开,便大声叫道:"祥根,你出来!美英带一帮亲戚找你来了,你快出来。"

等了一会儿,祥根开门了。

祥根对美英说:"你还有脸来,你给我滚得远点!"

美英对祥根娘说:"你听到了吧,他叫我滚!我今天就不滚了,我死也要死在这里。"

美英的亲戚们围住了祥根。

有人把唐队长叫来了。

唐队长对美英说:"你是小姑娘,这种事情即使你有千千万万个道理,传来传去对你影响也不好,我看是能少一个人知道就少一个人知道,何必搞得满城风雨呢?"

美英说:"我不怕。"

美英的堂姐说:"美英名声已经被他搞坏了,所以现在我们要他赔偿青春损失费。"

　　唐队长说："今天不早了，你们明天到大队部去解决。"

　　在唐队长的耐心劝说下，美英同意与亲戚们一起回去，并且讲好第二天到大队部，双方面对面解决问题。不知道为什么，第二天天还未亮，美英与几个亲戚又来到了祥根家里。

　　祥根又急又气，对他们说："你们不知道事情的来龙去脉，怎么可以只听她的一面之词呢？"

　　祥根还是没有明说美英拿出避孕套之事。

　　美英娘伸手要打祥根的耳光，祥根反应快，躲避掉了。

　　美英娘对祥根说："肯定是你外面有人了，才不要美英的。这笔账一定要算清，不能便宜你这个忘恩负义的东西。"

　　祥根说："是我忘恩负义吗？这个责任完全在你女儿，她心里最明白。"

　　美英娘说："女儿我养育了二十几年，她是怎样一个人我不清楚吗？难道你比我清楚吗？"

　　祥根说："随便你们吧。"

　　他想离开。

　　但那几个人围住他，不让他离开。

　　这时候，唐队长来了。

　　唐队长说："昨天不是讲好不闹了吗？不是讲好上午双方去大队部解决问题吗？怎么大清早的又这样吵吵闹闹的，你们这样做能够把事情解决吗？"

　　唐队长问他们几个为什么，他很是气愤。

　　唐队长问祥根："究竟是怎么一回事，你与我说。我要替你说话,你也要让我知道这个事情的真相。"

祥根便说了避孕套的事。

唐队长说:"那你们两个人发生了关系没有?"

祥根说:"没有,我一次也没有碰过她。"

唐队长说:"你没碰过她,那她们凭啥要赔偿呢?"

唐队长对美英他们说,现在他俩谁也不要谁,这是谈恋爱过程中的一个正常情况,所以没有什么青春损失费之说,希望双方好聚好散。结果他们说唐队长与祥根是一丘之貉,就这样又与唐队长吵了起来。

唐队长对美英娘说:"你们这样吵闹,把你家女儿名声全毁了。"

过了几天,祥根的事情总算解决了。为了息事宁人,祥根的父母亲拿出两百元给了美英,算是赔偿她的青春损失费。

结果,美英的名声也不好了,好几年她都找不着对象。

后来,她嫁到邻省去了。

一个人的名声比金钱更重要。

素素与明龙的恋爱关系也已经公开。

本来素素担心父亲老倔头会不同意,但令人想不到的是,老倔头一句反对的话都没说。他对素素说:"只要小伙子和他家人都对你好,我就答应。如果他们对你不好,你就回来。感情这个东西不要勉强,强扭的瓜不甜。"

素素说:"爸,我想到外面工作。"

老倔头说:"你做啥工作?"

素素说:"卖珍珠。"

老倔头说:"你有本事卖珍珠吗?"

素素说:"有啊,我有啊!"

老倔头说:"我不太相信!"

素素告诉他:"爸,我现在是广东老板驻珍珠湾代理人。"

老倔头说:"是不是上回来的那位广东老板啊?"

原来,上回那位广东老板来阳澄湖采购大闸蟹,与素素遇见了。他说他与香港、新加坡等地商人都做珍珠生意,现在正好在苏州物色珍珠经销代理人。

素素说:"那么待遇呢?"

广东老板说:"我在苏州注册一个珍珠公司,你负责买卖,我给你分成,当然我会给你保底工资。"

素素说:"我朋友在珍珠湾村庄搞了一个珍珠交易市场,他也叫我去工作。"

广东老板说:"那好,你就驻扎在那里。"

素素说:"可我对珍珠买卖十分外行啊!"

广东老板说:"没有关系,我会再招内行的人来带你的!"

素素说:"你真是我的贵人!"

广东老板说:"不能这么说,我只是一个商人。不过我是一个比较有眼光的商人,在茫茫人海里,我发现了你。我看好你,你的聪颖一定会助你成功,也会让我的珍珠事业发展得更好!"

素素说:"我不要到广东工作吧?"

广东老板说:"你就在苏州本地工作。"

素素说:"我到珍珠湾村庄工作对吧?"

广东老板说:"你可以在那里租一间房子,主要负责收购珍珠,我会定期派人上门收取珍珠,还有结账。"

素素说:"这么重要的工作让我做,你能放心吗?"

广东老板说:"你的诚实和聪颖写在你的脸上!"

本来广东老板想去珍珠湾村庄考察一趟的,但接到广东来的电话要他回去,便没有成行。

素素找到王大林,说:"我在等待你的珍珠!"

王大林说:"还有两个多月,我的第一批河蚌就可以破开采珍珠了。"

素素声音响亮地说:"你的珍珠我可以全部买下来!"

王大林说:"你有这么大的门路吗?"

素素说:"我有。"

不等王大林说话,素素又补充道:"以前没有的,现在我有的。"

王大林端详着素素,左看右看上看下看,他不明白今天素素说话怎么这样带着傲气呢,感觉与往常有点不一样。

素素说:"你这么看我干吗?你不相信我吗?"

王大林说:"我能相信你说的这番话吗?"

素素说:"你说不相信,我觉得这是你说的大实话。如果你一开始就相信我的这番话,我倒是觉得你这个人有点盲目和幼稚了。"

王大林说:"你的话,我没听明白。"

素素说:"还记得前阵子我与你讲,有一位广东客商要到你这里来考察吗?"

"是啊,后来你说他广东有事急着返回,来不及过来了,对吧?"

"他对我说,他要在苏州注册一个珍珠公司,让我就驻扎在珍珠湾,负责买卖珍珠哩!"

"他不会空口说大话吧。"

"这个不会的,他没有必要骗我这个渔家姑娘吧。"

王大林听了素素的话又喜又忧,惊喜的是他的珍珠销路有了;忧愁的是万一真遇到骗子,对于素素来讲是竹篮打水一场空,而对于自己来讲可谓出师不利。

素素说:"我与我爸妈讲了,现在开始到珍珠湾工作了。"

王大林说:"我一直期待你来珍珠湾,但……"

他欲言又止。

素素说:"我来珍珠湾你不高兴吗?"

王大林说:"我还想过让你做珍珠湾珍珠销售代理人,可现在你却被广东老板先抢走了……"

素素说:"可我身在曹营心在汉啊!"

王大林说:"你来珍珠湾,那住哪里?"

素素说:"我和明珍住一块儿你同意吗?"

王大林说:"我也是这么想的。"

素素说:"我与明珍私下已经讲好了,她已经为我准备了床铺,今晚我就和她住一个房间。不过我和明珍住一个房间,会影响你俩的约会喽,嘿嘿……"

王大林说:"那没关系的!"

这一幢珍珠楼已经开工了。王大林本想向银行贷款,因为没有东西抵押,所以一分款也没有贷到。后来,王大林与公社建筑站领导讲好,先付建筑站五万元,让他们把楼房造起来,其余的资金在三年内付清。

用王大林的话说就是"建筑站给了我一个喘息的机会"。

这时,王大林的贵人出现了。

这天,有五万元现金摆在了王大林面前。

那是素素拿过来的。

素素说:"这是孙老板要我交给你的钱。"孙老板,就是那位广东老板,这个王大林已经知道。

王大林说:"啊,他拿给我这么多钱做啥?"

素素说:"预定珍珠楼的房间。"

王大林说:"我正想向亲戚朋友筹借五万元,真没想到孙老板雪中送炭来了。"

素素说:"但你也要谢谢一个人!"

王大林说:"谁?"

素素说:"远在天边,近在眼前。"

王大林这才醒悟过来,说:"素素,让我怎样感谢你呢?"

素素说:"我知道珍珠楼开工,你需要钱,我就向孙老板讲起了。他就让我去银行里领取了五万元,说这是租房的预付款,多退少补。"

王大林说：“他肯定付多了。”

素素说：“珍珠楼一直要租下去的，多出来的钱可以算作下一年度的房租，反正不用退给他钱了。”

王大林说：“你的门槛也精①，是一块做生意的好料子。”

素素把钱递上，说：“你收好钱。”

王大林写了一张收条递给素素，说：“这收条等孙老板来时，你交给他。”

素素说："他在苏州聘请了会计，我把收条交给会计就行。"

王大林说：“那好。这么多钱放在身边不安全，我现在就去建筑站，把建房预付款付了。”

素素说：“你怎么去？”

王大林说：“骑自行车去。”

素素理了理头发说：“我跟你一块儿去。”

王大林说：“你有时间吗？”

素素说：“我不放心，我要与你一块儿去。”

“你总是让我感动。”王大林说。

“我跟着你也学到了许多！”素素说。

“你是我要感谢的人。我还要感谢孙老板，他不仅在我困难的时候借钱给我，还给了我一个发展的新思路……”王大林说。

素素问道：“给了你什么思路？”

王大林说：“可以招商引资，把珍珠湾的珍珠交易市场发展起来！”

---

① 门槛也精：方言，门槛精指精明。

素素坐过王大林的机挂船。当然,素素也是机挂船手,她是一个真正的渔家女,从小就在阳澄湖里风里来,雨里去。她爸就说素素是"阳澄湖里的浪里白条"!

但素素坐王大林的自行车还是第一次。

她把那一只包抱在胸前。

王大林说:"让你委屈了,坐自行车。"

素素说:"你这话错了,现在有自行车坐很时髦。"

王大林说:"不会吧,我觉得坐皮卡才时髦。"

素素说:"等你的珍珠交易市场搞起来,你也会有自己的皮卡,或许你会有更好的小车。"

王大林说:"我希望有一辆车子,这样出行就方便了,到上海或者南京也可以自己开车过去。"

素素说:"若你有了小车,不会不让我坐吧?"

王大林说:"我让你坐在副驾驶位置,在阳澄湖大堤上吹风,风从双肩掠过,你的脸蛋红润如苹果……"

素素说:"你的脸蛋红润如苹果,你说谁呢?"

王大林说:"坐在我自行车上的人!"

素素说:"我是一只黑苹果。"

王大林说:"世上哪有黑苹果!"

素素说:"那有什么苹果呀?"

王大林说:"你就是一只甘甜的红苹果。"

素素说:"江南好像很少有苹果吧?"

王大林说:"是的,在我们江南,我还没见过哪里种苹果呢。这里只有红红的水蜜桃,最好的水蜜桃就是我们阳澄湖莲花岛上的水蜜桃。"

素素说:"你说得我都流口水了。"

王大林说:"现在我感觉到了,你就是一只红红的水蜜桃。"

素素说:"我不想做水蜜桃,被人一口吃掉就没了。我想还是做人好!"

王大林说:"你觉悟很高啊!"

这时,王大林看到前面有一辆拖拉机迎面开过来,就放慢了骑车速度,对素素说:"你下来,让拖拉机过去。"

素素就一只脚抵地,另一只脚从自行车上跨了下来。

她的双手捧着那只沉甸甸的包。

王大林看着她说:"你抱着包的样子很美。"

素素说:"广东孙老板在我家船上,看到我用竹竿撑船,他对我说,你撑船的样子很美,嘻嘻……"

拖拉机过去了,那轰隆隆的声音渐行渐远。

素素又坐上了王大林的自行车。

素素哼起了阳澄渔歌:"山歌不唱肚皮胀,开口一唱心里爽,落怕皇帝伯伯派人勒我嘴浪贴罢封条①,撕掉了封条还要唱……"

王大林说:"好听!"

---

① 落怕皇帝伯伯派人勒我嘴浪贴罢封条:方言,落怕即哪怕,勒我嘴浪即在我嘴上。

◇◇◇ 澄湖三叠

珍珠楼竣工了,就像一颗灿烂的珍珠生长在珍珠湾村庄。

广东孙老板预定了珍珠楼里的两间房,王大林把底层的两间房给了他——走进这幢珍珠楼,第一眼看到的就是这两间房,用苏州话讲叫"水口好"。

素素在电话里把这个消息告诉了孙老板。

孙老板很高兴,他在电话里说:"过几天我去上海参加珍珠宝石展览会,我会顺便到珍珠湾跑一圈。"

素素说:"你在苏州几天?我来安排住宿。"

孙老板说:"我有上海朋友,我们开车子过去,当天要回上海的。"

还有一件事是素素没有想到的。

王大林把素素领到了珍珠楼第三层,他指着窗口朝南的一间房对素素说:"这间房给你住。"

素素惊讶得张大了嘴巴,说:"这里房间租金那么贵,我租不起啊!"

王大林说:"不要你一分租金。"

素素说:"那叫明珍一块儿住过来。"

王大林:"等我俩结婚以后,会搬到这里住的。"

素素说:"那我盼望你俩早点结婚啊!"

王大林说:"那你和明龙什么时候结婚呢?"

素素说:"明龙父亲在选黄道吉日,所以我现在也不知道我们结婚的日子是哪一天。"

王大林说:"等你俩结婚后,叫明龙也住过来。"

素素说:"你说的这些像梦一样。"

王大林说:"是的,珍珠湾是我的梦开始的地方。"

素素说:"珍珠湾也是我的梦开始的地方。"

王大林伸出拳头做了一个加油的姿势,说:"加油!"

素素也伸出拳头说:"加油!"

素素走到房间里,站在窗口,望着面前的湖泊,说:"这里的风景真美!早晨阳光照射到房间里,真是美不胜收!"

王大林也走到窗口,说:"以后,珍珠湾还会建造更多更高的楼房。"

素素说:"以后建造楼房要找专业人员设计图纸,楼房至少要几十年不落伍。"

王大林说:"这话你早说过了,我一直记在心里。"

素素说:"我说过的话,还有哪些你也记在心里呢?"

王大林说:"我不说。"

素素说:"我想听你说。"

王大林说:"你和我说过很多很多的话,我一时也说不过来啊,所以我不说。但我最想对你说一句话……"

"啥话呀?"素素脸有点红了。

"祝你一生幸福!"王大林说。

素素的脸更红了。

破蚌采珍珠的日子终于到了!

这里的破蚌与前面所说的种蚌时的破蚌完全不一样。种蚌时的破蚌是破开河蚌进行手术植核,这只河蚌的生命便重新开始了,它开始孕育珍珠;而现在的破蚌是将河蚌破开,收获珍珠,这只河蚌的生命也就到此为止了。

当你目睹了破蚌采珍珠的过程,你就明白了。

这天早晨,老王老早就起床了。他摸出两个爆竹,拿着一只打火机,一个人悄悄地来到河边将两个爆竹燃放了。那砰砰的声音惊醒了河面,也惊醒了珍珠湾村庄。

王大林也早早地起床了。他一早就骑着一辆三轮车到街上买菜,因为今天他叫了村庄里很多人到南荡湖破蚌采珍珠,有很多人要吃午饭和晚饭。

等王大林买菜回来,天空已经完全亮了,湖面上已经泛起了早晨太阳的光芒。而这时候破蚌的人们已经陆陆续续来了。

老王招呼着大家,今天他高兴得像儿子娶媳妇一样。他饱经沧桑的脸上已经很久没有露出如此舒展的笑容了。

素素也早早地起床了。

她换上了一件新衣服,打扮得像新娘一样,因为她今天代表广东孙老板"吃珠"。所谓"吃珠",就是将珍珠收购下来。

这回王大林破蚌采珍珠,不管收获多少珍珠,都由素素"吃珠",也就是由广东孙老板全部收购下来。

这时候,珍珠湾村庄也热闹起来了,来了很多的小汽车、摩托车,还有自行车、三轮车,把珍珠湾村庄本不宽敞的马路都堵住了。

老王感叹,来的人真多啊!

他们都是为"吃珠"而来。

这一天风和日丽,所以破蚌现场就设在河边。但见河边放置了很多很多大大小小的塑料盆。塑料盆有的是红色,有的是蓝色,有的是绿色,有的是黄色,也有的是黑色,所以远远地望去,河边顿时成了花花绿绿的世界。

今天,每天去阳澄湖里耙河蚌的机挂船停开了。

王大林叫来耙河蚌的明龙、祥根,还有钱招树,让他们做"临时警察",维持好秩序。

当老王打开第一只河蚌时,围观的人们发出了惊呼,"好珠,好珠"的声音不绝于耳。这只河蚌里共有珍珠二十一颗,而且珍珠颗粒圆整,表面光洁。有人对老王说:"你发财了,像这样的珍珠可以卖好价钱。"

素素对珍珠不是太在行,她说她需要学习,需要给她时间磨砺。但她的同事小艳却是珍珠行家,她抓过一把珍珠对素素说:"这珍珠很好,是我在苏州见过的最好的珍珠。"

素素说:"一只河蚌长多少颗珍珠比较好?"

小艳说:"像这样长二十颗左右的就比较好。如果一只河蚌里长的珍珠多的话,那珍珠颗粒就小了;如果一只河蚌里长的珍珠少的话,那珍珠颗粒可能会大些,但大多数珍珠长得很可能不圆整,那种珍珠卖不出好价钱。"

素素说:"你这么一说,我也明白了,大林这批珍珠可以说是理想的珍珠。"

小艳说:"对的,是理想的珍珠。在破蚌采珍珠之前,我就对你说过,珍珠湾河水清澈,适合养蚌,这里的珍珠应该不会不好的。"

素素说:"你的判断非常准确,怪不得孙老板非常器重你,收购珍珠让你拍板。"

小艳说:"孙老板叫你拍板的,我只是给你做参谋。"

素素说:"我不懂珍珠,拍板的事还得让你来做。一句话,我是外行,我听你的!"

小艳说:"只要一两年下来,你就会识珠的,到时候珍珠是好是坏,你眼睛扫一下便知分晓!"

素素说:"你说得轻巧,我要跟你好好学习!"

她俩来到了明珍面前,素素说:"明珍,珍珠那么好,那么多,你心里一定很开心吧。"

明珍说:"开心啊,万分辛苦终有回报了。"

素素说:"是的,你的开心都写在你的脸上了。"

这时,村上有个人插嘴了,他说:"明珍,王大林卖了这批珍珠,你也跟着发财了。"

明珍朝他笑笑。

素素对那人说:"他俩心心相印,这个也被你看出来啦!"

那人说:"王大林这小子,以后就是我们珍珠湾的'地主'。"

素素说:"说他是'地主',有点不对。说他以后是珍珠湾最有钱的人,那是有可能的。"

那人说:"明珍嫁给他,一生享不尽荣华富贵。"

明珍听了他说的这句话,抬头道:"哪有什么荣华富贵?你看我手指头根根发烂哩!"

素素便抓起明珍的手,仔细一看,真的看见她的几根手指头都烂得化脓了。

素素心疼她,说:"你的手指都烂成这样了,怎么不找医生看看呢？"

明珍说："等忙过这阵子再去看医生。"

王大林办公室里堆满了塑料盆，那些塑料盆里装满了珍珠，那晶莹的珍珠把房间也照亮了。此时，多日未现笑容的王大林，脸上笑盈盈的。

办公室里，素素、小艳正在同王大林商量珍珠价格。

这时，走进来三个中年男人，他们自称是"香港人"。

"谁是老板？"来人问。

"我。"王大林回答。

"你这珍珠怎么卖？"

"这些珍珠已经卖了。"

"卖了？你多少钱卖了？"

"我卖给广东朋友的，没破蚌之前就预定的。"

"不能卖给我们吗？我们的价格肯定比广东的高嘛。"

"不行啊，人要讲诚信。"

"对的，诚信是要讲的，你可以卖一部分给我们，这样你能多增加些收入。"

"我不做这样失信的事。"

"广东人出价多少呀？他肯定不会比我们的高，因为他拿了珍珠也是卖给我们香港公司，所以你不如直接将珍珠卖给我们。"

王大林说："我不可以这样做。"

"你是本地农民对吧？"

"是的。"

"所以，你还是见识少，思想落后！"

素素听不下去了,她说:"你们真是香港人吗?"

"你是哪里的?"

素素说:"我是本地人,但我是代表广东老板的,在这里负责收购珍珠。我想知道你们的名字,现在就与我们老板通话,可以把这些珍珠全部卖给你们!"

那几个"香港人"说:"你转手倒卖珍珠,这个我们不谈。"

他们交头接耳,走到门外去了。

小艳说:"这几个人应该是冒充香港商人,真正的香港商人我见多了,当他们获知珍珠已经被人收购后,一般不会挖墙脚。"

素素说:"小艳,你不仅识珍珠,你还识人啊!"

小艳说:"识珍珠不难,难的是识人。怎么识人不走眼,这是一门大学问。"

素素说:"我不仅要向你学习识珍珠,更要向你学识人。"

小艳说:"我不是当着王老板的面夸奖他,王老板的确是一个可以深交的朋友。"

素素说:"你指的是哪方面呢?"

小艳说:"书上说,当一个人跟对方说好了事情,努力办到,言而有信,说明这个人是个很诚实守信的人,值得交往。我觉得王老板就是这样一个诚信的人。"她说的王老板,就是王大林。

珍珠湾破蚌采珍珠工作开始后,一下子拥来几百号人,这大场面可是王大林没有想到的。他原本预计几十人是会有的。他不

知道这些人是如何知道珍珠湾破蚌采珍珠的。

而王大林父子养蚌育珠赚了多少钱,这也是一个谜。

反正,那一次破蚌采珍珠后,王大林买了一辆上海桑塔纳小汽车。

他曾是机挂船手,所以对于开车竟然是无师自通。那一辆桑塔纳,他想每天开来开去,但他没有驾驶证,明珍不许他开车。明珍说:"等你拿到驾驶证再开车……"

老王夫妻也不许王大林无证驾驶。

王大林表态,等拿到驾驶证再开车。

而他的机挂船又每天一早就被人开着去阳澄湖里耙河蚌了。因为王大林让明龙负责珍珠楼的管理,所以明龙不再去阳澄湖了,王大林就在村庄里找了一个小伙子顶替明龙去阳澄湖。

而素素和小艳去广东出差了。

小艳去过几次广东,她还坐过飞机。

素素第一次去广东,也是第一次坐飞机。在飞机上,素素的座位不在窗口,而小艳的座位在飞机窗口。素素说:"让我坐在窗口,我要看天上的云朵。"

小艳乐了,说:"你看,飞机就在云朵里飞!"

坐在飞机里,素素的眼睛一直盯着外面。

小艳则打盹。

小艳醒来了,素素对她说:"飞机一直在云朵里穿行,好像在仙境里。"

小艳说:"你看过地面吗?"

素素说:"看的呀,被云朵遮住了,有时能看到地面的,房子像蚂蚁那么大。"

小艳说:"素素,你还是一位天真的小姑娘!"

素素说:"我哪天真啊,不过我真诚,我喜欢与真诚的人打交道。"

下了飞机,小艳和素素坐上了一部的士。小艳把素素带到了一座高档的写字楼前。

小艳说:"进孙老板办公室要经过几道关卡,一般不熟悉他的人很难找到他。"

小艳指着这幢高楼,说:"孙老板在十七楼。"

素素说:"我们走楼梯上去吗?"

小艳说:"大楼里有电梯,我们坐电梯可以直接上去。"

素素说:"我心里有点儿紧张。"

小艳说:"孙老板很和蔼可亲,他又不是会吃人的老虎。"

真的是经过了好几道关卡,用素素的话说就是"经过了几道玻璃门",小艳和素素才见到了孙老板。

在异乡,素素见到了孙老板,感觉像见到了亲人一样。

孙老板的办公室很大,年轻的女助理把守门口。

孙老板对女助理说:"带她们到宾馆休息一会儿,晚上一起陪两位大老板用晚餐。"

女助理说:"好的。"

素素说:"孙老板,我和小艳自己随便吃一点吧,不想上饭店。"

孙老板说:"你俩大老远来到这里,我也要为你们接风洗尘啊!"

小艳也说:"素素第一次出远门,感觉有点疲劳,真不想上饭店。"

孙老板说："这可是工作，坚持一下吧。"

孙老板这样说了，素素和小艳就不推辞了。

女助理要带她俩去宾馆，小艳对她说："那宾馆我熟悉，我认得的。"

女助理返身从抽屉里拿出两张房卡递给小艳，说："你给宾馆服务员出示一下房卡，她们就会给你们安排房间的。"

小艳伸手接过了房卡。

女助理又关照道："住宿费用由我们公司统一支付，你们过去直接住就行了。"

小艳和素素两人与孙老板打了一声招呼，又谢过女助理，便坐电梯到了三层，宾馆就在三层。

因为有了房卡，入住宾馆便很简单。

她俩一人一个房间。

素素说："不想动了，不去吃晚饭多好啊！"

小艳说："孙老板说这是工作，不去不行的。"

素素说："入乡随俗，客随主便了。"

小艳说："你这样想就对了。你房间里有热水，先洗个澡吧。"

素素说："我想先休息一会儿，等会儿吃晚饭，你叫我吧。"

小艳说："还有半个小时，你抓紧时间休息一会儿，到时我会叫你的。"

在房间里，素素匆匆洗了一个热水澡，就躺在床上睡觉。这次她到广东来，一是向孙老板汇报在珍珠湾收获珍珠的成绩；二是想到沿海发达城市看看，开阔自己的视野。

她真的疲劳,很快睡着了。

她梦见自己在一只水泥船里,她躺在船舱里,好像船舱里还有几个人,她们围着她……梦做到好处,就听见门外小艳的叫声了。她急忙起床,开门。

小艳说:"收拾一下,走吧。"

素素说:"钱包要带在身上吗?"

小艳说:"钱包随身带好,其他东西不要带了。"

孙老板已经等候在一楼大厅,他西装革履,俨然是一副大老板模样。他说:"今晚我们去美家酒店。"说完,他做了一个请的姿势,动作熟练又优雅。于是,素素和小艳向门外走去。门口停着一辆黑色的劳斯莱斯。

平时,孙老板是坐在后排的,但现在后排是素素和小艳坐着,孙老板坐在前面副驾驶座位上。

小艳问道:"孙老板,这辆小车几十万呀?"

孙老板说:"我买的这辆车是最便宜的,花了三百多万元。"

小艳说:"啊,只要三百多元吗?"

孙老板说:"是三百多万元。"

小艳说:"天价啊,吓死我了。"

孙老板说:"这车是接待重要客商的,平常我的座驾才几十万元。"

小艳仍然惊讶,说:"你把我们当作重要客商,真让我们受宠若惊啊!"

孙老板说:"是啊,今晚我要招待重要客商——两位大老板。这么说吧,我的珍珠和黄金生意都是靠这两位老板在做,没有他们，我的生意也没法做。"

小艳说："那今天一顿晚饭一定要花很多钱吧？"

孙老板说："你们记住做生意的一个原则，就是出二进三。"

小艳说："你讲的是广东话吗？我没听懂。"

孙老板说："这个话是哪里话，我并没有研究，但你们知道它是什么意思吗？"

小艳说不知道。

素素也说不知道。

孙老板说："出二进三，就是本钱出了两元，那么进账要有三元才好。如果说做生意出三进二，那一定是哪里出窟窿了。"

小艳说："听君一席话，胜读十年书啊！"

孙老板说："这两位大老板都是重量级人物，我们要与他们搞好合作关系。"

小艳说："跟着你，是我的幸运，也是素素的幸运。"

孙老板说："命运是一种缘，今生我们能够相遇，这都是缘分使然。美家酒店马上要到了，随身携带的东西不要忘记。"

素素对孙老板说："我长这么大，真的很少去饭店，今天要跟着孙老板你去饭店大吃一顿了！"

她神采飞扬。

小艳也是如此。青春和活泼都写在她们的脸上。

孙老板向酒店前台一打听，两位客商还未到，他舒了一口

气。今晚自己请客,如果客人先到了,那说明一点,自己心不够诚呀!

今晚的菜肴是孙老板亲自点的。广东十大名菜,他点了六个:沙茶牛肉、八宝冬瓜盅、白切鸡、上汤焗龙虾、广式烧乳猪、老火靓汤。

小艳跟孙老板上过广东饭店,所以她对广东十大名菜知道一些,也吃过一些。你若问她广东菜肴好吃否?她会这样回答你:"没有我们苏帮菜味道好。"是的,谁不说俺家乡好呢?

孙老板说:"我们到包厢去。"

素素和小艳跟着孙老板来到了包厢。

酒店服务员问:"你们人都到了吗?"

孙老板说:"还没有。"

酒店服务员说:"冷菜可以上吗?"

孙老板说:"冷菜可以先上,热菜等客人来了再上。"

十几分钟后,两位客商来了。这两位大老板年纪五十出头,一个是胖子,一个是瘦子,看到他俩会让人想起《沙家浜》里的两个人物,胖子胡司令和瘦子刁德一。

胖老板说:"吃得简单点,我吃两块白切鸡,来一碗靓汤就可以了。"

孙老板说:"菜已经点好了,你们来了,我马上通知服务员上菜。"

瘦老板说:"两位美女来自哪里呀?"

小艳说:"苏州。"

瘦老板说:"苏州,去年我去过,吃过那个阳什么的蟹,味道很好。"

小艳说:"你吃过的是阳澄湖大闸蟹吧?素素就是阳澄湖人,以后到苏州可以找素素,可以吃到正宗的阳澄湖大闸蟹。"

瘦老板说:"这么说,我吃到的是不正宗的大闸蟹吗?"

素素朝小艳笑了笑,她对瘦老板说:"你可能吃到的是饲养的大闸蟹。如果你来找我,可以吃到野生的大闸蟹,野生与饲养的大闸蟹味道有天壤之别。"

胖老板说:"这小美女说得好。"

这时,孙老板说话了。

他说:"两位老总,今天你们百忙之中特地赶过来,首先我表示欢迎和感谢。今天正好有两位江南小美女来此地,我们天南海北的朋友有幸相聚在这里,所以现在我提议为了今天我们的相聚,干杯!"

"干杯!"

"干杯!"

素素和小艳也举起了高脚酒杯,她们喝的是葡萄酒。那葡萄酒瓶上都是英文字母,是哪里产的她们也不知道……

胖老板和瘦老板都要素素和小艳喝白酒,两位姑娘都说不喝白酒。最后孙老板对她俩说:"你们少喝点白酒,意思意思。"两位姑娘这才允许往她们酒杯里倒一点白酒。

至于是什么白酒,酒瓶上也是英文字母,应该也是好酒吧。

老火靓汤端上来了。

孙老板给两位姑娘都舀了半碗老火靓汤,说:"女士优先!你们来了我们广东,不喝这个老火靓汤,据说做事都要泡汤,所以这个老火靓汤一定要趁热多喝点儿！"

小艳对素素说："这个汤很好喝的。"

她端起碗喝了起来。

素素也端起碗喝了起来。

孙老板说："味道好吗？"

"好的。"

"真好。"

小艳和素素都说这个汤味道好。于是，孙老板又向她俩的碗里盛汤。很快这一大碗老火靓汤就见底了。

这时，广式烧乳猪端上桌了。

孙老板说："这是广式烧乳猪，补身子的，男人吃了精气足，女人吃了美容颜！"说着，他用筷子给两位姑娘夹了广式烧乳猪。

那广式烧乳猪看上去就很香。

小艳说："我不吃，我不吃。"

孙老板说："这么好的东西，尝尝。"

素素没有拒绝。

她把一大块广式烧乳猪吃了。

孙老板问道："好吃吗？"

素素说："好吃！"

素素小时候在船上跟着父亲癞蛤蟆、蛇都吃过，所以这个广式烧乳猪对她来说，真是"小菜一碟"。最后，她把小艳那一份广式烧乳猪也吃了。

当上汤焗龙虾端上桌时，孙老板问两位姑娘："这龙虾可吃过？"

小艳说:"上次,也是您请我吃龙虾的。"

素素实话实说:"我没吃过,还是第一次见着这么大的虾。"

小艳说:"我们苏州也有龙虾,但我还没有吃过广州龙虾。"

素素吃了一块龙虾,对小艳说:"味道与我们阳澄湖虾差不多。"

小艳说:"但这个龙虾可贵了。"

这时,胖老板开口了。他问两位姑娘:"你们知道龙虾最好吃的地方在哪里吗?"

小艳说:"我不知道。"

素素说:"我也不知道。"

胖老板对瘦老板说:"你告诉两位姑娘,龙虾哪个地方最好吃。"

瘦老板抹抹嘴巴说:"龙虾的脑子最好吃,补脑子,也补精气。"

瘦老板一口就把龙虾脑吞进肚皮了。

胖老板拍拍他的肚皮说:"你脑子本来就比我的好,现在吃了龙虾脑,更比我的好了,我没法与你比了。"

瘦老板的手不停地挥舞着,说:"等会儿我们去浪头KTV玩会儿。"

胖老板说:"孙老板,两位姑娘一起去吧,我每次来都到浪头KTV唱歌的。"

孙老板说:"好,听你安排。"

小艳张大了嘴巴。

素素低着头。

在小艳和素素的眼里,孙老板是一位能够呼风唤雨的大老板,但他现在处处巴结这两位客商。由此可见,这两位客商来头不小,或者说他们更能呼风唤雨吧。

孙老板对素素和小艳说:"我们去浪头KTV唱歌,你们一块儿去吧。"

小艳问素素:"你去吗?"

素素说:"我想回宾馆。"

小艳对孙老板说:"我和素素就不去唱歌了,我们都不会唱歌。"

孙老板说:"我也不会唱歌,主要是两位大老板喜欢。"

素素说:"我从来没有去过那种地方。"

孙老板说:"所以你得去一下,你年轻,开开眼界也好。"

素素说:"我不会唱歌。"

孙老板说:"不会唱歌,就坐在那里吃瓜子、喝茶、听歌。"

晚饭很快结束了。小艳和素素都躲在门背后,孙老板一手拉一人,说:"走吧,两位大老板在等着我们呢,可不能惹他们生气。他们一旦生气,我的生意就跑了,损失可达几百万元啊!"

就这样,孙老板一手拉一人,拉着她俩坐上了劳斯莱斯。这回,他对素素说:"你坐前面。"他拉开了汽车前门,素素就钻到了车里。然后,孙老板拉开汽车后门,先让小艳钻入车里,接着他也钻入车里。

劳斯莱斯向浪头KTV驶去。

在劳斯莱斯里,素素隐隐约约能听到孙老板和小艳在说话。

孙老板说:"你不要回苏州了,留在我身边吧。"

小艳说:"让我做啥?"

孙老板说:"做我助理。"

小艳说:"你不是有助理吗?"

孙老板说:"她要嫁人了。"

小艳说:"我文化程度不高呀。"

孙老板说:"我送你到外面学电脑,只要会电脑就可以了。"

这时,劳斯莱斯到浪头KTV了。

孙老板和小艳、素素刚到包厢,两位客商也到了。

胖老板指着小艳说:"你坐我身边。"

小艳身子没动,她惊恐地看着孙老板。而胖老板走上前去,直接将小艳拉到了他的身旁,然后他又拉素素到那个瘦老板身旁。

孙老板叫来了红酒、啤酒。他把小艳拉过去,说:"我和小艳说点事。"

桌子上放满了红酒、啤酒,还有水果。

素素内心感到很受伤。

她希望KTV早点打烊。

本来她觉得孙老板是一个做大事的男人,是一个素质好的男人,万万没想到近距离与他接触,才发现他是这样虚伪的人。

素素想,跟着这样的人做事,迟早会掉落到他挖的坑里。她对自己说,尽快返回苏州,然后向孙老板提出辞职。

此时,KTV包厢里灯光很暗,小艳和孙老板坐在包厢的一个角落里。

那一晚,小艳跟着孙老板走了。

素素一个人在陌生的宾馆,她睡不着。她看电视到天亮。

她只想早点返回苏州。

第二天上午十时许,小艳来到宾馆,她叫素素一块儿去见孙老板。

素素一脸不悦,说:"不见他了。"

小艳说:"孙老板对你还好吧。"

素素说:"那是你的感觉,我可不觉得。"

小艳说:"我们特地坐飞机到这里来,你却这样,回去也不好交代啊!"

素素说:"你觉得我回去好交代吗?"

小艳说:"孙老板与我说了,下个月他给你每月加一千元工资。你想,其他人一年都挣不了这么多钱。你看在钱的面上,不要与孙老板计较了。"

素素说:"以后我与你也不是一条船上的人了。"

小艳说:"你不能有气都出在我身上,我和你一样都是毫不知情。现在我和你去见孙老板……"

素素还是予以拒绝。

只是素素不熟悉买机票,不熟悉去机场,有些事还是要依赖小艳,要不然她一早就踏上归程了,现在只好忍气吞声留在宾馆。素素说:"你帮我联系好回去的飞机,我今天就想走。"

小艳说:"你这样走,孙老板对你不满意,对我也会不满意的。"

素素说:"他可想过我的感受吗?这完全是他的精心布局,挖了这样一个坑让我往里面跳。"

小艳说:"你可不能这样想啊!"

素素说："我就想今天走,离开这个地方。"

小艳只好说："这个宾馆有代办机票业务,现在我就去看今天有没有航班。"

素素说："我和你一起去办。"

最后,买到了一张第二天上午九时的飞机票。

小艳说："那你今天仍住在这里。"

素素说："不了,我住到离飞机场近点的宾馆去吧。"

自此,她与小艳分道扬镳。

素素一个人从广东坐飞机回来了。

当她出现在珍珠楼时,王大林很是吃惊,说："你不是讲要出差一周吗,怎么三四天就回来了呢?"

素素说："出了点意外。"

素素和王大林是同学,更是知心朋友。

素素觉得她在广东的遭遇可以与王大林讲讲的,只是与明龙则一字也不可透露。因为她心里明白,爱情是自私的,即便明龙知道她被迫去了趟什么KTV,他俩的爱情也会受到影响。

素素告诉王大林,她与孙老板一刀两断了。

王大林说："为什么?你这样做影响我们的珍珠交易啊!这个你没有考虑过吗?"

素素说："这个孙老板就是一个笑面虎,这回我终于看清他的真面目了。"

王大林说："出了什么事,让你如此生气?"

素素就一五一十地将事情讲给王大林听。

王大林说："孙老板是不够地道,怎么可以那样呢!"

素素说:"我可以确定他是主谋,用我当诱饵,与他的大老板谈成珠宝生意。"

王大林说:"没被欺负吧?"

素素说:"这个没有。"

王大林说:"这算不幸之中的大幸了!"

素素说:"那个大老板对我说,可以开支票给我,我说不稀罕,我不是那种女人。"

王大林说:"你做得对,名声比金钱重要,一个人失去了好的名声,那是多少金钱也买不回来的。对了,小艳一起回来了吗?"

素素说:"真不想说她。"

她长叹了一口气。

王大林说:"她怎么啦?"

素素说:"她留在广东了,我不想说她。人各有志,她喜欢过那样的生活,那是她的自由。她走她的阳关道,我过我的独木桥。"

王大林说:"对的,我们不去说别人什么,我们就做好自己。"

王大林看见素素眼眶里含着泪花,说:"不要难过了,以后你有什么打算呢?"

素素说:"如果你这里不需要我,我就回到船上去,仍到阳澄湖里捕鱼捉虾。我想只要我愿意吃苦,愿意劳动,老天爷不会让我饿死的吧。"

王大林双手抱拳说:"珍珠湾需要你!来吧,我们一起好好干,加油!"

素素扬起拳头说:"谢谢你,加油!"

世界上没有总是一帆风顺的事。

这天,珍珠湾村庄来了三辆小汽车,车上下来十几个人,他们直接向珍珠楼走了过去。

他们是县里来的干部,没有通过乡里,直接找了过来。

当时,老王在船上挂蚌,一群种蚌女在简易棚里种蚌。

有人通知了王大林,他在办公室里整理有关材料。王大林还不知道他们是县里来的干部,以为是做生意的人。因为村庄里经常有开车子过来的,都是做珍珠生意的人。

"哪位是这里的负责人?"有人问道。

"我是负责人。"王大林说。

"你年纪不大,能把这个珍珠交易市场搞成这个样子,很不简单啊!"来人说。

"请问你们是哪里来的?"

有人悄悄告诉王大林,刚才与他说话的是县干部。

王大林一听是县干部,紧张起来。

县干部说:"这楼房是你们村里造的吗?"

王大林说:"不是,是我造的。"

县干部:"有政府批复吗?"

王大林说:"当时的大队书记和生产队队长同意我造的。"

县干部说:"谁给大队书记和生产队队长这样的权力的呢?我对你说,你这是违章建筑,如果真是一样手续也没有,这幢楼房肯定要拆掉的,你要做好思想准备。"

他的话让王大林如雷轰顶,王大林话都说不出来了。

这时,村主任来了。他刚上任一个月,得知有县干部来了珍珠湾,急忙赶到了珍珠楼。

不过,他也并不认得县干部。

王大林看见村主任来了,像找到了救命稻草一样,说:"村主任,刚才县干部说我这幢珍珠楼是违章建筑,要拆除。"

村主任说:"哪位是县干部?"

王大林转头说:"他就是县干部。"

村主任走到县干部面前,说:"领导,我是珍珠湾村庄的村主任,不知道你们来视察,我……我欢迎领导来我村视察,有什么问题请批评指导。"

县干部说:"你是这里的村主任吗?"

村主任说:"是的,我姓王。"

县干部说:"我也姓王,五百年前我们是一家嘛。"

村主任说:"对,对,我们五百年前是一家人。"

县干部说:"我刚才看了一下,这里问题很多,需要整治,希望你们村里配合。如果再有个别人这样搞下去,那集体经济就要被淹没在个体经济的汪洋大海之中了。"

村主任连连点头。

县干部对村主任说:"珍珠湾是好地方,这个珍珠市场应该由政府出资,全方位建设,而不是像现在这样东一锤子西一锤子,这样发展下去是做不成大文章的,还把好好的资源浪费了。所以必须彻底纠正。"

村主任说:"本来这里还想扩建珍珠交易大厅,吸引更多的人前来交易珍珠。"

县干部说:"建造房子如果没有批准,一律不得开工。"

村主任说:"是是是。"

县干部视察了一圈,带着一班人走了。

村主任对王大林说:"看来遇到麻烦了。以前小打小闹一点问题都没有,而你不满足,要搞什么全国最大的珍珠交易市场。现在县里出手了,要来整顿了,这幢珍珠楼是违章建筑,很可能会被拆除。"

王大林说:"珍珠楼拆除可以,谁来拆除,谁赔我钱?"

村主任说:"你在我面前嘴硬,在县领导面前为啥屁都不敢放?"

王大林说:"建造珍珠楼,铺设场地和公路,我花了将近一百万元。如果要拆我的珍珠楼,那么这钱肯定要赔我,不然打死我也不会拆除珍珠楼的。"

村主任说:"你不要说狠话了。如果珍珠楼被拆,你能够拿着赔偿款,那你真是额骨头高①了。"

王大林说:"县领导怎么会突然来呢?"

村主任说:"你耐心点,我去找乡长,听听有什么说法。"

王大林的父亲听说珍珠楼要被拆,怒火万丈,跑过来说:"谁胆敢来拆我的珍珠楼,我一鱼叉戳在他的屁股上!"

村主任对他说:"老王,你鱼叉要戳人,那你准备钞票,准备

---

① 额骨头高:方言,即运气好。

坐牢吧！"

老王说："坐牢就坐牢，我不怕。"

村主任说："你说这种话还不如你儿子。他年纪虽轻，但说话与做事还是有分寸的，不像你这样鲁莽。"

老王说："主要是我不服！"

村主任说："你是猪头肉——不煮不烂。"

王大林对父亲说："爸，这事你不要插手了，让我来管。"

县干部的视察，像一记闷棍打在王大林头上，让他闷闷不乐，不知所措。

第二天，乡里领导和工商局干部都来到了珍珠湾。

工商局主要检查王大林有没有营业执照。还好，营业执照王大林办了，他建造珍珠楼时注册了一家"珍珠湾珍珠经营部"，主营珍珠与珍珠饰品。

工商局干部对乡里领导说："这个有执照的，而且经营的品种也是对的，是合法经营，所以这里没有我们的事。"

工商局一行人打道回府了。

乡长姓周，刚从县里经贸局调过来。他接到县里的电话，要他重视珍珠湾的问题，马上整顿治理珍珠湾村庄的珍珠楼。

周乡长表示，马上带人去珍珠湾村庄。

珍珠湾村庄村主任王主任向周乡长介绍了珍珠楼建造的情况。王主任说："当时我们生产队河蚌被盗，年底无钱分红，社员们意见很大，这才想到把珍珠湾水面承包给老王父子。至于珍珠楼的出现，是因为四面八方很多人都聚集在这里买卖珍珠，所以才考虑建造了这幢珍珠楼。现在村经济收入主要也是来源于珍珠楼这一块。如果把珍珠楼拆除，村经济收入就减少了，村里的支出便成一个问题。"

周乡长听了王主任的汇报，觉得这个珍珠楼的出现是乡村建设的新生事物，而且经营的是农副产品——珍珠，何错之有？当然问题也是存在的，政府部门要引导，所有建筑要报政府部门审批。

王主任说："这个珍珠楼，还有辅房、广场、道路和水码头，老王父子花了将近一百万元，而且大部分钱是他们借来的。如果硬要将珍珠楼拆除，我想政府部门应该将这些钱赔偿给他们；不然这事就把他们逼到绝路了。"

周乡长说："好好的珍珠楼拆它做什么呢？即使它不符合珍珠湾规划要求，也让它留着，以后让它做食堂，或者做员工住宿楼和文体活动中心，我看也可以嘛。"

王主任说："周乡长你说的话实在！"

周乡长说："农民挣钱很不容易，像这幢珍珠楼都是农民用血汗钱建造起来的，不能说拆就拆，能够合理利用的应该把它保护和利用起来，我是这样想的。"

在场的干部都鼓起掌来。

有眼泪从王大林眼眶里掉落，他非常激动……

第二天，周乡长召集有关干部召开珍珠湾村庄珍珠楼治理会议。因为县里在过问此事，所以周乡长对此事非常重视；同时他觉得也要对村民高度负责，不能让村民蒙受经济损失。用他的话来讲，就是要"一双手揍两个人"，找到一个支点，让双方都满意。

珍珠湾村庄王主任也到场了。

周乡长先让王主任介绍珍珠湾村庄的情况。

昨夜,王主任一夜无眠,他知道在会上要发言,就整理了一份讲话稿。所以,他今天在会上发言,也是有备而来:

"县里到我们珍珠湾村庄视察,发现了我们珍珠湾很多问题,我作为珍珠湾村庄村主任,平时没有做好工作,这里我向在座的领导检讨。但我想为珍珠楼说几句公道话。一是珍珠楼是征得公社领导和大队领导同意后建造的,那个时候造房子都只要领导口头同意就可以了,其他房子同样拿不出批复。如果现在要拆除珍珠楼,那么其他房子是否也应该一块儿拆除呢?二是如果珍珠楼一定要拆除,那么建造楼房、辅房,以及场地等共花掉了将近一百万元,这笔赔偿款由乡里付,还是村里付?要是让我村里付,村里没有钱怎么付?"

周乡长说:"我去过珍珠湾村庄两次了,县里要求治理那幢珍珠楼,就是想规范珍珠交易市场,重新设计和建造珍珠交易大楼。那么,我的意见是保留这幢珍珠楼,可以重新规划,重新设计,重新建造。"

他喝了一口茶,接着说:"大家有什么想法,可以讲。"

王主任说:"如果要拆,我也没意见,就是一定要落实赔偿。"

周乡长等了一会儿,说:"大家有不同的意见吗?没有意见,那我就给县里起草一份关于珍珠楼的汇报材料。"

王主任说:"珍珠湾珍珠交易市场,如果由政府部门出面加以引导,真的可以做成一个很大的珍珠交易市场,集体经济也会有可观的收入。"

周乡长说:"好!"

汇报材料交上去,县里同意了。当然,珍珠楼治理必须马上跟进。

周乡长又一次召开有关干部会议,这次会议做出了一个重要决定:保留珍珠楼,其产权属于老王父子,只是房屋用途改变,将珍珠楼改为生活用楼。另外,在珍珠楼旁边重新建造一个大型珍珠市场,因这块投资巨大,所以由乡政府牵头,发动各村投资,即动员各村在那里建造楼房,并且以各自村名命名。

各村积极响应,纷纷在珍珠湾投资建造楼房。

寝食不安的老王父子,终于可以放下心来。

那一阵子,老王急得要冲到县政府去。

王大林对他说:"爸,你不要瞎掺和。村主任对我说过一句话,他说这个珍珠交易市场很有前途,所以我相信县里不会把我们怎样的。"

老王说:"等处理好这件事情,就要办你结婚的喜事了。"

王大林说:"珍珠楼的事情没有说法,我就不办喜事。"

大林娘一听此话脸色就变了,说:"这可使不得啊!万一这个珍珠楼真的要拆除,大林啊,难道你就一直不结婚?那我和你爸是不会答应你的。"

王大林说:"我和明珍讲好了,我们结婚就在这个珍珠楼里。"

老王说:"我算过一本账的,这个珍珠楼房间里可以放二十桌,那个简易房屋里应该也可以放二十桌,我们亲戚朋友三十多桌,在珍珠楼里结婚办喜酒应该可以了。我和你娘的意思也是想把喜宴安排在珍珠楼里。"

王大林说:"现在我没有心思想结婚的事情,等珍珠楼这件事情有了着落,再来操办我和明珍结婚的事情吧。"

"唉……"老王长长地叹了一口气。

"好好的事情你叹气做啥呀?"大林娘推了老王一把。

老王说:"我骨头老了,你这样推我,碰不巧我摔跤,摔断大腿骨那就倒霉哉。"

大林娘说:"儿子就要结婚了,你尽说这种丧气的话,我心里真的恨呀……"

这天风和日丽,来珍珠湾村庄交易珍珠的人非常多!

很多人并不知道这幢珍珠楼险些被拆的事。

现在,素素和明珍在珍珠楼里摆了一个摊子,她俩专门收购珍珠。她俩在珍珠湾交易市场已经小有名气了,许多客户都愿意把珍珠卖给她俩。

浙江客商特别多,他们都愿意把珍珠拿到珍珠湾来。而素素和明珍将收购的珍珠转手卖给广东人。

小艳在广东工作,现在名义上她是孙老板的助理,但说穿了,她就是孙老板的情人。当然,素素与孙老板没有任何来往。

有时,孙老板也会来珍珠湾收购珍珠,但他不找素素了,而是找其他人。有一回,在珍珠湾珍珠市场里,孙老板看见素素了,素素也看见他了,她迅速低头走开了。

素素对自己说,今生再也不见他。

素素也认识了广东、香港,甚至新加坡等地的珍珠大老板,并且成交了几桩大的珍珠生意。

就在这天,珍珠湾村庄王主任来到了珍珠交易市场。他在市场里逛了一圈,没有看见王大林。他知道王大林的办公室,于是寻了过去。

王主任在办公室门口看见了王大林,还看见两位外国女郎,以及一位小伙子。

王大林也看见了王主任,他走到门口说:"王主任,你找我有事吗?"

王主任说:"你先忙,等你忙完事情,我们再谈。"

王大林说:"外国人来买珍珠项链,可我这里没有项链,整个市场应该还没有珍珠项链,所以我对她们说,暂时无货。"

王主任说:"那位小伙子是翻译吗?"

王大林说:"是翻译。"

王主任说:"外国人都来这里了,我想珍珠湾真的可以走向全国,走向亚洲,走向世界!"

王大林知道王主任肯定是为珍珠楼而来的。

翻译告诉两位外国女郎这个市场没有珍珠项链。她们问:"这么大的珍珠市场,为什么没有珍珠项链?"

王大林对翻译说:"你告诉她们,下一次你们来就有珍珠项链了。"

王大林已经准备自己做珍珠项链了。

两位外国女郎摇摇头、耸耸肩走了。

王大林招呼王主任坐在布沙发上。

王主任说:"我看你运气真的不错。"

王大林说:"你看到的这两个外国人,她们是偶然走进来的,不是常客。"

王主任说:"我说你运气不错,是说没有人要拆你的珍珠楼了,而且珍珠生意会越来越好。"

王大林拍拍胸脯说:"谢天谢地,珍珠楼不拆,我干事情就有劲了。倘若珍珠楼要拆,我干任何事情都心灰意冷了。"

王主任说:"乡领导的思路是让各村投资,这样投资问题解决了,这个珍珠交易市场便'活'了。"

王大林说:"要做'活'这个珍珠市场,不仅要建造宽敞的交易大厅,更要有优惠措施,要让外地做珍珠生意的人能够赚到钱。"

王主任说:"这样也好,你就管好珍珠楼这一块。今后珍珠市场如何建设,如何发展,也用不着你费神了。"

王大林说:"听说浙江诸暨也在搞珍珠交易市场,有机会我想到那里去看看。"

王主任说:"你打听清楚地址,这几天我也不出门,我和你一块儿去那里看看。我叫村会计买好车票。"

王大林说:"我现在有驾照了,我们开车去,这样当天便好赶回来。时间就是金钱,自己开车就不必等车浪费时间了。"

王主任说:"你说得对,时间就是金钱。"

这时,王大林的父亲老王来了。

有人告诉他,村主任和王大林在办公室聊得非常投机。

王主任给老王父子吃了一颗定心丸。不管怎样,珍珠湾珍珠交易市场起头人就是老王父子。

而老王父子并没有抱怨。

老王说:"珍珠楼不拆,我们就有希望。"

王大林说:"乡政府这样做是对的,这样可以把珍珠湾珍珠市场建设得更好。过几天,我抽空与王主任去浙江诸暨那边的珍珠市场看看,学学他们的经验。"

老王说:"可以的,但我们的步子要稳,不能头脑发热。"

王大林说:"现在我应该调整思路。我准备在珍珠产业上做些文章。"

老王说:"做什么文章?"

王大林说:"现在珍珠湾整个市场只有珍珠交易,而没有珍珠项链等饰品。今天有两位外国女郎来找我买珍珠项链,我拿不出来呀!但她们给了我一个灵感,我想自己买些机器,找几个人做珍珠项链。"

老王说:"你去浙江摸一下珍珠项链的行情,到时再做决定也不晚。"

王大林说:"那好,等浙江回来后,我再做决定吧。"

老王先走了,又去船上挂蚌了。

送走王主任,王大林来到了素素和明珍的摊位前,他看到只有素素一个人在。

王大林说:"明珍呢?"

素素说:"她刚在的,可能上卫生间去了吧。"

王大林说:"刚才王主任找我来了,现在这个珍珠市场规模要扩大……"

素素说:"没把珍珠楼拆掉就是很幸运的一件事了。"

这时，明珍走过来了。

王大林说："你去哪里了？"

明珍说："肚皮不舒服……"

素素笑了一笑，说："不会有了吧？"

明珍尴尬一笑，说："我也不知道，下午我想去一趟医院。"

原来，王大林和明珍已经偷偷领取了结婚证，准备给双方父母一个大大的惊喜。只是按照珍珠湾村庄风俗，只有办过结婚酒席的男女才算真正的结婚，所以珍珠湾村庄的人基本都不知道他俩已经"结婚"了。除了素素，还有王主任。因为那个年代，领结婚证是要村里开证明的，王主任开明，全力支持王大林和明珍。不过素素还开玩笑说明珍"未婚先孕"哩。

而素素也学着明珍一样，和明龙偷偷领了结婚证。

王大林对明珍说："那现在我陪你去医院。"

明珍说："现在要收珍珠，走不开。"

素素对王大林说："下午我陪明珍去医院，你忙你的事情。"

明珍说："那等珍珠市场下午打烊了去医院吧。"

王大林对素素说："还是我陪明珍去吧。"

素素说："我也想去看医生。"

王大林说："你看什么毛病？"

素素白他一眼："你问那么清楚干吗？"

明珍对素素说："那下午收工后我们去看医生。"

王大林听了素素的话，就不再坚持陪明珍去医院了。

或许明珍真的怀孕了，那结婚酒席就不能再拖了。倘若再延迟，明珍挺着一个大肚皮办结婚酒席，难免有一些尴尬。他想找父亲商量一下结婚酒席的事。

老王一个人在船上。

河岸边还有一只小船,王大林就撑着这只小船来到了河中央,与父亲的船靠拢在一块儿。

王大林说:"爸,明珍可能怀孕了,所以结婚酒席要办了。"

老王听到儿子这句话,猛地从船头站立起来,小船禁不住摇晃起来。

他来不及责问儿子,便欣喜地说:"好啊,好啊!我马上找你娘去,你娘知道明珍怀孕了肯定高兴死了。"

他马上拿起竹竿将船撑到岸边,王大林也拿起竹竿将他的船撑到岸边。到了岸上,老王说:"你在这里看着,我回家一趟,让你娘去找介绍人,定下结婚日子。你结婚了,我们做父母的也算完成一桩任务了。你不结婚,我们做父母的总感觉任务没完成,睡觉都不踏实。"

真是可怜天下父母心。

老王猛然又想起一桩事,回头对儿子说:"结婚证马上去办!"

王大林笑嘻嘻地说:"爸,其实……结婚证我和明珍老早就领了。"

老王一拍大腿,笑起来说:"老头子我被你骗得团团转哇!哈哈……"

老王就急忙回家了。当他出现在家里时,大林娘吃了一惊,说:"大白天的,你吓死我了,回来干啥?"

老王说:"我来通知你,明珍怀孕了,儿子找我说他们想结婚了。"

大林娘说:"你不会在逗我开心吧?"

老王说:"我俩结婚二十几年,我有骗过你吗?"

大林娘说:"好像没有。"

老王说:"儿子想结婚,这是最开心的事,得抓紧时间把结婚酒席办了!你去找介绍人,与女方商量一下,把结婚日子定出来,我们把彩礼送过去!"

大林娘说:"好好好,我这就去找介绍人。明珍怀孕这是我做梦都没有想到的幸福事儿啊!"

下午二时半,珍珠湾珍珠交易市场打烊了,那些买卖珍珠的人都走了。人头攒动的珍珠交易市场一下子变得空荡荡了。素素和明珍收拾好珍珠和电子秤,又忙碌了一会儿。

明龙知道明珍和素素要去看医生,他说开机挂船送她俩去医院。

素素说:"我和明珍坐啪啪车。"啪啪车由农用柴油机驱动,发出"啪啪"声响,故得名"啪啪车"。

明龙说:"啪啪车震动太大了。"

素素说:"又不是头一次坐啪啪车,你不用担心。"

明珍说:"哥,你担心我,还是担心素素呀?"

明龙说:"你嫁人了,我就不担心你了。"

素素说:"那我还没有嫁给你,你原来担心的不是我呀!"

明龙对她说:"我当然担心你。"

素素的嘴巴凑近他的耳朵说:"我也可能怀孕了。"

明龙说:"你怎么知道的?"

素素捶了一下明龙,和明珍相视一笑。

明龙说:"那我一定要开机挂船送你们去医院。"

本来素素已经叫好啪啪车了,只好去回了啪啪车。啪啪车主是个中年女人,她对素素说:"妹妹,你是好人,不坐我的车还来讲一声;有的人叫我等在这里,等来等去不见人来,原来他早走了。"

素素说:"做人不能失信,只要失信一次,别人就不可能相信你了!"

明龙开着机挂船,迎风破浪。

明珍说:"素素,你和我哥的结婚日子出来了吗?"

素素说:"还没有。"

明珍说:"上次我听娘讲过,我哥不结婚就不让我先结婚哩。"

素素说:"那你结婚的日子有了吗?"

明珍说:"也没有。我想,我若先结婚,爸妈肯定会不高兴。他们思想顽固,没有人说得服他们,所以还是要我哥和你先结婚。"

素素说:"你这话我是相信的。"

明珍说:"真没想到这么快就会怀孕。"

素素说:"我和你哥讲好结婚一年后才要小孩,现在也是不守承诺了,真是打兔子捉到黄羊——捞外快了!"

机挂船还未停稳,素素手拿缆绳,纵身一跃已到了岸上,惊得明龙、明珍张大了嘴巴。

明龙走到船头,对素素说:"船还没停好,你怎么可以跳到岸上呢?"

素素说:"我是渔家女,你晓得的。"

明龙说:"你是海龙王的女儿,也要让机挂船停好后才可以上岸啊!"

素素知道明龙是呵护自己,便不说话了。

明龙放好跳板,素素又回到船上,拉着明珍的手走到岸上。

素素对明龙说:"我和明珍去看医生,你在船上等吧。"

明龙说:"等人心焦,我到医院门口等你们吧。"

明珍说:"哥,你还是在船上等吧。你走开了,这只船要是被人偷走,那可不好了。"

明龙说:"我有链条锁住的。"

他仍想与她俩一块儿去医院。

但他一时找不着链条锁了。

素素说:"你慢慢找吧,我们先去医院了。"

明龙走到船头,手一挥说:"那你们去吧,看好就回来。"忽然他又上岸追了过去,问素素:"你身边带钱了没有?"

素素说:"我带的。"

明龙又问明珍:"你带钱了吗?"

明珍说:"我也带的。"

明龙说:"我以为你们没带钱,我身上有两百元钱呢。"

素素手一伸:"那你把两百元钱借给我,万一看病钱不够呢。"

明龙从口袋里掏出钱给了她。

素素和明珍手拉着手朝医院走去。

明珍说:"如果真的查出怀孕了,我都不好意思跟父母亲说。"

素素说:"不用你说,他们会知道的。"

明珍说:"珍珠生意正是要紧时期,现在怀孕,心里有点说不出的滋味。"

素素说:"此刻,我的心情与你一样的,不想这么早就怀孕,就是想趁年轻做出一点成绩。有了小孩肯定要影响工作的呀。"

明珍说:"是呀,种蚌,管理珍珠楼,做生意,大林还想办珍珠项链加工厂,有做不完的事情,真不想这么早就生孩子。"

素素说:"但孩子来了,这是上天送来的礼物,不能不要的!"

明珍说:"是的,再苦再难我也会把孩子生下来。"

素素说:"我也是!"

明珍说:"以前我们的父母亲都生两个,或者三四个孩子,现在我们只生一个孩子。想一想父母亲这代人真是很辛苦,日子过得真是不容易!"

素素说:"如果放开计划生育政策,允许你多生孩子,你想生几个?"

明珍说:"最多生两个吧,你呢?"

素素说:"我想生八个。"说完,她大笑起来,明珍也大笑起来……

她俩到达医院已是下午三时半了。

她俩直接找到了妇科室。

女医生说:"先去挂号,再到这里来。"

她俩便去挂号。

素素问明珍:"以前你没来医院看过病吗?"

明珍说:"来过的。"

"那你不晓得看病挂号吗？"

"不经常来看病的，哪记得住看病先要挂号。你不是也没想起挂号吗？"

"我小时候经常上医院的，十三岁发育过后就没有来过医院。"

"啊，你十三岁就发育了啊！"

"对啊，我十三岁发育了。你十几岁发育的呀？"

"我比你晚。"

"那你十几岁呀？"

"我十七岁才发育。"

"我每天喝鱼汤，所以早发育的。"

"很可能的，像我一直跟父母亲吃老咸菜，所以发育迟缓。"

"哎呀，我最喜欢吃老咸菜了。"

"那你还是比我吃得好，你每天喝鱼汤啊！"

挂号窗口没有人排队。

同样，妇科室也没有其他病人，只有两位女医生，她们看上去都是四五十岁的样子。这时，有一位女医生走到门外去了，现在只有一位女医生。

女医生说："哪个是病人？"

素素想：我们都不是病人啊，我们都是来检测有没有怀孕。

明珍也是这么想的。

所以，两个人你看我，我看你，都没有出声。

女医生说："你们谁呀？"

她俩这才把挂号单和病历卡递给女医生。女医生指着明珍说："你坐下。"又对素素说："你到门外去，等会儿叫你。"于是，明珍端坐在一张小方凳子上，而素素走到了门外。不过素素没有走远，她倚在门框上，眼睛一直看着女医生和明珍。

明珍对女医生说，自己是来检测是否怀孕的。

女医生问："你什么时候结婚的？"

明珍说："还没有。"

"还没有结婚，小两口就过起夫妻生活了，你思想蛮新潮的。"

"我们……已经领证了。"

医生看了看明珍。

"如果你怀孕了也不用紧张，现在做个B超吧，你先去付钱。"

"好的，谢谢医生。我想两个人一起去付钱好吗？"

"可以的，那你到外面等一会儿。"

于是，明珍走到了门外，素素走进了妇科室。

女医生问："你结婚了没有？"

素素说："还没有。但是我……"

女医生说："你也领证了？"

素素说："嗯。"

女医生说："你早说嘛。这样吧，做个B超。请先去付钱，到B超室做B超，然后再来找我看。"

素素说："谢谢医生！"

素素长这么大还是第一次做B超。做B超的女医生叫她躺在一张像担架一样的床上，说："把上衣撩起来。"

素素就把外衣撩了一点上去。

女医生伸手把她的外衣往上面撸，素素的肚皮便全部暴露了。女医生又把素素的内裤往下推了推，在她肚皮上抹了一些乳白色的油,用一只像黑板擦一样的东西在素素的肚皮上划过来,又划过去。

女医生说:"有了。"

素素拿了B超单子走到门外。明珍说:"你怀上了吧?"

素素说:"和你一样。"

明珍说:"那你怀孕天数呢?"

素素说:"忘记问了,女医生像吃了生仁桃子,态度真的生硬。"

明珍说:"她对我还好呀!"

两个人拿着B超单子又来到了妇科室。

女医生看了明珍的B超单子,又看了素素的B超单子,说:"你们两人情况是一样的,所以我给你们一块儿说了。你俩都怀孕了,你们想要孩子吗?"

明珍和素素都表示要的。

女医生说:"特别提醒你们一下,现在你们刚怀孕,尽量不要'寻开心'。如果非要'寻开心',那'寻开心'的次数需要减少,而且'寻开心'时要轻手轻脚。"

明珍明白"寻开心"的意思,但素素不知道"寻开心"是指什么,所以她问:"医生,你说'寻开心',是不是说怀孕了开心不开心?"

女医生说:"苏州人都知道'寻开心'是啥意思的。"

素素说:"我也是苏州人,但我是渔民。"

女医生说:"你是农民,或是渔民,都一样。我是提醒你,你现在怀孕了,尽量不要有夫妻生活。这回你听明白了吗?"

明珍点了点头。

素素不好意思了,说:"我晓得了。"

女医生说:"你们要经常来检查,还要注意睡眠和饮食。你们身体好,以后生的小孩也会健壮。"

素素和明珍谢过女医生,便向河边走去,明龙在那里等她们。

素素对明珍说:"如果你哥问我有没有怀孕,你说没有啊!"

明珍说:"为啥呀?"

素素说:"我要寻开心。"

明珍说:"刚才医生说不要'寻开心'呀。"

素素说:"哎呀,我说的寻开心,不是医生说的'寻开心',我想与你哥开个玩笑。"

明龙买了一串香蕉,等在河边。

这串香蕉他是买给素素和明珍吃的。

他知道素素最喜欢吃香蕉。

他看见素素和明珍走来,便高举起那串香蕉,并挥动着。

素素对明珍说:"你哥手里举起的是什么,你猜?"

明珍说:"看不清。"

素素说:"我猜是香蕉。"

两人走近一看,果然是香蕉。明珍对素素说:"你是我哥肚皮里的蛔虫。"

明珍这么说,素素也不生气。

可见,明龙心里有素素,而素素心里也有他。这一对年轻恋人真可谓心心相印!

明珍坐在船舱里吃着香蕉。

而素素坐在船头吃着香蕉。

明龙开着机挂船,那速度比平常都要快些。他知道素素怀孕了,他要为人父了。另外,妹妹明珍也怀孕了,他作为哥哥也为妹妹感到高兴。

素素走到了船尾,走到了明龙身旁。

明龙说:"你不会在船舱里坐好吗?"

素素说:"找你说说话不可以吗?"

明龙说:"拖拉机声音太响,讲话听不清楚。"

素素说:"那我趴在你耳朵上说可以吗?"

明龙说:"我妹在船上,你不要寻开心。"

听明龙讲寻开心,素素哈哈大笑起来。明龙说:"你怎么啦,今天吃了笑药了吗?有什么事情这么好笑的呀?"

素素说:"因为你说寻开心呀。"

明龙说:"我说寻开心,为何会让你这么笑呢?"

素素说:"刚刚那个妇科女医生对我们说:你们怀孕了,最好不要与男人'寻开心'……想不到你也会说'寻开心',是不是要笑死人。"

明龙也笑了。

他一只手搭着素素说:"要我不与你'寻开心',我是做不到的。"

素素说:"你敢,你不知道我有祖传的癫蛤蟆功吗?"

明龙说:"你有祖传的癫蛤蟆功,我有祖传的癫蛤蟆功解药啊!"

两个人一路说说笑笑。

这时,突然有一条大鲤鱼跳到了船舱里,把坐在船舱里的明珍吓了一跳。当看到是一条大鲤鱼时,她连忙伸手去抓,不让它跳动。

明龙也很高兴,说:"鲤鱼跳龙门,好事跟上门。"

素素说:"你要鲤鱼跳龙门,就把这条大鲤鱼放生吧。有鲤鱼跳到船上,我爸都是将它放生的,让它回归河里!"

这条大鲤鱼又回到了河里。

王大林即使快结婚了,心里仍然想着自己做珍珠项链的事,他是一个不断开拓的年轻人。这天,他来到珍珠湾村部找王主任,因为他与王主任约定找时间一块儿去浙江诸暨珍珠市场看看。

很巧,王主任刚从乡里开会回来。

王主任说:"听乡长讲,有家大公司有意投资珍珠湾珍珠市场。现在珍珠湾珍珠市场格局大了,很多大老板都愿意到这里来投资。"

王大林说:"我觉得,这是一个机会。"

王主任说:"你说得对。乡政府牵头,与我们私人小打小闹有天壤之别。你想想,如果乡政府不号召,那么多村会来珍珠湾投资建造那么多的珍珠楼吗?"

王大林说:"是的,所以我就想搭上'乡政府搭台'这列快车,把珍珠项链加工这一块做起来。"

王主任说:"你是个聪明人。"

王大林说:"我是这样认为的,时代是一列快车,一个人只有想方设法搭乘这一列快车向前才行——没有座位,那站立也行,而千万不能做阻挡者。"

王主任说:"你又是一个哲学家!"

王大林说:"可不能这么说,毕竟我还太年轻,很多事情还没有做好!"

王主任说:"你年轻有为,希望寄托在你们年轻人身上。"

王大林说:"王主任,上次我说要去浙江诸暨看看那里的珍珠市场。因为我快要结婚了,所以我想最近抽时间到那里看看,不知道你什么时候有空?"

王主任说:"我有空,你说几号就几号去。"

王大林说:"那明天可以吗?"

王主任说:"可以的。"

王大林说:"我来安排一辆小汽车。"

王主任说:"好。"

王主任便和王大林讲好了第二天出发的时间与上车的地点。

王大林说:"王主任,明天早晨你在家里不要吃早饭,我请你吃排骨面。"

王主任说:"好的,我最爱的就是排骨面。"

第二天一早,王大林就起床了,他到菜地里采摘了一篮子番茄,准备路上吃。然后,他提着这一篮番茄走到珍珠楼出口不远处的一棵苦楝树下。他前脚刚到那里,王主任后脚也到了。

王主任还带着他六岁的孙子。

王大林拿出番茄递给小孩,说:"吃番茄吧。"

小孩摇着头,身子往后腿,他不要番茄。

王主任对他说:"小萌,番茄好吃的,你现在不要吃,等会儿路上可以吃的。"

小孩这才伸手接过了一只番茄。

王主任说:"今天儿媳妇要去看医生,她肚皮里又有了,孙子没人带,我只好把他带在身边了。"

王大林说:"那你儿媳妇肚皮里的小孩怎么办呢?"

王主任说:"没有办法的,只好引产。"

王大林说:"干脆让她生下来算了。"

王主任说:"倘若她把小孩生下来,那我这一顶'乌纱帽'要保不住了。现在这个计划生育政策,乡里和县里看得都很紧,这是一条红线,不管干部还是群众都不可以逾越这条红线的。"

这时,一辆小汽车开过来了。

司机是个小伙子,去年才从部队退伍。王主任问他:"你早饭吃了吗?"

司机说:"还没吃。等车子经过街上,我买两只馒头吃。"

王主任说:"不要买馒头吃了,我们都没有吃早饭,一块儿去吃排骨面可好?"

司机说:"早饭我不吃肉的。"

王主任说:"那你吃爆鱼面吧,上海人到苏州来最喜欢吃苏州的爆鱼面。"

司机说:"早饭我也不吃爆鱼的。"

王主任说:"那你喜欢吃什么面呢?"

司机说:"就吃荷包蛋面吧。"

王主任对司机说:"车子开到小学校旁边,我经常在校办厂饮食店吃面的。"

饮食店老板娘看见王主任从小汽车里钻出来,说:"王主任,大清早的坐车去哪里呀?"

王主任说:"我们到浙江诸暨去看看那里的珍珠市场。"

老板娘关照下面条的阿姨,这几碗面的面条给多点儿,他们要去很远的地方;如果面条分量少了,那是要饿坏肚皮的哟。

苏州到诸暨有二三百公里的路程,那时还没有高速公路,所以小汽车一路狂奔,真的是马不停蹄。

在车上,王主任的孙子一直问道:"车子什么时候到呀?我要下车走啊……"王主任对他说:"车子就要到了,你坚持一下。你要听大人的话,下次我还带你出来玩。如果你不听大人的话,下次就不带你出来玩了。"

还好,王大林带了一篮子番茄。

司机说:"番茄新鲜,甜津津的。"一路上他吃了六只番茄。

王主任吃了三只番茄,他孙子也吃了两只番茄。王大林看到大家都喜欢吃番茄,所以他自己不舍得多吃,只吃了一只番茄。他知道,车子返回时,这些番茄还是要派用场的呀!

车子开了近四个小时才到达诸暨县城。

此时,时针已经指向中午十一时了。

王主任说:"肚皮饿了,找个小饭店先吃饭吧。"

王大林说:"听说诸暨珍珠交易市场下班比我们早半个小时,他们是下午二时下班,所以我们先去那里,午饭就先买点包子充饥吧。等看过珍珠交易市场,我们再找饭店吃点东西。"

王主任说:"那午饭随便买点东西吃吧。"

看到路旁有个包子店,王大林下车买了十只肉包子。

或许是肚皮真的饿了,大家都觉得这肉包子比苏州的好吃许多。王主任说:"等回去时,我想买个二十只包子带回去。我从来没吃过这么好吃的肉包子。"

"诸暨珍珠交易市场欢迎你"大幅标语拉在诸暨珍珠交易市场门口。即使是午饭时间,市场里还是熙熙攘攘,明显比珍珠湾珍珠交易市场的人多得多。

王大林说:"我想去看珍珠项链。"

王主任说:"好,我看看这个市场经营情况和规模。"

王大林说:"这里下午两点下班,到时候我们在大门口见。"

王主任说:"好。"

这时,王主任的小孙子要买饮料喝,王大林跑到小店里买了五瓶饮料给那小孩。王主任要付钱给他,王大林说"不要不要",就笑着走开了。

王大林很快融入了这个拥挤和热闹的珍珠市场之中!

他找到了卖珍珠项链的摊位,而且不止一家,有很多家,他们都出售珍珠项链。王大林第一次知道,原来珍珠项链还叫珍珠饰品……

来到这个珍珠市场,王大林眼界开阔了。原来这里的珍珠饰品有好多种类啊,有珍珠项链、珍珠手链、珍珠耳坠、珍珠摆件,还有一座大大的珍珠塔……

这个摊主是一位小姑娘,王大林拿起一条珍珠项链问:"这条珍珠项链多少钱?"

小姑娘说:"你这一条一百元。"

王大林又拿起一条,说:"这条呢?"

小姑娘说:"五十元。"

王大林不解了,明明五十元一条的珍珠颗粒比前一条的大,怎么价格反而便宜呢?小姑娘说:"两条项链的珍珠不一样,这五十元一条的项链的珍珠虽说大,但没有一百元一条的圆整。项链的价格就是由珍珠颗粒大小和圆整度决定的。"

王大林自然对珍珠优劣了如指掌,经小姑娘一说,他就明白了。

王大林说:"你这珍珠项链哪里来的?"

小姑娘说:"我们自己做的。"

"那你们工厂在哪里?"

"就在旁边。"

"可以去看看吗?"

"你看干吗?"小姑娘说。她有所警觉。

"我是养蚌的,想直接卖珍珠给加工珍珠的厂家。"王大林说。他在珍珠楼经历了很多的场面,沟通能力非常好。

小姑娘的脸又舒展开来了,她说:"现在我走不开,等下班后我可以领你去看看。"

王大林抬手看了一下手表,此时离下班还有一个小时,他对小姑娘说:"那下班后,你领我去看啊,现在我在市场里转转。"

小姑娘说:"好的。"

恰在这时,有两个外国女郎找小姑娘买珍珠项链来了。小姑娘竟然用英语与她们交谈,这让王大林大吃一惊,对小姑娘另眼相看了。

为了不影响小姑娘做生意,王大林识趣地走开了。

他又来到了一个珍珠项链摊位。摊主是一位五十多岁的妇女。

王大林问:"你这珍珠项链是自己做的吗?"

女摊主说:"我们每个摊位的珍珠项链都是自己做的。因为利润不大,如果不是自己做珍珠项链,那就赚不到多少钱。如果没钱,那这个生意也做不长久。"

王大林说:"做这种项链不难吧?"

女摊主说:"怎么说呢,你会做就不难,你不会做就难了。"

她端详了一下王大林,说:"你是想自己做珍珠项链吗?你可以去问那边的人。"

她从摊位里走了出来,指着不远处一排摊位说:"那边都是卖做珍珠项链的机器的,你可以去那里问问。"

王大林心里一阵喜悦,他想找的东西总算出现了。

王大林走过去一看,果然都是加工珍珠项链的。

有姑娘对他说:"你买珍珠项链吗?我们这里,你看中了珍珠,可以当场做出珍珠项链来。"

王大林心跳加速,他就是想看如何做珍珠项链的。

他说:"加工一条珍珠项链多少钱?"

姑娘说:"只要珍珠钱,加工就不收钱了。"

王大林想,那就加工两条便宜一点的珍珠项链吧,反正加工的方法都是一样的。

姑娘指着地上几只塑料桶说:"你要贵点的珍珠,还是便宜的珍珠。"

王大林说:"这项链我送给女同学,所以就便宜一点的珍珠吧。"

姑娘说:"便宜的送给女同学可不行的,还是买贵点的项链吧。"

王大林说:"贵点的项链多少钱一条?"

姑娘说:"一般五六十元一条。"

王大林说:"那么便宜的呢?"

姑娘说:"两条十元。"

王大林想,以后自己做珍珠项链,五六十元应该可以做两条珍珠项链了。所以,他坚持说:"她是我初中同学,想把项链送给外地朋友,即使送给她们贵重的珍珠项链她们也不懂,所以你给我做两条便宜一点的珍珠项链吧。"

姑娘说:"便宜一点的项链送给年纪大的人差不多。这样吧,反正做你'下班生意',两条贵点的项链我卖你八十元怎么样?"

王大林说:"五十元。"

他想看是如何加工珍珠项链的,这才是他买珍珠项链的真实目的。

姑娘说:"两条项链七十元,低一分我也不卖了。"

王大林看了下手表,知道市场下班时间快到了,便答应了。

姑娘把他领到里面一间屋子,里面有几个小姑娘在做珍珠项链。原来做珍珠项链也不复杂,一台打孔机,一根打孔针,还有珍珠线。

女工甲负责珍珠打孔,女工乙负责"穿针引线",很快两条珍珠项链便做成了。

王大林手持珍珠项链说:"我感觉这个珍珠很好看,表面有没有处理过呀?"

姑娘说:"做珍珠项链的珍珠都要处理的。珍珠本色有的白,有的黄,不好看啊,所以都要进行漂白。"

王大林说:"那怎么漂白?"

姑娘说:"这个我不懂,我们有专业师傅漂白的。"

王大林说:"那么这个打孔机在哪里买?"

姑娘说:"我们店里就有啊。不过,加工珍珠项链你看着简单,但你买了机器回去真的要自己做出珍珠项链来,还是有些困难的。所以需要对员工进行专业培训。"

这时,这个珍珠交易市场下班的铃声响了。

王大林对女摊主说:"我出去一下,跟前面摊位一位姑娘讲一声,她在等我去看她们的珍珠项链加工厂。"

他跑了出去。

姑娘自言自语:"这个年轻人蛮老实的。"

一会儿,王大林就回来了。

姑娘说:"你蛮老实的。"

王大林说:"约定了,我不去和她讲一声,我就失信了。"

姑娘说:"守信,是做生意最基本的一条,谁都喜欢与守信的人做生意。以前我不知道,做了生意后我才知道,这个世界上还是有不守信的人,我遇到好多个了。"

王大林说:"在这里你会遇到不守信的人吗?"

姑娘说:"有啊!有个大客户,他经常来我这里买珍珠,每次都要几千元的。有时他来买珍珠,我还请他吃饭。每次他都付清现金的。上个月他来买珍珠项链,对我说带的钱被偷掉了,身边一分钱也没有,我借给他两百元,还让他拿去近两千元珍珠项链,他说回去就给我结账的。但现在一个多月过去了,他失踪了。唉,遇见这种人,我知道了这个世界上还是有骗子的。"

王大林说:"那个人这样做,难道不做珍珠项链生意了吗?"

姑娘说:"谁知道他呢!但只要他在这里出现,我就会认出他的。那我不会轻易放过他,肯定要报警,让他把骗我的钱还给我。"

王大林说:"他也有可能遇到意外了。"

店里的几位员工对姑娘说:"我们先走了。"

姑娘说:"我就来。"

王大林说:"她们下班了吗?"

姑娘说:"转到厂里去做项链,换一个地方做事。"

王大林说:"我明白了。"

姑娘说:"现在我带你去看工厂。"

王大林说:"好的。我们村主任等候在大门口,经过大门口时,我叫他一起去看你们的工厂行吗?"

姑娘说:"可以的。"

王主任和他的小孙子等候在大门口,小孩看见王大林便飞跑着扑了过去,王大林蹲下身子抱住了他。小孩说:"叔叔,我肚皮饿坏了,快去吃饭吧。"

王大林说:"还要等会儿,我们先要去看加工厂。"

小孩就哭闹起来:"我不,我不,我要吃饭,我要吃饭。"

王主任抱过小孙子。

王大林说:"你和司机先到那家饭店吃饭,我去看一下工厂就到饭店找你们!"

王主任说:"好!"

王大林一个人跟着姑娘去看珍珠项链加工厂了。

厂不远,走了五六分钟就到了。

原来,工厂就是姑娘家的,在她家的后面有一间很大的平房,有两百多平方米。

平房内有十几位女工在做珍珠项链,有的在打孔,有的在穿线,还有的在包装,看上去分工明确,有条不紊。

王大林看得入迷了。

姑娘说:"做珍珠项链最关键的是给珍珠染色。"

王大林说:"是啊,我看做珍珠项链的珍珠就是比破蚌出来的珍珠白。"

姑娘说:"这是将珍珠漂白了。"

姑娘走过去,拿起一串彩色的珠子说:"这串彩色的也是染色的。"

王大林说:"我想看看染色的车间。"

姑娘说:"我爸爸负责给珍珠染色,一般不给别人看的,我去找我爸爸商量一下。"

王大林说:"好的,但不要勉强。"

姑娘就向一间小房子走去。

小房子的门是关着的。

姑娘敲门。

有位中年男子开门了。王大林想,这应该就是姑娘的父亲了。

姑娘对她父亲说了一通话。

她父亲同意了。

姑娘从小房子那边走过来,对王大林说:"我爸答应让你进去了,你有什么问题也可以问下我爸。我爸今天心情看上去不错。"

小房子里有很多密封起来的瓶瓶罐罐。

姑娘父亲指着东边说:"这里的液体就是给珍珠漂白的。"

王大林问:"这些液体是什么?"

姑娘父亲说:"主要是双氧水,还有一些表面活性剂和pH值调节剂等,配比需要自己摸索,根据你手上的珍珠来调配。"

王大林说:"这些液体市场上有卖吗?"

姑娘父亲说:"都能买到。"

姑娘父亲又指着西边说:"这里的液体就是染色液体,红的、黄的、蓝的、灰的都有,根据需要将珍珠染成各种颜色。"

王大林说:"这些液体是自己配的吗?"

姑娘父亲说:"是的,颜料买回来后自己兑水配制,具体怎么配只有在实践中摸索。"

王大林从小房子里退了出来,他对姑娘说:"你父亲很有学问,要学会这些珍珠漂白和染色技术,还得下一番功夫。"

姑娘说:"我家有电话,你有疑问可以打电话给我,我来问我爸。我做传话筒。"

王大林说:"谢谢你,你的心灵比珍珠美啊!"

这位心灵美的姑娘把自家的工厂毫无保留地给王大林参观,这让他很受感动。

王大林当场决定就向她买珍珠打孔机、打孔针。

他还向姑娘提出了一个要求,就是希望她能够帮他培训做珍珠项链的员工。

姑娘说:"可以的。"

王大林:"培训两名员工要多少钱?"

姑娘说:"不要钱。"

这出乎王大林的意料。

王大林说:"可前面的厂家说要收钱的。"

姑娘说:"她们是要收钱的,可我家就不收钱。因为你买了我们的机器,我们有义务让你们学会这门技术,这样以后我们仍有合作的机会。"

王大林说:"以后买打孔机、打孔针,我都会找你!"

这个打孔机、打孔针是姑娘的姐姐和姐夫开厂在制造。

姑娘说:"如果你想去看制造这种机器的工厂,我可以带你去。"

王大林说:"远不远?"

姑娘说:"有十三四公里。"

王大林说:"那么远,我就不去看了。"

姑娘说:"你可以先购买一台打孔机,使用得不错,再购买。"

王大林就订购了一台打孔机,还有几包打孔针。

王大林说:"串珍珠项链的线有吗?"

姑娘说:"这个线,我们也是在外面买的,现在我可以转卖几个线团给你。"

姑娘找来人,将这台打孔机送到珍珠市场旁边的那家饭店里,王主任和他小孙子,还有司机在那里吃饭。

王大林请姑娘一起吃饭。

姑娘说:"啊,你肚皮饿到现在吗?"

王大林说:"吃过几个包子。"

姑娘说:"我不知道你没吃过饭。如果知道你没吃饭,我们家里有饭的,可以在我家吃饭的呀。"

王大林说:"谢谢你。一个人思想集中在某一件事情上,真的可以废寝忘食。"

那个打孔机体积不大,但装在小车里还是有点晃荡。姑娘说:"我回去拿些旧衣服来。"

于是,姑娘又回去拿旧衣服。

她拿了一大捆旧衣服过来。

这样,打孔机被旧衣服包裹起来,稳固了。

可以说,此次王大林和王主任的诸暨之行是满载而归。

王大林说:"这次来诸暨市场,我看到了做珍珠项链的工厂,还看到了珍珠漂白的车间,收获挺大的。"

王主任说:"做珍珠项链难吗?"

王大林说:"不难。我与刚才那位姑娘讲好了,这几天我就送两位女孩儿来这里学做珍珠项链。"

王主任不由赞叹:"你是雷厉风行的实干家啊!"

从诸暨回来后,王大林对明珍说:"我先买了一台珍珠打孔机,如果使用下来可以的话,再去买几台回来。"

明珍说:"你会使用吗?"

王大林说:"我与诸暨朋友讲好,让他们培训两个员工。"

明珍说:"你想让谁去呢?"

王大林说:"最好是你和素素去,花个两三天时间。但你们都有身孕,所以我不想让你俩去,想找别的人去,最好是女孩子,做珍珠项链找心灵手巧的女孩子比较好!"

明珍说:"找别人去不如我自己去,别人学会了这个技术,她们可以自己做珍珠项链的呀。"

王大林说:"是啊,所以最好找自己人去学习。"

明珍说:"那我可以去呀。"

王大林说:"可你怀孕了,而且我俩马上要结婚,让你坐那么长时间的车去学习,我真是于心不忍。"

明珍说:"这几天去学习,应该没有啥问题。"

王大林说:"那素素呢,不知道她愿不愿意?"

明珍说:"你问她一声。"

王大林便找到了素素。

素素说:"明龙也想自己做珍珠项链,所以我想不如你与明龙合伙做珍珠项链吧。那明珍去诸暨学习,我也应该去的。"

王大林说:"如果明龙愿意合伙做珍珠项链,我当然赞成。"

素素说:"那我和明珍到诸暨去学习。"

王大林说:"那明天就去,在那里学习两三天就可以了。我和你们一块儿去,我去学习珍珠漂白和染色技术。"

素素说:"要不要叫明龙一块儿去呢?"

王大林说:"他有时间的话就一块儿去啊!"

素素说:"我来问问他。"

王大林说:"那我安排一辆车,明天我们就去诸暨。"

素素说:"不用安排车的,珍珠交易市场有去诸暨的车,我们可以搭他们的车去诸暨,付点汽油钱给他们就可以了。"

王大林说:"你说得对,我去找找他们,不过要等到下午两三点钟才可以出发。"

素素说:"反正当天能赶到诸暨,到了那里再找宾馆。"

王大林说:"那就这么办!"

王大林说他去找诸暨人,素素说还是她找比较好,因为她与诸暨人打交道比较多。果然,素素联系到一位诸暨人,四十多岁,他对素素说:"顺风车,不收你们的钱!"

王大林和明珍知道后,都很高兴,觉得素素是一个女能人!

第二天,诸暨人吃过午饭办好了事情,他找到素素说车子可以提前走。素素连忙找到王大林,她不知道王大林能不能提前走。

素素说:"诸暨人在等我答复。"

王大林和明珍均表示,提前走没问题,可以的。

至于明龙,素素说往东,他不会往西的,所以不用问,他也可以提前走的。

这样,下午一时许,诸暨人开车出发了。

诸暨人并不知道素素的男朋友在车上,他叫素素坐在副驾驶位置上。

他说:"你去了不要回来了。"

素素说:"不回来做啥呀?"

他说:"嫁到我们诸暨。"

素素说:"可是我不会做啥呀。"

他说:"你是贩珍珠能人,凭这个本事在我们诸暨珍珠市场也会做得不错的。"

素素说:"我不想,我想还是我们苏州好。"

他说:"我们诸暨产杨梅,要吃杨梅可以自己到山上采。"

素素说:"讲到杨梅,我们苏州东山、西山的杨梅最甜。"

他说:"我看你嘴巴蛮甜的。你如果想嫁到我们诸暨,你对我说,我给你找一个有钱的人家。"

素素说:"我已有男朋友了,他就坐在车子后面。"素素想,再不提醒他,他说话会越来越野了。

听她说男朋友就在车上,诸暨人一下子变得老实了许多,不与素素聊天了。

车后王大林与明珍一路也说着话。

王大林说:"以后你和素素两个人,一个主内,一个主外,你负责生产珍珠项链,素素负责销售珍珠项链。"

明珍说:"素素不是还要买卖珍珠吗?"

王大林说:"素素一个人忙不过来,就给她找个助手。"

明珍说:"那我忙不过来呢?"

王大林说:"当然,也给你找个助手啊!"

素素听到了他们的对话,回头对他俩说:"我给你俩当助手啊!"惹得王大林和明珍都笑了,明龙也笑了。明龙对素素说:"你给明珍当助手,让你天天待在屋子里,你待得住吗?"

素素哈哈笑道:"我自小在船上长大,习惯流浪生活。"

王大林说:"那现在再让你回到船上生活,你愿意吗?"

素素说:"现在我们渔业村的年轻人都跑到岸上生活了,有哪个年轻人愿意过船上生活呢?所以,叫我回到船上生活,我的回答是——不愿意!"

明珍对王大林说:"你让素素回到船上生活,那让我哥也到船上生活吗?"

王大林说:"唯愿:并蒂莲花开一处,蝴蝶双双舞蹁跹,凤凰于飞在人间。"

素素回头说:"好诗!"

两天后,王大林他们四人叫了一辆汽车返回苏州,并带回了五台珍珠打孔机。

现在,王大林的珍珠楼像是一座孤岛,因为珍珠交易不在珍珠楼里了,都分散到各个村投资建造的那些珍珠楼里。那些珍珠楼是新建的,高大又宽敞,室内墙面都贴着大理石,装修得像皇宫一样。

王大林和素素商量,就把珍珠项链加工厂放在珍珠楼里。

所以,他们直接把五台珍珠打孔机搬到了珍珠楼内。

当天,王大林就在珍珠交易市场外面的墙上张贴广告,他想招收五名女青年学徒。

明珍说:"刚开始,招收两三名就可以了。"

王大林说:"广告说招收五人,就是想让来报名的人多些。"

很快,招到了两名女青年。

珍珠项链生产开始了。

那几天,王大林、明龙,还有素素、明珍都没有出门,在珍珠楼里自己动手做珍珠项链。

世上总有红眼病的人。有人向乡工商局举报,说王大林他们无营业执照就生产珍珠项链。于是,工商局的人找上门来了。他们先找到村里王主任,问他有没有这个无照经营的事。

王主任说:"刚投产不久,应该是在试生产阶段。"

"没有营业执照就生产珍珠项链,这是违法行为,必须取缔。"

王主任说了好多好话,但工商局的人不听,坚持要对王大林进行处罚。

"你带我们去看看那家珍珠项链加工厂。"

王主任推辞不了,只好带他们去找王大林。

他们来到了王大林的珍珠楼。

王主任说:"你们在这里等,我去找王大林。"

"你不会是去通风报信吧。"

王主任说:"我是村主任,不可能做这种弄虚作假的事情。"

有人说:"这个楼就这么几间房间,我们一间屋子一间屋子找,总归能够找到他们的,除非他们不在这里做珍珠项链。"

在二楼,他们找到了王大林,发现了珍珠项链加工厂。

工商局的人对王主任说:"现在没有你的事情了,你可以走了,谢谢你的配合和支持!"

王主任说:"他们还没有正式生产,应该不算违法,能不处理他们就不要处理他们吧,因为他们也是为了珍珠湾的建设发展出力。"

"谁是老板?"

"我是。"王大林走了过去。

"我们是乡工商局的,接到群众举报,说你违规生产珍珠项链,必须查处。现在你们马上停止生产,我们要把现场封存起来。"

素素围过来,问道:"怎么回事?"

王大林说:"他们是来检查的,我们没有营业执照。"

素素说:"我们怎么会没有营业执照呢?你不是办过一张珍珠经营部的营业执照吗?"

王大林说:"是办过的,不过忘记那张执照包括哪些项目了。"

"那先看了执照再说。"

于是,王大林领着他们走向办公室。

王大林从抽屉里取出那张营业执照,看见上面写着"主营珍珠与珍珠饰品"。

工商局的人看过营业执照,交流了一下,说:"有这张营业执照,可以不查处你们,因为生产和销售珍珠项链也可以说包含在里面吧。不过,我要提醒你们,生产珍珠项链最好单独注册一家公司。因为你们既然生产了珍珠饰品,肯定还会生产其他珍珠产品,那么可能就超出经营范围,那样的话我们会对你们进行处罚。"

王大林说:"怎么办?"

"你到我们工商局大厅去申领表格,具体你可以去咨询大厅的工作人员。现在,对于存在的问题马上整改好!"

王大林说:"会的。"

工商局的人走了,王大林对明龙和素素说:"看来,只好去注册一家珍珠公司了,我和你们各出资一半吧。"

素素说:"你出资51%,我们出资49%,这个我知道的。"

王大林说:"为什么不各人出资50%呢?"

素素说:"法律规定的,股份不能各占50%,一般是51%和49%的比例。51%的持有者有控股权,怕到后期闹矛盾,分配不均,所以才这么规定的。"

王大林说:"你怎么懂得这么多呢?"

素素说:"我在学习法律知识。我们经营珍珠,现在又开珍珠项链加工厂,不懂法律,以后会吃大亏的呀!"

王大林说:"你已经跑在我们前面了。那新公司叫什么名字好呢?"

素素说:"好像申请表格上要填写三个名字,最后选定一个。"

王大林说:"一个名字都起不出来,还要起三个名字,我搜肠刮肚都想不出来啊!"

素素想了想,说:"那我来起三个名字:一是叫素珍,我与明珍的名字各取一字;二是叫明珍;三是叫素素。你看行不行?"

王大林伸出拇指赞叹道:"不用费神了,就用你这三个名字去填写表格吧。"

一波未平,一波又起。这天,珍珠项链加工厂里突然来了五个社会小年轻,他们开了一辆小汽车,停在离珍珠楼很远的地方,然后步行过来。

三个小年轻守在门口,一高一矮两个小年轻闯到了珍珠项链的加工车间里。

他们来做什么呢?

正好素素在上厕所,不在车间里。

明珍走到他俩面前,说:"你们找谁?"

"你们老板呢?"矮个子说。

"老板不在这里的,他在办公室。"明珍说。

"你把他叫到这里来。"矮个子说。

"你们有什么事?"

"你别管那么多,把你们老板叫到这里来,就没你的事。"高个子说。

"我没时间去叫。"

"你再说一遍,你没时间去叫?!"那矮个子把手里的矿泉水瓶砸在地上,恶狠狠地说。

这时,素素走了过来。

明珍对她说:"他们要找老板,非得让我去叫老板过来,这个矿泉水瓶就是他们砸在地上的。"

素素知道这两个小年轻是小混混。

但她不怕。想当年她一个人在阳澄湖的船上遇到两个强盗抢劫,她用竹竿猛抽那两个强盗,将他们打落水里,两个强盗只好丢掉他们的船逃之夭夭。

素素还会怕这两个小混混?

素素挥着手说:"你们出去。"

高个子自恃人高马大,说:"你跟老子怎么说话的!"

素素转过身操起边上一把铁锹说:"我给你们一次机会,现在出去你们没事!敢再待在这里,我让你们断了腿被抬出去!"

"我不出去,你能把我怎样?"高个子说。

素素挥舞着铁锹,那铁锹发出"嗖嗖"的声音。

显然矮个子害怕了,他拉了高个子一把说:"走吧!"

他俩慌慌张张走到门外。

门外三个小年轻说:"办好了吗?"

矮个子手一挥,说:"我们走。"又对高个子说:"好男不跟女斗,以后再找这个女的算账。"

原来这五个小混混是来敲诈的,他们找老板就是要卖劣等茶叶,一斤十几元的茶叶卖到一千元。周围不少厂家被他们敲诈过,对他们是敢怒不敢言。

不想在这里碰了钉子。

明珍对素素说:"他们如果不走,你的铁锹真的敢砸下去吗?"

素素说:"那我要看情势。如果他们动手的话,我就一铁锹打下去,先打断一个人的腿,杀鸡儆猴。"

明珍说:"他们肯定还会来的。"

素素抹了抹手,说:"有我在,你不用害怕。"

过了几天,这五个小年轻真的又来了。他们没到珍珠项链加工车间,而是到了珍珠楼,找到了王大林。

仍是三个小年轻守在珍珠楼门口。

高个子和矮个子两个人直奔王大林办公室。

明珍和素素已经提醒过王大林得做好准备,这段日子小混混肯定要上门找麻烦的。所以,王大林在办公桌下准备了一把斧子防身。

"你是老板吗?"矮个子问。

"你俩来做什么?"王大林看见这一高一矮进门,就想起了素素和明珍说过的两个家伙,所以厉声责问他俩。

"给你带来十斤茶叶,最近兄弟手头拮据。"高个子说。

"我不喝茶的。"王大林说。

"你不喝茶,你的客户不喝茶吗?"高个子说。

"我买卖珍珠,不搞请客送礼这一套。"王大林说。

"我不管你是送人还是自己喝,这十斤茶叶你得收下。"高个子说。

"收下茶叶,可以让你好好做生意;不收茶叶,你会付出更大的代价。"矮个子威胁道。

"请你们马上离开我的办公室,不然我要报警了。"王大林不甘示弱。

"你报警,不报不是人!"矮个子拍着桌子说。

"你快报警,我们等着警察来抓。"高个子说着,一屁股坐在办公桌上。

王大林实在忍无可忍了。

他想起了素素操起铁锹对付他们的办法。

他弯腰从办公桌下抽出了那把斧子。

他扬起斧子说:"今天你们上门来敲诈勒索,我就算把你们劈死也不会就范的!马上给我离开这里!"

那两个家伙哪里见过这阵势,吓得话都不敢说了。

矮个子拉起高个子落荒而逃。

他俩走到外面,外面三个小混混说:"你们怎么啦?"

矮个子说:"快走,他手里有斧子。"

那三个小混混把手里的矿泉水瓶砸在地上,也逃之夭夭了。

王大林拿着斧子追出门外。

这时,老王也来了,他手里拿着铁锹。

原来有人发现了这几个小混混,就去通知了老王。老王说:

"这帮赤佬人呢?"

王大林说:"走了!"

老王说:"不走,我让他们竖着进来,横着出去!他们年纪轻轻的,就学会敲诈勒索,一个个都没有好下场!"

那帮小混混敲诈勒索没成,但他们并不甘心。

矮个子对高个子说:"那个小子承包了一片水面养蚌,我们去给他一点颜色看看。"

高个子说:"我们怎么做?"

矮个子说:"买瓶农药,倒在河里,让那些蚌全部死掉。"

高个子说:"这个犯法。"

矮个子说:"神不知,鬼不觉,又不会知道是我们做的。"

高个子说:"这样做我们有什么好处?"

矮个子说:"没啥好处,就是我们出了一口气。那小子太不识相了,必定要给他一个下马威。"

高个子说:"倒农药这肯定不行,如果被查出来,你我都要吃官司。另外,不知道有多少河蚌,万一都死了,要赔偿多少钱也不知道,那我们就惨了。"

矮个子说:"你说得也有道理。"

高个子说:"还是想想其他办法。"

矮个子说:"对了,这小子就要结婚了,那也是我们出气的一个机会。"

高个子也觉得这是一个机会,他说:"你打听清楚,他究竟是几号结婚。等他结婚那天,他用车子娶亲,我们就用车子堵路;他用机挂船娶亲,我们就用船挡住他的船——不让他结婚日子太平！他不给我们吃饭，我们就给他拉屎。"

矮个子说："对，就这么干。"

一场暴风雨即将来临。

老王让媒人与明珍父母商量结婚日子。

明珍娘说："得让明龙先结婚，明珍出嫁一定得比明龙晚些，哪怕晚一天也是可以的。"

媒人说："那你儿子结婚日子定了吗？"

明珍娘说："我们已经去女方家讲了，但他们是渔民，风俗与我们陆上人家不太一样。"

媒人说："怎么不一样呢？"

明珍娘说："秋天是捕鱼季节，他们说要避开这个季节。不知道他们是什么风俗。"

媒人说："你知道你女儿肚皮里已经有了，所以结婚日子不能一拖再拖了。"

明珍娘说："不是我们想拖，而是没过门的儿媳妇她家在拖。"

媒人说："这要急死人的。你未过门的儿媳妇也怀孕了，总不能让她生了儿子再办婚礼吧。"

明珍娘说："所以，我为了儿子和女儿的婚事急得头发都白了好多，夜里都睡不着。唉，不知道怎么办呀。"

本来老倔头是不想答应女儿出嫁的，但女儿告诉他，自己已经怀孕了。他很是恼火，把媒人直接轰走了。素素娘说："女儿的脾气比你还倔,你不知道吗?"

老倔头说:"岸上人瞧不起我们船上人,让她不要找岸上人家,她偏偏不听。现在居然肚皮都搞大了。"

素素娘说:"什么肚皮搞大了,你说话不要这么难听。"

老倔头说:"你说她脾气比我还倔,我看她与你年轻时一样,招蜂引蝶。"

这只渔船在河中央。

素素娘拿起竹竿撑船。

老倔头说:"你想做啥?"

素素娘没有说话。

老倔头又说:"我问你,你想做啥?你耳朵聋了吗?"

素素娘这才说:"你说我和女儿招蜂引蝶,这种话都说得出来,你还像一个人吗?"

老倔头说:"你理解错了,我是说你年轻时候招蜂引蝶,没说你现在招蜂引蝶。"

素素娘说:"我哪里招惹你了,你竟然如此污蔑我?"

老倔头说:"你想上岸?去哪里?"

素素娘说:"你别管。"

老倔头说:"我向你道歉,你不要让素素知道好吗?"

素素娘说:"你想怎样?"

老倔头说:"生米已经煮成熟饭,现在素素都怀孕了,如果不让她出嫁,这个孩子生下来,让她抱到船上来,还不是苦死我们老夫妻?不行,我得让她早点出嫁!"

素素娘说:"你讲了那么多话,总算讲了这么一句人话。"

她放下竹竿,一屁股坐在船头。

老倔头说:"我可以撑船将你送到岸上去,你今天去找下素素,答应她出嫁,男方家说哪天结婚就哪天结婚。"

素素娘说:"我不上你的当,你自己去找素素说去。"

老倔头说:"我保证人说人话,不会说话不算话的。"

他走到船头,说:"如果我说话不算话,一个雷响把我打死在阳澄湖里。"

素素娘说:"你不要说这种丧气的话。你死了,这个家也就没了。"

老倔头说:"我现在真的心里着急。素素肚皮越来越大,不能再拖延了啊!"

素素娘抹了一下眼睛,说:"那我到岸上走一趟。我让素素回来,你当面与她说。"

她答应去岸上找素素了。

老倔头便拿起竹竿撑船。

他忽然想到了什么,说:"那鱼篓里捉到了两条野生鳗鱼,你带给女儿吧,让她补补身子。"

素素娘拎了一只鱼篓上路了,鱼篓里面装了两条野生鳗鱼。素素娘要前往珍珠湾村庄找女儿素素,告诉她老倔头已经答应她出嫁哉!

素素娘不想与明珍爸见面,因为他俩曾是恋人。没想到他俩没有成婚,如今儿女却成了一对恋人,而且将踏进婚姻的殿堂。

"珍珠楼",这三个字印在素素娘的脑海里。

素素娘来到了珍珠湾村庄。

她不知道怎么走了。

这时她看见有位邮递员推着自行车,就上前问道:"同志,珍珠楼怎么走?"

邮递员说:"你去老的珍珠楼,还是新的珍珠楼?"

这可把素素娘难住了,她不知道珍珠楼还有新与老之说。她想了想,说:"我女婿叫明龙。"

邮递员说:"呵,明龙我认识的,那就是老的珍珠楼。"他停了下又说:"不巧,我自行车轮胎没气了,不然我骑车带你过去。现在你跟我走,快走到时我指给你看。"

这位邮递员很热情,直接带素素娘来到了珍珠楼。

素素并不知道母亲会来,此时她正在接待几位广东客人。她见到母亲出现在珍珠楼深感意外。

素素娘把鱼篓递给素素,说:"这是你爸捉到的两条野生鳗鱼。"

素素说:"妈,鱼篓这么重,你犯不着送鳗鱼过来的。"

素素娘说:"鳗鱼是顺带送给你吃的,主要是过来传一句你爸说的话。"

素素心里一惊,以为自己结婚,父亲要做拦路虎了。

素素说:"妈,你快说,说话不要卖关子。"

素素娘说:"你爸说叫男方来提亲吧。"

素素说:"爸真的这样说的吗?"

素素娘说:"你爸说生米已经煮成熟饭,不结婚,这样拖着不办结婚酒席不好,万一女儿回家把孩子生在船上怎么办?所以,你父亲心里发急了,催着尽快把结婚日子定下来。"

素素说:"没想到爸对我这么好!"

素素娘说:"你爸一直对你好的。你小时候有一次发高烧,他抱着你两天两夜都没有合眼。看见你病好了,大冷天的他跳到河里去洗澡。"

素素的眼圈红了。

素素说:"那我和你一块儿去找明龙父母吧?"

素素娘说:"我现在就要回去,你代我向他们问好。"

素素说:"吃了晚饭走吧。"

素素娘说:"你爸等着我回去呐。"

素素娘丢下鱼篓走了。

素素伸手进鱼篓里摸摸鳗鱼,感觉滑溜溜的。

她想起小时候的一件事。有一天父亲在阳澄湖里捉到了一条大鳗鱼,他对母亲说,这是野生鳗鱼,做红烧鳗鱼吃。可素素非要抓着鳗鱼玩,结果她刚把那条鳗鱼抓出鱼篓,鳗鱼就跳到阳澄湖里逃走了。素素大哭起来。素素爸拉起她的小手,说:"把小手洗干净。鳗鱼还在湖里,爸再想办法把它捉上来。"

往事如落叶。

野生鳗鱼,是个稀罕物,很少见到的。所以,素素准备把这两条野生鳗鱼送给明珍吃。明珍和王大林虽说还没办结婚酒席,但他俩已经吃住在一块儿了。

她手提鱼篓来到珍珠项链生产车间。

明珍说:"素素,你拎的是啥呀?"

素素说:"刚才我妈拎了两条野生鳗鱼过来,这种东西我吃得多了,所以我不想吃,送给你吃。"

明珍说:"不要,你留着自己吃吧。"

素素说:"我知道你喜欢吃野生鳗鱼的,所以你就收下吧。"

明珍知道素素的脾气,她收下了这两条鳗鱼。

素素开玩笑说:"鳗鱼给你,但这个鱼篓你一定要还给我。我要把鱼篓还给我爸妈的,他们靠这个鱼篓吃饭。"

明珍说:"那我们一起回家吃晚饭吧,叫上我哥。"

此话正合素素之意,因为她妈此次珍珠湾之行不仅是来送野生鳗鱼的,更重要的任务就是"催婚",让男方提亲,并确定结婚日子。所以素素爽快地答应了。

明珍去叫王大林。

王大林在珍珠湾村部。村里想在河边筑石驳岸,王主任把他叫去了。村里测算了一下,筑石驳岸需要投资二十万元,一半由县水利部门拨付,一半由村自筹。

王主任说:"筑石驳岸美化了河岸,对你们养殖河蚌也是有利的。"

王大林说:"筑了石驳岸,看上去与珍珠楼就更协调了。"

王主任说:"这二十万元投资,其中村里自筹十万元,你看你能够承担多少?"

王大林说:"我的珍珠楼现在已是明日黄花,收入明显不如以前。但筑石驳岸是为民办事,我理当支持,所以我愿意拿出一万元,以表心意。"

王主任说:"这样吧,你拿两万元出来,其他资金我来想办法解决。"

王大林说:"可以。石驳岸不仅美化河岸,也是留给子孙后代的工程,所以应该做得好些。"

素素叫了明龙,两人走在去他家的路上。

明龙提着鱼篓对素素说:"我还没有吃过野生鳗鱼呢。"

素素说:"那你多吃一点。"

明龙说:"这是你爸妈送给你吃的,我怎么好意思多吃呢?"

素素说:"你不是没吃过野生鳗鱼吗?这鳗鱼好吃得让你嘴巴都张不开。"

说完,她嘻嘻笑个不停。

明龙说:"还是你多吃一点吧,因为……"

他没说下去。

素素可急了,说:"因为什么呀?"

明龙说:"因为你一个人吃了,两个人享受美味啊!"

素素这才反应过来,她嘻嘻笑着,说:"那可是你的儿子!"

明龙说:"你能确定是儿子吗?"

素素说:"这个谁知道呢。"

明龙说:"如果是女儿,我也喜欢的。在我心里,生儿子和生女儿一样好!"

明龙又说:"今天我爸妈看见你,别提该有多高兴了。"

素素说:"我爸答应我出嫁了,所以你对你爸妈讲,让介绍人上我家提亲,商量一个结婚日子。现在我爸妈就希望我早点出嫁。"

明龙说:"嫁出去的女儿泼出去的水吗?"

素素说:"我爸妈可不是自私的人。我妈说我爸知道我怀孕了,他说既然生米已经煮成熟饭,就成全女儿吧。你说我爸是不是一个通情达理的人呢?"

明龙点点头说:"这一点上,可以说你爸是很好的人。"

素素说:"我爸喜欢喝白酒,我回家要给他带两瓶好一点的白酒。"

明龙说:"我来买。"

素素说:"好的,那我就不客气了。他是你老丈人,吃你两瓶白酒也是理所当然的。听说,你们珍珠湾村庄有个风俗,结婚之前男方要给丈母娘送'肚皮痛脚',是不是啊?"

明龙说:"你听谁说的?"

素素说:"我听明珍说的。"

明龙说:"是有的,是老风俗吧。我爸妈会准备一只猪腿送给你妈的,这个你放心。"

素素说:"这是真的啊,我以为是开玩笑呢!"

两个人说说笑笑,很快就来到了明龙家。

时针已经指向下午五时了,可是王大林还没有回到珍珠楼。明珍真是等得花儿也谢了……

王大林并不知道要去明珍家吃晚饭,所以他笃笃定定与王主任谈天说地,畅想未来。当王主任拎起公文包要下班了,王大林这才想起下班时间到了,自己也该回珍珠楼吃晚饭了。

王大林走出村部,遇到一位老妇在哭。他认得这老妇,便走上前问道:"好婆,你为啥哭?"

老妇说:"我儿子在外面收珍珠,出去好几天了,儿媳妇不给我吃晚饭,把我赶出来了。"

王大林说:"她为啥要赶你出来呢?"

老妇说:"弟弟,你不知道,儿媳妇偷人被我发现了,所以她把我赶出来了。"

王大林说:"好婆,偷人这个事是你亲眼看见的吗?"

老妇说:"我看见的,那个男人进她房间好长时间。等那个男人走了,我就找她论理,就被她赶出来了。"

王大林说:"这也并不能说明你儿媳妇偷人啊。我看家丑不可外扬,你还是回去,向儿媳妇道个歉,或许这事就过去了。不然等你儿子回家,引起他们夫妻吵架,那事情就闹大了。"

老妇说:"她背着我儿子偷人,等我儿子回来打断她的腿。"

这时,王主任也走了过来。

王主任对老妇说:"你儿媳妇作风好的,不会做这种伤风败俗的丑事。你给我回去,不要在外面瞎讲。"

老妇说:"我没有瞎讲,她与一个男人关上房门,不晓得他们在房间里干什么。"

王主任说:"你这样说你儿媳妇,被她听见真的要出人命的。"

老妇说:"我不会喝农药去死的。"

王主任说:"你是死不了,你儿媳妇会喝农药去死的。"

老妇说:"这个我倒是没有想过。"

王主任说:"你现在就回家去,不要在外面乱讲。"

老妇说:"我不回去。"

王主任对王大林说:"你看好这个老太,我去叫她儿媳妇。"

这时,正好村妇女主任田小妹走过。王主任把她叫住:"你搀扶老太,我们一块儿送她回家。"

田主任说:"这老太脑子有点问题的。"

王主任说:"老太说她儿媳妇偷人。"

田主任说:"我听见这种话都要跳起来,她儿媳妇听见这种话怎么受得了!"

好事做到底。王主任和田主任送老妇回家,王大林也跟在他们后头。

她儿媳妇说:"我哪儿赶她走啦,一个转身就发现她不见了。"

后来了解下来,原来儿媳妇房间没有电,便请了村里电工检查线路,哪是儿媳妇偷人啊!王大林想,无中生有的故事,真的是哪里都会有吧。所以凡事都要自己搞搞清楚。

王大林很晚才回到珍珠楼,明珍等在门口,她看到他,叹了口气说:"我一直在这里等你。素素去我家里了,你动作快点吧。现在我们去我家吃晚饭。"

王大林说:"去你家吃晚饭?"

明珍说:"素素的娘送过来两条野生鳗鱼,她送给我吃,我没要,素素就把鳗鱼拿到我家去了。你知道素素的娘来,主要的目的是什么吗?"

王大林说:"你不说,我哪晓得。"

明珍说:"素素的娘是'催婚'来了,所以这对我与你来讲也是一件好事。"

王大林说:"等我到办公室拿一包香烟。老岳父不敬他香烟,他的面孔会像关公。"

明珍说:"走吧,你不带香烟,我爸不会对你板面孔的。上次我对我爸说:'你对大林不好就是对我不好。'结果我爸对我说:'那你靠他一世吧,不要回来见我了。'"

王大林说:"你爸就是这样的一个人。"

明珍伸手去拉王大林,说:"不要多说了,他们肯定在等我们吃晚饭了。"

王大林说:"我来骑摩托。"

明珍连连摇手,说:"你刚学会骑摩托,我不敢坐。"

王大林说:"开摩托,眼睛一眨就到了。"

明珍说:"还是走路太平。"

明珍坚持要走路,王大林拗不过她,只好陪她走路。

明珍说:"你去村部,怎么这么晚回来呢?"

王大林说:"有个老妇坐在村部门口哭,我和王主任、田主任搀扶老妇回家。这个老妇说她的儿媳妇偷人,结果是村里电工到她儿媳妇房间检查电线线路,你说这事好笑不好笑?"

明珍说:"我现在笑不出来,只想早点吃上晚饭。"

果然,明龙和素素都等在村口。

素素说:"你们来得也太晚了。"

明珍说:"他呀,从村部出来竟然做好事,送一个老妇回家,所以我们来晚了。"

明龙一个人先跑回去了。

素素、王大林和明珍也加快了脚步。

素素对王大林说:"我爸现在急了,他要我和明龙早点结婚。他担心我不结婚就生小孩。"

王大林说:"这个我非常赞成你爸。你和明龙结婚了,才轮得到我和明珍结婚啊!我爸妈知道这件事后肯定会高兴得睡不着觉。"

素素说:"明龙跟他爸妈讲了。今天夜里介绍人会来的,先把我和明龙的结婚日子定下来,这样你俩的结婚日子也可以定下来了。"

明龙家今天的晚餐很丰盛。两条野生鳗鱼,一条红烧,一条清蒸;还有一碗红烧肉。

明珍爸先给自己倒了一碗酒,酒倒多了,那酒从碗里溢了出来。明珍娘见他的酒倒得那么满,便对他说:"你这个碗上可以装木栅板哉。"

明珍爸说:"你放心,吃酒人一滴酒也不会浪费的。"说完,他嘴巴凑到碗上喝了一大口白酒。

又说:"今天一桌子菜,明龙、大林你们也喝点酒吧。"

明龙说:"我不喝。"

素素对明龙说:"今天你就陪爸喝点酒吧。"

她又对王大林说:"今天你也陪你丈人喝点酒吧。"

明珍笑了,对素素说:"我和大林还没结婚,应该还不能说我爸是他丈人吧。"

素素推了她一把说:"你都是他的人了,你爸不可以称丈人吗?"

明珍笑了,说:"总感觉有点别扭。"

素素拿起酒瓶，给明龙和王大林各倒了半碗白酒。

明珍爸看上去心情不错，他说："趁现在刚喝酒，我神志清醒，先把明龙的介绍人叫过来，今天就把明龙的结婚日子定下来。定下结婚日子，这日子就有盼头了。"

这时，明珍娘从厨房间里端着一碗咸菜炒蛋上来，说："这是素素喜欢吃的菜，也是今朝最后一个菜。"又说："呵，还有一个咸菜豆腐汤在铁锅里，你们吃饭时就舀一碗汤喝。我要去介绍人家，把介绍人叫到这里来。"介绍人，媒人也。

明珍娘刚走到门外，明珍和素素也跟了出来。

明珍说："妈，我和素素跟你一块儿去。"

明珍娘说："你们吃晚饭，我一个人去就可以了。"

素素说："你去见介绍人，我和明珍出来散散步。"

明珍娘说："也行，我们走吧。"

媒人大宝婶在刘家门村庄，距珍珠湾村庄三四公里远。

明珍娘走得飞快。

明珍和素素紧跟其后。

明珍说："妈，你属兔子的吧，走得比兔子跑得都快。"

明珍娘说："我的生肖是马，你不记得了吗？"

明珍说："妈，怪不得你走路这么快，原来你是飞马啊！"

明珍笑了，素素也笑了。

明珍娘说："我年轻的时候，乡里组织长跑比赛，我得过长跑比赛第一名，奖品是一只漱口的杯子。这只杯子你爸爸现在还在用呐！"

明珍感叹地说："我妈原来这么厉害啊，真是不说不知道，一说吓一跳！"

　　明珍娘和明珍、素素赶到大宝婶家，可她不在家，家人也不知道她去哪儿了，这可把明珍娘急坏了。大宝婶的丈夫说："你们到屋子里坐坐，我去外面找她。"
　　她丈夫说完就去寻找她了。
　　明珍娘说："大宝婶是个好心肠的人，村庄里哪家夫妻吵架、婆媳不和都会找她调解。"
　　明珍说："妈，这不是和你一样吗？"
　　明珍娘说："我哪及得上她。"
　　明珍说："我看你俩蛮像的，都喜欢'管闲事'。"
　　明珍娘说："我比不上她的。她会做媒人，好像已经做成一百多对了。她这一生活得值了。"
　　明珍说："一百多对啊，那真是很了不起！"
　　素素对明珍说："我和你哥的真正媒人是大林。"
　　明珍说："对呀，所以对你和我哥来说，大宝婶这个媒人只是名义上的吧。"
　　素素说："是的。"
　　明珍娘说："什么名义上的！没有这个名义上的媒人，你们结不了婚。比如结婚日子哪天，比如彩礼多少，比如嫁妆怎么弄，都要经过媒人之口。"
　　明珍说："听了我妈的话，我现在明白了，介绍人真的不能少。原来我还想我和大林是自由恋爱,要什么介绍人呢。现在看来还是要有。"

明珍娘说:"等你哥的结婚日子定好了,就找你们的介绍人,把你们的结婚日子定下来。"

等了将近二十分钟,大宝婶才回来。她丈夫则没有回来,他在外面看人家搓麻将。

大宝婶说:"哎哟,你们是稀客,我真不知道你们过来啊!"

明珍娘说:"哎哟,我们也是临时决定。事情是这样的,想请你到我家去一趟,坐下来把明龙的结婚日子定下来。我们亲家的意思是早点把这个婚事办了。"

大宝婶说:"很好,很好,让我换身衣服,马上跟你们走。"

明珍娘说:"都夜晚了,换啥衣服呀?"

大宝婶说:"哎哟,我今天掏的鸡棚,身上还有鸡粪,走到人面前丢人的。"

她这么一说,明珍和素素都转过身子去了。

大宝婶走到里屋,很快换好一身衣服出来。她穿着一身粗纱布衣服,头上扎着一块蓝色的方巾,就像从电视里走出来的水乡妇女,有一种纯朴的美。

明珍娘说:"大宝婶,你年轻时一定是个美人坯子。"

大宝婶说:"可我爸是酒鬼,让我嫁给了酒鬼人家。我丈夫这一家人都是酒鬼。"

明珍娘说:"我看你丈夫挺好的呀。"

大宝婶说:"哎呀,嫁鸡随鸡,嫁狗随狗,嫁酒鬼就随酒鬼了!"

大宝婶随明珍娘来了。明珍娘脚尚未跨进门槛,就朝屋子里大叫道:"大宝婶来了!"

王大林和明龙马上站立起来,都退到墙边。

而明珍爸还在喝酒。

明珍娘对他说:"大宝婶来了,你喝酒也好结束了。"

明珍爸说:"我随时可以结束的。"

大宝婶走到明珍爸身旁,说:"阿哥,你慢慢喝好了。"

明珍爸说:"大宝婶说话中听的。既然大宝婶来了,我酒也喝好了,今天就要把儿子结婚日子定下来,这是头等大事。虽说我喝了一点酒,但我脑子仍很清醒。"

说着,他站立起来,手一挥说:"明珍,收桌子。"

明珍说:"爸,那我开始收桌子啦。"

明珍爸说:"小丫头,你以为爸酒多了吗?我叫你收桌子,你还说这种啰唆的话。"

明珍娘对他说:"你今天真的又喝多了,叫你少喝一点酒,你就是不听,好像前世你没有喝过酒一样。"

明珍爸说:"今天这顿晚饭,儿子和女婿都陪我喝酒,我不喝就醉了。"

明珍娘说:"你看见白酒眼睛就发绿光。"

"你……你……"明珍爸听明珍娘当着儿女面数落他,一时话都说不出来了。

明珍对她妈说:"妈,爸今天高兴,如果不跟你出门,我都想陪爸喝几盅酒呢。"

明珍爸对明珍娘说:"好哉,今天是我不好。大宝婶来了,你们好好讨论,把儿子结婚日子定下来。我在旁边喝茶醒酒,这样你满意了吧?"

明珍娘对明珍说:"给你爸泡一碗大麦茶。"

明珍说:"好。"

很快,一碗大麦茶被端上了桌子。

明珍爸却要把这碗大麦茶给大宝婶,结果两人推来推去,一不小心碗掉在地上,"咣当"一声摔碎了。

明珍娘没有责备明珍爸。明显这不只是明珍爸的错,所以责备他的话,也会让大宝婶处于尴尬境地。

明珍爸的酒也醒了。

他就像换了一个人似的,老老实实地坐在那里。

大宝婶说:"我已经查过黄历了,农历十二月二十一适宜结婚。这天是黄道吉日,结婚的人家应该比较多的。"

明珍娘问明珍爸:"你看这天可好?"

明珍爸头也不抬说:"蛮好。"

明珍娘又问明龙和素素:"你俩呢?"

明龙说:"我没意见。"

素素说:"可以。"

明珍娘当场拍板,明龙和素素的结婚日子就定在农历十二月二十一日。

素素对明龙讲过不要彩礼的。

可有个人不答应。

那就是媒人大宝婶。

大宝婶对素素说:"彩礼你说不要没用。这个彩礼是给你父母亲的,即使你父母亲说不要,作为男方也要给一些的。"

素素说:"那我爸妈要了彩礼,不是等于变相卖女儿了?"

大宝婶说:"不是的。男方给女方彩礼,这是我们这里的风俗,所以是入乡随俗。如果你不要彩礼,村上人倒会在背后对你指指点点。"

明珍娘说:"彩礼总归要给的。"

素素说:"那就象征性地给点吧。"

明珍娘问大宝婶:"现在彩礼一般是多少?"

大宝婶说:"好点的人家三千元,普通人家至少也要一千元吧。"

明珍娘说:"那我家需要给多少彩礼呢?"

大宝婶说:"你家是珍珠湾村庄上等人家,彩礼至少要给两千元。这是我的看法,具体给多少,你们可以商量。"

明珍说:"那就给两千元。"

明珍娘说:"这个让素素做主。"

素素说:"就一千元吧。"

明珍娘说:"那就听素素的,我们给一千元彩礼。"

其实,明珍娘就准备给那么多彩礼。她知道素素爸老倔头如此"催婚",料定老倔头是不会多要什么彩礼的。

明珍轻声问王大林:"你准备给多少彩礼?"

王大林反问:"你准备要多少?"

明珍说:"你少给的话,我妈不会说你什么,但我爸肯定不会答应。"

王大林说:"我觉得你爸好说话,我拎两瓶白酒就可以搞定他了。"

明珍说:"你又不是我爸肚皮里的蛔虫。假使他不高兴,那你和我就遭殃了。"

王大林说:"这样吧,你哥给素素一千元彩礼,我在此基础上加二百元。"

明珍说:"你和我哥不一样,你是老板,我哥是伙计,所以你得多给我家点彩礼。"

虽说他俩说话声音很轻,但还是被旁边的素素听见了。素素对明珍说:"你在争彩礼哇。"

明珍说:"没有,我不会争彩礼的。"

王大林对明珍说:"榜样的力量是无穷的。素素的爸妈不要彩礼,肯定也会影响到你爸妈。"

明珍说:"你这个话,我相信!"

王大林说:"现在财务大权都在你手里,你想要多少就有多少。"

明珍说:"彩礼是你父母亲拿出来的,好像不应该你拿出来的吧。"

王大林有些糊涂了。

后来,王大林的父母亲拿出两千元彩礼,明珍的父母亲只收了一千元。

老王把退回的一千元给了明珍。

明珍说不要。

王大林说:"你收下。就算你是银行,我爸妈存钱在你这个银行里,到他们老了需要用钱时,连本带息一起给他们。"

明珍这才收下了这钱。

好事多磨。那一伙小混混终究不肯罢休。

素素结婚,他们会做什么呢?

之前,他们来到珍珠楼和珍珠项链加工厂敲诈,结果被吓退,便怀恨在心,扬言报复。但他们不知道明龙娶亲是用车子还是船,所以这帮小混混设计了两个方案:第一个方案是堵塞河道,如果明龙娶亲用船,那让他的船出不了珍珠湾村庄;第二个方案是堵塞公路,如果明龙娶亲用车子,那让他的娶亲车子要么进不来,要么出不去。

明龙娶亲用的是机挂船。

小混混们实施第一个方案。

高个子说:"娶亲船必然经过高泾堰,那里河道狭窄,我们就找几条船把河道给堵塞了。"

矮个子说:"那是娶亲船去娶亲时堵塞,还是娶亲回来时堵塞呢?"

高个子说:"我看就娶亲时堵塞,让那个小子娶不到新娘。"

矮个子说:"那他们可以找车子的,当然那也会很麻烦,但逼不死他们。"

高个子说:"那就等他们娶亲返回时堵塞河道。"

小混混就准备在明龙娶亲船返回时,把娶亲船堵塞在高泾堰。他们就是想破坏明龙结婚喜庆的气氛,用他们的话说就是寻开心。

他们借到了五只机挂船,而且都装满了石子。

这些船停靠在高泾堰河岸边。

明龙的两只娶亲船开过了。

那些小混混马上用这五只机挂船将高泾堰河道堵塞了。这时,还有其他船开过来,很快高泾堰那里聚集了十几只船。

三个小时后,明龙的娶亲船返回了。到了高泾堰,新郎明龙和新娘素素傻眼了:高泾堰那里到处是船只,娶亲船怎么过啊!

明龙急得在船头直跺脚。

明龙对素素说:"你在船舱里不要走动,我到前面看看。"

素素说:"我也去看看。"

明龙说:"好,看看究竟是怎么回事!"

明龙和素素上岸了,船上送亲的十几位亲戚紧紧地跟在他们的后面。

在岸上,素素看到了高个子和矮个子这两个小混混,觉得他俩很面熟,但一时想不起来在哪里见过。他俩也看到明龙和素素了,对旁边的一群小混混说了什么,那些小混混竟然起哄,将明龙和素素都挤到了河边——如果再挤就到河里了。

素素这才想起,这两个人就是来珍珠项链加工厂敲诈的小混混。

素素对明龙说:"这两个是小混混,一定是他俩搞的鬼。"

明龙知道敲诈的事,现在两个小混混居然出现在自己面前,真是仇人相见,分外眼红。明龙说:"今天我不结婚了,我要教训他俩。"

他在旁边寻找树枝。

他豁出去了。

素素一把拉住他,说:"你听我的,我有办法对付他们。"

明龙不知道,送亲队伍里有本领高强的人物。

他就是素素七叔的儿子小猛子。

小猛子生得高大强壮、孔武有力,前不久才退伍回来,所以明龙并不知道他。

素素对小猛子说:"哥,这河道是被小混混用船堵塞的。上次他们来我们厂里敲诈被我赶走了,今天就是来报复我的。现在这两个小混混就在那里。哥,你去对他们说,让他们把船移走。"

小猛子说:"哪两个,你指给我看。"

素素指着高个子和矮个子说:"就是他俩。"

小猛子说:"你不会认错吧?"

素素说:"他们烧成灰,我也认得出他们!"

小猛子说:"好,你们回到船上去,这事我来解决。"

他走到了高个子和矮个子面前。十几个送亲的人紧紧跟在他身后。

二人见对面人多势众、来势汹汹,带头的小猛子高大威猛、虎背熊腰,一时有些惊慌。其余的小混混也不敢轻举妄动。

小猛子说:"你们马上把船开走,否则我就报警了!等警察来了你们想走也走不了!"

矮个子扯了扯高个子的衣袖,小声地说:"怎么办?"

高个子说:"这领头的看起来不好惹,而且你看他身后还有不少人。"

矮个子说:"是呀,万一他报警了,这么多人,咱们跑都跑不掉。"

高个子说:"咱们今天也算给他们添堵了,目的也达到了。要不走吧?"

矮个子说:"好。"

二人边退边冲小猛子叫道:"今天暂且放你们一马,你们给我等着,咱们走着瞧!"

他们退到岸边,上了船。

那些船马上开走了,十几分钟后高泾堰又畅通了,明龙的两只娶亲船加足马力,向珍珠湾村庄驶去……

王大林和明珍结婚,也是用船娶亲的,这回小猛子依旧为他们保驾护航,不过两只娶亲船经过高泾堰时,那里畅通无阻,并没有船拦路。

可没有想到的是,王大林和明珍刚度完蜜月,便发生了珍珠项链失窃案。那天早晨,明珍来到珍珠项链加工厂,打开仓库准备发货时,发现准备好的五百条珍珠项链不翼而飞。

明珍开始以为,是不是有人将这些珍珠项链挪了地方,并没有想到失窃了。

这时,素素来了。

明珍说:"五百条珍珠项链搬到哪里去了?"

素素说:"不是在仓库吗?"

明珍说:"我没有看到。"

素素说:"昨天下班时,我还看到的呀。"

两个人跑到仓库,找来找去都没有找到这批珍珠项链。素素说:"奇怪了,昨晚我明明看到这批珍珠项链堆放在这个角落的,怎么现在会没有呢?"

明珍说:"是不是被人偷掉了?"

素素这才惊呼:"是被人偷了!"

明珍说:"那我去找大林,马上报警。"

素素说:"你快去找大林,我在这里保护现场。"

五六分钟后,明珍和王大林赶到了。王大林也在仓库找了一圈,他说:"这批项链肯定被偷掉了,我马上报警。"他连忙跑到珍珠楼里的办公室打110电话报警。

半个小时后,警车到了。来了两位警察。警察甲说:"大清早的,你们什么东西被偷啦?"

王大林说:"放在仓库的五百条珍珠项链不见了。"

警察乙说:"不见了,你能肯定是被偷了吗?"

王大林说:"肯定被偷了。"

警察甲说:"如果你谎报警情,你要负法律责任的,这一点我们要与你讲清楚。"

王大林说:"我知道的,但我们东西真的被偷了。"

警察乙说:"看看被盗现场再说。"

王大林就领着他们来到了仓库。

警察甲说:"你们两个女的站在这里干吗?"

素素说:"是我俩发现珍珠项链被偷的。"

警察甲问道:"那你俩是这里的员工吗?"

素素指着明珍说:"她是老板娘,我是她的姑娘。"
警察乙说:"那你俩不要走开,等会儿做笔录,因为你们是盗窃案发现者。"

珍珠项链被盗,王大林无法与上海客户交代。此时,两位警察在仓库里勘察,而王大林、明珍和素素在仓库外面站着。

王大林说:"本来这批项链今天要寄到上海去的,现在我怎么对客户说?"

素素说:"听张总说,这批项链要空运去日本,已经定好航班了。如果我们交不了这批项链,根据协议要赔偿他们的经济损失。"

王大林说:"最好今天破案,能够把珍珠项链追回来。"

素素说:"万一追不回来呢?"

王大林说:"所以这个事情令人头疼。"

明珍说:"我们做两手准备,一是指望破案,一是我们重新组织生产。"

王大林说:"生产五百条珍珠项链需要几天?"

明珍说:"至少两天,当然还得加班。"

王大林说:"那马上组织生产。"

明珍说:"如果找到那批失窃的项链怎么办?"

王大林说:"以后接到相同的订单可以用这批项链。"

明珍说:"这批项链的长度比正常项链短些,以后用的话还得加长。"

王大林说:"那不要去管,眼前先把这五百条项链赶出来,然后我们找车子送过去,这样应该能赶上空运航班。如果赶不上,真的要赔偿他们很多钱。"

明珍说:"好,我马上组织生产。"

明珍去安排生产了。

王大林和素素没走,因为警察还在仓库里勘查现场。

王大林对素素说:"你与上海客户联系一下,就说这批珍珠项链大后天送到。"

素素说:"昨日我与上海客户讲好今天寄出去的。"

王大林说:"你就讲今天项链不寄了,大后天我们直接送上门。"

素素说:"那要不要对他们说这批珍珠项链被偷了?"

王大林说:"先不要与他们说,看看警察勘察的结果。"

这时,两位警察走了出来。

警察甲说:"窃贼是从后面窗户爬进来的。"

警察乙说:"我们已经提取了手印,回去比对。如果是本地人作案,有希望很快破案;如果是外地人作案,这个破案时间就长了。"

王大林说:"本来这批珍珠项链今天要发往上海的,如果找不到这批项链,我们要赔偿上海客户很多钱。"

警察甲说:"平时你自己要做好安全工作。"

王大林听警察这么说,心里有气,但也不敢吱声。

第三天早晨五时许,素素叫了一辆车去上海送这一批珍珠项链。

也就是这一天下午三时许,派出所传来消息,珍珠项链被盗案件侦破了。盗贼是本地人,一个只有十八岁的男青年。

接到通知,王大林和明珍来到了派出所。

还是警察甲和警察乙接待他俩。

王大林问:"我们的项链今天可以领走吗?"

警察甲说:"窃贼把这批项链丢到阳澄湖里了,现在我们组织渔民在寻找,不知道能不能找到。"

王大林说:"这窃贼少见的,偷了珍珠项链为何又要丢弃在阳澄湖里呢?"

警察乙说:"这窃贼年轻,盗窃珍珠项链后怕警察找到他,他就把珍珠项链丢弃在阳澄湖里了。"

王大林说:"如果项链找到了,会归还给我们吗?"

警察甲说:"是你的,当然归还给你。"

王大林说:"不过,这些珍珠项链浸泡在水里,珍珠就不光鲜了,就不值钱了。"

警察甲对王大林说:"你跟我来,要补充一下笔录。"

王大林跟着警察来到了小会议室,明珍就等在门口。

警察甲问:"那天你说是五百条珍珠项链,数量对不对?"

王大林答:"对的。"

"多少钱一条?"

"我们卖给上海客户是每条五十元,市场零售是每条六十五元。"

"就算每条五十元行不行?"

"行的。"

"那么这批项链总价值是多少？"

"两万五千元。"

"有其他费用吗？"

"其他费用都包括在内。"

"是这样的，这个盗贼年纪小，父亲过世早，他与母亲相依为命，现在母亲生了一场重病，所以他才有了盗窃之举。"

"那按照珍珠成本结算应该在五千元左右，其他人工和利润都不计算在内。"王大林动了恻隐之心。

警察甲说："希望这盗贼能重新做人。"

王大林问："那他要被判几年？"

警察甲说："这个我不知道，等待法院判决了。"

王大林虽说年纪也轻，但心怀慈悲，同情弱者。

五年后，王大林和素素两人合伙成立了美好珍珠有限公司。那些各村投资建造的珍珠楼都被珍珠个体户收购了，珍珠湾村庄投资的那幢珍珠楼则被美好公司买下。

王大林已经成为珍珠湾村庄的珍珠大王。

有家农民报记者采写了关于王大林的长篇通讯《他年轻的心里，只有珍珠》：

王大林是珍珠湾年轻一代农民的代表，他对种小麦、种水稻、种油菜不熟悉，但对养蚌、种蚌、买卖珍珠，以及做珍珠工艺品却十分内行。

你若与他讲起种蚌,他会告诉你:种蚌就是将一只河蚌的细胞切片,移植到另一只河蚌的外套膜结缔组织里面。

你若把混杂的一盆珍珠放在他的面前,他闭着眼睛仅凭手感就能分出珍珠的等级。

在村庄里的农民都围着水稻田转的时候,他就投身珍珠养育的领域。他决心把珍珠湾村庄建成中国最大的珍珠交易市场。所以,他第一个投资建造珍珠楼,第一个办起了珍珠项链加工厂,又第一个将珍珠项链销往国外。

……

再说素素。

她很有商业头脑,相继开发成功了许多珍珠工艺品。她的珍珠工艺品出口日本、新加坡和欧美等地。如今她还研发了珍珠粉,开发了珍珠化妆品,珍珠产业越做越大。

素素也是珍珠湾村庄里一颗灿烂的珍珠!

年轻人奋斗的故事,像珍珠一样大放异彩!

而珍珠大王和农家姑娘明珍的爱情,也像珍珠般晶莹美丽。王大林年轻的心里,只有珍珠。他说,他遇到了可以并肩、可以一同流泪的爱人,这位爱人就是明珍。在他的心里,她就是最美的一颗珍珠!

他喜欢这样一句话:一个人,如果可以做一颗珍珠,就不要去做一粒泥沙。

是的,在岁月的长河里,让我们去捡拾生活中的珍珠,或者就像王大林那样去培育一颗珍珠,让世界更美丽!

◇◇◇ 澄湖三叠

澄湖二叠

船与岛

蒋坤元 著

苏州新闻出版集团
古吴轩出版社

图书在版编目（CIP）数据

澄湖三叠．船与岛 / 蒋坤元著．-- 苏州：古吴轩出版社，2023.9
ISBN 978-7-5546-1751-9

Ⅰ．①澄… Ⅱ．①蒋… Ⅲ．①中篇小说－中国－当代 Ⅳ．① I247.5

中国版本图书馆CIP数据核字（2021）第102584号

策　　划：	徐小良
责任编辑：	李爱华
见习编辑：	李　楠
封面设计：	陈明婷
装帧设计：	吴　静
责任校对：	周　娇
责任照排：	杨　洁

书　　名：	澄湖三叠　船与岛
著　　者：	蒋坤元
出版发行：	苏州新闻出版集团
	古吴轩出版社
	地址：苏州市八达街118号苏州新闻大厦30F
	电话：0512-65233679　　邮编：215123
出 版 人：	王乐飞
印　　刷：	苏州日报印刷中心有限公司
开　　本：	889mm×1194mm　1/32
印　　张：	21
字　　数：	509千字
版　　次：	2023年9月第1版
印　　次：	2023年9月第1次印刷
书　　号：	ISBN 978-7-5546-1751-9
定　　价：	99.00元（全三册）

如有印装质量问题，请与印刷厂联系：0512-65640825

阳澄湖里有座蛇岛，其实岛上并无蛇。阳澄湖里还有座大雁岛，与蛇岛相距十几公里，上面也没有大雁，但有一种生长在岛上的大鸟，叫白鹭。有的人将白鹭说成是大雁，或许大雁岛的名字就这样被叫开了。

20世纪80年代中的时候，有这样一个一对青年男女和大雁岛的故事。

夏末的一个夜晚，在离村庄不远的一棵大树下，有一对年轻人拥抱在一起。女青年在轻轻地哭泣，男青年正在安慰她，对她说："天无绝人之路，我们总可以想出一个办法的。"

男青年叫王海林，是生产队里罱河泥的高手，因为他长得人高马大，所以有一个绰号叫"大个子"。那么，他身高多少呢？将近一米八。那时候农村男人身高在一米七以上的都不多，他真可说是"出类拔萃"了。

倘若你说找王海林，生产队里的人不一定知道你要找谁，但你说找大个子，那很快就能找到他。

女青年叫吕雪芳,是生产队的社员,也是生产队的民兵。当然,她还是王海林的女朋友。

不久前的一天夜晚,大个子扛了一条长凳,和吕雪芳到附近徐家庄看露天电影。那天放的是朝鲜故事片《卖花姑娘》,卖花姑娘悲惨的命运让吕雪芳泪流不止。

大个子说:"这是电影,不是真事。"

吕雪芳说:"那不是很多看电影的女人都在哭吗?"

大个子说:"哎呀,你们就是泪水做的。"

吕雪芳说:"卖花姑娘后来会怎么样了?"

大个子说:"战争结束了,世界和平了,人们也就能安居乐业了,我估计卖花姑娘的生活不会差的。"

吕雪芳说:"但愿她幸福。"

电影结束,大个子扛着那条长凳与吕雪芳一块儿回家。经过一个看瓜棚的时候,大个子说:"雪芳,我想抱抱你。"

吕雪芳说:"这路上有人,怎么抱啊?"

大个子说:"东面有一个看瓜棚,可以去那里。"

吕雪芳说:"看瓜棚里不会有人吗?"

大个子说:"肯定不会有人,因为今年这里没种西瓜、香瓜。"

吕雪芳说:"你能肯定?"

大个子说:"我晚上出来夹鱼都会经过这个看瓜棚,我看过,里面没有人。"

吕雪芳说:"看瓜棚里没住人,那一定很不卫生,我不去。"

大个子说:"你心眼子还真多,我还是第一次见识到这样的你。"

吕雪芳不再说话,大个子也没有说话,他一手提着那条长凳,一手就拉起她的手往看瓜棚走。看瓜棚就在离路边三四十步远的地方。

因为天上有月亮,能看清看瓜棚里真的没人,只是眼前看的景物都有些模糊。大个子也看不清吕雪芳的脸。此刻她的脸涨得通红,她天真地以为大个子想抱她,就只是抱抱她而已。

大个子拉着吕雪芳来到了看瓜棚里。

他放下长凳,说:"你坐。"

吕雪芳说:"那你呢?"

大个子说:"你先坐一会儿,我在外面待一会儿。"

"你干嘛呀?"

"我看有没有其他人来这里。"

"啊,其他人会来这里?那我们马上走,被他们看见难为情死了,以后我还怎么做人。"

"你不用怕,我们在谈恋爱,正大光明啊!"

"可在这个黑暗的看瓜棚里,我们这样偷偷摸摸的,此事传出去,我的脸面也不好看。"

"有我在,你什么都不要怕。"

大个子弯着腰走出看瓜棚,向前走出七八步,然后蹲下身子,他睁大眼睛,看有没有人出现。他在那里蹲了三四分钟才站起来,伸了一下懒腰,然后又弯腰走进了看瓜棚里。

吕雪芳站着,轻声问道:"有人吗?"

大个子伸手抱住她,说:"哪有人啊,一只猫也没有看见。"

话音刚落,只听见棚子外面有一阵动静。大个子放开吕雪芳,说:"我去外面看看。"他弯腰走出看瓜棚,伸长脖子四处张望,突然看到了一双绿油油的眼睛。大个子是农村娃,一看这眼睛就知道

◇◇◇ 澄湖三叠

是猫了,他心头的一块石头落了地。于是他顺手捡起一块石子砸向那只猫,那只猫挺灵活的,一蹿就不见了影子。

大个子拍拍手又回到了看瓜棚里。

大个子说:"刚才是一只猫。"

吕雪芳说:"荒地里哪会有猫呢?"

大个子说:"猫饿了,就四处找吃的,可能看瓜棚这地方有老鼠,它是来捉老鼠吃的。"

"啊,看瓜棚里有老鼠,那我要出去。"吕雪芳一边说,一边想挣脱他的怀抱。

"哪有老鼠,我只是猜想而已。"说完,他把她抱得更紧。

他亲吻着她。

他说:"等我家造好三间新平房,我们就结婚。"

吕雪芳说:"那房子什么时候建造呢?"

大个子说:"建房报告已经给大队部了,只要大队领导批复下来,就可以动工建房子,而且我父母已经将建筑材料都备好了。"

吕雪芳说:"我也在等待那一天,让我做你的新娘。"

那天晚上,大个子和吕雪芳在看瓜棚里有了"第一次"。吕雪芳有些害怕,她说:"万一我怀孕怎么办?"

大个子说:"那是我的孩子,你就把他生出来。"

吕雪芳说:"大队不会给生的吧。"

"为什么?"

"我们还没有结婚,而且要凭生育证生育的。"

"那我们明天就去领结婚证。"

吕雪芳迟疑了一下说:"我们领结婚证除了需要得到双方父母

同意，还要让大队出证明的呀。"

大个子说："怎么办个结婚证那么麻烦呢？"

吕雪芳低头不语。

大个子说："你怎么知道这些的？"

吕雪芳说："去年表姐阿花结婚，我陪她一起去大队和乡民政部门办的结婚证，男女双方还要到医院检查身体。"

大个子说："啊，还要检查身体，要脱光衣服吗？"

吕雪芳说："听阿花说就量下血压，拍个X光片什么的，不用脱衣服。"

大个子说："那没事，这个我能接受。"

吕雪芳说："我也能接受。"

两人一边说一边走出了看瓜棚。吕雪芳走在前面，大个子扛着长凳，走在她的后面。大个子说："我送你回家。"

吕雪芳说："不用了吧，我自己回家。"

"你一个人走夜路，我不放心。"

"你看，天上有大月亮，就像白天一样，所以我不怕，再说我家就在前面不远了。"

"那我也应该送你到家门口。"

"那到我家后喝一口水好吗？"

大个子想了想说："我送你到门口就好了，我不想喝水。"

"你不想在家里陪我说说话吗？"

"那样我要与你爸妈打招呼的，我害羞。见你爸妈，我一点思想准备也没有。"

吕雪芳用手指着大个子说："你呀，白长个子了，怎么心态连我都不如。你怎么会这样腼腆,这样缩手缩脚呢?"

大个子说:"这么晚了,我不好意思打扰他们,再说刚才我们在看瓜棚……"顿了一会儿,他说:"可能我们衣服上,或者身体上还粘了一些'脏东西',若被你爸妈看出破绽,那就丢人了。"

吕雪芳点了点头,说:"你说得有道理,那送我到门口你就走。"

大个子说:"好的。"

这时,大个子把那条长凳放在路边的草丛里。吕雪芳说:"你怎么把长凳丢在这里呀?"

大个子一边伸手搂着她,一边说:"等会儿我回来还是走这条路,等回来时再扛长凳回家。"

吕雪芳说:"大个子,你真聪明。"

大个子抱住她,说:"你真可爱,我好想一直与你在一起,永远不分离。"

吕雪芳也抱住他,说:"我们赶快去领结婚证吧!"

大个子和吕雪芳在看瓜棚亲热这件事过去一个月了,意外情况出现了。是吕雪芳的母亲杏梅突然发现的。

那时候乡下都没有抽水马桶,方便都是用的手提木马桶。杏梅在倒马桶时,发现女儿本该来的月经却没有来,因为马桶里没有"脏东西"。

于是，那天晚上杏梅问起吕雪芳。

吕雪芳大吃一惊，自己本没有想起这件事情，现在母亲提醒了她，于是她的脸有些红了，心想会不会怀孕了？她吞吞吐吐地说："我也不知道，会不会拖晚几天来呢？"

杏梅说："如果身体不舒服，你要找医生看看。"

她也没往女儿怀孕那方面想。

可是又过去了半个月，吕雪芳的月经还没有来，她终于坐不住了。这天晚上，她找到大个子，对他说："我可能怀孕了。"

大个子很吃惊，叫道："有这么巧吗？"

吕雪芳说："你声音小点，被人听到不好的。"

大个子压低声音说："那得找医生看看。还有，我们马上去领结婚证，这样如果你怀孕了就可以把小孩子生出来。"

吕雪芳说："问题是领结婚证要大队出证明，万一大队不给出怎么办？"

大个子说："为什么？我们到结婚年龄了呀！"

"队长不是个好人，我就是怕他刁难我们，不肯给我们出结婚证明。"

"大队如果不出结婚证明，那我们就直接结婚。"

"即使我们结婚，没有生育证，大队也不会同意我们生孩子的啊！"

"现在我们不要管那么多，还是先确定你有没有怀孕吧。"

"我也是这个意思。"

大个子说："明天早上，我就不出工了，陪你去医院看看。"

吕雪芳说："你不用陪我去，队长这个人挺坏的，要是被他知道了,他肯定会把我们的事添油加醋地告诉别人,这样如果我怀孕了,大家就都知道了。"

大个子说:"你可以对队长说你手或者脚扭伤了,这样不就没事了吗?"

吕雪芳说:"我就一个人去看医生吧。我对队长说胸口痛,他应该会同意我请假的。"

大个子说:"好吧,那你就一个人去看医生,不过回来就要告诉我,现在我的心思都在你有没有怀孕这件事情上了。"

第二天早晨五点,队长吹哨提醒社员们出工。杏梅正在做早饭,听到声音急忙跑到门外。

杏梅说:"队长,我与你说个事,你不要急着走。"

队长说:"什么事,用得着你这样大喊大叫呢?"

杏梅说:"大清早的,你什么态度呀!我告诉你,我闺女病了,上午她要去公社医院看病,所以向你请假。"

队长一愣,说:"生的什么病?"

杏梅说:"头晕,恶心,具体什么病要到医院看了才知道哩!"

队长笑道:"头晕、恶心,这些都是怀孕的反应。你闺女还没结婚,怎么会有这些症状呢?"

杏梅面孔不活络①了,她说:"谁对你说头晕、恶心就是怀孕啊?那天你老婆也对我说她头晕、恶心,那她是不是也怀孕啦?"

队长说:"我老婆怀孕,你怎么知道的?"

队长这样回答,杏梅没想到,她的表情有些尴尬,说:"那她什么时候养阿二头②呢?"

队长说:"你是真不知道,还是假不知道,现在国家提倡计划生育,一对夫妻只能生一个孩子,所以我老婆只好把肚皮里的孩子流掉了。"

杏梅说:"如果你说的是真的,那流掉小孩真的是作孽啊!你是队长,为什么不可以叫你老婆生下小孩呢?"

队长说:"队长是世界上最小的'乌纱帽',如果硬要生小孩出来,那我这顶'乌纱帽'不保,家里住的两间平房也保不住喽。"

杏梅说:"平房怎么会保不住?"

队长说:"大队会叫社员们将这两间平房扒平,这事没有一点商量的余地。"

杏梅说:"大队对你都是这样的态度,对我们小老百姓更是不会客气的吧?"

队长说:"对你客气?你生了二胎想生三胎,如果大家都这样生,地球上不知道要多出多少人呢。地球上就只有这么多的粮食,人一多了,到时那么多人吃什么呢?所以,计划生育政策是一个大好政策,我们都要坚决拥护。"说完,他扬了扬手要走了。杏梅走到

---

① 不活络:方言,即脸色不好看。
② 阿二头:方言,即家里排行第二的孩子。

他面前说:"刚才我闺女请假看病的事,你还没有表态呢?"

队长看了看四周,说:"那我就同意雪芳一个人去看病,其他人不能一块儿去。这阵子农活很多,而做活的人不多,有的人还出工不出力,我正在为这个头疼。"

杏梅说:"当然就让雪芳一个人去,谢谢队长。"

队长伸手拍了一下她,笑着走开了。杏梅对着他的背影骂道:"你揩油要生杨梅疮的。"

过了十几分钟,队长却又出现在杏梅家门口。

杏梅一怔:"队长,你有什么事情?"

队长手里拿着哨,一本正经地说:"你女儿雪芳不是要去医院看病吗,正好今天上午宋会计也要去街上生产资料部买化肥,可以叫雪芳搭船一块去,我来跟你讲一声。"

杏梅有点不相信,说:"大清早的,你不会骗我吧?"

队长说:"你说,我有哪一桩事情骗过你?"

杏梅说:"那我谢谢你了!"

队长凑近一步对她说:"阿狗借我十元钱,讲好月底还我的,你最好提醒他一声,我也等着用这钱呢。"

阿狗是杏梅的男人。听到阿狗向队长借钱,杏梅跳了起来,说:"他什么时候向你借钱呀,我怎么一点都不晓得呢?"

队长脸色有些尴尬:"难道他借钱没跟你讲吗?"

杏梅说:"我不晓得这事。"

队长说:"阿狗他人呢?"

杏梅说:"女儿身体不好,他一早去街上买肉给女儿补身体,大概也快回来哉。"

队长说:"啊?阿狗有钱买肉吃,怎么没钱还我呢?"

杏梅说:"这买肉钱是我早晨给他的,他身边应该没有钱的啊。"

队长说:"不去管他了,反正到月底他一定要还我钱,不然我要板面孔的。人要讲信用,不讲信用不是人,真是狗也不如。"

听队长这么说,杏梅可生气了,她回道:"阿狗名字叫狗,但他是堂堂正正的人!不像某些人,看上去人模人样,其实真的狗也不如,还喜欢揩女人油,这种男人在我眼里就是小人!"

队长气鼓鼓地走了。

这时,雪芳从屋里走了出来,她问杏梅:"妈,你与队长说话怎么没完没了的,我耳朵里都生茧了。"

杏梅说:"还不是为了你去看病的事嘛。刚才我向他请假,他同意了,说宋会计上午要摇船去生产资料部,你可以搭船一块儿去。"

吕雪芳说:"呀,队长还是蛮通情达理的嘛。"

杏梅说:"是啊,有时候他蛮好的,有时候又喜欢对女人动手动脚,这个人是好是坏有点说不清楚。不过,他今天是好人,特地来通知我让你搭船去街上。"

吕雪芳说:"那我就坐船去,吃过早饭我就找宋会计去。"

宋会计五十出头,是个瘦子。据说他的父亲是账房先生,他上

过几年私塾，是整个生产队识字最多的人。他做生产队会计好多年了，队长已经换了好几任，可他这个会计从来没换过，所以有人叫他宋会计，也有人叫他老会计，他都会答应的。但他笑起来有点皮笑肉不笑的，所以有的人背地里叫他"笑面虎"。

杏梅领着吕雪芳来到宋会计家时，他正坐在堂屋桌子边喝粥。

杏梅说："宋会计，你要去生产资料部买化肥吗？"

宋会计刚喝了一口粥，他把这口粥咽下去，说："你怎么知道？"

杏梅说："队长对我说的。正好我女儿准备去医院一趟，所以想搭你的船一块儿去。"

宋会计说："我买好化肥就要回来的，去时可以搭船，回来时你们就得自己想办法。"

杏梅说："雪芳就去医院看看，很快的，应该可以和你一块儿回来。"

宋会计说："那行，我喝好粥，等林生过来，我们就要出发了。"

杏梅听说林生一块儿去，心里一阵欢喜，因为林生是大个子的小叔，也就相当于是雪芳的小叔，这样雪芳搭船来回她就完全放心了。

所以，她对吕雪芳说："那你早去早回，争取跟船一块儿回来。"

吕雪芳说："我知道了，我又不是三岁小孩子。妈，你放心好了。"

杏梅便走了，走了十几步路后又折了回来，给了女儿五元钱，说："你拿着。"

吕雪芳说："我身上有钱。"

杏梅说："你先拿着，如果没花掉，回来你再把钱还我。"

她这么说，吕雪芳便伸手收下了这五元钱。

一会儿工夫，林生来了。他手里拿着一根船绷绳，这船绷绳是摇船的必需品。熟悉摇船的人都知道，摇船需要木橹和船绷绳两样东西，缺一不可。

林生看见吕雪芳很惊讶，他说："雪芳，你怎么在这里？"

吕雪芳叫了一声"小叔"，然后说："我身体有点不舒服，搭船去医院看看。"

林生说："是这样啊，那我摇船从东面走，这样船先经过医院。"

宋会计说："船从东面走那不是走了远路吗？"

林生说："远不了多少的。"

宋会计说："反正船绷绳在你手里，从东面走还是从西面走，随便你。"

吕雪芳轻声对林生说："谢谢小叔。"

林生笑了笑说："自己人，应该的！"

吕雪芳也会摇船，她走到船艄对林生说："小叔，我来扭绷绳。"

林生说："我一个人摇吧。"

吕雪芳说："你一个人摇船吃力的。"

林生说："摇船我习惯了，这船空，不吃力。你要去看病，不能吃力啊！"至于吕雪芳身体哪里不舒服，他没有问，毕竟她是侄子的女朋友，要有分寸。

宋会计坐在船舱里，低着头在打盹，看上去一副与世无争的样子。吕雪芳则坐在船艄，因为她会游泳，所以林生允许她坐在船艄。

林生说："雪芳，叔叔什么时候可以喝你们的喜酒呀？"

吕雪芳说:"小叔,这个你要问大个子,我不晓得。"其实,她是晓得的,大个子对她说,等他家三间平房造好就登记结婚,到时候会办酒席请亲友们喝喜酒。

林生说:"我希望你们早点结婚,早生儿子早得福。"

吕雪芳笑了:"小叔,你儿子十八岁了,你也可以让他早点结婚啊!"

林生说:"那不行,他还要读书。我对他说,要跳出农门,只有好好读书,读书是唯一的出路。"

吕雪芳又笑了,说:"小叔说话有意思,要我早点结婚、早点生孩子,而让自己儿子好好读书。"

林生说:"我是随便说说的,叔叔文化程度不高,没有什么思想觉悟,如果哪里说错了,你可不要当真。"

吕雪芳说:"小叔,你说的话也有道理,你比我爸爸说话好听多了,我爸爸说话才没有水平。听说我爸也做过生产队队长,就是因为不会说话才不做的,有没有这回事?"

林生肯定地说:"有的。"

吕雪芳说:"那我爸说话得罪谁了呀?"

林生说:"你想知道吗?"

吕雪芳说:"我想啊!"

林生想了想,说:"你爸得罪了大个子他爸。"

吕雪芳说:"啊,怎么会呢?"

林生说:"那时候,大个子年纪还小,你年纪也还小,你爸和我大哥也不是亲家。"

吕雪芳说:"啊,那为了什么事?"

林生说:"那天我大哥在挑泥,正逢他生病了,所以筐子里装的泥少了点,你爸看见了就当着其他社员的面说我大哥是一个'偷工减料'的人,气得我大哥直接病倒了。"

吕雪芳说:"后来呢?"

林生说:"后来,我们弟兄三个要和你爸比赛挑泥,看谁挑的泥重,吓得你爸就不敢做队长了,哈哈。"

吕雪芳笑了:"我爸也真是的,他真的是一个不会说话的人!"

吕雪芳还是第一次听说这个故事。她心里有一个疑问,既然她父亲是因为这件事不做生产队队长的,那么后来怎么又和他们变得亲如兄弟了呢?

所以,她便问道:"可现在大个子的父亲,还有小叔你与我爸的关系都蛮好的,又是什么原因呢?"

林生哈哈一笑说:"我们兄弟三个本来就和你父亲没有仇恨,只是在生活中有一点误会,大家在一个生产队劳动,抬头不见低头见,慢慢地关系就好了。"

吕雪芳说:"你们的关系是真的好,不然我与大个子谈恋爱,我爸肯定会说我的。他还是蛮支持我和大个子恋爱的,可见他对大个子的父亲也没有什么意见。"

两个人说着话,不知不觉半个小时就过去了。林生指了指不远处的一排白房子说:"那是医院,你准备上岸吧。"

吕雪芳说:"小叔,你们几点回去?"

林生朝宋会计叫道:"老宋,我们几点回去?"

宋会计坐在船舱里打瞌睡,听到叫声,他猛地抬起头,说:"叫我干啥?"

林生说:"马上要到医院码头了,我想问问你,我们什么时候回去?"

宋会计站起来说:"很快的,买好化肥就要回去,一个多小时吧。"

吕雪芳也听到了宋会计的话。林生对她说:"我们一个多小时后就回去。这样吧,如果你早,你就在医院码头等我们;如果我们早,我们就在医院码头等你,不见不散。"

吕雪芳说:"让你们等不太好吧。"

林生说:"都是自己人,不要这么说。如果我不带你回去,大个子那里我也不好说呀。"

吕雪芳说:"那宋会计……"她的话还没有说完,林生就打断她,说:"木橹在我手里,船几时走由我说了算,他也只好听我的,再说他是个好人,他不会说什么的。"

吕雪芳说:"那好,谢谢小叔。"

船到了医院码头,林生对吕雪芳说:"你站好,我先上岸,你再上岸。"吕雪芳知道他要拉住船绳,这样她上岸稳当,她摆手道:"你不用上岸的,我腿一伸就到岸上了。"

果然,她轻轻一跃,人就到了岸上。

宋会计拿起撑竿将船撑离码头,林生摇船走了。吕雪芳站在码

头目送船离开。当她转身往医院走时,突然有一个女人叫道:"雪芳,你怎么在这里呢?"

吕雪芳一眼认出了她,说:"你是桃子!"

"是呀,我是桃子。"

原来她俩是小学同学,只是吕雪芳读到五年级就不再读书了,而桃子继续读书。

吕雪芳告诉桃子,今天到医院看病。

桃子说:"我就在医院药房,你看什么病呀?"

吕雪芳脸红了,低头不说话。

桃子说:"我猜出你看什么了。"

吕雪芳问:"我看什么,你猜得出来吗?"

桃子说:"要不要我说出来?"

吕雪芳说:"好,你说。"

桃子说:"你是来看妇科病,或者是否怀孕?"

吕雪芳说:"你怎么知道呢?"

桃子说:"我猜的呀,不知道你到底是看哪个病呢。对了,医院各科室我都熟悉,你看哪科挂号后我带你去找他们。"

吕雪芳心想,这真是天大的好事。所以,她对桃子说:"我看妇科……"

桃子说:"你不会是不来月经吧?"

吕雪芳说:"我就是没来月经。"

桃子说:"你谈恋爱,有没有过那个……"

吕雪芳说:"就一次。"

桃子说:"一次和十次都是一样的,那你有可能是怀孕了,我见过这样的情况。"

两个人边走边说，不一会儿便到了医院。吕雪芳还是第一次来医院，幸亏有桃子指点，她才顺利地挂上了号。桃子领她来到妇科。

妇科办公室里有两位女医生，桃子对吕雪芳说："一个是王医生，一个是周医生，都蛮好的，你找哪一个医生看呢？"

吕雪芳说："随便。"

桃子说："那找周医生看吧，她年纪大些，经验丰富一些。"

桃子对周医生说："周医生，这是我同学，要麻烦你给她看一下。"

周医生说："行。"

桃子说了一声"谢谢"便走了，临走时她关照吕雪芳说："你看完病后可以到药房找我。"

吕雪芳说："我急着要回去，不找你了，谢谢你！"

周医生穿上白大褂就开始看病了。她拿起病历叫道："吕雪芳。"吕雪芳应了一声，走过去。

周医生示意她坐下，然后问道："哪里不舒服？"

吕雪芳说："月经没来……"

周医生说："你有没有结婚？"

吕雪芳有点难为情，话也说不出来了。周医生说："你是与男朋友偷食禁果了吧？"

吕雪芳这才点了点头。

周医生说："那去检查一下吧，看看是否怀孕了。"

很快结果出来了，吕雪芳真的怀孕了。周医生对吕雪芳说："你是要这个孩子，还是不要呢？"

吕雪芳说:"我一个人不能做主。"

周医生说:"如果不要这个孩子,现在可以打掉,你的痛苦最小,身体受到的伤害也小。"

吕雪芳说:"我知道了。"

周医生说:"不管要不要这个孩子,一两个月内都不要有性生活。记得勤换短裤,做好个人卫生工作。"

吕雪芳说:"谢谢您。"

得知怀孕,吕雪芳心情沉重起来。她怕父母知道,如果父母知道她怀孕了,那一场暴风雨肯定会来临的,或许她还会被父亲赶出家门。还有生产队的社员们,若是他们知道了,那一定会风言风语满天飞了。有道是,好事不出门,坏事传千里。

她闷闷不乐地走到医院码头,发现船还没来。

医院码头边上是石驳岸,还有几棵杨柳树。开始她靠着一棵杨柳树,但她突然看见树上有条毛毛虫,害怕极了,就远离了那棵杨柳树。她又找了一块砖头,就坐在上面,还好此时太阳躲在云层里。

吕雪芳内心十分矛盾,自己怀孕的事要不要告诉父母亲呢?如果母亲问起自己得的是什么病,那自己怎么回答呢?

她一筹莫展。

她坐在那里等了将近半个小时,船还没有出现。他们比她晚了。

她感觉有点饿了。

她知道不远处有一家大饼油条店,想到那里去买些大饼油条,因为自己搭他们的船,请他们吃大饼油条也是应该的。但她又有点担心,万一自己去买大饼油条时船来了怎么办呢?但再一想,她与小叔讲好在这里等的,走开一会儿应该没有什么问题。

她急忙向大饼油条店走去。

她走到大饼油条店,竟然看到林生也在那里,他已经买好了十根油条和十个大饼。

林生说:"你来做什么?"

吕雪芳说:"中饭时间到了,我想买点大饼油条和大家一块儿吃。"

林生说:"我买好了,你不用买了。"

吕雪芳说:"我坐你们的船,还吃你们的大饼油条,我不好意思呀!"

林生说:"你叫我小叔,我只请你吃大饼油条,还感觉自己小气呐!"

林生和吕雪芳来到了船上。宋会计这回坐在船舱里的化肥上,他看到吕雪芳,说:"小姑娘,你怎么不在医院码头等我们呢?"

吕雪芳刚想说话,林生抢先说了,他说:"我和雪芳在大饼油条店碰上的,她想买大饼油条给我们吃。"

宋会计说:"啊,是这样啊,小姑娘良心蛮好的。"

转头,宋会计又对林生说:"牛吃稻柴鸭吃谷,各人头上各人福。你侄子大个子艳福不浅。"

林生嘿嘿一笑说:"等大个子和雪芳结婚,我们好好喝几盅酒,不醉不休。"

宋会计说:"到时你哥肯定让我做账房先生,那我就没有机会喝酒。如果喝了酒,把收到的贺礼登记错了,那我就犯错误了,以后在生产队口碑就差了。"

林生说:"你中午不可以喝酒,晚上可以喝酒的。"

宋会计说:"到时看情况再说吧。"

林生指着一包大饼和油条说:"时间来不及,今天午饭就吃大饼油条,如果你吃大饼嘴干,可以捧河里水喝。"说完,他伸手抓了一根油条。

宋会计也伸手抓了一根油条。

林生咬了一口油条才想起应该先拿一根油条给吕雪芳的,脑子一时糊涂,竟然自己先抓了一根油条吃起来,此举在吕雪芳眼里或许有点不礼貌。

林生连忙指着大饼油条对吕雪芳说:"大饼油条,你想吃什么就自己拿。"

吕雪芳心想,下午还要下地劳动,中午不吃东西怎么行呢?一定得吃点东西。所以,她并不客气,也伸手抓了一根油条吃起来。

林生吃油条像龙卷风一样,一根油条很快就被他吃完了,他一个人吃了四根油条和三个大饼。宋会计吃了两根油条、两个大饼。吕雪芳胃口很好,她也吃了两根油条、一个大饼。

林生蹲下身子,伸手从河里捧水喝。

林生对吕雪芳说:"这河水干净的,吃了大饼油条再喝几口水,像吃酒水一样,心里蛮舒服的。"

吕雪芳说:"我不喝水。"

林生说:"这河水很干净的。"

他俩正说着话,有一只水泥船从他们旁边经过,只见一个中年男人站立船头在小便。吕雪芳连忙扭过头去,林生对着那只船叫道:"畜生,怎么不掉在河里淹死呢!"

本来宋会计也想捧河水喝的,见此情景,他抹了一下嘴巴,老实地坐在船舱里的化肥上。

林生到岸上解开船绳,然后纵身一跃到船头上,仍然由他摇船。因为船舱里装载了化肥,所以回去时摇船的速度比来时明显慢了很多。

还是林生一个人在摇船,宋会计坐在化肥上打盹,他永远都一副与世无争的样子。而吕雪芳坐在船艄,她低着头,好像在沉思。

是的,她想,不能让父母亲知道自己怀孕了。但纸包不住火,总有一天他们会知道,到那时可怎么办呢?

林生在摇船,回头问她:"你看病,没什么毛病吧?"

吕雪芳说:"没病。"

林生说:"那就好。人身上都有毛病,上次你婶说有点头晕,我就陪她上医院,医生说她是什么神经官能症。这毛病我们听也没听说过,后来吃了点药,现在就没事了。"

吕雪芳说:"神经官能症?我也没听说过有这种毛病。"

林生说:"一个人只要吃得下饭,干得动活,我认为就是幸福。"

吕雪芳笑了,说:"小叔,你的说法和我父母亲的一样。可我还年轻,我觉得幸福就是实现自己的梦想。"

林生也笑了笑，说："是的，我们年纪大的人和你们年轻人的幸福观总是有所不同的。你的梦想是什么呢？"

吕雪芳说："我也没有什么梦想，只想有机会跳出农门，不在田里干农活就行了。"

林生说："那你应该好好读书，不应该不读书的。"

吕雪芳说："我现在是懂了，不应该不读书的，现在我的梦想不可能实现了，只能像我父母亲一样一世种田了，唉……"她长长地叹了一口气。

这时，有只机挂船从边上突突地开过，涌起的浪花飞溅到小船上。宋会计抬起头说："唉，机挂船就是快，我早就对队长说买一只机挂船了，但他一直说过些日子买，唉……"他也长长地叹了一口气。

林生接过话茬说："机挂船是快，但我赞成队长。"

宋会计说："啊，你为什么要赞成他呢？"

林生说："买了机挂船，你上街买化肥，就不会叫我摇船了。"

宋会计笑了笑说："原来你也是一个自私的人啊！"

林生说："不能说我是自私，这是事实。"

宋会计说："你知道队长为什么不想买机挂船吗？"

林生说："我哪知道。"

宋会计说："机挂船需要柴油的，所以队长说不买机挂船。如果有了机挂船，做队长就是做冤家了，张家要借船用，李家要借船用，哪家都要借船，船借出去皆大欢喜，借不成就成了冤家。"

林生说："队长的考虑是对的，真是难做啊！"

  船回到生产队,刚好是社员们下午出工的时候。吕雪芳想一起搬化肥上岸,林生说:"你忙你的事去,不用你搬化肥。"

  吕雪芳说:"可我坐了船啊,不能白坐吧。"

  林生说:"你坐的是顺风船。化肥真的不用你搬,你搬也是白搬,没有工分,我搬化肥有工分的,你搬化肥就是抢我的工分喽。"

  现在吕雪芳听明白了,她拍拍手说:"我懂了,那我就不搬化肥了。我回家了,谢谢小叔。"

  林生也拍拍手说:"不用谢!自己人谢什么呀!"

  吕雪芳回到了家里,她看见母亲便问道:"爸呢?"

  "他扒了两碗饭就出门了,不晓得到哪里去了。"杏梅又关切地问道,"医生怎么说的?"

  吕雪芳是不想让父母亲知道自己怀孕的,所以她早想好了答案。她说:"妈,医生说,不来那也是正常的,没有什么问题。"

  杏梅松了一口气,说:"那什么原因引起的呢?"

  吕雪芳说:"医生说可能是干活累引起的,其他也没有说什么。"

  杏梅说:"你要听医生的话,我觉得医生说的话很对,这阵子你一直跟着我们在田里拔草除虫,真的累着了。那我找队长去,看有没有轻松一点的活安排你做,不然这样累下去,身体不正常,一个人就要毁掉的。"

  吕雪芳说:"妈,没有你说的那么严重。"

杏梅说:"不行,我现在就找队长去。"

吕雪芳说:"用不着找队长的,我干活时自己注意一点就行了。"

杏梅说:"不行,我得与队长讲清楚。你看小玉英,像个小会计,不用下田劳动,只是统计一下出工情况。"

吕雪芳说:"小玉英有靠山,她爸是大队长,我爸是社员,不一样啊!"

杏梅说:"大队长更要讲道理,他们应该比我们社员觉悟高吧,你说是不是?我出工去了,你下午就不要出工了,我会找队长请假的。"

吕雪芳说:"不要请假了,下午我也出工。"

杏梅说:"你下午不出工没事的,我就说医生让你休息的,这样你不出工不会扣工分的。你在家睡觉吧,你休息好,妈心里也舒服。"

吕雪芳说:"可我想找大个子说些事。"

杏梅说:"上午我看见他在罱河泥,下午不知道罱河泥船在哪里,你出工也不一定能遇见他。"

吕雪芳说:"我出工还有机会遇见他,在家待着就一点机会都没有了。"

杏梅说:"下午你在家休息,我如果遇见他就告诉他,晚上你要找他说些事,这样不是很好吗?你听妈的话,妈不会让你吃酸白酒①的。"

天气预报说下午有暴雨,所以杏梅出工的时候带上了两件雨

---

① 吃酸白酒:方言,即吃亏上当。

衣,一件她自己穿,还有一件给老公吕阿狗穿。杏梅对吕雪芳说:"家里的窗户都开着,如果下起暴雨,你要记得关窗户啊!"

吕雪芳答应待在家里了,她也答应到时关窗户。

母亲出工去了,吕雪芳一个人在家,她关上门便倒在床上睡觉,可是她有心事,怎么也睡不着。于是,她想出门走走。但村庄里的男社员、女社员都在出工,到哪里去呢?她一时也没了主意。

吕雪芳打开了家门。

这时,有一个换糖担经过,是一个半老头子。

半老头子认得吕雪芳,说:"小妹妹,今天怎么没出工呢?"

吕雪芳说:"生病了。"

半老头子说:"我有梨膏糖,包治百病。"

吕雪芳说:"你吹牛,有包治百病的糖吗?"

半老头子拿了一块梨膏糖,说:"你尝尝。"

吕雪芳轻声说:"怀孕的人能吃梨膏糖吗?"

半老头子打量了一下吕雪芳,说:"你是说你怀孕了吗?"

吕雪芳想,险些说漏了嘴,可不能说自己怀孕了,村庄里男女老少都认得这个半老头子,如果被他知道自己怀孕了,那等于告诉全世界自己怀孕了。

所以,吕雪芳断然否认自己怀孕了。她说:"我只是随便问问。"

半老头子说:"梨膏糖虽然吃起来像糖果一样,但是里面含有一些中药材,孕妇最好不要食用,还有糖尿病和高血糖患者也是不能食用的,其他人吃都没有什么问题。"

吕雪芳把那块梨膏糖还给了半老头子,说:"还给你,我不吃。"

半老头子说:"你又没怀孕,尝一下梨膏糖吧,挺好吃的。"

吕雪芳说:"吃你的梨膏糖,我就占小便宜了。"

吕雪芳把梨膏糖还回去,又说:"你等一下,我想买一包咸桃片吃。"说完,她又打开家门,取出了一元钱,问道:"咸桃片多少钱一包?"

半老头子看见她手上的几个硬币,便说:"给你两包吧。"

吕雪芳递给他硬币,他便给她两包咸桃片。半老头子说:"桃核也好吃的,你们年纪轻,牙齿好,吃到最后可以咬开桃核,里面的桃仁很好吃的。如果丢掉这个桃仁就是把这包桃片最值钱的东西浪费掉了。"

吕雪芳说:"我来试试。"

她把一片咸桃片塞到嘴巴里,叫了一声:"好咸啊!"

半老头子说:"不咸怎么叫咸桃片呢?你要吃甜的,我这里也有甜桃片呢。"

吕雪芳摆手道:"我不要甜桃片,这个咸桃片,我喜欢吃。"

她咬开了桃核,果然吃到了桃仁,说:"我吃到桃仁了,蛮好吃的。以后我就不会吐掉桃核了,我从没有发现它里面有这么美味的东西哩!"

吕雪芳在村庄里走着,她突然想起,平常大个子一直在外荡河罱河泥的,今天他会不会也在那里罱河泥呢?她希望他在那里罱河

泥，希望能在那里见到他。

她要告诉他，自己已经怀上了他的孩子。关于这个孩子，如果他要，他就要想办法留住孩子；如果不想要，那就要陪自己上医院打掉。其实，她的想法就是这么简单。

外荡河离村庄有二三公里。吕雪芳心想，外荡河再远，今天我也要去看看。所以，她就打起精神向外荡河走去。她一边走，一边朝旁边的小河望着，她知道这条小河是连着外荡河的。或许，大个子罱河泥罱满船了，那么船回来也要从这条小河里经过。

她并不知道一场暴风雨将来临。所以，她出门的时候没带一把雨伞，也没带一件雨衣。

现在她正经过一个机房，平时机房机器响着的，可今天却很安静。这时，有一个人突然从机房里走了出来，他对吕雪芳说："雪芳，你去哪里？"

他的叫声把吕雪芳叫了一跳。

她定睛一看，原来此人不是别人，正是队长。吕雪芳想溜已经来不及了，只好硬着头皮跟他说话。她说："我出来随便走走。"

队长说："你怎么不出工？"

吕雪芳说："我妈没跟你讲吗？"

队长说："我刚从大队部回来，没见到你妈。"

吕雪芳说："我妈说会对你请假的呀。"

队长说："上午你请假看病，下午你回来了就要无条件出工。"

吕雪芳说："我妈看我身体虚，所以让我休息半天。"

队长说："你看什么病的？"

吕雪芳说："我没生病，只是……"

队长说:"我被你搞糊涂了。你没生病却请假去看病,看病回来不出工,又在村庄里乱跑,你是不是脑子出了什么问题?如果脑子出了什么问题,你这个漂亮小姑娘就没人要了哈。"

队长说完哈哈大笑。

吕雪芳嘟哝着嘴巴说:"没人要就没人要,我一个人过日子不是挺好吗?再不行,我出家当尼姑去。"

队长说:"你以为出家做尼姑容易吗?想做尼姑手续很多的,第一条就是要我这个生产队队长签字,没有我签字同意就做不了尼姑。"

吕雪芳说:"做尼姑是我随便说说的,你信以为真了?"

队长说:"我以为你是小姑娘,嘴巴倒是蛮老的。不过玩笑归玩笑,你给我回去出工去,不然今天我要扣你两天工分,你自己想想清楚。"

吕雪芳很惊讶,说:"你凭什么扣我两天工分?"

队长说:"你出工时间随便乱走啊,还有你不听我的话……"

吕雪芳说:"你又不是我父母,我为什么偏要听你的话呢?"

这时,从机房里又走出了一个中年汉子。吕雪芳一眼便认出了他,此人就是机房员,是看守机房的人。机房员对着队长招手道:"队长,队长,快回来,我们继续喝酒。"

队长朝他挥手道:"没你的事。"

吕雪芳想到队长要扣自己的工分,而他上工时间却在机房喝酒,这事若被大队领导知道,他肯定也要被处分的。于是,她灵机一动对队长说:"我饭还没吃,我也要吃。"说完,她转身向机房走去。

这下队长可急了,如果她走到机房里,那自己喝酒的把柄就被她掌握了。于是,他伸手拦住她,不让她往机房里走。

吕雪芳说:"你为什么拦住我?"

队长说:"机房里有什么好看的,你走开。"

吕雪芳说:"你不是和机房员在喝酒吗?我肚皮饿,我也想吃东西。"

队长说:"我们没在喝酒。"

吕雪芳说:"刚才机房员叫你过去喝酒的。"

队长说:"你听错了,他叫我回去商量工作。"

吕雪芳说:"你让我到机房看一眼,就什么都清楚了。"

队长说:"我是队长,我不让你看你就不要看。"

吕雪芳说:"你不让我看可以,但我今天就不走了,我就在这里,如果生产队有社员经过这里,我就要大叫……"

队长说:"你叫什么?"

吕雪芳说:"我叫队长上工时在这里喝酒。"

队长说:"好男不与女斗,我不想与你争论,这样,今天我们协商一下吧,如果你走的话,我不扣你工分。如果你不走的话,就不是扣你两天的工分那么简单,我还会每天派你做重的农活。"

吕雪芳说:"这么说你承认在机房喝酒了?"

队长说:"退一步海阔天空,我已经退一步了,现在你也退一步吧,有些事情要见好就收。我劝你马上就走,这样对你对我都有好处,不然闹下去就是鱼死网破。"

吕雪芳说:"鱼死网破是什么意思?"

队长说:"就是拼个你死我活。你什么文化,这个都不懂吗?"

吕雪芳说:"你不知道吗,我是小学文化。比我妈好,她大字不识一个,她是文盲。"

队长说:"你妈是文盲,但她比你讲道理。如果是你妈,她是不会与我争吵的。唉,你爸你妈都蛮好说话的,怎么生了你这样一个倔强的女儿呢?我搞不懂了。"

吕雪芳反唇相讥:"你是队长,你怎么也有搞不懂的事呢?"

生产队里队长说了算,这个道理吕雪芳自然知道。她也不想得罪他,因为队长说了,如果不听他的话,以后就分派自己做重的农活,那可怎么办呀?所以,好汉不吃眼前亏,那自己就退一步吧。所以,最后吕雪芳表示,只要他不扣自己的工分,还有以后不故意分配给自己重的农活,现在她可以走。

队长说:"我是队长,我说过的话一诺千金,我可以拍胸脯向你保证,我一定不会扣你的工分,一定不会安排重的农活给你做,你要相信我!"

吕雪芳说:"呵,你上工时间喝酒,我怎么相信你?"

队长说:"你这个人真是牛皮糖。"

吕雪芳说:"我可不是牛皮糖,我就是我,我是吕雪芳。"说完这句话,她就转身走了。

队长站在原地,看着她一步一步走远。

队长心里想,这小丫头真是厉害,自己险些大意失荆州。如果被她看到自己在喝酒并到大队揭发自己,那自己头上队长这一顶"乌纱帽"可就不保哉。

队长回到了机房里。

机房员说:"队长,我今天有一个重大发现。"

队长不知道他要说什么,问道:"你有重大发现?"

机房员说:"我发现你好喝酒,还好一样东西。"

队长说:"你不要卖关子了,你就直接说吧。"

机房员说:"你与一个小姑娘拉拉扯扯的,说话没完没了,连喝酒都不喝了,你说你是不是很好色?"

队长拍了一下桌子说:"你不要这么说,这话传出去,被我老婆听到不好,被大队书记听到那可要追查我的问题的。"

机房员说:"那我不明白,你怎么与一个小姑娘能讲半天呢?"

队长说:"哎哟,这个小姑娘厉害得不得了,你叫了一声,她就知道我与你在机房里喝酒了。她要到机房里来,我就拦着不让她进来。如果被她看见我们在喝酒,她到大队揭发,我这个队长便没得做了。"

机房员说:"原来是这样啊,那我是错怪你了!来,喝酒。"

队长摆摆手道:"不喝酒了,喝得差不多了,我还要去田头转转。"

机房员说:"那你等一下。"机房员跑到河边,从渔网里捉了一条大花鲢,装在一只蛇皮袋子里,对队长说:"这条鱼你带回家吧,我上午捉到的。"

队长笑嘻嘻地说:"我吃了,走了还要拿,这多不好意思呀!"

天气预报是对的,暴风雨真的来了。吕雪芳想返回家里,但估

计来不及,附近的良田也不适合避雨。当然她可以返回机房躲雨,但她不想看到队长,不想看到他盛气凌人的样子。如果是那样,她宁愿被暴雨淋湿身子。

眼看暴雨就要下了,那往哪里去呢?

她看到了一座水泥桥,突然有了想法,对的,就到桥底下躲雨。她刚下到水泥桥底下,暴雨就来了。雨点打在河面上溅起一朵朵高高的水花,她感觉这场暴雨好大啊!

桥底下竟然有一堆稻柴,不知道是谁放在那里的。稻柴里竟然还有一封信,好奇心驱使她打开了这一封信。读着那封信,她的心跳加速了,原来是一位姑娘写的情书。

情书怎样写的?

"亲爱的男:你好吗?我好想你。你离开我十几天,每天我都想你,你在想我吗?那天,你吻我的时候,我难为情,我不够热情,我一直在自责,以后见到你,我会主动的,我会躺倒在你的怀抱,我闭上眼睛,任你亲,任你抚摸。

"我深深地爱着你……"

吕雪芳读了信,就像一个做了错事的孩子,内心有点局促不安,她偷窥了别人的秘密。她把信放回那里,并且用一些稻柴压住它,怕它被一阵风吹到河里。

十几分钟后,暴雨停了,于是她从水泥桥底下走了出来。

吕雪芳做了一个深呼吸。大地刚被冲洗过,空气特别清新,她看见有很多的蜻蜓在她面前飞舞,这让她想起了大个子,想起了她和大个子发生的一件事。有一天,也是雨后,吕雪芳和大个子走在一条田埂上,他俩的面前出现了很多的蜻蜓。大个子伸手捉住了一只蜻蜓,说:"小时候我在蜻蜓尾巴上插一根稻柴,蜻蜓依然会飞,要不要我找一根稻柴,给这只蜻蜓的尾巴插上?"吕雪芳摇头说:"不要伤害蜻蜓,你让它飞吧。"大个子就把那只蜻蜓放走了。也就是那个雨后,她把自己的初吻给了他,大个子对她说:"我们的爱情一生一世不变……"

于是,她继续往前走,她想找到大个子。

她在心里呼唤,亲爱的大个子,你在哪里呢?

你说奇怪不奇怪,吕雪芳这边暴雨如注,而在一公里之外的外荡河却一丝雨都没下,那里风和日丽,大个子正在那里罱河泥。这天,他已经罱了三船河泥了。生产队规定罱满四船河泥就可歇工,这个任务对于大个子来说不算太重,他每天都能提前一小时完成。

吕雪芳终于来到了外荡河,她看见外荡河里的罱河泥船有很多,那些罱河泥船都是别的生产队,甚至于别的大队的,所以她并不认得他们。她睁大眼睛寻找那个熟悉的身影,寻找她最亲爱的大个子。

大个子正在聚精会神罱河泥,他压根儿没想到吕雪芳会出现在外荡河。与大个子搭档的叫潘姊,她四十岁出头,是个勤快的农妇。此刻她在摇船,并且尽量让船保持平稳,好让大个子罱河泥顺当些。

潘姊看到了吕雪芳,但她并不能确定是不是吕雪芳。所以,她对大个子说:"岸上那个姑娘有点像雪芳唉。"

大个子拎起一包河泥,将它倒在船舱里,说:"雪芳,在哪里?"

潘姊伸出左手,指着岸上说:"你看,那个穿白衬衣的姑娘。"

大个子伸了伸脖子,突然叫道:"就是雪芳,就是雪芳!"

潘婶说:"船要靠岸吗?"

大个子说:"好的,靠岸。"因为他知道她去医院诊治了,究竟有没有怀孕呢?他也一直在等待结果。所以现在吕雪芳出现在岸上,他就想马上相见,马上得知那个结果。

潘婶就将船摇到岸边,还没等船靠岸,大个子纵身一跃已经上岸。

吕雪芳看到了他,向他走去。

大个子说:"医生怎么说?"

吕雪芳说:"有了。"

"有了,你不会骗我吧?"

"不骗你,真的有了。"

大个子伸手摸了摸她的肚子,说:"这么说,我要当爸爸啦!"

吕雪芳说:"你的意思是生下来?"

大个子不假思索地说:"当然要生下来。"

"可我们没有结婚证,大队不给生的。"吕雪芳皱眉道。

"那我们就去领结婚证。"大个子说,"我已经和爸妈商量过,他们找队长申请打证明。"

现在,吕雪芳把希望全部寄托在大个子身上了。就这样,两个人在岸上谈了十几分钟。大个子说:"今天我还要再罱一船河泥,要不你到船上吧,我可以一边罱河泥,一边和你说话的。"

吕雪芳说:"我到船上好吗?潘婶在船上,我们也不好说什么呀。"

大个子说:"潘婶是自己人,我们上船吧。"

大个子拉起吕雪芳的手,两个人一起来到了船上。吕雪芳叫了一声"潘婶",潘婶乐呵呵地对吕雪芳说:"雪芳,等你嫁给大个子,以后这个罱河泥,就是你和大个子搭档啦。"

吕雪芳说:"这个摇罱河泥船我还不会呀。"

潘婶说:"你会摇船吗?"

吕雪芳说:"摇船我会的。"

潘婶说:"你会摇船,那摇罱河泥船也应该会的,一样是摇船,不同在于这个罱河泥船要保证稳在河面上,这是一种本事。但这种本事也不难,摇过几次罱河泥船,你就会掌握的。"

吕雪芳说:"潘婶,那你现在教我学摇罱河泥船吧。"

大个子笑了,他对吕雪芳说:"你现在就想'抢班夺权'吗?"

吕雪芳对他说:"你这么说,潘婶可要生气的。"

潘婶笑道:"我哪会生气,我高兴还来不及。大个子身高马大,罱河泥有的是力气,为他摇船也要拼命一样的。"

吕雪芳说:"我知道,与大个子搭档摇船罱河泥就是一个苦活。"

潘婶说:"苦活不假,但大个子很会照顾人。他不像别的人罱一网河泥就换一个地方,就让你移动船,他会在船的四周打几回网。所以与大个子搭档也不是很累的。"

大个子说:"我知道哪里河底河泥多,一般找到那样的河底,一船河泥就可以在那里罱满的,而不用船摇来摇去,弄得罱河泥人累,摇船人更累。"

吕雪芳说:"现在我懂了,这个罱河泥和摇船,不仅需要力气,还需要配合,要有协作精神。"

现在,潘婶摇着船,吕雪芳站在旁边看着她摇船,而大个子撑着泥网在罱河泥。他将一大包河泥倒在船舱里,吕雪芳眼尖,她指着船舱里说:"啊,一只大甲鱼。"

大个子也看到了那只大甲鱼,他很兴奋,说:"我罱河泥好几年,罱到大甲鱼还是第一次。雪芳,这只大甲鱼晚上做红烧吃,让你好好补补身子。"

吕雪芳点点头,他的话让她的心房溢满幸福感。

吕雪芳心里又喜又忧。喜的是,现在她知道大个子想让她把孩子生出来,她自己也有这个意愿。忧的是,虽然他们是符合结婚条件的,但如果大队卡着不给他们开证明,她和大个子就没法领结婚证。

不过大个子今天运气好,罱河泥罱到了大甲鱼,所以他对吕雪芳说,在他家吃晚饭。吕雪芳答应了。

大个子说:"我爸妈如果知道你有了,肯定很高兴,他们肯定是想要这个孩子的。所以我想把你怀孕的事告诉他们。"

吕雪芳说:"这个你决定。"

大个子说:"现在这事不能让大队妇女主任知道,如果被她知道,她肯定会来动员你打掉这个孩子。因为我们结婚证还没办下来。"

吕雪芳说:"我也担心被大队妇女主任知道,但这个肚皮会大起来,总有一天会被生产队里的人看出来,到时候大队妇女主任也会知道,那怎么办呢?"

大个子说:"你别急,世上无难事,只怕有心人,我们总会想出一个两全其美的办法。"

吕雪芳说:"有什么两全其美的办法呢?"

大个子说:"现在还没有,我爸妈生活经验丰富,或许他们能够想出好的解决办法。"

两个人一边走,一边说,来到了大个子家。大个子家是两间低矮的平房,一间前面是厨房,后面是父母住的;还有一间是米窖和杂物堆放处,后面放了一张铺,那是大个子睡的。

大个子说:"等造房申请批复下来,我们就把这两间平房拆了,建造三间新的平房,最东面一间做我俩的新房。"他指着外面的一堆砖头说:"你看,造房的砖头都买好了,过几天去窑厂提瓦片。"

吕雪芳说:"不可以不拆这两间平房吗?"

大个子说:"不拆这个平房,大队不给建造新的平房。"

吕雪芳说:"我是想不拆这个平房,这个平房可以种蘑菇,用来增加家庭副业收入。"

大个子说:"你还会种蘑菇?"

吕雪芳说:"我会呀。"

大个子说:"你家没种过蘑菇,你怎么会种蘑菇呢?"

吕雪芳说:"我外婆家是种蘑菇的。外婆家种了两间屋子的蘑菇,她教过我怎么种蘑菇,所以我会种蘑菇,我没有骗你呀!"

39

大个子说:"你这么说,我当然相信你。我想,你会种蘑菇,我们可以在河边搭建一个草棚,草棚里能种蘑菇吗?"

"草棚最适合种蘑菇了。"吕雪芳肯定地说。

傍晚六点左右,天都黑乎乎的了,社员们才陆陆续续下工返家。此时,吕雪芳先回家向父母亲讲一声,她想在大个子家吃晚饭。如果不讲,她的父母亲肯定会找她,肯定会担心她。

大个子叫王海林。海林爸和海林妈回家看见饭桌上有一只宰杀好了的大甲鱼,很惊讶,便问这甲鱼哪里来的。

大个子说:"罱河泥罱到的。"

海林爸说:"潘婶摇船,见者有份,她有甲鱼吗?"

大个子说:"就这一只甲鱼,潘婶没有甲鱼。"

海林爸说:"那应该给潘婶半只甲鱼。"

大个子恍然大悟,说:"阿爸,你不提醒我,我还真的忘了。我只想着把甲鱼给雪芳吃,其实潘婶也应该有一份,我现在就给潘婶送半只甲鱼去。阿爸,今天我叫雪芳来吃晚饭的。"

海林爸说:"这样做就对了。"

于是,大个子用菜刀将甲鱼切成两半,他拿了半只甲鱼就出门给潘婶送去。

潘婶家在村庄西头,大个子来到她家时,她正在做晚饭。大个子说:"潘婶,这是半只甲鱼,我半只,你半只,晚饭可以做甲鱼吃了。"

潘婶说:"我不要的呀,雪芳要在你家吃晚饭,半只甲鱼不够吃的,这半只甲鱼你拿回家去。"

大个子放下半只甲鱼,说:"潘婶,罱到甲鱼是运气好,这种好运气不可以我一个人独吞,你也应该有份。"

潘婶还是说不要,可大个子放下那半只甲鱼后,头也不回地走了。

潘婶喜滋滋的,便开始做红烧甲鱼了。

大个子回去的路上,看见前面有一个穿白衬衫的姑娘,他想会不会就是吕雪芳呢?于是他三步并作两步奔跑过去,走近一看正是吕雪芳。

吕雪芳很惊讶:"你不是说在家里做晚饭吗?"

大个子说:"我爸回来说见者有份,这一只甲鱼应该分半只给潘婶,我想应该是这样的,所以我就给潘婶送去了半只甲鱼。潘婶还说你要在我家吃晚饭的,不肯收呢。"

吕雪芳说:"你爸做得对,你爸是好人,潘婶也是好人啊!"

停了下,她又说:"我怀孕的事,你跟你爸妈说了吗?"

大个子摸了摸头,说:"为了这半只甲鱼,还没有时间说这个事呐!"说完,他憨厚地一笑,吕雪芳也嘻嘻地笑了。

大个子走到家门口,就闻到了一股甲鱼肉香,他对吕雪芳说:"你闻到甲鱼肉的香味了吗?"

吕雪芳说:"闻到了,好香啊!"

大个子说:"这是野生甲鱼,比鱼塘里饲养的甲鱼营养好,你要多吃一点。"

吕雪芳说:"你罱河泥,一天很累的,应该你多吃点甲鱼,补一下身子。"

大个子说:"我喜欢吃甲鱼汤,往饭里舀一汤匙这个汤,那饭就是天底下最好吃的饭了。"

吕雪芳说:"那我也要往饭里舀一汤匙甲鱼汤。"

这时,海林爸、海林妈从东间走了出来。海林爸在灶台后面烧火,海林妈在灶头上做红烧甲鱼,这对中年夫妻为做红烧甲鱼忙里忙外。海林爸、海林妈看见吕雪芳来了,脸上均堆满了笑意。

海林爸出来转了一圈又回厨房去了,继续在灶台后面烧火。

海林妈说:"雪芳,你坐,红烧甲鱼做好了,我再做两个蔬菜,马上可以吃晚饭喽。"

吕雪芳说:"阿姨,做一个蔬菜就够了,吃晚饭我妈就做一个蔬菜。"

海林妈说:"雪芳,阿姨做的菜没你妈做的好吃,你妈可是生产队里做菜最好吃的人!"

吕雪芳说:"我妈是生产队里做菜最好吃的人?我怎么不知道这个事情呢。我觉得,我妈做的菜可能还没有我爸做的菜好吃哩。我爸最拿手的菜就是红烧肉,只是一年吃不上几顿。"

海林妈说:"你妈做的菜我吃过,你爸做的菜我没吃过,什么时候请你爸妈到我家来吃晚饭,我去买几斤猪肉,让你爸露一手,做一顿红烧肉吃,看你爸做的红烧肉是不是像你说的那么好吃。"

吕雪芳说:"那还是请阿姨和叔叔有空来我家吃晚饭,让我爸做一顿红烧肉吃,我也已经有两个多月没有吃到红烧肉了。"

海林妈说:"雪芳,你喜欢吃红烧肉吗?"

吕雪芳说:"我喜欢吃瘦的红烧肉,肥肉我不吃。"

海林妈说:"大个子最喜欢吃红烧肉,而且他喜欢吃肥肉,以后你们结婚了做红烧肉吃,瘦肉你吃,肥肉让大个子吃,这样一块红烧肉也不会浪费啊!"

这时海林爸走了出来，他拉了一把海林妈说："你只顾说话，锅里的甲鱼快烧焦了吧。"

"啊！"海林妈叫了一声，立马跑向厨房。

屋子里烟雾腾腾。海林妈拿开锅盖，一股焦味扑面而来，她知道这锅红烧甲鱼烧焦了……

海林妈埋怨海林爸道："你烧火死脑筋啊，你看把这锅甲鱼都烧焦了，还怎么吃？"

海林爸说："是你在做红烧甲鱼，我只管烧火，你把甲鱼烧焦了，还是我提醒你的，要不然这个锅都会起火了。"

两个人为了这个红烧甲鱼开始争论起来。

大个子和吕雪芳在外面也闻到了焦味，他们估计这个红烧甲鱼烧焦了。听到了东间屋子里的争吵声，大个子走了过去。海林妈对大个子说："这个红烧甲鱼烧焦了，只能丢弃了，很可惜。"

大个子一脸不悦："这么好的野生甲鱼怎么会烧焦呢？"

海林妈说："我就出来和你们说几句话，烧焦了，唉，你爸烧火烧得太旺了。"

海林爸说："你不要埋怨别人了，甲鱼烧焦你要寻找自己的原因，当然也有我烧火的原因，但不是主要原因，主要原因还是你。平常烧火你叫我停我就不烧火了，今天你叫我停了吗？你没叫我停，还是我先闻到了一股焦味……"

这时，吕雪芳也走了进来。

海林爸、海林妈便停止了争论。

大个子拉着吕雪芳的手，将她拉出厨房，对她说："这个红烧甲鱼烧焦了，不过还能吃一点，只是你想吃的甲鱼汤一点也没有了。"

如果你想吃甲鱼汤,明天我去街上买一只甲鱼,重新让我妈做红烧甲鱼,你说好不好?"

吕雪芳说:"那可不用。"

大个子说:"真的对不起,本想请你吃红烧甲鱼的,结果让你空欢喜一场。"

吕雪芳一笑,说:"吃不吃红烧甲鱼无所谓的,我们还有重要的事情商量,这才是我最为关心的。"

大个子说:"你说得对,等吃好晚饭,我来对我爸妈说,听听他们怎么说。他们是过来人,经验比我们年轻人丰富,所以我们还得多听他们的话。"

吕雪芳说:"是的,不听老人言,吃亏在眼前。"

海林妈把红烧甲鱼烧焦了,她感觉很不好意思,她对大个子和吕雪芳说:"我来宰杀一只小公鸡,做一顿红烧小公鸡吃吧。"

大个子说:"那要等多长时间啊?"

吕雪芳也连连摆手道:"不要了,不要了,再说红烧鸡,我也不是很喜欢吃。"

大个子对母亲说:"对的,雪芳不喜欢吃红烧鸡的,你就不要宰杀小公鸡了,晚饭就随便吃点什么吧。"

海林妈说:"那实在没有什么好菜吃啊。今天我真是脑子昏掉了,怎么会把好端端的红烧甲鱼烧焦了呢?"现在,她不埋怨海林爸,而是开始自责起来。

大个子说:"妈,你也不要自责,谁都有失误的时候。"

吃过晚饭后,大个子正式向父母亲摊牌了。他想征求父母亲的意见。大个子讷讷地说:"雪芳……雪芳有了。"

海林妈很是高兴,对雪芳说:"妹妹,你就搬到我家里住。"

海林爸却表示反对,说:"你让妹妹搬来住,村庄里的人就要在背后指指点点了。他们要登记结婚的证明还没下来。"

海林妈说:"妹妹住过来不住过来,这并不重要,关键是要让这个孩子生下来。"

海林爸说:"明天我再去找队长,事情已经被耽搁了。"

大个子说:"我和雪芳结婚年龄到了,但现在没有证明,不能登记结婚,急煞人哉!"

海林爸说:"是啊,我说是一件麻烦事,就是麻烦在这个地方。"

吕雪芳说:"今天我还和队长吵相骂①,他肯定记恨在心。"

大个子问:"为啥吵相骂?"

吕雪芳说:"我从医院回来后,去寻你的路上,看见队长躲起来喝酒。"

海林爸说:"那我不能去找队长了,他肯定不会高抬贵手,只会从中作梗。"

海林妈说:"那还是住在我家里,只要关上大门,妹妹不出门

---

① 吵相骂:方言,即吵架。

就行。"

海林爸说:"这个主意你也想得出来的,我家就这两间破房子,妹妹住在家里,你能保证别人不知道吗?大队和生产队首先要寻找妹妹这个人吧,如果寻不着人,就会惊动公安,那就是小洞里爬出大闸蟹了。"

吕雪芳在旁边低着头不说话。

海林爸问大个子:"你们俩怎样想呢?"

大个子对吕雪芳说:"你有想法讲给我爸妈听。"

吕雪芳对他说:"我的想法对你说过了,你说吧。"

大个子对父亲说:"阿爸,雪芳的想法和我的想法是一样的,我俩都想要这个孩子。我们知道,如果队长作梗,这个事很麻烦。但我想我们已经到了结婚年龄,我们不怕,大不了去告状。"

海林爸说:"如果队长倒打一耙,这事被大队知道了,那就脱不了身了。"

大个子说:"谁脱不了身?"

海林爸说:"谁呀,雪芳妹妹啊!大队肯定会动员妹妹去医院打掉孩子。说到天边,我们现在还没登记结婚,说不清。"

大个子说:"对的,很可能就是像阿爸说的这个样子。"

这时,有人来敲门了。

海林爸对吕雪芳说:"妹妹,你到大个子房间躲一下,不知道是谁来了。"

大个子拉着吕雪芳去了他的房间。房间里很乱,半间堆放了杂物,另半间有一张床铺,那就是大个子的床铺。

海林爸轻轻地打开了大门。

原来是邻居王婆婆。王婆婆对海林爸说:"平常你们家这时候一直敞着大门的,今天怎么这么早就关门呢?我看屋子里有灯火,就过来看看,你家不会出什么事了吧?"

海林爸松了一口气,说:"王婆婆,今天干活太累了,就想早点休息。"

王婆婆听海林爸这么说,身子就往后退了一步,说:"那我就走,不打扰你们了,你们好好睡觉。人啊,干活累点、苦点,没有关系的,只要睡觉好,明天体力就会恢复的,就是夜里睡觉要好!"

海林妈说:"王婆婆,你不进屋坐坐?"

王婆婆说:"不了,不了,一坐下来,说话就没完没了,就耽搁你们睡觉了,我就走。"她一边说,一边往后退。就这样,她走了。

王婆婆一走,海林爸马上将大门关上。

大个子和吕雪芳知道来人走了,从房间里走了出来。

海林爸说:"刚才是王婆婆来串门的,她是老邻居,不会搞什么事的。我就怕其他人来,因为有的人就是包打听,就指望着你家里出点乱子,这样就可以成为村庄里的笑谈。"

海林妈说:"不要管王婆婆了,还是商量妹妹这个事吧。"

海林爸说:"我知道的,但心急吃不了热粥。"

海林妈对海林爸说:"我倒是有一个办法,不知道你们同意不同意?"

海林爸有点不屑一顾,说:"你哪有什么好的办法。"

海林妈说:"你不要不服气,我真想出了一个好办法。"

海林爸说:"你不要吊人胃口,有什么好办法,请快点讲。"

大个子也说:"我妈像说书的,说话还卖关子。"

海林妈说:"有言在先,如果我说得不对,你们父子俩不要说我。"

这父子俩当即表态,不会说什么话的,有什么好办法尽管可以大声说出来。

海林妈说:"我想,要不买一只猪腿送给队长……"她还没说完,海林爸就说:"不行!现在事情已经这样了,他那个人,送给他猪腿等于丢进无底洞。"

海林妈对海林爸说:"那可以去找大队书记,买一只猪腿送给他,拍他马屁,只要他肯帮忙,我想这个孩子生出来应该不成问题。"

海林妈这个想法一说出来,当即遭到大个子父子俩的反对。大个子说:"不行,你去求大队书记,这不是此地无银三百两吗?本来他们不知道雪芳怀孕的,这下可好,简直是自投罗网。"

海林爸说:"一只猪腿,我做十几天农活还挣不到呐。况且,把一只猪腿送给大队书记,等于是给他通风报信,真是周郎妙计安天下,赔了夫人又折兵。"

吕雪芳笑了,说:"叔叔,文化水平很高啊!"

海林爸说:"我没读过几年书,这些话是我听说书听来的,我喜欢听苏州评弹。"

大个子说:"我爸半夜三更还在听书。"

海林爸说:"这个你瞎说。"

海林妈说:"你们父子俩在说书,还要不要商量事情了?"

海林爸说:"当然要商量,今天夜里一定要商量出一个结果,因为时间不等人,机不可失,时不再来。"

海林妈说:"要不这样,把雪芳爸妈叫过来,或者我们到雪芳家去,我们两家人坐下来商量这个事情怎么办,人多智慧多,我看只有这样做了。"

话音刚落,大个子就抢着说:"妈,雪芳不想把怀孕这个事告诉她的父母,所以她的父母到现在还不知道她怀孕。如果她父母知道她怀孕了,说不定会被气死的。"

海林妈说:"这么重要的事情为什么不对父母说呢?"

海林爸说话了,他对海林妈说:"你有你的想法,雪芳妹妹也有她的想法,她不想告诉她的父母亲,自有她的道理。"

大个子说:"雪芳说了,不得已才会对她父母说的,现在可不能说。"

海林妈说:"呵,我知道了。这个想法应该早点对我说,如果我早知道妹妹的意思,我也会支持妹妹的,不会想出这种馊主意。"

海林爸:"现在还是不要纠结你说的是对还是不对,主要还是要商量出一个办法。如何才能让这个孩子平安出生,而不被大队发现? 唉,这事真的头疼……"

大个子沉思了半天,说:"实在不行,我带雪芳远走高飞。"

听到"远走高飞"四个字,海林爸和海林妈面面相觑。海林爸说:"你俩能去哪儿呢?"

"我也没想好能去哪里。"大个子说,他的眼中满是无可奈何。

海林妈开始担心起来了,她对大个子说:"如果雪芳妹妹没有怀孕,你们到哪里,我都会放心,但现在妹妹拖着身子,没有一个安定的住处,那怎么行?"

海林爸对她说:"海林娘,你这话是对的,妹妹怀孕了,特别要注意保护身子,不能被雨水淋着,也不能吃隔夜食。"

大个子说:"我们可以去很远的地方。"

海林爸说:"那你准备去哪里呢?"

大个子知道南方有个海南岛,所以他对吕雪芳说:"要么我们去海南岛吧,那里有个天涯海角。想想大队不可能找到我们。如果那里条件真的适合我们,那我们就在那里定居。"

海林妈可急了。她说:"海南岛可太远了,我听说海上有海盗,想想都害怕。"

吕雪芳笑了,她对海林妈说:"阿姨,海南岛只有海岛女民兵,没有海盗的。"

大个子对吕雪芳说:"你行啊,都知道。"

吕雪芳对他说:"我觉得阿姨说的话对的,海南岛太远,真的到那么远的地方,你怎么过去,你得花多少钱啊?我们身上都没有什么钱,这一大笔路费从哪里来?"

海林爸说:"我也觉得海南岛太远了,而且那是一个很热的海边城市,我们这里人不适合那里的气候。你让怀孕的妹妹去那里生活,如果水土不服,你说怎么办?"

大个子说:"海南岛,我只是随便说说,我当然也想去近一点的地方。"

海林爸说:"今天就商量到这里,因为明天还要出工干活,所以夜里要睡好觉。至于雪芳妹妹去哪里,让我再想一想,我想天无绝人之路,总会想出来一个办法的。"

大个子说:"那你今天晚上睡觉时好好地想,我们都指望你了。"

海林爸说:"我会首先考虑不要去很远的地方,最好就在我们阳澄湖附近。如果你们真的去了海南岛,那等于把你们永远送走了,以后你们要回来一趟那真的可以说不容易!"

大个子接着说:"我觉得阿爸说的话思路是对了,但也很容易出现问题。如果我们去的地方不远,我们就容易被大队和生产队发现,这样我们的努力就前功尽弃了。"

海林爸没有说话,他开了大门,走出门外。

海林妈叫道:"你到哪里去?"

海林爸回头说:"我到河边洗脚。"

当晚,大个子想让吕雪芳住在他家,但她不愿意。

大个子知道她嫌弃自己住的房间很脏,所以他向她保证:"明天我就把房间里没用的东西清理出去,我一定把房间和床铺整理得干干净净,然后我再请你住在一起。"

吕雪芳想回家,大个子说:"好吧,我送你回去。"

吕雪芳说:"你早点睡觉吧,我一个人可以回家。"

大个子说:"你敢走夜路吗?"

吕雪芳说:"我敢啊。你怕走夜路吗?"

大个子说:"我这么大个子,如果我怕走夜路,说出去会被人笑话的吧。"

两个人手拉着手,走在乡间的小路上。

尽管想了很多的去处,但大个子都觉得那些地方不太合适,所以还得继续寻找一个去处。总之一句话,要找到一个大队和生产队的人找不到的地方。

快走到吕雪芳家时,她就让大个子不要送了。吕雪芳说:"你回去吧,我已经到家了。"

大个子说:"我送你不能送到半路,就应该送你到家里,这样我的心里才踏实。"

吕雪芳说:"你明天白天还是罱河泥吗?"

大个子说:"应该是罱河泥,明天早晨队长喊出工时会关照我做什么的。"

吕雪芳说:"等结婚以后,罱河泥我和你做一档,你罱河泥,我摇船。"

大个子说:"嘿嘿,你摇船,我罱河泥的劲更大了。不过,现在你怀孕了,不可以摇船的。"

吕雪芳说:"不是说我现在就要摇船,我是说等我嫁给你后,我再摇船。不过我力气小,摇船不比潘婶好的,所以你得照顾我一点。"

大个子说:"如果你摇船,我就找一根长竹子,把船固定在那里。这样我罱河泥时,你就不需要用力稳住船,就省力多了。"

吕雪芳说:"那你现在为何不用竹子固定船呢?让潘婶摇船时,也少花点力气。"

大个子说:"这个想法,还没有实际操作过,还在酝酿呢。"

看着吕雪芳,他又说:"我还要寻找一根长竹子呢。"

吕雪芳说:"我家后面有一片小竹林,那里有几根很长的竹子,你可以去砍一根竹子的呀。"

大个子说:"你家的竹子,我不可以随便去砍的啊!"

吕雪芳说:"好,你白天来我家,看中哪根竹子,我把这根竹子砍了送给你。"

吕雪芳到家了,母亲杏梅在等她回来,她问道:"阿爸呢?"

杏梅说:"刚刚睡下,要不我去叫他起来?"

吕雪芳说:"阿爸做活很辛苦的,不要叫他了吧。"

杏梅便没有去叫。

吕雪芳走到了自己的房间,杏梅跟了过去。杏梅问道:"大个子家三间新房什么时候动工建造?你爸说了,如果他们开工建造房子,他要去相帮,出一把力。"

吕雪芳说:"那个新房,听大个子说在等待大队的批复,批复下来马上就要动工的,我看到他们砖头都准备好了。万事俱备,只欠东风了。"

想了想,吕雪芳又说:"大个子家造房子,他肯定不要阿爸去做工的。"

杏梅说:"你爸说了,他们哪天建造新房,我们也哪天给你做嫁妆。所以你爸说近几天想去生产资料部买木板。不过究竟买多少木板,他还得去和木匠师傅碰个头,让木匠师傅开材料单子。"

吕雪芳说:"家具应该是大个子家做的吧。"

杏梅说:"大衣柜、床、写字台等这些家具由男方准备,像化妆台、矮柜等都是我们女方准备。"

吕雪芳说:"简单为美,不要做太多的嫁妆,他家只有三间平房。"

杏梅说:"人家姑娘有多少嫁妆,你也应该有多少嫁妆,你爸是要面子的人,他不愿意让你少一样嫁妆的。宁可自己吃萝卜干和咸菜,他也要把女儿的嫁妆打造得好好的,在村庄里不落人后。"

杏梅很关心女儿的嫁妆。她还不知道女儿怀孕的事,吕雪芳没有将怀孕的事情告诉她。

这时,吕阿狗走了过来。

杏梅和吕雪芳都十分惊讶。吕阿狗道:"你们母女俩半夜三更说话没完没了,四周邻居要有意见哉。"

杏梅说:"四周邻居听不见的。"

吕阿狗说:"夜里特别静,如果你们不说话,一根针掉在地上的声音也能听到。"

杏梅笑道:"一根针掉在地上你也能听到?你是仙人啊,神通广大!"

吕阿狗说:"我是仙人就好了,我就变一个皇宫,让你们母女俩住到皇宫里,舒舒服服的。"

杏梅说:"住到皇宫里,我哪有这种福气啊?"

吕雪芳说:"我和妈妈住到皇宫里,阿爸,那你是皇上啊!"

吕阿狗说:"阿爸不是皇上,阿爸是奴才命。"说完,他自己先笑了起来……

夜晚很长。平常吕雪芳躺到床上很快就能睡着,可今晚她却怎

么也睡不着觉。因为她感觉到，为了让这个孩子生下来，大个子已经做好准备要带着她私奔了。

那么，去哪里呢？还不知道。

所以，吕雪芳脑子里一直在想这些东西。

她无法入眠。天快亮了，队长在叫出工了。这时，杏梅在门口叫道："雪芳，起床了，准备出工。"

吕雪芳却不想出工，她还是想找大个子……

她还是起床了。

她来到母亲面前。

她对母亲说："妈，今天我不想出工。"

杏梅说："你不想出工，那刚才得叫住队长，向他请假啊，你怎么不早说呢？你身子哪里不舒服？"

吕雪芳说："医生说我月经不调，关照我休息五天的。"

杏梅说："那你的病假条呢？凭病假条可以向队长请假啊！"

吕雪芳说："没有病假条。"

杏梅说："你没病假条，想请假，队长不会同意的。"

吕雪芳不说话了，她又回到了房间里，杏梅也来到了房间里。杏梅说："你身子真的感觉不舒服的话，还是要去看医生。那这样吧，我现在就去找队长请假，说你今天还要去看医生，今天还想请假。"

吕雪芳想，不管什么理由，只要今天不出工就行。所以，她点了点头，说："好的，那你去找队长请假，就说我今天还要去看医生。"

杏梅说："唉，我像欠你的债，今世还不清了。"她转身走出房间，没走几步，又回来了，对吕雪芳说："早餐是白米粥，在锅里，你自己舀来吃吧。"

吕雪芳说:"我知道了。"

杏梅急匆匆地来到了队长家里,可队长并不在家里。队长的妻子说,他叫了出工,会到宋会计家去一次的,估计此刻在宋会计家里。

杏梅说了一声"谢谢",又来到了宋会计家,果然在这里见到了队长。

队长说:"你不出工做啥呀?"

杏梅说:"找你请假。"

队长脸一板,说:"昨天你女儿请假看病,今天你请假做什么呀?"

杏梅说:"不是我请假,仍是我女儿请假。今天她还要去看病,所以还得向你请假。"

队长说:"你女儿会不会想生小孩,怎么整天往医院跑?"

杏梅听他这么说,不乐意了,说:"队长,你年纪活在狗身上啦,我女儿还是大姑娘,哪会怀孕呢?"

队长自知说错话了。本来他是不想同意吕雪芳请假的,但因为自己说错话了,那就同意她请假算了。不过,队长关照道:"这是我最后一次同意你女儿请假,一个大姑娘一直往医院跑,总是有点说不过去。"

杏梅说:"你这么说,大姑娘都不能生病了?"

队长说:"你不要鸡蛋里挑骨头,我是说你女儿不要一直请假看病。"

杏梅说:"你这个话好像说得不太好啊!"

队长怕又说错话被她抓住辫子,便说:"大清早的,该出工的都在出工，不是辩论耍嘴皮子功夫的时候。过几天召开生产队社员大会，我倒是可以让你上台讲话的。"

杏梅说："我是小老百姓，你让我上台讲话，这不是挖苦人吗？你想看我笑话吗？"

这时宋会计走了过来，他对队长说："队长，你到屋子里来一趟，生产队有些事情我想与你商量一下。"

队长便转身向宋会计家里走去。

杏梅没有跟过去，她转身回家去了。她一到家，就对女儿说："队长同意你请假看病了。刚才他说这是最后一次同意你请假看病，我听不下去了便与他争论了一番。"

顿了一下，她接着说："因为我反驳他说的话，他便讥笑我，说过几天开生产队社员大会时叫我上台讲话，对此我心里不舒服，便又说了他几句。"

吕雪芳说："妈，这点我倒是支持队长。他让你在生产队社员大会上讲话，并不是讥笑你，我看应该是看得起你。"

杏梅想了想说："听你这么说，是我不对了，我有点错怪他了？"

吕雪芳说："应该是错怪他了。"

杏梅又想了想，说："队长也是个粗人，错怪他就错怪他吧，他错怪的事情也多的，谁不晓得他是什么样的人！"

吕雪芳说："妈，出工时间过了，你怎么还不出工？"

杏梅反应过来："哎哟，光顾着与你说话，我忘记出工了，这下又要被队长说了。"

吕雪芳说："这下队长说你就说你了，你不要再和他作对了。你要做好思想准备。"

杏梅说:"你怎么一下子变得这么会说话了? 现在我不与你说话了,我出工去了,你……"她拿起一把铁铬朝地里走去,后面的话吕雪芳都没听清。

杏梅出工晚了,但没有被队长看到,所以也就没有受到队长的当面批评。不过,杏梅心里还是发虚的,因为她出工晚这件事总有人会上报队长的,所以队长迟早会找她谈话的,当然也会按规章扣她的工分。

吕雪芳哪里是请假看病,她是找大个子去了。她有一种感觉,她怀孕的事很快会被生产队里的人知道,很快会在村庄里传开。到时大队妇女主任和民兵都会找上门,她就插翅难飞了,她会被他们拉到医院打掉孩子。

吕雪芳想想就不寒而栗。

吕雪芳一边走一边朝四周张望,她有警觉心,她要避开队长的视线,不然被他看见,那请假看病的谎言就戳破了。她知道大个子仍在外荡河罱河泥,所以她一口气跑到了外荡河。在很多条罱河泥的船中,她很快便找到了大个子的那只船。

摇船的潘婶看到了吕雪芳,她对大个子说:"雪芳在岸上叫你。"

大个子以为潘婶在开玩笑,所以他只顾罱河泥,并没有朝岸上看一眼。

潘婶又提高嗓门道:"大个子,岸上那个小姑娘真的是雪芳,我眼睛很好,不会看错人的。你收一下罱泥包,我摇船靠岸。"

大个子这才放下罱泥包,抬头向岸上望去,他嘿嘿一笑说:"真是她。"又自言自语:"她今天怎么不出工,来这里做什么呢?"

潘婶将船摇到了岸边。

吕雪芳一跃就跳到了船头上。

大个子就站在船头上,问:"你怎么不出工?"

吕雪芳说:"哪有心思出工。"

潘婶并不知道吕雪芳怀孕的事,而大个子并不想让她知道,因为多一个人知道便多一份风险。大个子是这样想的,吕雪芳也是这样想的。

大个子说:"那你来找我有事吗?"

吕雪芳朝四周看了看,伸长脖子,嘴巴凑到大个子的耳边轻声说:"我妈帮我向队长请假说我去看病,我找你就是想知道,我们真的要出走吗?"

大个子点了点头,并没有说话。

吕雪芳的嘴巴又凑近他的耳朵说:"夜长梦多,如果要走,我们要当机立断,这两天一定要走了。不然被大队妇女主任知道我怀孕了,到时我要想走,恐怕也走不了啦。"

大个子这才说了话,他说:"今天我还是要完成罱河泥这个指标。你马上去准备衣物,我们说走就要走的。"

潘婶摇着船,哼唱着小调,至于大个子和吕雪芳他俩在说什么,她都没有听……

大个子对吕雪芳说:"在这个节骨眼上,你不应该来罱河泥船上了。有道是家眼不见野眼见,倘若队长看见你在我的罱河泥船上,他一定会大做文章的,这样对你我一点好处都没有。"

吕雪芳说:"因为我想知道你的真实想法。"

大个子说:"那我现在送你上岸,你回家去。"

吕雪芳说:"可以。"

大个子说:"那你快走。倘若队长看见你不出工,却来我的罱河泥船上,你有一百张嘴巴也讲不清楚啊!"

吕雪芳点点头。大个子又说:"今天傍晚你到我家里来。"

于是,大个子叫潘婶将船摇到岸边。大个子先跳到岸上,然后他伸手拉着她的手,将她拉到了岸上。大个子对她说:"今天你什么地方也不要去了,现在就回家去,好好在家里待着,但不要让别人看见你在家里。"

吕雪芳说:"可是我心里很乱。"

大个子说:"你不要乱想,我对你说过了,这几天我俩就走。我爸在准备船了,我爸说了,摇船走最安全。如果坐车很容易被大队那帮人追上,而水路四通八达,即使他们发现我们走了,他们也不会知道我们往哪里走了的。"

吕雪芳说:"你爸好英明啊!"

大个子说:"如果我爸找到船,那我们这两天肯定走,因为多待在家里一天,风险便会增加一分。"

吕雪芳说:"我害怕!"

大个子说:"你不用害怕,有我呢!"他朝四周看了看,又说:"这里不是你久留之地,你快回家吧。我争取早点罱满四船河泥,早点收工到家,那你傍晚可以早点来我家。"

吕雪芳说:"好的,我听你的!"

大个子又回到了船上,潘婶使劲摇船,那船便离了岸边向河中央漂去。

吕雪芳不时回头看看那只罱河泥船。

"你快回家吧。"大个子的这句话在她的脑海里回响着……

吕雪芳低头快步向家的方向走去。

她最怕在路上遇到队长。她对自己说,如果在路上遇到队长,那就对他说,已经从医院看病回来了。如果队长让自己出工,那只好出工去。她还对自己说,识时务者为俊杰。特别是这个时候,一定要听队长的话,即使不想听队长的话,也要做出愿意听他话的样子。

其实,她真是想多了,在回家的路上,她并没有遇见队长。她一到家,就迅速将大门关上,然后靠着那门,喘息着……

中午十一点左右,杏梅和吕阿狗回家吃午饭。杏梅打开大门,就知道女儿在家,于是她便推开了西间的房门。吕雪芳和衣躺在床铺上,她不知道父母亲回来了,以为是别人进房间来了,吓了一跳。

杏梅对她说:"你在家啊,你中午想吃点啥?"

吕雪芳说:"我不想吃饭。"

杏梅说:"那我煮两个水煮蛋给你吃。"

吕雪芳说:"我也不想吃。"

杏梅说:"你不吃东西,身体真的要生毛病的。再不想吃,也要吃点东西下去。"

杏梅和吕阿狗吃了冷饭(早晨便做好的午饭),给女儿做了两个水煮蛋。杏梅将水煮蛋端到了女儿的床头,吕雪芳看到水煮蛋上面飘着几片葱花,有了些食欲。她便下床,将两个水煮蛋吃了。

杏梅又来到了房间,看到碗里的水煮蛋没了,她非常高兴。她对吕雪芳说:"两个水煮蛋应该没吃饱吧?"

吕雪芳说:"饱了。"

杏梅说:"如果你饿了,还有几只鸡蛋,你自己做水煮蛋吃。"

吕雪芳说:"我知道了。"

这时,吕阿狗也走进了房间,他对吕雪芳说:"今天你就在家里吃晚饭吧,下工时我到渔船上去买一条大点的鱼,好好给你补补身子。"

吕雪芳说:"阿爸,我不在家里吃晚饭。"

吕阿狗说:"你又要去大个子家吃晚饭?你天天往他家跑,可能会被村上人说三道四的,要注意名声。"

吕雪芳说:"阿爸,你这个说法有问题。我到大个子家吃晚饭,即使天天去吃,又有什么关系呢?"

吕阿狗往后退了一步,说:"我是提醒你一声,你是女孩子,心不要太野。"

杏梅将吕阿狗推出房间,说:"女儿身子不舒服,你还要说她。"

吕阿狗拿了农具出工了。

杏梅对吕雪芳说:"下午你好好在家休息,不要出门了。不然被队长看见,他会叫你出工的。你若不出工,不听他的话,他要扣你工分了。"

吕雪芳说:"他敢扣我工分,我就到大队检举他上工时间喝酒。"

杏梅说:"他在哪里喝酒?"

吕雪芳说:"在机房里,与机房员一块儿喝酒的,我亲眼所见。"

不过吕雪芳现在心里又想,与队长顶撞,对自己一点好处也没有。"

这天,海林爸和海林妈摇船去阳澄湖里耙水草。海林妈的娘家在阳澄湖东,这里的人大都靠阳澄湖谋生,所以家家户户有船,有的人家还有几条船。

海林爸就是想到阳澄湖东借一条船。

海林爸和海林妈在阳澄湖里耙水草,为了赶时间,海林爸比平时卖力,平时一船水草要耙到下午两点,而现在一个上午就耙满一船水草了。

这里交代一下,海林妈有三个哥哥,都是"靠水吃水"的渔民。

海林妈说:"走,找二哥去。"她与二哥关系最好。二哥是民兵队长,阳澄湖东的渔船都归他管,所以他在阳澄湖东也是一个有点影响力的人物。

于是,夫妻俩摇船来到了阳澄湖东。

二哥和二嫂刚准备吃午饭,看见海林爸和海林妈非常高兴。

二哥对二嫂说:"你马上淘米,再做一锅米饭,我和海林爸先喝酒。"

桌子上摆着四个菜,一碗红烧肉、一碗红烧鱼、一碗青菜,还有一盆咸鸭蛋。

海林爸说:"二哥,今天的菜很丰富啊!"

二哥说:"今天是你二嫂生日,你们赶巧了。来吧,我们哥俩好好喝一盅,好长时间没在一块儿喝酒了,今天好好喝酒,为你二嫂庆生。"

海林妈说:"哎哟,二嫂生日,我们却空手上门,真的难为情。"

二哥说:"妹子,你跟二哥还说这种客气话。说实话,二哥现在的经济条件比你们好多了。你们做田里活,挣死工分,只能混饱一张肚皮,我们却不一样,我们每天可以下河捕鱼捉虾呢。这个阳澄湖真的是聚宝盆啊,让我们渔民真的翻身得解放哉。"

二嫂又从一只缸里翻出一只鸭子,说:"这是野鸭,你二哥本来就想找机会送给你们的,现在你们上我家来了,那我马上煮来吃。"

海林妈说:"二嫂,菜已经很多了,这个野鸭就不要煮了。"

二哥对海林妈说:"妹妹,你过来吃点菜,让你二嫂慢慢炖野鸭。"

二嫂也劝海林妈去桌子上吃菜。她将野鸭洗净,放进一只铝锅里煮。煤炉火势很旺,煮野鸭的水开了,整个屋子里弥漫着野鸭的香味。

二哥是个有心人,他对二嫂说:"这只野鸭,你切半只就够了,其余半只让妹妹带走,既然来了,不能空手回去。"

"好的,好的。"二嫂答应得很爽快。

很快，半只野鸭端上来了。

二哥拉下一只鸭腿递给海林爸，说："鸭腿你吃，你耙水草一天要用掉不少力气。"

海林爸说："耙水草是需要力气，但我已经习惯了，也不觉得累。"

二哥说："以后来阳澄湖耙水草，就到阳澄湖东来，我请你喝酒吃肉。"

海林爸说："二哥，你有机会与二嫂也到我们那里走走，我家里老酒也是有的，就是老酒没有你的好。我喝的老酒是粮食白酒，这种白酒便宜，但蛮好喝的。"

二哥说："我对酒没有什么讲究，只要是酒都可以的。"

酒过三巡，海林爸觉得机会来了，应该把自己来阳澄湖东的所求和盘托出了。他对二哥说："我和海林妈来阳澄湖东是有一事想请二哥帮忙，不知道二哥愿意不愿意？"

二哥一愣，以为他是来借钱的。他想，如果真是借钱，那不借不行，毕竟是自己的亲妹；但要借的多，也不行，自己有一家老小，各方面都需要花钱。

二哥说："只要二哥有的。"

海林爸说："我想来借一只船，小木船或者水泥船都可以。"

二哥说："你借船派什么用场？"

海林爸指着海林妈说："让你妹妹对你讲。"

二哥是个心急人，他对海林妈说："妹妹，你讲，我在听。"

海林妈说："二哥，你外甥要一只船，因为你外甥媳妇肚皮里有了，你外甥想要这个孩子。但你知道的，他们还没结婚登记，现在又提倡晚婚晚育，所以你外甥想带你外甥媳妇离家出去先躲躲，所以需要借一只船。"

二哥一听此话,兴奋地拍了一下桌子,说:"外甥有本事的,我一直望着吃外甥的喜酒,现在看来这个喜酒和小孩满月酒要一块儿吃了。"

海林爸说:"是的,是的。"

二哥说:"船没有问题,我刚打了一只新的小木船,外甥结婚我就送这一只船可好?"

海林妈说:"啊,一只船要很多钱吧?"

二哥说:"几百块钱。"

海林妈说:"几百块钱?我们全家人几年不吃不喝也挣不到那么多钱啊!"

二哥说:"自己人,不谈钱。"

海林妈说:"那我们也不说客气话了,这只船我们先收下,谢谢二哥和二嫂。"

最后,他们约定,将大个子和吕雪芳送到阳澄湖东,然后他俩自行寻找落脚处……

海林爸和海林妈从阳澄湖东满载而归,海林爸摇船的劲更大了。

当天晚上,大队妇女主任苏根妹突然来到了吕阿狗家。

苏主任问道:"你女儿呢?"

杏梅说:"在外面玩。"

苏主任:"把她叫回来,我有话问她。"

杏梅说:"她有什么问题,你能不能先对我说呢?"

苏主任说:"有些事情需要当面问你女儿才清楚,所以你问我你女儿有什么问题,我与你也说不清楚。"

杏梅知道女儿去了大个子家,但她没有实说。她说:"我也不知道她去哪里了。"

苏主任这才告诉她:"你女儿怀孕了,现在公社妇联都知道此事了。所以这两天一定要把这个孩子打掉,确保计划生育工作落到实处。"

杏梅不相信女儿怀孕了。她说:"苏主任啊,我天天和女儿生活在一起,也不知道她怀孕了,你怎么会知道我女儿怀孕了呢?这个我就搞不懂了。"

苏主任说:"你女儿有没有去过公社医院看过妇科?"

杏梅说:"有过的。"

苏主任说:"这就对了。凡是到妇科看过的都有记录,尤其是怀孕的更是要仔细记录。现在,公社妇联就在过问这件事。"

杏梅说:"不可能啊,女儿看病回来,我问过她的,她说是月经不调,没有说她怀孕啊!"

苏主任说:"现在我明确地告诉你,你女儿已经怀孕了。所以你马上把她找回来,看这个事怎么解决。如果你答应明天就去做掉这个孩子,你女儿未婚先孕这事就不会被其他人知道。如果这事拖着不办,那全大队、全公社的人都会知道的。"

杏梅抹了抹眼睛，说："你说我女儿怀孕，让我怎么相信呢？"

苏主任说："我不与你争，没必要。现在你去把你女儿叫回来，她有没有怀孕不是一清二楚了吗？如果确认你女儿没有怀孕，我会向上级汇报，及时纠正这个错误说法。"

看来是躲得过初一，躲不过十五了。

杏梅说："我女儿应该在大个子家，那我现在就去叫她回家。"

苏主任是个经验丰富的妇女干部，她怕打草惊蛇，于是说："我和你一块儿去大个子家，省得你来回跑。"

杏梅心里自是十分恼火，女儿怀孕了却对她只字未提，让她一点准备都没有。如果自己预先知道女儿怀孕，那就可以早想对策，不会像现在这样措手不及。

杏梅和苏主任来到了大个子家。

杏梅在门外叫道："我是杏梅，快开门。"

海林妈从门缝里向外张望，她看到了杏梅，还看到了苏主任，她惊诧万分。大队妇女主任这么晚来做啥呢？对了，她肯定是来找吕雪芳的，肯定是要叫吕雪芳去打掉肚子里的孩子。

海林妈并没有开门。她说："大个子，你领雪芳妹妹从后门出去，到外面躲一会儿。"

大个子说："谁来啦？"

海林妈说:"是雪芳妹妹的娘来了,还有大队妇女主任。"

这下,大个子和吕雪芳都慌了神。大个子明白,吕雪芳怀孕之事肯定被大队知道了,这回大队妇女主任上门来肯定是摸底的,恐怕吕雪芳难逃一劫。

对的,走为上策。

大个子牵着吕雪芳的手,从后门溜了出去。

然后,海林妈把后门关上了。

海林妈不慌不忙地打开了大门。

杏梅说:"阿姐,雪芳在吗?"因为海林妈比杏梅年长一岁,故杏梅叫海林妈为阿姐。

海林妈说:"哎哟,是你呀,快进屋坐坐。"

苏主任说:"我可以进去坐坐吗?"

海林妈说:"苏主任,你也不是外人,你进来坐啊!"

苏主任说:"吕雪芳在房间里吗?你把她叫出来,我有事情需要问问她。"

海林妈说:"哎哟,她和大个子吃过晚饭就出门去了,也不知道去哪里了,真的,她不在屋子里。"

海林妈拉着苏主任看了房间,果然别无他人。

苏主任说:"现在直说了吧,吕雪芳已经怀孕了。没有登记结婚,按目前大队的政策,这个小孩可不能生出来。所以趁现在月份还小,趁早打掉吧,不然孩子大点,那孕妇就会吃大苦头的。"

海林妈假装不知情,对苏主任说:"他俩又没住在一块儿,怎么会怀孕呢?这个你可不能乱说。"

苏主任说:"这是公社妇联追查下来的,是一个很严重的事件，必须尽快解决。明天上午我就要向公社妇联汇报此事，所以时间很紧张。"

苏主任看了看他们，又说："你们无论如何，也要把吕雪芳找回来！"

海林爸插话了，他说："我儿子和雪芳年龄都到了，怎么不给生孩子呢？我们已经申请打证明，但现在证明……"

苏主任显然有点不耐烦了，手一挥说："现在没有工夫与你讲这些东西。现在最重要的是把吕雪芳找到，我要确认她是否怀孕，因为明天上午我要向公社妇联汇报，这可不是开玩笑的。"

海林妈对海林爸说："你少说几句吧，我们现在就出去找人。"

海林爸说："你们出去找，我不去找。"

苏主任说："你对待这件事情的态度很不好，如果你不配合我的工作，我会向大队反映你的问题，大队会处理你的。"

海林爸一听她的话，脾气就上来了，他说："我本身就是农民，随便大队处理我好了，有本事你们送我去西山农场。"

海林妈拉了他一把说："叫你不要说话，你偏偏不听，你想把这件事情搞大吗？"

海林爸转身打开后门，走了出去。

苏主任说："刚才吕雪芳肯定在这里，她是不是从后门走的？"

这下海林妈急了，她说："不是的，不是的，后门口都是狗屎，脚踏不下的。不相信的话你从后门走出去试试。"

苏主任听说后门有狗屎，她也就止步了。

海林妈顺手把后门关上了。

苏主任说："大家分头去找吕雪芳，看到她叫她到这里来，我有重要事情询问她。"

　　杏梅跟着海林妈,她悄悄地问道:"我女儿真的怀孕了吗?"

　　海林妈说:"我也是刚刚才知道。"

　　杏梅说:"你听谁说的?"

　　海林妈说:"我刚才听大队妇女主任说的呀。"

　　杏梅说:"如果我女儿真的怀孕了,肯定会被她爸打断一条腿的。"

　　海林妈说:"为什么要打断她的腿呀?"

　　杏梅说:"因为她败坏了吕家的名誉。"

　　海林妈说:"你女儿与我儿子谈对象,不小心有了孩子,这算哪门子败坏你吕家名誉啦!我对你说,你闺女是怀孕了,是我们王家的儿媳妇了,你试试看,谁敢动她一根汗毛?"

　　其实,杏梅也只是说说而已,倘若吕阿狗动手打女儿,她一定会挺身而出护着女儿的,女儿可是娘心头的一块肉呀!杏梅想,吕阿狗知道女儿怀孕了的话,一定会被气得半死。

　　大个子和吕雪芳并没有走远,他俩就在离后门十几米远的地方。

　　他们靠着一棵大树坐着,坐着坐着吕雪芳便倒在他的怀里了。

　　大个子说:"你怀孕的事已经被大队知道了,我估计明天大队妇女主任就会带着几个民兵上你家去。"

　　吕雪芳说:"上我家做什么?"

　　大个子说:"动员你去医院打掉孩子。"

　　吕雪芳说:"我不去呢?"

　　大个子说:"你不去,总有办法让你去。"

吕雪芳说："有什么办法？"

大个子说："民兵就拖着你去医院。"

吕雪芳说："这是真的吗？"

大个子说："当然是真的。"

吕雪芳说："你怎么知道呢？"

大个子说："你忘记了吗？我也是民兵，我也做过这种事。不过现在轮到我，我就后悔了，后悔不应该参与这种事。以后有这种事我是不愿意参加了。"

两人坐在那里小声地说着话。大个子说："现在我们有家不能回，不知道大队妇女主任什么时候走？"

吕雪芳说："你要不要过去看看？"

大个子说："现在家里灯亮着，那说明大队妇女主任肯定还没走。如果她走了，家里电灯肯定会关的。我知道我妈会这样做的。"

吕雪芳说："你的意思是，大队妇女主任走了，你妈就会关电灯，用关电灯的方式提醒我们大队妇女主任走了。"

大个子说："是的，就是这个意思。"

吕雪芳说："我倒要看看你说的对不对。有人说母子连心，如果你说对了，我就相信这句话了。"

大个子说："我相信母子连心，所以我会誓死保护好我们的孩子，不让他受到一点伤害。"

吕雪芳抱住他，说："天涯海角，我永远跟着你。"

老实说，这个时候大个子和吕雪芳还没有立刻出走的念头，他们还想再等几天，看看情势，再做定论。

因为大个子和吕雪芳是从后门走的,杏梅觉得他俩应该就待在后门不远的地方,所以她故意不到后门附近找他俩,而是在村庄里转悠。

找了半天,也没有找到他俩。

很快,海林妈和杏梅回来了。此时苏主任已经等得有点不耐烦了。她说:"村庄就那么大,难道他俩像神仙一样来无影去无踪吗?"

海林妈说:"整个村庄我们都找遍了,都说没有见过他们,不知道他们去哪里了。"

苏主任说:"我跟你们说过了,今天不找到吕雪芳,明天这个事情性质就变了。明天大队民兵就要参与这个事情了。我是念在大家都是邻居的情分上,今天先来摸摸底的,想着能够私下解决就私下解决。谁知道这个怀孕的女同志却找不到了,你们说这气不气人啊!"

海林妈说:"你不要急,说不定不一会儿,他俩就回家来了。"

苏主任说:"时间不早了,你们明天还都要出工,我先回家了。这样吧,他俩肯定要上宿①,明天一早我再过来找吧,现在无头无绪的……"

海林妈心想,让苏主任离开,此事就有了缓冲时间,一家人可以坐下来研究对策。所以,她对苏主任说:"你说得对,他俩肯定会回来睡觉的,明天早晨你过来应该能够见到他们。"

苏主任说:"这种事情搞得我精疲力竭了。那我走了,明天早晨

---

① 上宿:方言,即回家。

我会来的。"

海林妈说:"那你走好!明天早晨见!"

苏主任走了。走了几步,她突然回转身,说:"对了,明天早晨我到哪里见吕雪芳呢?"

海林妈说:"对的,雪芳妹妹还没有住在我家,你应该到她家才能见到她。"

杏梅说:"苏主任,明天早晨你来我家吧,我保证让你见到她。她真是把我们吕家的脸面都丢光了,也给你们添了很多麻烦,真的很对不起啊!"

苏主任说:"不要说什么对不起,把你女儿肚子里的孩子打掉,这个问题就解决了。"

杏梅说:"好的,我和吕阿狗会支持大队工作的,请你放心!"

苏主任说:"有你这句话,我就放心了。那么我走了。唉,今天没找到当事人,总感觉魂灵像是不在自己身上一样……"

大个子说得没错,苏主任一走,他家的电灯就关了。

大个子说:"我家的电灯关了,我们回家吧。"

吕雪芳说:"我不想住在你家,你送我回家吧。我不回家,爸妈要心急的呀。"

大个子说:"这么晚了,你回家去,我估计你爸妈不会给你好脸色看的。"

吕雪芳说:"我还是想回去,我爸妈一定还没有睡觉,他们肯定在等我回家哩!"

大个子说:"那你先到我家,听听我父母的意见,然后再决定要不要回家。"

吕雪芳点点头。

大个子家虽说电灯不亮了,但大门却没上锁,海林妈和海林爸一直在等他俩回家。海林爸对海林妈说:"明天苏主任叫民兵来了,肯定把我家儿媳妇带到医院,这样这个小孩就要被打掉了。所以我想等儿子回来,让他整理一下东西,我摇船直接送他们到阳澄湖东。"

海林妈说:"事态是严重了,今天不走,明天儿媳妇就走不了啦!"

最后,夫妻俩一致决定,今晚就让大个子小夫妻俩离家。为了保护肚子里的孩子,这一家人豁出去了。

此时,大个子和吕雪芳回到了家里。

大个子想拉亮电灯,这时海林妈说:"大个子,你回来啦,雪芳妹妹来了吗?"

大个子说:"一块儿回来的。怎么不开电灯?"

海林妈说:"你不要拉电灯,外面有人!"

海林妈便把大队苏主任来的事情,以及苏主任讲过的话都原封不动地讲了一遍。大个子和吕雪芳听了,顿时紧张起来。

海林爸对大个子说:"现在只有一个办法了。那就是现在就走,不然天亮了,再想走就走不了啦。"

大个子对吕雪芳说:"我们现在走,你有问题吗?"

吕雪芳想了想说:"我一件换洗衣服也没有呀,所以我想回家一趟,拿些换洗衣服和日用品。"

大个子说:"你回家去,那你有可能就出不来了,万一你父母亲拉住你,不让你走,你怎么办?"

吕雪芳说:"那我没有换洗衣服怎么办呀?"

大个子说:"我们到了外地可以到商店去买。"

吕雪芳说:"好吧,那我就不用回家了。"

大个子家漆黑一团,而屋子里一家人却围坐在一块儿商量着,最后全家做出了一个重要决定——即刻摇船送大个子和吕雪芳出走。由海林爸摇船先送两人到阳澄湖东取船,然后他俩摇船去哪里,就由他俩自己决定了。

海林妈也想一块儿去,海林爸说:"你就待在家里,万一大队妇女主任来到家里,发现家里一个人也没有,她肯定会起疑心,认定是我们送儿子和儿媳妇走的,那事态就更严重了……"

海林妈说:"可我舍不得儿子小两口走啊。"

大个子对母亲说:"妈,你放心,我和雪芳会找到生活的地方的。到时我们住下来后,我会写信告诉你们的。"

海林妈说:"好的,那你们在外面找到地方了,一定要写信回来啊!"

海林爸说:"可千万不要写信,万一这个信落到大队干部手里,那就是自投罗网了。"

大个子说:"阿爸说得对,这个问题我倒是没有想到。"

海林妈对大个子说:"这个你爸考虑周全,我没有考虑到,所以儿啊你还是不要写信回来。"

大个子说:"到时我再想其他办法吧,反正我会让你们知道我俩落脚的地方。"

海林爸对大个子说:"今晚不睡觉了,你整理一下需要带哪些东西,马上将那些东西打包,我摇船送你们到阳澄湖东。我与你二舅已讲好,他要送给你一只小木船。"

大个子说:"二舅送我一只小木船,不可能吧?"

海林爸说:"是真的,而且还是一只新船。"

大个子说:"那很好,有了船,我和雪芳就不想走远了。"

海林爸说:"你设想到哪里去?"

大个子说:"倘若没有船,我想到浙江山里去躲藏。现在自己有了船,那就在阳澄湖里某个小岛上躲藏一下吧。"

海林爸说:"你二舅对阳澄湖比我熟悉,你想到哪个小岛可以听听他的建议。"

大个子说:"我会的。"

大个子到房间整理东西了,吕雪芳也跟进去帮大个子整理衣服。吕雪芳说:"我爸妈知道我与你私奔,不知道会气成什么样子。"

大个子说:"我们不是成心欺骗他们,而是情况紧急,实在被逼得没有法子了,只能这样先躲一躲。"

吕雪芳说:"我想哭。"

大个子说:"现在不是哭的时候,等到了荒岛上,你想哭,就尽情地哭吧!"

吕雪芳说:"你会笑我吗?"

大个子说:"你哭,我陪你哭,但我们哭过了,就要抬起头,就要向前走,不被困难吓倒。"

早晨六时半,苏主任就出现在大个子家门口,她见大门开着,就在门口叫道:"有人吗?"

海林妈正在房间扫地,听到叫声就跑了出来。

苏主任说:"你未过门的儿媳妇在你家吗?"

海林妈说:"哎哟,主任啊,昨晚不是对你说过,小姑娘还没有出嫁,她还没有住到我家哩!"

苏主任拍了一下自己的脑袋:"到了这里我才想起来她不住这里的,那好,我现在到吕阿狗家去。对了,你儿子在家吗?"

海林妈说:"哎哟,昨晚他没有回家,可能他也住在丈人家里了吧。"

苏主任说:"那行,我现在就去吕阿狗家。"

她急匆匆地赶到吕阿狗家。只听见屋子里有摔碗声,还有争吵声,她从窗户里望进去,只见吕阿狗和杏梅扭打在一起,厨房地面上都是碎碗片。

苏主任便冲了进去,说:"你俩做啥?"

吕阿狗看见苏主任便松手了,而杏梅还死死拉住他的衣服不放。见此,苏主任说:"你男人让你了,你松手。马上要出工了,你俩还打架,不累吗?"

杏梅说:"苏主任,你给评评理。女儿一夜没回家,他一早起来就怪我,说我几句也就算了,他竟然把橱里的碗全部砸光了,这叫一家人拿什么吃饭呢?"

苏主任对她说:"他砸东西肯定不对,但你先放手,你听我的话。我一早来不是看你们打架的,我是来寻你们女儿的。她怀孕了,等会儿大队民兵营长会带几个民兵过来,直接拉你女儿去医院。"

"啊,我的命怎么这样苦啊!"杏梅松手了,她一屁股坐在地上大哭大叫。

吕阿狗理了理衣服,对苏主任说:"你说民兵营长要带民兵过来?我告诉你,我女儿一夜没归,她要是有个三长两短,我第一个就要找你拼命。"

苏主任说:"阿狗同志,你女儿没有结婚就怀孕,我作为大队妇女主任,寻找你女儿,让她打掉孩子,这是我的工作,我有什么错?告诉你,你找我拼命,我不怕你,我做一天大队妇女主任,我就要负责一天。"

吕阿狗高声问道:"我女儿已经符合结婚条件,现在办证都来得及!凭什么不能给她办结婚证?"

苏主任说:"那总归要先把你女儿叫出来。"

吕阿狗说:"她一夜没归,你叫我到哪里叫呢?"

杏梅不哭了,她起身对苏主任说:"我女儿昨晚住在大个子家,你去他家找吧。"

苏主任说:"你胡说八道,我刚从大个子家过来,他们说这小两口住在你家。"

◇◇◇ 澄湖三叠

杏梅伸手拉了拉苏主任，说："你来看房间，我女儿真的没有回家住。刚才我与男人打架就是因为他埋怨我，说女儿都是我宠坏的……"

这下，苏主任的脑袋"嗡嗡"地叫了。她愤怒，焦虑……

眨眼间，杏梅家来了好几个民兵。

大队民兵营长对苏主任说："先把这对夫妻送到大队部问问情况，说不定他们知道自己女儿的下落。"

苏主任说："只能这样了。"

民兵营长对吕阿狗说："你老实点，跟我去大队部。"

吕阿狗说："你们要讲讲道理，女儿怀孕我不知道，她到哪里去我更不知道，你们叫我去大队部，这不是无理取闹吗？"

民兵营长说："我们是执行命令，你才是无理取闹，废话少说，马上跟我们走。"

吕阿狗不想走，他干脆坐在自家门槛上。

民兵营长示意几个民兵，拉他去大队部。

吕阿狗说："你们谁敢拉我？"

民兵营长说："你女儿未婚先孕，你竟然还有理了！到大队部去！"

几个民兵一拥而上，推拉着吕阿狗和杏梅向大队部走去。

到了大队部，苏主任对民兵营长说："这两个人怎么处理？"

民兵营长说："你去对他们说，如果他们女儿现在过来，现在就放他们回去；如果他们女儿不来，那他们就一直待在大队部吧。"

苏主任说："我估计他俩也不一定知道女儿的下落。"

民兵营长说:"先吓唬他们一下再说。"

苏主任说:"是的,如果明天吕雪芳还没有出现,那我们就要发动群众四处寻找她了。"

民兵营长说:"你知道,我对阳澄湖这一带很熟悉的,我会一个岛屿、一个岛屿地寻找。"

苏主任说:"问题是她如果不在阳澄湖呢?"

民兵营长说:"她到底在不在阳澄湖,这需要你来确定。而我则负责带人去寻找,即使掘地三尺也要找到她。"

眼看要到吃饭时间了,苏主任问民兵营长:"他俩吃饭怎么办?"

民兵营长说:"不知道。"

苏主任说:"还是打点饭给他们吃吧。"

小船静悄悄地离开村庄时,没有被其他人察觉。夜晚的村庄很静。海林爸将船摇出村庄,他长长地舒了一口气。

大个子对他说:"现在我来摇船。"

海林爸说:"你坐吧,我来摇船。"但大个子想摇船,他想让父亲坐,后来海林爸就让大个子摇船了。

海林爸对大个子说:"在外的日子不知道会经历哪些苦难,但你无论如何也要照顾好雪芳,不要让她干重活,不能让她受到一点委屈。"

大个子说:"我会的。"

海林爸说:"至于家里的事,即使天塌下来有我顶着。"叹了口气,又说:"等会儿,我送你到阳澄湖东二舅家,二舅会给你一只新木船,你和雪芳就可以摇船走了,我也就摇船回家了。"海林爸说这话的时候,眼角有一颗泪掉落,当然大个子并没有察觉。

小船来到了阳澄湖。看到宽阔的湖面,大个子说:"不知道阳澄湖哪里是我家?"

吕雪芳说:"四海为家。"

大个子说:"我们是阳澄湖为家啊!"

大个子力气大,摇船自然非常快,小船在阳澄湖里飞驰。很快小船来到了阳澄湖东。

现在是凌晨三点,二舅家里一片漆黑,二舅做梦也不会想到这时候会有人来敲门。

大个子一边敲门,一边轻声叫道:"二舅,二舅,二舅。"

夜晚很静,二舅听到了敲门声,他开始没想到是外甥大个子来了,以为是盗贼出没。于是他抓起门后的一把铁斧,对着门缝问道:"你们是谁?"

"二舅,我是海林,我是你外甥啊。"大个子说。

二舅把铁斧丢在地上,迅速打开了门,说:"哎哟,是外甥啊,怎么半夜里来啊?里边请,里边请。"这时,二舅妈也出来了,她说:"外甥啊,长这么大了啊,里边请,里边请。"

二舅自是知道他们的来意,说:"小木船准备好了,就在河边,你们先坐一会儿,喝一点水,然后再去看那只船。"

海林爸说:"就要天亮了,还是赶紧去看船吧,我还要在天亮之前赶到家，不然会有些麻烦。"

二舅说："那好，我们到船上去！"又问大个子："外甥，你们小两口是在我这里住上几天，还是马上就走？"

海林爸对二舅说："住在你家有风险，他们肯定也会到你这里寻找，所以现在走比较好。"

二舅真是有心人，这只新木船拿到后，他立即做了船篷。因为他做过木匠，所以他会自己做船篷。外甥小夫妻在没找到住所前肯定要住在船上，没有船篷遇到下雨天那可就遭殃了。

海林爸看到船篷，说："幸好有这个船篷。"

二舅说："这是我自己做的。"

海林爸对他说："这样即使下雨天也不怕了。"

二舅说："特别是夜里，如果没有船篷，睡觉也不踏实，早晨起床被子都会潮湿。"

对这只新木船，大个子和吕雪芳都相当满意。

海林爸把他船上大个子的行李等东西搬到这只新木船上，然后他对大个子和吕雪芳说："我就要走了，你们趁天不亮也走吧，你们想到阳澄湖哪里，我觉得你们可以听听二舅的意见。"

在天亮之前，他得赶到家。他不想让别人知道这个夜里他摇船去了阳澄湖东……现在儿子小夫妻离家，他有一千个舍不得，但他只能咬着牙离开。

二舅的确为他们想好了去的地方。他告诉大个子和吕雪芳，离这里七八公里处有一个荒岛，人称大雁岛，他们可以暂时到这个荒岛上躲藏。

大个子问："大雁岛上是不是有大雁呢？"

二舅说:"整个阳澄湖都没有一只大雁。"

"那为何叫大雁岛呢?"

"这个我也不知道,但我知道这个岛上有一对老渔民夫妻。"

"啊,那我们到这个岛上不是打扰到这对老渔民夫妻了吗?"大个子说。

"没事的,我认识他们。要不这样,我领你们去岛上。"二舅说。

这可是求之不得的事。于是,二舅摇一只船,大个子摇一只船,两只小船在阳澄湖里前行,前往大雁岛。

吕雪芳似乎不太高兴,因为她听说岛上有一对老渔民夫妻,她其实是想寻找一个荒岛,岛上最好没有其他人。不过,大个子的想法刚好相反。他觉得岛上有一对老渔民夫妻生活着,那他俩到岛上生活,肯定能借到做饭的灶头,说不定还可以借房子住宿。

吕雪芳听了他的解释,也觉得岛上有一对老渔民夫妻生活着还不错。

此时,二舅在前面摇船,大个子摇船紧跟其后,离大雁岛越来越近了。忽然,吕雪芳隐隐约约看到前面有一个岛,她说:"前面有一个岛。"

大个子说:"应该就是大雁岛了吧!"

果然这就是大雁岛。两只小船都靠了岸。此时,小岛上传来了一阵狗叫声,岸上出现了两个人影,他们正在向河边走过来。来人正是老渔民夫妻,他俩手里各拿着一把鱼叉。

二舅向他们走过去,叫道:"老周,我是张阿二。"

老周也认出了二舅,他说:"你们这么早来这里干什么?"

二舅说:"我送我外甥小夫妻俩到岛上躲避一下。"

老周警觉心很高，说："难道他们是逃犯？我可不会让逃犯在岛上躲藏。"

二舅说："哪是逃犯啊。"

于是，二舅把大个子和吕雪芳的事一五一十地告诉了老周夫妻。老周夫妻都是善良人，听了他们的故事，满是同情，所以老周说："那好，那就来岛上住吧。"

大个子悄悄地对吕雪芳说："幸亏二舅领我们到岛上来，不然这对老渔民肯定不会让我们的船靠岸呐！"

吕雪芳说："很可能的。"

大个子说："我看岛上有房子，我们应该可以住到房子里。"

吕雪芳说："那刮风下雨都不愁了。"

这时，二舅走到船上，对大个子和吕雪芳说："我与老周讲好了，他和他妻子都同意你们来岛上生活，现在你们可以把东西搬上岸去。"

大个子说："谢天谢地！二舅，那我怎么称呼他们啊？"

二舅想了想，说："你们可以叫周阿叔、阿姨。"

大个子对吕雪芳说："雪芳，我们现在上岸，去见周阿叔和阿姨。"

于是，大个子拎起两个行李包向岸上走去，吕雪芳也提着东西缓缓地向岸上走去。

老周夫妻迎了过来。他们要提大个子手里的东西。大个子叫了一声："周阿叔好，阿姨好！"吕雪芳也跟着叫了一声。这一对老夫妻连连答应着，心里乐开了花。

老周说："呐，你们来岛上，以后这个岛上就热闹了，我们老两口就不孤单了。"

大个子说:"我们可要麻烦周阿叔和阿姨了。"

阿姨说:"往后我们生活在一个岛上,就是一家人了。一家人不说两家话,你们有什么事需要我们帮忙尽管开口,我们能帮的一定会帮。看见你俩就像看见自己的小孩一样。"原来老周夫妻有个女儿,嫁到了太仓渔船上,育有一男一女,但一年只回来两三次看望父母。

大雁岛上虽然住有这一对老渔民夫妻,却可以说是荒岛,这个岛平常很少有人来。现在大个子和吕雪芳就准备在这个荒岛上生活了,他们想在这个岛上生孩子。当然从内心深处来讲,他们更希望得到大队同意登记结婚,光明正大地生下孩子……

二舅摇船走了。

大个子和吕雪芳看着那只船越来越远,越来越远……

吕雪芳说:"我一件换洗衣服都没有,以后叫我怎么生活?"

大个子说:"哎哟,忘记了,刚才应该让二舅给你买几件衣服送过来的。"

吕雪芳说:"我想到的。"

大个子说:"那你怎么不对二舅说呢?"

吕雪芳说:"我一个大姑娘,怎么好意思让二舅给我买衣服

◇◇◇澄湖三叠

呢,还有内衣啊。"

大个子说:"现在我们有困难,让二舅帮忙买衣服有什么难为情的呢?错失了一个好机会。当然也怪我,对你关心不够,忘记你出来时没来得及带换洗衣服。"

这时候,天开始亮了,一眼望去,阳澄湖湖面上好像有一张巨大的白纱帐,原来是被雾笼罩着。

大个子说:"幸亏二舅送给我们一只船,以后我们也要到阳澄湖里捕鱼了。"

吕雪芳说:"我摇船,你捕鱼。"

大个子说:"捕鱼要渔网的。"

吕雪芳说:"那我们没有渔网怎么办?"

大个子说:"周阿叔有的,我们可以向他借渔网。"

吕雪芳说:"对的,现在可以向周阿叔借渔网,以后我们有条件了就自己买一口渔网,毕竟'自有自便当'啊。"

大个子点头道:"是的,样样东西都是'自有自便当'啊!我们想在这个岛上生活,需要添置的东西太多了,所以我想这几天去岸上一趟,买些需要的东西。"

吕雪芳说:"我也要去。"

大个子说:"你可不能去。万一被大队的人看到,我可以拼命逃掉,你又跑不快,你会被他们捉牢的。那样的话我们所做的努力就白费了。"

这时,老周夫妻走了过来。

老周说:"好孩子,一间房间整理干净了,你们可以把行李搬到房间里。你们一夜没有睡觉,可以先睡一会儿,最好一觉睡到自然醒。我叫你们阿姨做午饭。以后我们就是一家人,有我们老两口吃的,就有你们小两口吃的。"

老周一番话让两个年轻人感动不已,吕雪芳悄悄地流泪了。

这个房间不大,里面没有床铺,地上放了一扇旧门。老周指着那扇门说:"没有床铺,只好睡在门上了,过几天我到对岸去买一张床铺。"

大个子说:"周阿叔,你去买床铺,我跟你去,我还想买些日用品。"

老周说:"不是有人在寻你吗?如果有人认出你,那你就麻烦了。"

大个子拍了一下脑门说:"噫,我还不能到对岸去呐!"

老周说:"你需要什么东西,可以对我说。如果需要的东西多,我记不住,你就写在纸上,好记性不如烂笔头。这样我就可以照着清单去买东西了,一样东西也不会少买的。"

大个子说:"我都没有纸和笔。"

老周说:"我识字不多,但纸和笔还是有的。平常我就喜欢记东西,这样有些东西就忘不了了。"说完,他去拿纸和笔了。一会儿工夫,老周就把一张纸和一支圆珠笔递给了大个子,他说:"需要买的东西,你写下来,如果你急需要的话,我今天就摇船到对岸去。"

大个子把纸和笔递给吕雪芳,对她说:"你记,我来说。"

吕雪芳说:"好的,你说。"

大个子说:"我需要的日用品,让我想想。你先写你自己需要的东西,你不是要换洗衣服嘛,这些东西你可以先写上啊!"

吕雪芳说:"我的换洗衣服也叫周阿叔买吗?"

大个子说:"刚才我对周阿叔说,他去对岸买东西的时候我跟着去,周阿叔担心我被人认出来。真有这样的可能,所以我不能跟他去对岸。"

吕雪芳说:"周阿叔说得对,你到对岸容易被熟人认出。"

大个子说:"所以,你的东西就让周阿叔去对岸买吧。就是要麻烦周阿叔多跑几家商店了,也不知道能不能都买到。"

吕雪芳说:"我的换洗衣服供销社的商店里都有的。还要买几包草纸,买几块肥皂。我们要外出捕鱼,还要买两件雨披。"

大个子说:"你先把这些东西写上,你写好了,就写我想买的东西。"

吕雪芳低头写字。过了五六分钟,她抬头说:"我要的东西写好了,你说你要的东西吧。"

大个子说:"一张床铺、一张草席、两个脸盆,还有大米、菜油、食盐、酱油……。"

吕雪芳说:"我已记好了,还有什么呢?"

大个子说:"还有……你想吃什么东西?让周阿叔一起买回来。"

吕雪芳想了想,说:"我想吃麦乳精,还有茶叶蛋。"

大个子说:"麦乳精就让周阿叔买两个罐装的吧。茶叶蛋我们自己可以煮,那就叫周阿叔买二十只鸡蛋,再买二两茶叶吧。"

中午,两对夫妻围坐在一块儿吃午饭。

这顿午饭是周妻做的。网篓里有十几条野生黄鳝,本来是想出售的,但老周让妻子中午做黄鳝。

周妻说:"你不是说黄鳝要卖吗?"

老周说:"现在来人了,就自己吃吧。"

周妻问:"是清蒸黄鳝,还是红烧黄鳝?"

老周说:"红烧黄鳝吧,我去挖几颗野大蒜头。"

周妻说:"我去河边摘几个茭白,茭白炒咸菜也很好吃的。"

老周说:"最好吃的是茭白炒肉丝。"

周妻说:"可是没有猪肉啊。你可以去对岸买一块猪肉,做一碗红烧肉;再将多余的猪肉腌起来,蒸咸肉可是阳澄湖的山珍海味。"

老周说:"我吃过午饭就想去对岸,你想买什么东西,现在可以对我讲。"

周妻想了想说:"我自己不要买什么东西,只是现在多了两口人,本来买一袋米,现在要多买一袋米。另外,刚才我讲了,你买一块猪肉回来,不要买腿肉,那肉贵,就买肋条肉好了。还要带几包盐回来。"

老周说:"还要买其他东西吗?"

周妻说:"我想到了会对你说的。对了,你买一打火柴回来,家里快没有火柴了。我说的话,你记得了吗?"

老周说:"记得了。"

周妻说:"我要开始做饭了,你把网篓里的黄鳝拿过来。"

老周便去提网篓了。

老周要找剪刀宰杀黄鳝,大个子看到了,说:"周阿叔,我来宰杀黄鳝。"

老周说:"就十几条黄鳝,你不用动手了。"

大个子说:"我会宰杀黄鳝的,宰杀黄鳝后可用食盐去腥。"

老周说:"平常我不用食盐去腥的,这个岛上有桑树,用桑叶去腥比用食盐要好。桑叶去腥后黄鳝还是保持新鲜的，而用食盐去腥后黄鳝肉质就有点变味了，还煮不烂。"

大个子说："呵，那我去找桑叶来去腥。"

老周说："东面河岸边有两棵大桑树。"

大个子说："我知道了，我去采桑叶。"

老周便将网篓里的黄鳝倒在一只木盆子里，那些可都是野生黄鳝，在木盆里上蹿下跳。"我可要下手了。"老周一边说，一边将剪刀伸向黄鳝……

本来吕雪芳胃口一直不好，但今天午饭她却吃了满满一碗饭，她觉得这个红烧黄鳝特别好吃，还有咸菜炒茭白丝也特别好吃。大个子对吕雪芳说："这个黄鳝是阳澄湖里野生的，味道好，营养好。"

吕雪芳说："我还想吃。"

大个子说："我问问周阿叔这黄鳝怎么捉到的，我来捉黄鳝。"

吕雪芳说："周阿叔摇船到对岸去了。"

大个子说："哦，他去买东西了。"

吕雪芳说："不知道大队里的人会不会寻到这个岛上来。"

大个子说："这个说不定的。"

吕雪芳说："如果大队里的人寻找过来，那我们怎么躲藏呢？"

大个子说:"那我们就钻到小树林里。"

吕雪芳说:"如果他们搜查小树林呢?"

大个子说:"那我们就躲藏到小船里。"

吕雪芳说:"躲藏到小船里,那可不行,等于暴露在他们眼皮底下了。"

大个子说:"我有一种预感,大队那帮人肯定会寻找到这个岛上来,那我们就完了。"

吕雪芳说:"你看过电影《地道战》吗?"

大个子说:"我看过。"

吕雪芳说:"我觉得我们也可以在岛上挖一条地道,这样当有人到岛上来时,我们就转移到地道里,当他们走了,我们再回到地面。"

"好主意。"大个子拍了一下大腿说,"等周阿叔买东西回来,我就问问他,看这条地道挖在哪里好,因为他对岛屿更熟悉。今晚我就开始挖地道。"

吕雪芳说:"挖地道需要锤子和铁锹,这些工具你有吗?"

大个子说:"整理房间时我看见锤子和铁锹的。"

吕雪芳说:"那今晚我们一起挖地道。"

大个子说:"你不用动手,你怀孕了,是重点保护对象。"

吕雪芳说:"我想早点挖成地道呀。"

傍晚时候,老周摇着船回来了。老周说:"我跑了很多商店,总算把你们让我买的东西都买到了。"

大个子扛起那张小木床,老周见了说:"这个床很重的,我和你抬吧。"

大个子说:"这床都是苦楝树做的,很轻的。"

他扛着那张床健步如飞。

周妻也到船上搬东西,她问道:"让你买的一块猪肉呢?"

老周说:"下午猪肉铺打烊了,只有上午才开店卖肉。"

周妻说:"我还等着你的猪肉呢,我想做一顿红烧肉吃。唉,你没买到猪肉,我们也没福气吃肉啊!"

一张小木床取代了那扇门。更让吕雪芳高兴的是,她要买的换洗衣服都买到了,只不过那两件外衣有些宽大。大个子让她穿上一件外衣试试,她说:"衣裳太大了,能不能换小一点的呀?"

大个子笑道:"你现在穿显得大些,过些日子你肚皮大了,这个衣裳便显得小了,所以用不着去调换。再说,让周阿叔去调换,又要麻烦他,挺不好意思的。"

吕雪芳说:"有道理,那就不去调换了。"

大个子和吕雪芳委托老周买的东西,老周都收钱了,唯独两罐麦乳精他硬是不要钱。老周说:"我们是一家人了,其他东西我不客气收钱,是多少我便收多少,但这两罐麦乳精是我送给你们的,让妹妹保养身子,生个白胖小子。"

大个子说:"周阿叔,你的心意我们领了,但这个麦乳精钱一定得收下,不然以后不敢叫你代买东西了。"

老周说:"那这样,这两罐麦乳精你们收下,下次再买麦乳精,我就收钱,这样可以了吧?"

大个子说:"这样也行,那谢谢周阿叔了。"他突然想起了挖地道的事,便对老周说:"周阿叔,我和雪芳来到这个岛上,给你和阿姨添了许多麻烦,这样的恩情我们永远铭记在心。只是我和雪芳有点担心,万一我们大队民兵找到这里来,我们往哪里躲藏呢?"

老周朝四周看了看说:"岛上树木很多,杂草丛生的地方也很多,我看可以躲藏在树林和杂草丛里。"

大个子说:"他们有十几个人,我看树林和杂草丛里,他们都不会放过的。"

老周说:"你说的没错。那样的话,我看见有船过来,就赶紧摇船送你们去附近的芦苇荡里。"

大个子说:"那要动船,目标太大了,一下就会被他们发现了。"

老周说:"你比我考虑得周到。现在我脑了有点乱,要么让我晚上睡一觉,明天起床我脑子就清楚了,说不定我就能想出一个好办法来了。"

大个子说:"周阿叔,今天你摇船去对岸,又跑了很多商店,给我和雪芳买了那么多东西,你很辛苦的,那你就早点休息。"

老周说:"好,我知道你年纪轻,有干劲,如果你有好的办法,你讲给我听,我做参谋还可以的。"

大个子想,还是不要兜圈子了,就实话实说:"周阿叔,如果我们在这个岛上挖一个地道,不知道行不行?"

老周愣了一下,说:"这里四面环水,地下都是水,挖地道可不行啊!"

吕雪芳插嘴说:"那电影《地道战》里,他们怎么可以挖地道呢?"

老周没有理解她说的话。而大个子现在明白了,《地道战》里的故事发生在北方,在北方挖地道自然没问题,而这里是南方,是大雁岛,四周都是水,倘若挖地道则会水漫金山,所以不可以挖地道啊!

大个子便对吕雪芳说:"《地道战》里的故事讲的是北方,我们这里是南方,还是个岛屿,地下水很多,所以不可以挖地道。"

听了大个子的解释,吕雪芳也明白了,险些瞎忙一场啊。

不过,他俩一番话,倒是提醒了老周。他想,地道不可以挖,挖一个大坑应该没问题吧,然后在大坑上堆放一些树木和杂草,两个人就可以躲进坑里了。

老周咳嗽了一下,说:"现在我有一个想法。挖地道肯定是不行的,因为地道会有水,地道上方的土又容易塌下来,待在地道里会有生命危险。"

大个子和吕雪芳面面相觑,现在他们更确定不能挖地道了。

老周接着说:"我看挖一个地坑应该可以的。"

"地坑?"大个子和吕雪芳异口同声地说。

老周说:"对的,地坑,在那边小树林里挖一个地坑,可以躲藏几个人。当发现有人来岛上时,你们就到这个地坑里躲藏,我们给地坑上面盖些树木和柴草。"

大个子说:"好,这个地坑就比地道好。即使地坑里有水也没有关系,我们可以插脚,而且不用担心头上会塌方。躲藏在这个地坑里应该很安全的。"

老周说:"对的,这个地坑底下肯定是有水的,所以久待也不行,只能暂时躲藏一下。"

大个子说:"也就是暂时躲藏一下,他们到岛上突然袭击,来得快应该去得也快。"

老周说:"你们躲藏在地坑里,我和你阿姨在上面掩护你们,尽量把他们引到别的地方去。但有一点我要与你们说好，我不叫你们，你们可千万不要自行爬出来。"

大个子说："我知道了，周阿叔你到地坑边上，你叫我们出来，我们就爬出来。对了，周阿叔我想今天夜里就挖这个地坑，因为我担心他们说来就来的。"

老周说："夜里光线差，你怎么挖地坑呢？我看你明天早点起来，我和你一起挖地坑吧。"

第二天清晨四点，老周夫妻起床了，他们要摇船去阳澄湖里捉鱼，每天如此，捉鱼是他们生活的全部。而大个子也悄悄地起床了，他要开始挖地坑。他不知道地坑挖在哪里，就去问老周。老周领他来到一片杂草丛中，说："就挖在这里吧。"

大个子说："挖多大呢？"

老周说："容得下你们两个人就行了吧。"

大个子说："是的。"

老周说："不要太大。地坑太大了，容易被别人发现，所以还是小点为好。"

大个子说："那挖一米见方行吗？"

老周说："这个小了点，蹲在地坑里身子容易碰到泥巴。"

大个子说："那挖两米见方吧。"

老周说："我看一米五见方就够了。这样吧，等我捉鱼回来，我们一起来挖。"

大个子说："周阿叔，你捉鱼去，我知道怎么挖地坑了。"

老周夫妻摇船去阳澄湖里捉鱼了。他们在阳澄湖里摆放了很多鱼笼，所以每天早晨他们去倒鱼笼，鱼笼里什么鱼都有。每三四天，老周就摇船去对岸。他的鱼一到对岸码头，总是被买鱼的人一抢而光，因为都是阳澄湖里的野生鱼，所以很受人们的欢迎。

这时候，吕雪芳也起床了，大个子说："你这么早起来做什么？"

吕雪芳说："你不是要挖地坑吗？我和你一起挖啊。"

大个子说："就一个小地坑，我一个人挖就行了。"

吕雪芳说："两个人一起挖总比你一个人挖快些吧。"

大个子说："你现在怀孕了，不可以干这种重活。"

吕雪芳说："这又不是重活，干些轻微的活也就是锻炼身体啊！"

大个子拿着砍柴刀和铁锹来到了那片乱草丛中，他对吕雪芳说："我先把地坑这一块乱草砍掉。"于是，大个子拿着砍柴刀向那一片乱草丛中走去。

大个子把砍倒的乱草堆放在边上，吕雪芳走了过来，她想把那些乱草抱走。

大个子不想让她干活，所以他灵机一动说："这个乱草丛中有毒蛇的，你不要过来。"

吕雪芳最怕蛇了，所以她一听有蛇便不敢往前了。

大个子是罱河泥高手，挖泥土也是高手。吕雪芳就蹲在不远处看他挖地坑，她说："你累不累呀？你休息一会儿再干啊！"

大个子说："挖一个小小的地坑说不上累的，我要一口气就把地坑挖好喽！"

吕阿狗夫妻俩被关在大队部整整一天了。

吕阿狗气得咬牙切齿。

傍晚时分，大队书记开会回来了，苏主任向他汇报工作，她说吕雪芳未婚先孕却失踪了，现在把她的父母亲关在大队部。

大队书记说："快放了他们。组织人外出寻找才是上策。"

苏主任说："吕雪芳和她对象大个子一块儿跑了，不知道他俩跑到哪里去了。"

大队书记说："所以要外出寻找啊。孕妇肚里的娃每天在生长，你现在不找到她，过阵子她就抱着孩子回来了，那样的话让我怎么向上级交代？换句话说，也是对他们不负责任……"大队书记的水平毕竟是高。

大队书记下达了放人的命令，说："马上把吕阿狗夫妻放了。"

苏主任找到民兵营长，说："书记叫你放人。"

民兵营长说："书记说放人我当然放人，不过放人了再有什么情况出现，我是不会再让民兵参与捉人了。"

苏主任说："走，我们一起去放人。"

民兵营长对吕阿狗说："你老实点，现在放你出去。"

苏主任也走了进去，对他说："书记刚才开会回来了，他说不应该关你和你妻子的，应该让你们一块儿参与寻找。所以接下来，希望你们夫妻和我们一起寻找你女儿，一定要找到你女儿，这是上级交代的一个硬任务,也是对你女儿负责。"

吕阿狗说:"你们想怎么样就怎么样?做梦!"

民兵营长说:"我们这么多民兵不是吃素的!"

吕阿狗夫妻俩回家后,大队书记又让妇女主任把大队长叫过来,他要深入了解一下这对出逃的小夫妻的情况。

吕雪芳未婚先孕,并且离家出走,此事惊动了公社妇联。为此,公社妇联给大队下达了命令,必须找到吕雪芳。

苏主任被公社妇联主任一通批评,说如果找不到这个怀孕的女青年,她也要受到处分。

苏主任抱怨说:"我们大队没有机挂船,所以寻找她很困难,摇船到不了远点的地方。"

公社妇联主任说:"那我把妇联的一只机挂船借你用。你还有什么要求?"

苏主任说:"那好,我半个月之内一定找到她。"

苏主任坐着机挂船回到了大队。

她当即向大队书记汇报,说:"公社妇联主任批评我了,她对我说如果不把那个未婚先孕的女子找到,我会受到处分,所以我在她面前保证半个月之内把吕雪芳找到。"

大队书记说:"枪毙带掉耳朵,如果真的处罚了你,我这个大队书记的位置也坐不住了,我俩是一条藤上的两个苦瓜。"

苏主任说:"是呀,我心里比黄连还苦,都没法说。不知道那个害人精躲在哪里。"

大队书记说:"你估计她和大个子会躲避在哪里呢?"

苏主任说:"听村庄里的人说他俩可能在阳澄湖里的一个荒岛上。"

大队书记说:"具体哪个荒岛呢?"

苏主任说:"这个我就不清楚了。"

大队书记说:"那组织民兵到阳澄湖一个荒岛一个荒岛地寻找。"

苏主任说:"公社妇联主任借给我一只机挂船,这样到阳澄湖里寻人就方便多了。"

大队书记说:"这挺好。我看这机挂船叫民兵营长负责,让他到阳澄湖里寻找,而你就近寻找,兵分两路。还要动员更多的社员加入这个寻找的队伍。"

苏主任说:"我同意你的安排。"

大队书记说:"你把民兵营长叫到我这里来,我来叫大队长也参加。我们坐下来一块儿研究寻找方案,争取尽快把这个人找到,把这件事情解决好。该登记结婚就……"

苏主任急切地说:"好,我马上去叫他。"

大队书记说:"另外,你也要摸清全大队育龄妇女的情况,不要出现第二个未婚先孕的了,如此会搞得我们十分被动……"

苏主任说:"书记你的提醒很好,我也想到了。"

大队书记沉思了一下,欲言又止。他有个想法,但目前还不是说出来的时候……

　　果然，地坑里有水，老周"岛上不能挖地道"之说得到了证实。那么，怎么取走地坑里的水呢？老周说："这些水取走了，过一会儿还会冒出来，但也不会整个地坑里有水的，一般就是底部有水。"

　　大个子说："地坑底部有点水没有关系的。"

　　老周说："这样吧，找几块大石头放置在地坑底部，你们的脚就不用站在水里了。"

　　大个子说："这是一个好方法。"

　　老周说："在我们住的屋子后面有很多石头，我们去抬石头。"

　　果然，屋子后面有许多的石头。大个子说："这里怎么会有这么多石头呢？"

　　老周说："听说岛上原来也是住人的，还有大户人家，只是岛逐渐受湖水侵袭，变得越来越小，那些人家就搬到对岸去了。这些石头就是他们留在岛上的。"

　　大个子说："我和吕雪芳私下商量过了，以后我们就长住在这个岛上了。"

　　老周说："这么说，你们以后生了孩子就不走了？"

　　大个子说："是的，我们不走了。"

　　老周说："那好，你们留在岛上，我和你阿姨老了就不孤独了。本来我和你阿姨打算老了去女儿那里生活，但我们习惯了这里，让我们突然离开,我们怪舍不得的,还担心会水土不服啊。"

大个子说:"你和阿姨不要离开这个岛,我们陪你们一起到老!"

老周说:"你阿姨说你俩是好后生,这个真的被她说对了。"

大个子说:"感恩遇见周阿叔和阿姨,在我们落魄的时候收留我们,你们的恩情我们永远记在心上。"

大个子想一个人挑两块大石头。老周说:"石头不像泥土可以装筐,所以我们两个人抬石头吧。"于是,老周找来一根扛棍和一捆麻绳。两个人共抬了五块大石头放在那个地坑里。

吕雪芳说:"看上去你们像在造房子!"

大个子说:"是的,不久的将来,我们就在岛上造几间大房子,让你住得宽敞。"

吕雪芳说:"我看还是住小房子好,你造了大房子,被大队妇女主任寻找过来,我们都躲藏不了。"

大个子觉得对。但他即刻陷入了沉思和忧愁,因为他无时无刻不在担忧大队派人到岛上来寻找。

老周说:"我估计这个寻找也只是一阵风,过了这个风头就好了。不过,最好还是能登记结婚。"

但愿如此。

大个子心里是这么想的,吕雪芳心里也是这么想的。他们渴望平平静静地生活,一家人相亲相爱,永远不分离。

　　民兵营长有了一只机挂船,他整个人变得趾高气扬,神气活现了。这天,他叫了十位民兵一起去寻找大个子和吕雪芳。出发前,他站在船头说:"同志们,今天我们到阳澄湖各个小岛寻找'大肚皮',谁第一个找到'大肚皮',我就奖励他一只大白鹅。"

　　有民兵笑了。

　　民兵营长说:"你们笑什么,我真的给第一个找到'大肚皮'的奖励一只大白鹅。因为大队里给了我十只大白鹅,我们从牙缝里省一只大白鹅不可以吗?"

　　有民兵说:"大白鹅哪里来的?"

　　民兵营长对他说:"你没有耳朵吗?我讲过了,是大队拨给我们民兵营的。我说话算数,谁第一个发现'大肚皮',我就奖励他一只大白鹅。"

　　这下,机挂船上可热闹了。

　　有人问:"如果'大肚皮'逃跑,不小心摔跤而流产了,这个责任要我们负吗?"

　　民兵营长说:"这个你不用负责任。相反我要奖励你一只大白鹅。"

　　有人说:"大队只拨给民兵营十只大白鹅,你这个奖励一只大白鹅,那个奖励一只大白鹅,那些大白鹅都被你奖励掉了,那我们这些寻找'大肚皮'的人吃什么呢?"

民兵营长说:"大队还会拨经费给我们的,保证你吃饱肚皮。"

有人说:"我要吃大块的红烧肉,有吗?"

民兵营长说:"你还没有开始寻找'大肚皮',却第一个想要吃红烧肉,你这个人真是没出息。"

机挂船"突突"地响了。

民兵营长看见有个女民兵坐在船艄上,指着她说:"你坐到船舱里,船艄危险的,万一掉到河里怎么办?"

船上的男民兵乐了,他们纷纷说,如果她掉到河里,那他们就来英雄救美。

那个女民兵说:"谁要你们救,你们不安好心,我自己会游泳的。"

她仍坐在船艄不动。

民兵营长对她说:"那你一定要在船艄上坐好,真的掉到河里不好的。"

那个女民兵说:"营长,你眼睛盯着我做什么?我跟你去寻'大肚皮',我坐在船艄上你怎么与我过不去呢?"她有点坐不住了。见此,民兵营长说:"船马上要到阳澄湖里了,风浪大了,你屁股坐坐好。"

"你屁股坐坐好。"有民兵阴阳怪气地跟着说,引得一船的民兵哈哈大笑起来。

机挂船开到了阳澄湖,机挂船手问:"往哪里去?"

民兵营长反问道:"你开机挂船的难道不熟悉阳澄湖吗?"

机挂船手说:"不瞒你说,我对阳澄湖很陌生。"

民兵营长说:"那你要早说啊,这样我可以叫熟悉阳澄湖的人带路。"

机挂船手说:"这是你自己没有安排好,不是我的错。"

民兵营长有点垂头丧气,他问船上的民兵说:"民兵同志们,你们当中谁熟悉阳澄湖?如果熟悉阳澄湖,你就站起来,我让你指挥机挂船,还奖励你一只大白鹅。"

船里有人哈哈大笑起来,民兵营长指着笑的人说:"有什么好笑的,真是莫名其妙。"

那人抬起头说:"我知道有一个人熟悉阳澄湖的,不过不知道她愿意不愿意站出来。"

民兵营长心想,这个人不会是坐在船艄的女民兵吧?

民兵营长走到船艄,对女民兵说:"你熟悉阳澄湖吗?"

女民兵说:"还行吧。"

民兵营长说:"那你知道阳澄湖里有多少小岛?"

女民兵说:"最大的是莲花岛,其他都是小岛,有老鼠岛、蛇岛、葫芦岛、西湖岛、大雁岛等,今天这个机挂船想到哪个岛呢?"

民兵营长大喜过望,说:"凡是阳澄湖里的小岛,我们都要去,一个不能少。如果那个'大肚皮'逃到哪个岛上,那我们就要将她带回去。"

民兵营长看了看女民兵,又说:"你今天领路,我奖励你一只大白鹅。"

女民兵说:"我可以领路,但我有一个条件,你答应我,我就领路。"

民兵营长说:"你说,我答应你!"

女民兵说:"以后你对我说话,不要看不起人可好?"

民兵营长歪过头说:"以后你做我的参谋长,我听你的话。"

女民兵说:"我可不当你的参谋长,也没有什么本事能够为你献计献策,能当一个小民兵我就心满意足了。"

他俩说话没完没了,那个机挂船手可急了,叫道:"船往哪里开呀?"

民兵营长对女民兵说:"现在我把机挂船的指挥权交给你了,机挂船往哪个方向开,你来指挥!"

女民兵说:"那就往前面开,前面应该是老鼠岛。"

民兵营长说:"啊,阳澄湖有清水大闸蟹,怎么会有老鼠岛呢?听着老鼠岛这个名字,心里觉得怪怪的,难道说岛上都是老鼠吗?"

可是没有人回答他。

机挂船快靠岸了,民兵营长站在船头上大声地说:"大家拿好木棍上岸,眼睛看好脚底,这是老鼠岛,肯定老鼠多,特别提醒下大家,不要被老鼠咬到。"

民兵们拿着木棍上岸了,那位女民兵走在最后。民兵营长说:"你的任务是领路,所以你无须上岛寻找。"

女民兵说:"那接下来到哪个岛呢?"

民兵营长说:"说不定'大肚皮'就在这个岛上,那我们就不用寻找下一个岛了。"

女民兵说:"这是个长满杂草的荒岛,我看他们是不会上这个岛的。"

民兵营长说:"那你可以坐到船上去,我要赶到前面去了。"说完,他加快步伐,追上了前面的民兵队伍。

有民兵说:"这个老鼠岛没有人居住的,肯定会有野猪,所以大家走路当心一点,不要被野猪撞到。如果被野猪撞到,那半条命就差不多没了。"

民兵营长说:"你们说这里有野猪,肯定有人被吓得腿脚发软了。"

有民兵说:"我还没谈对象,可不想被野猪撞掉半条命。"

民兵营长说:"大家不要说话了,看准脚底下。我再重申一遍,谁第一个发现'大肚皮',那我就奖励他一只大白鹅。这些大白鹅每只有五六斤重,如果做成红烧鹅块真的比红烧肉还要好吃。"

有民兵说:"红烧鹅块、红烧肉,你说得我口水都流出来了。"

民兵营长白了他一眼:"你想吃红烧鹅块,那你跑到最前面啊。我说过的,谁第一个发现'大肚皮',我就奖励他一只大白鹅。"

有民兵说:"'大肚皮'应该不会来这个荒岛的吧。"

民兵营长说:"即使她没来这个岛,我们也要整个岛寻找一遍。反正这几天我们一直会在阳澄湖里寻找。如果找不到'大肚皮',我是无法向大队领导汇报的,或许我这个民兵营长的位子也只好拱手相让了。"

有民兵说:"如果你不当民兵营长了,万一我第一个发现'大肚皮',你还会奖励我一只大白鹅吗?"

民兵营长说:"我说话从来就是这样,一是一,二是二。如果大队的大白鹅都送光了,或者我不做民兵营长了,那我就到市场里去买一只大白鹅。我说过的话就算话。"

有民兵说:"我们相信你!"

民兵们第一次来到老鼠岛,他们手执木棍在老鼠岛寻找,连一个人影也没见到。但大家看到有一群野猪出没,虽说他们手里有木棍，但谁也不敢去追打野猪。

有民兵说："这种野猪肉不好吃的，寄生虫太多。"

有民兵马上反驳他："野猪全身都是瘦肉，营养很好的。"

民兵营长说："野猪肉肯定比饲养的猪肉好吃。"

由于民兵营长这么说了，那个说野猪肉不好吃的民兵也不说话了，而那个说野猪肉好吃的民兵却扬扬得意……众民兵问民兵营长，这个岛上没有寻到'大肚皮'，还要来找第二次吗？

民兵营长说："既然大家已经张大眼睛寻找过了，我可以断定'大肚皮'是不可能来到这种荒岛的。那我们马上返回船上，到另外的岛上去。"

有民兵说："营长，马上要到吃饭的时间了，肚皮有点饿了，你带我们到哪里吃饭呢？"

民兵营长说："你就是想着吃，到吃饭的时间我总会找东西给你吃的，不会让你饿着肚皮的。"

有民兵说："那吃什么东西呢？"

民兵营长说："我带了吃的，在船上。"

有民兵说："怎么我在船上没有发现有吃的呢？"

民兵营长说："我把吃的东西放在船头里，你怎么可能看得见呢？你脑子里除了吃，还有没有一点思想觉悟？我告诉你，今天我们最重要的事情就是寻找那个'大肚皮'，而不是你说的吃。"

那民兵不说话了，他知道再问下去，民兵营长要骂人了。有道是，好汉不吃眼前亏。他想，出来辛辛苦苦寻人，犯不着为了吃被他骂。

民兵们回到了船上，却不见那位女民兵。民兵营长问机挂船手:"那个女民兵呢?"

机挂船手说:"刚才她上岸去的,可能去方便了吧。"

民兵营长说:"我们到岛上那么长时间,她不方便,我们上船想走了,她上岸小便去了。"

等了两三分钟,那位女民兵回到了船上。因为还要指望她领路,所以民兵营长只是朝她笑了笑,并没有指责她一句。这样,机挂船又响了起来。

机挂船手问道:"船往哪里开?"

女民兵手一指东面说:"你往东面开。"

老周估计,这几天肯定会有人到大雁岛来的。那个地坑里挖出来的泥土还堆放在那里,明眼人一看就知道是新挖的地坑。或许有人还会到地坑里看个究竟,那样地坑就暴露了。

所以,老周对妻子说:"把地坑四周的泥土翻平,然后种上蔬菜。"

本来老周是不想惊动大个子的,但大个子看到老周夫妻在翻土,就问怎么一回事。老周便告诉他,翻平泥土,种些蔬菜。周妻说:"种上蔬菜,外人来岛上就不会怀疑这里有一个地坑。"

大个子非常感动,他说:"谢谢周阿叔,谢谢阿姨,遇见你们,是我和雪芳的福气。"

老周说:"不用客气,我们吃一锅饭,就是一家人。"

大个子说:"那我来翻平泥土。以后岛上哪里需要干活,就让我干吧,我年轻,有的是力气。我不怕吃苦,从小就跟大人们下田干农活。"

毕竟大个子年轻,他用铁锹翻地很快,用了不到一个小时就将地坑四周的泥土整平了。

周妻在翻平的泥土上面种上了青菜。

老人家已经想好,如果有外人来岛上,他们就第一时间让大个子和吕雪芳下到地坑里躲避。然后他们在地坑上面堆放树枝和杂草,之后周妻就给地坑周边种植的青菜浇粪水。当然,地坑里的人也会闻到粪水的臭味,但比起被外人发现,闻一下粪水的臭味又有什么关系呢?

不打无准备之仗,方能立于不败之地。老周夫妻虽说不识字,但他们明白这样的道理,所以他们准备好了对付外人的办法。

本来老周想安排妻子在河边观看有没有船过来,但她也是忙人,要种菜,要做饭,还要跟老周到阳澄湖里捕鱼……

大个子对吕雪芳说:"你坐在河边观看有没有船到岛上来。"

吕雪芳欣然接受。

所以整个白天,吕雪芳都是坐在河边。大个子对她说:"只要有船过来,你就马上叫我和周阿叔,我和你以最快速度下到地坑里,然后周阿叔和阿姨会在地坑上堆好树枝和杂草,把地坑伪装好。"

吕雪芳连连点头。

大个子说:"如果真是他们来,你不用害怕,我会保护你的。"

吕雪芳知道这是他在安慰她,她"哼"了一声,说:"我要为你生一个白白胖胖的儿子。"

大个子拥抱着她说："假如生女儿也好的！"

整整一天，民兵营长带着一帮民兵在阳澄湖里寻找'大肚皮'，却是一无所获。他回到家，妻子问道："那个'大肚皮'找到了吗？"

民兵营长："'大肚皮'的头发都没有找到一根，别说她这个人了。"

他妻子说："白天我们十几个妇女跟着苏主任跑了很多地方，现在脚都迈不开步了。她说明天还要寻找。寻找人真的太累了，我情愿在田里做农活。"

民兵营长说："你们这些女人中午吃的什么？"

他妻子说："苏主任带了熟山芋，每人两个。"

民兵营长说："我们中午吃的鸡蛋糕，每人五个。"

他妻子说："还是你们的鸡蛋糕好吃，这个山芋一点也不好吃，有妇女说这个山芋是猪吃的。唉，苏主任说寻不着这个'大肚皮'，她要被上级撤职的，这是真的吗？"

民兵营长说："有可能，搞不好我也会被上级撤销民兵营长职务的。"

他妻子说："这个'大肚皮'真是害人不浅。"

民兵营长说:"害苦我了。"

他妻子听了,说:"不过,你也别这么说,人家毕竟也是符合结婚条件的……"

民兵营长白了妻子一眼,不说话了。

第二天一早,民兵营长和他妻子都出发了,继续寻找那个'大肚皮'。他妻子说:"你们坐机挂船舒服,我们是11路公交车①。"

民兵营长说:"我们到阳澄湖里的荒岛上寻找,荒岛上有野猪出没。你们要是到荒岛肯定会被吓着的。"

他妻子说:"啊,真有野猪出没啊!幸好我们没去荒岛。"

民兵营长走到大队部,从办公室里取了两箱鸡蛋糕,然后来到了机挂船上。其他民兵都到了,但没有见到那位女民兵。民兵营长还指望她领路,所以不能少了她。他正想问话,一看,她来了,站在船头上。

民兵营长说:"你到船艄去,你领路。"

女民兵说:"昨天你奖励我一只大白鹅,今天我领路你还奖励我一只大白鹅吗?"

民兵营长愣了一下说:"总共只有十只大白鹅,已经全部处理掉了,今天已经没有大白鹅可以奖励了。"

女民兵说:"那我今天是白领路对吗?"

民兵营长说:"你怎么会是白领路呢,不是有工分可得吗?"

女民兵说:"我不领路,难道你不给我工分吗?"

民兵营长说:"你有什么要求你说出来。"

---

① 11路公交车:方言,即表示两只脚步行。

女民兵说:"我要求你再给我奖励一只大白鹅。"

民兵营长本来想留一只大白鹅自己拿回家吃的,现在也只好说:"好吧,我把最后一只大白鹅奖励给你。不过明天你领路,真的没有大白鹅奖励你了,这个你要理解。"

女民兵一笑,说:"我今天要到一只大白鹅就可以了。"

机挂船开到了阳澄湖,民兵营长问那位女民兵:"今天到哪个岛上去?"

女民兵说:"大雁岛。"

民兵营长说:"是大雁岛,还是大燕岛?"

女民兵说:"天上飞过一群大雁……"

民兵营长说:"据我所知,阳澄湖只有白鹭,没有大雁啊!"

女民兵说:"那我也不知道为什么那个荒岛叫大雁岛。"

机挂船手说:"船往哪开?"

女民兵手一指说:"往那边开。"那边是南边,大雁岛在阳澄湖的南面。

机挂船加足马力开向大雁岛。

吕雪芳拿了一只小凳子坐在河边,她望着河面。突然,河面上出现了一个黑点,那黑点越来越大,她从凳子上跳了起来。"不好,来船了,来船了!"她一边跑,一边大叫起来。

大个子和老周夫妻正在平整一块菜地,听到吕雪芳的呼叫声,他们跑到河边张望,果然有一只机挂船在朝荒岛疾驶过来。

老周对大个子说:"你俩马上到地坑里躲避,快点。"

大个子拉起吕雪芳就向着地坑跑去。

大个子先下到地坑里,然后伸手托住吕雪芳的脚。因为地坑底部都是石头，所以只能这样让她慢慢地下来。当她双脚下到地坑里时，他伸手抱住了她的身子。在地坑里，他抱着她，没有松开。

老周以迅雷不及掩耳之势将边上的树枝和柴草遮在地坑上面。而周妻马上用粪桶挑了一担粪水，来到地坑边上，开始浇菜。

在地坑里，吕雪芳说："好像有一股臭味，你闻到了吗？"

大个子说："我闻到了，像粪臭。"

他俩并不知道周妻在佯装浇粪水。

老周做好这一切，就搬了一个小凳子，坐在屋前用剪刀剪螺蛳。

这时，那只机挂船靠岸了。

老周放下剪刀，拿起一根木棍向船走过去……

机挂船还没有停稳，就有民兵跳到了岸上。老周叫道："你们哪里来的？你们来做什么？"

民兵营长走到老周面前，说："你在这里做什么？"

老周说："我是生活在岛上的居民。"

民兵营长说："这不是荒岛吗，怎么允许住人呢？"

老周说："我们夫妻住在这里十几年了，对岸的领导和群众都知道。"

老周一个人怎么拦得住他们十几个人？他们在岛上横冲直撞，看见前面有房子，便向房子冲了过去。

老周也追了上去。

两间房子，房门都敞开着。几个民兵冲到屋子里，有人还蹲下身子察看床铺底下，以确定房间里有没有人。

民兵营长看出了端倪，他问老周："除了你们老夫妻俩人，还有谁住在岛上？"

老周说:"没有其他人。"

民兵营长指着两间房子说:"那你们老夫妻俩分开睡觉的吗?"

老周说:"没有,一块儿睡觉的。"

民兵营长说:"那么,你们怎么有两张床铺,而且两张床铺都有人在睡觉,这是怎么一回事?"

老周摸摸头说:"东面房子的床铺是我们老夫妻睡的,西面房间的床铺是我女儿夫妻俩睡觉的,昨天他们来的,今天一早就摇船走了。"

民兵营长说:"你女儿嫁在哪里?"

老周说:"你是来查户口吗?这个我不想告诉你。你这样问东问西,我看你是不怀好意。"

民兵营长说:"现在我问你一个问题,你要如实回答我,我是民兵营长,你要配合我们的工作。"

老周态度软了下来,说:"那你问吧。"

民兵营长说:"前几天有没有一对年轻的夫妻投奔岛上来?那个女的还是'大肚皮'。"

老周说:"除了我的女儿和女婿来过,这几天外头的人一个也没有来过。"

民兵营长说:"你敢对天发誓吗?"

老周伸手拍了拍胸脯说:"这是事实,我当然敢拍胸脯。"

民兵营长伸出大拇指,说:"你有种!"

老周说:"即使天塌下来,我也是这一句话,这几天外头的人一个也没有来过。"

这时民兵们都围拢过来,他们问民兵营长,岛上四周都是树林和杂草,还要不要寻找"大肚皮"。民兵营长扬了扬手里的木棍说:"你们分头在岛上寻找,然后到船上集合。"

老周很担心大个子小两口的安危,所以他不动声色地追随着他们。他想,如果他们要去地坑那里寻找,那么一定要想一个办法将他们引走。

其实,周妻已经为地坑守住了第一道防线。当民兵们寻找到地坑时,看见周妻在浇粪水,他们个个掩住鼻子,不敢靠近半步。就这样化险为夷了。

老周夫妻不识字,但他俩计谋高超。

民兵们在大雁岛上转了一圈便坐上船走了。

老周夫妻俩便将地坑上的树枝和柴草移开。大个子让吕雪芳踩在自己的肩膀上,先爬出了地坑;而大个子人高马大,他没费多大的劲便也爬出了地坑。

大个子问:"来的是我们大队的人吗?"

老周说:"是的,他们一上岸就问我有没有看见一对青年男女到岛上来,我告诉他们没有。那个民兵营长很难对付,竟然问我另一张床铺谁睡觉的。这个人眼睛很厉害。我说是女儿女婿来岛上住的,此事才敷衍过去,要不然被他盘根问底,真的有点招架不住。"

吕雪芳说:"谢谢周阿叔,是你和阿姨救了我们!"

老周说:"不要紧的。"

这时,周妻走了过来,她看见大个子和吕雪芳说:"你们躲避在地坑里,让你们受委屈了。我在边上菜地浇粪水,那些人看见我在浇粪水便掩住鼻子走开了,我看见他们这个样子,心里觉得好笑。"

吕雪芳说："啊,原来我们在地坑里闻到一阵阵臭味,是阿姨在浇粪水啊。"

老周说："是的,是你阿姨在浇粪水。如果不浇粪水,这些人很可能会近距离察看地坑,那么你俩就要暴露了,后果不堪设想。"

大个子说："周阿叔和阿姨的恩情,今生今世我和雪芳都报答不了。"

老周说："我们是一家人,不用说客气话。"

周妻说："他们走了,这是最让人高兴的一件事。我悬着的心才刚刚落地。"

吕雪芳拉着周妻的手说："阿姨,你比我妈对我还要亲。我跟大个子出走,我都没有告诉我父母亲,这些日子以来,不知道他们过得好不好。我突然有点想念他们了。"

周妻说："你的父母亲肯定也是舍不得你的,其实你出走的时候,应该对他们讲一声。"

吕雪芳说："那时我就怕父母亲不让我走。如果我不走,我肚子里这个孩子就保不住了,所以我只好狠狠心,不辞而别。"

大个子拍了拍吕雪芳的衣服说："你背后的衣服上都是泥巴。"

吕雪芳看到大个子的背后也都是泥巴,她说："你背后的衣服上也都是泥巴。"

周妻说："我在地坑旁边浇粪水没有浇到你们身上吧?"

"没有溅到粪水,只是闻到了臭味。"大个子说。

"是的。"吕雪芳附和道。

那只机挂船在阳澄湖里转悠了半个月,民兵营长带着一群民兵寻找了所有荒岛,可最后一无所获,那个"大肚皮"好像从人间消失了一样。

那只机挂船是从公社妇联借来的,只好还给人家。

民兵营长和苏主任垂头丧气,他俩已经做好了被撤销职务的准备。但上级并没有这样做,而是要求他们不要泄气,继续加大力度寻找大个子和吕雪芳。实在找不到,那再另想办法。

为此,民兵营长和苏主任对上级领导感激涕零。

那天傍晚,苏主任又来到了吕阿狗家。吕阿狗一个人在喝酒,桌子上只有两个菜,一个是咸菜炒蛋,还有一个是萝卜丝。

苏主任说:"老吕,你还在喝酒啊,你女儿有消息吗?"

吕阿狗知道她是黄鼠狼给鸡拜年——没安好心,所以没好气地说:"我与你一样,她在哪里,是死是活,我一概不知。上次大队把我们夫妻关了起来,还饿着了我们,我本来没有胃病,现在有胃病了,这笔账我早晚要找大队算的。"

苏主任说:"你胃病肯定以前就有,你不能把得了胃病这个账算在大队头上。现在的问题是你女儿未婚先孕,又出走那么多天,大队花费了很多精力和成本寻找她,这是相当严重的事件。这笔账大队怎么算,还在研究之中。"

吕阿狗喝了一口酒,说:"我女儿结婚年纪到了,她愿意生孩子,你们凭什么不让登记结婚?是有人作梗不出证明,你们要找真正破坏政策的人。"

苏主任说:"我劝你说话注意点,如果大队真的跟你上纲上线,大队可以报公社,把你直接送西山农场。"

吕阿狗有点愤怒了:"你现在有种直接把我送西山农场啊!"

苏主任说:"你真是狗咬吕洞宾——不识好人心。我们都是一个大队的人,手臂总是朝里弯的,所以在上级领导面前,我们都在为你的女儿说好话,这个你知道吗?按照政策来办,你女儿目前这样的情况,你家现在住的房子都要扒掉屋顶的,这个我可不是与你开玩笑的。你可以问队长……"

这时杏梅走了过来,对苏主任说:"上次大队关阿狗和我,阿狗现在得胃病了,我是老胃病,现在又加重了,我们正想找大队,看看这个看病钱怎么办?"

苏主任说:"有病当然要看的,但你不要怪三怪四,这样没有什么意思。如果你们看病的钱需要大队来出,我倒是可以给你出一个主意。你们赶紧把女儿找回来,或许大队可以考虑补助你们一些看病钱。"

吕阿狗说:"我宁可不要大队一分钱,也不会找女儿回来!"

而这天早晨五点,民兵营长就来到了大个子家。海林妈刚起来准备做早饭,这时民兵营长来了。海林妈知道他是为大个子而来的,知道他是来打探大个子的消息的。所以,海林妈不想与他多说话。

民兵营长说:"老王呢?"

海林妈说:"还在睡觉。"

民兵营长说:"儿子失踪,他怎么不急呢?"

海林妈说:"他急的时候,你没有看到。"

民兵营长说:"你可以叫他起来哉,我有话对他说。"

海林妈说:"你有话可以对我说。"

民兵营长想了想,说:"昨天我接到公社通知,你儿子带着'大肚皮'女人私奔,已经成了整个公社的反面教材,所以现在整个公社正发动民兵寻找你儿子和那个'大肚皮'。我特地来告知你们,我的想法是你们最好自己找到儿子,把他未婚妻肚子里的孩子打掉,这样大事化小,小事化了,不然这事收不了场。"

海林妈说:"你说的是人话吗?"

民兵营长说:"这是上级叫我传达给你的,反正我传达给你了,你看着办吧。"

海林妈说:"谢谢你的一番好意。你们真的好心,就马上开证明,让他们登记结婚。"说完,她提着一只垃圾桶从屋子里走了出来,向河埠走去。民兵营长见此也没再说什么话,走了。

海林爸听到外面的说话声音也起床了,他眼睛都没张开,叫道:"海林妈,大清早你与谁在讲话啊?"

没有人接他的话,他便拎着裤子走了出来。他一看屋子里没人,知道海林妈一定是去河埠了。这时,海林妈拎着垃圾桶回来了。海林爸问:"刚才你与谁在讲话?"

海林妈说:"大队民兵营长。"

"他一早来做什么?"

"他说大个子带着'大肚皮'私奔成了全公社的反面教材,他的话气死人。"

"不要理他,他们找不到大个子,说话吓唬人。"

"对的,不理他们。"

海林爸说:"等风头过去,我想偷偷去阳澄湖东一趟,找二哥一块儿到那个荒岛去看看,看看儿子他俩日子过得好不好。"

海林妈说:"我也想去。"

海林爸说:"现在可不能去,说不定我和你的动向,大队都派人在监视着呢,所以我们不可轻举妄动。"

海林妈说:"这是有可能的,如果现在我们去荒岛看儿子,等于是带他们去捉儿子,这种傻事我们可不能做。"

海林爸说:"对的,我们要忍耐!"

为了不让地坑被他人发觉,老周对大个子说:"在地坑四周种些杨柳树。"

大个子说:"杨柳树到了夏天就有刺毛虫。"

老周说:"我就是看中这种树会长刺毛虫,所以一般人都不会靠近杨柳树。"

大个子说:"你说的有道理,那就种杨柳树。"

于是,老周拿了一把砍刀来到河边砍杨柳条。大个子有点疑惑,砍下来的杨柳条能成活吗? 老周说:"其他树都要树苗的,但在这个岛上有两种树不要树苗,一种是杨柳树,还有一种是玫瑰树。"

大个子说:"我长知识了。"

这真是有意栽花花不发,无心插柳柳成荫。

大个子将一堆杨柳条抱到那个地坑,然后将杨柳条一个个插在泥土里。

老周说:"过些日子,这些杨柳条就活了,地坑被围在当中,这样更不易被人发觉。"

大个子说:"这样,我俩躲避在地坑更安全了。"

还好,此后几个月时间都没有外人再来大雁岛上找人。柳条都活了,已经将地坑隐蔽起来。

这天,老周说:"这个岛上有野猪出没,说不定这个地坑还能捕捉野猪呐。"

大个子说:"我想应该是有野猪,因为夜里我听到过猪的叫声。我还以为是做梦,没想到是有野猪。"

老周说:"我在岛上见过一只野猪的,当我拿了一块砖头走向它时,它很快地钻到树丛里了。"

大个子说:"以前我们村庄六丈田也有野猪出没,那地方有一片荒地。后来大队开垦荒地,那些野猪就没有生存的地方了,当时社员们还打死了几只野猪。村庄里有个私塾先生,他说这不是野猪,是野猪。"

老周说:"对对对,我也听人说过叫野猪,但野猪这个名字我记不住,只记住野猪这个名字了。"

大个子说:"以前我捉过黄鼠狼,只要在田埂上挖一个坑,在坑里装上夹鼠器,在夹鼠器上挂一块猪肝,这个黄鼠狼就上勾了。要想捕捉这个野猪,我想,在地坑里丢些南瓜,野猪就会跳到地坑里吃南瓜,它跳下地坑容易,爬出来就难了。"

老周说:"我也捉过黄鼠狼。那我们在地坑里放几个南瓜,如果野猪不到地坑里吃南瓜,这个南瓜还可以我们自己吃的。南瓜好好的,并不会浪费掉。我现在就去搬两个南瓜。"

大个子紧跟其后。

老周想一个人搬两个南瓜,大个子快步上前说:"周阿叔,这两个南瓜,我来搬。"

老周不答应,最后一个人搬了一个南瓜。

第二天早上五点左右,老周夫妻又摇船去阳澄湖里倒鱼笼,他们每天如此,可谓风雨无阻。大个子也起床了,他一个人往地坑走去,刚走近地坑,就听到猪的叫声。

大个子马上捡起一根树枝,蹑手蹑脚向地坑走过去。果然,那猪叫声是从地坑里发出来的,他拨开树枝向地坑望去,虽说天还未亮,光线不好,但他看到地坑里有黑影在窜上窜下,并发出声嘶力竭的叫声。那叫声就是野猪的,他确认地坑里有野猪。

他等待老周夫妻回来。

他等待天亮。

他就坐在地坑旁边。如果野猪从地坑里爬出来,他准备用石块砸死它,决不让它逃跑。

吕雪芳来了,大个子对她说:"地坑里有野猪……你想吃猪肝还是猪肚?"

吕雪芳说:"我想吃猪脑子。"

大个子哈哈大笑:"从小我爸就对我说,吃猪脑子会笨的。"

吕雪芳说:"有这个说法吗?"

大个子说:"反正我爸是这样说的,估计是因为猪好吃懒做。"

吕雪芳说:"那我不吃猪脑子了,因为我想生个脑袋瓜聪明一点的孩子。"

大个子说:"这阵子你在外面受惊了,我看这只野猪肚就你一个人吃吧。一般有胃病的人会高价买这个野猪肚吃,但市场上很少有这种正宗的野猪肚。"

吕雪芳说:"怎样的做法呢?"

大个子说:"这个野猪肚不容易煮烂,如果红烧那肯定要烧个半天,我看还是白煮吧。"

吕雪芳说:"没想到你还是一个美食家啊!"

大个子说:"岛上遍地野葱,煮猪肚时放一把野葱,那这个白煮猪肚腥味全无……"

吕雪芳说:"这么好吃的东西,我可不能独吞,也要给周阿叔和阿姨留一点吧。还有你,也要尝尝野猪肚的味道啊。"

大个子说:"你把野猪肚留给周阿叔和阿姨,他们也不会吃。因为他们年纪大了,牙齿不好了,哪里咬得动这个野猪肚啊,只能囫囵吞枣。"

吕雪芳说:"没想到你观察人和事物那么细致,我佩服你!"

大个子说:"这个野猪肚一定比河蚌肉老许多吧,上次我们做了咸菜烧蚌肉,周阿叔和阿姨只吃咸菜,我就问他俩:'这个咸菜炒蚌肉很好吃,你们怎么不动筷子呢?'老周指着自己的牙齿说:'牙都掉光了,这个蚌肉只能看不能吃了,唉……'"

老周夫妻来到岛上好多年了,经常看见野猪出没,但从来没有抓到过一只野猪。所以,老周夫妻听说地坑里有野猪,连船里的鱼都没放在篓子里便急忙跑到地坑边看野猪来了。

此时,天已经亮了,地坑里有什么可以看得清清楚楚了。

老周拨开地坑上面的树枝,朝地坑底部张望。他看到地坑里有三只野猪,一只大野猪,两只小野猪。

大个子知道了很欢喜。

老周说:"怎么把这三头野猪弄上来呢?这头大野猪看上去十分凶猛,弄不好它到地面就会逃跑。"

大个子说:"有没有破旧渔网?"

老周说:"应该有的。"

大个子说:"把破旧渔网套在大野猪身上,它就跑不了。"

老周说:"有道理。"

大个子说:"两只小野猪怎么办?"

老周说:"放生,反正在岛上,它们走不了。"

大个子说:"那好,我先来把两只小野猪弄上来。"

大个子是在农村长大的,见多识广,他知道怎么将小野猪从地坑里弄上来。他找来一捆麻绳,在一头上系一个圈,然后将这个圈丢在地坑里。他先把一头小野猪套住了,那只小野猪拼命挣扎,结果那个圈在它的脖子上越收越紧。大个子拉紧麻绳,迅速将那只小野猪拉到了地面。他解开了那个圈,那只小野猪很快就跑得无影无踪了。接着,他如法炮制,将第二只小野猪拉到了地面上,然后将它放归自然。

这时老周找来了一口旧渔网。

只见那只大野猪在地坑里气喘吁吁,老周说:"这只野猪可能累了,但它一旦到地面上,那又是它的世界了。"

大个子说:"将这口旧渔网包裹在它的身上,它即使再猖狂,也只能束手待毙。"于是,他将这只旧渔网慢慢地放下去,罩在那只野猪的身上。那只野猪拼命挣扎,想甩掉旧渔网。可那旧渔网就将那只野猪团团围住,它终于动弹不得。

看它在地坑里趴下了,大个子便跳到了地坑里,用一捆麻绳将野猪前后的四只脚捆住。怕野猪咬人,又用一团破棉花塞在它的嘴巴里。大个子和老周两人硬是将这只野猪从地坑里拉到了地面上。

这只野猪有八十多斤,是一只公猪。

可是有一个问题,四个人谁都没有杀过猪。面对这样一只凶悍的野猪,大家都无从下手。最后,老周想出了一个好办法。他说:"我把这只野猪摇船拉到对岸,请杀猪人杀。"

大个子说:"那我一块儿去。"

老周说:"你可不能去呀,万一被别人认出你,那就出大事了。"

大个子说:"我不上岸,就待在船上。"

老周说:"那也不行。对岸的人喜欢到我船上坐坐,所以他们还是会看到你的。"

大个子答应吕雪芳做白煮猪肚给她吃的,所以他对老周说:"周阿叔,那只猪肚你要带回来,我答应给雪芳做白煮猪肚。"

老周说:"猪肉、猪内脏都会带回来,就是那个猪头不带回来。我请杀猪人杀猪就把这个猪头送给他。这个野猪头毛粗又多,很不容易搞干净,又煮不烂,所以我想还是把它送给别人吃。"

大个子说:"这只野猪肉,我们几个人也吃不了,可以卖掉半只。"

老周说:"不卖,留着我们自己吃。妹妹怀孕了,让她多吃野猪肉，好好补补身子。"

大个子说："野猪肉香，就是一时煮不烂。"

老周说："那没事的。每天我生一个煤炉，将野猪肉放在铁锅里煮，煮上大半天，不相信煮不烂。反正岛上柴草有的是，不愁没柴烧。"

吃过午饭，大个子和老周将这只野猪抬上了小船，为了防止野猪逃脱，仍然将旧渔网套在它的身上。老周想一个人摇船到对岸去，周妻说："你一个人不行的，这只野猪在船上发威的话，你怎么对付？"

老周说："野猪发不了威，麻绳捆着它能动弹吗？我准备一把铁锤，如果它乱动，我就给它一锤子。"

周妻说："下午我也没有事情可做，就让我跟船吧。"

老周说："好吧，到对岸你去买些日用品，看缺什么就买什么，我去找杀猪人杀猪。"

周妻说："可以的。"

大个子和吕雪芳坐在湖边目送小船离去。

"不知道我什么时候能够回家？"吕雪芳说，情绪有些低落。

"你是不是想家啦？"大个子说。

"嗯，我真的想我爸爸妈妈了，不知道他们情况好不好？"吕雪芳说，眼角有一滴泪流了出来。

面向阳澄湖，大个子也表达了自己对父母亲的思念。两个人沉默了半响，大个子说："如果你想回去看看，找一个夜里，我摇船和你一起回去一趟。"

吕雪芳说："但我回去，说不定我爸妈就不让我走了。"

大个子说:"你为什么这样想?"

吕雪芳说:"因为这次我跟你出来,就没对他们说,他们肯定在生我气。"

大个子说:"我想,他们即使生气,也会为你考虑的,不会伤害你,不会为难你。"

吕雪芳退缩了,说:"还是不回去吧。"

大个子说:"那我们就安心在岛上生活,等你生了孩子后,我们再想法子回家去。"

吕雪芳说:"他们会不会抱走我们的孩子?"

大个子说:"孩子是我们的,他们不会抱走,不过如果你现在回去,那肚子里的孩子可能保不住。"

吕雪芳说:"不知道我们的出路在哪里?"

大个子说:"有些事情你不要多想,记住,到什么山砍什么柴,船到桥头自然直。"

吕雪芳仍是皱着眉,歪着头。

大个子说:"秋天就要来了,我想在河边围一圈篱笆,饲养几百只鸭子。"

吕雪芳说:"你征求过周阿叔的意见吗?"

大个子说:"提过的。周阿叔说其他不怕,就是有时候会来台风,所以在河边饲养鸭子有风险。因为台风很大,如果把篱笆吹掉了,那些鸭子就逃掉了。"

吕雪芳说:"周阿叔是老渔民,他说的话非常对。"

大个子说:"现在只要解决台风的问题,就可以饲养鸭子了。"

吕雪芳说:"有办法解决吗?"

大个子说:"有的。当台风来的时候,就把鸭子赶到岸上,鸭子就逃不了啦。等台风一过又可以把鸭子赶到河里。"

吕雪芳说:"你在河边饲养鸭子,我在岸上看着你。"

大个子说:"等这群鸭子长大了,你也就生产了。到时候我摇船送你到对岸去生产,这个卖鸭子的钱就可以派上用场,要不然你生产我都拿不出钱。"

吕雪芳扑到他的怀里说:"我现在还能干活,我和你一起饲养鸭子。"

大个子抱着她,吻着她的长发,说:"雪芳,你跟着我,让你受苦了,但愿你身体好好的。"

对岸人看到老周船上的野猪,都想买野猪肉。老周说这只野猪肉自己吃了,以后再捉到野猪就拿过来出售。

有人说:"你少卖一点野猪肉给我好吗?我想尝尝野猪肉的味道。"

不管他们怎么说,老周就是不答应卖野猪肉。因为他答应过大个子,除了野猪头给杀猪人,其他猪肉、猪内脏都带回去。如果他把野猪肉卖了,那他便食言了,这样的事可不能干。

杀猪人对老周说:"这个野猪肉好吃,但对你这样年纪的人来说不适合,你咬不动的。这样吧,我用两斤饲养的猪肉换你一斤野猪肉。"

老周又不能透露大个子小夫妻俩在岛上的情况，他讷讷地说："我告诉女儿女婿了，他们喜欢吃野猪肉，所以这只野猪肉我要自己留着，到时女儿女婿到岛上来，我让他们带走。"

杀猪人说："老周，我不要野猪头，我要一只猪肚可以吗？"

老周看着他，说道："哎呀，我女婿胃不好，他特地叮嘱我要这猪肚，所以猪肚我要带走的。以后再逮住野猪，我就把猪肚留给你，这样总可以了吧？"

杀猪人说："唉，老周啊，以后你再让我杀猪，我可不干了，你找别人杀猪吧。"

老周连忙赔不是，对杀猪人说："明天我要到这里卖鱼，我捉着只大甲鱼，确确实实是野生甲鱼，我不收你一分钱，我把这一只野生甲鱼送给你！"

杀猪人嘻嘻一笑，说："老周就是爽快人，好的，我吃不着野猪肚，那我就收下你这只野生甲鱼。"

杀猪人做事干脆利索，不一会儿便将野猪四只腿切好，他对老周说："你在猪腿外表撒点盐，把猪腿挂起来就不会坏了。"他还将猪身肉切成方块状，将猪内脏打包好。他说："这个内脏回去马上清洗干净，一时吃不了，可以腌起来。"

老周连连道谢。

回去时，老周兴致极高，摇船很起劲。周妻说："今天晚上就做红烧野猪肉吃。"

老周说："先吃猪肝，岛上不是有野生的大蒜嘛，做个大蒜炒猪肝，我喜欢吃。老话道吃什么补什么，这个野猪肝难得吃着的哇!"

周妻说:"大蒜炒猪肝,你尝尝味道是可以的,但我想还是留给妹妹吃吧,她有身孕,需要补补身子。"

老周点头道:"对的,这个野猪肝是好东西,应该让妹妹吃。"

老周夫妻视大个子和吕雪芳如自己的亲生子女,他们尽最大努力照顾这对年轻人。

老周一到岛上,就生煤炉。因为他记得大个子说要吃白煮猪肚,所以他生煤炉就是要做白煮猪肚。而周妻一上岸就去摘野大蒜,她想做一个大蒜炒猪肝。

大个子看着四只猪腿,说:"周阿叔,这四只腿一时吃不了,如果有人要可以卖啊!"

老周说:"对岸的人都想买野猪肉,我没答应,难得捉住一只野猪,自己吃也是应该的。杀猪人说可以在猪腿上撒些盐,将猪腿挂起来,这样猪腿就不容易坏了。"

大个子说:"这是个好建议。把猪腿挂起来,这个猪腿就风干了。"

老周说:"就是这个道理。这样的话,可以每天割一块猪腿肉蒸来吃。"

周妻摘了一篮子野大蒜回来了,老周说:"大蒜炒猪肝,这个菜让妹妹多吃点。"

大个子说:"她不喜欢吃大蒜,大蒜味道太重。"

老周说:"大蒜很好的,妹妹怀孕应该多吃大蒜,即使味道重,又不到人堆里,这又有什么关系呢?"

大个子说:"她喜欢吃白煮猪肚。"

老周说:"我煤炉已经生好了,等你阿姨洗好猪肚,马上就煮。"

大个子说:"今晚的菜肴可真丰富。"

老周说:"这样我们这个孤岛就热闹了。"

那只煤炉的火烧得很旺。铁锅很大,像一只黑帽子翻在煤炉之上。那柴火冒出的烟是黑的,慢慢火旺了,烟就淡了。因为锅里放入了一把野大蒜,所以一股香味散开来。

周妻问:"猪肚要煮多长时间?"

老周说:"我也不知道,这样,你拿双筷子戳一下猪肚,如果筷子戳得破猪肚,那就差不多熟了。反正一定要煮到筷子戳得破猪肚,不然咬不动的。"

周妻说:"那你看好煤炉,我去做其他菜。"

老周点点头。他拿起一双筷子戳猪肚,可是筷子戳不破猪肚。他说:"猪肚还要煮,这个野猪肚煮烂真是要工夫。"

在大个子的劝说下,吕雪芳表示可以吃大蒜炒猪肝。大个子说:"大蒜炒猪肝你吃一点,大蒜很好的。周阿叔特地生煤炉给你做白煮猪肚,这个你就要承包了。"

吕雪芳说:"那么多猪肚,我哪吃得了?"

大个子说:"生猪肚看上去蛮大的,放在锅里热水一煮,它就缩水了,所以你应该吃得下。"

吕雪芳说:"我一个人吃不好吧?"

大个子笑道:"你不是一个人吃啊,你是两个人吃呐!"

吕雪芳明白了他的意思,捶了他一拳说:"看你这个高兴劲儿。"

猪肚真的煮了一个下午,才煮烂了。老周把一张小方桌搬到了外面，他拍着自己的大腿说："哎哟，我忘记买一瓶白酒了，这么丰盛的菜肴喝一盅老酒多么好啊！"

周妻说："我也没想起这事，原本在船上我想起过买一瓶白酒，结果还是忘记了。"

老周说："没有白酒，就泡茶喝。"

周妻说："有一瓶黄酒，烧菜用的，要不你俩就喝黄酒？"

老周说："有黄酒啊，那就喝黄酒。"

大个子表示自己不会喝酒。

老周说："总共只有一瓶黄酒，这样，你喝三两黄酒，剩下的黄酒我喝。"

大个子说："我真的没有喝过酒，周阿叔，这黄酒就你一个人喝吧。"

老周说："你看阿姨做了一桌子好菜，喝一盅酒，便可多吃点菜，不然这一桌子菜怎么办？"

周妻对大个子说："你就陪阿叔喝一盅吧。你阿叔的脾气，他要你陪他喝酒，你不陪他喝酒，他会鸡蛋里面挑骨头的；你若陪他喝酒，他的眼睛便会笑成一条缝。"

周妻这么说了，大个子才倒了一点黄酒作陪。

老周对大个子说："这是你们来岛上第一次喝酒，来吧，大口喝。"

大个子说："多谢周阿叔和阿姨收留我和雪芳。"

老周说："我们是一家人，不需要多说了。"

大个子说："我们用什么来报答你们的恩情呢？"

老周说："我可要提醒你，这是我们的举手之劳，你们俩的到来,给我们带来了无穷的快乐。你看我到岛上十几年,从来没捉过一只野猪,你们一来岛上,这只野猪就自投罗网。所以,以后感谢的话少说,因为这是缘分!"

他发现吕雪芳还没有坐上桌子,就朝周妻叫道:"你去叫妹妹过来吃饭。"

大个子说:"我去叫她。"

不一会儿,大个子和吕雪芳都围着小方桌坐下了。老周对吕雪芳说:"妹妹,这个白煮猪肚煮得很烂了,在煤炉上整整煮了一个下午,添水就添了有三四脸盆那么多。"

吕雪芳说:"周阿叔,你辛苦了!"

老周端起酒盅喝了一大口,对吕雪芳说:"吃什么补什么,妹妹,这个白煮猪肚你多吃点,你怀孕需要好好补补身子。"

"我会吃的。"吕雪芳笑了笑,她伸筷子夹了一块猪肚。

周妻端着一碗野大蒜炒猪肝来了。她将那碗菜放在方桌上,然后说:"哎哟,没有白糖,如果这个大蒜炒猪肝里放一汤匙白糖,那这个菜就是今晚最好吃的菜了。"

听了周妻的话,老周第一个伸筷子准备夹猪肝。他忽然想到了什么,伸出的手又缩了回去。

大个子看见了,说:"周阿叔,阿姨讲这个菜好吃,猪肝很嫩的,你和阿姨多吃一点吧。"

老周说:"你阿姨关照过我,这个大蒜炒猪肝杀菌的,让妹妹多吃点。"

吕雪芳说:"我吃一点就够了,周阿叔,你喜欢吃这个菜,你就多吃一点吧。"

大个子也对老周说:"周阿叔,这个大蒜炒猪肝,你们咬得动,你和阿姨多吃点。"

那个白煮肚煮得很烂,吕雪芳连声说着"好吃"。大个子说:"一只大野猪最宝贝的东西就是猪肚,现在这猪肚全被你吃了,你有吃福!"

吕雪芳说:"我觉得这是我吃过最好吃的猪肚。"

大个子说:"你喜欢吃这个猪肚,那我在岛上多挖几个地坑,看会不会再有野猪掉在地坑里。"

老周说:"岛上肯定还是有大野猪的。我估计这些野猪在西面那片树林里,原来那里是乱坟,很少有人去那个地方,所以野猪便在那里生存了。"

大个子说:"明天我去那里看看。"

吕雪芳说:"那里是坟堆,你一个人可不能去啊!"

老周说:"你要去叫我,我和你一块儿去。去时手里要带好木棍,万一野猪受到惊吓,它们横冲直撞,那可要出大事情的。"

大个子说:"虽说野猪野蛮,但它们还是怕人的,它们看见我们应该就逃之夭夭了。"

老周说:"明天的事情明天再说,现在我们好好喝酒,好好吃菜。"他端起酒盅与大个子干杯。

老周说:"这个岛上不仅有野猪,还有野兔子、野鸡和野鸭,我看这不是荒岛,这是宝岛。你想想,阳澄湖里有鱼八鲜,这个岛上又有这么多野生动物,你说这个大雁岛难道不是宝岛吗?"

"是宝岛,是宝岛。"周妻连声说着。

老周说:"以后这个岛会越来越好,因为有年轻人来了,所以我觉得这个荒岛真的会变成宝岛!"

大个子有一个设想,他想在河边筑篱笆,饲养几百只鸭子。当然这个想法还是要征求老周夫妻的意见。吕雪芳是这样对大个子说的:"如果周阿叔和阿姨不同意我们养鸭,那我们就不养鸭子。因为还有许多不确定因素,比如大队民兵再来岛上寻找,当然台风问题也是极其需要重视的一个问题。

老周酒量很好,一瓶黄酒,大个子喝了一两,剩下的老周喝得轻轻松松。

大个子趁着老周高兴,对他说:"周阿叔,我们来岛上也有些日子了,得到了你和阿姨的很多照顾,为此我和吕雪芳对你们感激不尽。同时我和吕雪芳商议了一下,也想找点事情做做,所以我们合计了一下,想在河边围一个篱笆,饲养几百只鸭子,我们想听听你和阿姨的具体意见,不知道养鸭行不行?"

老周说:"以前我们养过鸭子,但不多,四五十只,那么多鸭子吃什么,这可是一个问题。"

大个子说:"我想到阳澄湖里耙河蚌、耥螺蛳。"

老周说:"鸭子小的时候,耙河蚌、耥螺蛳还可以,如果鸭子大点了,那耙河蚌、耥螺蛳就喂养不起它们了,这个饲料问题是个大问题。"

大个子想了想说:"那我就在阳澄湖里放养鸭子,让他们自己寻找食物吃。"

老周说:"你以前有养鸭的经验吗?"

大个子摇摇头说:"我没有。"

老周说:"那你可以先少养些鸭子。"

本来大个子准备养两三百只鸭子,现在听了老周的话,他改变了主意。因为自己初次养鸭,没有经验,如果养鸭太多,恐怕到时自己会招架不住,所以他想先养一百只鸭子。

老周说:"一百只鸭子先养起来,如果你感觉养鸭有把握,再追加数量,我感觉这样比较好。"

大个子说:"对岸有小鸭子卖吗?"

老周说:"应该有卖的。"

大个子说:"大概多少钱一只呢?"

老周说:"这个不知道,明天去对岸,我去问一声。"

大个子说:"周阿叔,明天你去对岸买一百只小鸭子回来吧,我来拿钱给你。"他起身准备去取钱。老周说:"你坐下,我身边有钱,等捉小鸭子回来你再给我钱也不迟。"

大个子只好坐下。

他说:"那我明天一早就在河边做鸭棚。"

老周说:"鸭棚先做小点,等鸭子大点,再扩大鸭棚。这样做事不累。"

老周并没有食言,第二天早晨他摇船到对岸卖鱼,把一只大甲鱼送给了杀猪人。杀猪人说:"这只大甲鱼是野生的,正好送给我儿媳妇吃,让她补补身子。"

老周说:"你儿媳妇怀孕了吗?"

杀猪人说:"怀孕五个多月了。我老婆说要给儿媳妇买人参吃,我反对,还不如吃阳澄湖里的甲鱼。现在你把甲鱼送上门,所以我很喜欢,谢谢你。"

老周想,我们岛上也有一个孕妇,当然他不可以直说。他问道:"你儿媳妇准备在哪里生呀?"

杀猪人说:"送街上医院,这样多花点钱,但大人和小孩都比较安全。"

老周说:"不是可以叫接生婆吗?"

杀猪人说:"以前都是叫接生婆接生的,但现在社会进步了,大家都在医院生了。总之在医院生比接生婆在家里接生安全。接生婆在家里接生,万一遇上产妇大出血,那产妇真有生命危险的。"

老周微笑点头:"哦。"

杀猪人说:"你这样包打听,是家里有人生小孩吗?"

老周摇头道:"没有,没有,我只是随便问问。"

老周真是一个慈祥、细心的长者,他也在关心吕雪芳生小孩的事,只是大个子和吕雪芳不知道哩。

当然,老周还记着一件事,他要给大个子带一百只小鸭子回去。他知道有一户人家专门培育小鸭子,于是他摇船来到了那户人家。看到鸭棚里密密麻麻的小鸭子,老周不禁露出了微笑。他问道:"小鸭子多少钱一只?"

"五十只以上,每只五角。"

"一百只呢?"

"那一只便宜一两分吧。"

"便宜五分好吗？"

"那不行，便宜两分，我再送你一只小鸭子。"

老周花了四十八元买回了一百零一只小鸭子，他准备不收大个子这个买小鸭子的钱。因为他料想大个子小夫妻俩身边也没有什么钱了，这点买小鸭子的钱就算支持他创业吧。

大个子从大清早到中午一直在河边搭鸭棚。他在岸上用柴草和竹子搭建了一个棚子，这就是鸭棚。又在河边用竹子和芦苇围成了一个水上篱笆，这样小鸭子们可以在水上嬉戏，但又游不出去，可以确保小鸭子不走失。

忙好了这一切，他就坐在河边，望着阳澄湖，等待老周的船回来……

老周的船出现了，大个子兴奋异常，他相信老周会带回一百只小鸭子。船一靠岸，大个子就跳到了船上，他看到船舱里有几只纸箱，里面都是毛茸茸的小鸭子。

"周阿叔，这些小鸭子多少钱？我付你钱。"大个子说。

"人家送给我的，你不用给我钱。"老周说。

这是一个善意的谎言。

"那可是你的人情，我可得给你钱。"大个子执意要给老周钱。老周说："真不用给我钱，这样吧，等这些小鸭子长大了，你给我一两只大鸭子，这样好吗？"

"你的意思是……"大个子有点不解其意。

老周说："等这一批小鸭子长大了，你就给我一两只大鸭子，我去送给那户人家。"

大个子终于听明白他的话了，连声说："好的，好的，到时我多送他几只大鸭子。不过,如果这一批小鸭子长得顺利,我还想进第二批小鸭子,那第二批小鸭子的钱我可要付了呵!"

老周说:"那到时再讲。"

大个子和老周端着装着小鸭子的纸箱上岸了,并且小心翼翼地将小鸭子放在鸭棚里。那些小鸭子可爱极了,它们仍然挤在一块儿,好像怕有人欺负它们似的,不愿意分开。

大个子将早已准备好的饲料放在鸭棚里地面的竹席上。他在生产队看见过别人饲养鸭子,所以他也掌握了一些饲养鸭子的知识,比如小鸭子吃的饲料就是由青菜叶子和树上的小虫子切碎后混合而成的。

接下来,他准备耙河蚌给小鸭子吃。

他对小鸭子寄托着很大的希望,指望小鸭子长大,然后卖钱。因为到时候吕雪芳生产,是需要很大一笔钱的,所以他想通过饲养鸭子挣钱。

他的这个想法虽说没对老周说,但老周感觉出,这对小夫妻因为生产是很需要钱的。所以,老周买回一百只小鸭子便送给了这对小夫妻。

大个子发现小鸭子不爱吃毛毛虫,它们只把小青菜叶子都吃光了。他对吕雪芳说:"小鸭子也挑食的,它们不吃毛毛虫,明天我给它们吃河蚌肉。"

吕雪芳说:"那河蚌肉要切成碎片。"

大个子说:"碎片都不行,小鸭子嘴巴小,碎片吃不了,只能吃肉沫。"

吕雪芳说:"那让我切河蚌肉沫吧。"

大个子说:"好的,等这一批小鸭子养大,就差不多到你生产的日子了。我好期待这一天!为了这一天,我要好好养鸭,争取手里有点钱,我要让你幸福!"

阳澄湖东的二舅一直牵挂着外甥大个子,但他并没有将外甥大个子小夫妻俩在大雁岛落脚的消息告诉他的两个兄弟,即大个子的大舅和小舅。他怕知道大个子在大雁岛的人多了,一不小心把这个秘密泄露了。

二舅对妻子说:"今晚我想到大雁岛去一下,看看外甥小夫妻俩生活得怎样?"

二舅妈说:"你夜里去,可要把岛上的人吓坏的,我看你还是赶在天暗之前到岛上。"

二舅说:"天暗之前去固然是好,但我怕被别人看见。"

二舅妈说:"你又不是做贼,别人看见你在阳澄湖里摇船,也不会大惊小怪的呀。"

二舅说:"你说的有道理,那我就天黑之前赶去。"

二舅妈说:"外甥在荒岛生活肯定很苦,我来宰杀两只大公鸡带去。"

二舅说:"我现在到街上去买点东西。你看给外甥小夫妻俩买些什么东西好呢?"

二舅妈说:"外甥媳妇怀孕了,给她买一床棉被。岛上可能比我们陆地上风大,特别是夜里,应该会很冷。"

二舅妈一边收拾东西一边说:"其他就买些肥皂、牙膏,还有吃的酱油、菜油、黄酒,反正这些日用东西都买点去,那个荒岛没有商店,这些东西他们都是需要的。"

二舅摇船去街上买东西了。

二舅妈挽起袖子,捉了两只大公鸡,开始杀鸡。她知道二舅喜欢吃鸡血,所以她杀鸡时准备了两只碗,把鸡血都倒在碗里。她在碗里撒了 把食盐,然后倒些清水,用筷子拌和,又将碗放在铁锅里隔水蒸三四分钟,这样一碗鸡血便成了。

二舅来到了街上。有人问他:"你上午到街上买东西的,怎么现在又上街买东西呢?"

二舅笑道:"兄弟,你中午吃饭的,晚上你吃不吃晚饭呢?"

"我又不是仙人,可以不吃晚饭。"那人说。

"对呀,你要吃中饭,又要吃晚饭,与我一天上两次街不是一样的道理吗?"二舅道。

"唉,说不过你,死的东西都能被你说成活的,真的佩服你。"那人摇摇头说。

二舅来到卖棉被的商店,女营业员说:"现在怎么会有,我们商店还没有准备被子呢。"

二舅说:"其他商店有吗?"

女营业员说:"不瞒你说,我们商店都没有,其他小店不可能有的。我建议你买毛毯。一条毛毯嫌薄的话,你可以买两条,这样便厚了。"

二舅觉得这位女营业员说的有道理，所以他随机应变，买了两条毛毯。

二舅妈说的没错，如果二舅夜里去大雁岛，那真的要把岛上的人吓坏了。因为即使是天黑之前去大雁岛，也将老周夫妻和大个子夫妻吓得半死。

吕雪芳一直坐在河边看着阳澄湖水面，她想天快暗了，应该没有船来了吧。

她突然看见一只小船向着大雁岛过来了。

"不好了，不好了。"她一边叫一边去通知大个子和老周夫妻。

老周对她说："不管来人是谁，你俩先到地坑里躲避。"

老周叫妻子一块儿过去，叫她在地坑上面堆放一些树枝和柴草。周妻说："现在我去挑一担粪水可来得及？"

老周说："来不及了。堆放好树枝和柴草就走开，不要待在地坑旁边。"

周妻爽快地答道："我晓得哉！"

大个子拉着吕雪芳跑到了地坑，两人进到了地坑里，抱着不说话。

周妻将树枝和柴草堆放在地坑上，这个地坑伪装一流，如果不告诉你这里有一个地坑，你绝对发现不了。

老周手执一把鱼叉站在河边，他机警地看着那只小船，而小船越来越近了。

"船上好像只有一个人。"周妻说。

"我看也好像是一个人，这么晚了，不知道来人会是谁呢？但一个人，我们不用怕他。"老周说。

"对,我们不让他上岸。"周妻说。

"如果来人是亲戚朋友呢?"老周说。

"那当然要让他上岸的呀。"周妻说。

那船靠岸了。

原来是大个子的二舅。

"张阿二,你怎么现在来呢?"老周说。

"我来看看外甥和外甥媳妇,他们到岛上有一段时间了,我都没有抽身来看他们。今天赶在天黑之前过来看一下,给他们捎一点日常用品。马上我就要走的。"

老周说:"你外甥小夫妻生活得很好,我去叫他们来。"

二舅说:"他们怎么不出来呢?"

老周说:"哎哟,他俩现在还在地坑里呢。"

二舅疑惑了,说:"他们怎么在地坑里呢?"

老周便把他们在地坑躲避的来龙去脉告知二舅,说:"真的没有其他办法可想。看见有来船,也不知道是谁,所以只好让他俩在地坑躲避,让他俩受些委屈了。"

二舅跟着老周来到地坑边,老周说:"他们就在地坑里。"

"地坑在哪里?"二舅问。他只看到眼前杂草丛生。

"就在那里。"老周指着前面说,"我去叫他们出来。"说完,他就走了过去,搬去地坑上的树枝和杂草,对着地坑大叫:"快上来吧,来亲戚啦。"

吕雪芳先上来了,她踩着大个子肩膀上来的。然后,大个子自己爬上来了。

大个子见到二舅,竟然像小孩子一样哭了。

二舅也流泪不止。

二舅对大个子说:"外甥,你这个事,我都没有对你大舅和小舅他们说。我担心知道的人越多,就越容易把你们的行踪暴露了,所以这次他们没有来看你们。如果他们知道你们在这个岛上,我相信他们也会来看你们的。"

大个子说:"我知道,他们不用来看我,没关系的。"

二舅说:"我给你们带了一点东西,还在船上……"

他话还未说完,老周手一挥,说道:"走,我们去船上搬东西。"于是,众人向河边走去。二舅问大个子:"在这里生活怎样?"

大个子说:"多亏周阿叔和阿姨照顾,我和雪芳在这里比在家里生活得还要好!"

二舅说:"你有什么需要二舅帮忙的吗?"

大个子想了想说:"就是雪芳要生产的时候,我不知道送她去哪里生产?"

老周插嘴说:"这是一个问题。如果在岛上生产,那也要请接生婆来,生孩子是一道鬼门关,这可是性命交关的大事啊,我也一直在为此担忧。"

二舅说:"接生婆我可以找到,但现在生孩子都上医院,不叫接生婆接生了,所以叫接生婆到岛上来,她们不一定愿意过来。最好是让产妇到医院生产,这样可以确保产妇和小孩双方的安全。"

大个子说:"就是到医院生产,万一被发现,那可怎么办呢?"

二舅说:"产妇入院要登记,那是瞒不住的。"

大个子说:"唉,头疼。"

二舅说:"天无绝人之路。外甥,你也不用急,这个事总能想到办法的,到时我找大舅和小舅商量一下,看此事如何解决。反正还有一些时间呐!"

大个子说:"谢谢二舅!"

现在,他们来到了船上。大个子和吕雪芳看到二舅买了半船东西,他俩不知道说什么好了,都情不自禁地流下了眼泪……

看到两条毛毯,大个子抓抓脑袋说:"二舅,你和外甥真是心有灵犀,我想买一条毛毯,你却买了两条毛毯来了。"

二舅说:"本来想买一床被子的,但商店里还没有被子出售,所以我就买了两条毛毯。现在秋天到了,特别是在这个岛上,夜晚很凉快的,我想毛毯应该派得上用场了。"

大个子说:"两条毛毯很贵吧。"

二舅说:"二舅每天在阳澄湖里捉鱼很多的,给外甥买两条毛毯的钱还是有的呀。"

大个子说:"二舅,你在我心里是个能人。"

二舅说:"能人二舅称不上的,二舅只是比一般的人吃得起苦,所以也就比一般人捕的鱼多,捕的鱼多自然就挣的钱多。所以,干任何工作,只要你愿意吃苦,你愿意付出,总会比一般人收获得多。我是这样认为的。"

看到这么多东西,大个子很想付二舅钱,但他身上实在没有多少钱了。现在他为拿不出钱感到非常内疚,他说:"二舅,你买了这么多东西,花了很多钱,让我拿什么还你呢?"

二舅拍拍衣服,说:"外甥,你现在落难,二舅不帮助你天理不容。我就想你俩能渡过这个难关,把小孩养好了,你们快快乐乐,这就是对二舅最好的报答。"

大个子忽然想到了什么,对二舅说:"二舅,你吃过晚饭了吗?"

二舅说:"我吃过了,你二舅妈知道我要到岛上来,所以她晚饭做得早。对了,你二舅妈也每天惦记着你们,她知道我要到岛上来看你们,特地宰杀了两只大公鸡,就在一个蛇皮袋子里。"说着,他找到了那个蛇皮袋子,对大个子说:"这袋子里有两只大公鸡,外甥媳妇怀孕了,让她好好补补身子。"

看到两只大公鸡,老周便想起了挂在柱子上的四只野猪腿,他对大个子说:"你二舅送过来这么多东西,不可以让他空手回去,柱子上不是有四只野猪腿吗,就送给你二舅吧。"

大个子说:"好。"

二舅说:"四只野猪腿太多了吧?"

老周说:"野猪腿不大,四只野猪腿与一只饲养的肉猪腿分量差不多。"

二舅说:"送我两只就够了。"

老周说:"四只猪腿不多。这事我来处理吧。"他没征得二舅同意,就把四只野猪腿拿到了船上,可见老周此番情意非常真切。

二舅此次大雁岛之行带回了四只野猪腿,还带回了一个重要的问题——到时候外甥媳妇生产怎么办?显然在岛上生产有很大的风险,最好让她到医院生产,以确保产妇和小孩的生命安全。

二舅是个大气的人。两只野猪腿分别送给大舅和小舅，也就是他的大哥和弟弟，而他自己留下一只野猪腿。那么，还有一只野猪腿如何处理呢？

他自有主张。

他想把这只野猪腿送给大个子的父母亲，同时向他们转告大个子小两口在大雁岛生活得挺好。他知道大个子父母思儿心切。

本来，他想摇船去大个子家里的，但怕招惹是非，因为大个子小两口离家出走的风波还未平息。他转念一想，妹夫每天来阳澄湖耙水草，守在阳澄湖口子上应该能遇见他。二舅便带着那只野猪腿摇船去了。他守在阳澄湖出口，那是妹夫到阳澄湖的必经之路。

早晨七点左右，海林爸的船真的出现在那里了。平常是海林爸和另一位船工搭档到阳澄湖耙水草，这天，那位船工正巧有事，所以海林妈代替了他。

二舅的船靠了过去。

这样，两只船并排了。海林爸将一根撑竿插入河底，把船绳系在撑竿上，这样两只船便稳定在那儿了。

二舅提着那只野猪腿来到了海林爸耙水草的船上。

二舅说："这是野猪腿，我去那个岛上大个子送给我的。"

海林爸说："他送给你的，你就自己吃吧。"

二舅说："他给了四只野猪腿，我们兄弟姐妹四个每人一只。"

海林妈想知道儿子的近况，所以急切地对二舅说："二哥，你外甥和外甥媳妇在荒岛上过得好不好？"

二舅说："过得很好。岛上有一对老渔民夫妻，他们视外甥小两口如亲生的，有什么好吃的都留给外甥和外甥媳妇吃。"

海林妈说:"以后有机会我要到岛上去看看儿子,真的要当面感谢这对老渔民夫妻!"

二舅说:"我去看过了,就好比你们去看过了。如果你们直接去岛上,可能会把外甥的藏身处暴露,这样就是好事变坏事了。"

海林爸对海林妈说:"二哥说得对,我和你都不能去这个岛上,这样的念头想也不要想。现在知道儿子小两口生活得挺好,你和我也就心满意足了,你说对不对?"

海林妈点头道:"对的。我也想通了,以后我不提去岛上看望儿子了。"

海林妈特别关心儿媳妇,问道:"二哥,你在岛上见过外甥媳妇吗?"

二舅说:"见过的,外甥媳妇肚皮大了,都看得出来怀孕了。"

海林妈说:"是啊,扳扳手指头算一下,她怀孕有四个多月了,是应该看得出来的。"

二舅说:"听外甥讲现在遇到一个棘手的问题。"

"什么问题?"海林妈、海林爸异口同声地问。

二舅说:"十月怀胎,一朝分娩。外甥媳妇是在岛上生产,还是送到医院生产,这是一个难题。在岛上生产就要找接生婆,但接生婆现在都不敢私下接活。如果送医院吧,又担忧被大队和公社发现。所以这个问题有点头疼。"

"哎呀,这可怎么办?"海林妈急得想哭了。

"到时只好送医院。"海林爸说。

二舅说:"反正外甥媳妇还要过几个月生产,这段时间我们都留心一下,看怎样才是最好的。既要不被发现,又要让外甥媳妇平安地生产。我是这样想的。"

二舅这么一说,空气仿佛凝固了一样,海林爸和海林妈都沉默了。

虽说是在阳澄湖里,但也有船只从他们旁边经过,所以二舅想的是长话短说,万一被熟人看见,有些事情说不清楚。所以二舅说:"我走了,有事你们来阳澄湖东找我,我们一起想办法帮助外甥走出这个困境。"

"谢谢二哥!"海林爸和海林妈异口同声地说。

两只船分开了。二哥的船航向是阳澄湖东,湖面是东南风,所以是逆风,二哥使劲地摇着船。

海林爸说:"二哥最好,等我抱到孙子,好好敬他一杯酒。"

海林妈说:"是要好好敬我二哥一杯酒,多亏他出手相助,儿子小两口才在岛上过上了平安的生活。二哥说得对,这段日子我们好好思考一下,让儿媳妇回来生产,还是留在岛上生产。不过留在岛上生产有风险的,万一生产时产妇大出血,那产妇真有生命危险的,想想就很害怕。"

海林爸说:"在岛上生产肯定不行,万一产妇和新生儿感染,那就中病了。"

海林妈说:"说什么也要让儿媳妇在医院生产。"

海林爸说:"是的,在医院生产就不用担心的。"

海林妈说:"我就想去岛上看看儿子小两口,眼见为实,心里才会笃定。"

海林爸说:"不行,不行,二哥的话你怎么转身就忘了呢?你去看,就把大队的人引到岛上去了,你这个祸就闯大了呀!"

海林妈想了想,说:"海林爸,为了儿子小两口,再去大队问问登记结婚的申请吧……"

大个子小两口也一直在考虑到哪里生产的事情。大个子的意思是最好把产妇送到医院,因为在医院有妇科医生接生,所以产妇和小孩的安全能够得到保障。如果请接生婆到岛上,那产妇和小孩的性命悬在一线,这是迫不得已的选项。

吕雪芳说:"我可不可以用个化名住医院呢?"

大个子说:"那用谁的名字呢?"

吕雪芳说:"我只是有这样一个想法。"

大个子说:"你有什么想法讲给我听,我做主不了的,等二舅到岛上来,我就对二舅说。二舅见多识广,听他的话不会错。"

吕雪芳说:"对岸不知有没有孕妇,我就先用她的名字住医院。只要把孩子生下来,也不怕被发现了。那时再被他们发现,他们也不会把我和孩子吃掉的吧。"

大个子说:"你的话给了我一个灵感。"

吕雪芳很急切地问:"什么灵感?"

大个子说:"就是等到你快生了,我把你送入医院,我想医院一定会收下你的,因为医院不可能见死不救。问题是你哪天生产,这个就不知道了。"

吕雪芳说:"我也不知道自己会哪天生产。"

大个子说:"反正你生产的日期还早,我们有时间想出一个好办法。我相信,我会想出好办法的。"

吕雪芳说:"我也相信你!"

大个子说:"现在我有两个期盼,一个期盼与你有关,我不说了吧。"

吕雪芳说:"还有一个期盼呢?"

大个子说:"嘿嘿,我盼望第一批鸭子快快长大……"

吕雪芳抱着他的脖子说:"我也盼望小鸭子快点长大。这批小鸭子长大出售的日子,也差不多是我生产的日子了。"

大个子说:"我们用卖鸭子的钱生孩子。"

吕雪芳说:"孩子长大了要读书,如果是儿子还要娶媳妇,你还得饲养很多鸭子啊!"

大个子说:"对的,仅仅饲养鸭子是远远不够的,我还要饲养牛、猪、羊,还有兔子,还有鸡……"

吕雪芳说:"那你就是动物司令员啦!"

大个子说:"我是动物司令员,你就是动物司令员的夫人,哈哈!"

两个人抱在一起大笑,笑着笑着,她就哭了。大个子问:"你怎么哭了?"

吕雪芳抹着眼泪说:"我没有哭。"

"可是我看见你流泪了。"大个子说。

"我心里激动,控制不住自己!"吕雪芳说,又有一颗晶莹的泪从她眼角滑落。

小鸭子买回来不久,大个子点来点去只有九十八只了,明明买回来时是一百零一只,那么还有三只小鸭子到哪里去了呢?周围没有一个人,不可能被人偷走的;而鸭棚也很密封,小鸭子也不可能飞走。

大个子便去请教老周:"周阿叔,我发现小鸭子少了三只,不知道这三只小鸭子怎么丢失的。"

老周说:"小鸭子有没有缩在角落里?"

大个子说:"我清点了好几遍,角角落落我都看了,就是少了三只小鸭子。"

老周摸摸头说:"如果大鸭子少几只,还有可能自己飞走的,这么大的小鸭子怎么会自己走失呢?"

大个子说:"是呀,我现在担心其他小鸭子会不会也这样莫名其妙丢失。"

老周说:"有这种可能,所以要寻找出小鸭子丢失的原因。"

大个子说:"真的不知道怎么一回事。"

老周说:"我们去看看鸭棚。"

大个子说:"那最好不过了。"

老周走到鸭棚,摸了摸鼻子,深呼吸了一下,说:"这里好像有黄鼠狼的臭味。"

大个子说:"我也闻到了臭味,但说不出是什么臭味。"

老周说:"毫无疑问,这是黄鼠狼的臭味,说明黄鼠狼来过这里了,那么小鸭子失踪的答案就出来了。"

大个子说:"你是说黄鼠狼偷走了小鸭子?"

老周说:"是的,黄鼠狼偷吃了小鸭子,但它把臭味留下来了。"

大个子说:"周阿叔,你真神。"

老周说:"不是我神,年轻时我就外出捕过很多黄鼠狼。特别是冬天,黄鼠狼要出来寻食,我就在它出没的地方挖一个坑,然后埋好夹具,它就自投罗网了。"

大个子说:"那你怎么知道哪里有黄鼠狼呢?"

老周说:"就是边走边闻,闻到黄鼠狼的臭味,那附近一定有黄鼠狼出没,那就在附近挖坑。"

大个子说:"现在黄鼠狼来鸭棚,得马上捉到它。"

老周说:"这个事情交给我,我一定把黄鼠狼抓到。"

老周竟然还保存着当年捕捉黄鼠狼的夹具。他拿着两只夹具和两块鸡肉又来到鸭棚,在鸭棚附近挖了两个地坑,那是小小的地坑,然后把夹具放入地坑里,并在夹具上各放置了一块鸡肉。

老周说:"明天早晨你来看,那只黄鼠狼很可能就被逮到了。如果它没来,那就去对岸买一块猪的夹肝,黄鼠狼喜欢吃那东西,有了那东西捉它就百发百中了。"

"我知道。"大个子说。他觉得老周真神。

第二天早晨,大个子在那地坑里逮到了一只黄鼠狼。那黄鼠狼眼睛睁得大大的,它在垂死挣扎,地坑里流了一地的血……

大个子很久没有见到黄鼠狼了,此时看到它那张牙舞爪的样子有些害怕。而老周夫妻在阳澄湖里捉鱼,那怎么处理这只黄鼠狼呢?他有点束手无策。

吕雪芳远远地看着那只黄鼠狼,不敢近前。她说:"黄鼠狼放屁熏死人。"

大个子说:"你离得远点,听老人说孕妇闻到黄鼠狼屁,生小孩也要经常放屁的。"

吕雪芳笑道:"你这话就是放屁。我也听老人说,黄鼠狼的屁有毒。"

大个子也笑道:"与你开玩笑的,不过你离黄鼠狼远点是真的,闻到这个臭味,真的隔夜饭也要呕吐出来的。"

吕雪芳说:"这黄鼠狼挺吓人的,你放走它吧。"

大个子说:"这可不行,你放了它,它并不会感激你,它仍会来偷吃小鸭子。"

吕雪芳说:"让周阿叔把黄鼠狼放到对岸去,那它就不会来偷吃小鸭子啦!"

大个子说:"怎么处理这只黄鼠狼,让周阿叔决定吧。"

逮到了黄鼠狼,大个子有点心花怒放,他对饲养小鸭子又充满了信心。他对吕雪芳说:"现在这批小鸭子长出羽毛了,可以自己下水寻虫子吃了,我想再去买一两百只小鸭子。这样第一批小鸭子养大卖了,鸭棚里还有第二批的鸭子,这样一批又一批鸭子跟上,就可以多赚点钱。"

吕雪芳说:"你的想法很好,但这样你太辛苦。"

大个子说:"做自己喜欢的事情就感觉不到累的。我想多养几批鸭子,让我们过上更好的生活。"

吕雪芳说:"你不是说要饲养牛、猪和羊什么的吗?"

大个子说:"等我手里有了钱,才可以去购买小牛、小猪和小羊呀。"

吕雪芳说:"是的,一口吃不成胖子,有些事情就要慢慢来,心急吃不了热粥。"

大个子说:"因为还有许多不测风云。说不定某天大队的人找到岛上来,我的这些牛啊猪啊羊啊可怎么办呢?当然,这些在我眼里还是小事,最重要的是你……"

吕雪芳说:"是啊,害人之心不可有,防人之心不可无啊!"

大个子走到她面前,说:"让我看看你的肚皮。"

吕雪芳说:"现在在外面,被人看见多不好意思啊!"

大个子转了一个圈,说:"现在除了你和我,找不出第三个人啊!"

吕雪芳说:"我说有第三个人。"

大个子说:"那个人在哪里?"

吕雪芳指指肚皮说:"在这里。"

大个子笑得合不拢嘴,随即伸手撩开她的衣服,她白白的肚皮便露出来了。他摸着她的肚皮说:"好像又大点了,看上去就像一个大大的甜瓜,我好想吃一口。"

大约上午九点,老周夫妻捕鱼返回小岛,大个子早已守候在湖边。他一边与老周一块儿将船里的鱼倒在渔网里,一边对老周说:"周阿叔,真有一只黄鼠狼被夹具夹牢了。"

老周说:"我说鸭棚有黄鼠狼,是不是?"

大个子说:"是的,那只黄鼠狼还没有死,还在挣扎。"

老周说:"它流血多了便会死的。"

大个子说:"是的,地坑里都是血。"

老周说:"那现在去看一下,黄鼠狼应该死了。"

大个子有点疑惑,他早晨看见黄鼠狼时它的眼睛还睁得大大的,怎么可能会死掉呢?所以,他有点将信将疑。

现在两个人来到了鸭棚,走近那个小地坑,真是臭气熏天。老周说:"黄鼠狼临死之前放了一个臭屁。最坏的就是黄鼠狼,偷鸡不成就放屁。"

果然,那只黄鼠狼已经死了。但它的眼睛仍然睁得大大的,感觉它有点死不瞑目。

大个子说:"黄鼠狼真死了,它那么臭,就丢弃它吧。"

老周说:"怎么可以丢弃它!黄鼠狼全身都是宝,它的皮可以卖钱,一张皮可以卖好几块钱呢。"

大个子说:"黄鼠狼的皮能做什么呢?"

老周说:"黄鼠狼的皮毛可是宝贝,毛可以做笔,识字人将这种笔叫作狼毫。"

大个子说:"周阿叔,你懂得真多。"

老周说:"我年轻时就与黄鼠狼打交道,后来你阿姨不让我捕捉黄鼠狼了,我就置了一只船,开始在阳澄湖捕鱼。"说完,他熟练地从夹具上取下那只黄鼠狼,看了看它的尾巴,说:"这是一只母黄鼠狼,那还得摆夹具,这里肯定还有一只公黄鼠狼。"

大个子相信他的话了。

老周说:"那两个小地坑不行了,黄鼠狼很狡猾的,不会再上钩,得重新挖两个小地坑。"

大个子点头道:"我知道了,这事我来做。"

只见老周将那只黄鼠狼挂在一棵树上。他手持一把尖刀,先从黄鼠狼嘴巴下手,很快就将一张黄鼠狼皮剥离。顿时,那只黄鼠狼就像一只肉肉的大老鼠。

处理完黄鼠狼,老周跑到河边,从渔网里捉了一些河虾。他将河虾放在水桶里,拎着水桶来到周妻面前说:"今天我们一大家子人好好改善一下生活,妹妹喜欢吃白煮虾,这些虾你就一起煮了吧。"

大个子小夫妻俩在荒岛上遇见这么热情的一对老夫妻,真的是三生有幸啊!

黄鼠狼令老周的记忆复苏了。晚饭的时候,他讲起了与黄鼠狼有关的岁月。那时候,周妻刚嫁过来,老周每天能捕捉到几只黄鼠狼,主要是为了那张黄鼠狼皮。那时他们的生活是艰苦的。

晚饭吃好了,周妻在收拾碗筷,大个子要洗碗,周妻说:"不用你脏手了,你陪老周喝茶去。"

老周说:"让你阿姨洗碗,你过来喝茶。"

大个子便老实地坐在老周对面喝茶了。

老周给他倒了一碗茶。

大个子端起茶碗喝了一口,说:"这茶有一股花香。"

老周说:"这是茉莉花茶,前几天我在岛上采摘的。"

大个子说:"啊,岛上还长茉莉花吗?"

老周说:"东南面有好大一片野生茉莉花,还有很多金银花,这些野草都可以做茶叶的。"

大个子说:"可以采摘吗?"

老周说:"可以啊,我和你阿姨没有工夫,如果有工夫就去采摘茉莉花和金银花了。将它们晒干了卖给对岸的人，对岸的人抢着要呢，因为这是最原生态的茶。"

大个子说："雪芳正愁没事做，那明天我就让她去采摘茉莉花和金银花。"

老周说："很好，这事很好，一是可以增加收入，二是孕妇也要做一些力所能及的活，这对身体有好处。"

大个子回到房间，欣喜地告诉吕雪芳，岛上可以采摘茉莉花和金银花，而且都是野生的。他说："周阿叔说这个岛上有野生的茉莉花和金银花，在东南角有一大片，明天我们去看看。"

吕雪芳说："周阿叔真是目光敏锐，他总能发现岛上的宝贝。"

大个子说："是啊，这样我们可以采摘这些野生的茉莉花和金银花，然后将它们晒干后出售，这样我们就有一笔可观的收入了。"

吕雪芳说："真好，明天我就去采摘。"

大个子伸手摸了摸她的肚皮。

吕雪芳说："你听听肚皮呐！"

大个子就把自己的头轻轻地贴在她的肚皮上，专注地听，过了一会儿说："我好像听到了孩子的心跳。"

吕雪芳说："还有几个月，你就要做爸爸了。"

大个子说："可我带你生活在这个荒岛上，让你受尽委屈。"

吕雪芳说："我不委屈，能在生命里遇见你，我感觉很幸运。即使在这个荒岛上，也遇见了如亲人一般的周阿叔和阿姨。"

大个子说："我也感觉他们是亲人。"

吕雪芳说："我感觉我们来这个岛上生活并不是受尽委屈，而是困苦生活中最美好的日子。"

大个子说:"对的,以后我要给我的孩子建造新的房子,我要让你们母子过上最好的日子。"

吕雪芳说:"不知道什么时候我们才能光明正大地回去。"

大个子说:"我相信这一天不会太远。"

吕雪芳说:"你怎么有这样大的自信呢?"

大个子说:"因为我相信爱情,我相信生活。"

这一晚他俩聊得很晚。

大个子说:"我可以亲亲你吗?"

吕雪芳说:"怎么了?"

大个子说:"我看怀孕的你更美,我好想……"

吕雪芳说:"如果你现在亲我,万一我不舒服了……"

大个子伸手抱着她说:"我知道了,那你就好好睡觉吧。明天你还要采摘茉莉花和金银花,你还要干活哩!"

吕雪芳:"谢谢你的爱,晚安!"

"晚安!好梦!"大个子说。他的一只手抚摸着她的背部,这是一个温柔的夜晚,他却睡意全无……

第二天早晨五点左右,大个子准时起床去喂小鸭子,吕雪芳也跟着起床了。大个子说:"现在天还未亮,不方便采摘茉莉花和金银花,你还是睡觉吧。"可她采茶心切,她说:"先睹为快。"

于是，大个子提着一只篮子，拿了一只蛇皮袋子，向小岛东南角走去，吕雪芳紧随其后。

小岛上还是黑漆漆的，只是回荡着各种鸟叫声，听不出是什么鸟在叫。不远处的湖面上传来了鸭子的叫声，那是阳澄湖里的野鸭在叫。

大个子说："你看，天未亮，什么花、什么草都看不清。"

吕雪芳说："看不清花啊草啊，我们就坐在那里看日出。"

大个子说："这个时候，我想起了一首歌：太阳照在阳澄湖上，芦花放，稻谷香，岸柳成行。全凭着劳动人民一双手，画出了锦绣江南鱼米乡……"

吕雪芳说："我也喜欢这首歌。"说着，她也唱起了这首歌，歌声在小岛上空回荡。

大个子说："你比我唱得好听。"

吕雪芳说："本来公社招我进文艺宣传队，但后来没成。我的名额被公社一名干部的女儿占去了。想起这件事情，我心里就气愤。"

大个子哈哈大笑。

吕雪芳说："奇怪了，我受到如此委屈，你却开怀大笑。"

大个子说："我倒是要感谢那位干部，如果他的女儿不占你的名额，你就去宣传队唱歌了，那么你的眼界就高了，你就看不上我了，我与你就不会谈恋爱了。你说我是不是要感谢那位干部？"

吕雪芳说："你这么一说，现在我也想通了。你说得没错，如果我到公社宣传队唱歌，肯定我与你接触就少了，我们很可能就错过了，谁也不认识谁。"

大个子说："感恩命运让我认识你，我为认识了你而感到幸运！"

吕雪芳说："我也为认识你而感到幸福。"

两个人说着说着就来到了小岛东南角。吕雪芳说："这里真有茉莉花和金银花吗？"

大个子说："周阿叔不会骗我们的。"

吕雪芳说："大个子,我采摘了这个茉莉花和金银花,想想办法给我爸妈寄点过去。我妈到了冬天气管炎会复发,听说吃金银花茶可以治疗的。"

大个子说："行,到时我来想办法,给你爸妈送点金银花过去！"

两个人就坐在湖边巴望天亮。这时候,阳澄湖湖面上已经出现许多的小船,有捕鱼的,有耙水草的,有耙蚌的,还有挖黑泥的,其中就有老周夫妻的那只船,每天早晨老周夫妻都要到阳澄湖里捕鱼。

终于等到天亮了。

大个子和吕雪芳起身走向东南角,那里真的有一片是茉莉花,还有金银花。

吕雪芳说："这么多茉莉花不会是有人种的吧。"

大个子说："这个岛上就周阿叔夫妻,还有我们两个人,我们都没有种茉莉花呀！"

吕雪芳说："那么这些都应该是野生的茉莉花吧？"

大个子说："当然是野生茉莉花,我觉得这个野生茉莉花很珍贵的,我长这么大还是第一次看见这么多野生的茉莉花呵！"

吕雪芳说："那你去喂小鸭子,我一个人来采摘茉莉花。"

大个子说："你累了,就在湖边坐坐。我要喂小鸭子吃,还要耙河蚌,准备给小鸭子吃的食粮,所以我不会早来的。"

吕雪芳说:"你忙好事情再来吧。"

就这样,吕雪芳一个人留下来采摘茉莉花,而大个子去喂小鸭子。他突然想起来,两个人起得早,早饭还没有吃呢,不吃早饭可不行。大个子推开厨房间的门,看到吃饭桌上有一个菜罩子,打开罩子一看,里面有一碗香葱米糕,感激之情油然而生。大个子想,多好的周阿叔和阿姨啊,他俩这么早出门还不忘给自己和吕雪芳准备早餐,真是不是亲人胜似亲人!

他端起碗就朝小岛东南角走去。

吕雪芳抬头说:"你怎么又回来啦?"

大个子说:"给你送吃的。我俩这么早出来,都没有吃早餐,你难道现在不饿吗?"

吕雪芳说:"现在看到你这碗糕我就饿了。"说完,她跑到湖边洗手,然后回来就开始吃香葱米糕。或许是肚皮饿的缘故,她吃得可香了,一个人竟然吃掉了半碗。她说:"这是我吃过的世界上最好吃的米糕。"

还有半碗香葱米糕被大个子承包了,他吃得津津有味。

吕雪芳说:"这么多香葱米糕吃下肚,我想午饭不吃也不会饿了。"

老周夫妻在阳澄湖里捕鱼捕到了一条大鳊鱼，足有三斤多重。老周很高兴，周妻也很高兴，两个人喜笑颜开。

周妻说："我们从来没有捕到过这么大的鳊鱼，这条大鳊鱼应该能卖好多钱吧。"

老周说："不卖。"

周妻说："你想把大鳊鱼送人吗？"

老周说："不送人，自己吃。"

周妻说："这么大的鱼，你舍得自己吃吗？"

老周说："舍得。"

周妻说："我可不舍得。"

老周说："我是说把这条大鳊鱼做给妹妹吃。你不会有意见吧？"

周妻说："我哪会有意见，你小看我了。"

老周说："像这么大的鳊鱼很难捕到的，这鱼肉特别肥。妹妹怀孕几个月了，就做这条大鳊鱼给她吃，让她好好补补身子。"

周妻说："这条大鳊鱼可以分两段，午饭做一段，晚饭再做一段。等会儿我问一下妹妹，她喜欢吃红烧鱼，还是煮鱼汤喝。"

老周说："那你上岸就问。对了，这个鱼的内脏不要丢掉，另外做来吃，我喜欢吃的。"

周妻说："鱼肠也给妹妹吃，对身体好的。"

老周说："对对对！鱼汤你得给我留点啊！"

老周摇船回来了,大个子就在湖边耙河蚌,一个小时不到,他已经耙到十几只河蚌了。看见老周的船靠岸了,大个子便走过去。他走到船上,将木盆里大大小小的鱼搬到岸上。老周说:"这些鱼倒在鱼篓里就行。"于是,大个子搬起木盆,将盆里的鱼倒在一只鱼篓里,然后将这只鱼篓挂在船艄上,等第二天捕鱼时一块儿拿到对岸卖。

　　周妻拿着一条大鳊鱼上岸,大个子说:"好大的鱼啊,要放在鱼篓里吗?"

　　周妻说:"你阿叔说把这条大鳊鱼做给妹妹吃。"

　　大个子很惊讶:"不要啊,这一条大鳊鱼可以卖很多钱的。"

　　周妻说:"不卖了。对了,妹妹喜欢吃红烧鱼,还是煮鱼汤呢?"

　　大个子说:"她都可以的。"

　　周妻说:"那我自作主张了,一段鱼做红烧,一段鱼做鱼汤……"她乐得合不拢嘴。

　　中午十一点半,又到午饭时间了。老周对大个子说:"你去叫妹妹回来吃饭吧。"

　　大个子说:"周阿叔,你和阿姨先吃。"说完,他拔腿便跑去叫吕雪芳了。他一口气跑到小岛东南角,看见吕雪芳正聚精会神在采摘茉莉花。

　　"要吃饭哉。"大个子叫道。

　　吕雪芳直起腰,对他说:"我不饿,中午不想吃了。"

　　大个子走近她,说:"今天周阿叔和阿姨捉着一条大鳊鱼,他们特地做大鳊鱼给你吃,你怎么可以不吃饭呢?"

　　吕雪芳说:"啊,这个……我不好意思的。"

大个子说:"你若不吃这个大鳊鱼,那才对不起他们一片心意呐!"

吕雪芳指着一只篮子说:"这个篮子怎么办?"

大个子走到她面前,看到篮子里都是茉莉花,说:"一个上午,你采摘的茉莉花很多啊。"

吕雪芳说:"你看,这里到处是茉莉花。"

大个子说:"是啊,我看这个岛不应该叫大雁岛,应该更名为茉莉花岛。"

吕雪芳说:"这是读书人做的事。"

大个子笑了:"那我们的孩子也要找读书人取名字吗?"

吕雪芳说:"你说呢?"

她咯咯笑个不停。

大个子拉着她的手说:"不要笑了,快跟我走,周阿叔和阿姨在等我们吃饭呐!"

两个人回到住所,看见桌子上摆满了菜,还摆了一瓶粮食白酒。老周招呼大个子:"今天菜多,我俩喝一盅酒吧。"

大个子说:"下午我要去采摘茉莉花,不喝酒了。"

老周说:"喝一盅酒采茉莉花更有力气。"

他一边说一边给大个子倒了半碗酒。

大个子想不喝酒也难。

吕雪芳对他说:"你少喝点酒,陪陪周阿叔喝。"

这时,周妻端着一只面盆来了,她说:"大鳊鱼汤来了。"她放下面盆,对吕雪芳说:"妹妹,这个鱼头做的汤,鱼尾巴晚上做红烧鱼,你多吃一点啊。这种大鳊鱼很难捉到的,今天运气真好啊!"

吕雪芳说:"谢谢阿姨!"

大个子也对周妻说:"阿姨,这个鱼汤看看都好吃啊!"

周妻说:"好吃你就多吃点,吃完了锅里还有汤。"

大个子说:"我长这么大,还是第一次吃到这么大的鳊鱼啊!"

老周对大个子说:"你动手夹鱼肚皮给妹妹吃,这个鱼肚皮无骨又很肥,是一条鱼身上最好吃的地方呵!"

大个子和吕雪芳失踪好几个月了,大队里一直在寻找他俩,可是找遍整个阳澄湖,却是毫无结果。大队民兵营长就想出了一个"妙计",安排几个人到大个子家、吕雪芳家窃听。

民兵营长窃听大个子家。

海林爸和海林妈哪里知道外面有人在窃听呢?劳累一天了,他们想早点睡觉。海林妈说:"你躺倒了,像一只猪很快就睡着了,而我一直睡不着。"

海林爸说:"你说话客气点,我是一只猪,那我是公猪,你就是母猪,你说是不是?"

海林妈说:"你真是一只猪,我随便说一句,你就当真了。"

海林爸说:"不与你争论,一天做活累死了,也没有力气与你争论。"

海林妈说:"我也没有力气与你争论。唉,我的命真苦,儿子出去那么多天了,不知道他日子过得好不好?"

海林爸说:"他和儿媳妇不是在岛上生活得很好吗?你有什么急的?"

他俩的对话,被外面窃听的民兵营长听到了,他隐隐约约听到大个子"在岛上生活",至于哪一座岛还不知道。他对边上的跟班说:"原来这个小子和'大肚皮'真的在阳澄湖里的岛上,我明天就将这个情况报告领导。"

当夜,他找到大队妇女主任苏主任,对她说:"我亲耳听到老王头说他儿子小两口在岛上生活,明天我就向领导汇报这个情况。"

苏主任说:"你上次不是去阳澄湖各个岛屿找过了吗?"

民兵营长说:"阳澄湖里岛屿很多,肯定有几个岛屿没有上去寻找。"

苏主任说:"现在'大肚皮'怀孕六七个月了,如果再不找到她,她就要生下孩子了。如果她生下孩子,我这个妇女主任当不成,你这个民兵营长肯定也当不成,所以我与你是一根藤上的两个苦瓜,一定要下功夫把他俩找到。"

民兵营长说:"你说得对,这件事情关系到你与我的命运,所以一定要找到他俩。"

苏主任说:"我也要向公社妇联汇报。对了,你要再到阳澄湖里寻找,上次向公社妇联借的机挂船,这次要不要我开口再向公社妇联借呢?"

民兵营长说:"好啊,好啊!"

窃听,俗称"听壁脚"。民兵营长觉得"大肚皮"在岛上是窃听着的,这个说出去不太好听,便对苏主任说:"我和你统一下说话的口径,关于'大肚皮'在岛上这个事情,是有社员反映上来的,不是我听壁脚获得的。"

苏主任说:"那么领导会问是哪个社员呢,那怎么回答?"

民兵营长说:"或者说村庄里在传说。"

苏主任说:"我倒是觉得还是你听壁脚获得的比较好。"

民兵营长说:"好在哪里?"

苏主任说:"有两个好。一个好说明你心里放不下这件大事,即使夜里仍在'听壁脚',好听点的说法是你夜里仍在工作;二个好是你亲耳听见,表明这个事情可信度很高,而村庄里传说好像这个事情有点玄乎。"

民兵营长说:"我感觉你现在的领导水平着实不错,以后你可以担任大队书记的。"

苏主任伸手拍了他肩膀一下:"我做大队书记,你做公社人武部部长哩!"

民兵营长摸了摸肩膀说:"公社人武部部长都要转业军人,我可没有当过兵,哪有那个资格?"

苏主任说:"不与你说笑话了。如果这个'大肚皮'找不着,我做不成大队妇女主任,你也做不成大队民兵营长,你与我只好下田劳动。这是你与我面对的一个现实问题。"

民兵营长拍胸脯道:"现在你不用担心了。你到公社妇联借一只机挂船给我,给我十天时间,我一定把那个'大肚皮'找到。我可以向大队立下军令状。"

苏主任说:"现在你不要说大话。因为你听壁脚没听详细,不清楚具体是哪个岛屿,所以找这个'大肚皮'还是比较麻烦的,万一找不到，那你不是自己的手打自己的嘴巴了吗？"

民兵营长说："大概我太想找到'大肚皮'了。"

苏主任说："万一领导不安排你出去寻找'大肚皮'呢？"

民兵营长说："不可能的。"

苏主任说："我的想法是你先去汇报，有什么情况你来找我。"

民兵营长说："那我听你的，你比我考虑问题周到。"

苏主任来到公社妇联。公社妇联新来了一位主任，她姓张。张主任并不认识苏主任，问她找谁。办公室办事员小王对她说："这是前桥大队妇女主任，苏主任。"

张主任看了一眼苏主任说："我正想去你大队看看，那个未婚先孕的姑娘有着落了吗？"

苏主任说："今朝我就是来汇报这个情况的。"

张主任搬了一张椅子，说："你坐。"

苏主任一边坐下，一边说："现在这个事情有点眉目了。听大队社员反映，这个未婚先孕的姑娘逃到阳澄湖一个岛上去了。所以我与大队民兵营长商量，这几天就去阳澄湖各个岛屿寻找。"

张主任问："这个消息来源可靠吗？"

苏主任便把民兵营长听壁脚的事情说了。

张主任问："知道是哪个小岛吗？"

苏主任说："因为屋子里的人说话声音低，所以听壁脚的人没有听清他们的话，这是非常遗憾的。"

张主任说："既然不知道是哪个小岛，现在只好阳澄湖里所有的小岛都去寻找一遍。而且小岛角角落落都要寻找到，不能粗枝大叶，不能走马观花。"

这时，民兵营长出现在妇联办公室门口，他叫道："苏主任，你出来。"

苏主任起身，对张主任说："这是我们大队民兵营长，他也是一直在找这个未婚先孕的姑娘。"

张主任说："这是对的，我们妇联的工作就应该依靠民兵组织。"

苏主任连连点头，她走到了门外。

民兵营长说："苏主任，你抓紧向公社妇联借一只机挂船，争取速战速决，把这个'大肚皮'找到。"

苏主任说："公社妇联来了新主任，不知道她会不会借给我机挂船。"

民兵营长说："这样吧，我向人武部部长借船吧。"

苏主任"嗯"了一声，说："也好，省得我磨破嘴皮哉。"

最后，民兵营长和苏主任没费多大口舌，就借到了两只机挂船。一只是公社妇联的，另一只是公社人武部的。

吕雪芳采摘茉莉花，一共采到了七八斤茉莉花，她对大个子说："周阿叔喜欢喝茉莉花茶，那我们送他一斤茉莉花吧，表表我们对他和阿姨的感激之情。"

大个子说："我与周阿叔讲过给他些茉莉花，他说不用的。他叫我们把茉莉花全部卖给对岸人。他说这是野生茉莉花,特别抢手,保证全部被买光。"

吕雪芳说:"反正要送给周阿叔一斤茉莉花,其他的茉莉花托周阿叔到对岸去卖。"

大个子说:"好的,周阿叔说茉莉花要晒干的。如果茉莉花不晒干,放一段时间就会变霉,那便卖不出好价钱了。"

吕雪芳说:"现在我们的茉莉花是新鲜的,应该卖得出好价钱的。"

大个子便提着一袋子茉莉花去见老周。果然周阿叔不要茉莉花,他说:"这个茉莉花能卖钱,我不舍得自己吃的。"

大个子说:"周阿叔,送给你一点茉莉花是我和雪芳的一点心意,你不收,我完不成任务,她要说我话的。"

他说什么都不愿意收下那一斤茉莉花。最后他说:"如果我要喝茉莉花,我就自己去采摘好了。"

大个子也不强求老周收下茉莉花了。他对老周说:"那你把这一袋子茉莉花拿到对岸一起去卖吧。"

老周说:"好的,争取卖个好价钱。"

大雁岛一片祥和的氛围。

谁也不知道一场厄运正像狂风暴雨般在袭来。

　　用机挂船到阳澄湖里寻找大个子和吕雪芳的事很快传到了大个子父母的耳朵里。

　　海林爸和海林妈惊讶得张大了嘴巴。他们知道儿子小两口在阳澄湖岛上，现在有两只机挂船寻找他们，看来儿子他俩凶多吉少。

　　海林妈说："这可怎么办呀？如果儿媳妇被他们逮住，那肚子里的孩子就保不住了。如果真是这样，那真的是作孽啊！"

　　海林爸说："你不要急，你一急，我也跟着你急，这个事情就乱套了。"

　　海林妈说："那你有没有什么办法对付他们呢？真的急死人了。"

　　海林爸对海林妈说："现在不是干着急的时候。儿子小两口危险重重，必须让他俩离开岛，或者在岛上躲藏起来。"

　　海林妈说："找二哥去，他熟悉那个岛。"

　　海林爸说："我也是想找二哥，但我和你怎么去呢？"

　　海林妈说："摇船去啊！"

　　海林爸说："我知道摇船去。你不晓得吗，大队有人在盯我们梢，如果我们摇船被他们盯梢了怎么办？"

　　海林妈说："我们摇船，他们盯梢也是摇船，如果后面有船，那肯定是盯梢的了；如果没有船，他们就没有盯梢。这个我倒是想得明白的。"

海林爸说:"你这么一说,我也想明白了。即使他们盯梢也不怕他们了,我们摇船应该能够甩掉他们。"

海林妈说:"是的,应该能够甩掉他们。"

两个人说干就干。

现在是凌晨一点左右,海林爸和海林妈悄悄地出发了,他们摇船悄无声息地出了沉睡的村庄。一只小木船悠悠地向阳澄湖东进发。

海林爸说:"半夜三更又要去叫二哥了,他应该不会生气吧?"

海林妈说:"二哥对我最亲,他不会生气的。"

海林爸说:"那就好,我想叫二哥后跟他一起去那个小岛看着儿子他们。那么久没有看见他俩,我心里很想念啊,不知道他俩生活得可好?"

海林妈说:"我也好想儿子他俩,我一直在盼望着抱孙子啊!"

他俩一边摇船,一边说话,一个小时很快就过去了,现在他们的船已经来到了阳澄湖东。海林爸对海林妈说:"我到岸上去叫二哥。"

海林妈说:"你待在船上吧,我去叫二哥。"

海林爸说:"好,我待在船上。"

海林妈来到了二哥家,二哥家里面漆黑一片。她知道二哥睡在东面房间,于是她扒在东面房间的窗户上叫道:"二哥,二哥,你开开门啊!"

叫了好久,二哥才答道:"半夜三更,有什么事啊?"此时他迷迷糊糊的,还不清楚来人是谁。他拉亮电灯,才听清是自己的妹妹来了。

他打开了门。

海林妈说:"二哥,今天半夜三更来打扰你,真的不好意思。"

二哥说:"是你一个人来的吗?"

海林妈说:"我是和海林爸一块儿摇船来的。"

二哥说:"他人呢?"

海林妈说:"他在船上。"

二哥说:"那我去船上叫他。"

海林爸站在岸边,看见二哥走过来,他迎了上去。二哥说:"妹夫,你怎么不上岸啊?"

海林爸指指船说:"我在看船。"

二哥说:"船没事的,到屋子里坐。"

海林爸又看了船一眼,就跟着二哥去他家里了。

二嫂也已经起床。

二嫂招呼海林爸和海林妈到屋子里坐坐。

此时,四个人围坐在一张吃饭桌前。

二哥说:"现在来找我有什么事?"

海林爸刚想说,被海林妈抢着说了,她说:"二哥,想请你带我们去岛上。听说接下来的日子,大队有两只机挂船又要到阳澄湖里来寻找了,所以你外甥小两口在岛上有危险。"

二哥说:"不是上次他们找过了吗?"

海林妈说:"是啊,不知道他们现在怎么又想起到阳澄湖里来寻找了。"

二哥说:"我在想,是不是你们泄漏了风声?"

海林妈连忙否认:"没有,没有,我们老老实实在家里,明知道你外甥在那个岛上,可以摇船去看看他,但我们就是不去看,就是怕大队里的人盯梢。"

二哥沉思起来。

海林爸对二哥说:"二哥,要不现在你带我们去岛上,看看有没有办法可想,绝对不能让大队找到你外甥小两口啊!"

二哥听了他的话,断然否定了他的想法。

二哥说:"现在我们这么多人去小岛,如此兴师动众,肯定会引起别人的注意。"

海林爸说:"可现在是夜里。"

二哥说:"夜里也不行,世上没有不透风的墙啊!"

海林妈说:"那怎么办呢?"

二哥说:"看来,外甥不能待在那个岛上了,待在岛上有很大风险,而且一旦被他们发现,逃都逃不了。我倒是有一个想法——让外甥小两口暂时离开小岛……"

还没等他说完话,海林妈就抢先说话了:"那叫你外甥他俩去哪里呢?"

二哥说:"他俩不是有一只小船吗?当时我在船上做了帐篷就是考虑他们可以在船上过日子的,所以我想叫他们这几天就在船上过日子。"

海林妈说:"那船停靠在哪里?"

二哥说:"停靠在我们阳澄湖东的话,风险太大,所以不行,我看就让他们到芦苇荡里躲避几天。"

海林爸说:"阳澄湖里哪里有芦苇荡呢?我看芦苇是有的,但成片的芦苇荡没见过啊!"

二哥说:"我能找到芦苇荡。"

二哥叫海林爸和海林妈回去。他说:"你俩回去,我一个人去小岛找外甥就可以了。我觉得让他们到芦苇荡躲避一下是上策,反正不可以留在岛上。"

海林爸说:"到芦苇荡好!"

海林妈说:"二哥,你什么时候去岛上呢?"

二哥说:"那我现在就摇船去,白天去岛上容易引起他人注意。"

海林爸说:"那好,麻烦二哥了。"

二哥说:"你们回去后,一定要留意一下,如果大队不派船只来阳澄湖里寻找了,就要告诉我。这样我就可以让外甥他俩回到小岛居住,而用不着在芦苇荡躲避了。"

海林爸听了连连点头。

海林妈对二哥说:"今天大队就有两只机挂船来阳澄湖寻找了,但不知道他们先到哪个小岛寻找,所以安全起见,今天上午就要叫你外甥离开小岛。"

二哥说:"那我现在到小岛上去。"

海林爸和海林妈摇船回去了,而二哥一个人摇船去大雁岛。上次他上大雁岛是给大个子小两口送日用品,而此次上大雁岛是将大个子小两口带离。

清晨四点左右,二哥摇船到了大雁岛。

这时,大雁岛已经有灯火了。原来老周夫妻已经起床,他俩要起早到阳澄湖里捕鱼捉虾。老周是很有警惕性的一个人。他起床第一件事情就是跑到湖边,看湖边有没有其他船只,看有没有其他船只在向大雁岛过来。

老周在湖边与二哥相遇了。

老周见到二哥吃惊不小,他说:"你怎么这时候来?人吓人要吓死人的,要命的,把我吓坏了。你来做什么呢?"

二哥说:"我现在就要把外甥小夫妻俩带走,情况十分紧急。"

老周说:"出了什么状况?"

二哥说:"刚才我妹子和妹夫找上门来的,他们讲今天大队要派两只机挂船到阳澄湖里寻人,所以他俩不可以留在岛上了。我准备带他们走,等风头过后,我再送他们回来。"

老周说:"上次他们不是来寻过了,怎么又会来寻找呢?"

二哥说:"只要他们没寻找到,那肯定会一直寻找下去的。"

老周说:"哎哟,他俩饲养的一百只鸭子怎么办呀?"

二哥说:"鸭子有多大?"

老周说:"还有一个多月可以出售了。"

二哥说:"那已是大鸭子了,每天喂点饲料,饿不死了。"

老周说:"没有饲料啊!"

二哥说:"我买好饲料,今天晚上送过来。"

老周说:"行!"

大个子和吕雪芳还在睡觉,所以他们的房间还没有灯光。老周用手背敲打窗户,把他俩叫醒了。大个子推开窗问道:"周阿叔,你叫我有什么事情吗?"

老周说:"你们快起床,你二舅来了。"

"啊,二舅来了啊!"大个子一边答应着,一边快速地穿好衣服。他打开房门,见到了二舅。

"二舅,你这么早来岛上有事吗?"大个子说。

"有啊。你们大队这几天有两只机挂船到阳澄湖各个岛上找你俩,这个岛上肯定会来的,你父母亲来找我了,所以我一早到岛上就是想叫你们马上离开这个岛。"二舅说。

这时,吕雪芳也走出了房间,她看见二舅,上前叫了一声"二舅"。二舅说:"现在外甥和外甥媳妇都在了,大队的机挂船开始搜寻,不是今天就是明天肯定会到这个岛上来,如果你们现在不走,等他们来了,你们想走也走不了啊!"

大个子满腹疑虑:"那我们能到哪里呢?"

二舅说:"我想好了,你们就摇船到芦苇荡躲避几日,等他们走了,我再来叫你们回到岛上。"

大个子说:"芦苇荡?我好像没有看见阳澄湖里有芦苇荡啊。"

二舅说:"有芦苇荡的,我负责找到那一片芦苇荡。"

大个子说:"可是我饲养了一百只鸭子,怎么办呢?"

老周对他说:"这个你放心,我和阿姨会喂养鸭子的。"

大个子说:"可是没有鸭饲料,因为鸭子每天要吃河蚌肉,我走了谁耙河蚌给鸭子吃呀？"

老周说："这个事情你不用管了，鸭子吃的饲料，你二舅会买了送到岛上来的。"

大个子说："这样麻烦你们我心里觉得过意不去。"

吕雪芳也说："周阿叔、二舅，让你们费心了，我们心里觉得过意不去。"

二舅对大个子和吕雪芳说："你们快点准备一下，带点需要用的东西，过一会儿我们就走，如果天亮了再走会有麻烦。"

大个子说："好。"

两个人回到房间开始整理东西。

二舅对老周说："他们来岛上寻找，看到两个房间有两张床，肯定会问另一张床睡的是谁。"

老周说："上次我说的是女儿女婿回来住的。"

二舅说："我看把他们睡的床铺拆了，放在屋子后面。"

老周说："这样吧，我把他们的床铺搬到我们的房间，如果他们问起这个情况，我就回答我们老夫妻分开睡觉的。"

二舅听了，说："这是一个好办法，挺好，挺好！"

老周想，大个子小两口摇船到芦苇荡躲避，吃住在船上，那需要一只行灶，还要备些柴火，如果没有这些东西，那就不能生火做饭。他的船上有一只行灶，那是老两口外出做饭用的，但现在情况危急，先把行灶让给他俩再说。

于是，他跑到河边，将自己船上的那只行灶搬到了大个子的船上，还搬了几捆柴火。

而大个子和吕雪芳在房间里整理东西，二舅在门口对大个子说:"把两条毛毯带上,不然晚上睡在船上要冷的。"

大个子说:"好的。"

二舅说:"你们有什么东西整理好了,我可以先将它们搬到船上。"

大个子说:"也没有什么东西,等一会儿我们一起搬吧。"

而周妻知道大个子小两口要走,她在做糯米糕,还做了一大锅米饭。老周说:"你做那么多米饭,他们吃不了。"

周妻说:"在船上做饭不方便,这个米饭冷了可以做泡饭,做蛋炒饭,做野葱炒饭呀。"

老周说:"芦苇荡里哪里有野葱?"

周妻说:"那里没有野葱,我这里有啊,可以多带点野葱上船啊!"

这一句话提醒了老周。他想到在船上要过几天生活,也需要吃的菜啊。所以,他连忙跑到河边,抓了一条草鱼,甩在周妻面前说:"把这条鱼宰杀了,让他们带去。"

周妻说:"我手上忙着呢,你自己宰杀鱼吧。"

"好吧,我来宰杀鱼。对了,备点油盐酱醋,在船上过日子一样少不了。"老周说。说完,老周找了一个篮子,在篮子里放上了一些油盐酱醋,瓶瓶罐罐的,当那个篮子拎在手上,便发出叮叮当当的响声。

大个子从房间里走了出来。

他对二舅说:"二舅,我们东西准备好了,可以走了。"

二舅说:"想想周全,看有没有需要的东西而没有带,因为你们的船在阳澄湖的芦苇荡里,旁边可没有商店呵!"

大个子便问吕雪芳:"你再想一想,还要带走些什么东西?"

吕雪芳想了一会儿说:"我们在船上怎么做饭呢?"

大个子一时也蒙了,不知道如何回答好。

二舅说:"老周已经把他们船上的一只行灶搬到你们船上了,柴火、油盐酱醋、大米和吃的鱼肉等也都准备好了,你们抓紧时间走吧。"

老周夫妻一起搬东西,将大个子小两口送到船上。大个子对老周夫妻说:"周阿叔、阿姨,给你们添麻烦了,过几天我们还会回来的。"

老周说:"你们在船上要注意安全,特别是晚上睡觉要将船固定住,如果下雨天要将船靠岸,不要将船停泊在湖中央。"

二舅对老周说:"他们的船停在芦苇荡里。"

老周夫妻站在湖边一起目送两只船远去。一只船是大个子在摇,另一只船是二舅在摇。二舅关照大个子:"你的船跟在我的船后面,你我两只船一起去阳澄湖里的芦苇荡。"

"不舍得他们走。"周妻说。

"他们躲避一下风头,过几天就要回来的。"老周说,"现在我们要费一番手脚,将他俩的床铺搬到我们的房间,将他们使用的东西藏在床铺底下。"

周妻说:"本来屋子就小,放了两张床铺走路都不方便了。"

老周说:"挤也只是挤两天,但如果不费这番手脚,就要被来的人看出破绽,那他们就会逼迫我们交出人的,那就不好交代了。"

周妻说:"我知道,我们快去搬床铺。"

老周说:"这几天,我们早晨就不要去阳澄湖里捕鱼了。"

周妻说:"捕鱼有什么不可以呢?"

老周说:"捕鱼我们要到十点才回到岛上,万一他们十点之前来到岛上,岛上没有人可不太好。一个被他们乱翻东西,不该查看的东西被他们看到了;二个就是我们在岛上的话,他们发现疑点,我们可以当场解释,大事化小,小事化了,不会引起大的问题。"

周妻说:"你说得对!"

老周说:"所以,这几天早晨我们不捕鱼了,宁愿少一点收入,也不能让这件事出一点差错!"

大个子在摇船,他的船紧跟着二舅的船。他想,二舅要带他们到哪里呢?船已经摇了半个多小时,现在两只船还在湖中央,看来那个芦苇荡不是很近的。

吕雪芳说:"那个芦苇荡怎么这么远啊?二舅对你说过芦苇荡在哪里吗?"

大个子说:"他没有说,我想应该快到了吧。"

吕雪芳说:"我看这里也没有什么芦苇荡。"

大个子说:"是的,所以二舅要找远点的芦苇荡。"

吕雪芳说:"能找到吗?"

"当然能找到,二舅预先就找到了芦苇荡。"大个子说,"那个芦苇荡肯定很大的。能够藏得下一只船,可见这个芦苇荡很大。

如果芦苇荡很小,我们的船就露在外面,那么就容易暴露船只,你和我就容易被他们发现。"

吕雪芳说:"听了你的话,我心里明亮了,二舅特别操心,几乎一夜都没有睡觉。"

大个子说:"二舅的恩情比海深。"

吕雪芳说:"对,以后我们安居乐业了,一定要好好报答二舅。"

大个子说:"我最担心你现在被大队发现,一旦他们发现你,你就在他们手掌里了,肚子里的孩子就不保了。但只要熬过几个月,一旦你把孩子生下来,即使他们发现你,也掀不起大的风浪,他们也不可以把生下来的孩子怎么样,那个小命也是命,是受到法律保护的。"

吕雪芳说:"我也这么想的,真的把孩子生下来了,也不怕他们发现我了,反正他们不可能把孩子抱走。如果他们那样做,我与他们拼命。"

大个子说:"我相信,我们躲藏在芦苇荡,一定能躲过去的。"

吕雪芳叹了一口气,忧虑爬满她的心头。

大个子说:"你不要叹气,再大的苦难我来扛!"

吕雪芳说:"不知道这几天在芦苇荡里的日子怎么过呢?"

大个子:"我们会应付过去的。困难这东西就是这样,你怕它,小困难就会变成大困难,而你不怕它,那就能够战胜它,就是大困难变成小困难,小困难变成风平浪静了。"

吕雪芳说:"现在我发现了,你可以做哲学家。"

大个子说:"你这么说我,一定是取笑我吧。"

吕雪芳说:"我怎么可能会取笑你呢?你就是我心目中的哲学

家,现在你处理问题的能力越来越好了。"

　　摇着摇着,船就开始往湖边走了。大个子指着二舅的船说:"二舅的船往湖岸走了,说明芦苇荡近了。"

　　吕雪芳说:"你怎么看出二舅的船往湖岸走呢?"

　　大个子说:"你看,现在我们隐隐约约能看到湖岸了。"

　　吕雪芳仔细一看,真的能看见湖岸了。

　　吕雪芳说:"这里会是哪里呢?"

　　大个子说:"你不知道,我也不知道,等到了芦苇荡,我们问一下二舅这里是哪里,不就知道了吗?"

　　吕雪芳说:"二舅领我们到芦苇荡,他也会待在芦苇荡吗?"

　　大个子说:"不会,他就要回去的。"

　　吕雪芳说:"就我俩在芦苇荡,那真是孤苦伶仃了。"

　　大个子说:"不,我们不会孤苦伶仃。"

　　吕雪芳说:"为什么?"

　　大个子说:"因为我们不是两个人,而是三个人。"

　　吕雪芳说:"还有一个人呢?"

　　大个子说:"远在天边,近在眼前。"

　　吕雪芳说:"你不说,我哪知道。"

　　大个子并没有说话,而是用手指了指她的肚子,吕雪芳这才反应过来,她嘻嘻一笑说:"你说得一点没错,我们在芦苇荡真的不是两个人!"

　　大个子说:"我们是三个人,是不是?"

　　吕雪芳连连点头说:"是的,是的。"

　　真的,前面就是一片芦苇荡,那芦苇密密麻麻的。当两只船摇到芦苇里时,惊飞了里面的野鸭,它们惊恐地叫着,有的飞,有的钻入湖底,都逃之夭夭……

现在两只船并排靠在一块儿。

二舅说:"这一片芦苇荡很少有人会来,除了老渔民知道这一片水域有芦苇荡,一般的人都不知道这里有这么大的芦苇荡呢。"

大个子说:"二舅,你是'阳澄湖通'啊。"

"我吃捕鱼这碗饭好多年了,靠阳澄湖吃饭,当然熟悉阳澄湖啊!"二舅说,"这几天,你们的船就停泊在这个芦苇荡里,不要到别的水域,因为他们走了,风声停了,我会摇船来叫你们。如果你们的船变化了位置,那我就找不到你们了。"

大个子说:"谢谢二舅,我们的船停泊在现在这个位置就不动了。"

二舅说:"那我就走了,我要天亮之前赶到家,不然被人看见不好。"

大个子说:"二舅,辛苦你了。"

吕雪芳说:"二舅,你回去吧,我俩的事总让你操心……"

二舅说:"你们是我的亲外甥和外甥媳妇,你俩的事就是我的事。那我就走了,不多说了,再见。"他又开始摇船,小船吱吱呀呀地离开了,很快消失在早晨的阳澄湖迷雾里。

大个子毕竟是罱河泥能手,所以对船上生活也是相当内行,他先用竹竿将船在芦苇荡里固定,不让船晃荡和漂浮。大个子拔了一些芦苇放在船篷上面。吕雪芳问:"你拔这么多芦苇干嘛?"

大个子说:"把船伪装一下。"

吕雪芳说:"这么荒凉的地方,谁会来呀?"

大个子说:"没人来也要伪装一下。你看,这个芦苇还可以生火做饭。"

吕雪芳感叹道:"周阿叔和阿姨真为我们想得周到,给我们准备了行灶,还准备了那么多吃的。"

大个子说:"周阿叔和阿姨长年累月在湖上捕鱼,所以他们对船上生活了如指掌。对了,天快亮了,你肚子饿吗?"

吕雪芳摸摸肚皮说:"我有点饿了。"

大个子说:"你想吃蛋炒饭吗?"

吕雪芳说:"吃泡粥吧,简单点吧。"

上船时,阿姨给他们准备了一锅的米饭,老人家知道在船上做饭不容易,所以做了这锅米饭。

大个子说:"我知道你喜欢吃蛋炒饭,我来做蛋炒饭。"

吕雪芳说:"不过,那个米饭冷了。"

大个子说:"做蛋炒饭就要冷饭,这样炒出来的蛋炒饭,饭是饭,蛋是蛋,吃上去喷喷香。"

吕雪芳说:"我做蛋炒饭先把米饭蒸热的。"

大个子说:"那你这样做出来的蛋炒饭像烂饭,吃上去一点不香。"

吕雪芳说:"现在我知道了做蛋炒饭得用冷饭,不能用热饭。"

大个子打了两只鸡蛋在碗里,然后就用冷饭做了两碗蛋炒饭,吕雪芳从头到尾看着他做蛋炒饭。她甜蜜地对大个子说:"你做的蛋炒饭就是比我做的好吃。"

大个子说:"你喜欢吃,我就天天给你做蛋炒饭吃。"

吕雪芳说:"你天天给我吃蛋炒饭,我也愿意。"

大个子说:"周阿叔和阿姨给我们准备了鱼和肉,中午我做熏鱼给你吃吧。"

吕雪芳说:"做熏鱼挺麻烦的。"

大个子说:"有什么麻烦?这几天我们都在船上闲着,所以也有时间做熏鱼啊!"

吕雪芳说:"不知道你做的熏鱼好吃不好吃?"

大个子说:"好吃不好吃,我无法断言,你吃了以后就知道。"

吕雪芳说:"好的,早晨我还担心在芦苇荡怎么过日子呢,现在我不紧张了,因为有你在身边。有你在船上,我就心思笃定哉,有好吃的,吃了饭就可以睡觉,睡觉也幸福。"

就在大个子小两口离开大雁岛的第二天,民兵营长带着一伙民兵,开着一只机挂船来到了大雁岛。

那么多人蜂拥而至,但老周并不慌张,他叫妻子到房间里不要出门。

上次也是民兵营长到岛上寻找的,所以他见过老周,他与老周打了一个招呼,说:"你们岛上有没有一对小夫妻来过?"

老周说:"没有。这种荒岛谁会来呢?"

民兵营长说:"今天我们来岛上搜查,请你配合一下。"

老周嘟囔道:"我对你说没有人来过,你怎么不相信人呢?"

民兵营长说:"不是我不相信你,而是我有任务在身。倘若找不到那对小夫妻,我民兵营长的位子可能不保哉,所以请你理解和配合。"

他一边说,一边向身后的民兵们挥了挥手,示意他们可以开始在岛上搜查了。老周见那些民兵的手里都握着一根木棍,于是对他们说:"各位小兄弟,你们在岛上可要当心,这里有野猪出没。野猪见到你手里有木棍,它不会躲避,而是直接撞向你,所以在岛上走路千万要当心。"

有民兵惊叫道:"真的有野猪吗?"

老周说:"前阵子打死了一只公野猪,肯定还有不少野猪在岛上活动。这可是千真万确的,我不会骗你们的。"

于是,那些民兵便开始缩手缩脚了。

民兵营长冲他们嚷道:"你们听他的,还是听我的!我叫你们向前冲,你们就应该向前冲!"说完,他三步并作两步冲到了最前面。

他大声对民兵们说:"大白天的,你们竟然怕一只野猪吗?如果有野猪出没,那你们手里不是有木棍吗?你们拿了木棍是吃素的吗?你们可以扬起手中的木棍将野猪打死,那今晚回去我们可以吃红烧野猪肉了。"

民兵营长走在前头,十几位民兵跟在他的屁股后面,向小岛深处走去。

民兵营长转身说:"那边有房子,先到房子里搜查。"

老周也对民兵们说:"那是我们老夫妻住的地方,你们有什么好搜查呢?"

◇◇◇澄湖三叠

民兵营长说:"既然我们来到了岛上,不仅你们的房间要看一下,整个岛屿都要看一下,不会放过任何一个角落。"

老周无可奈何地说:"随便你们了!"

民兵营长和民兵们来到了老周夫妻住的屋子。因为老周关照妻子在屋子里,不要出门,所以她就在屋子里,不过她一直趴在窗户上向外张望。现在一伙人来到了屋子门口。

旁边一间屋子的门虚掩着,有两个民兵跑进屋子里翻看,一会儿他们就出来了,对民兵营长说:"屋子里就是乱柴,其他一样东西也没有。"

民兵营长指着另一间屋子说:"看这一间。"

老周上前一步说:"这是我们老夫妻俩住的,现在我妻子在睡觉,最近老太婆身体不太好。"

民兵营长说:"你老太婆身体不太好,对我说没有什么用的,要找医生看才对的。"

有民兵推了推门,但门没有推开。

老周解释道:"现在这个时间,老太婆可能在睡觉。"

民兵营长说:"大白天睡什么觉?你叫她开门,我们看一眼屋子就走,不会影响她睡觉。"

老周说:"屋子里真的只有老太婆一个人,没有其他人。"

民兵营长说:"耳听为虚,眼见为实,让我们看一眼屋子有什么不可以呢?"

老周说:"你们怎么不讲道理呢?"

民兵营长说:"我与你已经很客气了,如果你是我们大队的社员,我早把你到大队部去了,你相信不相信?"

老周说:"我没犯法,你们有什么权力呢?"

民兵营长说:"只要你把屋子门打开,我们看一下就可以了。如果你不开门,我们也是有办法的,你不要敬酒不吃吃罚酒。"

老周想,好汉不吃眼前亏。那就打开房门让他们看一下吧,反正就妻子一个人在屋子里,让他们看一眼无妨。于是,他敲打了一下窗户,对里面说道:"你开门,让他们看一下屋子。"

周妻便打开了房门。

民兵们发现了两张床铺,有民兵问道:"你们老夫妻一张床铺,还有一张床铺谁睡的?"

老周说:"我与老太婆分铺的,老太婆爱清洁,她嫌弃我身上腥气。"

那两个民兵抬眼看了看老周,仿佛老周身上真的有鱼腥气一样,他俩连退三尺。这时民兵营长走进屋子,对民兵们说:"床铺底下看过了吗?"

有民兵说:"还没有。"

民兵营长说:"床铺底下看一下,还有边边角角的地方必须一一查看。"

两个民兵身子趴在地上察看床铺底下。

一个说:"床铺底下没有人。"

另一个说:"这床铺底下也没有人。"

听说没有人,民兵营长便走出了屋子,那些民兵围了上来。民兵营长说:"现在分成两组,一组向我左边出发,另一组向我右边出发,围绕整个岛屿彻底检查一遍。"

于是,十几个民兵分成两组,岛上大搜查便开始了。而民兵营长带着一个民兵在岛上"随意走走"。他走到哪里,老周便跟到哪里。

民兵营长和那个民兵走到了地坑,这家伙眼尖,感觉地坑表面与其他地方不一样,便蹑手蹑脚走过去。老周怕他掉入地坑,便冲了过去,对他说:"你不要往前面走了。"

民兵营长说:"前面有什么?"

老周说:"有野猪。"

民兵营长说:"你是说前面有野猪?"

老周说:"我在前面地里挖了一个地坑,专门捕捉野猪的。我说过了,前一阵子我捕捉到了一只公野猪,就是在这个地坑里捕捉到的。"

民兵营长说:"既然是地坑,那你让我看看总可以吧?"

老周说:"你看看可以的,但要小心,不要掉到地坑里。对了,我几天没有看过这个地坑了,说不定里面真的有一只大野猪哩!"

老周想,眼前这个家伙真是狡猾,连一个地坑都不放过,如果大个子小两口这回不走,真的要被他们带走了,后果不堪设想。

民兵营长对那个民兵说:"你走过去看看。"

那个民兵很可能是个胆小鬼,他的腿竟然禁不住颤抖,说:"我们一块儿上前看看吧……"

没等他把话说完,民兵营长飞起一脚踢在了他的屁股上,骂道:"你个赤佬,当逃兵啊!"

民兵营长便自己向前走去。老周见此情景,急忙上前一把拉住他,说:"前面就是地坑了,你再往前一步,就要掉到地坑里了,如果掉下去,可能会要你半条命。"

"没想到你这个岛上还藏着这个机关,这个地坑不会是你隐藏来人的吧。"民兵营长不怀好意地说。

这下老周可生气了,他板脸道:"你这位同志真是狗咬吕洞宾——不识好人心,我好心好意拉住你,你却这样蛮横地对待我,天理何在?"

老周心里自然是十分坦然,因为他并没有说谎,这地坑就是捕捉到一只大野猪的,这是抹不去的事实。或许地坑里还有遗留的野猪毛呢,所以他处乱不惊。

民兵营长对老周说:"你到前面把地坑找出来。"

老周说:"这个地坑臭烘烘的,看什么呢?"

民兵营长说:"用不着解释,把地坑给我找出来。"

老周说:"你不讲理,我这把年纪,还没有人对我这么说话的。"

民兵营长说:"我来岛上执行公务,你在岛上,难道不应该配合我搜查吗?"一言不合,他竟然板起了脸。

老周尴尬一笑道:"我和你又不是一个大队,又不是一个公社,我凭什么要听你的话呢?再说,你们来岛上搜查,有没有经过我们大队和公社同意啊?我有理由怀疑你们是一群冒牌民兵,你们怎么证明自己是民兵呢?"

民兵营长哑然无语。

老周明白,民兵营长已陷入思想混乱状态了。

老周不想在这件事情上耽搁时间,所以他对民兵营长说:"我可以把地坑上面的柴草和树枝搬去。"

民兵营长说:"那你把地坑上面的东西搬走。"

老周当然熟悉地坑的风貌,很快将地坑上面的树枝和柴草拖到了一边,这样,一个地坑就出现了。这时,地坑里传出了猪叫声,老周惊讶地说:"地坑里有野猪。"

民兵营长也听到了猪叫声,他说:"啊,真有野猪啊!"

老周拿了一根木棒小心地走到地坑边上,向地坑底部望去,看到地坑底部果然有一团黑乎乎的东西在跳动,那东西无疑就是野猪了。

他招呼民兵营长说:"地坑里真的有一只野猪。"

民兵营长便小心翼翼地走到地坑边上,他也看到了地坑里的那只野猪,顿时他兴奋起来,对老周说:"这样吧,你把这只野猪送给我,我马上叫大家回去。"

老周说:"这个地坑是我挖的,这只野猪是我的,我凭什么把野猪送给你呢?"

民兵营长说:"是,野猪是属于你的,但我们这么多兄弟在阳澄湖里找人很辛苦的,所以我想用这只野猪犒劳一下兄弟们,并不是我个人独吞。如果你把这只野猪给我,我可以保证,以后我们这些兄弟们再也不会踏上这座岛屿了,不会再来打扰你们的生活。"

老周说:"可这只野猪卖的话有好多钱呢。"

民兵营长想吃白食,老周自然不情愿。民兵营长见他不愿意,极其不悦,狠狠地对老周说:"我们今天不走了,明天还要来,要在岛上掘地三尺,一定要把那个'大肚皮'抓到,你这个岛是我眼里的重点怀疑对象。"

老周心想,今天遇见了一个贪得无厌、蛮横无理的家伙。他想了想,对民兵营长说:"我老太婆有神经官能症,你们这么多人冲到岛上来,她吓坏了。"

民兵营长说:"我们执行公务没有办法,明天、后天都会来。"

老周说:"你说这只野猪给你了,你们就走了,以后就不来了,是不是这样啊?"

民兵营长说:"是这样的,我是人说人话。"

老周说:"如果是这样,那我就让你们把这只野猪带走。"

民兵营长大喜,说:"你早说呐,你早说你让我们把这只野猪抬走,我们这些兄弟早已上船走了。"他转身对旁边那个民兵说:"你去通知大家,不要寻找了,快到这里来,把这只野猪捆起来,然后抬到船上去。"

那民兵说:"好的,我马上去通知。"

民兵营长对老周说:"老实说,像你这个岛,那个'大肚皮'是不可能会来的。现在我郑重地通知你,你这个岛从怀疑对象名单中去除了,你和你的妻子安心地在岛上生活吧。"

老周说:"我和妻子安分守己,岛上除了你们来了,其他外地人一个也没有来,所以对于外界发生的事情,我都不清楚,也不想知道,因为与我一点关系也没有。"

那些民兵过来了。

民兵营长问老周:"地坑里的野猪怎么弄上来呢?"

老周说:"先用一口渔网罩住野猪,再下几个人到地坑里,用绳子捆住它的四肢,让它不能动弹,然后用绳子将它从地坑里拉到地面,你们就可以把它抬到船上去了。"

民兵营长说:"有渔网吗?"

老周说:"有,我去拿。"

过了一会儿,老周拿了一口破渔网过来了。然后,他将那口破渔网抛下地坑,那头转来转去的野猪被渔网套牢了……

目送民兵营长的机挂船远去,老周悬着的一颗心落地了。他用一只野猪买来了大雁岛的平静。

老周回到屋子里。

"他们人呢?"周妻问道。

"都走了。"老周说。

"他们不会过几天再来吧。"周妻说。

"应该不会了。他们抬了一只野猪走的,那个民兵的头儿在我面前保证以后不会来岛上搜查了。"老周告诉妻子。

周妻说:"野猪是我们捕捉到的,他们怎么可以拿去呢?"

老周说:"开始我也是这样想的。但那个民兵的头儿说若不给他这只野猪,他们就天天来岛上搜查;若把野猪给他,他们这一伙人马上走,以后就不来了。所以最后我就答应给他们这只野猪了。"

周妻说:"也好,他们不来,这个小岛就太平了。"

老周说:"可以请大个子小两口回来了。"

周妻说:"虽说他俩离开小岛没两天,但也想念他们了,不知他们在芦苇荡里生活得好不好。"

老周说:"不知道大个子的二舅什么时候来,可以让他通知大个子回来了。只有他知道那个芦苇荡,我都不知道芦苇荡在哪里。"

周妻说:"那就等等吧,如果那伙人杀回马枪,那大个子和妹妹就苦了。"

老周说:"那个民兵头儿拿到了一只野猪,我想如果他是人,应该不会杀回马枪的。"

周妻说:"害人之心不可有,防人之心不可无啊!"

老周说:"吃过午饭,我来整理房间,把大个子房间整理好,把床铺还过去。"

周妻说:"唉,妹妹怀有身孕,被这些人追来追去,真是可怜。天也开始冷哉……"

老周说:"是啊,再过三四个月妹妹要生产了,不知道她到哪里生产呢。这个事情不解决,我也日日夜夜在替他们担心。"

周妻说:"生孩子要走鬼门关,本来就很危险的。还要被追来追去,又多了一个危险。"

老周说:"这些浑蛋,得着了一只野猪就像中了状元。"

周妻说:"如果这只野猪能够换来小岛的太平,那我感觉给他们还是值得的。"说完,她笑了。老周也笑了。

他俩都觉得,小岛上来了大个子小两口,欢声笑语便多起来。

天渐渐黑了,船上没有一盏灯,所以船篷里漆黑一团,什么也看不见。大个子和吕雪芳盘腿坐在船头,大个子催促吕雪芳早点睡觉,吕雪芳不想睡觉,她说:"在船上睡不着觉。"

大个子说:"你放心睡觉,我就不睡觉了。"

吕雪芳说:"你为什么不睡觉?"

大个子说:"这个芦苇荡让人有点不放心。"

吕雪芳说:"是啊,在这个芦苇荡,我心里也感觉不踏实。"

大个子说:"有我在你身旁,你可以安心睡觉。"

吕雪芳说:"你不睡觉,我也不睡觉。"

大个子说:"你不睡觉可不行,你怀孕了,倘若休息不好,对胎儿发育就不好。"

吕雪芳说:"我知道,可我想陪你说话。"

大个子说:"不知道岛上那些鸭子周阿叔喂了没有。"

吕雪芳说:"周阿叔是勤快人,你关照他的事,他都会认真做好的。"

大个子说:"不知道二舅有没有送鸭子饲料到岛上。"

吕雪芳说:"我想,二舅送不送饲料关系不大,即使他不送,周阿叔也会想办法找饲料喂鸭子的,你说是不是?"

"是的,周阿叔也会耙河蚌,他不会让鸭子饿着的。"顿了顿,他又说,"对了,它们也算大鸭子了,即使饿两天也饿不死,可能会瘦一些。"

吕雪芳说:"这么说,我们过两天能回到岛上去吗?"

大个子说:"这个难说,但既来之则安之。再说这个芦苇荡也是避风的港湾。"

吕雪芳:"我听爸妈讲过,芦苇荡里有野鸭蛋的,这是真的吗?"

大个子说:"你听,芦苇荡里真的有野鸭在叫,那芦苇荡里应该有野鸭蛋。"

吕雪芳说:"那明天我们去芦苇荡里捡野鸭蛋。"

大个子说:"我一个人去捡,你待在船上。"

吕雪芳说:"为什么让我一个人待在船上呢?"

大个子说:"芦苇荡里有大水蛇,说不定还有大蚂蟥。"

吕雪芳"啊"地惊叫了一声:"这不是真的吧?"

大个子说:"这是真的。"

吕雪芳说:"那你也不要去芦苇荡里捡野鸭蛋了。"

大个子说:"我可以捡。"

吕雪芳说:"你是神仙吗?"

大个子说:"不,我是男人。如果一个男人不敢到芦苇荡捡鸭蛋,那这个男人就不配做男人了。"

夜里,大个子和吕雪芳坐在船头说话,他们好像有说不完的话。只是说着说着吕雪芳睡着了,他就抱她到船篷里,将一条毛毯铺在船舱里,一条毛毯盖在她的身上。大个子担心半夜阳澄湖起风,所以他不敢睡觉,他宁愿坐一夜,等到天亮了再睡觉。

大个子的预感没错,凌晨的时候阳澄湖突然刮起了大风,船被风浪吹得摇晃不止。这时,吕雪芳也醒了。她睡眼惺忪地说:"怎么这个船晃来晃去啊?"

大个子说:"阳澄湖起风了。"

吕雪芳的头探出船篷,说:"那我们找一个河岸停泊吧。"

大个子对她说:"船在芦苇荡比在河岸还要安全,即使打翻船,船也沉不了。"

这时,吕雪芳走到了船头。见此,大个子对她说:"风那么大,船头上的风更大,你回到船篷里。"

吕雪芳说:"风那么大,你不是还在船头吗?"

大个子说:"我习惯了船上的生活,这点风浪对我真的是算不了什么。"

吕雪芳说:"可我也为你担心,你到船篷里来吧。"

大个子说:"你好好睡觉,我决定夜里不睡觉了,万一船出现了情况,我可以及时处理。"

吕雪芳说:"你不睡觉,那我也不睡觉。"

大个子说:"你傻了,你要想到,我在值守就是为了让你安心睡觉。"

吕雪芳说:"可是你一夜不睡觉,身体要不舒服的。"

大个子说:"明天白天我可以睡觉的,到时你坐在船头为我站岗放哨,你愿意吗?"

吕雪芳说:"我当然愿意,只是你夜里不睡觉,真的不行的。要不这样吧,现在你到船篷里睡觉,我在船篷里替你站岗放哨,你说这样可以吗?"

她的一番建议当然没有得到大个子的认可,他坚持自己站岗放哨,而让吕雪芳睡觉。大个子说:"你一个人不睡觉就是影响了别人,那个人也跟着你不睡觉。"

吕雪芳说:"你是说我肚皮里的孩子吗?"

大个子说:"你猜对了。"

吕雪芳说:"这个船上又没有旁人,我想你说的那个人应该就是我肚皮里的小孩了。"

大个子说:"现在你明白了这个道理,就安心睡觉吧。对你来说,保养身子是最为重要的一件事,这也是对我来说最为重要的一件事啊!"

　　吕雪芳深情地看着大个子,即使在黑夜里,她也感觉他的身上散发着一种光芒!

　　大个子盘腿坐在船头,大风从他肩头掠过。他想,再过几个月,自己就升级做爸爸了,想到这事的确让他精神倍增。他突然听到了船篷里有说话声,他以为是她在叫他,所以走到船篷里,才发现她睡得好好的,在做梦呢。

　　那么刚才的说话声哪里来的呢?

　　那是她在说梦话。

　　于是,他又回到船头,又盘腿坐在船头。

　　这时,阳澄湖上的风小了许多。他坐在船头沉思。这个时候,一件好玩的事情发生了,有一条大鲤鱼竟然跳到了船头上。开始他不知道是一条鱼,惊得叫了一声,后来他发现那是一条活蹦乱跳的大鲤鱼,所以他以迅雷不及掩耳之势逮住了这条大鲤鱼。

　　他的叫声自然把吕雪芳叫醒了。

　　她将身子探出船篷,说:"刚才是不是你叫人了?"

　　大个子说:"哎呀,把你惊醒了,我感觉不好意思,请你原谅啊!"

　　吕雪芳说:"那你为什么叫呢?"

　　大个子扬了扬手中的那条大鲤鱼说:"你看,刚才这条大鲤鱼跳到我脚背上了,我把它逮住了,明天我们做红烧鲤鱼吃。我在阳澄湖闯荡了几年,还是第一次有大鲤鱼跳到船头上,真是鲤鱼跳龙门哉。"

　　吕雪芳从船篷来到了船头,她看着大个子手里抓着的大鲤鱼说:"真是一条大鲤鱼啊!不过如果是其他鱼就可以留下来,但这条大鲤鱼可要放生的哟!"

"你说要放生这条大鲤鱼?"大个子说。

"对的,马上放生。"吕雪芳说。

"那为什么要放生大鲤鱼呢?"大个子不解。

"我家不吃鲤鱼的。母亲说鲤鱼肚皮里都是籽,吃一条鲤鱼就是吃掉许多籽,那可是无数条小生命啊!"吕雪芳说,"其他我就不知道了,我就知道这么多。"

大个子说:"我现在也想起来了,我家也不吃鲤鱼的。父母亲盼望我鲤鱼跳龙门,所以他们从来不吃鲤鱼,这是我家一条不成文的规定。"

吕雪芳说:"那把这条大鲤鱼放生吧。"

大个子把大鲤鱼递给吕雪芳,说:"你来放生吧。"

吕雪芳伸出手接过那条大鲤鱼,一松手,那鱼儿就掉到了阳澄湖里,只一晃它就游走了……

吕雪芳脸上露出了笑容,她为大个子听她的话,把这条大鲤鱼放生而感到由衷的舒畅和快乐。

大个子说:"这条大鲤鱼回到了湖里,它便有了第二次生命。"

吕雪芳说:"幸好它遇到了我们。"

大个子说:"重要的是遇到了你,你的心地善良可见一斑。"

吕雪芳说:"其实,这条大鲤鱼就是我。"

"啊,怎么会是你呢?"大个子说。他脸上满是好奇,不知道吕雪芳为什么说她是大鲤鱼。

吕雪芳解释说:"这条大鲤鱼本来生活在阳澄湖里,它游来游去多么自由快乐啊,可是它一时性起跳到船头……于是,我想到了自己,我就是那条大鲤鱼啊。我的人身自由,我肚子里孩子的生命随时掌握在别人的手里,你说我是不是一条大鲤鱼呢?"

大个子说:"你比喻得太好了。"

吕雪芳说:"庆幸我们在岛上遇见周阿叔和阿姨,其实他们也是放生人,他们坚守在岛上,用生命在保护小岛,也用生命在保护我们。"

大个子说:"是的,周阿叔和阿姨是我俩的贵人。"

吕雪芳说:"以后我回到家里也会经常去看望他俩,愿他俩晚年幸福!"

大个子抬头看了看星空,对吕雪芳说:"你回到船篷里继续睡觉,天亮还早呢。"

吕雪芳说:"本来我睡得好好的,就是被这条大鲤鱼惊醒了。"

大个子突然想起刚刚的说话声,他走到吕雪芳面前说:"雪芳,你刚才说梦话的,但我没听清你在说什么梦话,你知道吗?"

吕雪芳反问道:"我说梦话了吗?"

大个子说:"肯定是你说梦话了。"

吕雪芳又问道:"那我说了什么呢?"

大个子说:"你说了什么,我没有听清楚。你自己能想出来说的什么吗?"

吕雪芳说:"我哪想得起来。"

大个子说:"我想可能这几天你累了,或者你的神经受到刺激,你才会说梦话,因为我在岛上从来没有听过你说梦话的,这还是我第一次听你说梦话呢。"

吕雪芳说:"我也很想知道自己说了什么梦话呀。"

现在,吕雪芳睡意全无,她也坐到了船头上。大个子看见她里面只穿了一件的确良衬衣,对她说:"外面风冷,你坐到船篷里面去呀。"

吕雪芳说:"外面风小了点吧,你也到船篷里来吧。"

大个子说:"东南角乌云密布,我看有一场雷雨很快会来了。"

吕雪芳说:"那你快到船篷里来。"

大个子说:"等下雨吧。"

吕雪芳说:"你一夜不睡觉,身子吃不消的。你对我说你明天要到芦苇荡里捡野鸭蛋,你没有睡觉,哪会有力气呢?"

大个子说:"我年纪轻,连续三天三夜不睡觉也是可以挺住的呀。"

吕雪芳说:"我不勉强你,你想睡觉了就来船篷里睡觉。"

她和衣躺倒在船篷里,可十几分钟过去了,她还没有睡着,两只美丽的眼睛仍然睁得大大的。她似乎有点害臊,不愿意再叫他到船篷里来睡觉。

凌晨两点左右,一场狂风暴雨真的来了。那雨点好大啊,打落在阳澄湖里,激起了一个又一个水花。这样,他在船头无处躲藏了,便一头钻到了船篷里。吕雪芳没有发出一点声音,大个子猜想,她可能真的睡着了。

他便安安静静地坐在她的旁边。

"外面在下雨吗?"吕雪芳翻了一个身问道。

"是在下雨,挺大的。你醒了啊?"大个子关切地说。

吕雪芳坐了起来,说:"刚才我又做梦了,好像有人问我阳澄湖八鲜是什么,我一时都没说出来。你知道哪些东西是阳澄湖八鲜吗?"

大个子扳了扳手指头,说:"我应该记得的。"

吕雪芳说:"你说。"

大个子说:"阳澄湖八鲜应该有菱角、莲藕、白鱼、河鳗、清水虾、清水鳜鱼、甲鱼,最后一个是阳澄湖清水大闸蟹。"

吕雪芳说:"怎么没有鲤鱼呢?"

大个子说:"这个我就不知道了。对了,阳澄湖里还有青鱼、草鱼、鲢鱼、鳊鱼,还有塘鳢鱼,等等。"

吕雪芳说:"这么说阳澄湖不止湖八鲜哩。"

大个子说:"应该不止湖八鲜。"

吕雪芳说:"我喜欢吃塘鳢鱼,我觉得塘鳢鱼肉质特别鲜美,它应该列入阳澄湖八鲜。"

大个子说:"我想,大概由于塘鳢鱼的体型较小,很难登'大雅之堂',所以它不在阳澄湖八鲜之内。"

天亮了,大个子盯着吕雪芳的脸看,她觉得好生奇怪,说:"我脸上有什么东西好看吗?"

大个子说:"我想看看你在船上过夜开心不开心。"

吕雪芳反问道:"你说呢?"

大个子继续盯着她的脸看了几眼,然后不慌不忙地说:"佛说,五百年修得同船坐,而我俩是同船卧,不知道今生前世修了多少年呢。"

吕雪芳说:"夜里我睡觉,你没有睡觉,现在是白天,你吃过早饭就睡觉吧。"

大个子笑一笑,说:"我问的问题,你还没有回答呢?"

吕雪芳明知故问:"什么问题?"

大个子说:"我问你在船上过夜开心不开心?"

吕雪芳说:"就是紧张。"

大个子说:"有我在船上,你紧张什么呢?"

吕雪芳说:"其实我不想紧张的,但你晚上都不睡觉,你这样我就挺紧张的。"

大个子恍然大悟,说:"这个我倒是没有想到。说实话,在船上过夜,而且昨夜又是风又是雨,我心里除了紧张还是紧张啊。"

吕雪芳说:"你紧张,是不是担心有人来芦苇荡?"

大个子说:"不是,我是担心你,怕你在船上受苦。"

吕雪芳说:"我也是乡下人,这点苦算不了什么。"

大个子掀开船艄上盖着行灶的帆布,说:"如果行灶上不盖这块帆布,行灶便会被打湿,早饭都做不成了。"他俩不约而同地感恩周阿叔,是他想得周到,让他俩带上这块帆布。他叮嘱他们不用行灶时,用帆布盖住行灶,也盖住柴火。

如果不是亲身经历,谁知道这些知识啊!周阿叔不愧是老渔民,他对水上生活了如指掌,你不能不佩服他。

大个子点燃了行灶。他想做蛋炒饭,因为吕雪芳喜欢吃蛋炒饭。但吕雪芳感觉吃泡饭简单,就说:"我不想吃蛋炒饭,有冷饭,就做泡饭吃吧。"

大个子说："也行,我来煎两个荷包蛋。"

吕雪芳说："这个行灶能煎荷包蛋吗?"

大个子说："应该可以的,我把行灶的柴火调小一点即可。"说完,他用火夹把一根燃烧的木条抽了出来,放在水里。那根燃烧的木条在湖里腾起一股轻烟,很快熄灭了,但没有沉没,而是漂浮在水面上。

铁锅热了,大个子放了些菜油,等菜油热了,他就打了一个鸡蛋在锅里,很快一个荷包蛋就成了,香味飘飞。吕雪芳走了过来,说:"好香啊!"

大个子把这只荷包蛋放在一只碗里,说:"你先吃吧。"

吕雪芳两口就吃下了这只荷包蛋,说:"好吃,好吃。"于是,大个子又给她煎了一只荷包蛋……

船停泊在芦苇荡里,那些芦苇长得很高,密密麻麻的,风一吹就发出"唰唰"的响声。此时,天已经亮了,芦苇荡里的青蛙仍然在起劲地叫着。大个子指着水面上露出的一只青蛙说:"这里青蛙很多呵!"

吕雪芳说："青蛙生活在芦苇荡里比在其他地方都要好。"

大个子说："为什么?"

吕雪芳说："这是阳澄湖啊,湖水清澈。"

大个子说："我也觉得青蛙生活在这里比在其他地方好,因为这里安生,没有谁可以把青蛙捉走。"

吕雪芳说："是啊,做一只这里的青蛙多好啊!"

大个子说："不对,做青蛙哪有做人好呢。"

吕雪芳说:"做人有什么好呢?"

大个子说:"做人可以爱啊,比如我与你为了我们的孩子可以如此奋不顾身,如此相亲相爱,你说我的话对不对呀?"

吕雪芳摸了摸自己长长的头发,说:"对,做人原来真比做青蛙好啊!"

大个子说:"我想把船划到芦苇荡更里面去。"

吕雪芳说:"船能进去吗?"

大个子说:"应该能的,如果船进不去了,说明是河岸了,那我们就可以到芦苇荡里找野鸭蛋了。"

一听说找野鸭蛋,吕雪芳就像打了鸡血一样,她兴奋地说:"那好,你摇船,我们到芦苇荡里面去。"大个子告诉她,此时摇船是不行了,因为船离河岸很近,木橹划下去能够触到地了,所以无法摇船,只能用竹竿撑船。

所以,大个子拿起一根竹竿撑船,那只船就一点点向芦苇荡里面去了。

大个子指着前面说:"你看,前面就是地面了。"

吕雪芳循着他手指的方向看去,果然前面的芦苇都长在地面上,而不是长在水里。

大个子说:"船撑不过去了,这里也都是地面了。"

吕雪芳说:"那船下都是水,我们怎么下去呢?"

大个子说:"即使是水,也是浅水。"

吕雪芳说:"浅水,你怎么知道?"

大个子说:"我在阳澄湖罱河泥许多年,连浅水都不知道,那我这个罱河泥的活就白干了,你说是不是?"

211

吕雪芳说:"我也不知道你说得对不对。"

大个子说:"你先待在船上,我下去看看。"

吕雪芳"啊"一声,说:"船下都是水,你怎么下去呢?"

大个子笑了笑说:"我不是对你说了,这里都是浅水,这个浅水深不过膝盖,越往前面,那水就越来越浅,再前面那就是地面了,就没有水了。"说完,他赤脚,卷起裤脚,手执竹竿,慢慢地下到了水里,果然那水就到他的膝盖位置。

吕雪芳说:"你说得真对,我也想去那边的地面。"说着,她也卷起了裤脚。大个子对她说:"你不要赤脚,你穿好鞋子,我驮你过去。"说完,他转身背对着她,她就爬到了他的背上。忽然,他将她放下。

她说:"你怎么啦?"

他说:"背你不好,会压到肚子里的孩子。"

她说:"对的。"

他说:"我来抱你吧。"

她说:"你抱得动我吗?"

他说:"在我眼里你就是一只小燕子,轻得很。"

大个子力气好大啊,他蹚着河水一口气将吕雪芳抱到了芦苇荡地面上。那里的芦苇长在岸上,或许这岸地也曾经是水面,但此时却是地面了,不过芦苇依然长得很好。

大个子放下她,她说:"累了吧?"

大个子嘿嘿一笑说:"没罱河泥累。"

吕雪芳说:"以后你罱河泥,我来摇船。"

大个子说:"不知道我们什么时候能够回到大队呢。说真的,我好想和你踏踏实实地回去,然后你踏踏实实地生产,我踏踏实实地去罱河泥。"

吕雪芳说:"我们已经做好了最坏的打算。"

大个子望着她,说:"什么最坏的打算?"

吕雪芳说:"就是我们在外面生了孩子再回大队去。"

大个子说:"啊,你生了孩子也不可以回去。如果你生产了就回去,那结局无法想象。"

吕雪芳说:"那我们一直在外面流浪吗?"

大个子说:"我们可不是流浪。如果真的不能回去,我们就在大雁岛安家落户。给我们几年时间,我们就把那个荒岛建成阳澄湖里最美丽的一个小岛。"

吕雪芳说:"我就是担心大队寻找过来。"

大个子皱起眉头。

"朝前面走,看看有没有野鸭蛋。"大个子指着前面的芦苇说。于是,两人小心地向前面走去。可能是这个地面被水淹过,所以有的地方泥土非常烂,大个子便对吕雪芳说:"你看好脚底,不要踩低洼的地方。"

当他俩往前走的时候,有几只野鸭子飞的飞,逃的逃,一下子无影无踪了。大个子见此满怀信心地说:"这里的芦苇荡里肯定能捡到野鸭蛋。"

吕雪芳说:"你这么肯定吗?"

大个子说:"刚才你没有看见野鸭子飞吗?有野鸭子的地方就有野鸭蛋,你相信吗?"

吕雪芳说:"我要捡到野鸭蛋才会相信你的话。"

大个子说:"而且我敢肯定这里的野鸭蛋会有很多。"

吕雪芳说:"为什么?"

大个子说:"小时候我去芦苇荡捡过野鸭蛋,所以我有这样的感觉,这也是一种经验。"

吕雪芳说:"今天我倒要看看你的这种经验对不对。"

大个子说:"那我们怎么打赌?"

吕雪芳说:"我人都是你的,不与你打赌。"

经过一个小水坑时,大个子看到坑里有一只小螃蟹,他便将小螃蟹抓在手里,那小螃蟹张牙舞爪的。吕雪芳见此躲在了他的背后,她说:"啊,放了它吧。"

大个子说:"等它长大了,可就是正宗的阳澄湖清水大闸蟹。"

吕雪芳说:"所以,你现在就把它放生吧。"

大个子答应了她,轻轻地将这只小螃蟹又放回了小水坑里。

两个人继续往前面走,不时看到有芦苇倒在地上。大个子眼尖,先看见地上有一堆野鸭蛋。那堆白白的野鸭蛋,像长在树上的一堆蘑菇。

大个子说:"野鸭蛋出现了。"

他好兴奋呵,竟然跑了过去。

吕雪芳也很兴奋。

大个子双手捡起两只野鸭蛋,说:"这可是货真价实的野鸭蛋啊,我说这芦苇里有野鸭蛋,现在你相信了吧。"

吕雪芳点头道:"我相信了。"

大个子这才发现没有带篮子,他对吕雪芳说:"你待在这里,别走开,我到船上去取篮子。"

吕雪芳说:"船上篮子里放着鱼,你就拿一只脸盆来。"

大个子说:"好的,我马上回来。"

他飞快地向小船奔跑过去。突然他有了一个灵感,这芦苇荡里会不会有甲鱼出没呢?如果真有甲鱼,那得准备蛇皮袋子啊。所以他回到船上取了一只脸盆,还取了一只蛇皮袋子。

等大个子回到发现野鸭蛋的那片芦苇荡,吕雪芳告诉他自己又在不远处发现了一堆野鸭蛋,有十几个吧,可能还不止。没走多远,他俩捡的野鸭蛋就将这只脸盆装得满满的。

大个子说:"我们再往前面走。"

吕雪芳说:"那这一脸盆野鸭蛋怎么办?"

大个子说:"就放这里,这里不会有人来的。"

吕雪芳说:"你说得对,这潮湿的芦苇荡谁会来呀!"

他俩将脸盆放在那里,怕回来找不到那地方,大个子将周围的芦苇按倒了一片。吕雪芳说:"你这不是伤害芦苇吗?"

"不是,只要早晨有露水,它就会恢复原样生长的。"大个子说。在吕雪芳的心中,他好像是百科全书,什么都懂。

他俩继续往前面探索。

大个子说:"啊,这里还有野鸭蛋,你说怎么办?"

吕雪芳想了想说:"下午我们再来捡,反正这里没人,不会被人捡走的。"

大个子扬了扬手中的蛇皮袋子,说:"我手里的这个蛇皮袋子还空着呢。"

吕雪芳笑道:"你真想捉甲鱼吗?"

大个子夸张地向前走了几步,然后转身说:"再往前就有甲鱼出现了。"

吕雪芳就笑着说:"那你就往前走,我在这里等你捉了甲鱼回来。"

大个子也并不能确定前面的芦苇荡里有没有甲鱼,但他又有些不甘心。他好希望能找到甲鱼,因为甲鱼是天然的营养物,是吕雪芳最喜欢吃的东西。

所以,他继续向前走去。

那么,前面的芦苇荡里会有甲鱼出现吗?

或许是那些芦苇长在地面的缘故,前面的芦苇长得没有水里的芦苇高,也稀疏,所以地面尽显。大个子也有点心不在焉了,看来甲鱼真的不会出现了。

他往前走了十来米远,当他转身想往回走的时候,奇迹出现了。他看见前面有黑乎乎的东西在爬动。他走过去一看,这不就是甲鱼吗?而且是两只甲鱼呢。他从来没有见过这么大的甲鱼,估计每只都在五斤以上,是名副其实的老甲鱼。

他一手拿着蛇皮袋子,一手将两只大甲鱼捉入蛇皮袋子里,两只甲鱼就这样束手就擒。他想,她看见甲鱼不知会多高兴呢!而且是两只大甲鱼,那这几天就做红烧甲鱼吃,估计都吃不完。

他提着蛇皮袋子往回走,很快来到了吕雪芳面前。他说:"我捉到了两只大甲鱼。"

吕雪芳很惊讶,看着蛇皮袋子,说:"没想到你真的捉到了大甲鱼,真稀奇。"

为了显示真的是大甲鱼,大个子将蛇皮袋子里的两只大甲鱼倒了出来,只见两只大甲鱼一着地便爬了起来。吕雪芳"哎哟"一声,大个子眼疾手快,将两只大甲鱼重新捉入蛇皮袋子里。

大个子说:"到了我的手里,怎么可能让你们逃掉呢?"

吕雪芳说:"你会捉甲鱼,我只会碗里捉甲鱼。"

大个子说:"中午就宰杀甲鱼,一只红烧,一只清蒸,可好?"

吕雪芳说:"一只就够了,还有一只养好。"

大个子说:"那半只红烧,半只清蒸。"

吕雪芳说:"行灶清蒸甲鱼行吗?"

"应该行的。"大个子说,"这是正宗的阳澄湖野生甲鱼,上海人有钞票还吃不着这种野生甲鱼呵!"

吕雪芳说:"这么说我们比上海人幸福哇!"

幸福感油然而生。可是很快,她的心又被另一种感觉占据,那就是焦虑和不安,不知道大队什么时候停止对他俩的寻找呢?

二舅很关心外甥大个子小两口,他把这小两口带到芦苇荡,但他的心也在芦苇荡了。虽说很少有人知道这片芦苇荡,但他仍是担心被他人发现,所以这几天他寝食难安。

二舅妈说:"你可以去大雁岛看看,说不定已经有人去那个岛搜查过了。"

二舅说:"对的,明天我就去那个岛看看。外甥饲养了一百只鸭子,我要送些饲料过去,再不送饲料过去,这些鸭子很可能要被饿死了。"

二舅妈说:"我也想去。"

二舅说:"你去岛上也见不到外甥小两口的。"

二舅妈说:"那我们先去岛上送饲料,然后再到芦苇荡找外甥啊!"

二舅说:"现在阳澄湖不平静,有船在寻找外甥小两口,所以我们只能偷偷摸摸地去那个小岛,万一被他们发现,我们也要被处罚的,这个犯不着。"

二舅妈说:"看来这个事情挺复杂的……"

说着说着,二舅妈睡着了,二舅却睡意全无。他想得很多,最后脑子里有了两个方案:一个是倘若大队这些人已经到大雁岛搜查过了,那就要摇船去芦苇荡,带外甥小两口走出芦苇荡,回到大雁岛;一个是倘若大队这些人还没有搜查此岛,那不要紧,让外甥小两口继续守在芦苇荡,哪一天搜查过了,哪一天让外甥小两口回到大雁岛。

鸭饲料早已买好,二舅买了一百斤。第二天天没亮,二舅就将这一百斤饲料搬运到船上,他要赶在天亮之前去一趟大雁岛,看看大雁岛现在的情况。

二舅妈跟他一块儿去了。

当二舅的船摇到大雁岛时,正巧老周夫妻想摇船外出捕鱼。

老周说:"二舅,我本想动脑筋通知你,他们已经来过岛上了,所以可以叫你外甥小两口回来了。"

二舅和二舅妈听到这个消息十分欣喜。

二舅说:"那很好,等会儿我就去芦苇荡叫外甥小两口回到岛上来。"

老周说:"本来那伙人还要在岛上搜查的,后来那个地坑里掉了一只大野猪,他们抬走了,他们便答应以后不来岛上搜查了。唉,一只野猪换来小岛太平。"

二舅说:"如果真能换来小岛太平,我看这只野猪被他们抬去也是值得的。"

老周说:"是值得的,所以我和家属都盼望你外甥小两口早点回来。再说,你外甥媳妇怀着孕,不能淋雨,不能奔波,必须有一个安定的地方生活啊!"

二舅说:"那我把鸭子吃的饲料拿上岸,就去芦苇荡。"

老周连声说:"好的,好的。"

二舅得知大队的派人到大雁岛搜查过了,他们还掠走了一只野猪,然而他内心却是非常愉悦的,因为这样他就可以通知外甥小两口回到岛上了。

而大个子小两口在芦苇荡,除了二舅知道,其他人都不知道。因为知道的人越多,大个子小两口的风险就越大。

这回二舅摇船非常卖力,他想早点把这个喜讯告诉外甥他俩。

这时,大个子小两口并不在船上,他俩在芦苇荡里捡野鸭蛋。

二舅找到了大个子的船,却发现船上无人,他心里一阵紧张,外甥不会出什么事情吧?于是,他大声地呼叫。大个子小两口在芦苇荡里听到了呼叫声,但不知道是从哪里来的。

他俩不知道二舅来了。

大个子对吕雪芳说:"你躲藏好,我到船那里看看。"

他看到自己船的边上又有了一只船。

他悄悄地走近一看,船头上的人是二舅。于是,他欣喜地向船跑去,老远就叫道:"二舅,二舅!"

二舅脱了鞋子,跳下船。

二舅说:"外甥媳妇呢?"

大个子指着后面的芦苇说:"她在那儿呢,我俩正在捡野鸭蛋哩。"

二舅说:"快叫她上船吧,我们回去。"

大个子说:"是不是回到岛上去?"

二舅说:"对的,你们大队的人去过岛上搜查了,现在回到岛上安全了。我刚从岛上过来。"

大个子说:"那我们马上就走,我去叫雪芳。"说完,他转身去叫吕雪芳了。大个子回来的时候,拎着一个篮子,篮子里的野鸭蛋装得满满的。

大个子对二舅说:"这一篮子野鸭蛋送给二舅。"

二舅说:"怎么这么多啊?"

大个子说:"我们船上还有很多野鸭蛋,昨天我们还捡到两只野生甲鱼,不过我们都煮来吃了。"

二舅说:"看来这个芦苇荡里有宝藏啊。"

大个子说:"是的,芦苇荡里有宝藏,也是避风塘。"

大个子把手提的篮子递给了二舅。

然后,他又抱着吕雪芳向船走去……

到了船上,二舅说:"你们自己摇船回去吧,我就不去岛上了。"

大个子说:"二舅,你有空来岛上,我请你喝酒。"

二舅说:"等你们生了孩子,这个满月酒,如果你们不请,二舅也要厚着老脸皮上门讨来喝的啊。"他哈哈大笑,然后挥挥手说:"摇船,摇船吧,一路顺风!"

因为二舅来过大雁岛,所以老周夫妻知道大个子小两口要回来了,但什么时候回来还不确定。

老周夫妻很是快活。

老周对妻子说:"鱼篓里有一条三斤多重的黑鱼,等他们回来做鱼汤吃。"

周妻说:"黑鱼可以两吃,一半煮汤吃,一半炒鱼片。"

老周说:"做菜你在行,我听你的。"

周妻说:"这个黑鱼要提前宰杀,因为要做炒鱼片。这个鱼片要先用盐腌一下,这样的鱼片炒起来才不会化掉。现杀的鱼不好炒鱼片。"

老周说:"你的意思是现在就要杀鱼喽?"

周妻说:"不知道他们什么时候回来?"

老周说:"二舅去芦苇荡一个来回差不多三个小时,现在已经三个多小时过去了,我估计他们就要回来了,因为二舅说过他一到芦苇荡就叫他们回来。"

周妻说:"呵,那你现在可以杀鱼了。"

老周听了连忙起身,结果把长凳上的一只茶碗打翻在地,那只碗碎了。"哎哟,不好差你做事的,还没做事就把一只好碗打碎了,真可惜!"周妻埋怨道。

"对不起,不是你叫我杀鱼嘛。"老周说,"明天我去对岸买一打碗回来。"

周妻又好气又好笑,说:"你买一打碗不要花钱的呀?"

老周说:"我是不用花钱的,用鱼篓里的鱼换就可以啊!"

周妻笑了,说:"你想不想用鱼换一个小老婆呀?"

老周眼睛一瞪说:"我一个老婆都对付不了,还小老婆呐。"说完,他转身向湖边走去,到湖边鱼篓里捉那条大黑鱼。他刚走到湖边,就看见一只有篷的船在向岛上过来,他一眼认出那是大个子的船。他想,这鱼自己是杀不成了,那就把黑鱼捉给妻子杀吧。于是,他从鱼篓里捉了那条大黑鱼,然后去送给妻子,让她杀鱼了。

老周把黑鱼拿给妻子,说:"你杀鱼吧,我去接他们。"

周妻说:"他们回来了吗?"

老周说:"回来了,我看见他们的船回来了。"

周妻说:"那好,你去湖边迎接他们,我来杀鱼。这个炒黑鱼片……"

老周一口气跑到湖边,大个子的船也快到湖边了。这回,吕雪芳坐在船头,大个子在摇船。老周在湖边不停地向他们招手。吕雪芳对大个子说:"周阿叔在湖边等我们了,他不是亲人胜似亲人啊!"

大个子提了一篮子野鸭蛋上岸,老周见了说:"这些鸭蛋是买的吗?"

大个子说："我们在芦苇荡里捡的,是野鸭蛋,船上还有一篮子呢。"

老周说："我生活在阳澄湖,也能在湖边捡到野鸭蛋,但这么多野鸭蛋,还是第一次见。"

大个子说："在芦苇荡里,我们还捉到两只大甲鱼。"

老周说："那个芦苇荡在哪里,下次有空我们去那里捡野鸭蛋、捉甲鱼。"

大个子说："我认识那里了,有空我们一块儿去。"

大个子和吕雪芳回到了自己住的小屋,屋子里的摆设已经恢复原样,地面收拾得干干净净的,床铺上还铺了新的床单。吕雪芳说:"阿姨给我们换了新床单。"

大个子说："我也感觉这个床铺有点不一样。还是你眼尖,第一个发现换了新床单。"

吕雪芳说："等会儿问问阿姨,这床单多少钱,我们付她钱,不能占她便宜。"

大个子说："好的,等我卖掉这一批鸭子,我们就是有钱人了。"

吕雪芳说："如果能到对岸买东西,我感觉也是很幸福的。"

这时,大个子关上了房门。吕雪芳说："你关门做啥?"

大个子说："我想亲亲你!"

吕雪芳走过去打开了房门,说："我肚子那么大,你……"

大个子说："可是,我……"

吕雪芳说："别说了。万一出了什么问题,我都不好到对岸医院看病,你让我在岛上等死吗?"

大个子说："我可不想让你死,我要抱我们的孩子!"

吕雪芳说:"现在,你远离我,这就是你对我的爱,就是你对我负责。"

大个子伸手抱了抱她,说:"我爱你!"

吕雪芳说:"你别抱我了,我要去看看阿姨。"

大个子便放开她,说:"我们一起去见阿姨。"于是,他俩一块儿来到了隔壁房间,阿姨正在做黑鱼汤。

大个子说:"阿姨,辛苦你了!"

周妻说:"我天天盼望你俩回来,现在你俩回来了,我心里可就踏实多了。现在我就盼望妹妹早日生孩子了。总之,我一直盼望你俩的生活过得越来越好。"

吕雪芳说:"阿姨,你比我妈对我还要好。"又说:"阿姨,你给我们的床上换了新床单,那床单多少钱?这个钱我要给你的。"

周妻摆手说:"哪要你们的钱,如果要了钱,我们还是自己人吗?"她说什么也不愿意收这个床单钱。

大队第二次兴师动众到阳澄湖里寻找"大肚皮",就连"大肚皮"的影子也没见着。本来公社想提拔苏主任到公社妇联任副主任,就因为出了这样一个"大肚皮",而没有提拔。

至于大队民兵营长,也有了说法:如果那个"大肚皮"最后在外面生了孩子,那就把民兵营长撤职,让他回家种田去。因为他立下了军令状：一定把那个"大肚皮"找到。

所以，他组织民兵四处张贴告示，要"捉拿'大肚皮'吕雪芳"。

因为没有吕雪芳的照片，他还在告示上粘了一个很像吕雪芳的女明星的照片。有人对民兵营长说："如果你这张告示被那位女明星看到，她可要让你赔偿她的名誉损失费。"

民兵营长说："你叫那女明星来找我呀！那样我可就出名了，只要我出名了，我找到那个'大肚皮'也容易多了。"

有人说："你这个寻人启事粘上女明星照片，真的有才。"

民兵营长便乐了："你说得对，女明星有轰动效应，我们为什么不可以借用一下这种名人效应呢？"

他一副理直气壮的样子。

只是，这是胡闹，凭女明星一张照片怎么可能找到那个"大肚皮"呢？

这天，公社人武部把民兵营长叫去。民兵营长做好了被骂的准备，因为那个"大肚皮"还没有找到，她就像在地球上消失了一样。

新到任的人武部部长刚从军队转业到地方，他对民兵营长说："你们大队是不是在寻找一位未婚先孕的姑娘？"

民兵营长说："对啊，可是找了几个月也没找到。所以我认真地在做自我批评，是我工作没有做到位，还有思想上不够重视，所以行动没有跟上。"

新部长说："你知道我叫你来做什么吗？"

民兵营长说："应该也是为了这位'大肚皮'吧。"

新部长说："的确是关于这位'大肚皮'姑娘的事。"

民兵营长说："这几天我们在各个大队和街上张贴寻人启

事，争取尽快找到她。"

新部长说："我发现，你的思想觉悟挺高的嘛。"

民兵营长并不谦虚地说："倘若思想觉悟低，又怎么能做大队民兵营长呢？"

民兵营长向新部长建议，如果再找不到那个"大肚皮"，就把她家房子的屋顶拆了，让她以后即使回来也无家可住。

新部长突然脸色一变，说："这是谁给你的权力？我现在告诉你，一是不许动她家的房子，二是你必须找到她。"

民兵营长说："好，我服从命令。"

原来，公社党委书记找新部长谈话了。公社党委书记对新部长说，县委新来的书记知道了这桩未婚先孕的事，表示女青年与男青年自由恋爱，他俩已经符合《婚姻法》结婚的条件，只是在打证明和登记结婚的环节中被耽搁了。这是侵犯了人家婚姻和生育的权利，所以必须立即停止错误做法，立即找到这位女青年。倘若这位女青年在外面发生什么意外，凡是牵涉到的领导都要受到严厉的处罚。而且对于造成这个局面的相关人员也要追查清楚。

民兵营长摸摸自己的头。

新部长说："你现在照我的话去做，找到那位女青年，还她婚姻和生育权利。不然我拿你是问，决不手软。"

想方设法寻找"大肚皮"，现在看来是"白忙一场"了。民兵营长决定找苏主任商量此事。

其实，苏主任也被公社妇联主任找去谈话了。她如释重负，深深地吸了一口气，向公社妇联主任说："其实我一直担心这位女青年的生命安危。她一直在外面流浪，倘若突然生产真的有生命危险。"

民兵营长找到了苏主任，他说："关于'大肚皮'吕雪芳的事，现在有了新的指示，你清楚吗？"

苏主任说："公社妇联把我叫去谈话的，我清楚了。"

民兵营长说："我就搞不懂了，对这个'大肚皮'的政策怎么说变就变呢？"

苏主任说："我倒是觉得很好！"

民兵营长说："我觉得不好！第一个不好是抹杀了我们的'功劳'，当然我们没有功劳也有苦劳啊，现在还会被社员们耻笑；第二个不好是以后会有人向她学习，未婚先孕了就离家出走，到时候出现这样的情况我们还怎么管理？"

他说的"头头是道"。

苏主任说："你理解错误了。我不想反驳你。现在摆在我们面前的问题是，尽快找回吕雪芳，保证她平安生产。"

民兵营长说："但我心里不舒服。"

苏主任说："野猪肉香不香？你吃得起劲，有什么不舒服呢？"

民兵营长说："我现在一点方向都没有，接下来怎么办呢？"

苏主任说："我俩一块儿去吕雪芳家里，直接对她父母言明，允许他们的女儿结婚和生育了。我估计他们会协助我们寻找到她的。"

民兵营长说："你说得有道理。"

　　傍晚六点左右，苏主任和民兵营长来到了吕雪芳家。吕阿狗刚坐下想吃晚饭，看见他俩便立马站起来从后门走出去了。他就是不想看见这两个人。

　　民兵营长叫住他道："你看见我们来为何转身就走？"

　　吕阿狗说："你有屁就放，有话就说。"

　　民兵营长跺脚道："要是往日，你这种态度，我叫几个民兵来把你送到大队部去。"

　　苏主任连忙走上一步，对民兵营长说："你不要讨嘴上便宜了，我们来老吕家有事要商量。"她转身对吕阿狗说："老吕，我们大队接到公社通知，现在同意你们女儿结婚并且生育了。"

　　吕阿狗听了苏主任的话，心里开心，但不知道是不是真的。所以，他不动声色地说："你口说无凭，谁会相信你的话？"

　　苏主任说："这是真的。新来的县委书记都知道这个事了，做出了指示。"

　　民兵营长插嘴道："我的话你可以不相信，苏主任的话难道你也不相信吗？"

　　吕阿狗说："不是。我在想，你们是不是想骗我女儿回来？"

　　民兵营长说："如果我骗你，那我不是人！"

　　苏主任说："老吕，这是真的，是公社妇联主任亲口对我说的。而且，我们哪敢拿新来的县委书记来骗人？所以你用不着怀疑。"

这时，杏梅拎了一只猪食桶出现了，她看见民兵营长和苏主任倒是比较客气，说："唉，我女儿在哪里，你们不知道，我们也不知道，所以你们来问我们，我们简直一问三不知。"她以为他俩又是来逼问女儿藏身之地的。

苏主任说："杏梅，现在形势变化了，不会要求你女儿引产了，可以上医院正常生产。"

"咣当"一声，杏梅惊讶得手里的猪食桶也掉了，幸好猪食桶是空桶。

苏主任也吓了一跳。她说："今天我们是特地来通知你们，可以叫你们女儿回家。不过，我有一件事情要提醒你和老吕，你女儿回家后快去公社民政部领取结婚证。有了结婚证。这个婚姻就是合法的，就有保障了，这样再生产就顺当了。不然你女儿生出来的孩子还是叫私生子。我说的话你可记得？"

杏梅说："我和阿狗都不知道女儿在哪里，但如果女儿回家我会催促她去领结婚证的。如果她不去领结婚证，我和阿狗就不让她跨进门槛半步。"

苏主任拉了拉民兵营长的衣服，然后她向门外走去，民兵营长明白她在叫自己，所以他跟着她走出门外。苏主任对民兵营长说："看来阿狗夫妻真的不知道女儿的下落。"

民兵营长说："是的，阿狗夫妻是老实人，不会说谎话的。"

苏主任说："那我们一块儿去大个子家。"

民兵营长说："我感觉大个子的父母不是什么好人。"

苏主任说："你这话可不能乱说，被他们听到可不好。"

民兵营长说："我只对你说，与别人不可能这么说的。"

苏主任说:"现在我的心情与以往不一样了。我想现在找不着'大肚皮'无所谓了,因为即使找不着,公社也不可能处罚我哉。如果在以前那可是要急死人的。"

民兵营长说:"是啊,我现在心情轻松了,那个'大肚皮'找着算完成一桩任务,找不着也算完成一桩任务。"

苏主任不解,问道:"找不着怎么也算完成一桩任务呢?"

民兵营长说:"找不着,只好找不着了,我想他们知道不追究他们,他们总归会自觉自愿回来的吧。"

苏主任直觉大个子父母是知道儿子小两口下落的。

现在,苏主任和民兵营长步行来到了大个子家。海林爸和海林妈正坐在一张方桌前吃晚饭。大门敞开着,所以民兵营长和苏主任径直走了进去。

苏主任说:"你们还在吃晚饭啊,你们吃晚饭比较晚啊!"

海林妈说:"生产队下工晚,所以我做晚饭也晚了。"

民兵营长说:"我和苏主任上门,主要有一个重要通知告诉你们。你们可以让你们儿子小两口回家了,大队和公社允许他俩结婚和生孩子,不会将你儿媳妇拉到医院上手术台了。"

苏主任点头道:"这是真的。"

海林爸露出苦笑,说:"我和我妻子都不知道儿子小两口在哪里,他俩像一只没有线的风筝,飞走了。不知道他俩现在在哪。"可能他喝了一点白酒,说话有点颠三倒四。

苏主任说:"你儿媳妇怀孕已经有七八个月了吧,还有一两个月就要生产了。时间不等人,最好尽快找到她,送她到医院检查身体,并且做产前检查,以保证所生幼儿平安健康!"

海林妈说:"实不相瞒,如果能确保我儿媳妇人身安全,不被伤害,我们肯定要想想办法找到他们的。不过,我要一个说法。"

海林妈要一个什么说法呢?口说无凭纸来牵。虽说海林妈不识几个字,但她要见到大队的书面保证,她才愿意讲出儿子小两口的藏身之地,否则免谈。

民兵营长和苏主任交换了一下意见,然后民兵营长对海林妈说:"这个你放心,我想这么重大的事情,我们大队可以发一个通知给你,这样总可以了吧?"

海林爸听了民兵营长的话,起身对他说道:"你是不是欺负我们不识字,你想用大队一个通知来糊弄我们?你的所作所为真的是说穿不得。"

民兵营长说:"老王,你理解错了,我是说大队可以给你一个承诺什么的,就是这个意思,你不要咬文嚼字。"

苏主任附和道:"老王,我在这里代表大队向你承诺,保证不把你儿媳妇拉到医院引流,保证她的人身安全不受侵犯。"

海林爸说:"那我要见到这个通知文件再说,我是不会轻易上你们当的。"

海林妈说:"最好你们说的话是真的,做父母的谁不想儿子在身旁啊!"

苏主任说:"是啊,你们今天就可以叫小两口回家哉,一家人可以团聚,享受天伦之乐哉。"

民兵营长是个急性子。他说:"要不我当场给你们写一张保证条子,我以我的人格保证。"

海林爸抬头看了他一眼说:"你人格行吗?"

民兵营长听到此话,气得跺脚。他刚想发脾气,苏主任一把将他拉到门外,对他说:"现在要与他们好好说话,只有与他们好好说话,好好商量,他们才愿意把实话说出来。"

民兵营长说:"这个老王说话太气人。"

苏主任说:"他脾气倔强这是真的。你听我的,我们与老王夫妻好好说话,让他们自觉自愿把儿子小两口找回来,这样这件事情也算有了一个圆满的交代。不然这件事情一直拖着,没完没了……"

民兵营长说:"这个老王,我以后要找他算账。"

苏主任说:"哎呀,你说话轻点,不要讨什么嘴巴上的便宜了!"

第二天上午,民兵营长就去找了公社人武部新部长汇报情况。民兵营长说:"我和大队妇女主任去了他们家里,他们竟然不相信我说的话,死活不肯把躲避的儿子小两口叫回来,真是气人。"

新部长说:"这是县委书记讲的,难道县委书记的话你还不相信吗?"

民兵营长说:"不是,不是我不相信。"

"你成事不足,败事有余。"新部长有点火了,不客气地批评了民兵营长。他顿了一会儿接着说:"看来这事我不亲自出马是解决不了啦。"

于是,新部长坐上机挂船跟着民兵营长来到了大队部。大队部的人都出去劳动或办事了。

新部长对民兵营长说:"去把小两口的双方父母都叫到大队部来,今天不解决问题我就不走了。"

民兵营长惊诧道:"现在他们有的在田头干活,有的摇船出门了,一时不一定能把他们叫过来的。"

新部长说:"你的意思是现在叫不到他们?"

民兵营长点头道:"应该叫不到他们。我看现在问题主要在老王身上,只要叫老王来,问题就能解决了。"

新部长说:"那你去把老王叫过来。"

民兵营长走出去,他差一个民兵去叫老王,而他自己躲到大队小店吃瓜子去了。新部长在大队部等待,一个多小时过去了,他要找的人还没有来。他有点坐不住了,便问附近有没有商店,有人告诉他大队有小店的。于是,他来到了小店。到店里一看,他的肺都要气炸了,他看到民兵营长慢悠悠地在吃瓜子……没等民兵营长解释,新部长就严肃地对他说:"你上班时间吃瓜子,不执行领导交代的任务,我代表公社人武部当场撤你职。你好自为之吧!"

说完,新部长走出小店,坐上机挂船走了。

当天,老王就得到了民兵营长被撤职的消息,他就觉得民兵营长说的话是真的了。他心里也一阵高兴,因为民兵营长一向飞扬跋扈,现在这样的下场也是罪有应得。

海林爸现在断定,就算大个子小两口回来,也不会有人追究他们任何责任,这是真的。而最能证明这件事情的,是大队书记。那天晚上,大队书记特地上门做思想工作了。

大队书记说:"让你儿子小两口回来,在外面闯荡那么多天了。而且你儿媳妇离生产日期越来越近了,如果在外面奔波,万一这个大人、小人出点问题,那就是追悔莫及了。"

海林妈插嘴道:"问题是我们实在不知道儿子小两口在哪里。如果知道他们在哪里,那就好了。当然,书记你的话我们还是要听的,所以这几天我们会想一想办法,抽空去一趟阳澄湖东我的娘家,看看我的几个哥哥有没有见到我儿子。"

大队书记说:"这就对了。现在的问题是,你们要想明白,不是大队或者公社非得把你儿子小两口抓回来,而是要保证他们的人身安全。"

海林妈说:"我们明白的。"

这时,苏主任也来了。

苏主任看见大队书记,打招呼道:"书记,你亲自出马啊!"

大队书记说:"现在民兵营长都被撤职了,所以只好我自己来了。公社一直在关注这件事情,总之要将怀孕的姑娘找到,这件事情才可以挂[1]。"

苏主任对海林爸和海林妈说:"你们应该配合大队和公社工作了。你们看到了,大队书记都来做你们的思想工作了,民兵营长为了这个事已经被撤职,如果这个事情再拖着不办,我这个大队妇女主任的位置很可能也保不住了。"

海林爸抬起头说:"刚才我家属表态了,明天一早我俩就去阳澄湖东,请家属几个兄弟出面寻找儿子小两口。我只是觉得儿子小

---

[1] 挂:方言,即结束。

两口可能去过那里,但现在儿子小两口躲藏在哪里,我和家属都是一问三不知。"

苏主任说:"这样吧,明天早晨你们去阳澄湖东,我也想跟着一块儿去看看。"

海林爸听了她的话,当即表示这样不好,他说:"我和家属随便到阳澄湖东看看,我儿子小两口并不确定就在那里。如果我们找到他俩,一定会带他俩回来的。我们也不想给领导添麻烦。"

大队书记对苏主任说:"老王说得对,你就不要去阳澄湖东了,老王夫妻俩去应该没有什么问题。"

第二天早晨五点左右,海林爸和海林妈摇船去阳澄湖东。他们心里当然清楚儿子小两口在哪里,因为二舅他一清二楚。

海林爸说:"儿子离家那么久了,他和儿媳妇在外面受苦了。"

海林妈说:"是啊,我现在就想见到儿子和儿媳妇,他们受委屈了,我心里一直不舒服。"

海林爸说:"现在你心里应该感觉舒服了,很快就能见到儿子和儿媳妇,而且不久我们就可以抱孙子啦。"

海林妈说:"你那么肯定抱孙子吗?"

海林爸说:"抱孙子只是一个说法,其实也包括抱孙女,只是一种统称。"

海林妈说:"呵,我是想说,抱孙子和抱孙女都是一样的。"

海林爸说:"是的,抱孙子和抱孙女都是一样的,我们并不重男轻女。"

海林爸一个人在摇船,现在船在阳澄湖里,速度明显慢了许多。海林妈说:"我感觉你摇船的速度比在河里慢了不少。"

海林爸说:"你没发现吗?船在阳澄湖里,是逆风,所以摇船的速度慢了。"

海林妈说:"那我来帮一手。"

就这样,海林爸手撑着木橹,而海林妈则扶着橹绳,两个人配合默契,船前进的速度快了许多。

因为海林爸和海林妈赶早,所以二舅还没有出门捕鱼。他每天早晨要摇船到阳澄湖里捕鱼捉虾的,这个时间他已经起床了。

二舅得到了大个子小两口可以回去的消息,非常兴奋,他说:"那我今早不去捕鱼了,现在就去大雁岛通知外甥小两口跟你们回家!"

海林爸说:"这回我和海林妈一块儿去岛上可以吗?"

二舅说:"现在当然可以的,不怕被大队发现外甥小两口在岛上生活了。"他想了一会儿说:"那我叫大哥和小弟一块儿去大雁岛,这回我可以理直气壮地告诉他们,外甥小两口就在大雁岛上生活了。"

海林妈说:"外甥小两口在哪里你真的没有告诉大哥和三哥?"

二舅说:"我没有说。因为外甥小两口在岛上生活,多一个人知道便多一份风险,所以我没说,我做到了守口如瓶。"

海林爸以为二舅说要白酒瓶,便说:"二哥,现在哪里去买白酒呢?"

二舅说:"什么白酒?"

海林爸说:"你刚才不是说的白酒瓶吗?"

二舅这下知道他听错了,就补充道:"我没说要白酒,我是说守口如瓶,现在你听明白了吗?"

两只船向大雁岛出发了,一只船是海林爸和海林妈的,还有一只船是大舅、二舅、小舅的。可是老周夫妻并不知道这个事情,这时他们夫妻在阳澄湖里捕鱼,周妻对正在捕鱼的老周说:"老头子,你看,好像有两只船在向岛上过去啊!"

老周抬头一看,果然有两只船在向大雁岛过去,他一下子急出了一身冷汗。他想,这下难了,大个子小两口肯定会被他们发现了。所以,他连手里的渔网都不管了,对妻子说:"快,摇船,追上那两只船。"

他连忙来到船头,两个人一块儿摇船,向那两只船拼命追去。

老周的船追上了那两只船。

老周认出了二舅。

二舅也认出了老周。

老周舒了一口气,说道:"呵,原来是大个子二舅啊,我看见两只船向岛上去,一下子急得站立不住了。"

二舅与老周打了一声招呼,对两位兄弟说:"这就是老周夫妻,外甥小两口多亏老周夫妻照顾,他们是外甥小两口的恩人。"两位兄弟当即向老周夫妻表示感谢。

老周马上摇船向小岛靠拢。

二舅和海林爸的船跟在他的船后面向大雁岛摇去。

大个子在喂鸭子,他看见有三只小船在向小岛过来,他放下饲料急忙去叫吕雪芳。他叫道:"雪芳,不好,有三只小船在向小岛过来。"

吕雪芳正躺在床铺上,听到呼叫声,连忙冲到外面。

大个子拉起她的手就向岛西边奔去,他把吕雪芳藏在小树林里。他对她说:"你不要动,我过去看看,究竟是谁来了。"

吕雪芳说:"如果是大队的人来,你怎么办?"

大个子说:"我不怕他们,万一真是他们,我会跳到湖里逃走的。"

吕雪芳说:"阳澄湖那么大,你游得过去吗?"

大个子说:"这个你不用担心,你在小树林里不要动。"说完,他操起一根木棍向湖边奔跑过去。但他没有冲到湖边,而是蹲在一棵大树的后面。

三只小船靠岸了,第一个上岸的是老周,接着是二舅,还有大舅、小舅、爸妈都来了……他甩掉木棍向湖边跑过去。海林妈见到儿子,抱住他大哭,她一边哭一边说:"儿啊,雪芳在哪里?雪芳在哪里?"

二舅告诉大个子:"现在大队、公社都允许你们小夫妻俩回去,外甥媳妇可以光明正大到医院生产了。"

大个子激动得说不出话来。他发疯似的跑到小树林里,上气不接下气地对吕雪芳说:"你快……快点出来!"

吕雪芳站立起来,问道:"是谁来了?"

大个子说:"是……是我爸妈和三个舅舅来了!你……你快点出来去见他们……"

吕雪芳从小树林里走了出来,理了理衣裳,说:"他们怎么找到岛上来了呢?"

大个子告诉她:"好消息!我们可以领取结婚证,可以正常生产了!我们可以正大光明、大模大样地回去了!"

吕雪芳说:"哦……"

大个子说:"详情我不清楚,你自己问我爸妈吧。"

吕雪芳说:"我不问,反正我跟着你,你回家,我也回家,你到外面讨饭,我也跟着你讨饭。"

大个子说:"我可是归心似箭。"

吕雪芳说:"可我有点不想回家,我怕我爸妈会怪我……"

大个子说:"我们生米已经煮成熟饭,你是他们的女儿,你现在是我的妻子,谁会怪你?我会挺身而出保护你的。"

他俩一边说一边走着,来到了住的房间,一家人和三个舅舅相聚了。海林妈抱着吕雪芳又是一阵大哭,周妻在一旁抹泪不止。

老周将吃饭的方桌子搬到了外面,还搬了几只小凳子出来,他说:"小凳子不够了,我去搬几块砖头,你们坐啊。"他又叫妻子马上烧开水,泡茶给大家喝。

说完,他去屋后搬砖头,大个子也跟过去一块儿搬砖头,要用砖头当小凳子。

大家围着方桌,又是大笑,又是落泪……

大个子和吕雪芳沉默着。他们感觉到好日子终于来了……

◇◇◇ 澄湖三叠

澄湖三叠

慈悲

蒋坤元 著

苏州新闻出版集团
古吴轩出版社

图书在版编目(CIP)数据

澄湖三叠. 慈悲 / 蒋坤元著. -- 苏州：古吴轩出版社，2023.9
ISBN 978-7-5546-1751-9

Ⅰ.①澄… Ⅱ.①蒋… Ⅲ.①中篇小说-中国-当代 Ⅳ.①I247.5

中国版本图书馆CIP数据核字(2021)第102586号

策　　划：	徐小良
责任编辑：	李爱华
见习编辑：	李　楠
封面设计：	陈明婷
装帧设计：	吴　静
责任校对：	周　娇
责任照排：	吴　静

书　　名：	**澄湖三叠　慈悲**
著　　者：	蒋坤元
出版发行：	苏州新闻出版集团
	古吴轩出版社
	地址：苏州市八达街118号苏州新闻大厦30F
	电话：0512-65233679　　邮编：215123
出 版 人：	王乐飞
印　　刷：	苏州日报印刷中心有限公司
开　　本：	889mm×1194mm　1/32
印　　张：	21
字　　数：	509千字
版　　次：	2023年9月第1版
印　　次：	2023年9月第1次印刷
书　　号：	ISBN 978-7-5546-1751-9
定　　价：	99.00元（全三册）

如有印装质量问题，请与印刷厂联系：0512-65640825

祖母不识字，但她的所作所为、所思所想，都环绕着两个字——慈悲。我想，无论何时，我们都需要这种"慈悲"的情怀。

祖母属兔。但她本人都记不得自己的生日了。父亲生前，我曾经问过他祖母的生日，但他也说不清楚。父亲给我讲了祖母的身世。

父亲说，祖母是蠡口人，是一个苦命的人。

祖母娘家没有一个亲人，用祖母的话说是"关门"了。

这一定是一个伤心的故事。以前，我问过祖母：为什么会"关门"？祖母喃喃地对我说，兵荒马乱，她的父母亲死得早，几个哥哥姐姐不是病死就是饿死。说这话的时候，祖母眼圈有些红了。

每年过春节时，我家都要"过节"，就是祭奠祖先。母亲会摆一桌酒席，桌子上好像摆有三十多只酒盅，请列祖列宗来"吃"。而祖母会在桌子边上放一张小桌子，小桌子上摆两只酒盅。祖母说她的父母没有地方"吃"，就来这里随便"吃"一点吧。祖母还说，等她不在了，这个小桌子也就不要有了。

祖父是个不识字的农民，旧社会时他给富农做长工，祖母在

上海做用人。祖父好赌,有一回他赌博输光了钱,便想到家里有两口锅子。

他到家拿了两口锅子便走。

大姑妈问道:"爸,你拿走锅子做啥?"

祖父说:"没你的事,走开。"

大姑妈说:你拿走锅子,我们一家人怎么做饭呀?"

祖父说:"等我有钱了,我买新的锅子。"

他拿着锅子执意要走。

大姑妈便拉住祖父,说:"爸,求求你别拿走锅了啊!"

大姑妈哭叫着。

父亲当时幼小,他也跟着大姑妈拉住祖父。可是姐弟俩实在年幼,哪里拉得住祖父呢?就这样,祖父把两口锅子卖了。当日,大姑妈、小姑妈和父亲只能饿着肚皮。

他们一连饿了好几天肚皮。实在饿得不行了,他们就到村庄里要点饭吃。

祖母得到这个消息,急忙从上海赶了回来。她重新买了两口锅子。这样,父亲姐弟三个才有了饭吃。

当天夜里,祖父回来了。他在外面喝了酒,满身酒气。

祖母很生气,没好气地对他说:"几个小孩在家里饿肚皮,你自己在外面喝酒,你还是个人吗?"

祖父满不在乎地说:"有我在家里,不会饿死他们的。你在上海带了多少钱回来呢?"

祖母说:"我带钱回来也不会给你的。"

听到祖母说带钱回来了,祖父一阵狂喜,他非要祖母把钱交出来。祖母当然不愿意。她知道，倘若钱落到祖父手里，他又要去赌博的。

祖母说什么也不愿意拿钱出来。

祖父便在家里翻箱倒柜找钱，连床铺底下也被他翻遍了，还是没有找到一分钱。他火冒三丈，拿起一把扫帚打向祖母。他俩便扭打起来。可祖母哪是祖父的对手啊，她被打得鼻青脸肿。

这可把父亲姐弟三个吓坏了。

父亲虽然年幼，但他站了出来，对祖父说："你打娘，等我长大了，我要替娘报仇！"

祖父内心还是喜欢父亲的，他眼睛一瞪，道："我把你养大，你打我要天打五雷轰的！那我就不让你读书！"

父亲很想读书，听说不让他读书，他很悲愤，便大哭起来。

祖母心疼地搂着父亲说："儿子，你不要担心，娘在外面挣钱，娘会送你去读书。你多吃饭，好好长大！"

祖父干农活是可以的，应该说是干农活的一把好手。

祖母是这样评价祖父的。祖母说祖父干活是挺好的，就是喜欢喝酒，一喝酒脾气就大了，就不像人了。一个油菜收获的季节，祖母在灶台后面烧火，用的是油菜花秆，这个东西燃烧时会发出"啪啪"的声音。祖父酒醉了，他没脱衣服横躺在床上，耳朵里尽是那"啪啪"的响声。

祖父翻了一个身，喊道："你在做啥？还要不要让人睡觉？"

祖母说:"你一身衣服脏了,给你烧点热水汏衣服。"

祖父说:"汏啥个衣服?你给我滚得远点。"

祖父不许祖母烧水。

可祖母也是犟脾气,她说:"我烧水是给你汏衣服,你却用这种蛮横的态度对待我,真是狗咬吕洞宾,不识好人心。"

祖父一听到"狗"字,就暴躁起来了。他一骨碌从床上蹿起来,抓起一根皮带冲到祖母面前,抡起皮带就抽打祖母。祖母躲闪不及,被他打倒在地,一脸的血。

这年,父亲十七八岁的样子。

那天晚上,父亲从外面回来,看见祖母倒在灶间里哭。祖母满脸是血,原来是一只眼睛的眼皮破了。旁边大姑妈、小姑妈都蹲在祖母边上流泪。

"是不是阿爸打的娘?"父亲问。

"是阿爸打的娘,我与妹妹拉也拉不住。"大姑妈说。

"他人呢?"父亲又问。

"他刚才还在的。"大姑妈说。

"哥哥,阿爸没啥理由动不动就打娘,你要站出来,为娘讨一个公道。"小姑妈对父亲说。

"你去把阿爸找回来。"父亲对小姑妈说。他话音没落地,祖父回来了,他酒仍没醒,嘴巴里骂骂咧咧的。父亲问祖父道:"我娘是不是你打的?"

"是我打的,没把她打死已经是看在你们三个小孩面子上了。"祖父说。说完,他又冲到灶间,对准祖母踢了两脚。父亲冲了过去,一把抱住他说:"你再敢打我娘,我对你不客气!"

"你放开我,我今天拉你娘去河里死。"祖父挣扎着。

父亲心里想:我娘为了蒋家辛辛苦苦,而你却这样蛮横地对待她,天理不容。现在我不为娘做主,娘就没法活下去了,我必须挺身而出,为她伸张正义。

于是,他对大姑妈说:"你快去拿一根绳子来,我今天要把这家伙捆起来,再不能让他发酒疯欺负娘了。"

两个姑妈连忙找来绳子,又去隔壁叫来我的公公①蒋家进。他们一起将祖父捆得严严实实,然后拉到一棵树边,又用绳子将他绑在这棵树上。祖父像一头猪一样号叫着。

就这样,祖父被绑在树上一夜。第二天早上,大姑妈才去解开了他的绳子。面对已经长大的儿子,祖父暴躁的脾气从此收敛了许多。

后来,父亲与母亲结婚了。

父亲是初级社骨干,上级在考察培养他做基层干部。而母亲不识字,她就参加合作社的劳动。

这一年,合作社大修水利工程,抽干外河,将河底的泥挑到田里,一边做田埂,一边修筑沟渠。

男社员、女社员都聚集在河底,有的挖泥,有的挑泥,干活的号子此起彼伏。

---

① 公公:方言,对爷爷辈的称谓。

然而，有一件事让母亲后悔了一辈子——她在挑河泥时肩胛骨骨折了。

那一天，母亲本来在河底挖泥，手心都挖出了血泡。

她有气无力地说："挖泥太累了。"

母亲随口的一句话却传到了工地头头的耳朵里，他对母亲说："你说挖泥累，那这样吧，我让别人挖泥，他挑泥的活儿让给你。"

当然，挑泥比挖泥还要累。

但母亲也退缩不了。

她只好答应挑泥。

工地头头对母亲说："你是干部家属，挑泥你就带带头吧。大家都看着你，你要往你男人脸上贴金。"

母亲说："我没挑过泥，泥筐装得满，我挑不动的。"

工地头头说："你看那些五六十岁的女人，她们挑泥挑得很起劲呢。你比她们年轻，应该比她们更有力气啊！"

其实，那些女人做这种苦活习以为常了，所以并不觉得很累，即使挑泥，仍在谈笑风生。

母亲是个新嫁娘，她很要面子，所以即便她的泥筐里被人装得满满的，她都不阻拦。这样一担沉沉的河泥，要从河底挑到岸上，会经过一个长长的坡，地上又泥泞，母亲咬着牙挑泥。

挑第三担的时候，母亲大叫一声"哎哟"，一担泥散落一地，她也倒在地里。

母亲以为痛一下就会不痛的，想坐一会儿再挑泥。

祖母闻讯赶来了，她伸手抚摸母亲的肩胛骨，母亲痛得大叫。

祖母说："肯定是肩胛骨出问题了，不然不会这样痛的，要马上送你去医院。"

工地头头说:"如果查不出问题,今天算旷工。"

祖母反问他:"如果查出问题,你说怎么办?"

工地头头说:"这是她自己造成的,与其他人无关。"

祖母说:"不与你争论,我会找上级领导解决。"说完,祖母搀扶母亲向街上的卫生院走去。医生说,母亲的肩胛骨骨折了,建议休息三个月,其间千万不能做农活。

母亲流泪不止。

祖母心疼地说:"干活和吃饭一个道理,你能吃多少饭,就打多少饭;你能挑多少泥,就装多少泥。饭吃多了,肚里会胀;筐里泥装多了,你的身子便会吃不消啊!"

祖父听说此事后只是耸耸肩,对此并不在乎。他还是自个儿喝酒,经常喝得醉乎乎。祖母想为母亲找回公道,一是报销医药费,二是记误工的工分。

但工地头头一口咬定,这是母亲自己的责任,与合作社没有关系。

于是,祖母去找了合作社一位领导。

那领导已经知道此事,就是工地头头反映给他的。

祖母说:"我儿媳妇挑泥肩胛骨骨折,需要休养三个月。我今天找你,是想问你能不能把看病的钱报销了,还有将她三个月的工分补上。"

那领导怕此事连累自己,便说:"工地上那么多干活的人,怎么就你儿媳妇倒地受伤呢?如果我给她报销这个医药费,还给她补工分,倘若再有人受伤,你让我怎么处理?"

祖母说:"只要干活受伤,就应该算工伤,就应该报医药费和记工分吧。"

那领导说:"你的想法很天真。再说合作社是大家凑份子在一块的,我一个人说话也不算啊!"

祖母说:"话是没错,可你这样处理,我们做社员的心很冷。"

那领导拎起一只公文包欲出门,祖母说:"请你考虑一下我们的实际困难,能不能救济一点钱给我们呢?"

那领导说:"以后再说吧。"

他扬长而去。

祖母无可奈何地回到家里。

为了不影响母亲的情绪,她并不想告诉母亲找合作社领导的真实情况。祖母对母亲说:"合作社领导说,你这个事情还要研究,可能需要一些时日。"

母亲说:"我希望身体能早点好,就可以去工地干活了。"

祖母说:"你这个肩胛骨不恢复好,以后就一生干不了重活,所以不能小看这件事情。"

祖母不识字,她的意思就是让母亲不要对此掉以轻心,必须重视这个问题,让自己的身体真正休养好、恢复好。

此后,祖母又去找过那领导几次,但最后那领导竟然对着祖母大发脾气。他说:"我每天有那么多重要的事情需要处理,而你就是自私自利。如果你再来纠缠我,我要报给上级,让上级处理你了。"

本来祖母想与他据理力争,但转念一想,我父亲还在他手下工作,她知道那领导才是自私自利。怕影响父亲的前程,最后祖母忍下了这口气,不再找那个领导了。

此事就只能这样不了了之。

母亲在家休养了两个月,感觉身体恢复得差不多了,她想去参加劳动,去挣工分。因为她感觉在家里就是坐吃山空,她可不是这样的人。

但祖母反对母亲去劳动。

祖母说:"医生讲了,肩胛骨骨折需要休养三个月,你现在才休养了两个月。你应该听医生的话,如果提前去劳动,到时候会有数不清的麻烦。"

祖母有先见之明。

那天,祖母一早就到田里劳动去了。母亲看祖母出门了,她也跟着出门,悄悄地来到了挖泥的工地。

挖泥的工地,从来就是热火朝天,一百多号男社员、女社员都在挖泥和挑泥,号子传得很远,很远……

那个工地头头不在工地了。一天晚上他喝酒后回家,走过一口水闸时掉到水闸里,结果摔断了双腿,正在医院里治疗。现在,这个工地临时由我父亲负责。

父亲看见母亲,问道:"你来做啥呀?"

母亲说:"找活干。"

父亲说:"你这病恹恹的样子,能干活吗?"

母亲说什么也不愿意回家。

父亲说:"等你身体好了,可以找一点活做,但现在这个工地没有适合你的活。你就回去吧,老老实实在家里把身体养好。"

父亲见母亲不愿意回去,就叫一个社员去通知祖母。父亲知道,母亲最听祖母的话。

祖母很快来了。

祖母对母亲说:"心急吃不了热粥,你身体还没有全好,哪能到这个工地干活呢?现在就跟我回家。"

父亲对母亲说:"你不听我的话可以,但娘的话你可不能不听。"

母亲说:"我感觉身体没有什么问题了。现在一天到晚在家吃闲饭,我心里不安。"

祖母说:"你就算身体好了,干活也不是你的头等大事……你……你快回家吧!"

祖母欲言又止。

即使祖母不说,母亲也心领神会,她知道祖母是想早一点抱孙子。

母亲红着脸说:"好吧,我现在回家。"

祖母把母亲送到家里。祖母听到一只母鸡咯咯地啼叫,她知道这只母鸡生蛋了,跑过去一看,鸡棚里果然有一只鸡蛋。她弯腰摸出了那只鸡蛋,那鸡蛋还烫着,真是新鲜的鸡蛋啊。

祖母把鸡蛋做成水煮蛋,拿给母亲吃。

有一行泪水从母亲的眼里掉落下来……

这一年,母亲怀孕了。

当时,家里穷,没有钱买鱼肉。为了给母亲补充营养,祖母

慈 悲◇◇◇

就到河里摸螺蛳,有时运气好,还会摸到一些小鱼虾。这天夜里,祖母拿了一只木盆,到河埠摸螺蛳。

母亲在岸上陪祖母。

祖母赤脚下到河里。

"你感觉累,就回去休息。"祖母说。

"我不累。"母亲说。

"那你找个地方坐一坐。"祖母的双脚在河里挪动。

"不要紧的,我不想坐。"母亲跟上说。

"哎哟,哎哟!"祖母突然大叫起来。

"怎么啦?"母亲急了,她以为祖母被蛇咬了。

"我脚划破了。"祖母说。

母亲连忙走到河里,搀扶着祖母上岸。祖母一屁股坐在地上,忽然她想起了什么,对母亲说:"那只木盆还在河里,你下去拿上来。"

母亲便又下河。还好,那只木盆还在河边,因为无风无浪,木盆安然无恙。而祖母的右脚却严重受伤,被一块玻璃划伤了,而且划得很深,血流不止。

母亲扶着祖母回到家里。

这时,父亲还没有回来。

母亲找出一块毛巾替祖母包扎了伤口。

"我去叫医生。"母亲说。

"不用,又要花钱的。"祖母说。

"我有钱。"母亲说,"还在流血,伤口很深,不找医生怎么行?"

"这点伤不看医生,不要紧的。"祖母说。

"要看医生的,我快去快回。"说完,母亲就走出家门。

医生来了,他对祖母说:"玻璃还在脚心里,不拿出玻璃来,你这个脚怎么会好呢?"

第二天早晨,祖母穿着厚厚的袜子出工了。队长知道她的脚受伤,没有安排她去田里干活,而是叫她晒担绳,就是将用过的担绳晒干,然后存放在仓库里。

自从出了这个事情后,父亲便不让祖母下河摸螺蛳了,而且祖母也不会游泳。父亲说:"万一你脚一滑,滑到河的深处,你说怎么办?"父亲又说:"如果你还要下河摸螺蛳,可以也可以的,那你先得学会游泳。"

父亲说的是气话,祖母六十多岁的人了,哪里还想学游泳呢。不过,自此祖母不摸螺蛳了倒是真的。

母亲想吃螺蛳,都是父亲下河去摸的。父亲从大队回家,一般都很晚了。即使很晚,只要母亲说想吃螺蛳,父亲就会拿起木盆去河边。父亲下河深,总能摸到几只河蚌。回忆此等往事时,母亲说,那时候吃着红烧河蚌,等于吃着红烧肉了,一样的幸福,一样的高兴。

母亲怀孕后,祖母开始忙碌了。她背着一只草包,到田野里寻找苦草。

苦草,清热解毒、止咳祛痰、养筋活血,土方子用于治疗支气管炎、咽炎、扁桃体炎及关节疼痛,外治外伤出血等。在我的家乡,以前女人生孩子都要吃苦草的。

祖母把割回来的苦草逐一晒干,将晒干的苦草挂在梁上。

当时屋子的梁上挂满了苦草。

母亲说:"妈,你割了那么多苦草,太多了吧。"

祖母说:"多一点,我又不会向你讨东西吃的。若少了,这种东西花钱也买不到。"

母亲说:"人家说苦草很苦的,我担心自己喝不下。"

祖母说:"苦草越苦越好。你喝不下,下身排毒不干净,那会得妇女病的,一个女人有了这种毛病就苦一世哉。所以坐月子时一定要喝苦草,一定要养好身子。"

母亲说:"我啥也不懂。"

祖母说:"你不用担心,有我哩!"

母亲怀孕的时候想吃水梨,祖母便叫父亲去买水梨。夜里父亲回来了,母亲问:"水梨呢?"

父亲说:"我跑遍渭泾塘街,没有看见一只水梨。"

母亲很失望。

祖母说:"水梨又不是贵东西,苏州城里应该有的吧。明天我请假去苏州城里买水梨。"

听了祖母的话,父亲瞬间有了主意。他找到供销社,托他们到苏州城里进货时买两斤水梨。就这样,母亲吃到了水梨。

父亲问母亲:"水梨甜不甜?"

母亲说:"甜!"

母亲是在家里生产的,直到把孩子生下来,她才知道怀的是双胞胎。这样的事情,现在听起来像是天方夜谭,可当时却是真实存在的。

那天傍晚吃晚饭时,母亲说肚皮痛。祖母知道她快生产了。祖母搀扶母亲在一张躺椅上躺下,然后飞快地出门去找接生婆。

接生婆在吃晚饭。

祖母说:"快点吧,我儿媳妇快生了。"

接生婆说:"总要让我吃完这碗饭吧。"

"来不及了,我急得现在分不清东西南北了。"

"那你不会早点来喊我。"

"我也是吃晚饭时才发觉不对头的。"

接生婆还在扒饭,祖母把她的饭碗抢走了。

祖母说:"我家也有饭,保证不会让你饿肚皮。"

接生婆与祖母本来熟悉,所以她并不生气,嘿嘿一笑说:"你让我接生,却不让我吃饭,你这种人天下少见的。"

祖母说:"你救死扶伤,你是大慈大悲的观世音菩萨下凡。"

毕竟祖母年轻时在上海做用人多年,也算是一个见多识广的人。所以,她的嘴皮子功夫也是相当地厉害。

还好,接生婆家距离我家并不远。

祖母和接生婆一口气跑到我家,母亲已经从躺椅上滑下,横躺在地上了,地上有一摊血污。

"已在生了。"接生婆说。

接生婆迅速拿出剪刀,将母亲的裤腿剪开,她对母亲说:"现在,你可以用足力气生……"

母亲连声喊痛。

接生婆说:"孩子的头出来,你就不会痛了。你要挺住,坚持一下就好了。"

母亲也算是一个坚强的人。

祖母在旁边不时地安慰母亲:"听婆婆的话,叫你使劲,你就使劲;叫你呼吸,你就呼吸。现在你不听我的话可以,但你一定要听婆婆的话,这可是性命交关的大事啊!"

天快全黑的时候,母亲生了。

接生婆对祖母说:"恭喜你抱孙子了。"

祖母连忙跑到厨房间做了两只水煮蛋,递给接生婆说:"谢谢你,你晚饭才吃了一半,肚皮饿了吧。把这两只蛋吃了吧。"

接生婆接过碗,说:"我真的肚皮饿了,这两只蛋是及时雨。"

接生婆在吃水煮蛋的时候,母亲突然又大叫起来。

这又是怎么一回事呢?

接生婆连忙把两只水煮蛋吞下肚,然后转身问母亲:"你哪里不舒服?"

母亲说:"好像肚里还有一个孩子……"

"啊!"这下轮到接生婆大惊失色了。

真的又生出了一个小孩。

接生婆大声地说:"又是一个男孩。"

祖母有点不敢相信,她问接生婆:"真的是双胞胎吗?"接生婆指着床上一个小孩,对祖母说:"我不骗你的,你看一个小孩在床铺上了,还有一个小孩在木盆里,我要给他擦干净身子。"

祖母说:"做梦都没有想到一个肚皮生两个孙子。"

接生婆说:"这是你有福气。"

祖母说:"阿弥陀佛,阿弥陀佛!"

接生婆用毛巾擦拭老二,同时对祖母说:"拿点温水来,老二头发里都是血污,给他洗洗头发。"

"好的!"祖母说。

母亲一下子生了两个儿子,这时候让祖母做什么,她都是欢欣的,都是快乐的。

父亲还在外面,平常他都很晚才回家。

有人告诉父亲:"你老婆给你生了双胞胎,快点回家吧。"

父亲说:"谁说的?"

父亲相信母亲生了孩子,却不相信她会生双胞胎。他的心飞回家了,他也比平常提前一个多小时回家。

父亲走到家门口,就闻到了一阵苦草的味道,他感觉这种苦草味道特别好闻。正好祖母想到屋檐下拿几捆稻柴,她看见父亲了,有点惊讶地说:"文良,你今天早回来啦!"

"妈,我回来了。他们说是双胞胎,是不是骗我?"

"没有骗你,是生的双胞胎,而且都是男孩子!"

"我以为他们骗我呢!"父亲高兴得跳了起来。

他是跳着冲进房间里的。

接生婆正在给老二洗头发,父亲的突然出现,吓了她一跳,但她很快镇静下来,对父亲说:"你回来啦,祝贺你做爸爸啦!"

父亲说:"是双胞胎吗?"

他还想确认一下。

接生婆说:"是的,是双胞胎儿子。你额骨头真好[①]啊!"

不过接下来一阵子,一个连着一个大雨天,尿布都无法晒干,小屋子变成了尿布屋。祖母十分焦虑。虽说可以用脚炉烘干

[①] 额骨头真好:方言,即运气真好。

尿布，但没有阳光的日子，总让人觉得心被阴霾笼罩着。

最让祖母头痛的是，因为营养不良，母亲奶水稀少，两个孩子不够吃。那时候乡下还没见过奶粉，只有城市里有奶粉。祖母曾经说过，以前上海就有奶粉的，因为她在上海做用人时，就经常给两位少爷泡奶粉喝。

可是即使有奶粉，母亲也没钱给双胞胎儿子买。

后来，还是祖母想出了一个办法——给双胞胎喝粥汤。就是粥由大人们吃，粥汤由双胞胎吃。

在那个年代，大人们生活艰苦，孩子们当然也跟着受苦。

听我母亲讲，在生了双胞胎五天后，她就参加劳动了。当时，村庄里还有几位妇女生了孩子，她们与母亲一样，都是很快就参加劳动。

这样的事情，今天听来真感觉不可思议。

然而这是真实存在过的。

组织上是照顾母亲的，因为父亲已是基层干部，母亲算是干部家属，所以组织上安排母亲与别人一起做饭。那时候，大修水利，有解放军来支援，所以要做饭给他们吃。母亲主要负责烧火，那时候都是土灶头。那段做饭的日子，不算最苦的，因为一般群众都吃不饱，而母亲是能够吃饱的。还有，不烧火的时候她可以回家喂奶。

母亲回忆那段岁月，显得平静和安详。但说起双胞胎，她的眼睛还是红了。

双胞胎五个多月的时候，一场疟疾疯狂而至，他们先后不治而亡。

父亲母亲抱着双胞胎哭得死去活来。

还是祖母最坚强。

祖母对父亲说:"你是一家的顶梁柱,你哭得稀里哇啦,叫你女人怎能不哭?"

父亲一把擦干了眼泪。

祖父含着眼泪用稻柴扎了两个小棺材,把他们安葬在自家的一块自留地里。

此后的日子里,母亲还是会哭。

祖母对她说:"你要放下。你和文良还年轻,这样会哭坏身子的。想开一点,未来的日子还很长。"

当年,父亲为了抢救集体的一台洋风车从高处掉落,造成腰间盘骨折,医生叮嘱他在家休息三个月。

事情是这样的:

那天,父亲与社员王穆英巡视到六直浜田头,突然西面乌云滚滚,天昏地暗。王穆英是一个经验丰富的老农民,他急忙对父亲说:"阵雨马上要来了。你看,那边有一台洋风车还在转着。"

父亲说:"快点,我们去拉住洋风车。"

如果不拉住洋风车,让它的布篷被雨水淋着,这台洋风车便毁了。

小时候,我见过洋风车。洋风车有五扇大篷,风吹动大篷,大篷则带动水车转动,水车转动则将河里的水源源不断地流向岸上。水车转啊转,这么一种取水的办法,想一想,这便是劳动者的一种智慧。

父亲与王穆英一口气跑到洋风车跟前,王穆英一个箭步冲上去,他想拔掉大篷的插销,让大篷自然降落下来。那个插销是一根细长的竹竿。或许是王穆英用力过猛,那竹竿突然断裂了。

父亲说:"我来试试看。"

他抽动那根竹竿,竹竿被他抽出来了,大篷一个个在降下。不想一阵狂风吹来,有一根绳子缠住了父亲的身子,就这样,他随洋风车转了上去。王穆英在地面急得直跺脚,连声说:"快抓住风车!快抓住风车!"

父亲被转到了最高端,那离地面有十多米的高度。他就是从这么高的地方摔了下来,不能动弹了。王穆英连忙叫人把父亲送到乡里医院。不幸之中的万幸,父亲只是腰间盘骨折,医生嘱咐他在家休息三个月。

母亲知道父亲摔伤住在医院,见到父亲便哭了。父亲说:"洋风车没坏,我受一点伤没有什么关系。"

母亲说:"你摔成重伤,谁来养你?"

父亲说:"我不是没有摔成重伤吗?"

母亲说:"等你伤好以后就不要这样拼命工作了。你连自己的命也不顾,你心里还有我吗?"

回家后,母亲还是哭个不停。

祖母却没有哭。

祖母对母亲说:"文良这件事情做得对,我做娘的支持他工作!他还年轻,吃点苦受得了的。我和你都不要去拖他的后腿。"

母亲慢慢停止了哭泣,祖母又说:"你不要哭坏身子,我还等着抱孙子呢。"

那一年,父亲抢救洋风车的事迹上了《吴县报》。那是一篇人物通讯,占了一整个版面,还登了父亲的几张照片。就这样,父亲被上级发现了。上级觉得他是一个很好的基层干部培养对象,便选拔父亲到吴县师范读书。

父亲曾经上过两年私塾,会背《三字经》,还写得一手毛笔字,所以上级选拔他去读书,也是非常有道理的。

不讲道理的倒是母亲。

母亲听村庄里的人说,父亲要是到外面读书,以后就不回渭塘工作了,很可能会在外面找其他女人。母亲信以为真,在父亲面前哭闹不止,不让父亲去外面读书。

祖母却十分开明,她对母亲说:"托共产党的福,文良才有机会去读书,旧社会这是想也想不到的。"

母亲说:"以后他读书出来了,到别的公社工作怎么办?"

祖母说:"这个好办,文良到哪里,你就跟他到哪里,我也跟他到哪里。如果他不要你,我与你管不了他,共产党管得了他,政府管得了他,人民公社管得了他,你有什么不放心的?"

祖母与母亲一块儿送父亲到吴县师范,学校地址在吴县黄埭公社。祖母叮嘱父亲:"你要好好读书,不能给蒋家丢脸。"母亲的脸色仍有些不快,祖母对她说:"要不我去求求公社领导,让你也到这所学校读书吧。"

祖母是与母亲开玩笑的。

母亲一字不识,以为祖母真的要送她到黄埭来读书。她急了,连忙摆手道:"我不识字,读书跟不牢。我就做农活还行。"

祖母说:"读书比做农活还累。文良小时候上过私塾,如果他背不出课文,那只好伸出小手挨戒尺了,但文良小时候很少挨打。旁边队里茅金根天天会被先生打的,他脑子实在太笨。"

母亲表态不拖父亲的后腿,全力支持父亲在外面好好读书。

父亲在吴县师范读了一年多的书,因为种种原因这所学校解散了,父亲提前毕了业。这样,父亲被分配到附近公社一所小学做校长。这时,母亲又闹情绪,她对父亲说:"宁愿你回家种田,也不愿意你在外面做校长。"

祖母对母亲说:"文良比你有文化,他到哪里工作得听他的,他的主意肯定在你的主意之上,我相信他。"

我们蒋家从前应该是一户大户人家,这个有房屋为证。当年,我家的房屋在船了浜村庄是独一无二的,像北方的四合院。小时候,我就住在这座房子里。当时应该是住了四户人家,我家住在院子最东的后面一间半房子里,院子前面的房屋则被另一户人家住着,但那户人家不姓蒋,应该是蒋家一户人家败落了,将这房子卖给了他们。

其中还有两户蒋氏人家搬出了大院,这两户人家因为种种原因,都败落了。

父亲的堂哥来明家便是其中一家。

来明的父母亲早亡,他是吃百家饭长大的,快三十岁了,还没有结婚成家。主要原因,就是一个字——穷。他没有房子,住在别人家废弃的猪舍里。你想这样的条件有哪个姑娘愿意嫁给他呢?他本人愿意做上门女婿,但谈了几个,都没有成功。

他的婚姻大事,祖母一直放在心上。

祖母说,来明是我们蒋家的孩子,他的事不能不管。

祖母打听到附近有个寡妇,丈夫死了两年,有一个女儿。有人上门劝她再嫁,她不愿出嫁,因为亡夫的父母健在,她不想离弃他们。

祖母觉得来明适合这个女人,她想促成这门亲事。

祖母对来明说:"她不愿意嫁出来,这很好。如果她愿意嫁出来,应该轮不到你,因为你一间房子也没有。现在她愿意招婿进门,我觉得你蛮适合的。我想把她说给你,你看怎样?"

来明点头说:"婶,我听你的。"

祖母说:"有你这句话,我就给你做主了。我对你说,这个女人是蛮有良心的,能够娶上这个女人,以后只要你们俩好好劳动,相亲相爱,日子肯定过得不会错。"

来明说:"我愿意的。"

祖母便叫上村里的老姐妹白妹一起去那个女人家里说亲。这是祖母第一次做媒人,但她对此胸有成竹,她觉得这门亲事应该谈得拢。

那天夜里,祖母和白妹来到了那个寡妇家里。

可是她不在家里。

她的婆婆告诉祖母,儿媳妇抱着女儿回娘家去了。

她的婆婆问:"你们找她有什么事,能不能对我说呢?"

祖母对她说:"打开天窗说亮话,我和白妹过来是来做媒人的。我有个侄子快三十岁了,他做农活样样好的,又爱劳动,身体又强壮,就是祖上穷,现在没有一间房子……"

还没等祖母把话说完,那婆婆就不耐烦了,一边连着摆手,一边急促地说:"你们快走,我们这里没有什么姑娘,快走,快走!被我老头子听见,他要拿棍子打人的,到时你们要走也走不了。"

祖母和白妹做梦也没想到那婆婆是这样蛮不讲理的人,她们便往后退了几步。

她们站在屋前的一棵楝树下。

祖母想,辛辛苦苦来一趟,不能这样回去。

祖母在想对策。

这时,白妹对祖母说:"这个老太婆太凶了。"

祖母对她说:"你说话声音轻点!"

白妹说:"听见怎么了,我们又不靠她吃,井水不犯河水。"

祖母说:"你这话不对,我们是来做媒人的,怎么是井水不犯河水呢?"

白妹说:"我看来明到这户人家做儿子也是很苦的,天底下应该还有别的姑娘的吧。再说了,她还是一个小寡妇,也没有什么稀罕。"

祖母说:"这个婆婆有点凶,但那儿媳妇还是蛮贤惠的。你想婆婆这么凶,她还不走人,可见这个儿媳妇是一个脾气很好的人,你说对不对？我是想，来明倒插门到这户人家，不是与那婆婆过日子，是与那儿媳妇过日子，那婆婆凶一点也没有什么关系。"

白妹抬头看了一眼祖母，说："你说得有道理，那么这门亲事还是不能放弃。"

祖母点头道："不放弃。"

白妹说："我们再过去找那婆婆说说。"

祖母想了想，说："不行，她那么凶，我们的话她应该听不进去。"

白妹说："那我们回去，回去以后再想办法吧。"

祖母说："这个村庄我有个老亲，但很久没有联系过，不知道她与这个婆婆关系好不好。我有个想法，我们现在去找我的亲戚，听听她的意见，然后我们再走下一步。"

白妹说："你这么一说，我想起我舅舅也在这个村庄，他老人家以前还是个干部，说话像喇叭一样响亮。"

祖母说："那你舅舅说话有分量，我们现在就找你舅舅去。"

白妹说："不知道他有没有睡觉。"

祖母说："现在又不晚，应该没有那么早睡觉的吧。我们过去看看，如果他睡觉了，我们就找我的老亲。天无绝人之路，总会有一条路是通罗马的吧。"

祖母在上海做过用人，知道很多事情，甚至知道罗马。

白妹领着祖母向她舅舅家走去。村庄里不时传出狗叫的声音，令人心悸。白妹不时回头对祖母说："快到了，快到了。"可是她俩走到村庄最西边，也没有找到舅舅家。

白妹苦笑着说："走过了，夜里看不清楚，白天就不会走过的。"

祖母说:"那回头走,这回你眼睛看准了。"

白妹说:"这回一定看准了,舅舅家门前有一棵桃树。"

祖母说:"不知道来明有没有桃花运呢?"

夜很黑,又没有手电筒,但白妹还是找到了一棵桃树。虽说现在树上没有一个桃子,但桃树叶子还在。如果白妹不说,祖母还不一定认得出这是一棵桃树。

桃树后面就是一排平房。白妹指着东边的房子说:"灯还亮着,舅舅还没有睡觉。"

白妹和祖母喜出望外。

平房有一个窗户,白妹从窗户向里张望,只见舅舅坐在马桶上,他还在抽烟。白妹说:"我舅舅在拉屎。"

祖母说:"啊,那就等一会儿。"

这老头坐在马桶上不想起来了。过去了十多分钟,祖母终于忍不住了,对白妹说:"你舅舅是不是在马桶上睡着了呀?"

白妹说:"不会吧。我来敲门。"

白妹一边伸手拍打木门,一边叫喊道:"舅舅,舅舅,你开门,你开门啊!"

"谁呀,我要睡觉了还来敲门。"

"我是白妹,你开门。"

"你是谁呀?我耳朵不好,听不出。"

"舅舅,我是白妹,就是船了浜的白妹。"

老头开门了,说他在马桶上睡着了。

白妹舅舅姓王,是个木匠,人称老木匠。

"本来这时候我早上床睡觉的,但今天晚饭吃了两块红烧肉,肚皮有点不舒服。唉,年纪大了,刚才不知不觉在马桶上睡着了,迷迷糊糊好像听到外面有人在叫……"老木匠说,"这个时候来敲门,有什么要紧的事情啊?"

白妹说:"舅舅,我今天来这里办事,顺便过来看看你,只是一样东西都没有带。"

老木匠说:"你上次还送了一条草鱼来的。你对舅舅的好,舅舅一直记在心上,不会忘记的。"

祖母对白妹说:"直接对你舅舅说吧,舅舅也要睡觉的,时间不要拖晚了。"

白妹便对老木匠说:"我想向舅舅打听一个事,西边是不是有个年轻女人守寡,拖一个小女儿?我和这位大姐想做个媒人,把那寡妇说给这个大姐的侄子。"

老木匠说:"我听说他们要招上门女婿的。"

白妹说:"就是呀,招上门女婿可以的。"

聊了一会儿,白妹对老木匠说:"刚才我和大姐去了那个寡妇家,被她婆婆赶出来了,所以我来找舅舅,问问你与这户人家关系怎样。"

老木匠说:"还可以。"

原来寡妇的丈夫生病期间,他们家开口向老木匠借钱,老木匠手上只有一百元钱,都借给了他们,目前只还给他五十元,还剩余五十元没有还清。老木匠大方地对他们说不用急,他这钱暂时没有什么用场,等他们有钱了再还也不迟。

这么说吧,那婆婆天不怕地不怕,就是有点怕白妹的舅舅老木匠。

"舅舅，那麻烦你与那个婆婆说说，大姐的堂弟一表人才，罱河泥、开潭，样样农活都是行家，就是他家苦一点，把他的婚事耽搁下来了。"白妹对老木匠说。

"可以的，但今天不行，今天很晚了，他们也要休息的。"老木匠说。

"对的，舅舅，麻烦你明天方便的时候，早上或者下午，去一趟她家。明天傍晚我们来看你，听听她们有什么说法，再看看这门亲事能不能办成。"祖母对老木匠说。

"好的，明天早上我就去，去得晚了她们可能会出门，那就碰不上她们的头了，这样明天傍晚你们就得白来一趟。你们说是不是这样一回事？"

"是的，是的。"白妹和祖母异口同声地说。

接着，白妹和祖母与老木匠告别。回去的路上，白妹要在路边小解。祖母对她说："快到家了，到家再小解吧，野外有没有蛇在草丛里我们都不知道。"

白妹说："我已经熬了个把钟头了。"

她闭着眼睛蹲下身子。这时，不知是什么东西，在草丛里乱窜，吓得白妹魂灵出窍。

祖母也被她的叫声吓得不轻。

两个人气喘吁吁回到家里。

第二天早晨，祖母去白妹家，发现她还躺在床铺上。白妹说："昨夜吓坏我了，夜里发了一场高烧，出了一身汗。"

祖母伸手摸了摸她的额头，说："还好，现在体温应该正常的。如果体温高，那得去看医生。"

白妹说:"不去看医生了,我马上起床。"

祖母说:"起床吃一碗粥,精气神便有了。"

白妹说:"是。"她边起边说:"我有一袋子糯米粉,我来做糯米糕吃,你也一块儿吃啊。你欢喜吃甜的,还是咸的?你说一声,都可以的。不过,我欢喜吃甜的糯米糕。"

祖母说:"早晨我吃过了,糯米糕不管是甜的,还是咸的,我都欢喜吃的。"

祖母喜欢吃糯米一类的食物,但在那个年代,能够吃上一顿糯米饭或者糯米糕,是一件很稀罕的事。白妹做糯米糕的时候,才发现白糖没有了,祖母见此对她说:"做咸的糯米糕一样好吃的,甜的还不及咸的好吃。"

白妹做了十块咸的糯米糕,祖母吃了两块。

白妹说:"你喜欢吃就多吃点啊!"

祖母掏出一块粗纱布手帕擦了擦嘴说:"我吃过粥,又吃了两块糕,肚皮真的饱了。而且糯米这个东西不易消化,多吃了肚里要胀,人要不舒服的呀。"

白妹说:"难得吃一回不要紧的吧。"

两人的话题又扯到了说亲的事上。祖母说:"今天我们早点吃晚饭,早点到你舅舅那里,听听那户人家有何说法,然后再看看这门亲事有没有可能性。"

白妹是个热心人。她说:"我早点做晚饭,你过来吃晚饭,然后我们早点去。"

祖母说:"谢谢你,不用麻烦你的,我在家吃一碗粥就可以了。"

白妹说:"也好。"说完,她转身去了厨房,弯腰从墙角搬出

◇◇◇澄湖三叠

一只小缸,小缸盖子上面是一顶柴草帽子。白妹一边挖缸里的咸菜,一边说:"这个咸菜可以吃了,我挖一碗给你带回去。"

祖母说:"谢谢你。"

祖母并没有拒绝她的好意,她拿了一把咸菜便走回家去了。

这时,村庄里响起了出工的号子。

祖母急忙跑到家里,放下那一把咸菜,连忙拿了一把铁锈,向田野里走去。田埂上很快便有了很多的人,这些男社员、女社员都在出工,都是到田里干活去的。

祖母在田里干农活的时候,脑子里还在想来明这门亲事。她希望白妹的舅舅能够带来好消息;希望那位婆婆能够回心转意,能够心平气和;希望来明能够落户那户人家,与那位寡妇喜结良缘。

祖母觉得白天很长,很长。

白妹的舅舅老木匠可以说是一个办事认真的老好人。那天一早,他就去那户人家摸情况,因为外甥女白妹说傍晚要到门上来。自己答应的事应该做好,他是这样想的。

那婆婆和寡妇都在家。

婆婆看见他一怔,她想:这老头不会是来讨五十元借款的吧,讲好有钱就还给他的。所以,婆婆讨好地说:"大叔,你起得早哇,你一早到哪里去呀?"

老木匠假装叹气,说:"唉,我到你这里来看看。昨天我的外甥女被人吹胡子瞪眼睛了。"

婆婆说:"哪一个对你外甥女吹胡子瞪眼睛了?"

老木匠说:"远在天边,近在眼前。"

婆婆一怔,说:"难道是我吗?"

老木匠说:"是你,没错。"

婆婆说:"我哪见着你外甥女了?"

老木匠说:"昨天夜里,她不是和一位大姐来你家了吗?"

这时,婆婆才恍然大悟。她说:"原来她就是你外甥女啊!她们说给我儿媳妇说媒,我一听就心里不舒服。真是皇帝不急太监急,我儿媳妇都不想嫁人,她们瞎操这个心干吗呢?"

老木匠假装咳嗽了几声。

婆婆说:"大叔,你是不是身体不好,我来倒一杯白开水给你。"

老木匠说:"我身体没毛病。"

婆婆说:"咳嗽要多喝些白开水,真的比吃药还要好。我的老父亲生前就有咳嗽的老毛病,没钱给他看病,他自己就一天喝两热水瓶开水。"

这时,巧玲走了出来。巧玲,就是那位寡妇。她与老木匠打了一声招呼,又走回了房间。

老木匠对婆婆说:"你儿媳妇挺好的一个人,毕竟她还年轻,我看是应该让她再找一个人的。"

老木匠如此说,婆婆倒是并没有生气。她凑近老木匠轻声说:"可以是可以,但我想儿子走的时间还不长,再等一两年再考虑儿媳妇再婚的事情吧。我主要也要考虑名声,过早再婚影响不好。"

老木匠又咳嗽了一下,说:"我与你看法不同。毕竟你儿媳妇年轻,你要她再等一两年,如果她心思活了,等不及索性跟别人跑了,你怎么办?"

婆婆用手拍了拍衣服："不会的吧,我儿媳妇是个老实人,她不会做这种不道德的事。"

老木匠说："我承认你的说法,但现在的年轻人见多识广,我是说不怕一万,就怕万一。你明白我说的话吗?"

婆婆若有所思,随后她说："大叔,你讲得有道理,我想明白了,只要有合适的人,我不反对儿媳妇找男人了。"

老木匠拍手道："这就对了!"

婆婆的态度一百八十度转弯了。她对老木匠说："如果来说让巧玲嫁人的,我要赶走的;如果来说做上门女婿,那可以谈一谈,现在我把巧玲当女儿看待。"

老木匠说："那好,今天傍晚我外甥女要来,我就对她讲,你同意她们来说媒了。这样说可以吗?"

婆婆大笑说："你大叔出面,不可以也要说可以的。"

老木匠说："好好好,如果这门亲事谈得拢,你得请我喝一盅喜酒。"

婆婆说："今天你来喝酒,我都给你准备。"

老木匠说："今天不喝,我要等你儿媳妇成亲那天喝一个痛快。"

婆婆纠正道："巧玲不是儿媳妇了,是我女儿呢。"

老木匠笑道："哦,我晓得哉,巧玲是你女儿了。老话讲,眼睛一眨,老母鸡变鸭。现在是眼睛一眨,儿媳妇变闺女哉。世界稀奇真稀奇!"

老木匠心满意足地走了。他真的想喝酒了。于是,他没有直接回家,而是向村庄里的代销店走去,想去买一瓶粮食白酒。

路上有人与他打招呼。

"老王,你到哪里去呀?"

"我去代销店。"

"代销店今天关门。"

"你不会是骗人吧?"

"逗你一下的,代销店开门的。"

"我就知道你是个小骗子,你的腔调与你父亲一模一样。"

老木匠在代销店买了一瓶粮食白酒、一包咸桃片,拿了东西就往家走。

他心情很好,走到半路,就想喝酒了。于是,他干脆坐在一块石头上,拿起酒瓶就喝起酒来,咸桃片在他的眼里就是山珍海味,他吃得有滋有味。

老木匠想到今天傍晚外甥女还要过来,便对自己说,喝三四两白酒就可以了。就这样,他喝了三两多白酒就不喝了。他把咸桃片揣在裤袋里,把那瓶白酒拿在手里。可他经过一条沟渠时,一不小心将那瓶白酒掉进了沟渠里。沟渠里都是水,因为瓶盖没拧紧,瓶子就这样沉下去了。

老木匠气得跺脚,如果早知道这样,那应该把这一瓶白酒一口气喝完,或者干脆路上不喝,到家慢慢喝的。

临近傍晚五点,在田里劳动的祖母准备收工时,有人通知今天延迟收工。因为预计明天有阵雨,要放假,所以今天延迟一小时收工。

本来祖母想收工后回家吃一碗粥,现在时间来不及了。她打算收工后,叫上白妹直接去她舅舅老木匠家,因为与老木匠讲好上门时间的,失约总是不太好的。

还好,收工最后只延迟了半个小时。

祖母和白妹没吃晚饭,只是到家换了一身干净衣服,就往老木匠家赶去。

祖母说:"走快点,这样还不算晚。"

白妹说:"我肚皮有点饿,走不快。"

祖母像变戏法一样拿出一只煮熟的山芋对白妹说:"我有一只山芋,你吃吧。"

白妹见到山芋如获至宝,当即将山芋连皮都吃进了肚里。

这时,白妹才反应过来。

白妹说:"大姐,你肚皮不饿吗?"

祖母说:"还好,我习惯了。年轻时在上海的雇主家吃饭,一直要等到小东家吃好,才轮到我吃,肚皮饿也得忍啊,久而久之,肚皮饿一点也就无所谓了。"

老木匠在等她俩。

他心想,外甥女白妹讲好傍晚来的,怎么还没有来呢?于是,他走到那棵桃树下张望。这时,祖母和白妹也到了。

"舅舅,因为今天我们收工延迟半个小时,来晚了,让你等了吧。"白妹说。

"我也刚走出来。"老木匠说。

"那户人家怎么讲?"白妹问道。

"讲出来,你们要吓一跳。"老木匠说。

"吓一跳?"白妹说。听到舅舅这样说,白妹和祖母心里真是吓了一跳,以为这门亲事还没开始谈便结束了。

"外甥女，我和你们开玩笑的，今天舅舅高兴，喝了半斤白酒。现在我们就一块儿去他们那里，我看这门亲事应该没有什么问题，我已经与巧玲娘讲好，要吃喜酒哉。"老木匠说。他明明喝了三两多白酒，却说成是半斤白酒，喝酒人就是这样，都说自己喝酒多的，很少说自己喝酒少的。

白妹和祖母都情不自禁地笑起来。

不过，白妹有个疑问，她问道："巧玲娘是谁？"

老木匠哈哈大笑，说："巧玲娘就是巧玲的婆婆。这女人特地叮嘱我，说巧玲现在不是她儿媳妇，而是她闺女，所以她现在肯定要招女婿上门；如果是谈巧玲出嫁的事，那门也没有。"

祖母说："这样好啊，那我侄子这门亲事有希望了。"

白妹说："我敢拍胸脯说，哪户人家招着大姐的侄子做上门女婿，那可真是前世修来的福哩。"

一路上，他们说说笑笑。

"这门亲事成了，一定请你喝喜酒。"祖母对老木匠说。

"我要吃三天三夜可好？"老木匠说。

"我让侄子给你搬一箱白酒吧。"祖母说。祖母的回答是真诚的，不掺一点水分。

到了那户人家，那婆婆的脸色与先前完全不一样，这回可以说是和颜悦色。祖母和白妹的表情也有所舒展。

老木匠说："你们自己谈吧，我不待在这里妨碍你们。现在我要回家去，每天这个时候我要听苏州评弹，一天不落。"

白妹说："舅舅，苏州评弹有什么好听的，就留下来陪我们说说话吧。"

祖母却不这样认为,她认为老木匠走开的话,更容易与对方沟通,毕竟彼此都是女人,而且年纪也差不多大。所以,祖母对老木匠说:"没事你就留下来,有事你就走。"

"我真的要听苏州评弹,先走一步。"老木匠一边说,一边起身走了。

白妹听祖母这么说,便没有拦他。

那婆婆重申了她的观点。她说:"我闺女不出嫁,只招上门女婿。因为我已经有一个孙女了,所以不希望对方有小孩。倘若对方是离婚者,这个坚决不考虑。"

说到此处,祖母笑了。

白妹也笑了。

祖母说:"我的侄子还是童男子,没有结过婚,甚至对象都没有谈过,是一个老实本分的年轻人。"

婆婆说:"其他我也没有什么要求,当然他最好是有一门手艺,因为老话讲再穷饿不死手艺人呀。"

祖母纠正她道:"老话应该是'天荒三年,饿不死手艺人'。"

婆婆说:"对对对,总之就是这个意思。找一个手艺人,这个家庭经济收入就有一定的保障,总比死啃田角落的好吧。"

祖母说:"这个我要实事求是地告诉你,我侄子不是手艺人,但农活样样都会做的。他身体好,别的男人挑一担水稻半路要休息一下,他一口气挑到场上,真的是力大无比。"

婆婆笑道:"那是鲁智深吧。"

祖母"嗯"了一下,然后说:"鲁智深我没见过,我侄子倒是每天能看到,这小伙子一年里几乎每天都出工的。"

婆婆说:"下雨天也出工吗?"

祖母说:"除了下雨天,其他日子里他都出门干活的。"

婆婆说:"你们说得他千好万好,要么这样吧,你们看哪天方便,带他过来,让我看看他是否像你们说的那样好。"

祖母答应了她的要求,但祖母也提出了自己的一个要求。

祖母提出的要求与那婆婆的如出一辙,也是要与巧玲见见面,一是看看她长得怎样,二是听听她本人对婚姻的看法。

那婆婆算是一个通情达理的人。她爽快地说:"我马上叫闺女出来与你们见个面。"她口口声声"闺女",由此看来她是真心把巧玲这个儿媳妇当作自己的闺女了。

想想也是,只有把她当作闺女,那么招一个上门女婿才显得理所当然。

"巧玲,巧玲,你过来。"婆婆走到东屋门口叫道。

这时,房门开了。

巧玲走了出来。

婆婆问:"妹妹呢?"

巧玲说:"在睡觉。"

婆婆说:"那你关门轻点。"

巧玲说:"哦。"

巧玲来到了祖母她们面前,她的脸红到耳根。倘若不说,陌生人一定以为她是一个黄花姑娘呢,绝不会想到她已经为人之母。

"我想好了,我闺女得找一个爱她的人进门。以后我们老了,总要走的,就想让他们夫妻恩恩爱爱,共同把这个家庭搞好,一生平平安安,总之是一生幸福。"婆婆说,"你们看过我闺女了,你们觉得怎么样呢?"

祖母说:"这闺女长得标致的,我敢说我侄子会一眼就看上她的。"

婆婆说:"那你们看什么时候让小伙子过来见个面呢?"

祖母知道趁热打铁的道理,马上说:"明天这个时候吧,稍微会比今天早些。"

婆婆也是一个热情好客的人,她说:"明天你们一块儿过来吃顿晚饭吧,我来准备一下。"

祖母想,这样太麻烦人家了,初次见面简单点好。祖母与白妹交换了一下意见,最后决定还是吃好晚饭过来。这样,双方就约定第二天傍晚时分,祖母她们吃好晚饭后带来明到女方家里见面。

祖母是个细心的人,她想当面听听巧玲的真实想法。

于是,她问道:"我侄子未婚,如果他想要小孩,你愿意生吗?"

巧玲点头道:"我愿意。"

祖母说:"我侄子喜欢小孩,你愿意再生第二胎吗?"

巧玲又点头道:"我愿意。"

祖母拉着她的手说:"你真是一个人见人爱的好闺女。"

婆婆也笑道:"如果小伙子来了,我也会把他当作亲生儿子看待的,不会欺负他的哟。"

来明要去见未来的媳妇了。可是他找不出一件像样的衣服。

来明对祖母说:"我找裁缝师傅做一身衣服吧。"

祖母说:"来不及的。"

来明说:"那就穿旧衣服吧,夜里新衣服旧衣服一样的。"

祖母说:"你是去相亲,总得穿新衣服,即使没有新衣服,也要穿得整洁一点啊。"

来明转过身子,默默地走开了。

祖母望着他的背影,忽然有了一个主意,不是可以借衣服吗?那就拿儿子文良的衣服给他穿。

父亲有一身衣服,是娶母亲时做的。平日里,父亲舍不得穿这身衣服,只有过年的时候,才拿出来穿上几天,然后又恭恭敬敬地放入箱子里。

这身衣服可是父亲的宝贝。

祖母想,父亲和来明个头差不多,父亲能穿的衣服,来明应该也能穿。

这么一想,祖母就想明白了。她急忙追上了来明。祖母对他说:"文良有一身衣服,我去拿出来,你试一试。我觉得你应该可以穿,你就穿这身衣服去相亲。"

来明听了祖母的话,喜不自禁。

祖母从箱子里翻出了那身衣服。

祖母叫来明过来,来明将衣服穿在了身上。

祖母很欣喜,说:"可以,可以,佛靠金装,人靠衣装,你穿了这一身衣服,真神气!"

当天傍晚,来明就是穿着这一身借来的衣服去相亲的。陪同来明相亲的,还有祖母和白妹,她们是媒人,不可缺少。在去的路上,祖母关照来明道:"他们问你什么,你就老实回答什么,其他话少说,言多必失。"祖母知道来明是个老实人,说话不会转弯抹角,怕他说错话,便叮嘱他多听别人说,自己少说话。

◇◇◇ 澄湖三叠

来明说:"婶婶,我听你的,你让我怎么说,我就怎么说。"

祖母说:"那个场合我也不好对你说什么,主要你自己要集中注意力,说话要真诚一点,要讨得人家的好感。"

来明说:"嗯。我有点紧张,真是大姑娘坐花轿——头一回。"

白妹听他如此说,笑了。

白妹说:"今天那个相亲的女人,看上去真的像小姑娘,和你很相配的呀!"

来明说:"不知道人家能不能看上我?"

祖母对他说:"不要紧张,你自信一点。你除了家里没有房子,其他条件都不错的。"

那婆婆见到来明那一刻,突然转身,流下了眼泪。

这可把祖母吓坏了。

祖母以为婆婆看不上来明,嫌弃他,不想理他。

其实不是。

那婆婆看来明第一眼,就觉得他很像自己的儿子,仿佛已故的儿子出现在眼前。

她的儿子常出现在梦里。

但此刻不是梦。

她用衣衫擦去眼泪,转过身说:"你们坐啊,坐啊。家里比较乱,有小孩子玩。我来拿热水瓶。"说完,她就跑到了厨房间。她拿了热水瓶出来,将它放在桌子上,然后又跑回厨房间拿出几只碗。

她说:"家里茶叶都没有,喝口白开水吧。"

祖母说:"我们自己来。"

那婆婆手脚利索，很快地给每人倒了一碗白开水。

这时候，门口来了很多人，有大人，有小孩，她们都是乡邻，听说巧玲相亲，都围过来看热闹。婆婆满脸堆笑，对他们说："我们要谈一点事情，你们先散去。等事情成了，肯定要办酒，请你们喝喜酒。"

小孩子们听说有喜酒喝，都到外面玩去了。

几位妇女留下了。

有一位中年妇女认出了来明，她对婆婆说："这个小伙子我认识，他可是好人啊！"

婆婆说："你怎么会认识他呢？"

中年妇女说："三四个月前，我在街上掉了一个皮夹子，里面还有五元钱，我急得不得了。就是他捡到了我的皮夹子。他将皮夹子还给了我，里面的钱一分也不少，真是一个拾金不昧的好青年啊！"

祖母听了很开心，问来明有没有这么一回事。

来明有点莫名其妙。

他说："那不是我，我没有拾过皮夹子。"

他断然否认了这件事。

这可是一件送上门的好事呀，能够证明他品德高尚。在相亲这个节骨眼上，可以大大地加分，可他予以否认。

中年妇女说："那可能我认错了，但我觉得那个人跟你长得很像的。对了小伙子，你有兄弟吗？"

来明说："没有，父母亲就生了我一个。"

中年妇女说："即使不是你，但我感觉你和那位小伙子一样，都是好人。"她对婆婆说："这个小伙子做你的上门女婿，你家有福哉！"

婆婆说："还没谈定，先不能这么说。"

中年妇女说："巧玲人呢，我来对她说，这个小伙子就这么定了。如果我有闺女就把闺女嫁给他，可惜我只养了两个小光棍，哈哈哈……"

最后，婆婆把那个中年妇女拉到门外去了。

婆婆担心中年妇女会不高兴，顺手把裤袋里的两只上海奶油糖递给她。这让中年妇女很感动，她说："我怎么可以吃你的奶油糖呢？"

婆婆说："就算我闺女这门亲事说成了的喜糖可好？"

"你哪来的闺女？"中年妇女问道。

"哎哟，巧玲就是我的闺女呀。"婆婆解释道。

"我晓得哉，祝你闺女这门亲事成功！"中年妇女说。

送走中年妇女后，婆婆急忙回到屋子里。为了不让其他人进门，婆婆便把大门关上了。

现在巧玲也从房间里走出来了。

"那么，闺女你和来明要不要单独谈谈？"祖母对巧玲说。

"闺女，你们到房间里谈谈吧。"婆婆也对巧玲这么说。

来明站立起来了。

可巧玲还是"按兵不动"。

婆婆凑近她耳根说："我对这个小伙子没意见，你细细看看他，他可与长生长得很像啊！"长生，就是巧玲已故的丈夫。听婆婆这么一说，巧玲才抬眼看了一下来明，咦，他真的很像自己已故的丈夫。这一看,非同寻常,便打开了她感情的闸门,她觉得自己要寻找的终身伴侣就是眼前这个人了。

所以,她也站立起来。

婆婆把两个人推到了房间里。

来明有点不知所措。到了房间,他一眼看见床上有个孩子在睡觉。他知道巧玲有个女儿,问道:"这是你女儿吧?"

"是的。"

"我们讲话会不会吵醒她?"

"吵醒也没事。"

"你一个人带孩子很辛苦吧。"

"还好,和我婆婆一起带的。"

"如果你对我没意见,我愿意和你一起带孩子。"

"我说一句话,你愿意听吗?"

"你说吧,我愿意听。"

"你长得和她爸爸真像。"

"真的吗?"

"真的!"

"我不信!"

"你不信,我把女儿叫醒,让她认认像不像爸爸。"

"你女儿睡觉好好的,不要叫醒她。"

"我想,我女儿一定会喜欢你的,她会以为爸爸回来了。因为我对女儿说,爸爸打工去了,到很远很远的地方去了,要过很久很久才能回来看我们。"巧玲说着,眼泪掉落下来。

"那就让我做你女儿的爸爸吧。"

"只要你愿意,我也愿意。"

两个人紧紧地握住彼此的手,并且订立了爱情盟约——选一个黄道吉日,来明到巧玲家做上门女婿。

大约二十分钟后,巧玲和来明从房间里走了出来。在他俩谈话期间,婆婆对祖母和白妹说,她知道巧玲的脾气,如果她看不上眼,两个人不会在房间里待得那么久,他们肯定谈拢了。

果然,两个人一起走出来,只见来明满面春光。祖母把他叫到一边,轻声地问道:"你们谈得好不好?"

"很好,比我想象的还要好。"来明说。不过他的声音也是轻轻的。

"这么说这门亲事成了?"

"成了。"来明得意地说。

祖母没想到这门亲事没费多大口舌,竟然一下子就说成了。

婆婆和巧玲也在一边说着悄悄话。

婆婆听到巧玲说,她同意这门亲事,因为是招女婿上门,这样养育女儿的事情便不用担心了,所以她心里很高兴。婆婆对巧玲说:"那我和介绍人说,挑一个黄道吉日就举办婚礼吧。"

巧玲却不言语。

婆婆说:"你心里怎么想的,可以讲给我听,现在我和你是母女了,不再是婆媳关系,这点要记得。"

巧玲说:"我心里还是会想着长生,所以我不想举办婚礼。"

婆婆说:"这个我知道,但不办婚礼,委屈你和这个好小伙子啊!"

巧玲说:"他心地好,应该说得通的。"

婆婆说:"关于婚礼这件事情我与两位介绍人商量一下,看她们有什么说法。"

巧玲说:"好的,我听你的,妈妈。"

一声"妈妈"叫得婆婆心里春暖花开。

婆婆想,巧玲说的一点不错,如果再办一场婚礼,也要花不少钱。虽说可以收回一笔礼金,但即使把礼金全贴进去,办酒席的费用还是远远不够的。也许村庄里还会有一些长舌妇对巧玲说三道四,毕竟巧玲丧夫才两年,如果大张旗鼓办结婚酒席,也是不太妥。

她支持巧玲的想法,不办什么结婚酒席。

婆婆伸手拉了拉祖母,还拉了拉白妹,轻声说:"你们到我房间里坐坐,有点事情商量一下。"婆婆说完,就抬脚向她的房间走去,祖母和白妹便跟在她后面。

这个房间虽小,但看上去蛮整洁的。

祖母说:"你是干净人,这个房间整理得很干净啊!"

婆婆说:"好几天没整理了,知道你们今天来,所以特意整理了一下。这个房间里凳子也没有一只,你们坐床上吧。"

祖母说:"床整理得那么干净,我们不坐了,就站着吧。"

她们不像是来说亲的,更像是走亲戚的,显得一团和气。

在回去的路上,来明对祖母和白妹道谢,感谢她们为他的婚事牵线搭桥。以前,他对婚姻不抱希望,认为自己一贫如洗,很可能一世打光棍。现在,天上掉下个林妹妹,巧玲的出现,让他对爱情燃起了希望。

所以,回来的时候他像只小鸟一样欢快。

祖母和白妹内心也很是欢快。

巧玲的婆婆提出不办婚礼,也正中祖母下怀,因为倘若举办婚礼,来明只好向他人借债办了。那真是结婚风光一时,结婚过后就过苦日子了。

祖母对来明说:"巧玲是个很好的女人,你过去以后,要好好劳动,好好过日子。"

白妹也说:"巧玲和她婆婆为人都蛮好,你能娶上巧玲,也是你上辈子修来的福气。"

祖母说:"对的。"

祖母在上海做用人时,就跟着东家二太太去寺院烧香,平常就跟着二太太念佛,所以学会了说"阿弥陀佛"。她主要是照顾二太太的两个儿子,料理他们的起居生活,还有送他们去学校上学。这两个孩子对祖母很好,祖母一直都很想念他们,不知道他们现在在哪里。

那天夜里,来明兴奋得没有睡着觉。

第二天一早,他就来找祖母,说:"婶婶,我和她讲好今天傍晚过去的,所以堂弟的衣服还要借用一下,过几天再还给你。"

祖母到底是为他着想的。祖母说:"以后你经常要去约会了,还有你结婚也要穿新衣服的。这样吧,这身衣服就送给你穿吧,文良还有其他衣服可以穿的。"

来明说:"不行,你能够借给我新衣服,就让我感到幸福了,我可不能把这身衣服据为己有。"

祖母说:"你需要身衣服,权当你结婚,婶婶送你的礼物吧。"

来明说:"婶婶,我怎么报答你的恩情呢!"

"我们都是蒋家一个门里的人,都是自己人。"祖母说,"这几天,我和白妹也要去巧玲家,与她婆婆把结婚日子定下来。对了,你和巧玲可以先去领好结婚证,有了那个东西才是名正言顺的夫妻。可不能像上代人那样没有结婚证,现在是新社会,要有新的观念,要跟着时代走。"

祖母在上海做过用人,所以思想观念还是能够跟上时代的节拍。

祖母为来明做媒,不仅没要他一分钱,还倒贴了钱。比如祖母答应老木匠如果来明与巧玲婚事谈成,要送他一箱白酒。这事,祖母没有忘记,她买了一箱粮食白酒送给老木匠。买白酒的钱就是祖母拿出来的。

老木匠以为这一箱酒是来明送的,所以他对祖母说:"谢谢小伙子,祝他生活幸福。"

祖母一笑而过。

这天晚上,祖母、白妹又来到巧玲家,而来明已经在那里了。

正好,巧玲一家人在一桌上吃晚饭,桌子上有一碗红烧鱼。巧玲的婆婆看见两位媒人来,连忙招呼她们吃晚饭。

祖母说:"吃过了,你们吃。"

婆婆说:"不要客气,坐下来吃饭吧,今天有鱼,是来明送过来的一条新鲜鱼。"

祖母说:"真的不是客气,我们已经吃过了。"

巧玲给祖母和白妹分别倒了一碗白开水。

婆婆则放下饭碗,搬了一只长凳子,让祖母和白妹坐在长凳子上,又搬过一只小凳子,自己与她们面对面坐着。巧玲看着婆婆的饭碗,轻声地问道:"这半碗饭,你不吃了吗?"

婆婆说:"等会儿吃,你看现在不是你们的红娘来了嘛。"

巧玲说:"那我把这半碗饭放在锅里,这样不会冷掉。"

婆婆说:"那好,等会儿我还要吃的。"

祖母说:"今天我们来就是想把结婚日子定下来。虽说不办酒席,但还是有些亲戚要聚一下的,办一个简单婚礼就行。"

婆婆说:"是的,估计两桌人,就是自己兄弟姐妹,其他人不惊动哉。"

祖母说:"本月十九日、二十二日、二十五日三日都是黄道吉日,我们不迷信,但这是前人留下来的传统。"

婆婆说:"我的意思是早办早好,那就十九日吧。"

祖母笑了,说:"你真是一个爽快的人啊!"

婆婆说:"就是只有两桌,请不到厨师。本来我可以做菜的,但这天我有其他事情要做,得想办法找人来做菜。"

祖母说:"我叫文良爸来做菜吧,他是土厨师,村上办酒找他做菜的人不少。"

婆婆站立起来伸手搂着祖母说:"好的,好的,你真是我的好姐妹。"

结婚一年后,来明的儿子悄然降生了,来明欣喜若狂。之后的几年里,巧玲又为来明生下了两个千金。来明也视巧玲与前夫的女儿为亲生闺女,把最好吃的东西留给她,过年做新衣服给她,自己亲生的儿女都穿旧衣裳。

只是来明真是苦命,他在五十岁那年,因突发脑溢血走了。

巧玲又失去了一位最亲的人。

她哭干了眼泪。

一直到老,她再也没有找别的男人。就这样,一个人孤独地老去。

平凡的人总能给人们带来更多的感动,也更容易被他们真挚的爱情感动。

为来明和巧玲牵线,是祖母第一次做红娘。

从此以后,祖母就开始做媒人了。经她做媒相亲成功的应该有一百对以上。当然,她不收媒人钱。如果一对新人配对成功了,就给她一包喜糖,或者一盒麻饼,这些是祖母乐意接受的。若给媒人钱,祖母坚决不收。祖母觉得,做媒是行善积德,不应该收人家的钱财。

那时候,大姑父已是农村基层干部。

只是他是个"花心萝卜"。

他和一位姑娘好上了,而且姑娘的肚皮都大起来了。

此事闹得满城风雨。

大姑妈是最后一个知道的,她要找那个姑娘拼命。

父亲对大姑妈说:"姐,你可以找那个姑娘谈话,但不能做过激的事。姐夫出了事情,组织上一定会对他做出处理。"

大姑妈说:"不是那个女人,保林不会做这种事情。"保林就是大姑父。

父亲说:"人家是有责任,但主要问题出在姐夫身上。主要是姐夫思想觉悟不高,他的生活作风不好。"

大姑妈说:"那我应该怎么办?"

父亲说:"你带好一双儿女,姐夫的事情我会帮忙处理的。"

大姑妈说:"那个女人怎么处理?"

父亲说:"看组织上怎么处理吧,这个事情组织上不会不管的。"

大姑妈还是哭泣。

父亲回家对祖母说:"妈,刚才我劝阿姐想开点,你也去劝劝她。出了这样一件事情,不要再惹其他事情出来。"

祖母说:"保林他不是人!但现在问题出了,就应该面对实际。如果那个姑娘要把小孩生出来,我肯定要让你阿姐与保林离婚。他又不是皇帝,可以有几个老婆;他是长工出身。我看这样的人,组织上一定要对他严肃处理。"

父亲说:"肯定会处理他,现在的问题是让阿姐不要闹事,让她情绪稳定下来。"

祖母说:"那我去劝劝她。"

那天傍晚,祖母一个人去了大姑妈家。她想,大姑妈真是一个苦命人,当初给她找了一个木匠,可她不愿意嫁给人家,偏偏看中了这个"上无片瓦,下无寸地"的人,谁想他竟然是一个"花心萝卜"。唉,真是自作自受。

大姑妈就嫁在本村,她家在一条小河边。她家的房子比其他人家的看上去还要低矮,那房子产权不属于她家,是集体的仓库房。上级照顾一贫如洗的大姑父,让他暂时住在这里。

快走到大姑妈家时,祖母听到一阵小孩子的哭声。

祖母走到门口,看到大姑妈正在拿着一把扫帚打儿子,她儿子躺在地上打滚。

祖母冲上去一把抢下扫帚,大声责问:"你打孩子做啥?!"

扫帚被祖母夺走了。

大姑妈说:"老贼在外面偷婆娘,小贼偷我枕头下的钞票。一张五元钱的钞票不知道他用到哪里去了!"

祖母说:"即使这样你也不能打人,万一失手打伤孩子怎么办?"

大姑妈说:"打死他,我去坐牢。"

祖母说:"你神经病哉!你再打小孩,我也要打你,你试试看。我知道,你心里难过。你兄弟对我讲,这个畜生组织上会管他的,不会让他白白地把人家姑娘的肚皮睡大的。"

祖母一边说,一边搀扶起孩子。

祖母问他:"你有没有拿你娘的五元钱?"

小孩说:"我对妈妈说,这五元钱我看见是在枕头底下的,但我没有拿这个钱。可妈妈偏要说是我偷走这钱的。"

小孩很委屈,又大哭起来。

祖母对他说:"外孙,你这几天学乖一点,不要惹你娘生气。"

她转身对大姑妈说:"这五元钱可能不是小孩拿的,也许是保林拿走的。"

大姑妈突然醒悟过来了,说:"孩子没拿,那一定是那个畜生拿走了。这户人家大大小小死光算了。"

祖母吼了一声:"你想死,不要拖着两个孩子死。你要死,河就在边上,你跳河里死,我不会拉住你。"

大姑妈大哭起来。

祖母搂着大姑妈说:"是你自己眼睛瞎掉了,是你自己要嫁给这种畜生,但现在两个孩子都这么大了,你与他离婚,那两个孩子怎么办?"

大姑妈说:"娘,我咽不下这口气啊!"

祖母说:"你不要哭,不要闹。那位姑娘肚皮大了,要是出来了,这个才是严重的问题,不知道组织上怎么处理这个畜生。"

大姑妈说:"让她生出来,我再一把捏死他!"

祖母说:"你尽说气话。你捏死小孩,也要吃枪子的,一命抵一命。"

这时,有几个邻居过来看热闹。祖母对大姑妈说:"你不要哭了,被人家看笑话不好。"

大姑妈一屁股坐在门槛上,说:"娘,我真想死,嫁给这种畜生真的是我眼睛瞎了。"

祖母说:"你死了,就便宜他了。你要好好活,看组织上怎样收拾他。"

大姑妈说:"组织上会不会把这两间房子收走啊?"

祖母说:"我想不可能。如果收走房子,他可以不去管自己睡在哪里,但你们娘仨不能露天睡吧。如果组织上收走这两间房子,我陪你去找组织,不管他犯怎样的错误,也不能牵涉家里其他人吧。"

大姑妈说:"这个畜生真的是害人不浅。"

祖母说:"不仅你是受害人,那个姑娘也是受害人。不知道那姑娘肚皮里的小孩要怎样处理呢。"

大姑妈说:"如果生出来,那叫我们拿什么钱赔她啊?"

祖母说:"不赔,要赔就赔这个畜生给她。"

大姑妈说:"要赔我就带两个孩子走,把这个破房子让给他。"

祖母说:"不知道你的脑门有没有被牛踢过,怎么尽说一些没用的话呢?不管发生什么事情,这个破房子也不能让出去。你让出了这个破房子,你们娘仨住哪里去?"

大姑妈说:"娘,那我听你的话。"

祖母说:"你肯听我的话,那我便会替你做主。一是对这个畜生必须严肃处理,不要去可惜他;二是叫他与那位姑娘断绝不正当关系。"

大姑妈抬起头,望着祖母说:"娘,我听你的。"

祖母搂着她说:"你早听娘的话,哪会嫁给这种败家子啊,哪会过这种比黄连还苦的日子啊!"

听祖母这样说,大姑妈忍不住又要哭了。

"不要哭了。"祖母拍了拍她的肩膀,"晚饭吃了吗?"

大姑妈说:"还没有做。"

祖母说:"天都黑了,晚饭都还没有做,你要把两个小孩饿死啊!快,快起来淘米,马上做饭。"

大姑妈说:"今天晚饭吃的米有的,明天吃的米没有了。本来与他讲好,让他从外面想办法买点米回来的,但现在他人都不知道去哪里了。这个畜生太自私了!"

祖母说:"明天吃饭的事,明天再想办法。今天先要让一家人吃饱肚皮,不吃晚饭可不行。"

大姑父想上吊自杀,被人发现后从梁上救了下来。他还骂救他的人:"我没脸活在世上了,你们怎么还要救我?"救他的人气得踢了他一脚,骂道:"你有没有良心啊?你再上吊,打断我的胳膊,我也不会救你了。"

其实,大姑父哪想死啊,他只是假装想死,好将他睡大姑娘肚皮的事糊弄过去。

这天,组织上派人来找大姑妈。来人对大姑妈说:"上头找你,有事商量。"

大姑妈知道一定是上级要对大姑父的腐化堕落进行处理了。她想,自己嘴巴笨拙,不会讲话,而祖母嘴皮子功夫厉害,所以她找到祖母,叫祖母一块儿去。

祖母说:"让我换一件干净一点的衣服。"

祖母在上海做用人时,养成了爱整洁的习惯,这在村庄里是出了名的。虽然她穿的是粗纱布,但她身上有一种古典美。这一句话不是我杜撰的,而是村里一位教书先生对祖母的评语。

话说此次大姑妈想拖着两个孩子一块儿去,却被祖母叫停。

祖母说:"你带着两个小的,像古戏里的秦香莲哉,这样对保林不好。陈世美花心被皇上杀头,保林花心也会被上头重重处罚。"

毕竟保林是自己的大女婿,即使养一只狗,时间长了,也会喜欢狗的吧,何况一个活人乎?即使大姑父出了这样的丑事,祖母还是劝慰大姑妈看在一对儿女的面子上再给他一次机会。

当然,刚听到大姑父的丑事,祖母是十分恼火的。但冷静下来后,她想,他也是苦出身,所以只要他改正错误,保证不再犯,就应该大事化小,小事化了。

祖母最为担心的是那个姑娘会不会生下孩子。

所以，她去时神经绷得紧紧的。祖母叮嘱大姑妈："那些领导都是读书人，都是有文化的人，所以你讲话要注意分寸，不要对领导提什么无理的要求。毕竟是你男人在外面搞大了人家姑娘的肚皮，犯了错误，这是一件很丢人的事。"

大姑妈说："那我不说，你说。"

祖母说："人，一张嘴巴，两层皮，翻过来翻过去都可以说。有时一句话让人笑，有时一句话让人跳，所以说话是大有学问的。"

大姑妈说："娘，你知道的道理比我多。"

祖母说："我就担心你不会讲话，以后说话要想好了说，这样不会说错话。"

祖母和大姑妈娘俩一块儿去了。她们在一家豆腐坊见到了上级领导。这位领导四十多岁，身材矮小，面孔很黑，所以有个绰号叫"黑面孔"。因为历史上包公就是"黑面孔"，是个铁面无私的清官，所以人们当面叫这位领导"黑面孔"时，他并不会生气。

那时候，基层还没有办公的地方，所以见面地点选在了一家豆腐坊。

祖母和大姑妈到豆腐坊时，才发现原来父亲也在那里，两个人正谈笑风生。看来，父亲与"黑面孔"彼此熟悉。

父亲对"黑面孔"说："领导，这是我娘和阿姐，具体事情你们谈吧，我有点事情要处理一下，我先走了。"

"黑面孔"说："你去办事情吧，我问问情况。具体对保林要怎么处理，还得由组织上研究决定，并不是我一个人说了算的。"

父亲说："我明白，相信组织上会公正处理。"

父亲与祖母她们说了一声"我走了",就走了。

其实,父亲是想回避一下。他想,自己也是基层干部,参与此事不好,万一传出去,肯定会有人说他利用职权什么的,那就节外生枝了。父亲是一个比较沉稳,处理问题比较周全的人。

"黑面孔"问祖母:"通知的是让保林家属来,没有叫你来啊。"

祖母到底还是见过世面的人。

她不慌不忙地对"黑面孔"说:"领导同志,我陪女儿过来,是因为她受到刺激,这几天精神错乱,不肯吃东西,寻死觅活的,我怕她来见你时给你添麻烦,就跟着来了。"

"黑面孔"与父亲关系蛮好,听祖母这么说,便不再深究。他说:"好吧,保林腐化堕落,组织上对他一定会严肃处理,请你们家属要配合,要服从。"

祖母说:"我和我女儿都希望组织上对这个没良心的人严肃处理。不处理他,发展下去他这个家很可能妻离子散。"

"黑面孔"说:"你说得对。"

接着,"黑面孔"对大姑妈说:"保林所犯的错误你清楚吗?"

大姑妈说:"我清楚,他把一个姑娘的肚皮睡大了,是不是这样?"

"黑面孔"说:"的确是这样。而且据我们了解,这个姑娘已经怀孕八个月了,不久就要生产,你说这个孩子生下来怎么办?"

大姑妈又想哭,但想起祖母的话,她没有哭,强忍着不让泪水掉落。

这家豆腐坊的女主人很客气,给每人端出来一碗豆腐花。

祖母和大姑妈不好意思接受。

"黑面孔"对女主人说:"多少钱一碗?我一块儿付。"

女主人嘻嘻一笑说:"是豆腐渣,本来要倒掉的,所以不用付钱。"

"黑面孔"说:"我是党员干部,多吃多占可不行。"

女主人说:"'浪费是极大的犯罪',这可是最高指示啊。"

"黑面孔"想,今天遇见一个高人了,居然搬出最高语录来说服他。不过,他想一想,她说的一点儿不错。这一碗豆腐花值不了多少钱,但又可以说是无价的,因为饱含着人民群众对党员干部的深厚情谊。

"黑面孔"端起豆腐花碗,对祖母和大姑妈说:"那就喝了这一碗豆腐花吧。"

其实,豆腐花是祖母的最爱。听"黑面孔"讲可以喝这一碗豆腐花,祖母也不客气了,端起碗就喝。

大姑妈却没有喝。

祖母对她说:"喝吧,今天不知道什么时候回去,把这一碗豆腐花喝下去,晚一点吃东西也可以的。"

大姑妈含着眼泪将这一碗豆腐花喝了。

"黑面孔"抹抹嘴巴,问大姑妈:"豆腐花好喝吗?"

大姑妈说:"还好。"

"黑面孔"话锋一转说:"保林也给你喝过一碗'豆腐花',味道怎么样?"

大姑妈抬眼望着他说:"我嫁给他好几年,从来没有喝过他一碗豆腐花。"

"黑面孔"哈哈大笑:"你仔细想一想,你真的没有喝过他的

'豆腐花'吗？"

大姑妈说："真的没有。你可以问我娘我有没有喝过他的豆腐花。"

祖母对大姑妈说："领导说的'豆腐花'，可能是话中有话，这个你想到了没有？"

大姑妈说："我脑子糊涂着呢。"

祖母说："那听领导说吧。"

祖母和大姑妈的对话"黑面孔"听着呢，他接过话茬说："没错，保林给你喝的那碗'豆腐花'好比是砒霜，差不多要了你的性命。"

大姑妈一时没有领会他的意思，所以不知道如何回答。

"黑面孔"笑道："保林生活腐化……"

大姑妈这才反应过来，说："他生活腐化，闯大祸了。"

祖母补充道："是的，他生活腐化可把我女儿害苦了。"

"黑面孔"说："所以，对保林生活腐化问题，我们会一追到底，严肃处理。"

大姑妈眼泪汪汪地点了点头。

大姑妈对"黑面孔"说："能不能对他处理轻点？"

"黑面孔"说："他在外面把人家姑娘肚皮睡大了，你怎么还为他求情呢？"

祖母也说她："假如这回组织对他从轻发落，他很快会好了伤疤忘了痛。或许过一段时间，他会老毛病复发，又把别的姑娘的肚皮睡大呢，这可说不定。"

大姑妈说："那我不放过他，一棍子打断他的腿。"

祖母说:"你只是说说而已,他也不怕你。"

"黑面孔"对大姑妈说:"我看还是你娘觉悟高,你有点是非不分。"

大姑妈说:"是啊,这两天我头痛,现在都分不清东南西北。"

"黑面孔"说:"今天就到这里吧。我找你们来,主要是有两件事情。一是摸摸情况,听听你们家属的意见;二是希望你们做好思想准备,这回对保林处罚力度肯定是大的。"

大姑妈说:"这样,我一家人完蛋了。"

祖母却不这样认为。

她说:"一人做事一人当,让他吃点苦头也好的。人生一辈子,不吃苦,也不会惜福。"

"黑面孔"对祖母说:"你说得对。保林犯错误,组织上处理他,也是帮助他,挽救他。他还年轻,以后改正错误,思想进步了,还是一个好同志。"

这时,通讯员来了,是一位二十岁出头的小伙子。他是步行过来的,因为走得飞快,累得气喘吁吁的。

只见通讯员递给"黑面孔"一封信。

"黑面孔"便走出豆腐坊,身子靠墙,展开了来信。

他看过信后,大叫道:"这个姑娘会到哪里去呢?"

原来,被大姑父睡大肚皮的姑娘突然失踪了,上级要求"黑面孔"发动群众把她找到。

"黑面孔"对通讯员说:"你等一下,我有通知让你送出。"

通讯员说:"我等着。"

"黑面孔"摸了一下上衣口袋,再摸了一下裤子口袋,自言自语道:"哎,我的钢笔呢?怎么不见了?"说完,他低头在地上寻找,又跑到豆腐坊里寻找,但没有找到。

通讯员对他说:"我有钢笔。"

"黑面孔"说:"那好,钢笔借给我用一下,我要写一张便条,你亲手将它交给文良同志。"

"好的,我一定送到。"通讯员回答得十分干脆。

文良同志就是我的父亲。当时基层实行营连编制,他是四营副营长,相当于现在的村副主任。

通讯员揣了这封信直奔四营营部。

可他赶到那里后,发现营部一个人影都没有,他急得在营部四周跑来跑去。

大约十分钟后,有一只小船靠码头了。通讯员走过去一看,父亲站立在船头上,他高兴得跳了起来。他朝父亲呼喊:"你有一封急信,我等你很久了。"

父亲也是急性子,船未靠岸,他就纵身一跃跳到了岸上。

他拿过信就读了起来。

通讯员说:"没我事了吧?我走了。"

父亲聚精会神在读信,没在意他的话,等他抬起头来,看到通讯员已经走到几十米之外了。

现在已经下午四点,父亲接到上级领导的指示,心里万分焦急。

他急中生智:发动整个四营寻找那个大肚皮的姑娘显然有困难,但可以叫大肚皮的姑娘所在的二连寻找她,这应该是可以做到的。

父亲对船工说:"现在你和我一块儿去二连。"

船工说:"摇船去吗?"

父亲说:"不用摇船,我们走过去,快点。"

时间就是生命。

父亲和船工像百米赛跑一样向二连冲去。父亲腿长,他走路快;船工又矮又胖,他跟在父亲后面飞奔,这可害苦他了。到了二连,船工气喘得一句话也说不出来。

还好,二连连长和副连长都在。

父亲把"黑面孔"的信拿出来给他们看,但他们都不识字,父亲就一字一句读给他们听。听了后,连长说:"乡亲们都在田里劳动,我马上叫他们分头去寻找。"

父亲说:"我们几个人去那个姑娘家寻找,看看是不是她的家人把她藏起来了。"

一个黄花姑娘的肚皮被睡大了,本身也是能够在农村引起轰动的事了,现在又兴师动众寻找那个姑娘,此事在小小的村庄已经传遍了。

父亲带着几名骨干来到了那个姑娘家。

姑娘的父亲不在。

姑娘的母亲大妹在家,她的眼圈看上去有些红。

父亲问:"你姑娘人呢?"

大妹没好气地说:"死了。"

父亲说:"她是你亲生闺女,你不应该这样诅咒她吧。"

她说:"我哪知道她去哪里啦。她爸早晨出去找她,到现在一点回音都没有,我心里很是焦急。你问我闺女在哪里,谁知道她在哪里呀！我姑娘从小到大都很听话的，都是被那个畜生害了，我和她爸不会放过他。"

父亲说："现在不是说气话的时候，关键是要找到你女儿。上级都知道这件事情了，肯定要弄清楚具体情况，进行严肃处理。"

大妹说："你不要与我讲什么大道理，我斗大的字不识一个！"

父亲说："大妹，请你听我一句话，如果你知道女儿在哪里，你让她出来。这件事情是长是短总要有一个说法，不能拖着不办吧。"

大妹说："对了，那个畜生是你姐夫吧。听别人讲你阿姐要找我女儿拼命，如果她敢碰我女儿一根汗毛，我不会坐视不管的，我也要找她拼命。"

父亲说："你文化水平蛮好了，'坐视不管'也能说出来。"

大妹说："你当我真的是文盲吗？我也读过三年书的。只是我父亲是酒鬼，家里的钱都被他喝酒喝掉了，他不许我读书，这个老杀坯害了我一生一世。"

父亲说："怎么在你眼里就没有一个好人呢？"

大妹反驳道："谁说我眼里没有一个好人呢？我认为我女儿是最好的姑娘，可惜这样一个好姑娘名声被那个畜生毁坏了。我对他恨之入骨！"

其他人都在村庄、小河边和田野里寻找。天快黑了，可连那姑娘一个影子也没有看见。

祖母听说父亲在那个姑娘家，便一路寻了过来，想对父亲说一些话。祖母在那个姑娘家找到了父亲。其时，父亲正在姑娘家的屋檐下抽烟。

祖母见到父亲第一句话就说:"文良啊,天都暗了,你怎么还不回家吃晚饭呢?"

父亲说:"时间还早,不晓得几点钟回去。娘,你寻到这里来有什么事情吗?"

祖母说:"领导找你阿姐谈话,可你阿姐想不开,情绪不好,你有空去看看你阿姐。"

父亲说:"今天没空去。"

祖母说:"不去的话,早点回家吃晚饭。"

父亲说:"我晓得的,娘你回去吧。"

祖母转身走了。

可是她走了十几步路又转回来了。

父亲见祖母走回来,有点不悦,说:"娘,你回来做啥?"

祖母说:"娘想对你说,你发动群众找那个姑娘,这就是打草惊蛇。我倒是有一个办法,或许可以找到那个姑娘。"

父亲正为此事发愁,听祖母这么一说,精神为之一振,问道:"有啥办法?"

祖母说:"这里出门不是都要摆渡嘛,那个姑娘有没有出门,可以找摆渡人问一下,这样姑娘有没有离家出走不是就可以搞清楚了吗?"

父亲拍了一下脑袋,豁然开朗:"对啊,我怎么没有想到这一招呢?"

父亲对祖母说:"娘,你说得对,我马上找摆渡人去。"

祖母说:"好的,那我也回家了。文良,你办好事情早点回家啊,晚饭我放在锅子里,记得回家吃。"

在祖母心里,父亲永远是一个需要关照的孩子。

父亲叫上几个人直奔摆渡口。

到了摆渡口,只见摆渡船在对岸。

父亲叫道:"老王,你过来。"

老王说:"你们等一会儿。"

老王不紧不慢,可父亲却是心急如焚呀。就这样,等了十多分钟,老王才摇船过来。那个慢悠悠的样子,令父亲焦躁不安。

摆渡船靠岸了,老王才认出了父亲。他不好意思了,对父亲说:"我以为你们是来摆渡的,不晓得是你啊!真的,我要说一声对不起。"

老王一天摆渡的人很多的,不知道他记性好不好。父亲问道:"老王,我来向你打听一个人,不知道你有没有载过她?"

老王说:"来这里摆渡的都是附近熟悉的人,我都能想得起,就是陌生人想不起来。但来摆渡的陌生人不是很多,只是个别。"

父亲说:"前村庄大妹的女儿,来你这里摆渡过吗?"

"啥时候?"

"昨日。"

"哪个大妹呀?"

"会打连厢的、能说会道的那个大妹。"

"这里叫大妹的女人蛮多的,还有叫小妹的女人也是蛮多的。"

"不去管大妹小妹了。我问你,昨日有没有一个怀孕的姑娘来摆渡呢?"

"怀孕的姑娘,啊,有一个的。"

听到老王说"有一个的",父亲立马来了精神,又问道:"你能确定是大妹的姑娘吗？"

老王说："这个姑娘是我们村庄嫁到黄家浜的，哪是大妹的姑娘啊！"

老王十分肯定。

这个怀孕的姑娘不是大妹家的姑娘，这是可以肯定的了。

父亲想，既然摆渡工老王很肯定没有其他怀孕的女人来此摆渡，那么那个姑娘肯定没有离家出走。还是应该找那个姑娘的父母，从他们那里寻找突破口，从而把那个姑娘找到。

父亲拿出一只挂表看了一下，已是晚上八时了。

而大家都还饿着肚皮，身心疲惫。考虑到这个实际情况，父亲对大家说："大家辛苦了，现在都回家吧，明天继续寻找，总归要把这个姑娘找到。"

有人问："明天到哪里碰头？"

父亲说："早上七点，到四营营部吧，我要去营里给领导打个电话，看看领导有什么新的指示。"

他们几个人走了。

父亲也拖着疲惫的身子回家了。

母亲已经睡着了。

祖母在煤油灯下接棕线，她看见父亲回来了，立即放下棕线，跑到厨房间。

祖母问："今天不喝酒了吧？"

父亲说："不喝了。"

父亲很快就把一碗饭吃光了。饿的时候吃什么都香。

祖母问："你有没有去看阿姐啊？"

父亲说:"这么晚了,我没去。"

祖母接着问:"那去摆渡口问到那个姑娘了吗?"

父亲说:"摆渡工说那个姑娘没有摆渡,所以我估计那个姑娘应该没有离家出走。"

"她会不会藏在家里呢?"

"有这个可能,明天再说吧。"父亲有气无力地说道。

第二天,父亲一早起来,喝了一碗稀饭,拎起黑色的公文包出门时才六点半。他前脚刚跨出门,母亲便在他身后叫道:"你出门吗?"

"是的。"

"平常你七点多出门,今天怎么这么早啊?"母亲有点不理解。

父亲说:"我不是对你说过嘛,今天一定要想方设法找到那个姑娘。早上我要先跟上级领导通个电话,然后才可以走下一步。"

母亲说:"姐夫闯祸,怎么你去给他擦屁股呢?"

父亲说:"这是上级安排我的工作,其实最好是让我回避,但我不去做,谁会去做呢?"

母亲说:"那你叫上你姐夫一块儿去寻啊!"

父亲说:"这几天都没有见到他,不知道他到哪里去了。"

母亲说:"他会不会和那个姑娘私奔了?我看有这种可能。"

父亲说:"你不要瞎说,本来没有的事被你这样一说,别人就相信了,就会以为这是真的了。所以,在事情没有搞清楚之前,你不要在外面乱说。"

母亲说:"我不会在外面乱说的。"

父亲仍是担心母亲在外面乱说,他补充了一句:"如果他们两个人私奔,那也要经过摆渡口,可是摆渡工没有见到那个姑娘,所以那个姑娘应该没有离开过这个村庄。"

听到厨房间有人说话,祖母走了过来。祖母对父亲说:"文良啊,昨晚我对你说,这个姑娘很可能被她父母藏起来了,但睡了一夜我突然想明白了,这个姑娘或许已经远走高飞了。"

父亲竖着耳朵听。

他说:"你的意思,我没听明白。"

祖母说:"我想,除了一个摆渡口,还有其他办法可以出我们村庄。"

父亲说:"其他什么办法?"

祖母说:"可以自己摇船,或者坐别人的船出去。"

父亲思索片刻,对祖母说:"你提醒得很对,那个姑娘失踪,肯定不是摆渡了,而自己摇船或坐别人的船还是要去调查一番的。等会儿我向上级领导汇报时,把这个可能说一下。"

祖母说:"纸包不住火,关于那个姑娘的事,我估计今天就会有风声传出来的。"

父亲说:"可是不能想当然啊,还是要去摸情况。没有调查研究,就没有发言权。"说完,他抬脚跨过了低矮的门槛,走了。

早晨七点不到,父亲来到了四营营部,居然有一个人比父亲来得还早。父亲吃惊地对他说:"你到这么早,有没有吃过粥呢?"

那人说:"早晨吃过了。"

"不吃粥,若吃饭晚,要饿出胃病的。"父亲一边说,一边掏了一支香烟给他。那人嘴巴里说着"不抽,不抽",可是手伸得很长。

"你在外面等一会儿,还有一些人会来的,我要打个电话与领导沟通一下,然后我们再分头行动。"父亲道。

父亲想先给"黑面孔"打电话,一般情况下,"黑面孔"是八点准时上班。

父亲是急性子,七点半他就拨了"黑面孔"办公室的电话。他拨了两次,电话是通的,但没有人接。反正,早晨也没有其他事情,父亲开始拨第三次电话。

这一次居然有人接了,此时才七点半出头一点。

这让父亲有点喜出望外。

"你是王首长吗?"父亲问道。因为"黑面孔"是转业军人,所以大家也叫他首长,他是认可这个称呼的。

"是啊,你是谁?"

"我是四营的,蒋……"

没等父亲把话说完,"黑面孔"就说:"呵,是你呀,文良同志。"

"是我。"

"那个姑娘的情况怎样?"

"我就是找你汇报这个情况的。"

"那你说。"

于是,父亲把寻找那个姑娘的经过说了一遍。父亲检讨说:"王首长,昨天你信里说要发动整个营寻找那个姑娘,因为接近傍晚时分了,所以我只动员了二连群众寻找,这个我要向你检讨。"

"这个你不用检讨,写信时我欠缺考虑,你只发动二连一个连寻找是没有问题的。该检讨的是我,而不是你。"

"首长,你太谦虚了。"

"哪里,哪里,谦虚使人进步,骄傲使人落后嘛。"

"请问首长,关于那个大肚皮的姑娘的事,下一步怎么做呢?"

"说说你的看法。"

"昨天傍晚我去摆渡口了解情况了,摆渡工说没有碰到那个大肚皮的姑娘摆渡。我觉得虽然这个姑娘没有摆渡,但不能排除她已经离家出走,因为她不坐摆渡船也可以坐别的船离开,这就无法弄清楚了。"

听了父亲的话,"黑面孔"说:"这样吧,今天你找几个人,到那个姑娘的家里,找她的父母亲了解一下情况。如果他们态度不好,就把他们往我这里送。倘若找不到这个姑娘,就不好对保林的错误进行处理,所以你务必找到她。"

父亲放下电话,就拎着那只黑色公文包走到门外。这时,已经来了五六个人,父亲招呼他们说:"大家注意了,现在你们跟我走,我们去前村庄大妹家。"

父亲走在前头,其他群众跟在后头,看上去像一支队伍。

大妹和她丈夫都在家里,他们夫妻刚才大吵了一架,屋外还有一些看热闹的人。

父亲对他们说:"你们都站在这里看什么呢?"

"看大妹夫妻打架。"有个年轻女人说。

"没有打架,是吵架。"马上有个男青年纠正她道。

"打架与吵架有区别吗?"年轻女人有点不服气。

父亲朝他们笑了笑,直接向屋子里走去。他寻思,已经过出工的时间了,这些人怎么还没有出工呢?

于是,他转身问道:"你们怎么还没有出工?"

"连长叫我们在这里盯梢。"那个年轻女人说。

"盯梢？你说得很难听，应该叫蹲守。"那个男青年又纠正道。

女青年白了他一眼道："你咬文嚼字，狗屁文章，哪个姑娘嫁给你，真的触霉头哉。"

"那我可以娶你啊！"那个男青年嬉皮笑脸地说。

原来如此，父亲明白了。他对他们说："那你们就在这里看好，你们当中去一个人把连长找到这里来。"

他们说："好的。"

很快，连长就来了。

父亲简单问过连长，然后弯着腰向屋子里走去，只见大妹夫妻俩背对背站立着，脸色都很难看。他们是真吵架了，不满的情绪都写在他们的脸上。

"不欢迎我来吗？"父亲先开腔。

"随便坐吧。"男人说。

"今天我来找你们……开门见山对你们说吧，你们女儿在哪里？今天一定要找到她。找不到她也可以，但要知道她的下落。早晨七点多钟，我与上级领导通了电话，他指示如果找不到你们女儿，就把你们老夫妻送到上面去。"父亲对他们说。

男人说："你的意思……可是，这个女人……"

他欲言又止。

父亲转而对大妹说："你男人要讲实情，你为何不允许他讲呢？"

大妹没好气地对父亲说："大概你是仙人，我与老公被窝里说话，你也知道吗？真个是笑话了。"

这时，大妹男人朝大妹吼道："女儿出了这样丢人现眼的事情，你现在还想搞什么名堂？我真的有点搞不懂。"

大妹眼睛瞪道："你到外面去，女儿的事不要你管。"

现在，父亲明白了，刚才他们吵架一定是为了女儿的事。听大妹男人的话，父亲感觉他与大妹想法不一样，很可能他反对大妹将女儿藏起来。

父亲说："现在上级对此事很重视，会发动全体社员把你们女儿找到。"

大妹盯着父亲的脸："找到我女儿做什么？"

父亲说："保林生活腐化，你女儿是受害者。找到她一是为她主持公道，二是找出证据对保林进行处分。"

大妹说："我女儿出这种事情没脸见人了。"

父亲说："是与组织上见面，又不是与整个营的群众见面，你们有什么可害怕的呢？"

大妹说："不是害怕，是没有脸皮。再说她现在肚皮很大，没几天就要生小孩了，所以……"说到这里，她低头不语了。大妹男人接过话茬说："我女儿出了这样的事情，我们做父母的很生气，很痛苦。你想她就要生孩子了，这个孩子以后谁来带？这是一件非常麻烦的事，我们夫妻俩十分头痛，不知道怎么办。"

父亲问道："那么，你家女儿在哪里呢？能否让她出来与我见个面，这样我也好向上级领导交代。"

大妹不假思索回答："不晓得。"

大妹男人则说："这件事情早晚要了结，我看还是把女儿找回来，大家一起面对吧。"

听男人这样说,大妹怒了,手指着他说:"你有本事把女儿找出来呢!老话讲,手臂朝里弯。而你呢,吃自家锅子里的饭,却帮着人家说话,真的没有见过你这种没出息的男人。"

大妹男人被她一说,也无语了。

"如果你们不主动把女儿交出来,那我只能遵照上级领导指示,采取下一步行动了。"父亲铁板着脸说。

"你们想怎样?"大妹说。看得出她有点心虚。

"你们夫妻跟我走,上级领导会直接找你们谈话的。到时有什么问题,我插手不上,就帮不上你们的忙了。本来你们一家人都是受害者,但现在你们惹是生非,抵抗组织调查,那问题性质就发生变化了,肯定会对你们进行处分。"

大妹嘴硬:"我们本来就是种田的苦老百姓,随便你处分好了,大不了拿一只破碗到外地去要饭。"

此刻,大妹男人有点坐立不安了。父亲掏出一支香烟递给他,他接过香烟抽了。父亲自己也点了一支烟。

大妹嘴硬,却心软。

她到厨房间烧开水去了。她想给我父亲倒一杯白开水喝。

倘若她女儿不出这个事情,大妹以及她男人与我父亲关系都是蛮好的。有一次,大妹生病,她一时没钱,父亲还借了十元钱给她。

现在,父亲和大妹男人面对面坐着。他俩一支烟抽完了,父亲又递给他一支烟。

他说:"你抽吧,我抽水烟。"

他拿起水烟筒抽水烟了。

他说:"抽这个水烟过瘾。"

他抽了几口,对父亲说:"你也来抽几口?"

父亲说:"我不抽水烟。我的老父亲喜欢一早爬起来就抽水烟,他有气喘病。我抽水烟就会想到他,很难受的。"

大妹男人说:"像我们做田里活,很苦的,抽几口水烟可以提神。"

父亲说:"是这个道理。"

两个人聊着家常。父亲看时机到了,应该趁热打铁询问下他女儿身在何处了。于是,父亲问道:"你女儿肚皮很大了,如果在外面你们放心吗?生孩子的时候,你们不在身边,倘若出一点事情,那就是因小失大了。所以我的意见是,让你们女儿出来,我们问问情况,也就是做个笔录,配合组织上对保林做出处分。"

大妹男人皱眉道:"刚才我妻子的态度你看到了,我夹在当中很难。"

父亲说:"不开玩笑,你们不说,等会儿我真把你们夫妻带走。"

大妹男人说:"我可以对你说实话,但我说没用,还是让我妻子跟你说吧。你也不要让我们夫妻为此吵架,本来最近我家就出了这些很不顺心的事,我心里很乱。"

父亲说:"我理解。那我找大妹问话了,希望你配合。"

大妹男人说:"我配合,我一定会配合的。"

这时,大妹端了一碗开水过来了。或许是烧柴火的缘故吧,她的脸色与刚才不一样,看上去非常红润。父亲接过那碗开水,对她说:"谢谢你,大妹你在我心里是个很讲道理的女人。"

大妹说:"我是讲道理的,只是我女儿遭受污辱,我们本来想找组织上要说法的,但我们没有,因为我们感觉丢人,不想让女儿与你们见面。我们只是想法幼稚,也不是不听组织上的话,这个请你对上级领导讲清楚。"

父亲点头道:"我会讲的,我会替你讲清楚的。"

那么,大妹的女儿在哪里呢?

大妹这女人其实也是心直口快的。她对父亲说:"如果你能保证我女儿的人身安全,我可以找到她的。她马上要生产,不能受到惊吓,不能受到过度的刺激。"

现在,大妹承认可以找到她女儿了。

父亲感觉希望就在前头。父亲说:"上级找你的女儿,也就是问问情况,不会为难你女儿的。至于她肚皮里的小孩,生产在即,肯定会让她生出来,这个小孩到底谁养,到时看情况再说。"

父亲说:"你们还有什么要求一块儿说吧。"

大妹说:"这件事让我和她爸都抬不起头。我女儿是一个内向的姑娘,现在出了这个事情,她没脸在这里生活了,所以我们就想让她嫁到远点的地方。"

大妹男人说:"嫁到远点的地方,眼不见为净。"

大妹说:"就是,让她嫁远点,过几年这事也就过去了。"

父亲能够体会他们夫妻的心情,与他们推心置腹地说:"以后可以让你们女儿嫁得远点,让她重新生活,她的人生才刚刚开始。"

大妹说:"我们不想与组织上作对。"

大妹男人说:"我们听组织的话,只是我们没有把女儿教育好,觉得内疚和惭愧。"

父亲说:"这件事,主要责任不在你女儿,我说过了你女儿是受害者。只要你女儿出面,如实讲清事实,不仅可以挽回一点名誉,同时也可以追究保林的责任,让他受到应有的处罚。"

大妹说:"大道理我懂,但心里还是很抵触的。那个畜生伤害了我女儿,也让我们全家人丢尽脸面。"

大妹男人说:"是的,让我们全家人颜面扫地,不知道以后还怎样活。"

父亲掏出一支烟给大妹男人。

大妹男人用手挡了一下,说:"我有。"

他又用火柴点上水烟,狠狠地抽了一口。

他吐了一口气,看上去很享受的样子。

大妹对他说:"你以后会死在水烟上!你跟我讲一天只抽两口水烟,可你今天抽了多少口了?我早对你说过,抽水烟要得癌死的呀。"

大妹男人说:"今天是特殊情况,你不要这么说我。"

大妹说:"你还怕我说你吗?我说你的话就像一阵风,吹过就过了;而别人家说你的话,才是你最不愿意听。"

父亲原本以为大妹夫妻俩会把女儿的藏身之地讲出来的,但他们没讲。一直等到午饭时,他们还是守口如瓶。

父亲欲发火,但强忍着。

父亲对跟着自己的几个人说:"午饭时间到了,今天就到我家吃饭吧。"他们却说,不去,自己家里有饭的。

所以,父亲一个人闷闷不乐地回家去了。

父亲这人其实挺善良的。他完全可以横下一心,对几个跟他的人说：把这对夫妻带走。

这样，他可以省心，也可以对上级有一个交代。但父亲不想这样做，因为大家都是本乡本土的，一个基层领导干部，应当密切联系群众，与群众打成一片，才可如鱼得水，做好工作。

毕竟是抬头不见低头见。

父亲刚到家，祖母也回来了。

祖母说："文良，找到那个姑娘了吗？"

父亲说："没有，他们不愿意讲。"

祖母说："我听一起干活的人说，这个姑娘已经坐船走了。"

父亲说："啊？我问过几个连长的，那天没有人借用过船。"

祖母说："他们说坐一只卖萝卜的小船走的。"

卖萝卜的小船，这父亲是知道的，小河里经常有这样的小船，都是外地人划的，来江南水乡卖萝卜。

父亲说："谁讲的？"

祖母说："听好几个人都在讲。"

无风不起浪。父亲想，下午去大妹家就直接告诉她：你们女儿坐卖萝卜船走的，如果你们再不承认，以后凡是来这里卖萝卜的小船全部扣留，所以他们早晚会让你们女儿回来。

父亲匆匆吃过午饭，又直奔大妹家。

大妹夫妻也刚吃过午饭。

大妹说："下午我们要出工，你这样盯着我们不放，我们不出工，吃什么？"

父亲说："我也没时间跟你耗，现在有人反映你们女儿跟卖萝卜的船走了，你说是不是？"

大妹很惊讶："你听谁说的？"

父亲说："这个我保密。你们如果如实讲清楚，就一点问题也没有；但你们若是抵抗不讲，那么这些卖萝卜的船就统统扣留，最终你们女儿还得被送回来，你们想想是怎样的后果吧。"

大妹低头不说话。

大妹男人却按捺不住了。

大妹男人如实说道："我女儿是跟一只卖萝卜的船走了。"

这时，大妹突然大声说："我女儿其实是嫁到外地去了，从此不可能回来了！"

父亲说："你说话当真吗？"

大妹说："真的。"

大妹男人点点头，说："这是真的。"

父亲说："小孩就要出生了，这个小孩怎么办？"

大妹说："我女儿嫁给外地人，讲好小孩由他养。"

父亲说："我晓得的。只是卖萝卜的外地人都是五六十岁的男人，你女儿嫁给这种老男人吗？"

大妹说："不是的，是嫁给他的儿子。"

折腾大半天，终于知道了那个姑娘的下落。父亲对大妹夫妻俩说："那么，我现在就去向领导汇报，这几天你们不要走远。"

他们都说可以。

父亲走出门外，深呼吸了一下，放松多了，他对等在门外的那几个人说："现在姑娘找到了，她跟卖萝卜的船走的。你们可以回去了，谢谢你们！"

有人说："这个不用谢。"

有人说:"现在回去尴尬,还得下田劳动。"

有人说:"这次找人比下田劳动还累人啊!"

父亲说:"那你们等在这里吧,到收工时你们再回去,现在我要去公社向领导汇报。"

父亲跑了几百米路突然发觉那只黑色公文包忘记拿了,虽说里面没有钞票,但有日记本,开会讨论的内容都记在日记本上,有些内容是很重要的,他连忙掉头……回头走了一百多米远,父亲与大妹男人碰见了,他手里拿着父亲的公文包。

大妹男人说:"我知道你去公社,所以想追你到公社把这个包还你。"

父亲说:"谢谢你,你让我少走了冤枉路。"

大妹男人说:"那我回去了。关于我女儿的事情还得请你高抬贵手。"

父亲说:"如果你有时间,我们一起去公社,这样省得他们再来找你做材料。"

大妹男人说:"大妹不晓得我跟你一块儿去公社的,那我现在回去与她讲一声。"

父亲说:"那好,我与你一块儿去见大妹。这种事情夜长梦多,早处理早好。"

大妹男人说:"我一个人回去说就可以了,你坐在这里等我吧,我很快就会回来的。"

父亲说:"好的。"他就坐在那里等。等了十几分钟,大妹男人来了,大妹竟然也来了。

大妹对父亲说:"我可以去吗?"

父亲说:"你们夫妻俩都去见领导,我求之不得啊!"

"黑面孔"刚从县里开会回来,或许是心里太急,他一到办公室就打四营电话,想找父亲询问那个姑娘找到没有。他拨通了电话,却没有人接。于是,他对秘书说:"你给我拨电话,我还有其他事情需要处理。"

秘书便一次又一次地拨打电话,可依然没有人接听。

秘书终于没有耐心了,他对"黑面孔"说:"没人接电话,你叫通讯员去送信吧。"

"黑面孔"说:"没信送,只是想问问有关事情的情况。"

秘书说:"等会儿我再打。"

这时候,父亲和大妹夫妻俩出现在"黑面孔"办公室的门口。

"首长,四营蒋文良报到。"父亲站在门口说。找别的公社干部都不说"首长""报告"之类的话,唯独找"黑面孔"要这么说,因为他是真正的军人出身。如果你擅自走入他的办公室,不管你是谁,他都会蹦出两个字"出去"。

以前父亲不知道这个规矩,曾被"黑面孔"斥责"出去"。

这回父亲说了"报告","黑面孔"抬头一看是父亲,说:"进来。"他哈哈大笑:"怪不得打电话没人接,原来你在过来的路上。"

父亲说:"打电话找我有什么事情?"

"黑面孔"说:"问问那个姑娘的情况。"

"姑娘的下落找到了,她嫁到外地去了。我把那个姑娘的父母亲带来了。"父亲指着走廊里说。

"很好,请他们进来。""黑面孔"说。

父亲说:"首长,他们进来要不要说'报告'呢?"

"黑面孔"说:"不用,大门对人民群众永远敞开。快叫他们进来。"

父亲转身对大妹夫妻说:"首长叫你们进来。"大妹夫妻应着,好像有点害羞的样子。

"黑面孔"问道:"你们女儿在外地能联系得到吗?"

大妹回答:"有对方地址。"

"黑面孔"说:"她的事情还没有处理,怎么可以不说一声就出走呢?"

大妹恢复了一点精神,她挺了挺胸脯说:"不是出走,她嫁到外地了。"

"黑面孔"说:"你们女儿不是快生产了吗,怎么对方会娶一个大肚皮的女人?真让人费解。"他边说边配以手势,粗壮的黑手臂在大妹夫妻俩面前晃来晃去……

大妹说:"我女儿没脸在这块地待了,所以我们想让她远走他乡。我们脑子简单,考虑不周。"

让大妹夫妻俩感到意外的是,"黑面孔"听到他们说女儿嫁到了外地,压根儿就没有生气。

"黑面孔"说:"我与你们再确认一下,你们女儿是暂时到外地躲避,还是真的嫁到外地了呢?"

"黑面孔"半信半疑。

大妹和大妹男人对视了一下,他们不知道"黑面孔"葫芦里卖的是什么药。所以,他们不知道如何回答"黑面孔"了。父亲见此情景,对"黑面孔"说:"这对夫妻是实诚人,从来不会说什么谎话。"

大妹和大妹男人点头称是。

"黑面孔"笑了,他说:"这里,我应该感谢你们,感谢你们特意过来说明情况。"

"黑面孔"叫秘书做了份笔录,然后大妹男人签字了,大妹不识字,则按上了手印。父亲和"黑面孔"也在这份笔录上签上了大名。

"黑面孔"对大妹和大妹男人说:"你们女儿这件事到现在可以画一个句号了,到时等组织上讨论确定,我会给你们一份文件资料。"

大妹说:"谢谢领导,我女儿没教育好,给领导添麻烦了。"

大妹男人接着说:"以后,我们不允许女儿再回来了。"

"黑面孔"说:"这个你们就没有道理了。我的意见是,等这个事情过了,你女儿要回来看看还是可以的。以后你们老了,总得靠她养老吧。"

大妹说:"我们听领导的话!"

大妹男人说:"是的,我们听领导的话。"

"黑面孔"说:"好,现在没你们的事了,你们回去吧。"

大妹和她男人走到门外。

父亲抬脚也想走。

"黑面孔"对父亲说:"你不要走,还有事需要坐下来商量。"

父亲说:"好的,我不走。"

"黑面孔"却走出办公室,父亲便跟着他走。他回头说:"我上卫生间,你也想上卫生间吗?"

父亲笑了,说:"暂时不想。"

父亲站在办公室门口,看着他沉甸甸的背影向前走去。不一会儿,"黑面孔"就回来了,他对父亲说:"关于如何处理保林,我还想听听你的意见。"

"黑面孔"吩咐秘书给父亲倒了一杯茶。父亲喝了一口说:"好茶。"

"黑面孔"笑一笑,说:"战友寄来的红茶,还有一包,我送给你吧。"他一边说一边从后面书橱里拿出一个纸袋,然后将纸袋递到父亲手里。

父亲说:"首长,我怎么可以拿你的茶叶呢?"

"黑面孔"说:"有难同当,有福同享嘛!"

他哈哈笑了。

父亲也哈哈笑了。然后,父亲将那包茶叶放在自己的黑色公文包里。父亲收下茶叶的时候,已经有了一个想法——把这包茶叶送给大妹男人。毕竟是自己大姐夫对他们的女儿做了难堪的事,那么就代表大姐夫向他们道歉吧。

但他没有将这个想法说给"黑面孔"听。

"黑面孔"对父亲大为赞赏,他对父亲说:"这件事情你做得非常好。我要求你一定要找到这个姑娘,你知道这是为什么吗?"

父亲望着他说:"我不知道。"

"黑面孔"端起茶杯喝了一口茶,说:"毕竟保林把姑娘的肚皮搞大了,这在干部群众中造成了极坏的影响。这对夫妻很有可能跑到组织上来闹,我不希望这样的事发生。"

他又喝了一口茶,接着说:"所以,我要先找到那个姑娘,把她的思想工作做好,组织上也不会亏待她,愿意给她一些补偿。

如果她执迷不悟,那么我们也会公事公办的。"

父亲说:"首长,你高明!"

"黑面孔"笑道:"现在那姑娘出嫁外地,是很好的一个结果。在我看来,这件事情应该很快就会像风一样过去。"

父亲说:"是的,现在下面事情多,工作忙,真的没有空余时间应付此类事情。"

"黑面孔"说:"生活就是每天生出许多活的死的事情。好好生活,就是要做好许多日常的事情,不管是大事情,还是小事情,一样一样都要做好。"

父亲说:"你说得对。"

"黑面孔"说:"现在那个姑娘远嫁外地,对我们组织上来讲,各方面的压力也相应减小了不少。"

父亲说:"那么,保林会受到什么处分呢?"

父亲很想知道这个结果,因为他也在为大姑父担忧着。但"黑面孔"没有说。

父亲离开"黑面孔"的办公室后,先去了大妹家,将那包茶叶送给了大妹。大妹说:"我女儿给你添了很多麻烦,怎么还可以拿你的茶叶呢?"

父亲说:"你俩通情达理,首长很满意,这个茶叶就是他给的,你们就收下吧。"

大妹说:"那是首长送给你的吧,我们更不能收了。"

说什么大妹都不愿收下茶叶。

父亲把茶叶放在桌上,快速离开了。

父亲本想去看望大姑妈的,看看大姑父有没有回家。但转念

慈　悲

一想,大姑妈一定会问上级怎么处理大姑父的,现在还没有处理结果,自己也什么都不知道,那么就不去了吧。

所以,他直接回家了。

那时候母亲快生了。她很奇怪,平常父亲都是很晚才回家,今天怎么回家这么早呢?

母亲说:"你怎么早回家了?"

"我到公社办好了事情,不去营里了。"

"公社对大姐夫怎么处理的?"

"还不确定。"

"那个姑娘找到了吗?"

"找到了。"

"在哪里找到的?"

"她嫁到外地去了。"

"她有身孕,怎么会嫁人呢?"

"你包打听吗?"

母亲不停地问,父亲终于不耐烦了。他俩便你说一句,我还一句争吵起来。这时候,祖母回来了。母亲躲在房间里哭泣。祖母问父亲:"金妹快生了,你怎么还让她受气呢?"

父亲说:"我从外面回来,够累的,她不停地问这问那,我有点烦了。我也没有说她。"

祖母说:"她一个人待在家也寂寞,你回来陪她说说话有什么不可以呢?"

祖母把父亲批评了一通。

祖母对父亲说:"是你不对,还不去向金妹道歉。"

父亲便推开房间门,对母亲说:"现在,你问什么,我答什么,再不会生你气了。"

母亲笑了出来。

她说:"我想吃五香豆。"

父亲说:"不知道老如和那里有没有五香豆,我现在就去看看。"

父亲便拿了零钱去买五香豆。十几分钟后,他空手回来了。他对母亲说:"老如和那里没有五香豆,要么我去渭泾塘街上买。"

母亲说:"太远了。"

父亲说:"但你想吃啊。"

祖母说:"家里有蚕豆种,先用来做五香豆吧。"

母亲说:"不要,把蚕豆种吃了,开春种蚕豆怎么办?"

祖母说:"开春时,再想办法买蚕豆种。"

祖母做的五香豆,母亲说很好吃。因为祖母在上海时经常给两位少爷做五香豆吃。

天色已暗,大姑妈来了。她看见了父亲,说:"兄弟,今晚你怎么在家呢?"

父亲说:"到公社里办好了事情,没去营里,直接回家了。"

祖母坐在屋子里接棕线,她听见大姑妈的声音,叫道:"素妹,你到里面来,娘要对你说几句话。"

父亲说:"娘在叫你过去。"

大姑妈说:"那我与娘说说话。对了,兄弟,我想来借十斤米,家里今朝就没有米做晚饭了。"

父亲说:"那晚饭你吃的什么?"

大姑妈说:"南瓜汤。"

父亲说:"那容易饿的,你与娘说话去,我给你准备米。"

那米窟在父母睡觉的房间里,父亲取米自然瞒不过母亲。所以父亲对母亲说:"阿姐过来要借十斤米,就借给她吧。"

"几天前,阿姐就来借过米的。有借有还,再借不难,这回不要借给她,我们家米也不多了。"母亲说。

"米窟里还有四五十斤米。"父亲说。

"我就要生了,到时肯定有亲戚朋友来,要留他们吃饭,才这点米咱们自己都不够。"母亲说,"姐夫自己生活腐化,花钱大手大脚,却不顾一家人死活,这种男人不要去可怜他。"

父亲说:"我不是可怜他,是可怜阿姐,可怜两个小孩。"

母亲说:"那我答应借给她五斤,多一斤也不行。"

父亲便在米窟里抓了三大碗米。

母亲说:"不止五斤米了。"

父亲说:"多点少点没关系,都是自己人嘛!对自己人何必斤斤计较呢。"

母亲说:"有些人揩公家的油,往家里拿米和油,你怎么不拿些米和油回家呢?"

父亲思索片刻对母亲说:"如果我这样做的话,这个干部当不长的。倘若贪心大了,拿公家的东西,便是犯罪了。这种事情可做不得。"

大姑妈来看祖母,也是来借米的。她看到父亲在,便想向父亲打听那个姑娘的情况。她最担心的事就是那个姑娘生出来的孩子怎么办。这个孩子会不会抱给大姑父呢?

这是她的一个心病。

这回,父亲很认真地告诉她:"阿姐,关于那个姑娘的事,你不用担心了,那个姑娘已经嫁给卖萝卜的外地人了。"

"啊?她不是怀孕快生孩子了吗?"

"是啊,她现在已在外地。"

"那她生出来的孩子怎么办?"

"这个你不必担心,她嫁给谁,谁就养育小孩。"

"那个娶她的男人怎么会愿意呢?"

"这个不清楚,反正是周瑜打黄盖——一个愿打,一个愿挨。"

"呵,这下我心里一块石头落地了,放心了。但不知你姐夫会受到什么处分?"

"这个还不知道,不过公社领导对我说,那个姑娘出嫁了,对姐夫的处分也许会轻微一些,至少不会有人盯着对他加重处罚了。"父亲耐心地对大姑妈说。

"如果对你姐夫处理过重的话,我要找领导去。你姐夫是贫下中农,不能这样欺负贫下中农。"

大姑妈这话,让祖母也听不下去了。她对大姑妈说:"素妹啊,你脑子有没有毛病啊?是保林睡大了人家姑娘的肚皮。他是贫下中农没错,但他欺负姑娘也是事实。如果你去找领导,我不赞成你这样做。"

顿了顿,祖母说:"现在你兄弟是营里干部,如果你去找组织上闹,这不是往你兄弟脸上抹黑吗?这个道理,你想过了吗?"

"我没有。"大姑妈如实说。

父亲对大姑妈说:"论思想觉悟,阿姐,你还没有娘的思想觉悟高,娘真的是个明白人。"

大姑妈说:"我的思想觉悟哪会高呢?你姐夫生活腐化,我天天和他相处在一起,没有腐化已经谢天谢地了。"

父亲说:"我知道姐夫这几天没回家,我也在找他。估计这几天组织上要找他谈话,如果找不着,那问题就严重了,所以还得想办法找到他。"

那么,大姑父这几天去哪儿了呢?事后才知道,他一直躲藏在离村庄较远的一方鱼塘附近。那里有一个草棚,有一对中年夫妻在看鱼塘。他每天喝酒,一天喝三顿,真是醉生梦死。

那天,父亲找到了鱼塘那里。

大姑父衣衫不整,像一个叫花子。

"大姐夫,你怎么可以躲藏起来呢?"

大姑父神志恍惚,说:"我到这里玩玩。"

"组织上一直在找你。你做了不该做的事情,逃得了初一,逃不了十五,你现在马上跟我走。"

"我不走。"

"你不走,组织上会派人过来,强行把你带走的。"

"那随便。"

"我的话你也不听吗?你跟我走,先回家换一身干净衣服,然后我们去公社,找领导把问题讲清楚,看能否处罚得轻一点。即使你一直躲避,也躲避不了处罚的。"父亲苦口婆心地劝说他,但大姑父无动于衷。

父亲就对养鱼的女人说:"阿嫂,你到村子里,把我娘叫过来,可能现在我大姐夫只听我娘的话了,我的话他一句也不听。"

养鱼的女人说:"好啊,他天天在这里,阿四天天陪他喝酒,我也恼火着呢。"说完,她就去叫祖母了。

养鱼人阿四对父亲说:"我也劝他快去自首,一直待在这里不是长久之计。"

大姑父对阿四说:"阿四,我没犯罪,怎么去自首?"

阿四笑道:"没说你犯罪,我叫你自首,意思就是叫你找组织上把自己的问题交代清楚。"

大姑父又纠正阿四道:"罪犯才交代,你让我交代什么?"

阿四说:"你做了什么错事,你就交代什么呀!我这个话没错吧?"

父亲接过阿四的话茬说:"阿四说交代,一点没错。你犯了这么大的错误,把一个黄花闺女的肚皮都搞大了。你生活腐化堕落至此,难道不应该向组织上交代清楚吗?"

大姑父见父亲发火,这才不作声。

阿四拿出一瓶白酒,对父亲说:"你来了,一块儿喝酒吧。"

父亲喜欢喝酒,但他知道,这回不能喝,因为他有任务,要将大姑父带走。而喝酒误事,倘若被组织上知道,那自己也会被处分。

父亲说:"等忙过这一阵子,我们再好好喝酒。"

阿四不死心,也可能是他热情好客吧。他说:"网篓里有一条大鳊鱼,可以做下酒菜。"

父亲说:"下回,我来请你喝酒。"

阿四说:"好,下回你就来这个草棚喝酒。这里有鱼,有鸭蛋,有螺蛳,还有新鲜蔬菜,是我的世外桃源。"他乐哈哈的,一脸的满足。

半个小时左右,养鱼的女人回来了。过了没几分钟,祖母也来到了鱼棚。

祖母见到了大姑父,那一瞬间,怒火油然而生。

祖母真想上去抽他几个耳光。

但祖母忍住了。

祖母想,既然是文良叫她来,当然是希望自己做和事佬,把这个畜生劝回家,而不是激怒他,把事情搞砸。但必须说他几句,不说不解心头之恨。

大姑父一直低着头。

祖母对他说:"保林啊,你年纪活在狗身上了。你做的事情丢人啊!你是党员干部,你有错误,组织上不会放过你。你也是两个孩子的父亲,你像一个父亲吗?素妹嫁给你,没过一天舒心的日子,你还做出这种事情伤害她。要不是我劝她,她就跳河死了,她死了一个家就完了。你这个猪狗不如的东西,旁边都是河,河没有结盖,你为啥不去死呢?你死了,我不会掉一滴眼泪,因为我家素妹好苦啊,我的眼泪都掉没了……"

祖母越说越气。

父亲对祖母说:"娘,少说他几句吧,这个人一时也说不好的。他犯了这么严重的错误,让组织处理他吧。"

祖母对大姑父说:"你缺德啊,家里都没有一粒米,你却一个人在外面睡人家大姑娘。这个世界每天都在死人,你怎么不去死呢?"

大姑父仍然低头不语,像一头死猪一样,一声不吭。

◇◇◇ 澄湖三叠

父亲对他说:"娘骂你,也是关心你。我的话你可以不听,但娘的话你就听听吧,不要让娘为你担心,为你家的事寝食难安。"

大姑父这才开口:"我怕见素妹。"

祖母一听此话,又大怒:"你怕素妹还去睡人家大姑娘?你还是人吗?我看你是畜生都不如。"

这时,养鱼的女人开口了,她对大姑父说:"啊,原来以为你是一个老实人,没想到你竟然把一个大姑娘睡了,真是知人知面不知心!现在我们这个草棚子也容不下你了,你马上给我走!"说完,她就伸手去拉保林。

保林挣扎着说:"你别动手呢!"

养鱼的女人手劲很大,她拉着他的衣领往外面拖。

她把他拖到了草棚外面,说:"你走吧,以后不要来这里了。这几天让你白吃白喝,就算喂了一只狗。"

养鱼人阿四对她说:"你让人家走,就好好说,何必骂他呢?他在这里几天,我们吃什么,他也就吃什么,他是狗,我们是人吗?说话和做事也要有一点分寸。"

祖母说:"谢谢你们夫妻俩,现在我们带他一块儿走。这几天他吃掉的酒、米和菜,你们合计一下有多少,我回去拿给你们。"

他们夫妻都摆手,说没多少钱的,这个钱可不能收,若收这个钱,可要被村上人看不起的。

被养鱼的女人一顿臭骂,大姑父也不好意思留在这里了,他就跟着父亲和祖母回家了。

在路上,父亲对大姑父说:"这阵子,你就老老实实待在家里,什么地方也不要去,因为上级领导随时都会找你谈话的。如果他们一时找不到你,那他们会生气的。"

大姑父说:"我也没什么地方去。"

祖母对他说:"你给组织抹黑,给我们全家都抹黑了!"

大姑妈见到大姑父,没好气地对他说:"你还有脸回来啊!"她怒瞪着他。

他说:"我不回自己家去哪里?"

大姑妈说:"你去那个姑娘家,她不是给你生儿子吗?"

祖母轻声对大姑妈说:"好不容易像请大爷一样请他回来的,这个人你是说不好他的了,还是让组织上管他吧。"

大姑妈说:"我不晓得往后怎样与他过日子了。"

祖母说:"先过一段日子再说,实在过不下去,你就离婚,带好两个小孩。天下男人多的是,你再找男人眼睛要睁大了。"

大姑妈说:"好男人遇不到了,我就带好两个小孩,不想嫁人了,遇到这种男人我眼睛真是瞎哉。"

祖母对她说:"你去弄点吃的东西,饭总要让他吃饱的。"

大姑妈没好气地说:"没米,不做。"

祖母说:"昨天你借的五斤米呢?"

大姑妈说:"又不是借给他吃的,我是借给两个孩子吃的。他吃了,两个孩子吃啥呢?"

祖母说:"米吃光了,可以再借你的。"

父亲说:"你现在去做饭,我回家去拿米。"

大姑妈说:"兄弟,你不要去拿米,昨日我看弟媳妇不太想借米给我,现在你去拿米,你们俩要吵架的,你千万不要回家去拿米。"

父亲说:"没事的,金妹是讲道理的人,她不会说什么的。"又说:"阿姐,那你多做一点饭,我和娘一块儿在这里吃好吗?"

听父亲这么说,大姑妈才答应做饭。

毫无疑问,父亲回家拿米真被母亲说了。母亲说:"米窟里只有这点米,你都借出去了,到时我们一家人吃什么呢?何况你这米名义上是借出去的,实际上你阿姐哪一次还过我们米呢?"

父亲说:"总不能见死不救吧,何况是我的亲阿姐呢?"

父亲拿了四五斤米向大姑妈家走去,经过一家小店时,还买了一瓶白酒,买了一包咸桃片,他想陪大姑父喝一盅酒。总之父亲还是念及亲情的。

大姑妈看见父亲拿酒来,对父亲说:"兄弟,这个酒你一个人喝,不要给他喝,他不是人,喝了酒更不是人。"

父亲说:"阿姐,你不要说气话了,是我想喝酒,让姐夫陪我喝酒不行吗?"

祖母对大姑妈说:"话是要对他说的,酒还是要让他喝,就是要少喝点,喝醉了没意思。"

大姑妈说:"那少喝点。"

父亲说:"就一瓶酒,喝光了要喝也没有的。"

祖母对父亲说:"你把酒瓶给我,我来倒酒,每人二两,不要多喝,再说下酒菜都没有。"

父亲从口袋里掏出一包咸桃片说:"我有下酒菜。"

父亲答应祖母每人只喝二两白酒。

大姑父没想到回家当天还能喝上白酒,他端起酒杯,喝了两口,然后就伏在桌子上痛哭不止。

父亲对他说:"你怎么哭呢?"

大姑父说:"兄弟,你对我那么好,素妹对我那么好,娘对我那么好,但我的良心不好,我对不起你们啊!请你们给我一个机会,从今往后,我一定痛改前非,一定好好做人。"

父亲说:"你哭,我都不想喝酒了。"

大姑父便停止了哭泣。

大姑妈对大姑父说:"你这个人真的像做戏,要笑就笑,要哭就哭。不过,我对你说,你不要现在嘴上说得好听,过后将自己说的话全部忘掉。不知道谁提拔你做干部的,我早发现你是一个'阴奉阳违'的人。"

父亲纠正道:"应该叫'阳奉阴违'吧。"

大姑妈说:"就是这个意思,我没上过学堂,就是扫盲班时学会几个字。"

父亲说:"父母亲重男轻女,让我上的私塾,而没让阿姐你读书识字。"

这时,祖母插嘴道:"以前,整个村上没有一个闺女读书的,都是男孩子才上私塾。这点要赞扬你父亲的,他自己一个字不识,但他知道读书的好处,所以他借了几斗米给私塾先生,让文良上了私塾学堂。"

父亲说:"是的,我上了两年私塾,那时我背得出《三字经》和《百家姓》,不过现在都还给老先生了。书到用时方恨少啊!"

父亲和大姑父用咸桃片当作下酒菜,两个人很快将碗中的白酒喝干了。

大姑父还要喝,大姑妈不给。

父亲说:"大姐夫,讲好喝二两的,说话要算数。"

大姑父说:"再给我喝二两。"

父亲说:"这瓶酒我又不带走,你明天可以喝。"

大姑父想了想,说:"行。我可以一天不吃饭,但一天不喝着酒不行,不喝酒就浑身无力。"

"你下世投酒行,那就有喝不完的酒。"大姑妈说。

"我哪有这种福气?"大姑父说。

"哪有下世,你现世就好好做人吧,不要一门心思就想着喝酒。"祖母对大姑父说。

祖母是知道父亲和大姑父酒量的,今天让他们每人喝二两白酒真是小菜一碟。所以,祖母拿起酒瓶又给他们各自倒了一两多酒。大姑父说:"还是丈母娘讲道理,又倒酒给我们喝。"

"我骂你的日子在后头哩。"祖母对大姑父说。

"你骂,是为了我好。"大姑父说。他觉得,如今在这里的几个人,都是他生命里最亲的人。其他人都对自己漠不关心,只有最亲的人才伸手拉他,将他从泥潭里拉出来。不然,他就会在这个泥潭里越陷越深,不能自拔。

结果,那天晚上,父亲和大姑父两人把这一瓶白酒喝完了,每人喝了半斤。其实父亲的酒量在一斤白酒以上,大姑父一般喝七八两白酒也是没有问题的。

回家的路上,祖母问父亲:"你拿点米就可以了,不应该买酒给他喝。"

父亲说:"阿姐和大姐夫关系很僵,我陪大姐夫喝点酒是喝给阿姐看的,让她对大姐夫态度温柔点,不然我担心他们俩会争吵的。因为大姐夫这个人很下作，他是一个不知羞耻的人。"

父亲真是用心良苦。

第二天早上，父亲要到公社开会。他一早就去了大姑父家。大姑妈告诉父亲："兄弟，他昨天夜里到天亮都没有睡觉。他害怕组织上处分他。"

父亲走到屋子里，看见大姑父坐在床铺上，在发呆。父亲说："我现在去公社，你安心在家等待吧。"

大姑父说："死要死得痛快，像这样好比在活人身上割肉，真的生不如死。"

父亲想：谁叫你犯错误呢，你是一块好肉上生脓疮啊。

父亲没有把这句话说给他听。

那天，四营召开全体党员干部大会，有一百多人出席。来了好几个上级干部，"黑面孔"也来了。有干部在会上宣布了对大姑父的处理决定：撤销一切职务。

这么说吧，就是让他回家种地。

有的人说：这个处分好，对腐化堕落的干部就应该撤销一切职务。

有的人说：保林工作很好，就是喜欢女色，他是被糖衣炮弹打倒了。

大姑父呆若木鸡。

父亲心里也不是滋味。他知道，大姑父家里又会有一场不见硝烟的战争。

那天，祖母也知道了这件事。

因为在田里劳动的群众都在议论这件事。是副连长开会回来后讲的。

祖母心里也是不好受,她担心大姑妈夫妻俩会吵架。

所以,傍晚收工到家,祖母放下农具就直奔大姑父家,她想劝慰一下大姑妈。

大姑妈也知道这个处分的事了。

她看见祖母便放声大哭。

母女俩抱头痛哭。

有邻居过来了。

祖母便不哭了,她对大姑妈说:"不哭了,该做晚饭了。"

大姑妈说:"我不饿,不想吃。"

祖母说:"你不想吃,两个孩子要吃的哇,快淘米做饭吧。"

这时候,父亲和大姑父出现在门口。

父亲对大姑妈说:"我买了一斤猪肉,做一碗红烧肉吃吧。"

大姑妈说:"好兄弟,你这个时候来看我,就是想劝我想开一点对吧?"

父亲说:"是的,你要想开一点。"

大姑妈说:"娘劝过我了。我看在两个孩子分上,不会与你大姐夫吵架的,这一次就放过他。如果他以后再腐化堕落,我可不会轻易放过他,到时兄弟你要为我做主啊!"

父亲说:"阿姐,你这样想就对了。大姐夫以后就要下田劳动了,也没有腐化堕落的机会了。他会改造好思想,不会再犯错误的。"

就在这时,大姑父突然发病似的跪在祖母面前,不止痛哭流涕,还抽打自己耳光。他说:"我活着比死还难受,不如让我去死。"

祖母说:"你真是一个没出息的东西!你真要死,我不拉你,也不准别人拉你!"

大姑父哪想死啊,他只是说说而已,只是想博得大姑妈的同情而已。

母亲又生孩子了,就是我的哥哥向弘。

母亲生了哥哥后的第五天,就下地劳动了。她将哥哥托付给了村上一位老妇人。老妇人七十多岁,眼睛不好,让她带这么小一个孩子,现在说来真是不可思议。

那不能让祖母看护哥哥吗?

我也有这样的疑问。

为此,我问过母亲。母亲说,祖母当时五十多岁,哪会让她看小孩,她正是好劳力,必须参加田间劳动。

因此,让一个七十多岁的老妇人看护孩子,就生出了许多忧愁,留下了伤痕。哥哥才两个月大时,他的脚趾头被烘尿布的铜炉子烫着了,结果一个脚趾残了。

母亲抱着哥哥大哭。

母亲说老妇人是有意伤害哥哥的。

祖母却不这样认为,她对母亲说:"换成你,你会不会做这种伤天害理的事?"

母亲说:"那铜炉子不应该放在囡囡脚边。"

祖母说:"这是疏忽,而不是故意。"

母亲说:"囡囡一个脚趾残了,叫他以后怎么生活?"

祖母说:"我听医生讲的,少一个脚趾不会影响走路的。他穿上袜子和鞋子,谁也看不着他少了一个脚趾。"

祖母说得有道理,母亲就不说什么了,也就不为难那位老妇人了。

不幸的事接二连三。

那一日,哥哥睡在摇篮里,他在摇篮里翻了个身,结果一骨碌翻到地上。不巧的是,地上有一只瓷碗,哥哥的嘴巴磕在瓷碗上,当场就鲜血直流。

老妇人听见哭声,看到哥哥在地上,满脸是血,她吓坏了,到门外大喊大叫。这时有人经过,连忙到田里叫母亲和祖母。

母亲看到哥哥满脸是血,不知所措。

祖母说:"马上送医院。"

祖母抱起哥哥就往医院飞奔。

母亲说:"上次出了事故,我就说不再让那老太婆看护向弘,你看又出事情了。"

祖母说:"现在不是埋怨的时候,先给孩子看医生要紧。"

母亲说:"如果向弘小脸破相,我也要在老太婆脸上划一刀。"

祖母说:"你有本事的!"

母亲说的是气话,她看到哥哥伤成这样,气得发疯了。而祖母却极其冷静,她的心里始终有慈悲情怀。

还好,哥哥只是嘴唇破裂,缝了两针。这个医药费,都是父亲出的,祖母没让那位老妇拿一分钱。

所以，小时候哥哥惹我生气，我就说他"豁嘴""缺脚趾"。

父亲接到一纸调令，公社党委调他到永昌大队任党支部副书记。这一年，很多地方遭受自然灾害，粮食歉收，百姓以瓜、菜、萝卜、草根、树皮代粮，因缺乏营养，出现大批浮肿病患者。

本来父亲想全家人都搬到永昌大队的，但祖父不想去。他对父亲去永昌大队十分反感，说："到那种穷大队做干部，搞不好会灰头土脸回来。"

祖母说："文良年纪轻，应该到艰苦的地方去，我们应该支持他才对。"

祖父说："要去你去，我不去，我死也要死在生我养我的老地方。"

祖母说："全家人生活在一块儿，可以彼此照应。"

祖父说："那你们去，我不拖后腿，我一个人留在船了浜。"

父亲也做祖父的思想工作，动员他一块儿去永昌大队，但祖父是犟脾气，他对父亲说："你们去永昌大队吧，这里的老屋也要有人住，没人住，老鼠、野猫也都会来住，房子容易塌掉。"

祖父说得有道理，所以父亲同意祖父不一块儿去了。

最后，四个人去了，他们是祖母、父亲、母亲和哥哥。

一家人住在三间平房里，那可是永昌大队最好的房子，它是一个富农的住宅。祖母得知住在富农家里，对父亲说："我们是穷苦人家，没有这样的福分，住这么好的房子啊。"

父亲说:"这是组织上安排的,应该听组织上的话。"

祖母说:"我们是要听组织上的话,但我们可以要求住差一点的住宅,只要能住人,差一点的房子没有什么关系。"

父亲说:"那我找领导说说。"

父亲便找公社领导反映了这个情况。

渭塘公社与其他地方都开始办起食堂。我家是第十一生产队,可这个生产队的农民都不愿意腾出住的房子,这样食堂迟迟没有办起来。

当时,渭塘公社制订的计划是十月一日开始全部吃食堂。有大队领导相中了我家的房子。

我家的房子是一座四合院,其中后面一间半房子,还有一间隔厢是我家的,其他房子则是人家的。祖父一个人住在那间隔厢里,那一间半房屋则空置着。

于是,有领导找父亲谈话,要父亲答应将房子拿出来办食堂。

母亲急了。

父亲说:"房子做食堂没有问题的,坏了可以修理。如果有一天我们回到劳动大队,组织上肯定把那个房子退回给我们的,不会让我们住在露天。"

还有一个人,不同意用我家房子办食堂,那就是我的祖父。他一个人吃住在那一间隔厢里,十分安逸。如果那房子做了食堂,这种安逸的日子则会被打乱的。

当大队领导动员祖父搬出来时,祖父火冒三丈。

劳动大队领导请公社一位领导找父亲谈话。

父亲说:"我一直支持的,现在主要问题是我父亲不同意。

那我这几天回家去找他说说。"

公社领导说:"小蒋,我看你今天就回去吧,这个事情不能再拖了。如果食堂办不起来,社员没地方吃饭……"

父亲说:"我知道的。"

祖母知道父亲要回去劝说祖父,她也想回去。她知道祖父脾气暴躁,万一父子俩吵将起来,她可以出面说几句话。

祖母说:"文良,我们娘俩一起去看你爸。"

第二天,父亲和祖母起了个大早,回到老家船了浜,可是推开隔厢的门,祖父不在。

父亲对祖母说:"阿爸肯定在附近,大门他没有锁。"

祖母说:"一早他也没有什么地方可去。"

父亲便在外面一边呼叫,一边寻找。

"我上个茅坑,都不安逸。"祖父手提着裤子从茅坑走了出来。

父亲递给祖父一包烟草。

"你怎么晓得我没有烟草了?真好,今天我就不去街上买了。"祖父一边接过烟草,一边欢喜地说。

父亲说:"就带了这一包,过几天我买了再给你送来。"

祖父说:"有哉,有哉,吃光了我自己去买。"

祖父对父亲还是比较亲热的,他问道:"早上吃过了吗?"

父亲说:"吃过了。"

祖父又问:"你娘吃了没有?"

父亲答道:"娘也吃了,吃的面饼和泡粥。"

祖母说:"文良爸,忘记给你带一块面饼了。"

祖父面孔一愣:"你总是事后诸葛亮,闲话说得好听,吃着你一块面饼,西天会出太阳哉。"

祖母说:"好久不见,你还是这种坏脾气,可能到棺材里才会学好哉。"

祖父说:"现在新社会,没有棺材睡了,这个你不知道吗?"

父亲知道他们是在斗嘴,应该不会吵将起来的。

父亲对祖父说:"阿爸,今天回来想和你商量一个事,希望你能够支持我的工作。"

祖父大概知道父亲是为了办食堂的事情回来的,所以早有准备,他不慌不忙地说:"有什么事情和我商量呢?你讲。"

祖母走上前道:"我来讲。"

父亲点了点头。

祖母说:"文良爸,公社领导找文良谈话了。文良是党员干部,党员服从组织,干部带头……"

祖父说:"今天儿子回来了,求我这个事,我可以答应。我也是讲道理之人,这个面子还是要给儿子的。"

于是,父亲对祖母说:"娘,那你先回去,你要出工的。我就留在这里,找劳动大队领导把办食堂这件事落实好。"

祖母一个人回去了。

看着祖母远去的背影,祖父对父亲说:"你娘懂道理,在上海吃几年人家饭①还是不错的嘛。"

父亲说:"娘若有文化可能就留在上海了。"

祖父说:"是啊,我们蒋家有今天,你娘最辛苦。"

---

① 吃几年人家饭:方言,即做用人。

父亲说:"阿爸,你也很辛苦,一个人在这里生活。过几年我还是会回来的,到时候我们就在一口锅里吃饭。"

祖父连连摆手说:"可不要,可不要,你们回到劳动大队,我也一个人住。我一个人住多自由啊,要吃饭就吃饭,要吃粥就吃粥。如果一家人住,公要馄饨婆要面,我不习惯。"

父亲说:"可一家人在一起热闹啊。"

祖父说:"我只想单独生活,我一生自由惯了。"

父亲掏出一支香烟递给祖父,祖父没接,他摸出水烟筒抽起水烟。他对父亲说:"抽水烟有瘾的,你没有学会抽就好,以后也不要抽这个水烟。"

父亲说:"阿爸,大队领导应该上班了,我去大队部找他们。那么我就答应他们,这个房子做食堂了。到时叫你搬家,你就搬出去住,你让出房子就是对我工作最大的支持。"

祖父说:"你去吧,说出去的话,就是泼出去的水,收不回来的。"顿了一下,他说:"不知道我会搬到哪里去住,我想整个生产队也没有空闲的地方让我住的。"

父亲说:"这个大队会安排的,不会让你露天睡的。"

父亲喜欢每天带那一只黑色公文包出门,包里有一个笔记本和一支钢笔。但这天他是空手出门的,没有公文包,他觉得像失去一个助手一样。

他来到了劳动大队的大队部。对于这个大队部,父亲了如指掌,因为这里原来就是四营营部,而父亲是四营副营长。

这时劳动大队倪书记刚好来上班。

"喂,小蒋,你一早怎么在这里啊?"倪书记伸出双手。父亲一边伸手与他握手,一边对他说:"一早我去船了浜看我父亲,与父亲商量办食堂那个房子的问题。"

"感谢你,做通你父亲工作不简单。"

"还好,我娘一块儿过来的。我娘对我父亲说,办食堂要支持,支持办食堂,就是支持文良工作。"

"你娘说得真好!"

"是的,我娘的话说到我父亲心坎上了,所以没费什么口舌,他就表态同意让出房子了。"

"你娘觉悟高,你父亲觉悟也高。"

父亲想了想说:"我父亲有时是比较难说话的,现在他关心让了房后住在哪里。"

倪书记说:"这个我有点不清楚,我来问大队长吧。"

倪书记便领父亲找大队长,只见他的办公室门关着。便问了妇女主任,她说没有看到大队长,应该是还没来上班,或许正在上班的路上。

倪书记对父亲说:"小蒋,到我办公室去等。"

到了办公室,倪书记刚想泡茶,这时大队长出现在门口。大队长看见父亲,马上走过来与父亲握手,说:"小蒋,今天什么风把你吹回劳动大队了啊?"

倪书记说:"小蒋送春风来的。小蒋父亲现在思想通了,同意让出房子让我们办食堂了。现在小蒋想了解一下他父亲搬到哪里住,你比我清楚,你说说。"

大队长说:"我和大队几位干部都去现场看过,小蒋父亲搬出来后,究竟搬到哪里住还得找。当然在没找到前,也不会让小蒋父亲搬出来。"

看来,大队长为了办食堂这个事也操了不少心。

从大队部到船了浜我家也不远,大概一公里的路程。所以,倪书记提议现在就再去看看,今天就把这件事情落实好。

父亲说:"蛮好,现在就去看看。"

大队长说:"你们先过去,我过一会儿去。有两个社员打架,我要调解一下,若不调解估计他们又会打起来。"

倪书记说:"是哪个队的社员?"

大队长说:"三队,就是介民和介根。"

倪书记说:"他们是自己人,还打架,我去说说他们。"

大队长说:"也可以。"

于是,倪书记、大队长走了出去,父亲则跟在他们的后头。介民和介根在大队长办公室门口。倪书记对他们说:"你们不出工,什么情况啊?"

介民说:"他打我。"

倪书记问介根:"你为什么打他?"

介根眼睛盯着介民说:"你问他。"

介民不说。

大队长对介民说:"你们都是自己人,为家里的一点点小事打架不值得,就不要在这里耽误出工了。当然,打人是不对的。"

倪书记说:"我和大队长还有事情要处理,你们马上回去,去上工。以后要团结,如果再打架,我也有办法对付你们的。"

介民问:"什么办法?"

倪书记说:"西山监狱要劳工,我就送你们两个人过去。"

他俩都伸长了舌头。

他俩都走了。

父亲对倪书记说:"怎么,西山监狱要劳工吗?我怎么没听说这个事呢?"

倪书记拍拍父亲的肩膀说:"我随口吓唬他们的,主要目的是让他们团结,让他们和好,你说对不对?"

父亲恍然大悟:"你这是善良的谎言。"

"是啊,做工作如果脑筋死板,怎么解决这些现实问题呢?"倪书记手一挥说,"走,我们去船了浜!"

父亲一行人来到了船了浜,那时候没有自行车,都是靠"11路"(步行)。他们又都是干部,经常下乡考察,所以走路是家常便饭。很快,他们来到了蒋氏院落门口。

倪书记看着院落的门楼对父亲说:"你们蒋家老早是大户人家啊!"

父亲笑笑说:"传说是的,但到我的祖父那一代开始败落了。"

"什么原因呢?"

"说是一个外来人死在我们蒋家的田里,官府说是我们蒋家人害死的,就这样与官府打官司,本来蒋家有很多金银,结果打了官司便欠了很多钱财。"

"旧世道是吃人的社会。"

"是的,现在是新社会,是民主政府,人民当家做主。"

这时,有个老人站在他们旁边,插嘴说:"我还吃不饱,穿不暖。"

倪书记瞪眼道:"这要怪你自己,年轻时到上海赌博,不是新社会救你,我看你老早死在上海滩哉!"

父亲也对他说:"你这样说是不对的,以后可不要乱说。"

那个老人不吭声,走了。

倪书记对父亲说:"这个人是个败家子,年轻时在外面鬼混,年老就回来了,要靠政府养老。群众都看不起这种懒汉。"

父亲说:"他的两个儿子也不争气,吊儿郎当,不好好干活。"

倪书记说:"上梁不正下梁歪。"顿了一顿,他又说:"我们做干部,自身也要过硬,不然也是上梁不正下梁歪。"

父亲说:"是这样的。"

他们就这样走到了院落里。父亲介绍说:"这里现在住了四户人家,有两家不是蒋姓了,应该是我们蒋家人把房子卖给他们的。我家住后面,后面东边一间半是我家的,西边一间半是我叔叔的,父亲住在那间隔厢里。"

虽说父母亲现在没住在那间房子里,里面空空如也,但房间门上还是挂着一把锁。这是一把长铜锁,钥匙也是长长的。这把钥匙放在祖父那里,可此时祖父也不在家。

父亲说:"如果想到房子里面,可以从窗户爬进去。"

倪书记说:"你爬过吗?"

父亲说:"爬过好多次的,有时忘记带钥匙,有时钥匙丢了,只好爬窗户进去。"

父亲推开了一扇窗户,那是雕花木窗,一垛隔墙都是这样的雕花窗。

父亲一手抓着窗框,一只脚搭在窗台上,骨碌一个翻身,很熟练地爬到了屋子里。房间里挂满蜘蛛网,父亲的脸上都粘上了蜘蛛网,他用手抹着脸说:"都是蜘蛛网,你们不要进来了。"

倪书记说:"那你就出来吧,我们不进去了。"

父亲又翻窗爬了出来。

果然他的脸上、头发上都是蜘蛛网,衣服上也沾满灰尘。

倪书记说:"这个房屋做食堂还要动一番手脚呀。"

大队长说:"是的,要砌一只灶头,还要粉刷墙面。这个是烂泥地面,最好在地面铺砖头,这样即使有水倒在地上,也不会滑跟头。"

倪书记说:"这个到时再说。现在先考虑小蒋书记的父亲搬到哪里住。"

父亲脑海里闪现出一个想法。

父亲说:"这个房子东面是一块菜地,我想在菜地上搭一个草棚,让我父亲住,我感觉父亲应该愿意住的。那样还有人看守食堂。"

倪书记伸手拍了一下父亲的肩膀:"走,我们到外面看看去。"

三人便向外面走去。

倪书记边走边说:"这是一个思路。办起食堂后,晚上总要人看守,那看守的人住哪里,这的确是一个问题。现在在旁边搭一个草棚,这个问题就迎刃而解了,我觉得可行。"

倪书记、大队长和父亲都来到了房子旁边的菜地里。菜地里有萝卜、大白菜,还有韭菜,长势都很好。

倪书记说:"这块菜地谁家的?"

父亲说:"我家的。"

"这块菜地的菜感觉比其他菜地的长得好。"

父亲说:"是我父亲种的,旧社会时他是地主家的长工,种菜是行家。"

倪书记说:"是这样啊。那办食堂后,让他负责种菜,保证蔬菜自给自足。"

父亲说:"这个应该没问题,我与我父亲说一下。"

"把你父亲请来,看在这一块菜地上搭一个棚行不行。"倪书记对父亲说。

"他在田里干活,我去叫……"父亲说。

"我去吧。"不等父亲把话说完,大队长自告奋勇。

无巧不成书。这时,生产队队长来了。大队长对他说:"你来得正好,去把小蒋书记的父亲请到这里来。"

队长说:"他在田里干活。"

大队长说:"我知道他在田里干活。"

"过来有啥事情?"

"不是要办食堂吗?食堂办在小蒋家里,所以要请小蒋的父亲过来。"

队长说:"我听明白了。"

队长转身去田里叫祖父了。

"现在研究一下这个棚搭在哪里。"倪书记说。

"我看草棚可以搭在房子旁边,共用一面墙。"大队长说。

"可以在房子东面墙上开一扇门,这样从河里提水就近了。"父亲说。原来都是从院落大门进出。

"东面墙上开门是很好的,那提水就方便了。但有一个问题,不知道你父亲会同意在墙上破洞开门吗?"大队长对父亲说。

父亲想了想说:"那等我父亲来了,可以当面问问他。"

倪书记说:"那就当面问问他。"

父亲说:"我父亲虽然不识字,是个大老粗,但他在旧社会吃过苦,觉得现在的生活很好。我相信如果墙上要开门,我父亲应该会同意。"

队长回来了。父亲没看见祖父,就问他:"我父亲呢?"

队长说:"他到田头拿钥匙去了,马上过来。"原来祖父下地干活时,把随身带的一把钥匙放在田头。曾经他把一把钥匙带在身上下地干活,结果那一把钥匙丢弃在哪里,他都不知道。

祖父赤着脚走了过来,手里还拿着一只水烟筒。

队长对祖父说:"你快点,大家都在等你一个人。"

祖父说:"我一口烟都没抽,你一叫我就来了。"

倪书记知道祖父是烟枪,所以他对祖父说:"你先抽几口水烟。"他知道,祖父不抽着水烟,情绪波动会很大,也就是说脾气不太好;若抽过水烟了,他的脾气会变得好些。

祖父便靠墙,用火柴点着了水烟,猛抽了几口。然后,他把水烟筒放在墙角。

祖父抽过水烟缓过神来了,走到倪书记和父亲身旁,对倪书记说:"你们怎么想着要用我家的房子办食堂呢?"

倪书记说:"别的房子都有人住,而你这个房子空着。"

祖父说:"这个我知道,我也支持办食堂的啊。"

倪书记对祖父说:"我代表大队感谢你,感谢你愿意腾房子出来办食堂。"

祖父说:"我愿意搬出去住,但我住哪里呢?"

倪书记对祖父说:"所以,今天我和大队长来找你,就是一起商量你住在哪里。我们商量下来,在这块菜地上搭一个草棚,不知道你愿意不愿意?"

祖父回过神来,说:"你们想在这块菜地上搭草棚?那我这块菜地没了,我吃什么?"

大队长说:"大叔,大家都吃食堂了,你这块菜地用不着种菜了。"

倪书记接过话茬说:"大叔,你种菜是行家,办食堂后安排你种菜,你说行不行?"

原来是这样。

祖父拍了拍手说:"行,行啊!"

倪书记说:"趁现在大家都在这里,我们把搭棚这个事情落实好。"

祖父说:"现在就可以做材料,搭棚。"

父亲说:"我公文包没带。"

倪书记说:"材料到大队部做,现在现场落实搭棚的事。"

"这个草棚有鱼塘草棚那么大就可以了。"大队长说。

"大叔,你看呢?我想听听你的意见。"倪书记对祖父说。

祖父说:"鱼塘草棚太小了,那个草棚里不放农具、衣服柜子,只要放一张床就可以了;而这个草棚要住人,要放家具,所以像鱼塘草棚那么小是不行的。"

大队长说:"农具可以放在草棚外面。"

祖父说:"放外面会被人拿走,要是被人拿走了你说怎么办?"

大队长说:"如果说要被拿走,即使你放在屋子里也可能被人拿走的。"

祖父说:"那好的。"他转身对父亲说:"你去大队部做材料的时候,有一条一定要写上,若农具丢失由大队赔偿。"

大队长说:"这要分情况的。你也有看守责任的。"

祖父犟劲儿就来了。

他说:"那我不搬了。"说完,他拿了墙角的水烟筒头也不回走了。

父亲叫他,他都不听。

祖父气呼呼的,赤着脚,不当心那脚便踩上了尖石头,他痛得哇哇大叫,一屁股坐在地上。于是,他又抽起了水烟。真奇怪,他一抽烟便又神气活现了。

父亲追了过去,后面还跟着倪书记、大队长和队长几个人。祖父看见他们过来,已经做好思想准备,说什么都不会答应从隔厢里搬出来了。

父亲说:"阿爸,你有要求可以提,何必说走就走呢?"

祖父没好气地说:"我不搬了。我没有要求,我赔不起农具。"

倪书记对祖父说:"与你住的隔厢房一般大总可以了吧。"

祖父说:"有它一半大,我就心满意足了。"

过了几日,祖父搬出了老屋,搬到了新搭建的草棚里。于是,劳动大队第十一个大食堂办起来了。

但这个食堂命不长,才办了两年多就办不下去了。因为办食堂征用了我家的一间半房和一间隔厢,祖父想到大队找新书记,要求大队修缮我家的房子。

父亲不赞成祖父这样做。祖母也出面劝导祖父:"文良也是大队干部,全体社员都看着他,看着我们家属,所以我们胸怀要大一点。这个房子也没有什么大问题,我们自己修,不要再去大队找这个干部、那个干部了。"

第二天,父亲拎了一包烟叶,还拎了一块猪肉去看望祖父。

祖父说:"睡了一觉,我想通了。"

父亲说:"阿爸,你这样做就对了。"

祖父说:"所以我不去找领导啰唆了。"

父亲说:"这几天,我先把隔厢整修好,你可以搬到隔厢住的。另外的一间半等我们从永昌大队搬回来再修缮。"

祖父说:"我住在草棚蛮好。"

父亲说:"还是住房子里吧,安全。"

祖父说:"听你的。"他摸出那只水烟筒,用火柴点着水烟,又开始抽水烟了……

有一天,祖母病倒了。

而父亲在外面开会。

母亲焦急万分,就跑到劳动大队叫大姑父送祖母去医院,大姑父当时答应了,说马上过去。母亲回家后,左等右等不见大姑父过来,等到天黑他都没有过来。原来大姑父身边一分钱也没有,他不好意思过来。

第三天,父亲从县里开会回来,他带回家两个面包,是他从开会时自己的饭里省下的,想带给哥哥吃。

父亲把一个面包给祖母吃。

祖母说:"不吃。"

父亲说:"你吃吧,明天一早我摇船送你去医院。"

第二天一早,父亲借了一只小船,准备送祖母去医院,祖母却起床了,她说:"今天感觉好多了,不用去医院了。"

时光不会倒转,有些事情只能留给岁月……

我来到了这个世界。

这天,母亲和往常一样到田里插秧。一个怀孕的妇女挺着大肚子下地插秧,可想而知那是多么劳苦。所以,我出生时那么瘦弱,这是有缘由的。母亲怀我时营养不好,没有什么东西吃,干活又很累。母亲到生我那天还插秧,真是不要命了。

早晨,出工前,祖母对母亲说:"向弘娘,你快生孩子了,就在家待着吧。而且插秧要弯腰,是很累人的。"

母亲说:"我不能不出工。"母亲虽说私下不时要埋怨父亲,但她在行动上还是不拖丈夫后腿的。

祖母说:"那这样吧,如果你感觉肚皮痛,就叫我,总之不要生在路上,那样对大人与小孩都是很危险的。这个节奏还得你自己把握哩,可千万不能不以为意啊。"

快到吃饭的时候,母亲突然肚皮痛了,她丢下一把秧,捧着肚皮走到田埂上。母亲的一双布鞋在南边田埂,也顾不上了。一位好心的婶婶知道她要生孩子了,就追了上去,扶着她往家走。

母亲到家后,一屁股坐在一张藤椅上,气喘吁吁,痛得哇哇大叫。隔壁一位老好婆看见后打了一盆水,拿了一块毛巾替母亲洗脚,又洗身子。而那位婶婶跑到大队部找来一位女赤脚医生。女赤脚医生还没有放下药箱,我就急着来到这个世界了。

这时,祖母也回来了,她摘下屋檐下的苦草,在灶头烧煮苦草汤,整个村庄都弥漫着一股苦草味。祖母端着一碗苦草汤对母亲说:"多喝一点苦草汤,身上的毒素就能排得干净了。"

母亲始终觉得这种苦草汤苦得不得了,还不能放糖——据说放糖后效果就差了。她强忍苦意喝了下去。

此时,父亲还不知道母亲已经生产了,他当时正和大队部的人在田间。经过七队屋后时,大家都闻到了一股苦草味。父亲心想:这是谁家的苦草味啊?他没想到是母亲在生孩子。

祖母望见父亲,追了出来,告诉父亲:"你又有了一个儿子!"

父亲高兴地对大队部的人说:"老婆生儿子了,我要去看看!我会追上你们的!"

我出生时只有六斤不到,祖母说我瘦得皮包骨。我有一次责怪母亲:"你知道我要生了还下什么田?"辛劳了一辈子的母亲说:"你父亲要带头下田干活,我也要冲在前面啊!"

大约我出生两个月的时候,有一天我病了,不省人事。祖母傍晚发现我在摇篮里没有动静,就抱起我,她的脸贴着我的脸蛋,发觉我的脸冰冰冷,她心慌了,便大叫:"孩子不对啊!来人啊!"

当时,父亲在外面。

母亲身体很弱,横躺在床上休息。听到祖母的叫声,母亲跳了起来。

祖母说:"孩子没什么气息,马上去看医生。"

母亲说:"钱也没有。"

祖母说:"找郎中,可以欠钱。"

从我家到郎中家有三四公里远,祖母和母亲轮流抱着我,她们像跑接力赛一样一直跑。来到土郎中家时,祖母和母亲都累得上气不接下气,一句话也说不出来。

祖母缓了一下,对土郎中说:"我们没带钱,明天给你。"

土郎中说:"先看病,钱是小事。"

土郎中双手抱起我,然后将我放在一张小桌子上。

他拿出一根银针扎我的脚心,我却一动也没动。

祖母很焦急,问道:"有救吗?"

土郎中拿起银针又扎我另一只脚心,我仍然纹丝不动。

母亲急了,大哭起来。

土郎中对母亲说:"你哭了,小孩就会活过来吗?你不哭,或许还有救。只要他有一丝气息,还是可以救活过来的。"

祖母也对母亲说:"不要哭,你哭了,郎中就分心了。"

母亲就把眼泪憋回去了。

土郎中说:"像这样大的小孩,一般不可以刮痧,但也没有好的办法,只能试一试。"

祖母说:"那就试一试吧。"

于是,土郎中拿起一只碗,用碗刮我的背。我背上红色的刮痕叠加,但我仍然一点醒来的迹象也没有。母亲在旁边看见我这样,扭过头去,不敢看了。几个小时过去了,我仍然没有动静,有点吓人。

父亲和祖父得知后也火速赶来了。

父亲对土郎中说:"郎中,小孩有救吗?"

土郎中说:"小蒋啊,这个孩子现在不一定……"

父亲不解其意。

土郎中说:"如果小孩到天亮能哭出声音来,那你儿子就有救;如果哭不出来,那你就去准备一口小棺材吧。"

祖父说:"这个小孩估计活不了。"他摇摇头走了。

那一晚,父亲母亲轮流抱着我。

第二天快天亮了,我竟然哇哇大哭起来。

嘿,这真是我生命里的一个奇迹。

父亲不再担任永昌大队党支部副书记,而是担任劳动大队党支部书记,于是全家人跟着父亲都回到了劳动大队。当时我只有三岁,也跟着父母亲回去了,但我一直哭闹。

整整一夜,我哭闹不停。

祖母心疼了,对父亲说:"这样哭,要哭坏的,还是把安年送回阿子惠婆婆那里吧。"

我在永昌是由阿子惠婆婆带的。她老公是牛贩子,当时算村里的有钱人,所以小时候我吃的食品比一般的孩子丰富,比如我经常吃肠塞糯米,那种香糯的滋味至今我还记得。我一直到七岁上学时,才回到父母身边。

父亲刚回到劳动大队,九队队长就找父亲反映社员王阿狗的问题,说他不服从队长安排。

父亲便一个人去九队,想找王阿狗聊聊。

中午,别的社员在田里干活,王阿狗却在家里喝酒。

父亲找到他家。

父亲说:"老王,已经出工了,你怎么还在喝酒?"

王阿狗说:"穷爷①我就是要吃饭喝酒,看能把我怎样?"

父亲说:"那应该算你旷工,不得工分,还要扣工分。"

王阿狗说:"你再说一遍!"

说完,他举起拳头对准父亲胸口就是一拳。父亲手捂胸口倒在地上。

有人发现了,要送父亲去医院。

父亲回过神来,说:"不用,没事。"

九队队长本来就对王阿狗意见很大,他让父亲一定不能放过王阿狗。他说:"这次一定不要放过王阿狗,一定要对他进行严肃处理。他打人可以送他到西山监狱去。"

父亲说:"他酒喝才打人的,只要他知错能改就不计较了。"

母亲知道了此事,对父亲说:"王阿狗打你,你饶恕他,你的威信也没有了。"

父亲说:"你说得不对,我不与他计较。"

祖母对母亲说:"文良做得对。"

---

① 穷爷:方言,即老子。

后来,我又多了一个弟弟。

祖母和母亲这婆媳俩蛮合得来的。她们分工十分明确,祖母负责我们弟兄三个的穿着,而母亲负责自留地和一家人的一日三餐。在那个吃大锅饭的年代,做好这两件事,都不容易。

祖母的手工活特别好,我是穿着祖母做的绣花鞋长大的。祖母会在布鞋上绣上许多花草,而当时别人家孩子穿的布鞋都是没有花色图案的。

祖母年轻时在上海做用人时,跟着东家夫人学会了做绣花鞋,东家的孩子穿的绣花鞋都是祖母做的。

有一日,我穿了一双绣花鞋到小学校,有个老师问我:"你这双绣花鞋很漂亮,哪里买的?"

听到老师夸奖我的绣花鞋,我很开心。我告诉他,是我祖母自己做的。

老师不相信,他说:"这绣花鞋像艺术品,真是你祖母做的?"

我对他说:"老师,我真的不骗你。"

老师说:"你可以领我去见见你祖母吗?"

我说:"可以啊!"

原来老师想采访祖母,他想写文章介绍绣花鞋。放学后,我就领老师上我家。我们到家时,祖母还在田里劳动。我对老师说:"祖母还在田里干活。"

老师说:"田里远吗?"

我说:"应该不远。"

老师说:"那我们就到田里去见你祖母吧。"

路上,我们遇见了一群收工的农民,祖母便在其中,她落在最后。她光着脚,脚上都是泥,她手里提着一双绣花鞋。

我对老师说:"这就是我的祖母。"

老师问过祖母好,然后他问道:"你手里提的绣花鞋,是你自己做的吗?"

祖母说:"是我自己做的,三个孙子的绣花鞋也是我做的。"

老师说:"做绣花鞋不仅手艺要好,还要有耐心,我想把绣花鞋介绍出去。"

过了不久,老师写的《水乡绣花鞋》发表在上海一家报纸上。原来,我的小学老师是位作家,他写的许多文章都发表在了报刊上。细想一下,我能够成为一名作家,或许是因为从小受他的启蒙吧。

祖母不仅绣花鞋做得好,她打的补丁也很好看。有一天,县领导看见父亲穿的补丁裤子,问道:"你这裤子好看,是哪里买的?"

父亲说:"这裤子是我娘做的。这是旧裤子,我娘补了一块布。"

县领导很吃惊,说:"原来这是补丁啊,你娘真是好手艺。"

就这样,祖母手艺好的名声传得很远……

祖父是生产队的牛倌,有时放学在家,我就替祖父去放牛。

牛在田埂上吃着青草,我坐在牛背上真是快活似神仙。

时值炎炎夏季,双抢大忙时节,大人们都在田里割草捆稻,晒得满脸焦黄。一日,我坐在牛背上放牛,不想队里男社员小王与我开玩笑,他用扁担抽了一记牛屁股,这牛突然受到惊吓,就狂奔起来。我死命地拉住牛绳,而受了刺激的牛哪里听我的话,蛮牛奋蹄,朝牛棚疾飞。我在牛背上发抖,吓得大叫。

几分钟后,我在牛棚门口摔了下来,额头被竹子戳破了,血流满面。这时,在晒场脱粒的祖母见了,大喊大叫地跑过来。

"不好,祖母要打我了。"我一手捧着额头逃来逃去,怕她打我。

"别逃呀,我带你去看医生。别怕,别怕,我不会打你的。"祖母心急如焚追赶着我。

"你这个孩子怎么不听话,我不打你……"祖母追不上我,坐在地上哭泣。

我怯懦地走过去,祖母撕下衣角一边包扎我的头部,一边抹泪。

"好小囡,你伤成这样,好婆舍得打你吗?走,现在我们快去看医生。"祖母说。这时祖母不哭了,我从她那双眼睛里看到了最真的慈爱之情。

于是,祖母背着我到两三公里外找医生——祖母瘦弱的背啊,这片充满仁慈又无比刚强的,充满我的嘤嘤声的大地。医生给我的额头缝了六针。医生说:"竹子如果戳得下面一些,戳着眼睛不得了。"医生的意思,就是说一不小心我的眼睛就瞎掉了。这是多么可怕的事啊!祖母又是一番怜惜。回家,祖母去邻居那儿借了两只鸡蛋。

慈　悲◇◇◇

这事不能这么过去。

母亲找到社员小王要一个说法,她说:"万一这次小孩眼睛被戳瞎,你说怎么办?"

小王说:"我不是故意的。如果你儿子眼睛瞎了,那我就挖一只眼睛给他。"

母亲和小王便争吵起来。

有人将此事告诉了祖母,祖母火急火燎地赶到,对社员小王说:"小孩坐在牛背上,你用扁担抽打牛屁股,这么危险的事你也做得出来!这是一个教训,以后不能乱开玩笑。"

祖母又对母亲说:"小孩命大,眼睛没出问题。如果出了事情,就算赔给我们很多钱也没有现在这个结果好啊。"

最后,我们没要社员小王一分钱。

小时候,我经常跟着祖母走亲戚。虽说祖母的娘家已经没有什么亲人了,但蠹口十一大队有祖母的一位亲姐姐。父亲认祖母的亲姐姐为干娘,干娘有三个儿子,加上父亲,一共四个,祖母就称他们四兄弟为"四大金刚"。

我没见过父亲的干娘,应该是我没懂事时她就病故了。我听母亲说过,干娘很喜欢父亲的,像亲儿子一样看待。过年的时候,他三个儿子没有新衣服,但会给父亲做一身新衣服,父亲小时候的新衣服几乎都是干娘做的。

我问,父亲的干娘哪来的钱呢?母亲说,她很能干,我们村庄很多人夜里踏草绳机做草绳，干娘专门收购草绳，而且她开给母亲的草绳价格比别人的高。如今几十年过去了，母亲还连说干娘真是好人。

可见，做一个好人多么重要，即使这个人不在人世了，也还会有人怀念他。

父亲的干爹我见过的，他住在大队的窑厂里。我去那里走亲戚必然要到窑厂里玩，特别是冬天，窑厂里面特别温暖，外面下着大雪，而窑厂里面温暖如春。

父亲的干爹对我也是和蔼可亲的。

所以，我喜欢跟祖母到那里走亲戚。

当时，乡下没有公路，也没有自行车，出行要么坐船，要么步行。而我跟祖母走亲戚都是步行的。我家在渭塘公社劳动大队，到蠡口十一大队应该有十几公里远。

这一路上必然经过永昌大队，那是一个长长的村庄，村庄里有狗出没。祖母怕我被狗咬，一直不许我走在前面，让我跟在她的屁股后面。可是我哪里会愿意，我总是会跑到她的前面去。

祖母大叫："前面有狗，当心！"

我说："哪里有狗？"

我看见一棵小树，就想拔这棵小树。祖母马上喝住："小树是一条命，不能伤害它！"

祖母阻止了我拔树。

但我从此记住了祖母的这句话，就知道小树原来是"一条命"。

后来，每次经过那个村庄，我手里都会持一根竹子。其实，狗这东西，你不去惹它，它是不会蹿过来咬你的；当你侵犯了它的领地时，它才会冲上来咬你。小时候，我就知道对付狗的一个方法——看见狗了，就马上蹲下身子，假装捡拾砖头，狗叫着就逃之夭夭了。

狗很凶恶的。

狗也很好玩呢。

到蠡口十一大队走亲戚，会经过一个令人毛骨悚然的地方。每次经过那个地方，我就老老实实地走在祖母前面，再也不敢乱跑。那会是一个什么地方呢？

那是一片棺材地，从杂草丛中可以看到地面上放置了许多的棺材，有五六十具棺材吧。棺材地四周没有一间房子，旁边就是一条小河，河边有几棵杨柳。

这是一个在我脑海里永远抹不去的恐怖画面。

"这里应该有野猪出没。"祖母肯定地说。她还说，某某就在这一片棺材地打到过一只野猪。

小时候，我真见过野猪。那时我和几个小伙伴在晒场看夜，半夜里突然听到晒谷场有响声，我们以为有人来偷稻谷，神经高度紧张，就悄悄地向晒场围过去。原来是两只野猪在偷吃稻谷，我们还没有叫唤，它们就横冲直撞起来了……

有一天，我意料不到的事发生了。

祖母走在前面，我看见有人在河边捉鱼就多看了一会儿，我想自己跑步应该能够追上祖母。可是有个大男孩出现了，他拦住了我。他问："你到哪里去？"

我说："蠡口十一大队。"

大男孩以为就我一个人，他露出凶相对我说："把手举起来！"

我知道遇上打劫的了。

我有点怕他。

我担心身上一角钱会被他发现,所以我没有举起双手。

我看见有一个大人向这边走来,我想自己有救了,所以对他说:"我身上没有一分钱,可以让你随便搜身。"

大男孩说:"你举不举手?"

我说:"我听你的。"

我突然一个箭步向那个大人跑去。我说:"叔叔,那个小哥哥欺负我,要抢我的钱!"

大人说:"你不用怕他,我拦住他。"

我来不及说一声"谢谢",就向前面飞奔而去。我一口气追上了祖母,气喘吁吁,见到祖母一句话也说不出来……

过了几天,我和祖母又经过那个村庄,又看到了那个大男孩。而他看见我和祖母在一起,就没有走过来。我对祖母说:"上次,我就是被这个小哥哥拦住的,他让我举起双手。"

祖母说:"他就是坏孩子,若长大了经常做坏事,那他是要吃一颗枪子的。你可不能学这种孩子,你要听大人话,好好读书,天天向上,做一个让父母为你骄傲的好孩子。"

果然,那个大男孩长大后并没学好,他去偷邻村一只水泥船,这样就触犯了法律,吃了几年官司,原来处的对象也就跟他分手了,后来他就一直娶不上老婆。这就是"善有善报,恶有恶报"吧。

祖母很善良,每次经过那个村庄,她都要去看望一位亲戚。不知道怎么称呼那位亲戚,反正与祖母是很远的老亲。那是位老太太,她的儿子在外地工作,家里就她一个人,她年纪大了,腿脚不便。每次经过她家时,祖母都会送她一些东西,比如几个萝卜,比如几个鸡蛋。

这些事我都看在眼里,记在心里。

从小祖母就用实际行动教导我要学会感恩,学会付出。

很多群众有纠纷都找父亲处理,所以早晨来找我父亲的人不少。有时候父亲还没起床,母亲便做"挡箭牌",有时候是祖母出面做解释工作。

祖母的口才很好,大队里很少有人说得过她。

祖母这个能说会道的名声慢慢传遍了整个渭塘公社。

这不,找祖母做媒人的人便多了起来。据不完全统计,经祖母牵线搭桥而成功的男女青年应当不少于一百对。祖母都是利用晚上时间说媒的,有的恋人不知道要祖母磨破多少嘴唇皮才能够走到一块儿。

最难能可贵的是祖母不收媒人财物,完全是义务做媒。

有一次,祖母成功为一对男女青年做媒。他俩要结婚了,就来找祖母商量结婚的日子。祖父对他们开玩笑说:"你们结婚,要给媒人送一只蹄髈,这是老风俗。"

他俩放在了心上。

结婚前夕,男青年真给祖母扛了一只蹄髈。

祖母说:"这个你拿回去,我做媒人从没有收过礼啊。吃一包喜糖是可以的。"

祖母硬是把那只蹄髈退了回去。

祖父知道此事后,说祖母是天下最傻的女人。

男青年张明始终找不到对象,快二十五岁了,女朋友还不知道在哪里。他母亲十分着急,便找到祖母,希望祖母帮助他儿子找到对象,让她早点抱上孙子。

祖母问:"你家有几间房子?"

张母说:"有三间房子,一间半给了大儿子,张明是我的小儿子,他也是一间半房子。"

祖母说:"现在找对象一般都要有两间房,一间半是少了点,可以说找对象有点困难。"

张母说:"过几年,积攒些钱,我会让他们兄弟俩扩建住房的呀。"

祖母说:"远水不解近渴,以后你建造一幢楼房也没有现在两间房吃香。"

张母说:"另外,我还有个女儿,比儿子小三岁,现在是裁缝,面孔标致,身材苗条,我也要给她物色个人。"

祖母说:"你女儿能做裁缝,这个不简单,像她一般大的姑娘,大队都不给学裁缝的,都得下地劳动。"

张母说:"说实话,我家女儿得过小儿麻痹症,走路不太方便。"

祖母说:"我对你也说一句实话,你家儿子和女儿都没有什么优势。你儿子房子少,没有优势;你女儿腿上有疾,这不是优势,是劣势。"

张母说:"这些我晓得的,你看有合适的,就给我儿子和女儿介绍介绍。"

祖母说:"好,要是有合适的,我会对你们说的。"

其实祖母手上已经有两家情况接近的人家了,加上张母一家,这就是三家。等张母走了后,祖母便去找白妹商量这三家说媒的事。祖母也是第一次遇见这种情况。

白妹正在解手。

祖母隔着门说:"我现在找你,是又有一家要说媒。"

白妹说:"是男,还是女?"

祖母说:"是一对亲兄妹,哥哥二十五岁,妹妹比哥哥小三岁。"

白妹说:"那很好啊,年纪都还不大。"

祖母说:"你好了没有?我就要回去的。"

白妹说:"你等一会儿,我就要好哉。这几天肚皮有点痛,好像没有吃什么荤菜啊。"

祖母说:"你有没有吃剩菜剩饭呀,我吃这种隔夜东西也会肚皮痛的呀。"

白妹拎着裤子走了出来。祖母说:"你不会穿好裤子出来吗?"

白妹说:"你不是在等我吗?"

祖母说:"是等你,但你总归要穿好裤子出来呀。"

两位老姐妹说笑着。

祖母说:"现在手头有三家人说媒,条件都还差不多,我找你商量一下,看看能不能相配,我想听听你的意见。"

白妹说:"还有两家情况怎样?你说给我听听。"

祖母说:"我讲给你听过的,你没记性了。"

白妹一笑说:"年纪大了,记性不好。"

祖母说:"我也记性不好,但这些姑娘、小伙子的情况,只要对我说过,一般我还是能够记在心里的。"

白妹说:"还是你记性好。"

说完,白妹搬了一只小凳子让祖母坐,她自己也坐在一只小凳子上。

她俩便开始商议三家人的情况。

祖母说:"先说第一家,张家兄妹俩。哥哥是种地的,人很老实;妹妹腿脚不好,但会做裁缝。这家人家还有一个儿子,已经结婚成家。小伙子只有一间半房,所以婚姻耽搁下来了。"

白妹说:"第二家呢?"

祖母说:"这家人家姓李,小伙子有腿疾。"

白妹说:"张家姑娘腿脚不好,李家小伙子腿脚也不好,这两个腿脚不好的,可以配一对。"

祖母说:"你还没有听我讲完,不要急于下结论。"

白妹说:"好,你继续讲。"

祖母说:"第三家人家姓王,就是你家的'王'。"

白妹说:"那是自家人。"

祖母说:"你听我说呢。"

白妹说:"你讲。"

祖母说:"这王家小伙子是家里老二,上面一个姐姐,下面是个妹妹。三个孩子的爹没得早,靠着他们娘拉扯大的。家里少口干活的人,始终疲于生计,孩子们说亲有难度。"

顿了一下,祖母说:"三家人家的大致情况是这样的,可能稍微有一些出入。"

白妹听了祖母的介绍,说:"你怎么都记得住呢?"

祖母说:"这个关系到一个人的终身幸福,所以必须认真对待。"

白妹说:"刚才我说过的,两个腿脚不好的可以配成一对,这样谁也不看不起谁,谁也不吃亏。"

祖母说:"是你说的这个理,但说谁也不吃亏,这话不对的。"

白妹说:"哪里不对呢?"

祖母说:"你仔细想想。"

白妹说:"真想不出来。"

祖母说:"不是腿脚不好就要找腿脚不好的。主要得看他们的意愿。"

白妹说:"虽说我还不全明白你说的话,但我听你的。"

祖母说:"我说的也不全对。"

白妹说:"你说,我在听。"

祖母说:"那今晚收工后,我们就上门去,问问他们自己的意思。就是总共有三家,工作量特别大,阿弥陀佛!"

白妹说:"我们每晚去一家,三个晚上也就可以了。"

祖母说:"那今晚下工,吃过晚饭,我们马上先去一家。"

"哪一家呢?"

"让我白天考虑一下,等傍晚去时再说吧。"

谁知道,白天里祖母和白妹干的农活是甩猪粪。只见一群男人挑一担又一担猪粪到田里,一群女人在田里用手在甩猪粪。

傍晚五点,祖母收工回家,母亲在做晚饭。祖母回家第一件事情就是烧热水、洗澡,因为甩猪粪出了一身汗,连指甲里都有猪粪,不洗澡怎可出门呢?何况去说媒。

祖母喝了一碗粥就出门了。母亲在锅里烫了几只米饼,让祖母带上。母亲说:"喝粥很快就要饿的,你要走很多的路。"

祖母就揣着几只米饼出门了。

祖母来到了白妹家。

白米还在吃晚饭。

祖母说:"快点吃,今天我们去最远的李家。"

白妹说:"有多远啊?"

祖母说:"里口公社,这里过去有七八公里路呢。"

白妹说:"好远。"

她匆匆吃过饭,拍拍衣服,对祖母说:"现在我们走吧。"

祖母盯着她看。

白妹说:"我身上有什么不对吗?"

祖母说:"你没有洗澡吧。"

白妹说:"没有啊,哪来得及呀。"

祖母说:"你这个人拆烂污①的,甩了一天猪粪,身上都是臭汗,怎么可以不洗澡呢?你身上一股臭味,怎么好意思去见人家呢?人家一定会嫌弃我们的。"

白妹说:"不会的吧,你知道我甩猪粪的,人家又不会知道。"

---

① 拆烂污:方言,指不负责任,把事情弄得难以收拾。

祖母走近她一步,说:"哎哟,真有一股臭味。我等你,你洗澡去。"

白妹说:"热水都没有。"

祖母说:"那我给你烧水,你去准备浴桶和衣服。"

白妹说:"那让你等了哇。"

祖母说:"让我等,总比到了那里被人讨厌好。"

祖母就坐在灶台后面烧火,她把柴火烧得很旺,不一会儿,一锅水就沸腾了。

李家在里口公社九大队,与船了浜村庄相隔七八公里远。祖母的娘家就在里口公社西公里村庄,与九大队很近。所以祖母对那里非常熟悉,几乎没有问路就找到了李家。

李家的门关着,不过屋子里有灯亮着。

祖母一边敲门,一边叫道:"有人吗?"

"你是谁呀?"是个女人声音。

"我是介绍人……"祖母说。

"介绍人,是谁呀?"

门"吱呀"一声开了。

祖母一眼认出了李家小伙子的母亲,说:"上次,我们见过面,你家儿子找对象的事,你来找过我的,想得起来吧?"

"哦,是你们呀,里边请,里边请。"李母很是惊讶,"刚想睡觉,我叫李白、梅花过来。"

李母跑到东房间,把儿子和女儿都叫了出来。

李母对儿子和女儿说:"你们的嘴巴呢,快叫人啊!"

两人笑了笑,没有叫人。

祖母说:"还不熟,不要叫人的。今天我们来就是想见见你们,听听你们有什么要求,有什么想法。"

李母说:"他们还不懂,年纪小。"

祖母对李母说:"也不小了,你也应该抱孙子啦。"

李母说:"现在儿子对象在哪里都不知道,抱孙子是白日做梦。"

白妹说:"你不会是白日做梦的。"

祖母说:"现在我这里还有两户人家与你们的情况差不多,所以想在这当中看看有没有彼此满意的。今天我和白妹第一个来的就是你家,我们先听听你们的想法……说媒这件事,一是靠缘分,二是靠真诚。"

李母说:"不瞒你们说,我儿子腿不好,所以生产队照顾他,让他养猪。他养了一百多头猪,多次受到大队表扬。"

祖母对李母说:"让你儿子在我面前来回走一圈。"

李母说:"好。"

她对李白说:"儿子,你走一圈。"

李白说:"这是让我出洋相。"

李母说:"你不走,介绍人就不知道你的腿到底怎样,这是为你好,为你能讨上老婆。"

李白这才很不情愿地在祖母面前走了一圈。

祖母和白妹没笑,倒是李白的妹妹李梅花咯咯笑出了声。

李母朝女儿眼睛一瞪,道:"你还笑,你也来走一圈。"

李母对祖母她们说:"我这女儿也不让人省心。这次一块儿帮她相看一下吧。"

李母的女儿叫梅花,这个名字是梅花的祖父起的。老人上过私塾,识一些字,特别喜欢王安石的《梅花》:"墙角数枝梅,凌寒独自开。遥知不是雪,为有暗香来。"

这就是梅花名字的来历。

梅花的哥哥李白找不着对象,可看中梅花的男青年不少。

祖母想问问梅花是否愿意说媒,以及她想找什么样的伴侣。

祖母问:"妹妹,你几岁?"

梅花说:"二十二岁。"

白妹说:"是虚岁吧。"

梅花说:"是的。"

祖母问:"你哥腿有病,说媒有些难度。你这么标致,很好找对象的。"

梅花看了看李母,问:"妈,我标致吗?"

李母说:"你不知道是谁养你的?"

李母笑了,祖母、白妹也笑了起来。

白妹说:"你们母女俩都标致的,特别是妹妹年轻又标致,人见人爱啊!"

梅花对李母说:"我这么标致,一定要找个好的。"

祖母说:"像我们以前都是媒人介绍,父母包办,等结婚那天才与对象见面,才看着对象长得怎样,还是现在的年轻人好啊!"

李母说:"我嫁给他爸,也是父母包办的。"

祖母说:"找我说媒的另外两户人家小伙子都不错,也都有女儿。就是一户人家的女儿腿脚也不太方便。"

李母问祖母:"与我儿子比,哪个更不方便呀?"

祖母说:"我只是听说,还没有见过那个姑娘。"

李母对祖母说:"他俩若结婚,以后生活起来困难相当多,相当大。你们一定要介绍一位好手好脚的姑娘给我儿子。还有我女儿那么标致,也要找一个好一点的小伙子。"

祖母一笑,说:"就那两位小伙子,都是好手好脚的,给你女儿说对象,应该讲能够让她满意的。"

"能让我挑一个吗?"梅花说。

"尽量让你满意。"祖母说。

梅花说:"好。"

祖母起身道:"那时间不早了,我们要回去了,明天晚上我们去第二户人家,后天再去第三户人家,准备用三天时间,把这三户人家的基本情况摸清楚。争取帮你家儿子、女儿找到满意的对象。"

李母说:"好,辛苦两位了,那你们路上走好!"

祖母说:"不辛苦,能够看到有情人终成眷属,是我们最感觉自豪的事。"

祖母和白妹走到了门外。

李母忽然想到了什么,问道:"如果有合适的,我们什么时候能够碰头呢?"

祖母说:"争取一周之内吧。"

"到哪里碰头呢?"李母问。

"就到我们船了浜吧。"祖母说,"到时我会通知你的,你一个人来,或者带着一家人来都可以。"

"那叫相亲会吧。"李母说。

"相亲会,很好的名字,那就叫相亲会吧,期待那个相亲会圆满成功!"祖母说。

三家都能说媒成功,谈何容易啊!

做个媒人,真的要磨破嘴皮,走穿脚底。

第二天吃过晚饭,祖母和白妹来到张家。还好,张家就在本公社,不远,才两三公里的路程。在去的路上,白妹对祖母说:"我考虑李家的姑娘与张家的小伙子可以搭配。"

祖母说:"看过张家情况后,再说。"

白妹说:"李家姑娘人是蛮标致的,就是有点小脾气。"

祖母说:"姑娘有点小脾气也好的。现在这个社会没有一点小脾气,也比较难的,弄不好就要被人欺负,有点小脾气也没人敢欺负她。"

白妹说:"有道理。"

祖母说:"谁配谁,能不能成,还得看他们自己,毕竟关系到他们一生的幸福。"

白妹说:"好的,今天跑了张家,明天还有我的本家一家了。"

走着,走着,她们已经来到了张家。

张母、张父都在家。有亲戚在建造房子,儿子张明相帮去了,还没有回家。女儿张小华则在家踏缝纫机,她在做衣裳。

祖母开门见山地说:"昨日傍晚我和白妹去了里口公社的一户人家,那户人家是兄妹,哥哥腿有点不好,妹妹很标致。"

张母说:"那把这户人家的妹妹许配给我的儿子吧。"

张父对她说:"你心急什么呀,人都没看见,就这样迫不及待了,你这样要被人瞧不起的。"

张母说:"女人说话,你不要插嘴。"

张父说:"那你们谈吧。"说完,他走到门外去了。

祖母对张母说:"孩子他爸,脾气蛮好的。"

张母说:"是蛮好的,他倒是让着我的。"

白妹说:"那你儿子的脾气像谁呀?"

张母说:"像他爸,也是蛮好说话的。"

白妹说:"那你女儿脾气像谁呀?"

张母说:"女儿腿不好,所以她做事很刻苦,从小就蛮听话的,也懂得要体谅父母。"

祖母说:"叫你女儿出来让我们看看。"

说完,祖母忽然想到了什么,又对张母说:"不要叫她了,等会儿我们去里面房间看看她吧。"

张母说:"可以叫她出来的。"

祖母说:"不用了,让她做衣裳,等会儿我们去看看她就可以了。"

祖母想,这家人家果然是蛮和气,蛮讲道理的,真的是一户"文明家庭"。

张家姑娘小华患的是小儿麻痹症,两只脚有长有短,但一只右脚仍能踩缝纫机。此刻,她一个人在房间里正聚精会神地做着衣裳。

小华看见有人进门,只是抬头看了一下,仍然低头踏缝纫机。

张母说:"小华,介绍人来了,你怎么不出来呢?"

小华说:"我忙。"她正在赶制一位孕妇的睡衣,还有小孩的衣裳。

张母说:"介绍人怎么问你,你就怎么答,知道吗?"

小华说:"知道。"

张母对祖母说:"这孩子腼腆,只知道干活,不太会说话。"

白妹说:"会干活的女孩子讨人喜欢。"

小华说:"其他活我都不会干。"

祖母说:"你会做缝纫就是很不错了。"

张母说:"这孩子若不是脚不好,做田里活也该是能手。"

祖母说:"做田里活没有做这个裁缝好。"

张母说:"是的,做裁缝比做田里活轻松一些,挣钱也多一些的。"

祖母问小华:"妹妹,你想找个什么样的对象?"

小华笑了一下。

张母催促了一下:"小华,介绍人问你话呢?"

小华说:"我还在想呢。"

张母说:"这有啥好考虑的,只要能干活,能挣工分,能体贴人就可以了。"

小华笑道:"妈,我可不这样想的。"

张母说:"你怎样想的呢?"

小华说:"我只要他对我好就足够了。"

张母说:"他若是个老头子对你好,你也嫁给他吗?"

小华说:"妈,你怎么这样想的呢?"

张母说:"你不是说只要他对你好就足够了吗?"

小华说:"我喜欢这样的爱情:在天愿作比翼鸟,在地愿为连理枝。"

张母说:"你说的这个我就不懂了。"

小华说:"这是白居易的诗,是爱情最美的境界。"

祖母说:"年轻人对爱情有美好的向往是对的,但现实生活不是想象的那么美好,所以最美的爱情还是要面对现实。其实把现实的生活过好,就是一种幸福的生活。"

小华听了祖母这一番话有点惊讶,她抬起头说:"阿姨,你的话我愿意听。"

祖母说:"这么说,你同意说媒了?"

小华沉思片刻,说:"我同意,我也想找个合适的人过日子。"

祖母对她说:"那好办了,只要你愿意,我敢负责任地说,我们会说给你一个有责任心的小伙子做你的对象,至于他爱不爱你,也需要你自己努力。总之,我感觉愿意付出的人,总会收获幸福。"

白妹站在祖母后面,她接话说:"昨日我们在里口公社见到的那个小伙子,是养猪能手,就是腿也有残疾,和这位小妹配一双我感觉很好。"

祖母强调道:"我已经与你讲过了,这个搭配行不通。"

张母说:"我女儿虽然身体有残疾,但她想嫁一个身体健全的人,这样他可以多照顾一点我女儿。"

祖母说:"好,我帮小华相看着。"

张母说:"现在有不错的小伙子说媒吗?"

看来张母也是一个急性子。

祖母说:"有一家。等我摸清那户人家的底细,至少对那年轻人有点了解,我才可以给他们配对啊,所以现在我也无法回答你这个问题,请等待几天吧。"

这时张父走了进来,说:"张明回来了。"

白妹说:"张明是谁?"

张母说:"是我儿子。"

白妹说:"我有个亲戚家的小孩也叫张明,叫'张明'这个名字的人蛮多的。"

祖母说:"那我们到外面说吧。"

张母回头对小华说:"你也到外面吧。"

小华说:"我不了,我很忙。"

张母责备道:"你忙不出头了。你找到一个好的男人,也就用不着你这样白天忙,黑夜忙的。"

小华笑说:"你都不会说话。你说白天忙,黑夜忙,就是没日没夜地忙。"

张母说:"我出去了,不与你磨嘴唇皮子了。"说完,她也走到了门外。

张明穿着一身中山装,打扮得像一个知识分子。

祖母问他说:"小伙子,你什么程度的文化?"

张明憨厚一笑,说:"小学五年级。"

张母接过话茬说:"是他自己不想读书了。因为一时交不出学费,他被同学嘲笑,一气之下就把书包甩到河里了。"

张明说:"妈,我小时候的事你还抖出来,要不要我找对象啦?"

张父说:"你娘就是嘴快。"

张母意识到这种场合是不该揭儿子的短,她马上改口说:"儿子老早的事情我也记不太清楚了,但我儿子从小就懂得体谅大人,十五岁就跟着队里的男人到田里挖沟,那个小手上都是血泡,队里其他像他一样大的孩子还背着书包在上学,真的想想就难过。"

祖母说:"十五岁就干活,是早了点,是小孩刚发育的时候,不过对小孩成长也有好处,能够知道生活的艰辛,更懂得珍惜。"

张母说:"你说得没错。"

第三天傍晚,祖母和白妹本来想去王家的,但生产队临时召开会议,不得请假,所以两人只好推迟。原来生产队召开"剪鸡头"会议,规定每人只能养一只鸡,如果超过这个数量,那么超过的鸡便要实施"剪鸡头"。

祖母对队长说:"这个'剪鸡头'太血腥了,可以叫社员把多养的鸡送走。"

队长说:"这个不是我想出来的,是大队想出来的,是你儿子想出来的。我没有办法,只好执行。"

祖母觉得他说的是实话。

祖母觉得有必要找父亲反映这个问题。

夜里,祖母一边接棕丝,一边等父亲回家。大约晚上九点,父亲回来了。父亲去县城开会的,到县城有二十多公里。

祖母问:"这么晚才回来啊?"

父亲说:"到县里开会,散会天都暗了,吃了两个馒头,走回来的。"

祖母说:"文良,我向你反映一个实际情况。今晚生产队召开一个会议,对各家各户养的超过数量的鸡'剪鸡头',这个事是大队规定的吗?"

父亲说:"是公社统一规定的。"

祖母说:"给鸡剪头太血腥了,若被小孩子看见要吓坏人的。"

父亲说:"夜里'剪鸡头',小孩子看不见的吧。"

祖母说:"不可以改一改,让群众对多余的鸡自行处理吗?"

父亲说:"应该可以,明天大队召开生产队队长会议,顺便我来说一下。"

后来经过会议讨论,大队就不"剪鸡头"了。

王家,祖母和白妹是第四天傍晚才去的。

那天,下着大雨。

白妹撑着雨伞找到祖母,问下雨要不要去。祖母说:"下雨天,好啊!"

白妹感觉诧异,下雨天怎么会是好呢?

祖母说:"下雨天,他们都待在家里,不会乱跑的,所以我们都能见到他们。"

白妹说:"这么说,下雨天真是好。"

于是,她俩冒雨前往。好在王家不远,一公里的路程。

王母见到她俩十分惊讶:"这么大的雨,你们怎么还来啊!"

祖母抹着脸上的雨水说:"即使下铁我们也要来呀。"

王母大为感动,她要煮鸡蛋给祖母和白妹吃。祖母说:"不用的,我们刚吃过晚饭。"

王母真是热情人,她马上炒了一盆南瓜子,说:"这南瓜子是自家种的,你们也吃点。"

王家像过年一样热闹和欢快。

王母五十岁,是个寡妇,一个人拖大三个孩子,大女儿已经出嫁,儿子和小女儿还未成家。大队念其家庭困难,所以批准她

慈 悲 ◇◇◇

的儿子王阿二学泥工,小女儿王三妹在生产队务农。

祖母想找王阿二聊聊,他却说:"现在我要出去。"

王母说:"介绍人冒雨过来给你介绍对象,你怎么可以出去呢!"

王阿二说:"我要去收鱼篓。"

原来他在河边布置了五六只鱼篓,他是冒雨去倒鱼篓。

王母说:"那你不可以晚一点出门吗?"

王阿二拉过王母,轻声对她说:"我去倒些鱼虾,送些给介绍人。"

王母一听乐了,拍手道:"你去,你去,快点回来。"

王阿二便穿着雨衣出门了。

王母这才告诉祖母和白妹,儿子冒雨出门是去倒鱼篓,他想捉些鱼虾让她们带回去。

这可把祖母和白妹感动坏了。

祖母说:"这个孩子良心特别好,我要介绍一个好姑娘给他。"

王母说:"你快告诉我,是哪家姑娘?"

白妹咳嗽一声,她提醒祖母:"你怎么说我的呀?"

祖母心领神会,对王母说:"过几天,你就会知道的,我会第一时间告诉你。"

白妹说:"阿姐夜里要接棕丝,我夜里空的,我来告诉你,这个你尽管放心。"

王母说:"老话讲,荒年饿不死手艺人。阿二现在已经是泥工师傅哉,平常他还会捉鱼,我觉得哪个姑娘嫁给我儿子,真是福气好得不得了。"

王三妹嘻嘻一笑。

王母说:"你有什么好笑的。"

王三妹说:"妈,你是'瘌痢头儿子自己喜欢'。"

大家听小姑娘这么一说,都笑了起来。

王母说:"你们知道了吧,我女儿嘴巴蛮结棍的,模样儿也是蛮讨人喜欢的。"

王三妹说:"不要信她的,我妈就是这样喜欢夸夸其谈。"

王母说:"早点把这个女儿嫁出去,我就好每天睡安稳觉了。"

祖母说:"他们结婚后都生小孩,你带小孩不是更忙碌吗?"

王母说:"那苦也是甜的,忙啊苦啊,我都愿意啊。"

王三妹说:"我妈早想抱孙子哉!连做梦都在想抱孙子。"

王母说:"我还想抱外孙。"

王三妹说:"妈,你已经抱了两个外孙了,姐姐不是生了一个弟弟、一个妹妹吗?"

王母说:"对的,对的,我已经抱两个外孙了。"

她乐得像一朵花。

一个钟头不到,王阿二就回来了,只见他的头发湿了,他的衣服也湿了。

王母问道:"你的鱼呢?"

王阿二说:"在外面屋檐下。"

王母说:"快拿进来。"

王阿二说:"都是水。"

王母说:"水?没事的,把鱼拿进来。"

王阿二就跑到外面,把满满的一蛇皮袋鱼使劲拖到屋子里。

祖母、白妹等人都惊呼"那么多鱼啊"。

粗略估计，王阿二这回出去一个小时不到，捕捉到了四十多斤鱼，而且都是野生鱼。

王母对祖母和白妹说："你们带来的运气，让傻阿二捉到这么多野生鱼。我去找袋子，你们多带点鱼回家。"

王母居然叫儿子王阿二为"傻阿二"，这应该是一种亲昵的叫法吧，同时也说明王阿二憨厚和纯朴。

祖母说："我们怎么可以白拿鱼呢？这么多鱼明天早晨可以去街上卖的呀。"

王母说："傻阿二看见你们来，特地为你们倒的鱼，所以你们一定要多带点回去。"

这时，王阿二将蛇皮袋里的鱼都倒在一只木盆里。

王阿二伸手将大鱼和小鱼分开。

王母说："哇，还有一条大黑鱼。"

王阿二说："现在就做黑鱼汤吃。"

王母说："好的，我来做。"

祖母一把拉住王母说："我们吃过晚饭了，肚子一点也不饿，你不要做黑鱼汤了。"

王母说："鱼汤吃不饱的，让大家尝尝鱼鲜。"

祖母："真的不用，我们不吃鱼汤。"

可祖母和白妹说什么也没有劝住王母做鱼汤。

王母转身对女儿王三妹说："妹妹，你到灶头烧火，黑鱼快清洗好哉。"

王三妹说："我看见有蛮多河虾，我要吃河虾。"

王母说："今天喝黑鱼汤，河虾明天吃。"

王三妹说:"明天河虾都死了,我不要明天吃河虾。"

王母说:"你要吃河虾,也要等我做好黑鱼汤后再说。现在没工夫挑拣。"

王三妹说:"那好吧。"

她把灶台里的火烧得很旺很旺。

祖母和白妹上前相帮,王母客气地推开她们。很快,一锅黑鱼汤好了,整个屋子里都是鱼汤的鲜味儿。

王母将一碗黑鱼汤递给祖母,接着也给白妹递上了一碗黑鱼汤。

王母说:"快尝尝这黑鱼汤鲜不鲜?锅里还有。"

祖母吃着黑鱼汤,对王阿二说:"你有捉鱼的本事,以后结婚了,对象要吃鱼,只要她说一声。来之前我们以为你只会做泥工,没看出来你捉鱼的本事这么好啊。"

王阿二说:"是小时候学会捉鱼的。"

王母实在是热情,最后祖母和白妹各自拎了一网袋野生鱼回家。

白妹说:"王家这个小伙子是三个小伙子中最老实、最能干的一个,就是家里条件差了点,你准备哪个姑娘配给他呀?"

祖母说:"我也不知道哪个姑娘配他。现在我和你的思绪还有点乱,等睡一觉,明天我们坐下来,再来理一理。这是关系到他们一生幸福的大事。"

白妹说:"我还是觉得,李家小伙子和张家姑娘可以配成一对的。他们的腿都有残疾,他们配成一对,这样也就谁也不会看不起谁的。"

祖母说:"我不主张这两人配成一对。两个残疾人生活在一块儿,特别是在农村,一个家庭总会有农活需要做的,而两个人腿脚都不方便,面对干农活这个难题,就是相当困难了。所以我的意思还是要将这两个人分开,各自找手脚健全的人。"

白妹说:"今晚我要睡不着觉了,你呢?"

祖母说:"累了一天,我睡得着的。"

白妹说:"那这些鱼怎么办?"

祖母说:"这些都是野生鱼,可以找个水桶养着。"

白妹愣了一会儿,说:"养到明天傍晚不知道行不行,我想送一半鱼给女儿吃。"

祖母说:"应该可以的吧。如果鱼死了就自己吃,有活的就送给你女儿。"

白妹说:"对的。我想,这些鱼不会都死光的吧,总归有活着的吧。"

祖母拎着一网袋鱼刚回到家,父亲也回来了。父亲见到这么多鱼很惊讶:"妈,这些鱼哪来的?"

祖母说:"我做媒人,他们送的。"

父亲说:"做媒人不可大张旗鼓,群众知道了会说闲话的。以后最好不要拿他们的东西。"

祖母说:"我和白妹都不想要这个鱼,但他们偏要我们拿,这也是他们的真心真意啊!"

父亲说:"就怕这些鱼来路不明。"

祖母说:"是他们自己捉的鱼,这个不容怀疑的。"

父亲说:"万一他们是从集体鱼塘偷的鱼呢?"

祖母惊诧了，说："这个问题我倒是没有想过，看来以后真的不能拿别人的东西了。"她放下鱼，对父亲说："文良，以后娘会注意的，娘做事不会给你脸上抹黑。"

父亲的一番话，真的让祖母一夜无眠。如果鱼真是那个小伙子从集体鱼塘里偷捉的呢？万一被集体发现，那可是一件极其严重的偷盗事件，或许还会连累文良。

所以，祖母考虑一早就去王家问一个明白。

天不亮，祖母一个人就去了王家。

只是她没去叫白妹。

事情没搞清楚，她不想白妹跟着担心。

王家的灯亮着。

祖母想，一定是王母已经起床了。

祖母朝窗里一望，看见王母在灶台前忙碌。

祖母走到门前，轻轻拍门。

祖母说："妹子，你开门。"

王母说："阿姐，你这么早啊！"

她以为祖母一早过来是说媒的事，所以她十分欢喜。

王母打开了大门。

祖母走进屋子里。

王母说："你今天早晨就来谈说媒的事了，你真是一个说干就干的人啊！"

祖母想，她是误会了。

祖母说："妹子，不是的，关于孩子们的亲事，我还没有考虑好，今天我一早来是关于另外一件事情。"

王母说："什么事情？"

祖母凑近一步说："昨晚我拎着那么多鱼回到家,正巧我儿子也从外面回来,他看到鱼后问这么多鱼哪来的,我告诉他你们送的。他就问这个鱼会不会是集体鱼塘里的。他这么一问,就把我问住了。"

王母说："阿姐,这些都是野生鱼,从野河里捉的,与集体的鱼塘一点关系也没有。"

祖母说："这事你能确定？"

王母拍着胸脯说："这个我百分百可以确定,这些鱼都是从野河里捉的。"

祖母说："那这下我就放心了。"

王母说："这样吧,我把阿二叫起来,让他对你说。"

祖母说："他还在睡觉吧,把他叫醒不好吧。"

王母说："他也该起床了,也要到外面干活去了。"

祖母说："那好,那好,我来问问他。因为这可是一件大事,如果是集体的鱼,那就闯祸了,我可得回去把那些鱼都给送回来。"

王母说："阿二经常捕鱼,从来不会在集体鱼塘里捕鱼,他可是一个诚实的孩子。你等一下,我去叫他起床。"

祖母想,这些鱼肯定不是集体鱼塘里的,找王阿二确认一下,这样就万无一失了。

王阿二听说大媒人来了,腾地一下就跳下床了。王母说："你急什么呀,快穿好衣服,光着身子像什么样子！"

王阿二傻笑了一下。

他连忙穿上衣服,走了出来。

王母说:"你嘴巴呢?"她是想叫王阿二与祖母打一声招呼。而王阿二一时脑筋没转过来,他抹抹嘴巴说:"我嘴巴怎么啦?"

王母说:"你还没叫人呢?"

王阿二就对着祖母说:"阿姨,早上好。"

王母对王阿二说:"阿姨一早过来,问你一个事,你昨晚捉的鱼是在哪里捉的?"

王阿二说:"我在外河捉的。"

王母对祖母说:"我对你说是野河里捉的吧。"

祖母说:"外河与野河是一条河吗?"

王母说:"外河就是野河,野河就是外河,是同一条河。"

祖母说:"那就好,在外河捉的鱼,那就没事了。"

王阿二说:"外河里的鱼都是野生的,而鱼塘里的鱼都是草鱼和鲢鱼,我捉的鱼一条也没有这两种鱼。"

祖母说:"相信你的话。"

祖母又对王母说:"我搞清楚了,现在就回去。"

王母说:"吃了早饭再走吧,我做的糯米小团子。"

祖母说:"来不及了,我走了。"

王母说:"你就吃了再走吧。"

祖母说:"我不会说客气话的。"

王母说:"阿姐,不好意思又麻烦你跑一趟。"

祖母说:"我没有白跑,更加证实了你和你儿子的为人,你们都是勤劳和诚实的人。好了,我要走了,再不走就要来不及出工的。"

王母说:"那你走好啊,我等你的好消息。"

祖母飞快地回到家，母亲已经给她准备好了一碗白粥。

这时，队长在村庄喊"出工，出工"了。

祖母喝了这一碗白粥，扛起一把锄头又出门了。

不过，她在田里干活，有点心不在焉，因为她脑海里一直在思考那几家的亲事。

而白妹也在另一块田里干活。

只是吃午饭时，她们碰了一下头。祖母对白妹说："今天晚上你来我家，一起商量一下他们几家的亲事。"

白妹说："三家一起见面多好，万一相互看对眼了呢。"

祖母说："那不行，在一块儿便七嘴八舌，那还怎么说媒？"

白妹说："为什么呢？"

祖母说："人心都不一样的，人的看法也不一样，让三户人家集中在一块儿，很难达成统一意见。两户人家见面还可以，三家人家见面那像打翻网船，乱了。"

在田里干农活时，祖母盼望太阳早点下山。因为下工后，她要和白妹商量三户人家说媒的事。这对于这三户人家来说是头等大事。所以，祖母心里也在为他们着想，争取让他们三户人家的孩子都满意。

正所谓：叹人间真男女难为知己，愿天下有情人终成眷属。

可是，好事多磨。

这天，队长又要延工。

队长发话道："明天大队要来检查田间作物，所以今天晚点收工。"

白妹急得在田里团团转。

祖母心里也急,真是哑巴喊救火,干急说不出。

这时,有个哺乳的女人对队长说:"我要早回去,让孩子吃奶。"队长倒是同意她了。

而祖母没有什么理由请假,只好老老实实待在田里干活。

所以,这天夜里,祖母和白妹碰头便很晚了。

祖母说:"每次,我和你碰头,生产队总会延迟下工,事情就是这样碰巧的。"

白妹说:"那几条鱼我想送给女儿的,也没有时间送过去。"

祖母说:"送不过去,就自己吃吧。"

白妹说:"都是野生鱼,很好吃的。"

祖母说:"文良问我这鱼会不会是集体鱼塘里的,吓得我半死。我今天一早就去王家,问清了不是集体鱼塘里的,都是外河鱼,都是野生鱼。"

白妹说:"早上你去王家,怎么不叫我一块儿去呢?"

祖母说:"你没有准备,若去叫你,时间来不及,要耽误出工的呀。"

白妹说:"也是的。"

祖母说:"今天没有时间扯东扯西了,直接说正事。总的说来,这三户人家家庭条件还是属于一个档次的,想想看有没有可能就三家相互结个亲。"

白妹说:"三户人家,我看王家条件要好些。"

祖母说:"不一定的。王阿二的父亲死得早,如果他父亲不死的话,这家人家应该比较发达的,唉……"

白妹说:"不过,王阿二的娘是开朗人,我瞎说说,她还年轻,怎么不找一个男人呢?"

祖母说:"我们考虑三户人家孩子的事,可不要考虑她找男人的事吧。"

白妹笑道:"当我没说,当我没说。"

祖母和白妹像记者一样,已经对三户人家进行了深入的采访,掌握了第一手资料。

祖母对白妹说:"我在田里干活时,一直在考虑他们如何配对,有没有可能成三对。你一直说两个腿脚不好的配一对,这是不可以的,但这两个腿不好的年轻人都有特长——小伙子会养猪,得的工分是生产队最多的一个,而姑娘是裁缝,她的收入也比一般的姑娘大。他们都能自食其力,而不应该另眼看待他们。"

"你是说,他们与手脚健全的人,要一样看待?"

"是的,一视同仁。"

"他们各自都很有能力,应该一视同仁。你觉得有没有可能成三对?他们应该怎么配对呢?"

祖母说:"李家那小伙子配王家姑娘吧。"

白妹说:"李家那小伙子就是腿不便的对吧?"

祖母说:"是的,那小伙子腿残疾,但会养猪;王家姑娘嘴巴会讲,但本质上与她母亲一样是诚实和纯朴的人。这样两个人配成一对,这个婚姻很完美。"

"你怎么知道?"白妹有点疑问。

"一个美好的家庭,男人女人都爱劳动,这个家庭即使眼前穷苦一点,日后日子也会由穷变富。而男人女人不爱劳动,最后这个家庭会落败,因为老话讲得好,坐吃山空。另外,我们也要问问王家姑娘介不介意男方有腿疾。"

"你说得有道理。那么王家的小伙子，就是会捉鱼的那个小伙子，他应该与哪一位姑娘谈呢？"白妹说。

这个问题，祖母已经想好了。

祖母说："王家的小伙子叫王阿二，我看让他找张家姑娘。"

白妹说："张家姑娘是做裁缝的那个姑娘吧？"

祖母说："你记性不错，是的，做裁缝的姑娘就是她。"

白妹忽然担心起来，她说："那王家小伙子娶的腿不好的姑娘，王家的姑娘又嫁腿不好的小伙子，这对王家不公平，不知道王家会不会答应这个亲事呢？"

祖母说："你说的是现实问题，但你转个身设想一下王家也没吃亏啊。"

白妹说："这个有点乱。"

祖母说："先这么定，主要也得问问他们自己的意见。如果说不成，后面再帮他们相看其他的。"

白妹说："那么，还有一对呢？"

祖母说："剩下来的小伙子和姑娘就可成一对呵。"

白妹说："他俩是谁呢？"

祖母说："小伙子是张明，姑娘是李梅花。"

白妹说："这一对都是手脚健全的，看上去这一对比其他两对都要强啊。"

祖母说："这是我的想法，至于最后的结果，还得看他们自己。"

没想到六个人的亲事竟然被祖母和白妹两位老妇人一一说成功了。其中也发生了说不完的故事。这里，就简单地说说最后

◇◇◇ 澄湖三叠

他们三家是如何配对的吧:

第一对是李白和王三妹。

开始王三妹并不同意这门亲事。

祖母对她说:"李白,是个很坚强的小伙子,挣的工分不比人家少,至于他有腿疾,这不是他的错。我听我儿子文良说,李白人品不错,是干活的一把好手,猪也养得好。如果你嫁给他,他会一心一意对你好的。你们的生活会非常幸福,因为他很爱你!"

王三妹犹豫了。她想嫁个干活的能手,也喜欢踏实肯干的人。李白虽说腿残疾,但自立自强,令她起了敬佩之心,就想再观察一下。

李白为了证明自己,在工作中更加卖力。后来,大队向县里推荐他为劳动模范。

那时候,能评上劳动模范,好像现在的电视明星一样。

后来,他俩就好上了。

第二对是王阿二和张小华。

开始时王阿二看上了李家姑娘。

可李梅花是个有文化的姑娘,她想嫁一个有文化的人。

祖母说:"你文化低,这个不怪你,家里穷,读不起书,这个没办法。但你应该明白这样一个道理,找对象就应该找一个相爱的人,而不是找一个不爱你的人。"

祖母把张小华的情况和王阿二讲了,希望他能考虑一下这个姑娘。

王阿二走近张小华后,渐渐地被她身残志坚的顽强精神所感动，张小华也对王阿二很满意，由此两人产出了爱情的火花。

第三对是张明和李梅花。

他俩一见钟情，只是李母有点看法，她觉得别的男方结婚时都有两间房，而张明家只有一间半房。所以她说"房子少半间，女儿晚出嫁"，她的意思就是你哪天有两间房子，就哪天提亲。

后来，李母被张明的真诚打动，同意了两人的亲事。

后来，这三对都过得十分幸福。

祖母做媒人的故事举不胜举，她和我的父亲母亲，都是平凡的庄稼人，但他们也有许多动听的故事，就像一株水稻默默的一生。

那年，我十三岁了。

那是西瓜成熟的季节，十一队有兄弟二人趁着夜色到十队偷西瓜。他们刚摸到西瓜田，就被看瓜人发现了。看瓜人用那长电筒照射到他们，知道了他们是谁。

他们是跳河逃走的。

看瓜棚外面准备着一把长长的鱼叉，如果看瓜人把鱼叉扎下去，那两个偷瓜人可能会被扎中，至少一个会被扎中。但看瓜人没有那么做，因为他的内心还是善良的。

第二天早晨，看瓜人和十队徐队长来到我家，找父亲反映这个情况，要求对两个偷瓜的人进行处理。

父亲问看瓜人："你不会看错吧？"

看瓜人说:"他们弟兄两个烧成灰,我也认得出来。"

父亲说:"如果当场逮住,大队可以处理他们;但捉贼捉赃,你没捉住他们,所以还得调查,还得摸清情况。"

徐队长说:"每天都有人来偷瓜,这回终于发现是他们兄弟俩干的,一定要严肃处理他们。"

父亲说:"我叫民兵营长处理这个事情。"

当天夜里,父亲对我说:"你去叫队长过来。"父亲让我去叫十一队的袁队长。

袁队长来了。父亲对他说:"十队队长说,我们队里袁家弟兄俩去偷他们队里的西瓜。你找他们谈谈话,摸摸情况,如果真是他们偷瓜的,要严肃处理;如果没有去偷瓜也要把这件事情讲讲清楚,不能让他们无端背黑锅。"

隔墙有耳,没料到我家屋子后面有人在偷听,偷听者便是袁家兄弟的妻子。

这兄弟俩做贼心虚,知道十队徐队长找父亲告状了,就让他们的女人在我家屋后听壁脚。当听到父亲说要严肃处理时,她们心里又恨又怕。

而父母亲并不知道她们在偷听。

第二天上午,母亲在田里插秧。插秧自然是很艰苦的农活,插秧让母亲双脚浮肿,腰都直不起来。而这一对妯娌对着母亲破口大骂,诅咒我家断子绝孙,要"天火烧"。母亲难过极了,便跑回家,她越想越气,拿起一瓶乐果(一种剧毒农药)张口喝了下去……等有人发现时,她已经昏倒在地,不省人事,那瓶乐果就倒在她身旁的地上。

慈 悲 ◇◇◇

我和祖母都在生产队晒场脱粒。

看到很多人往村庄跑,我也往村庄跑,但这时候我并不知道是母亲出事了。当我快到村庄时,有人告诉我,我母亲喝了农药,可能不行了。我如遭雷击。

我一口气跑回家,有很多人在围观,有人告诉我,我母亲被抬上船送医院了。

我拿起那只农药瓶将它摔得粉碎。

然后,我就沿着河边追赶那只船。

虽然我大声呼喊,但船上的人没有理我。

前面有一条小河,挡住了我的去路。

我脱了短裤,用一手托着短裤,游过了河。

这时我有了主意,何不先去医院,叫医生做好抢救母亲的准备呢?于是,我就飞快地向医院跑去。这时正好是吃饭时间,医生们都准备回家吃饭了。

我遇到了林叔叔,他是蹲点在劳动大队的工作组组长,我认识他,他也认识我。我说:"我妈喝了农药,叔叔你救救她吧。"

林叔叔当机立断,马上把那些医生叫住。

医生将救人的担架准备在河边。

这样争分夺秒,至少为抢救母亲赢得了十分钟时间。真的,如果没有这个十分钟,母亲肯定活不了,用祖母的话说就是"我们这个家就散了"。

只是公社医院条件差,最后母亲被送到苏州一院抢救。整整十五天后,母亲才苏醒过来。当时父亲没钱,医药费需要五百元,还是一位探亲的解放军叔叔借出来的。这种恩情,我永远不会忘记。

那个时候,还有一个人也住在苏州一院。那个人是大姑妈,她得的是胃癌,动了大手术。

祖母大哭了一场,但她没有倒下。

她明白,生活不相信眼泪。

祖母对父亲说:"文良,即使砸锅卖铁,也要把向弘娘救好,三个孩子不能没有娘。"

祖母对我们兄弟三人说:"大人们的事,你们不要管,你们要好好上学,好好读书。"

母亲喝农药这件事引起了公社领导的重视。

公社成立了调查组,当调查组询问祖母有什么要求时,祖母说:"我儿媳妇救活了就行,其他要求都不重要的。"

祖母的大度令调查组领导十分惊讶。

他们说:"对两个偷瓜贼,我们准备开社员大会批斗。"

祖母尊重调查组的决定。但她说:"我儿媳妇喝农药是个人行为,不是他们逼迫的。再说大家都是一个生产队的,抬头不见低头见,冤家宜解不宜结,各自回头看后头,如果把关系搞僵,以后我们相处更难的。"

公社考虑了祖母的话,没有开大会批斗两个偷瓜的社员。

公社领导对父亲说:"你母亲识大体,顾大局,是一位了不起的母亲。"

父亲也听从了祖母的建议,母亲治疗费一千五百多元,都是父亲自己承担,没要公家和那两个社员一分钱。

祖母说:"这点钱看得见,自己付便是了;一时付不出,可以借钱付,以后再还钱。老话讲,吃亏是福。但如果一个人坏了名声,那却是多少钱也换不来的啊。"

祖母和父亲都以正直豁达,一生影响着我们。

祖母六十多岁了,大队办起了一个破布厂。当时有十几位员工,都是六十开外的农妇,还有一个十七八岁的小姑娘。小姑娘叫宝珍,她母亲死得早,她家的生活相当拮据。

祖母对她说:"这种衣服细菌多,我们年纪大的无所谓,你年纪小,做这个工作不太适合。"

宝珍说:"我没文化,不会干其他活。"

祖母说:"那你坐在门口,门口通风好。"

祖母让宝珍坐在门口拆衣服,而祖母坐在屋子里。说穿了,那种破衣服,有的是医院里的,什么服装都有,都是垃圾服。因此,祖母对宝珍很关心。

午饭都是自己带的,宝珍带的菜都是咸菜或者萝卜干,祖母便将仅有的一只荷包蛋夹给宝珍吃。

宝珍就想认祖母做干妈。

祖母说:"我年纪大了,可不能做你干妈。"

宝珍说:"我没有妈妈,你就做我妈妈吧。"

旁边的几位老太对祖母说:"你年纪大,宝珍认你做干妈不合适。你儿子他们年纪轻,可以叫宝珍认他们做干爸干妈啊。"

祖母想,这倒是不错的选择。

于是，祖母对父亲说："破布厂有个小姑娘，做生活①手脚很快的，为人也老实，她娘不在了，想认你做干爸，你看行不行？"

父亲说："我有三个儿子，认一个干女儿蛮好哇。"

就这样宝珍成了父母亲的干女儿，成了我的干姐姐。

那几年，每年到玉米成熟的季节，干姐姐总会拎一篮子玉米到我家。那个年代玉米可是很少见到的，我欢喜得不得了，吃了还想吃。

我对干姐姐说："你也吃玉米。"

她说："家里有。"

她一个玉米都不吃。

后来，我才知道，生产队分给她家就一篮子玉米，她一根玉米都没吃，全部送到我家来了。

有人对祖母说："你认了一个干孙女，这个苦孩子像小白鼠跳到米窟里哉。"

祖母说："是啊，我添了一个亲孙女。"

有人对祖母说："你是大媒人，说成的一对又一对，不计其数。你大孙子与干孙女年纪差不多，你可以把干孙女介绍给你大孙子啊，这样亲上加亲，不是更好吗？"

祖母说："不好这样做的，我的孙女怎么可以介绍给我的孙子呢？"

有人说："是你的干孙女，又不是亲孙女，不算近亲的。"

祖母搓着手说："可是我不能替他们做主啊。"

---

① 做生活：方言，即干活。

有一天,父亲有事到破布厂。

干姐姐看见父亲,亲热地叫了一声:"爸爸!"

破布厂徐厂长对父亲说:"老蒋,把宝珍说给你大儿子吧。"

我父亲也从"小蒋"变成"老蒋"了。他说:"你做介绍人吗?"

徐厂长说:"我可以做介绍人啊。宝珍小姑娘性格好,做事手脚快,有吃苦耐劳的精神,这里十几个老同志都蛮喜欢这个小姑娘的,她是大家的开心果。"

父亲说:"好,蛮好,但让宝珍嫁给我的大儿子,有点让人不舍得。"

不过,被徐厂长一说,父亲心里还是有了这个想法。当天,父亲对母亲说:"我去破布厂,徐厂长提议将宝珍介绍给向弘。"

母亲说:"你怎么说的?"

父亲说:"我没表态,没说什么。"

母亲说:"干女儿天天与娘在一起拣破布,还是听听娘怎么说吧。"

父亲便征求祖母的意见。

祖母说:"向弘是老实人,宝珍也是老实人。宝珍的娘死得早,所以她习惯吃苦的,没有一般女孩子的娇气,她和向弘应该是很般配的。问题是……"

祖母欲言又止。

父亲说:"有什么问题呢?"

祖母对父亲说:"可能有人会说你利用职权找儿媳妇。"

父亲说:"有谁会这么说呢?"

祖母说:"我已经听破布厂的几个老太说大队书记的儿子找

对象可以抓一把姑娘在手里拣拣的。"

父亲说:"身正不怕影子歪,这个不用怕。我倒是觉得宝珍嫁给向弘真是天上掉下一个林妹妹,促成他们也是可以的。"

祖母说:"我觉得也可以的,但还要征求宝珍父亲的意见,征求她本人的意见,等这些环节都谈成了再对外面讲这个事吧。"

父亲说:"是的,先不要讲,等干女儿和向弘的恋爱关系确立,到时说也不晚。"

干姐姐有兄弟姐妹五个,她是最小的。

祖母决定去见见她的父亲,看他是什么态度。

那天破布厂下班后,祖母跟干姐姐一块儿去她家里。干姐姐的父亲老徐看见祖母,非常高兴,说:"好婆,小女儿宝珍多亏您及她干爸干妈照顾,我感激不尽。"

祖母说:"主要是小孩好,干活肯吃苦,讨人喜欢。"

老徐说:"多谢好婆,宝珍做你的干孙女,真是她的福气。"

他转身对宝珍说:"你给好婆倒一杯水,再去准备晚饭。没有菜你就到西边网船上去买一条鱼,钱可以欠着,我过去付。"

干姐姐说:"好的。"

祖母对干姐姐说:"妹妹,不要去买鱼,我与你爸讲几句话就要回去的。"

干姐姐看着她爸。

老徐对祖母说:"好婆,你难得来的,今天晚饭肯定要在这里吃,不管菜好坏,也要请你吃饭。宝珍娘死得早,她是一个苦命的孩子,多亏你们不嫌我家穷,认她为干孙女。我一定要谢谢你的。"

祖母说:"我也要谢谢你,给我这么好的一个孙女。文良没有女儿,所以视妹妹为亲生闺女呐!"

老徐对干姐姐说:"我来倒水,你去买鱼吧。"

干姐姐说:"好的。"

她转身便走。

她去网船买鱼了,祖母想拦住她都没有机会。

这时,干姐姐的大哥来了,他也认得祖母的。

老徐说:"这是我的大儿子。"

祖母说:"认得的,以前大队开社员大会就认得的。"

干姐姐的大哥说:"好婆,记性很好啊。"

老徐对他说:"等会儿宝珍买鱼回来,你负责杀鱼,让宝珍做晚饭,我请好婆吃晚饭。"

干姐姐的大哥说:"我家里有大白菜,我去拿一棵过来。"说完,他转身走了,只三四分钟,就抱了一棵大白菜回来了。

祖母问老徐:"这白菜真大,是买的吧?"

老徐说:"不是的,我大儿子就是种高产①的。"

这时候,干姐姐也回来了,她买了一条大鲢鱼,那大鲢鱼活蹦乱跳着。

老徐对干姐姐说:"这鱼头做汤,鱼尾巴红烧吧。"

干姐姐说:"好婆不喜欢吃红烧鱼。"

老徐说:"那全部做鱼汤。"

祖母对干姐姐说:"我都可以的,你喜欢吃什么就怎么做吧。"

---

① 高产:方言,即蔬菜。

祖母答应留下来吃晚饭了。这就叫客随主便吧。

祖母跟干姐姐去她家的目的就是听听她父亲对亲事的意见,这样可以心中有数。

老徐已经听说了这个事情,但他没有先开口提起。

或许他在静观其变。

祖母先开口了。她说:"宝珍爸,男大当婚,女大当嫁,宝珍已经到了谈婚论嫁的年纪,我看可以给她找婆家了。我想我来给她做个中间人吧。"

老徐不假思索道:"好的,好的。"

祖母开门见山道:"我的大孙子属猪,比宝珍妹妹小一岁,从年纪讲还是般配的。我的大孙子是个老实人,叫他读书,他说家里透支,他要跟别人一块儿做生活挣工分。而宝珍妹妹也是很老实的姑娘,在破布厂做活很勤快的。所以我想让他们谈谈看,你看怎样?"

老徐问:"这个事情,蒋书记是否知道?"

祖母说:"我讲过了,他知道的,向弘娘也知道的,他们都说好的。如果他们不点头同意,我做好婆的也不太好做大孙子的主。而且我与大孙子向弘也讲了这个事。"

老徐问:"向弘怎样的态度?"

祖母说:"他点头的,他从小到大一直蛮听大人话的呀。"

老徐说:"那向弘在做啥?"

祖母说:"现在在浒关废铁码头上班。"

老徐说:"怎么不让他学个木匠,或者泥工呢?"

祖母说:"我也是这样想的,但文良不同意。他说学做木匠和泥工的机会应该让给普通群众,干部子女不能搞特殊化,只有让子女到艰苦的地方去,才能把子女培养成有用的人。"

老徐说:"蒋书记真是为人民服务的好干部。"

祖母说:"宝珍爸,如果你觉得这两个小孩合适,那我叫人来说媒。"

老徐说:"好婆,你不是大媒人吗,怎么还要叫别人来说媒呢?"

祖母说:"一个是我的大孙子,一个是我的干孙女,手背手掌都是我的肉。万一他们闹点小别扭,闹点小纠纷,如果我是媒人,那我就是左右为难了,所以我也想来一个'公事公办',还是委托别人做媒人吧。"

老徐说:"好婆,你考虑问题真周到。"

祖母说:"如果你没意见,宝珍也愿意,那我就叫媒人上门来提亲,再约个日子吃一顿定亲饭,你看好不好?"

老徐说:"很好,很好!"

这时,干姐姐跑过来说:"晚饭好了。"

老徐说:"好婆,吃晚饭,这一顿晚饭不如就叫'定亲饭'吧。"

他笑了。

祖母也笑了。

母亲曾说过:"有些以权谋私的干部会把公家的东西往家里拖,而文良相反,把家里的东西往公家拖。比如向弘新疆的姑妈寄过来一件军大衣,是送给文良的,他没穿几天,把军大衣送

给一个五保户了。这件军大衣应该值几十块钱呢,我到现在都想不通。"

据我所知,父亲送出一件军大衣,这事倒是真实的。

军大衣不见了——是这样一个故事。

小姑妈从新疆寄回一件军大衣,是寄给父亲的,还请人写了一封信:"哥哥,这件军大衣是工厂发给凤岐穿的,他要送给你,你收下吧!"

凤岐是我的小姑父,他们一家支边去了新疆,但与父亲保持通信联络。

冬天来了,父亲穿了这件军大衣出门也不怕风大了。母亲说,父亲穿了军大衣真像一个当兵的人,挺神气的。可是,有一天夜里,父亲回来,那件大衣却不见了。

母亲问:"你的大衣呢?"

父亲说:"我忘在大队办公室了。"

母亲信以为真,并没有追究。

第二天,父亲仍然没有穿军大衣回来,仍然对母亲说忘记了。

第三天,依然如此。至此,母亲觉得苗头不对,便对父亲说:"现在我跟你去大队部,看看有没有那件军大衣。你以为我是白痴,可以接二连三地骗我?鬼才会相信你!"

父亲这才如实说:"你别问了,军大衣我送给别人了。"

"啊!这是你妹妹从新疆寄回来的,是花多少钱也买不到的,你怎么可以随随便便送给别人呢?"母亲发火了。

父亲说:"你不要生气,听我解释。"

"你不用解释,马上给我去把这件军大衣要回来。"

母亲拉着父亲要往外走。

父亲说:"你别拉我,我自己有脚会走。但现在我不会出门,大衣既然已经送给别人了,你好意思去要回来吗?"

"你送给啥人的?"母亲问。

"三队有个五保老人,他没有衣服穿,快冻死了,我就脱下大衣送给他了。"父亲说。

"我嫁给你真是倒了一百年的霉,这样的日子没法过下去了。"母亲大哭了一场。

还是祖母开明,她劝母亲说:"文良没做错,他宁愿自己受冻,也要让别人温暖。这样的事就叫人民干部为人民服务。我们做家属的应该支持他的工作,你也就想开一点吧。哭坏了身子还得花自己的钱去看病,那才叫犯不着。"

母亲说:"送这件大衣就算了,如果不说他,以后他还会随便拿家里的东西送给人家。"

祖母说:"有东西送给人家,总比伸手向人家要东西好吧。"

祖父六十三岁的时候,瘫痪在床。祖父从小就给富农打长工,冬天还下河捉鱼、下地劳动,他是积劳成疾。像祖父一样的农民到老了瘫痪,真的是很不幸。

旧社会时,祖父给富农做长工。过春节时富农会抽干鱼池,那些长工们便下鱼塘捉鱼。那么寒冷的天气,祖父和其他长工却都穿着短裤下鱼塘捉鱼。

我曾经问过祖父:"阿爹,你冬天下鱼塘捉鱼冷吗?"

祖父说:"冷啊,刚下鱼塘,那一股冷从脚心蹿到脑门。不过下鱼塘时间长了,就不感觉冷了。"

我问:"这么冷的天下鱼塘,你有什么好处?"

祖父说:"到吃夜饭时,东家会备白酒,做一顿鱼吃。"

这么一点小小的利益,就能让祖父这些长工们任劳任怨,因为他们完完全全就是朴素、能吃苦的庄稼人啊。

祖父还患有哮喘病,经常难受得大喊大叫。有一次,大姑妈对祖父说:"你以前一直无事端端打娘,现在报应来了吧,还需要娘来服侍你。"

祖父说:"早知道会这个样子,我不会打你娘的。"

有颗泪从他眼角掉下来。

那时候,没有尿不湿,而祖父瘫痪在床,大小便失禁,这就苦了祖母,苦了母亲。加上祖父被哮喘病折磨,他的心情极其烦躁,有时就将大便乱甩,甩得整个屋子里到处都是。

虽说祖父是这样肮脏不堪的模样,但祖母还是一如既往地照顾他。

大姑妈对祖母说:"娘,辛苦你了。"

祖母说:"娘是苦命,你爸也是苦命,没办法,只好照顾他。"

祖母关照母亲:"你爸的房间你不要去管,只要负责做饭菜给他吃就可以了。"祖母总是把苦活脏活揽给自己,她用实际行动影响着一家人。

当时,县报记者来采访她。

记者说:"请你谈谈怎样照顾瘫痪丈夫的?"

祖母说:"这个事情不值得表扬。"

记者说:"你是干部家属,这个事情上报对其他人有教育意义。"

祖母说:"都是一些平常小事。"

记者说:"听人说,当年你丈夫打你,你儿子替你出头,把他绑在树上一夜,有这个事情吗?"

祖母说:"这个事情是真的。"

记者说:"能不能说说事情的经过?"

祖母说:"可以。"

于是,祖母把那件事情从头至尾讲了一遍。最后,祖母说:"那一代的男人,大多没有文化,做活苦又吃不上好的,但喜欢喝酒和抽水烟。他们不觉得打老婆有问题,村庄里很多男人都是这样的。现在是新社会,男女平等,谁再打老婆谁就犯法了。"

祖母挨祖父无数次的打,她竟然这样为祖父开脱。

记者说这篇专访版面已经留好了,这是报社交给自己的一项任务,不得不写。

祖母说:"要么你就写写我的儿媳妇吧。"

记者说:"也可以。那你说说她服侍老人的事迹。"

祖母说:"老头子患哮喘病,一年到头要吃药,这钱哪里来呢?都是儿媳妇拿出来的。她辛辛苦苦养猪,把卖猪的收入全部拿出来,给老头子买药,自己一件新衣服都没有添。"

记者说:"还有呢?"

祖母说:"老头子瘫痪在床上,乱丢他的大便,房间里到处都有,我去打扫都吃不消,但有时候儿媳妇也会主动去打扫。我新疆的小女儿回来探亲一个月,她说这一个月由她照顾父亲,结果她照顾父亲不到十天,就病倒了,什么东西都不想吃。我小女儿说:'嫂子真是了不起,一年四季照顾父亲真是不简单。'"

记者说:"你儿子是大队书记,那你是如何支持儿子工作的呢?"

祖母说:"这个我做得还不够。比如他多次对我讲,不要去给人家说媒,因为现在青年人讲究自由恋爱,我给人家说媒就是包办婚姻。但我觉得做媒人给年轻人牵线搭桥也没有错。"

记者说:"你们娘俩都没错。"

祖母说:"是的,我理解儿子的难处,尽量不拖他的后腿,所以我做媒人不收人家一分钱财。"

记者说:"所以,你的口碑就好。"

祖母说:"有一天夜里,文良回来很生气,我问他遇到什么不顺心的事了,他说有两个大队干部私分了一船木头,现在公社发现了正在追查这个事情。"

记者问:"哪里来的木头呢?"

祖母说:"文良说,他们用鱼塘里的鱼换的木头,鱼是集体的,而木头他们私分了。"

记者问:"最后这件事怎么处理的呢?"

祖母说:"我对文良说:'既然这事是你手下两个干部做的,你作为书记逃避不了责任,现在必须找两个干部把事情摸清楚,配合公社调查,并且主动向公社领导做出检讨。'"

祖母停了停又说:"后来,两个干部受到了应有的处罚,文良做了检讨,说对手下干部管教不严。"

第二天,这篇采访祖母的专访就见报了。

慈 悲 ◇◇◇

哥哥在浒关废铁回收厂做小工,将各种废铁打包,他吃住在那里。

有一天,他在操作机器时,一块废铁突然飞出,砸中了他的胸膛,他当即鲜血直流,被送到苏州一院抢救。

父亲最早得知这个消息,但他在公社开会,一时走不开。

母亲知道了这件事,心急如焚,说:"即使一块泥巴砸在胸口,也会要人命的,何况是一块废铁?我现在就去医院。"

祖母说:"你怎么去医院?现在天都暗了,等文良回家再说吧。你的心情我理解,但你现在要冷静。"

等父亲开会结束,已经天黑。此时,最后一班公共汽车已经过了时间。

父亲说:"今天这么晚了,班车都没了,怎么去呢?"

母亲说:"去队里借一只船,摇船去。"

父亲说:"摇船去,你想得出,没有三个小时摇不到的。"

母亲说:"那总比等在家里好。"

父亲说:"即使到了医院门口,这么晚了不让我们进病房,也是一场空。"

祖母说:"明天早晨,我们早点坐车去,我也一块儿去。"

父亲说:"还是娘说得合情合理。"

祖母又对父亲说:"向弘出了这样的事情,你也考虑一下,让他回来吧。哪怕让他种田,也比做这个打包废铁的活好,至少种田没有什么生命危险。"

父亲愣了很久才说:"现在最要紧的是向弘的伤势,至于他以后做什么工作,等他出院再考虑也不晚。"

父母亲一夜未眠,祖母也是如此。整整一夜,他们都是在焦虑中度过的。天亮的时候,母亲对父亲说:"向弘受伤,就像有一把刀在割我的肉。"

父亲说:"或许,向弘受了点轻伤,过几天他就出院了。"

母亲说:"那我去做点吃的,我们就走。"

祖母已经起床了。她一早就翻箱倒柜,把自己仅有的五十元钱取出来。这笔钱放在一只水缸里,水缸没盛水,是祖母存放衣服的。她将这笔钱用报纸包着,放在了水缸最下面。因此,她要取这个钱,就要把水缸里的衣服一件件取出。

祖母知道,父亲身边钱不多,她想把这些钱给父亲,为父亲分担一点经济压力。

母亲看到祖母在翻水缸里的衣服,床铺上堆满了衣服,以为祖母是想换一身新衣服去医院,便对祖母说:"妈,去医院看向弘,不一定要穿新衣服的。"

祖母知道母亲误会自己了,有点不悦,但仍然心平气和地说:"我不是找新衣服,是找其他的东西。"

祖母没有直说找钱。

"那找到了吗?"母亲问。

"找到了。"祖母说。

"那好,我们吃了就要走,要去坐长途公交车的。"母亲说。

祖母走到父亲面前说:"文良,娘手头只有五十元钱,你拿去给向弘看伤吧。"

父亲没接祖母的钱。

父亲说:"娘,这钱你拿好,向弘治伤应该不要我们花钱,这是工伤,应该花厂里的钱。"

祖母说:"这我知道,医药费能报销,但还得给向弘买点营养品,就算我买东西给他吧。"

不知是谁走漏了风声,哥哥受伤的事还是被干姐姐知道了。

干姐姐听人说,哥哥伤得不轻,可能还有内出血,所以她也很是忧心。夜里,她找到她的姐姐,第二天天不亮,姐妹俩便来到了我家。

父母亲十分惊讶。

父亲对干姐姐说:"向弘被一块废铁砸中胸脯,应该问题不大。现在我们就要去医院看望向弘,他的情况等回来我会告诉你的。"

干姐姐听到父亲说要去医院看望哥哥,便说:"我也想去。"

她姐姐对干姐姐说:"那你跟去吧,我先回去了。"

干姐姐说:"姐姐,你回去对阿爸讲一声,我去苏州一院了。"

她姐姐突然想起了什么,从口袋里掏出五元钱,对干姐姐说:"这钱你拿着,就算我给向弘买一包饼干吧。"

干姐姐:"那好。"

母亲对她姐姐说:"你用不着这么客气的。"

她姐姐说:"一点心意。"

因为干姐姐要一块儿去医院,父亲想这么多人去坐长途公交车不是很方便,就有了另一个想法——借一只机挂船去。于是，他对祖母和母亲说："我去借机挂船，你们在家里等。"

干姐姐说："我一块儿去。"

父亲说："你在家里等着，我叫机挂船开到河驳岸。"

父亲急忙奔走了。

母亲对干姐姐说："向弘爸不听我话的，我早就对他讲，大队可以买一只机挂船了。大队有了机挂船，那就方便多了，像今天我们到医院去就用不着向别人借了。"

祖母说："即使大队买了机挂船，文良也不好乱用的。公家的机挂船私用，这是生活腐化，对文良声誉肯定有影响。"

大约一个小时后，父亲跟机挂船一块儿回来了。说来也巧，这个机挂船手是祖母的老亲，他看见祖母叫了声"舅母"。祖母对他说："今天让你跑一趟苏州城里，辛苦你了。"

他对祖母说："舅母，我们是自己人，哪怕蒋书记让我开往上海，我就开往上海。"

干姐姐是第一次坐机挂船，她对祖母说："好婆，我坐船会晕船的。"

祖母说："那船开动时，你眼睛不要看两岸，睁着眼睛更容易眼花和晕船。"

母亲也对干姐姐说："你闭上眼睛就可以。"

机挂船经过一坐小桥时，有一男一女在桥上叫道："老蒋，机挂船到哪里去？"

父亲说："苏州一院，我的大儿子被砸伤了，在医院治疗。"

"哎呀，我们夫妻俩也想去苏州一院。"中年男人说。

"让我们搭搭船吧。"中年女人说。

父亲问机挂船手："顺路，能不能带上他们？"

机挂船手问："老蒋，你认得他们吗？"

父亲说："认得的，一个大队的。他们是夫妻俩，这个女的经常生病，要去苏州一院看病。如果能带就带上他们一块儿去医院吧。"

祖母也对机挂船手说："都是一个村庄的，能带就带上他们吧。"

"好的，我把船靠岸。"机挂船手说。

船靠岸了。

这对夫妻上船了，他们千恩万谢。那女人带着一只竹篮，里面有六只鸡蛋，她对母亲说："妹妹，这六只鸡蛋本想送给医生的。那个医生很热情，上次我配药钱不够，他还借五元钱给我，真的是人民的好医生。今天我也遇上好人了，你们让我们夫妻坐机挂船，我梦里也没想到哇。喏，这六只鸡蛋我送给弟弟吃，让他补补身体。"

母亲说："这可不行，这机挂船又不是我家的，我们怎么能收你的鸡蛋呢？"

那女人说："我们坐车也要花钱买票的，这六只鸡蛋就算船票。"

祖母说："我们这个船是借来的，你们夫妻俩是搭个便船，如果我们收了你们的鸡蛋，这事传出去影响可就坏了。我们一只鸡蛋也不能收。"

最后，夫妻俩决定，到苏州一院后差不多是午饭时间，那就请大家上饭店吃饭。

父亲说："谢谢你们，我们讲好中午不上饭店。医院门口有大饼油条店的，我们买大饼油条吃，边吃边寻找病房。在饭店要花很多钱,不划算。"

机挂船虽说开足马力,但远没有汽车快。只是那时候的人们习惯了慢节奏的生活,习惯了乘坐手摇船,便觉得机挂船已经很快了。

机挂船到达苏州一院已经是中午十一点多了。

父亲买了大饼和油条,权当午饭了。

父亲请那对搭乘机挂船的中年夫妻吃大饼油条,他们没吃,他们是不愿意揩别人油水的庄稼人。庄稼人都是这样的善良,这样的纯朴。

那时候苏州一院也不大,父亲很快便找到了伤科,找到了哥哥住的病房。

哥哥上半身被纱布绑着,他看见一家人都来了,眼睛瞪得大大的。

母亲看见哥哥这个样子,眼泪就掉了下来。

父亲对她说:"向弘不要紧的,你不要哭。"

母亲没有哭出声音,只是止不住地流泪。她走到病床前,问:"向弘,还疼吗?"

哥哥点了点头说:"疼。"

母亲说:"你干活时,要当心一点。现在自己遭受这个痛苦,我们一家人都担心。"

这时,干姐姐也走到了哥哥的病床前。

父亲问哥哥:"现在你能吃东西吗?"

哥哥说:"能。"

父亲又问:"你想吃什么?"

哥哥说："想吃香蕉。"

父亲说："好，我就去买，医院门口有小店的。"

这时，干姐姐说："我去买。"说完，她就转身走出了病房。父亲追了出去，对她说："妹妹，我给你钱。"接着，父亲掏出了五元钱想给干姐姐。

干姐姐没接钱，她说："我有。"

干姐姐跑了，父亲只能站在原地看着她走远。他觉得这个未来的儿媳妇是一位善良、有爱心的好姑娘。过了十几分钟，干姐姐拎着一串香蕉出现在病房。

哥哥吃了一根香蕉。

母亲让干姐姐也吃一根香蕉，她说："我不喜欢吃香蕉。"

父亲找到了医生，医生对父亲说："很幸运，如果那个物体再重一点，可能会导致内出血。现在只是胸口肋骨轻微骨折，在医院观察十天左右就可以出院。"

父亲说："对身体有什么影响？"

医生说："康复后，一两年内不能做重体力活，之后应该不会有什么影响。"

父亲从医生办公室走出来，回到了哥哥住的病房。

父亲说："我刚才问了医生，医生说再观察几天，向弘就可以出院了。"

祖母说："阿弥陀佛，向弘还算幸运，只是受点皮肉之苦。"

父亲叮嘱哥哥好好听医生的话，好好治疗休养。然后，他说："那么，没有其他事情，我们就回去吧。"

母亲说："既然来了，就多在医院陪陪向弘吧。我留下来。"

父亲不允,说:"医院里有护士照料向弘,而且他自己可以下床,生活自理不是问题。"

这时,主治女医生来到了病房。

女医生说:"怎么这么多人啊?"

父亲说:"都是一家人。"

女医生说:"病房里留一个人,其他人都到外面去。"

父亲说:"好。"

父亲对大家说:"都到外面去吧。"

母亲、祖母她们都走了出去。

父亲仍旧留在病房里。

父亲问女医生:"医生,我问个事情,他娘想留下来陪护,行吗?"

女医生说:"这是男病房,不太合适吧。"

父亲说:"我晓得了。"

女医生走了。

父亲对母亲说:"我刚才问医生,医生说这是男病房,女人不能陪的。"

母亲说:"是我亲生儿子,又不是别人。"

祖母对母亲说:"邻床也是男人,医院这个规定是有道理的。"

母亲说:"我不舍得向弘啊!"说完,她又禁不住掉起了眼泪。

祖母对母亲说:"没错,向弘受了伤,流了血,我们都很心疼。但现在向弘伤得不重,如果砸得内出血,或者砸在头颅上,那后果才不可想象,那才是哭都没有眼泪的。所以,你不要哭了。还有,在向弘面前也不能哭,这会让他心里有想法的,他会想自己是不是伤得很重,你说对不对?"

干姐姐也劝慰母亲:"干妈,好婆讲得对,不能哭。"

哥哥向弘在苏州一院住了十天就返回了家中,因为胸部骨折,他需要在家休息三个月。

哥哥在家休养的时候,废铁回收厂领导登门慰问,问父亲有什么要求。

父亲说:"向弘命大,应该没有什么大碍,这是最好的。你们按政策办,我们没有什么其他要求。"

废铁回收厂领导说:"医疗费、误工费,都是单位报销,还补助适当的营养费。"

父亲说:"毕竟身体受过伤,能不能给他调一份轻松一点的工作呢?"

那领导沉思片刻,问:"你儿子文化程度如何?"

父亲如实回答:"小学四五年级。"

那领导说:"那是小学都没毕业,让他吃文字饭肯定不行,其他也没有轻松一点的活。"

父亲知道他们的实际情况,所以也没有为难他们。父亲对他说:"那我就叫向弘回来了。"

那领导说:"我跟公社领导反映一下,看能否到其他社办厂工作。"

父亲说:"谢谢。"

母亲有点生气。因为哥哥受伤的事情还没有处理结束,父亲就答应让哥哥换地方工作。按照母亲的意思,一定要先处理好工伤的事情,然后才考虑换工作这件事情。

母亲责怪父亲太好说话了。

父亲对母亲说:"我是做干部的,儿子受点伤,现在伤情好了,我们能够狮子大开口吗?"

母亲说:"又不是什么狮子大开口。"

父亲说:"你不是说,废铁回收工作危险性大吗,让向弘早点离开那里有什么错呢?"

母亲说:"那你就去找公社领导,给儿子找一个好工作。"

父亲说:"归根结底要怪向弘没有好好读书,现在他找工作难啊。"

母亲迟疑了一会儿:"向弘,唉,为什么读书的时候不愿意好好读书呢?"

祖母知道向弘不去浒关废铁回收厂做工了,她对父亲说:"早走早好。"

父亲说:"好在哪里?"

祖母说:"那是一份危险的工作,世事无常,万一再出点安全问题,那可是说后悔都来不及的。"

祖母和父亲的想法不谋而合。

不过,祖母也叮嘱父亲道:"这个浒关废铁回收厂是公社办的,向弘受伤虽是一件不好的事,但也是一件有利的事,比如要求调动工作就是一个很好的机会,你去找公社领导商量商量……我们不是不讲道理的人,只是让领导也要考虑我们的实际困难。"

后来,浒关废铁回收厂领导向公社反映了哥哥受伤这事,公社按照正常途径将哥哥调到社办铁桶厂,不过他仍然是一名车间工人,仍然凭力气吃饭。

一天傍晚,我在家里复习迎考。

大人们在田里劳动,应该是在双抢吧。

他们还没有回家,一般是做到天黑了才歇工。

我搬了一张小桌子在屋檐下做作业。因为屋子里光线暗,所以我都是在屋子外面做作业的。那时候的孩子读书也只好这样"因地制宜"。

忽然隔壁人声嘈杂,好像是有人在吵架。

我本不想去看热闹,因为作业很多。但那声音越来越大,我还是放下书本走了过去。

果然是有人在吵架。

是庆龙叔叔和他老父亲在吵架。他的老父亲与我祖父是平辈,但他们不是亲兄弟,我叫他公公。我们都这样叫,公公就是祖父的兄弟一辈人。

只见叔叔手里拿着一把铁锹,而公公则一把揪着叔叔的前襟。旁边一个人也没有。我想,他们父子要打起来的话,万一叔叔举起铁锹砸下去,那公公老命要去掉半条。

我对叔叔说:"你把铁锹给我。"

叔叔说:"你走开。"

我上去想抢掉那铁锹,可叔叔拽着铁锹不放。

于是,我对公公说:"你放手,你放手。"

公公说:"小赤佬,没你的事,你边上一点。"

我再次对叔叔说:"你把铁锹给我。"

叔叔说:"你走开。你公公喝醉了,现在不是人。"

公公听叔叔说他不是人就暴躁起来,他忽然放手,弯腰捡起一块八五砖头砸了过来。那砖头却没长眼睛,猛砸在我的右额头上,顷刻间我满脸是血,昏倒在地……

叔叔把铁锹一甩,愤怒地说:"现在你舒服了吧?你怎么那么狠心。"

这下,公公酒醒了一半,他知道我父亲回来要找他算账,所以他溜了。接下来几天日子里,不知道他的去向。

这时,村上的很多人都围了过来。

叔叔对一位社员说:"你马上到十二队找陈巧生,借机挂船把他送渭塘医院。"当时我们生产队还没有机挂船,十二队有一只机挂船的,机挂船手就是陈巧生。

还算幸运。

那位社员跑到陈巧生家门口,正好他也刚从外面回来。他听说这件事后二话没说,就将机挂船发响开了过来

这只机挂船将我送至渭塘医院。在机挂船上我仍然昏迷不醒,祖母抱着我,她胸前都是血痕。

到了医院,我才苏醒。

医生给我的额头缝了十三针。

医生说:"这个小孩命大啊,如果砖头砸得再往下偏一点,砸在眼睛上,那眼睛肯定要被砸瞎了。"

要命的是,过几天就要高考了。对我来说,这可是跳出农门的一个千载难逢的机会。可是现在我躺在病床上,头上缠着纱

布,什么事情也不能做。

我对父亲说:"我要高考。"

父亲说:"今年高考错过,可以明年考的,现在你养伤要紧。"

就这样,我在医院住了七天。

等我出院,高考已过。

当时我有没有哭,现在想不起来了,但心情沮丧到极点那是肯定的。这块不长眼睛的砖头,不仅将我的额头砸得鲜血直流,也将我的内心砸得千疮百孔。

祖母和母亲心疼我,她们想找公公讨要一个说法,但找不到他,他玩起了失踪。

他如此作为,让我祖父也异常气愤。祖父瘫痪在床,说:"如果我不是这样瘫痪,我就找家进给他两巴掌。这个砖头砸下去,要人命的呀。"祖父说的家进,就是那位公公。

祖父只能躺在床铺上发发牢骚。

不过,祖母和母亲一定要把这件事情的来龙去脉搞清楚。

她们便找到庆龙叔叔。

祖母问:"你们父子俩吵架,那砖头怎么会打在安年的额头上呢?"

叔叔说:"老头子叮嘱我这几天把他的一个猪圈清扫干净,但因为其他社员也在催我,我就把打扫他的猪圈的事缓了缓,先去清扫了人家的猪圈。老头子喝醉酒了,看见我就对我发脾气。我就对他说:'你不要发酒疯,我在外面那么辛苦,你做父亲的体谅过我吗?'当时,我手里拿着一把铁锹,安年以为我会用铁锹砸老头子,就来抢我手上的铁锹,结果被老头子不小心砸中了。

经过就是这样。砸伤安年额头的责任应该都由我的父亲承担,不能怪安年的。"

庆龙叔叔时任十一队队长。

祖母说:"家进下手也太重了,这么一块八五砖不管砸着谁,谁都承受不了。现在花去几十元医药费是小事,如果安年脑袋留下后遗症,我是不会放过他的,不是说血债要用血来还,至少他要给我们一个合理的交代。"

叔叔心情沉重地说:"老头子砸砖头是不对的,现在不出面更是不对。我会想办法找到他。"

原来公公怕我父亲找他兴帅问罪,便到太平一家亲戚那里躲藏着。

叔叔去叫他,他问道:"我能回去吗?"

叔叔回来对祖母说:"老头子说除非文良哥去叫他,他才回来。"

祖母说:"我去叫他,他有什么理由不回来呢?"

祖母和叔叔一起去找他。

祖母对他说:"你这一块砖头砸下去,没砸碎安年的额骨头已是不幸中的万幸了。我和文良商量下来,觉得你也不是有意砸安年的,都是老酒喝多的缘故,所以我们也不与你计较这件事情了……"

最终,那一笔医药费没找他要。

秋天来的时候,征兵工作开始了。我报名参军,先是通过了

陆军的体检,接着部队要在四十多个体检合格者中再挑选两个特种兵,我居然又通过了。

很快,我拿到了入伍通知书。

我高兴得像拿到高考入学通知书一样。因为当兵,我可以暂时跳出农门了。

记得我离家是在1980年11月22日那天。下午一点,我先向祖父告别,老人家瘫痪在床铺上,不能下地走路。父亲对他说:"安年今天要当兵去了,这是大好事,你应该高兴。"

祖父说:"当兵要到很远的地方去吧?"

父亲说:"不远,安徽。"

祖父说:"当兵很苦的。"

父亲说:"当兵有伙食费,不会很苦的。"

祖父说:"那安年什么时候回来?"

父亲说:"当兵两三年,可以探亲。"

祖父说:"那我见不到安年了。"

我看见祖父流眼泪了,父亲也流眼泪了。是啊,这一别不知道今世能不能再见到祖父。从祖父房间走出来,父亲对我说:"你安心去部队,祖父气喘是老毛病了,我们会照顾好他。"

那天下午两点左右,全家人送我到大队部。祖母对我说:"你是我们蒋家的'玄妙观',我看好你。"

玄妙观是苏州一座很大的道观,祖母将"玄妙观"三个字送给我,给了我无穷的想象和力量。我对自己说,一定要在部队好好干,决不能辜负亲人们对我的期望。

因为祖母要照顾祖父,所以她送我到大队部后就先行回去了。

临走的时候,祖母看见母亲眼泪汪汪的,她对母亲说:"当年黄毛支边去新疆,我都没有掉眼泪。现在安年去当兵,你有什么好哭的,要不先跟我一块儿回去?"祖母说的"黄毛",就是我的小姑妈。

母亲说:"我要送安年,我不会哭的。"

母亲还是哭了。

后来退伍回来,母亲告诉我:"你父亲哭得比我还要厉害,只是没当着你的面哭。那天你走后,你父亲一夜没睡。他说:'安年要当兵,你为什么不阻拦啊?现在安年真的当兵去了,他才十八岁啊,我心疼,我舍不得他啊。'"

真是父恩比山高,母恩比海深。

我当兵离家的那天,祖父就有一种预感,他说了"那我见不到安年了"。

祖父的预感竟然是真的。

只是祖父走得不是时候,那天是哥哥结婚的大喜日子,所以一家人可以说是"大喜大悲"。

哥哥向弘结婚了,嫂子就是干姐姐宝珍。

哥哥和干姐姐结婚的日子,我是知道的。我给哥哥写了一封信,为他高兴,为他祝福。是的,我在当兵,我没有机会回来喝喜酒,只能向着遥远的故乡,默默地祝福,默默地怀想。

但我绝对没有想到,这一天祖父却与世长辞了。

那天几百号亲朋都来喝喜酒。

公社也派人过来监督。当时公社规定干部家庭摆酒席只许四菜一汤。来现场监督的是公社妇女主任姚白妹,还有其他三位公社干部。他们就坐在我家里,监督结婚办酒的全过程。

姚主任一到我家,就对父亲说:"老蒋,恭喜你儿子结婚。你是大队书记,不能带头铺张浪费,要为群众做好示范。"她说的话带一点官腔,但父亲身为大队书记,理当服从公社的决定,理应为群众做出表率。

所以,父亲当即向姚主任表态:"谢谢你。这次儿子结婚是大喜,但我摆酒不会超过四菜一汤的标准。我受党的教育多年,不会犯这种常识性的错误。"

娶亲船刚开走,家里却乱套了。

瘫痪在床的祖父突然断气了。或许是看望他的亲朋多了,老人家一开心,一口气缓不过来,就这样走了。

父亲抱着祖父大哭:"今天是你长孙结婚的日子,你怎么选好今天走啊!你让我怎么办啊!"

喝喜酒的亲朋也都围拢过来,他们也不知道这事怎么办。是继续办哥哥的婚事,还是办祖父的后事,父亲左右为难。

这时,祖母说话了,她对父亲说:"向弘结婚要紧,这是头等大事,结婚照样进行。你爸的后事明天再办吧。"

父亲对死去的祖父说:"阿爸,对不起你了,明天我再来为你送行吧。"

祖母对父亲说:"我一个人留在这里好了,你去操办向弘结婚的事,就当你父亲还活着吧。"

哥哥结婚的平房和祖父过世的平房相隔两百多米远。祖父过世的平房，就是我后来结婚的新房。

我家出了这样大喜大悲的事情，姚主任对父亲说："蒋书记，你要节哀，保重身体，不要把自己的身体搞垮了。我们也不给你添麻烦了，你自己掌握分寸就好。"说完，姚主任带着几个公社干部走了。

哥哥的婚礼照常进行。

那只娶亲的机挂船回来了，父亲提着两只水桶早就守在河埠。当娶亲船靠岸时，父亲从河里舀了两桶水马上向家中走去。按照水乡风俗，新郎父亲要提水桶到河埠抢两桶水，然后倒在水缸里。此番寓意是"源头活水"，还有"如鱼得水"。

那时候，结婚很简单，没有什么拜堂成亲之类的仪式。

新娘由新郎的舅舅从船上抱到新房，中途不能放下。这又是水乡的一个风俗，称为"抱亲"。

干姐姐由我的大舅舅抱到了新房。

新房里挤满了抢喜糖的乡亲们。

这时候，哥哥和干姐姐都还沉浸在无比的快乐和幸福之中。

没有谁告诉他们祖父走了。

谁都希望他们新婚幸福。

按照老风俗，结婚第二天，女方的亲戚要到男方家来看望新娘，男方要办几桌酒席宴请女方的亲属，此称"望囡"。

媒人问父亲："明天这个'望囡'怎么办？"

父亲说："我来问一下娘。"

祖母一个人在守灵，祖父像活着一样躺在床上。

父亲说:"妈,明天还'望囡'吗?"

祖母说:"红白喜事听说过,但没想到真的在我们家发生了。今天你办了儿子的喜事,那么明天就办你父亲的白事吧。"

父亲说:"那我通知媒人,明天取消'望囡'。"

祖母说:"你父亲过世这个事,如果向弘不知道就不让他知道,让他欢欢喜喜过个新婚之夜。"

父亲说:"今天可以瞒住他们,明天可是瞒不了的。"

祖母说:"今天瞒住他们就好了。"

父亲说:"等客人走了后,我叫几个人一块儿来守灵。"

祖母说:"你操办向弘婚事很累,就睡觉吧,明天还有许多事情需要你操心。"

父亲说:"娘,阿爸走了,以后见不到他了,我要守在阿爸身边。"

祖母在九十三岁那年的中秋节,走了。

第二年,干姐姐,就是我的嫂子宝珍病逝了,她只活了五十岁。母亲本来喜欢讲话的,嫂子的逝世给了她很大的打击,她变得沉默寡言。

几年后,父亲走了,享年七十七岁,生前他还兼任联队队长,可以说是工作到生命的最后时刻。"五七"那天,一场大雪,仿佛天落白色的花朵。